현대소설의 이야기학

최시한(崔時漢)

서강대학교 국어국문학과 및 동 대학원 졸업. 문학박사.
소설 연구서『가정소설연구─소설형식과 가족의 운명』,『소설의 해석과 교육』과
소설집『낙타의 겨울』,『모두 아름다운 아이들』을 펴냄.
현재 숙명여자대학교 국어국문학 전공 교수.

현대소설의 이야기학

초판인쇄   2008년 9월 1일
초판발행   2008년 9월 10일

지 은 이   최시한
펴 낸 이   이대현
펴 낸 곳   도서출판 역락
주   소   서울시 서초구 반포4동 577-25 문창빌딩 2층(137-807)
전   화   02-3409-2058, 2060
팩   스   02-3409-2059
등   록   1999년 4월 19일 제303-2002-000014호
전자메일   youkrack@hanmail.net

값 27,000원

ISBN 978-89-5556-615-4 93810

현대소설의 이야기학

최시한

도서출판 역락

서 문

이야기학의 발전과 더불어 '인간은 이야기하는 동물'이라는 명제가 자연스러워지게 되었다. 우리말에서 '이야기하다'가 '말하다'와 바꿔 쓰이기도 한다는 사실은, 그 명제가 함축하고 있는 뜻을 드러내준다. 이야기하기는 말하기의 일종이되 말하기처럼 무거운 비중을 지닌 활동이며, 그 결과 산출된 이야기 역시 주된 도구인 말이 그렇듯이, 인간의 핵심적 본질을 내포하고 있다.

그러므로 이야기를 연구하는 이야기학(narratology)은 새롭게 부상한 인간학의 하나라고 할 수 있다. 그것은 과학적 인식과는 다르게 사물을 인식하고 표현하는 인간의 능력, 이야기를 만들고 즐기는, 곧 이야기로써 세계를 구조화하는 능력과 그에 의해 생성된 의미의 실체를 탐색한다. 이 책의 제목 '현대소설의 이야기학'은, 우리 현대소설을 가지고 20세기 한국에 존재한 그 능력과 의미의 보편적 · 개별적 양상을 살피고자 하는 의도를 담고 있다.

이야기(narrative)란 한마디로 사건의 연쇄 혹은 연쇄된 사건의 진술(재현)이다. 그것은 흔히 '서사'라 부르고, 경우에 따라 서술, 담화 등으로 일컫고 있다. 그런데 그에 못지 않게 이야기라는 말이 '소설은 이야기의 일종이다'와 같은 표현, '이야기문학', '이야기체', '이야기 분석' 등과 같은 용어에서 자주 사용되어왔다. 특히 관련 서적의 번역에서 혼란스럽게 사용되고 있는 이 말은, 예전에 소설책을 '이야기책'이라 불렀던 전통을 살려 적절하고 일관되게 다듬어 쓰기만 하면 좋은 용어가 될 수 있다.

이야기는 역사적 갈래나 관습적 표현양식을 초월하는 개념이다. 이야기(적 특성)는 매우 여러 가지 갈래에 들어 있다. 이야기(체)에는 소설, 희곡, 설화 등과 같은 문학적(허구적)인 것도 있지만 역사, 기록, 전기 등의 비문학적(비허구적)인 것도 있다. 그리고 언어만 매체로 하는 것이 있고, 영화, 오페라, 만화, 이야기스러운 컴퓨터 게임 등처럼 언어 이외의 매체를 주로 사용하는 갈래들이 있다.

이제까지 '서사'는 대체로 그들 가운데 언어만을 매체로 하는 문학적인 것, 곧 서사문학을 염두에 두고 사용되어왔다. 따라서 그 말은 모든 이야기를 대상으로 하는 이야기학 연구 자체의 수행에 지장을 줄 수 있다. 또 문학과 비문학, 상업적인 문화와 그렇지 않은 문화의 경계가 해체되어가고, 이른바 문화산업이 산업의 중심부로 진입하는 시대적 변화까지 염두에 둘 때, '서사'보다 '이야기'를 써서 어떤 갈래나 양식이든 통합하여 논의할 필요가 있다. 뿐만 아니라 '이야기'는 '서사'와는 달리 친숙하고 '一하다'를 붙이면 동사가 되므로, 앞에서 보았듯이, 이야기적 특성, 이야기하는 행위, 이야기한 결과, 이야기된 것 등 여러 국면 혹은 층위를 두루 가리키거나 가리키는 데 활용하기에 좋다. 물론 굳어진 기존 용어들이 있고, 그래서 이 책도 다소 혼란스럽지만, 그 말을 주로 사용하는 쪽으로 나아감이 옳다고 본다.

이야기에는 다양한 층위가 있고, 이야기학 또한 여러 경향이 있다. 일관되게 저술된 책이 아닌 만큼, 이 책이 그것을 균형 있게 다루고 있지는 않다. 하지만 이야기를 줄거리(스토리, 화불라), 이야기(플롯), 이야기행위 등의 층위로 나누어 기법과 형식을 살피고, 표층의 사건에 잠재된 심층적 의미를 연구하며, 그 둘을 항상 긴밀히 연관지어 보는 입장을 견지하고자 힘썼다. 그리고 한 작품의 구조와 함께 여러 작품에 공통된 모형 혹은 문법을 찾고, 작품과 사회현실의 관련 맥락을 탐색하며, 공시적 원리와 함께 통시적 변화에 주목함으로써, 이른바 구조주의적 이야기학의 문제점을 극복하고자 하였다.

제1부는 20세기 초 한국 현대소설의 형성과정을 이야기학의 관점에서 다룬 글들이다. 특히 서술자의 객체화를 포함한 시점 문제와 이야기형식 문제를 집중적으로 살핀다. 제2부는 한 작품이나 여러 작품을 층위와 방법을 달리하여 분석한 글들로 이루어져 있다. 마지막 제3부는 작품과 그 외부 현실의 관련맥락을 체계적으로 살피려는 의도가 두드러진 글들인데, 그 일부는 필자가 전에 했던 가정소설 연구의 계속이기도 하다.

모든 글을 표현 수준에서 손보았다. 발표한 지 오래 되어 이후에 많은 연구가 이루어진 경우가 있으나 그것도 같은 정도로만 수정하였다.

최시한

차 례

제1부 한국 현대소설의 형성

현대소설의 형성과 시점

1. 머리말

우리의 19세기 말과 20세기 초는 그 예를 찾기 힘든 격변기요 혼란기였다. 글말생활이 한문에서 벗어나 한글 위주의 언문일치를 지향하면서 일반 민중에까지 확산되며, 예술로서의 문학 개념이 새로이 자리잡음으로써 오늘과 같은 문학이 그 모습을 드러낸 시기가 바로 그때이다.

이야기문학 영역에서도 이전의 규범과 관습이 많은 부분 폐기되거나 변화되지 않을 수 없었다. 당대의 작가들은 한마디로 '무엇을 어떻게 이야기할 것인가?'라는, 안정된 시기라면 일단 관습에 따르기만 하면 되는 그러한 기본적인 문제와 씨름해야 했다. 그들이 부딪히고 해결해나간 결과가 결국은 문학사를 이루고 한국 현대소설 특유의 면모를 형성했으며, 지금도 여전히 소설을 쓰고 읽는 데 영향을 미치고 있다. 그러므로 그 시기는 현대소설 연구가 항상 되돌아가야 할 원점이다.

여기서 필자는 20세기 초 약 30년 동안 생산된 작품들을 대상으로, 전통적인 것의 지속과 변화, 그 과정에서 일어난 혼란과 정립의 양상을 시점과 이야기형식 곧 서술형식의 측면에서 개괄적으로 살펴보고자 한다. 이는 당대의 복합적 실상을 형식적인 국면에 초점을 맞추어 드러내는 동시에, 그것을 정리하고 설명할 틀과 가닥을 잡기 위한 시험적 연구이다.

우리 현대소설 형성 과정의 시점 측면에 관한 연구는 방법론이 갖춰지지 않은 탓에 깊이 있는 결과를 얻지 못하거나 서구를 비롯한 외부의 영향을 지나치게 강조하여 단절론에 빠지는 경향이 있었다. 그러다가 이재선이 본격적인 연구를 시작한[1] 이후, 주로 전통적인 것의 지속과 변화 양상을 드러냄으로써 단절론을 극복하려는 쪽으로 이루어져왔다.[2]

그 동안 많은 성과를 거두었음에도 불구하고, 이제까지의 연구에 대해 다음과 같은 지적을 할 수 있다. 우선 시점 혹은 서술형식의 측면에 초점을 맞추어 전면적으로 이루어진 연구가 적다. 의도

---

1) 특히 『한국개화기소설연구』(일조각, 1972)의 「3.신소설의 서술구조론」, 『한국단편소설연구』(일조각, 1977)의 「2.한국단편소설의 서술유형」, 『한국현대소설사』(홍성사, 1979)의 「서론」.

2) 관련 저술 가운데 일부를 발표순서에 따라 보이면 다음과 같다.
송민호, 『한국개화기소설의 사적 연구』, 일지사, 1975.
김윤식, 『한국근대문학양식론고』, 아세아문화사, 1980.
_____, 『한국근대소설사연구』, 을유문화사, 1986.
주종연, 『한국근대단편소설연구』, 형설출판사, 1982
조진기, 『한국근대리얼리즘소설연구』, 새문사, 1989
윤수영, 「한국근대서간체소설연구」, 이화여대 박사학위논문, 1990.
김현실, 『한국근대단편소설론』, 공동체, 1991.
구수경, 「한국서사문학의 시점연구」, 충남대학교 박사학위논문, 1991.
김교봉 · 설성경, 『근대전환기소설연구』, 국학자료원, 1991.
박재섭, 「한국근대고백체소설연구」, 서강대학교 박사학위논문, 1993.
최병우, 『한국근대일인칭소설연구』, 한샘, 1995.

와는 달리 다른 측면의 논의와 뒤섞여 착종이 일어나거나 만족스러운 탐색이 이루어지지 않은 경우도 많다. 또 논의의 성격상 거시적 안목이 요구됨에도 불구하고, 경술국치(1910) 전후의 짧은 기간에만 주목하는 경우가 많다. 그것도 그 시기에 나타난 사실들의 표면적 양상을, 인칭이라든가 이야기 양태(narrative mode)를 구분하는 기준만 가지고 미시적으로 관찰하거나 무리하게 시기 구분까지 하는 데 쏠리고 있다. 그 결과 아직도 당대의 실상이 선명하게 관찰, 정리되지 않았고 그 심층적 구조 역시 적절히 분석되었다 하기 어렵다.

그것은 방법론이 불비하고 이전 이야기문학에 관한 그 방면의 연구가 충분히 이루어져 있지 않은 탓도 있지만, 접근법이 창작 중심이 아니라 비평 중심이었기 때문이기도 하다. 당시에 새로운 것을 내세웠던 목소리들, 대부분 소리만 크지 추상적인 수준에 머물러 실천과 괴리된 발언들만을 지나치게 중요시한 나머지 창작 행위 곧 작자의 이야기 행위 자체에 관심을 두는 연구, "비평적 발언에 매이지 않고 작품의 실상을 충실하게 이해"[3]하려는 노력이 충분치 않았던 것이다.

이 글은 기존 연구를 보완하고 논의의 맥락을 새로 잡아보려는 뜻에서, 작품의 실상을 작자가 서술과정에서 부딪히고 해결해간 문제들, 나아가 그것을 지배한 심층적 원리와 충동에 중점을 두어 살피고자 한다. 이는 결국 작품에 나타난 양상들을 작자가 전통적 서술형식을 이어받고 또 변화시킨 행위의 결과로 설명하려는 것이다. 현대소설이 정립된 1920년대 작품까지 대상으로 잡은 것은 우리 현대소설 특유의 면모 형성에 깊이 작용한 것으로 여겨지는 관

---

3) 조동일, 『한국문학통사·5』제3판, 지식산업사, 1994, 40쪽.

습적이고 무의식적인 요소들을 살피는 데 꼭 필요하기 때문이다. 그 시기에도 여전히 어떤 혼란, 모색, 조정 등이 일어나고 있다면 그에 관련된 요소들은 다른 무엇보다도 주목되어야 할 터이다.

2. 이야기문학의 시점적 측면

이야기문학의 시점적 측면은 양상이나 관련 개념들이 매우 복합적이고 유동적이다. 게다가 아무리 개괄하여 살핀다 해도, 격변기의 작품들을 대상으로 그 통시적 변화를 살피는 일 또한 아주 범위가 넓고 복잡하다. 이 방면의 기존 연구들이 자료의 표면적 사실을 기술하는 데 머물거나 이질적인 논의를 뒤섞음으로써 초점이 흐려지는 경향을 보이는 것은 논의 자체가 안고 있는 이러한 중층성과 유동성 때문으로 보인다. 그러므로 이 글에서는 먼저 기본개념, 논의의 국면, 접근방식 등을 확립하고 또 제한하고자 한다.

우선, '이야기' 곧 '서사'는 초개인적 전통과 관습 속에서 이루어지는 개인적 행위라는 점을 확인해 둘 필요가 있다. 옛날로 갈수록 전통의 힘이 더 크게 작용하고 오늘날로 올수록 개인적인 변개가 두드러지기는 하지만, 항상 그 두 가지 측면이 함께 존재한다. 이야기 행위는 그렇게 집단적이면서 개인적이요 무의식적이면서 의식적인 것이다.

그것은 우리의 19세기 말과 20세기 초에도 마찬가지이다. 우리 현대소설이 그 시기에 일본과 중국을 전신자 삼아 서구소설의 영향을 크게 받으며 형성·발전된 것은 사실이나, 일본에서 그것을 공부한 소설가도 '이야기책'을 읽으며 자랐고, 무엇보다 한국어로 생활하고 글을 쓰는 한, 아무리 의식적으로 외부로부터 영향을 받았다 하더라도 전통적인 이야기 관습을 바탕으로 작업하게 마련이다. 그러므로 전통단절론이라든가 이식문학론은, 더구나 그러한 특성이 유독 강한 이야기문학 분야에서는, 성립되기 어려운 주장이다.

또한 '이야기'는 하나의 갈래이기 이전에 인간이 경험한 바를 표현하는 보편적 양식 가운데 하나이며,[4] 그 특성을 지닌 갖가지 역사적 하위갈래들이 부단히 뒤섞이고 재창조되는 복합 양식이다. 그러므로 소설 외에도 설화, 야담, 수기, 자서전, 기록(다큐멘터리) 등과 같은, 허구적이거나 비허구적인 여러 하위갈래를 포괄하고 있다. 오늘날 문학적 이야기의 대표적 갈래가 되어 있는 소설만 하더라도 어떤 안정되고 구체적인 꼴을 지니고 있다기보다 "항시 그 구성요소로 분해되려고 하는 불안정한 복합물"[5]인 것이다.

이야기 행위, 양식, 작품 등이 지닌 이러한 특성들을 고려할 때, 그것의 변화과정은 반드시 의식적이거나 계획적일 수 없으며, 직선적이거나 단선적일 수도 없다. 아주 다양한 갈래 혹은 요소들이 복잡하게 관련되고 겹치면서 중심적인 것과 주변적인 것, 문학적인 것과 비문학적인 것의 경계를 바꾸거나 넘나들며 이합집산되고 생성 · 소멸된다.

따라서 그에 대한 연구는 전통적이거나 새로운 여러 요소 및 하위갈래들이 관련을 맺는 양상, 그러니까 변한 것과 변치 않은 것,

---

4) 서구의 수사학은 그 양식을 흔히 네 가지로 분류하는데, '서사'는 문학의 큰 갈래 가운데 하나이기 이전에 그 양식들 가운데 하나이다. 다른 세 가지는 묘사, 설명, 논증이다.

5) Robert Scholes & Robert Kellogg, *Nature of Narrative*, London: Oxford Univ. Press, 1966, p.15.

의식적인 것과 무의식적인 것 등을 면밀히 살피면서, 그 총체적 결과로서 생성된 이야기체의 특성을 기술해야 한다. 그러기 위해서는 한두 가지 잣대로 기계적인 분류를 하거나 지나치게 시기, 작자, 작품 등을 세분한 뒤 그들을 계기적으로 관계짓기보다는, 되도록 긴 시간에 걸쳐 개별 작자와 작품을 뛰어넘어 존재한 일반적 경향이나 기법의 복합적인 양상에 주목해야 할 것이다.

한편 이야기문학의 시점적 측면이 어디의 무엇을 가리키는가를 구별하고 제한하기란 쉽지 않다. 그것은 '시점'이라는 용어가 최근의 발전되고 확산된 논의들을 충분히 포섭하기 어려우며, 관점(perspective), 초점화(focalization), 지향(orientation) 등의 용어 역시 아직 자리잡히지 않았기 때문이다. 이는 전통적 의미의 시점론이 새로운 수사학, 담화이론 등이 등장함에 따라 그 속으로 흡수되거나 확산되어버리는 추세와 밀접한 관계에 있다.

그런 어려움이 있기는 해도, 물론 지금 시점론과 시점 연구가 불필요하거나 불가능한 것은 아니다. 이야기문학의 시점적 측면이란 '누가 무엇을 어떻게 이야기한(하는) 것'이 이야기라고 할 때의 그 '누가 어떻게'의 측면으로서, 일단 이야기의 형식쪽을 가리킨다. '무엇'을 '어떻게' 이야기하는 주체는 다름아닌 '누구' 곧 서술자(화자)이다. 따라서 시점이란 서술자가 작품 내의 인물, 사건, 공간 등과 같은 대상에 관하여 지각하고 이야기하는 행위 혹은 상황의 국면이다. 독자가 허구세계를 체험하는 것, 곧 소설적 의사소통이 서술자의 이야기를 바탕으로 이루어지며, 또 그 이야기는 기본적으로 '서술자의'(입장에서 이루어지는) 서술이다. 그점을 고려할 때, 시점은 이야기주체로서의 서술자가 그 대상들을 지각하고 말로써 제시하는 행위 혹은 상황의 여러 측면 ─ 서술자의 시간·

18

공간적 위치, 사상과 태도, 인식 혹은 지각의 정도와 담화 형식 등을 뜻하게 된다.

그런데 대상을 이야기하는(말하는) 서술자가 항상 그것을 보는(인식하는) 자인 것은 아니며, 그의 이야기 또한 이미 누군가가 말한 것을 갖가지 방식으로 재진술하는 것일 수 있으므로 양상이 매우 복잡하다. 때문에 시점 논의는 좁게 접근하면 대상를 '보는' 혹은 '초점을 맞추어 제시하는' 관점에 국한되지만, 서술자의 화법, 태도, 서술된 것의 양태, 문체 등의 논의와 밀접히 연관되면서 서술형식 전반과 관련을 맺는다.

요컨대 시점적 측면의 연구는 넓게 보아 서술자가 서술하는 행위와 상황에 관한 연구요 그의 위치뿐만이 아니라 정신적 태도와 관점에 관한 연구이다. 그리고 그것을 창조한 작자가 작품내적 세계를 형상화하고 구성하는 의도와 기법, 나아가 그가 현실을 바라보고 질서지우는 세계관과 미의식에 관한 연구이다. 또 작자 개인의 차원을 넘어 이야기 자체가 지니고 있는 관습성과 복합성을 고려할 때, 그것은 사람이 이야기로써 사물을 인식하고 재현하는 관습과 그 본질을 살피는 일이다. 아울러, 범위를 한정하여 시점이 '소설'의 예술성을 결정짓는 핵심요소라고 보면, 그것은 소설의 예술적 원리를 밝히는 일이기도 하다.

3. 20세기 이전의 이야기형식 — 일대기형식

현대소설 형성기에 일어난 변화를 논의하려면 당연히 그 이전의 형태가 규정되어 있어야 한다. 하지만 이전 이야기체의 시점 및 서술형식에 관한 연구는 정리된 결론에 도달해 있지 않은 듯하다. 그러므로 필요한 범위 안에서 거칠게나마 가설을 세우지 않을 수 없다.

이 글의 목표에 맞추어 이전의 서술형식을 살핌에 있어 무엇보다 주목해야 할 것은 전(傳)이다. 그것이 20세기 이전의 이야기 전통 속에서 지배적인 위치에 있었기 때문이다. "전은 사마천의 『사기』 열전 이래 한자문화권에서 고유하게 발전되어 온 수사(修史) 양식(Histographie) 내지 문학장르로서, 한 인물의 일대기(一代記)를 서술하면서 그것을 일정한 관점에서 포폄하는 것을 목적으로 한다."[6] 전의 기본형태라 할 수 있는 『사기』 열전은 역사적 인물의 가계, 행적, 평결의 세 부분으로 구성되는데, 특히 평결(評結)은 필자의 핵심적 의견을 덧붙인 대문으로, 계세적(戒世的) 교훈이 강하게 노출된다.[7] 그런데 그것은 대상, 서술형식 등이 다양해지면서 그 변이형태가 매우 많아지고, 앞의 뜻매김에 이미 드러나 있듯이, 경험(역사)적인 것에 허구적인 것까지 포함되게 된다. 전이 지배적인 만큼 주변적인 것들도 그 형식을 차용하거나 표방하여 전의 특징과 경계가 흐려졌다고 할 수 있다.

사정이 그러하기에 현대 이전 이야기의 일반 특징을 살피는 데는 오히려 전이라는 용어 자체가 포괄적인 접근에 지장을 줄 수 있다. 그러므로 여기서는 앞서 뜻매김한 전을 기본형태로 하면서 그것의 자장 안에 있는 설화, 야담, 한문단편소설, 고소설 등의 여러 이야기들에 공통된 형식을 잠정적으로 '일대기형식'[8]이라 부르고

---

6) 박희병, 『한국고전인물전연구』, 한길사, 1992, 9쪽.

7) 소재영, 「'전'의 근대문학적 성격」, 한국고전문학연구회 편, 『근대문학의 형성과정』, 문학과지성사, 1983, 135쪽.

자 한다.

일대기형식은 사람의 일생을 자연적 시간 순서로 서술하는 이야기의 한 형식이다. 그것은 기본적으로 경험적 자아가 역사적·윤리적 충동에 따라 수행하는 삼인칭서술이다.[9] 그런데 그 서술자는 경험적 자아로서의 작자 자신이되, 어디까지나 공적(公的)인 서술자로서 요약적이고 추상적인 언술로 실제 사실 자체와 집단적 가치 ― 이념, 윤리, 규범 등 ― 의 유포 및 합리화를 추구한다.[10] 기본형에 해당하는 사전(史傳)류에 비해 허구성이 강한 가전(假傳)류라든가 대부분의 고소설 역시, 물론 정도와 표현법의 차이는 있으나, 공적 서술자가 한 사람의 일생 서술을 통해 집단적 가치를 지향하므로 일대기형식이다. 고소설 앞머리의 가계 서술과 말미의 교훈적 서술은 각기 전의 서두와 평결부의 변형이라고 볼 수 있다.

---

8) '일대기형식'은, 김열규의 '전기적 유형'(『한국민속과 문학연구』, 일조각, 1971), 조동일의 '영웅의 일생'(『한국소설의 이론』, 지식산업사, 1977) 등과 통하되, 그들보다 좀더 추상적이고 외연이 넓으며 이 글의 목표가 고려된 용어이다.

한편 조동일은 소설과 전(전기)을 나누어 보면서, 그 둘의 우열관계에 따라 문학사의 단계를 구분할 수 있다고 하였다. 그에 따르면 1919년에서 시작되는 근대문학기는 둘이 공존하되 전이 문학으로서의 의의가 격하되고 소설이 우월한 위치를 굳힌 단계이다(『한국문학통사·3』, 88쪽).

9) 이는 전의 평결부의 '태사공왈(太史公曰)', '외사씨왈(外史氏曰)', '찬왈(讚曰)' 등으로 시작되는 서술들까지를 삼인칭서술로 보는 것이다. 자기가 자기 이야기를 공식적으로는 쓰지 않았을 뿐 아니라 쓴다고 해도 탁전(託傳) 형식을 취했던 20세기 이전의 시기에 있어서, 일인칭형식은 매우 예외적이고 주변적인 것으로 본다.

10) 그 집단적 가치는 대개 그 작품이 산출된 시대의 지배적 이념으로서 조선시대의 경우에는 유교이념이다. 때문에 일대기형식은 기본적으로 보수적 성격의 갈래라고 할 수 있다. 그렇게 볼 때 개혁적이거나 주변적인 이념 혹은 인물을 다룬 허균, 박지원 등의 전이 그 규범적 형태에서 벗어난 것은 당연하다.

이 경우, 실제 작자와 다소 거리가 있다고 보아 '내포작자' 개념을 빌어오면, 그 서술의 원천으로 간주되는 내포작자 역시 윤리적·이념적 규범의 수호자로서의 공적인 존재, 군자라든가 현자를 지향하는 존재로 간주된다. 이러한 사실들은 현대소설 이전 단계에서는 역사적 충동보다 창조적 충동이 우세한 갈래들도 일대기형식에서 자유롭지 못했음을 보여준다.

요컨대 현대소설 이전의 지배적 이야기형식인 일대기형식은, 공적인 서술자가 사람의 일생을 서술함으로써 집단적 가치를 추구하는 삼인칭서술로서, 그 내용이 경험적 사실과 일치하는 — 실제로 그러하든 그런 것처럼 가장하든간에, 적어도 그래야만 하고 또 그런 것으로 받아들여졌던[11] — 서술형태이다. 그것은 개인적이기보다 집단적이고, 낭만적·표현적이기보다 교술적이며, 개방되기보다는 완결된 구조를 이루면서, 무엇보다 허구적 존재로서의 서술자에 의한 중개성[12] 이 희박한 경험적 이야기이다. 그것의 서술자는 경험적 자아로서의 작자 자신이되 공적인 존재로서, 경험세계만이 존재하는, 혹은 경험세계와 허구세계가 구분되기 이전의 서술상황에서, 서술대상은 물론 독자보다 우월한 위치에서 서술을 한다(글[文]을 쓴다). 따라서 대상의 구체적 실상보다 주체의 추상적 관념 위주이며, 모방(미메시스)적이기보다 진술(디에제시스)적이다. 거기서 독자는 교화(敎化)되어야 할 수동적 존재로서, 개별적이 아니라 집단적인 존재로 간주된다.

이제까지의 분석을 바탕으로 일대기형식이 지배력을 잃는 시기,

---

11) 이는 글이 재도지기(載道之器)라는 관념 아래 글 혹은 문학을 효용론적으로 보는 사상과 문화적 관습을 바탕으로 한다.

12) F. K. 슈탄젤, 김정신 역, 『소설의 이론』, 문학과비평사, 1990, 18쪽.

그러니까 여기서 살필 20세기 초의 현대소설 형성과정에서 일어날 변화에 대해 추리해본다. 현대소설은 교술적인 것과 기록적인 것을 문학에 포함시키지 않음으로써 소설 역시 허구적인 것으로만 간주되는 시기의 산물이다. 그러므로 일대기형식의 전통 아래 현대소설이 형성되는 과정에서 일어나는 핵심적 변화는 (이야기된 사건이 '일생 위주에서 특정 사건 위주로 바뀜'과 함께) '경험세계와 허구세계의 분리' 및 그에 따른 작자와 서술자의 분리, 교술성의 간접화 등일 것이라는 판단을 하게 된다. 이는 전통적 의미의 문(文)으로부터 현대적 의미의 문학(文學)이 분리되는 변화의 핵심을 이루는 사항으로서, 이제부터 살피게 될 몇 가지 갈래와 작품의 모습은, 크게 보아 당대의 작자들이 일대기형식의 이야기 전통 속에서 경험세계와 허구세계를 분리하여 하나의 독립되고 완성된 세계로서의 작품을 형상화하고, 그것을 통해 생각을 간접적으로 '보여'주고자 힘쓰는 과정에서 생성되었으리라 짐작할 수 있다.

4. 1900년대와 1910년대의 이야기형식

4.1. 전기, 문답·토론체, 몽유록

경술국치 이전 약 3년 동안에 주로 발간된 전기(傳記)는, 일대기형식의 기본 특징을 두드러지게 계승하고 있다. 대개 제목에 '전' 혹은 그에 준하는 말이 붙어 있으며, 평결부를 두거나 신채호의 『을지문덕』(1908)처럼 서론 — 본문 — 결론의 논설 형식을 취하여 번역자 및 작자의 역사관과 애국계몽이념을 제시하고 있다.

역사적 인물의 일생을 다루면서 집단적 가치를 추구하는 것이다. 이는 신채호, 박은식, 장지연 같은 담당자들이 전의 형식과 친숙한, 한학(漢學)을 한 계층이기에 당연한 바 있다.

따라서 허구적인 것만을 (좁은 의미의) 문학이라고 보는 현대의 잣대로 보면, 전기는 소설이라 하기 어렵다. 이는 전기가 애국계몽이념을 지닌 주체이자 역사적 존재인 작자가 현실에 대해 공적인 발언을 하는 경험적 이야기이며, 경험세계와 허구세계가 구별되기 이전의 상태인 일대기형식의 서술상황에서 산출되었음을 뜻한다.

전기의 작자 혹은 번역자들은 당시에 왜 그것을 짓고 번역했는가? 박은식의 『서사건국지』(1907) 서문에 잘 드러나 있듯이, 국민들이 과거에 실재했던 구국영웅의 삶을 보고 느껴 감동함으로써 당장의 국가적 현실을 알고 애국심을 갖게 하는 데 적합했기 때문이다. 그렇다면 그것은 이전의 일대기와 달리 사실의 기록보다는 묘사를 필요로 하며, 공적 서술자에 의한 일방적 평결보다는 사건과 인물을 통한 이념의 형상화 혹은 극화(劇化)가 요구된다. 그리고 이때 자연히 서술자의 개입이 약화되는 한편 허구적 요소가 개입된다.

바로 그러한 까닭으로 전기는 일대기형식이 변화된 모습, 곧 소설적인 모습을 다소 띠게 되는데, 그 구체적 양상을 한 가지만 살펴본다. 표지에 '신소설'이라고 한 『애국부인전』[13]은 중국본을 대본으로 장지연이 쓴 잔다르크 전기로서 끝에 평결부가 있다. 하지만 서두에 가계 서술이 없고 작자가 추구하는 애국계몽사상이 다음과 같이 잔다르크의 연설 형식으로도 제시되고 있다.

---

13) 장지연, 『애국부인전』, 광학서포, 1907.

이 때 원수가 몸기를 두르며 한점 앵두같은 입술을 열고 삼춘련꽃같은 혀를 흔들어 두 줄기 옥을 깨치는 소리로 공중을 향하여 창자에 가득한 열심하는 피를 토하니

　그 연설에 가로되

　　우리 법국 동포 국민된 유지하신 제군들은 조금 생각하여 보시오. 우리 나라가 어떻게 쇠약하고 위태한 지경이며 … (중략) … 동포 제군께서 이미 노예되는 것이 부끄러운 욕 되는 줄 아시니 이렇듯 좋은 일이 없나이다. 그러나 다만 부끄러운 욕 되는 줄로 알기만 하고 설치할 생각이 없으면 모르는 사람과 일반이 아니오. 세계의 어떤 나라 사람이든지 진실로 이민된 책임을 다하여야 당연한 임무가 아니오.　　　　　　　　　　　　　　　　　　　(22～24쪽)

　위의 연설 부분은 일반 서술과 구분되어 그것이 인물의 말임을 표시하고 있는데, 그 내용이란 바로 작자가 전파하고자 하는 애국 계몽이념이다. 이는 화자를 인물로 내세움으로써 위기에 빠진 나라를 건지기 위한 작자의 사상을 사건화 혹은 극화하여 간접적으로 제시하는 것이다.

　이러한 양상은 전기(및 외국역사서)와 함께 당시에 존재했던 또 다른 사상 유포 형식인 문답·토론체의 특성에 대한 단서를 제공한다.[14] 문답·토론체에 속하는 것으로는 「소경과 앉은뱅이 문답」(1905) 「거부오해」(1906) 등 규모가 작은 것에서 안국선의 『금수회의록』(1908) 이해조의 『자유종』(1910)과 같이 큰 것이 있는데,

_____

14) 이 두 갈래, 특히 그 가운데 문답·토론체의 분류 기준, 명칭 등은 연구자마다 일정하지 않다. 여기서는 이 글의 논지에 따라 이제까지와는 다소 다르게 분류한다.

대개 짧은 시간 동안 제한된 공간에서 벌어지는 문답, 토론, 연설 등으로 이루어져 있다. 이들은 전기와는 달리 허구성이 개재되고, 현재의 사건이나 문제를 직접 다루며, 이야기다운 면이 적다. 하지만 『금수회의록』 끝에 평결부에 해당하는 작자의 '촌평'이 붙어 있는 데서 알 수 있듯이, 이들 역시 전기처럼 당대 현실에 대한 비판적인 생각이나 사상을 유포하는, 곧 사건보다는 관념이 우위에 있는 논설적이고 교술적인 것들이라 할 수 있다. 그렇다면 문답·토론체는 앞에 인용한 전기의 일부처럼 목격자 혹은 연설자로서의 화자를 등장시켜 사상을 사건화하여 보여주는 서술형식, 하지만 역사적 사실에 제한받는 전기와는 달리 이야기적 특성이 희박해질 정도까지 극단화된 관념의 극화(劇化) 방식이라고 할 수 있다. 주로 신문에 실렸으며 등장인물이 동물로 설정되기도 한 데서 드러나듯이, 그것은 독자들이 쉽게 접근할 수 있도록 우화라든가 재미난 극으로 바꾼 '논설'인 것이다.[15]

요컨대 전기와 문답·토론체는 허구성의 개재 여부, 일대기형식의 계승 여부 등에서 서로 다른 서술형식이지만, 관념을 구체적 형상으로 체험시키려는 경향의 산물이라는 점, 하지만 각기 현대소설다운 허구성과 형상성 혹은 서사성은 부족하다는 점에서 서로 통한다.

이러한 맥락에서, 이전의 형식인 몽유록이 왜 당시에 활발히 계

---

15) 김윤식은 안국선의 『금수회의록』, 『공진회』 등을 '연설의 산문화' 형태로 보 았는데(『한국근대문학양식론고』, 200쪽), 여기서 말을 조금 바꾸고 대상을 확 대하여 이들을 '연설의 극화' 형태라고 할 수도 있을 것이다. 한편 조남현은, 이들 작품을 넓은 의미의 소설 속에 넣고 볼 때 "한국소설사에서 '직접화법' 을 시도한 첫 용례"가 된다고 하였다.(「개화기 소설양식의 변이현상」, 『한국 현대소설연구』, 민음사, 1987, 89쪽)

승되었는가를 설명할 수 있다. 유원표의 『몽견제갈량』(1908), 박은식의 『몽배금태조』(1911) 등이 취한 몽유록 형식은[16] 그 담당자들이 전기의 경우처럼 주로 한학을 한 사람들이라 그들한테는 아주 익숙한 것으로서, 바로 꿈 속에서 문답, 토론, 연설하는 형식이다. 그것은 전혀 일생을 다루지도 않고 경험적인 서술도 아니라는 점에서 일대기형식 및 전기와 대립되는데, 그렇다고 해서 문답·토론체처럼 서사성이 약하지도 않다. 꿈에 들어감―나옴의 서사장치를 지니고 있어서 훨씬 안정된 구조를 지니고 있다. 작자의 현실비판적이고 계몽적인 사상을 인물의 말로 극화하여 얼마든지 제시하면서도 서사적 뼈대를 확보할 수 있기에 몽유록 형식은 지속되었던 것이다.

이렇게 볼 때 앞의 세 부류는 모두 당대 현실에 관한 논설의 성격을 지녔으며, 그 가운데 가장 소설다운 면모를 지니고 있는 것은 몽유록이다. 허구성과 서사성을 함께 확보하고 있기 때문이다. 이전 시기에는 일대기형식에 밀려 주변적이던 형식이 좀더 중심적인 것으로 부상한 셈이다.[17]

---

16) 앞서 문답·토론체로 거론한 『금수회의록』은 몽유록 형식을 겸하고 있기도 하다.
17) 하지만 몽유록형식은 그 현실비판성 때문에 경술국치 이후에는 찾아보기 어렵게 된다.

4.2. 신소설, 초기단편소설

'신소설'이란 본래 이전과는 다른 새로운 이야기체를 두루 지칭하는 말이었다. 그것이 점차 경술국치 전후의 약 10년 동안에 주로 단행본으로 발표된 가정사 중심의 장편이야기들을 가리키는 갈래 이름이 되면서 '고소설'의 대립어로 굳어졌는데, 그렇게 된데에는 그에 해당되는 작품들이 지닌 '새로움'과 공통성이 작용했을 터이다.

『혈의 누』(1906)를 비롯한 신소설 작품들이 지닌 새로움이란 내용쪽보다[18] 형식쪽의 새로움으로서, 그것은 일대기형식으로부터의 분리 혹은 그것의 폐기를 뜻한다. 우리 현대소설이 이전 소설과 구별되는 표현적 특성으로 일컬어지는 영웅적 형상의 후퇴, 선적(線的)인 서술구조의 약화, 전지적·주권적 서술자의 후퇴, 공간화 경향 등[19]은 모두 그것의 구체적 양상들이라고 할 수 있다. 그러한 특징을 지니고 있는, 일대기형식에서 벗어난 최초의 소설다운 소설이 신소설이다.

시점 및 서술형식의 측면에서 보면, 일대기형식에서 벗어남은 한마디로 장면화에 의해 가능해졌다고 할 수 있다. 장면화란 말하기(telling)에 대립되는 보이기(showing)의 구체적 형식으로서, 대상의 사실적 재현을 가리킨다. '장면'은 이야기된 시간과 이야기하는 시간의 접근, 일상언어의 사용, 시간·공간의 구체성 등의 특징을 지닌다.[20]

---

18) 내용면에서 이전의 것이 지속되는 양상에 대한 대표적 연구로 조동일의 『신소설의 문학사적 성격』(서울대출판부, 1973)이 있다.

19) 이재선, 『한국현대소설사』, 20~28쪽.

다음은 이인직의 『치악산』[21] 첫머리이다.

강원도 원주 경내에 제일 높은 산은 치악산이라

명랑한 빛도 없고 기이한 봉우리도 없고 시커먼 산이 너무 우중충하게
되었더라

…… (일곱 문장 생략) ……

치악산 높은 곳에서 서늘한 가을 바람이 일어나더니 그 바람이 슬슬
돌아서 개 짖고 다듬이 방망이 소리 나는 단구역말로 들어간다

달 밝고 이슬 차고 베짱이 우는 청량한 밤이라. 소소한 바람이 홍참의
집 뒤꼍 오동나무 가지를 흔들었는데 오동 잎에서 두세 방울 찬 이슬이
뚝뚝 떨어지며 오동 아래 담장 위에서 기와 한 장이 철썩 떨어진다

달은 오동나무 그림자를 끌어다가 홍참의집 건넌방 동창 미다지에 드
렸는데 서늘한 바람이 오동 그림자로 활동사진을 놀리더라

창밖에 눈썹같이 좁은 툇마루가 있는데 어떤 부인이 혼자 앉았다가 머
리끝이 쭈뼛쭈뼛하고 겁나는 마음이 생겨서 미다지를 열고 방으로 들
어가는데 나이 이십이 될락말락하고 시골 구석에도 이런 일색이 있던
가 싶을 만한 일색이라. 은조사 겹저고리에 세모시 다린 치마를 입고
서늘한 바람에 치운 기운이 있던지 겁이 나서 소름이 끼쳤던지 파사한
태도가 더욱 어여쁘더라

　(부인) 이애 검홍아 검홍아……　　　　　　　　　　　　　　(1~3쪽)

　작품이 주인공의 가계가 아니라 공간 서술, 그것도 치악산이라
는 배경을 상징적으로 제시하는 서술로 시작되고 있다. 그리고 한

20) 최시한, 『가정소설연구 — 소설형식과 가족의 운명』, 민음사, 1993, 177쪽.
21) 이인직, 『치악산』, 유일서관, 1908.

밤중의 풍경과 움직임이 자세히 묘사된다. 대화와 지문이 구별되고 인물의 내면상태가 서술되어 사실적인 효과에 이바지한다. 일대기형식의 진술적 혹은 '말하기'적 서술과는 달리 일상적이고 구체적인 시간 속의 공간이 모방되고 '보여지는', 즉 형상화되는 것이다.

그러한 형상화는 서술자가 대상과의 거리를 확보하여 비교적 객관적인 관찰과 서술을 했기 때문에 가능해진 것이다. 일대기형식처럼 삼인칭서술이고, 서술자가 자기 존재를 드러내면서 서술 대상과 독자보다 우월한 위치에서 개입하고 있으나, 밑줄 친 부분에서 알 수 있듯이, 그의 권위와 개입 정도는 훨씬 낮다. 그는 윤리적 개입자요 이념의 수호자로서의 면모가 희미하다. 일대기형식에서 신소설로의 변화는 이렇게 서술이 관념 중심에서 삶의 구체적 양상 중심으로, 서술하는 자 중심에서 서술 대상 중심으로, 그리고 요약적 서술에서 묘사적 서술로의 변화이며, 이는 장면화라는 말로 압축되는 것이다.

요컨대 장면화란 다름아닌 시간·공간화이자 그 속에 존재하는 것들의 구체적 형상화이다. 그 형상화 행위 즉 서술 대상들을 서술하는 행위는, 그 주체인 서술자의 위치, 태도, 말투, 사상 등의 객체화를 동반하므로 공간화는 또한 시점화이기도 하다. 시점 논의가 허구적 서사물, 그 가운데서도 현실의 구체적인 묘사가 이루어지는 사실주의적 서사물만을 대상으로 이루어진다고 한정한다면, 한국 소설사에서 시점이 중시되고 문제되는 것은 장면화가 이루어지는 신소설부터라고 할 수 있다.[22]

그런데 서술자와 대상간의 거리가 확보되고 그의 권위와 개입 정도는 낮아졌으나 그와 경험적 자아로서의 작자 사이의 거리, 그가 허구적인 이야기를 하는 허구적 존재로서 작자로부터 분리되고 그의 이야기 행위가 일관되게 조정되는 '객관화' 혹은 '객체화'[23] 정도는 그다지 멀거나 높지 않은 것으로 보인다. 서술상황에서 설정 가능한 두 개의 거리 가운데 작자와 서술자 사이의 객관적 거리가 상대적으로 덜 확보된 것이다. 앞의 인용에 그것까지 뚜렷이 나타나 있지는 않으나, 신소설 일반의 서술상황에서 일대기형식이 지닌 바 작자와 서술자, 경험세계와 허구세계의 미분화(未分化) 상태는, 정도는 달라졌어도 지속된다. 따라서 역시 정도가 달라졌지만 여전히 서술자가 보이고 있는 공적(公的)이고 주권적인 태도는, 이른바 '작자적 서술상황'[24]의 그것과는 다소 다른 면이 있다. 신소설의 서술자는 '작자처럼 전지적이거나 주석적일' 뿐 아니라 작자라는 존재와의 근친성이 강한, 일대기형식의 전통 속에 놓여 있는 존재이다. 신소설의 작자는 '작자의 이야기 행위 수준(level)'

---

22) 장면화는 물론 플롯의 국면에서도 중요한 문제이다. 인용된 『치악산』의 경우처럼 많은 신소설 작품들이 일대기적 서두를 탈피하여 한 장면으로 시작되고 뒤에 가서 그 장면으로 다시 돌아오는 형식으로 구성된다. 이때 그 사이에 그 장면의 원인이 된, 시간적으로 그 이전의 사실 — 그 장면 핵심인물의 그때까지의 일대기 — 에 대한 서술이 들어가게 마련이다. 신소설에서 벗어나지 못한 현상윤의 1910년대 초기단편소설들이, 오히려 단편이기에 더욱 두드러지게 그런 형태를 보여주고 있다 (최시한, 「현상윤의 갈래의식 — 1910년대 장르체계의 유동성에 대한 고찰」, 『서강어문』 제3집, 서강어문학회, 1983 참조). (※ 이 책에 수록)

23) 필자는 전에 이것을 '객관화'로만 부르면서, 그 정도가 근대적 서술방식, 나아가 근대적 의식의 확립과정을 보여준다는 전제 아래, 염상섭 소설을 대상으로 그 양상을 검토한 바 있다 (「염상섭 소설의 전개 — 서술자의 객관화 과정을 중심으로」 『서강어문』 제2집, 1982). (※ 이 책에 수록) 한편 서술자의 '객체화'는 '극화(dramatize)'와 통하는 말로서, 우리의 이야기 전통과 이 글의 논지를 고려하여 택한 용어이다.

24) F. K. 슈탄젤, 앞의 책, 32쪽 및 제3장 참고.

과 구별되는 '서술자의 이야기 행위 수준'을 구별하고 또 조정하는 데 이르지 않은 것이다.

이 서술자의 객체화는 서구 이야기체의 변천과정에서도 핵심적인 문제이므로 한국만의 특수한 문제는 아니다. 그리고 "작자는 어느 정도 위장을 할 수는 있지만 완전히 소멸할 수는 없기"[25]때문에, 그 정도가 높다고 해서 반드시 좋은 작품으로 평가되지는 않는다. 서술자의 객체화는 작품 구조의 통일성이나 주제를 형상화하는 예술적 완성도의 차원에서 평가될 성질의 것이며, 이는 신소설의 경우도 마찬가지이다.

서술자가 객체화되지 않은 상태는 신소설에서 두드러지게 문제되거나 작품 구조를 파탄시키지는 않는 듯이 보인다. 그것은 전기, 문답·토론체, 몽유록 등의 경우와는 달리, 그 작자들이 당대 현실에 대한 비판적 관심이 적어서 작품을 통해 유포해야 할 사상 자체가 빈약했던 까닭이다. 신소설이 장면화로 말미암아 얻게 된 서사성 혹은 형상성이 어떤 관념을 표현하는 데 이바지하고 있는가를 살펴보면, 그 서술형식면의 새로움이 내용의 새로움을 동반하고 있지 않음을 확인할 수 있다. 일대기나 몽유록 형식을 이어받아 현실비판적이고 계몽적인 사상을 유포했던 전통적 지식인 계층의 작자들과는 달리, 신소설을 담당한 근대적 지식인 계층의 작자들은 전통 형식을 일부 새롭게 변화시켰지만 소설의 통속적 재미에 기울고 말았다.[26] 신소설은 일대기, 전기 등처럼 삼인칭서술 위주여서 일인칭서술을 찾기 어려운데, 이는 곧 작자들이 허구성을 표방

---

25) W. C. 부우드, 최상규 역,『소설의 수사학』, 새문사, 1985, 34쪽.

26) 권영민,「개화기소설 작가의 사회적 성격」,『한국학보』제19집, 일지사, 1980년 여름, 92쪽.

하고 대상의 여실한 묘사를 내세우면서 사상면에서는 관습적인 화법인 삼인칭 서술방식 속으로 도피해버렸음을 뜻한다.

근본적으로 새로운 형식을 낳을 만한 새 사상은 부족한 새로움 ― 그것이 신소설의 과도기적이고 상업주의적인 새로움이다. 이렇게 볼 때 20세기 초의 이야기체에서 전통적 서술형식은 바람직한 내용을 지니되 그 형식을 혁신할 시간을 갖지 못하고, 외부의 강한 영향 아래 이룩된 새로운 서술형식은 바람직한 내용을 지니지 못하고 있다. 근대화의 결정적 시기에 나라를 잃은 불행이 문학분야에 남긴 상처의 하나가 바로 이것이다.

요컨대 신소설은 장면화를 통해 일대기에서 벗어났지만, 심층의 차원에서 작자와 서술자의 분리, 혹은 서술자의 객체화와 거리 확보가 이루어져가는 과도기의 산물이다. 시점론적 측면을 볼 때, 신소설에서 일대기형식의 특성은 잔존해 있는 셈이다. 이해조의 『화의 혈』 서언에 나타난 바와 같은 소설의 허구성에 대한 인식은, 창작행위 혹은 이야기의 과정에서 아직 적절히 실천되지 못하고 있다.

한편 초기단편소설로 분류되는 작품군이 있는데, 이들은 신소설과는 달리 개인의 내면에 관심을 보이는 단편이며 일인칭서술을 취하기도 한다. 그런데 최초의 근대적 단편집으로 꼽히기도 하는 안국선의 『공진회』(1915)의 앞과 뒤에 '독자에게 주는 글'이 붙어 있다. 그리고 일인칭 서술형식을 취한 현상윤의 「핍박」(1917)[27], 이광수의 「방황」(1918) 등의 서술자 '나' 역시 작자와의 근친성이 강하여[28] 논설이나 수필에 가까운 성격을 띠고 있다. 일대기형식의

---

27) 주종연은 앞의 책, 89쪽에서 이 작품이 일인칭 서술형식을 취한 최초의 근대적 단편소설이라고 하였다.

특징을 신소설처럼 지니고 있는 것이다.

하지만 이 일인칭서술의 등장 그 자체가 지닌 의미는 크다. 작자와의 근친성이 강하다 하더라도, 서술자가 '나'라는 한 인물 혹은 개인으로서 이야기된 세계에 등장함으로써 공적인 성격이 약화되고 서사 자체가 개인적인 것이 될 근본적 변화의 가능성이 잠재되어 있기 때문이다.

5. 1920년대의 이야기형식

앞에서 1900년대와 1910년대의 이야기체들을 일대기형식의 계승과 변화라는 측면에서 살폈다. 이제 그 다음 시기, 그러니까 "한국소설사에서 근대적 리얼리즘이 확립된 1920년 전후"[29]부터의 작품들을 살필 차례이다. 그런데 이 시기의 작품들은 유형적인 경향이 적으므로 앞 절에서와 같이 갈래지워 개괄하기 어렵다. 따라서 여기서는 이 글의 맥락에서 뜻깊다고 여겨지는 양상을 띤 몇 편의 작품을 택하여 작자들이 직면했던 문제들 중심으로 살피고자 한다.

---

28) 최시한, 「현상윤의 갈래의식」, 앞의 책, 118쪽. 이 작품들의 말미에는 작자가 탈고한 날짜가 적혀 있고, 그런 예가 당대의 소설들에 많은데, 이 또한 작자로서의 서술행위만 의식했지 서술자로서의 서술행위는 의식하지 못했다는 증거로 본다.
29) 이재선, 『한국현대소설사』, 44쪽.

5.1. 서술자의 객체화 문제

현진건의 「타락자」는 『개벽』에 4회에 걸쳐 연재되었는데, 그 마지막회 말미에 학예부 책임자 현철의 글이 붙어 있다. 그것은 「타락자」를 "작자 자기의 자서전이나 전기같이 생각하(여 비난의 투서를 하)는 이가 있으나 그것은 결코 그렇지 아니하다"[30]는 내용이다. 이처럼 일인칭서술의 '나'를 작자와 구별하지 못하는 것은 예나 지금이나 미숙한 독자가 범하는 잘못이다. 그런데 편집자가 문학개론적 지식을 동원하여 한 쪽 이상의 분량으로 그에 관해 해설한 것은, 당시에 그게 그만큼 중요한 문제였음을 암시한다.

독자의 독서과정은 물론 작자가 창작을 하는 과정에서 둘을 구별하는 일이 당대에는 쉽지 않은 일이었다. 일대기형식의 전통 속에서 그 둘을 분리하여, 즉 허구적 존재로서의 서술자를 객체화하여 시점의 적절성과 통일성을 확보함으로써 자신의 느낌과 생각을 서술자, 인물, 공간적 요소 등을 동원하여 형상화하는 일은 문학사적 과제였다.

이기영의 「민며느리」[31]는 그 부제 '금순이 소전(小傳)'에서 알수 있듯이 주인공 장금순이 스물 한 살 먹기까지의 전, 곧 일대기이다. 차차 밝혀지겠지만, 1920년대의 단편소설 중에도 이처럼 아직 일대기형식의 흔적을 지닌 작품이 매우 많은데, 인물에 대한 서술자의 우월한 위치를 드러내는 '금순이'라는 호칭 또한 작자가 직접 개입하는 다음과 같은 서술과 함께 일대기적 특성의 지속 양상을 보여준다.

---

30) 『개벽』 제22호(1922. 4), 36쪽.
31) 『조선지광』, 1927. 6.

그는 K촌을 떠난 지가 올해 삼 년째이다. 그는 그렇게 유랑하다가 작년 봄에 서울로 올라와서 비로소 자리를 잡게 되었다. 그는 올라오는 길로 S제사공장 시험을 본 것이 다행히 합격이 되어서 지금은 ××문 밖에서 사글세방 한 칸을 얻어가지고 늙은 부친과 살림을 하는 터이다. …… (생략) …… 그는 우선 동무들한테 언문을 배우고 책을 사다가는 <u>옥편을 놓고 자습을 하였다. 공부란 무서운 것이다. 제군은 어린 새가 날 공부 하는 것을 보았을 것이다.</u> 처음에는 한 치 두 치를 날기 시작하던 것이 어느 틈에 대공(大空)으로 날라간 것을. ─ 금순이도 한 자 두 자를 깨닫더니 어느 틈에 글바다로 뛰어들었다. ─ 뿐만 아니라 그의 남다른 환경과 본래의 총명은 ×××××××를 하게 되었다. ─ <u>아! 만일 K촌 사람이 지금의 금순이를 본다면 어떻게 삼 년 전에 원득이와 살던, 아주까리 기름 냄새나는 그 금순이던 줄을 알 수 있으랴?</u>   (30~31쪽)

앞에서 독자를 친구나 아랫사람처럼 '제군'이라 부르며 연설하듯이 말하는 이는 서술자라기보다 작자이다. 장금순이 "무산계급 전선의 한 투사"(35쪽)가 되어가는 과정을 통해 사회주의 이념을 제시하려는 작자인 것이다. 그가 이렇게 부적절하게, 그리고 작품 전체에 비추어 일관성 없이 개입하여 주제를 노출함으로 말미암아 작품의 형상성과 통일성이 훼손된다.

서술자가 객체화되지 않은 데서 비롯되는 양상은 그 밖에도 많다. 앞에 다소 드러났듯이, 서술자가 이야기하는 현재(discourse - NOW)[32] 혹은 시점(時點)이 분명하거나 한정되지 않고 끊임없이 '지금'으로 이동함으로써 현재와 과거가 시제상 뒤얽히고, 아울러 공간을 가리키는 '여기'와 '거기'가 혼동되기도 한다. 서술자의 존

---

32) Seymour Chatman, *Story and Discourse*, Ithaca&London: Cornell Univ. Press, 1978, p.63.

재 자체, 그리고 그가 대상을 지각하고 서술하는 것으로 가정된 시간적·공간적 위치가 명료하지 않음으로써 빚어진 이런 혼란이 아주 심해지면, 염상섭의 「표본실의 청개구리」(1921)와 같이 일인칭서술과 삼인칭서술이 착종되는 일이 벌어진다. 앞의 인용에서 얼굴을 드러냈던 존재와 같은 존재이되 일인칭으로 지칭되며 작자와 근친성이 강한 '나'와, 김창억의 '일생'을 서술하는 삼인칭 서술상황의 서술자가 아예 작품을 반분하여 맡아가지고 공존하게 되는 것이다.[33]

5.2. 주제의 형상화 문제

그러한 혼란을 피하여 주제를 형상화하고 형식적 통일성을 얻는 데는 여러 방법이 있을 것이다. 그 가운데 1920년대 작품들에서 흔히 보이는 것으로 두 가지를 들 수 있다. 전통적인 삼인칭서술을 쓰되 앞서 살핀 『애국부인전』의 경우처럼 인물의 입을 빌어 그가 주제를 '발언' 혹은 '연설'케 하여 사건화하는 방법이 있다. 그리고 다른 하나는, 이미 초기단편소설에서 나타나기 시작한 것으로서, 아예 작자가 '나'라는 인물이 되어 — 직접 등장하거나 '나'라는 인물을 가장하여 — 모든 말을 하는 일인칭서술의 방법이다. 이 둘 가운데 뒷것의 사용에 따른 변화야말로 우리 이야기 전통의 변화 과정에 으뜸가는 중요성을 지니고 있다.

먼저 삼인칭서술을 하되 인물의 입을 통해 핵심적 사상을 제시하는 경우를 살펴본다. 이 경우, 앞서 「민며느리」에서 보았듯이,

---

33) 이는 1920년대 소설에서 흔히 볼 수 있다. (※ 이 책에 수록된 「염상섭소설의 전개」, 「현진건의 현실인식과 기법」, 참고)

서술자가 얼마나 적절하고 일관되게 시점을 유지하는가와 인물의 발언행위 자체와 그 내용이 얼마나 인물의 성격과 사건 전체의 문맥에서 박진성을 지니느냐가 문제된다.

김동인의 첫작품 「약한자의 슬픔」[34]은 「민며느리」처럼, 그리고 작자 자신이 밝혔듯이, 강 엘리자베트라는 "여성의 반생을 그린"[35] 삼인칭 서술형식의 소설이다. 그런데 전체 서술이, 서술자가 말하거나 주인공 자신의 목소리로 말하거나간에, 주인공을 초점자로 삼아 그녀가 지각한 것 중심으로 이루어져 있다. 서술자와 초점자를 분리하고 서술자의 개입을 제한한다는 것은 그만큼 작자 — 서술자 — 인물이 객체화되고 미적으로 통어됨을 뜻한다. 이는 작자 스스로 정리한 이른바 일원묘사 A형[36] — 슈탄젤의 '인물적 서술상황'의 일종에 해당하는 그 서술형식이 일관되게, '의식적으로' 수행된 것이다. 이는 매우 놀라운 일로서 김동인이 우리 소설사에 시점을 도입했으며, 그가 『소설기술론』(1921)을 써서 처음으로 시점 이론을 세운 "러보크보다 먼저 알아차리고 있었을 뿐 아니라 스스로 이를 실천한"[37] 작가라고 평가하는 근거가 된다. 그리고 이광수 소설의 서술자가 공적인 서술자에 가깝다고 볼 때, 김동인의 이광수 비판은 곧 이광수 소설의 서술자 비판이며, 나아가 일대기형식의 서술자를 지양하고 허구적 이야기를 철저히 허구적 혹은 '예술

---

34) 『창조』 제1~2호(1919. 2~3). 이 작품은 1920년대에 발표된 것은 아니나 여기서의 시대구분이 편의상 이루어진 것이고, 또 그 작품이 "근대적 리얼리즘이 확립된 1920년 전후"의 작품이므로 대상으로 삼는다.

35) 김동인, 「조선근대소설고」, 조선일보 1929. 7. 28~8. 16. 『김동인전집』 제16권, 조선일보사, 1988, 31쪽.

36) 김동인, 「소설작법」, 『조선문단』 1925. 4~7. 『김동인전집』 제16권, 앞책, 169쪽.

37) 김윤식·정호웅, 『한국소설사』, 예하, 1993, 86쪽.

적'으로 수행하고자 했기에 할 수 있었던 비판이라 할 수 있다.[38]

그런데 그런 방식으로 서술의 통일성과 시점의 일관성은 일단 얻어졌으나 그 서술 내용의 박진성 혹은 인물의 성격적 통일성 문제가 남아 있다. 그렇게 이루어진 서술 전체를 통해 형상화하고 전달하려 한 생각은 결말부에서 주인공의 매우 길고 극적인 독백의 형태로 제시되는데,[39] 그것이 스무 살 된 주인공의 성격과 행동에 걸맞지 않는다. 따라서 작품 전체의 사건구조 속에서 필연성을 띠지 못한다. 관념이 충분히 사건화되지 못하고 있는 것이다.

5.3. 일인칭 서술형식의 확립 문제

그러한 문제점을 비교적 쉽게 극복할 수 있는 서술방식이 앞에서 지적한 두번째 것, 곧 일인칭 서술형식이다. 그 경우, 작자가 '나'로 앞에 나서서 자기 모습을 노출하여도 그다지 화법의 통일성이 깨지지 않는다. 1910년대 후반부터 이른바 고백체, 편지체 등을 포함한 일인칭 서술형식의 작품들이 많이 나타난 까닭 가운데 하나가 바로 여기에 있다. 일인칭 서술형식은 그것 자체가 새로운 것이며 해방되려는 자아의 내적 고뇌를 표현하기에 적절하다는 점 외에도, 서술자의 객체화 및 시점 조정 문제가 앞서 살핀 삼인칭서술에 비하여 쉽거나 심각한 문제를 덜 일으킬 수 있기 때문에 추구되었다.[40]

---

38) 이 점에서 「광염소나타」, 「광화사」 등이 이야기를 만드는 과정까지 이야기하고 있음은 매우 시사적이다.

39) 희곡과도 비슷하다. 희곡의 지문에 해당되는 부분 곧 서술자가 지각하여 말하는 부분은 겹으로 된 괄호를 써서 구별해놓고 있다.

하지만 일인칭서술에서도 서술의 수준을 구별하고 또 조정하여 통일성과 박진성을 얻는 일이 여전히 문제된다. '나'는 허구세계에 나타나는 순간 서술자인 동시에 인물이 되는 까닭이다. 고백체, 편지체 등은 일종의 특수형태이므로 여기서는 좀더 일반적 양상을 보여주는 전영택의 「화수분」[41]을 가지고 그 점에 대해 살펴보기로 한다. 이 작품 역시 '화수분전(傳)'이라고 할 수 있는 내용인데, 그 대강을 '나'의 이야기 행위 및 과정 중심으로, 각 장(章)별로 요약하면 다음과 같다.

1. '나'는 한밤중에 행랑살이하는 화수분의 울음소리를 듣고 까닭을 궁금해한다.
2. 화수분네 식구들은 금년 구월에 '나'의 집 행랑에 들어와 구차하게 살아왔다.
3. 이튿날 '나'는 화수분의 아내가 '나'의 아내한테 자기 남편 집안의 내력과 지난 밤 남편이 운 까닭(살기가 어려워 딸을 남의 집에 주었음)에 대해 말하는 것을 듣는다.
4. 며칠 뒤 '나'는 화수분이 고향에 다녀오겠다고 하여 허락해 준다.
5. 겨울이 되어도 화수분이 안 돌아와서 그의 아내가 찾아 떠난다.
6. '나'는 동생으로부터 화수분네 식구들의 뒷이야기(부부는 얼어죽고 남은 아이는 누군가 데려갔음)를 듣는다.

---

40) 물론 여기서 외국소설, 특히 일본 사소설의 영향을 빼놓을 수 없다. 당대의 일인칭서술들이 지닌 '나'와 작자 사이의 근친성 문제는, 사소설의 예가 있기에, 그리고 자연주의 사조에 걸맞기에 당연시되기도 했다.

41) 『조선문단』 제4호(1925. 1).

이 작품의 핵심 내용은 제3장과 6장에서 제시된다. 그런데 제3장은 화수분 아내의 목소리로, 제6장은 '나'의 목소리로 되어 있다는 차이가 있을 뿐, 그들 모두 '나'가 들어서 전하는 것이다. 그렇다면 이 작품에서 '나'의 역할이란 주로 화수분에 대해 자기가 보고 들은 것을 목격자요 증인으로서 이야기하는 일이다. 이는 서술자 자신이 대상을 지각하거나 그에 관한 정보를 입수하는 행위와 과정 자체를 서술한 셈인데, 일단 이야기의 근원상황이 그대로 반영된 '자연스러운' 서술이라고 할 수 있다.

그런데 '나'는 하는 행동에 비해 서술상의 비중이 너무 크다. 서술된 만큼 기능성이 강한 행동을 거의 하지 않는다. 단지 동정적인 태도로 보고 들은 것을 이야기할 뿐이며, 그것도 화수분 가족의 비참한 삶을 '객관적으로 이야기한다'거나 '인간적인 시선으로 바라본다'기보다는 '너무도 냉담하게 행동한다'는 느낌을 주는 결과를 낳는다. 이는 '나'가 서술자인 동시에 화수분에게 도움을 줄 수 있는 고용주, 곧 인물이라는 점을 고려하지 않고, 이야기의 근원상황을 소박하게 재현만 했기 때문에 빚어진 것이다.[42] 전영택 소설, 나아가 당대의 많은 일인칭소설이 대개 그렇듯이[43] 그 재현의 상황은 작자 자신의 상황, 다시 말해 '나'와 작자 사이의 근친성이 강한 경험적 상황에 가깝다. 따라서 이 작품의 이러한 문제점 역시 일인칭 서술형식을 취했지만 역사적 자아로서의 작자와 서사적 자아로서의 '나'를 충분히 분리하지 않은 데서, 즉 허구세계를 별도의 세계로 인식하고 형상화지 않은 데서 비롯된 것이다.

그와 같은 상황이되 작자가 전하려는 것이 「화수분」처럼 단순하지 않을 때, 바꿔 말해 '나'가 서술자이인 동시에 인물인 상황에 대한 고려가 적은 채 작자의 심각한 관념이 수준을 무시하고 터져나

올 때, 『만세전』[44]의 아래와 같은 서술이 나타난다.

아무리 노가다패(우리 조선 사람은 일본 노동자를 특히 이렇게 부른다)라도, 처음에는 온순할 뿐 아니라 도리어 이국풍정에 어두우니만치 일종의 공포를 품는 것이 보통이지만, 반 년 있어 다르고 1년 있어 달라진다. 5년 10년 내지 20년이나 있어서 조선의 이무기가 된 자에 이르러서는 더 말할 것도 없는 것이다. <u>여기서 제군이 생각할 것은</u> 어찌하여 1년 2년 5년 10년…… 해가 갈수록 그들의 경멸하는 생각이 더욱더욱 늘어가고, 따라서 10배 100배나 오만무례하도록 만들었느냐는 것이다.   (93쪽)

이러한 서술, 특히 밑줄 친 부분 이후의 서술은 앞서 살핀 삼인칭소설 「민며느리」의 그것과 같은, 경험적 자아로서의 작자가 직접 하는 말이다. 결국 일인칭서술 역시 삼인칭서술과 마찬가지로 서술자가 객체화되지 않은 채 현실에 대한 생각을 '연설'하려고 든 탓에, 시점의 일관성이 깨지고 주제가 효과적으로 형상화되지 못하는 같은 결과에 이르고 있다.[45]

---

42) 이에 비해 나도향의 「벙어리 삼룡이」(『여명』, 1925. 7)는 "내가 열 살이 될락 말락한 나이니까 지금으로부터 십사오년 전 일이다."로 시작하여 '삼룡이전(傳)'을 서술하지만 '나'가 회고만 할 뿐 삼인칭서술로 일관하면서 인물로서 대상세계에 등장하지 않기 때문에 이러한 문제점이 생기지 않는다.

43) 한 예로서, 전영택의 삼인칭소설 「운명」(1919)의 주인공 나영순은 전영택 자신으로 파악된다 (김윤식, 『한국근대소설사연구』, 264, 270쪽). 한편 이재선은 "1920년대의 '나'란 서술자는 외면상으로는 허구적인 대리자이지만 실지에 있어서는 작가 자신의 경험적인 보고·고백과 같이 거리감의 원격성이 없는, 주관인 감개(感慨)와 증명으로 일관한다"고 지적하면서, 경험적 자아와 허구적 자아가 혼효된 '나'가 등장하는 1920년대 작품을 열거한 바 있다 (『한국단편소설연구』, 79, 92쪽).

44) 염상섭, 『만세전』, 고려공사, 1924.

여기서 1920년대 단편소설의 주요형태 가운데 하나였던 액자소설 형식에 주목하게 된다. 그것은 이야기의 근원상황을 그대로 반영한 자연스러운 형식일 뿐 아니라, 대개 일인칭과 삼인칭의 서술을 복합한 이중의 시점을 사용하여 서사적 거리를 확보함으로써, 작자의 주관성을 배제하는 동시에 사건의 사실성을 강화하는 형식이다.[46] 따라서 그것은 일대기형식의 전통 아래 현대소설을 형성하는 과정에서 부딪힌, 앞서 몇 가지로 간추려본 문제들을 해결하는 하나의 방식이 될 수 있었기에 '자연스럽게' 빈번히 선택되었던 것이다. 말하자면 「화수분」의 '나'를 외부 이야기에 놓고 화수분의 아내와 자기 동생한테 들은 이야기를 내부 이야기로 삼으면, '나'는 허구세계에 존재하되 인물이 아니므로 앞서 지적한 수준 착종의 문제를 피할 수 있다. 또 김동인의 「배따라기」(1921)처럼 '나'가 서술 대상에 대한 생각과 느낌을 과도하게 노출하여도, 그것이 외부 이야기에서의 일이므로 내부 이야기의 통일성에 직접 영향을 주지 않고, 오히려 독자의 반응을 그쪽으로 유도하는 효과까지 얻을 수 있는 것이다.

---

45) 유종호는 여기서 다룬 시기 이후의 작품들을 서구의 소설과 비교 분석한 뒤 한국 현대소설의 "극적 방법과의 무연성(無緣性)"을 지적하면서 그것이 "한국의 근대적 자아의 성숙도와 밀접한 관계가 있다"고 한 바 있다 (「서구소설과 한국소설의 기법」, 김붕구 외 지음, 『한국인과 문학사상』, 일조각, 1964, 300～301쪽). 그러한 지적은 이 글에서 주목한 양상이 이후에도 지속된다는 것, 그 원인을 밝히려면 시점과 서술형식의 측면 외에 문화 전반에 관한 폭넓은 탐색이 필요하다는 것, 그리고 그것을 반대로 긍정적으로 파악한다면 한국소설의 특징 하나를 부각시킬 수 있을지도 모른다는 것 등을 일깨워준다.

46) 이재선, 『한국단편소설연구』, 100쪽 및 『한국문학의 해석』, 새문사, 1981, 72쪽.

6. 맺음말

20세기 초 약 30년 동안의 이야기체를 대상으로 현대소설의 형성과정을 시점 및 이야기형식의 측면에서 개괄하여 보았다. 이전 형식의 지속과 변화에 주목하되 관습과 작자의 의식적인 노력이 뒤엉키는 창작행위에 초점을 두어 살폈다. 새로운 논의의 가닥을 잡으려는 시험적 연구인 만큼 무리스런 데가 많다. 이제까지 살핀 것을 간추리면 이렇다.

20세기 이전의 지배적 이야기형식을 일대기형식이라고 볼 때, 현대소설 형성기의 여러 양상은 한마디로 그것을 이어받거나 개혁하여 당대의 현실적 · 문학적 요구에 부응하고자 모색하는 과정에서 생겨났다고 할 수 있다. 전기는 일대기형식을 충실히 계승하되 작자의 사상을 극적으로 간접화하여 제시하려는 시도를 보인다. 문답 · 토론체와 몽유록은 일대기형식이 아니고 허구성을 지녔으며 극화된 형식이지만, 작자의 사상을 유포하기 위한 논설의 성격을 지녔다는 점에서 일대기와 통한다.

한편 신소설은 일대기형식과 분리된, 혹은 그것을 폐기한 최초의 소설다운 소설이다. 그것은 장면화 혹은 시점화에 의해 가능해졌는데, 서술자와 대상간의 거리에 비해 그와 작자간의 거리가 확보되지 않았으므로 상대적인 의미를 지닌다. 초기단편소설에서 나타나는 일인칭형식의 '나' 또한 작자와의 근친성이 강하다. 그러나 서술자의 공적(公的)인 성격이 약화되고 서술이 개인적인 것이 될 수 있다는 점에서 일인칭형식의 등장은 큰 뜻이 있다.

일대기형식의 전통 아래 현대소설이 형성되는 과정에서 가장 핵심적인 것은 이야기 행위의 객관화 혹은 서술자의 객체화 문제 —

서술상황에서 경험적 자아와 허구적 자아, 경험세계와 허구세계를 구별하여 서술자를 작자로부터 분리함으로써 그의 이야기 행위를 일관되게 조정하는 문제이다. 그것은 1920년대의 작품들에서도 주제의 형상화 문제, 일인칭 서술형식의 정립 문제 등과 맞물리면서 문학사적 과제가 된다. 삼인칭서술의 「민며느리」와 일인칭서술의 「화수분」 모두가, 다뤄지는 사건이 일대기적인 것처럼 이야기 행위 또한 일대기의 경험적 특성이 지속되어 서술수준이 착종되고 시점의 일관성이 깨짐으로써, 주제가 적절히 형상화되지 않거나 박진성이 훼손되고 있다. 김동인은 초점자의 지각 내용을 되도록 벗어나지 않는 서술방식을 의식적으로 추구함으로써 획기적인 업적을 이룩한다. 그러나 「약한 자의 슬픔」의 경우, 초점자의 독백으로 제시된 작자의 사상이 초점자의 성격에 걸맞지 않아, 주제를 효과적으로 형상화하는 데까지는 이르지 못한다. 액자소설형식은 이러한 문제점들을 해결하기에 적합한 형식이기에 당시에 빈번히 선택된 것으로 보인다.

염상섭 소설의 전개
— 서술자의 객체화 과정을 중심으로 —

1. 머리말

염상섭은 한국소설사에서 근대적 리얼리즘이 확립되는 1920년대[1] 초부터 오랜 기간에 걸쳐 활동한 작가이다. 그러므로 염상섭 문학의 전개 과정과 그 특성을 밝히는 일은, 지속적이고 일관된 노력을 보여준 작가, 혹은 개인적·실존적 고뇌와 사회적·보편적 고뇌를 상호치환하는 근대적 예술인 특유의 자각을 지녔던 작가[2]로서의 그의 문학세계에 대한 해명 이상의 의미를 지닌다.

염상섭 문학에 대한 연구는 비교적 빈번히 수행되어 왔다. 그러나 소설 작품에 관한 논의의 경우 기존 연구들은 크게 보아 다음 세 가지 문제점을 내포하고 있다. 첫째, 대상작품의 범위가 한정되어 있으며 단편 위주라는 점이다. 염상섭은 27편의 장편소설을 썼는데,[3] 그 가운데 『만세전』, 『이심』, 『삼대』, 『취우』 등의 일부 작품

---

1) 이재선, 『한국현대소설사』, 홍성사, 1979, 41쪽.
2) 김윤식·김 현, 『한국문학사』, 민음사, 1978, 153쪽.

중심으로 연구가 이뤄지고 있다. 염상섭의 소설의 자연주의적 성격을 다룬 연구들도 실상 대상이 「표본실의 청개구리」(1921), 「암야」(1922), 「제야」(1922) 등의 초기 단편과 앞의 몇 장편들에 국한되고 있는 것이다. 이는 그가 수행한 문학사적 역할로 보아 반성되어야 한다. 염상섭 소설, 특히 1920년대 작품에는 우리 현대문학사의 특수성과 관련된, 작품의 완성도를 따지기 이전에 논의해야 할 사항들이 많이 내포되어 있기 때문이다.

둘째, 기존 연구들이 대체로 반영론적 경향을 띠고 있다는 점이다. '문학과 사회사상을 연결하는 교량적 역할을 한 문학가'[4]인 염상섭의 소설이 당대 현실의 뛰어난 기록으로 간주될 가능성은 부정할 수 없지만, 소설내적 사실을 과도하게 사회학적 자료와 동일시하거나 그것을 쓴 작가의 의식 혹은 그에 형상화된 작중인물의 의식을 역사적 · 사회적 문맥에서만 평가하려고 한다면, 그것은 염상섭 소설의 내재적 가치를 단순화하기 쉽다. 염상섭 자신의 말을 빌어보면, 한 작품은 "제재라는 객체에 가탁(假託)하여서 표현된 자기"[5]이다. 또 제재를 "문학적 제약과 표현의 솜씨(표현수단)로써 전개시킨 하나의 새로운 인간형, 새로운 생활형태의 창조 그것이 소설이요 문학"[6]이다. 그러므로 제재와 표현수법의 결합형식,

---

3) 김종균, 『한국근대작가의식연구』, 성문당, 1980, 206쪽. 『염상섭연구』, 고대출판부, 1974, 553쪽. 이 통계 속에는 『너희들은 무엇을 얻었느냐』(동아일보, 1923. 8. 27~1924. 2. 5. 약 1000장), 『만세전』(1924년의 고려공사판으로 칠 때 약 600장), 『진주는 주었으나』(동아일보, 1925. 10. 17~1926. 1. 17. 약 700장) 등이 포함되어 있어 길이나 구조로 보아 분류상 논의될 점이 있다. 이 글에서는 잠정적으로 앞의 분류에 따른다.

4) 권영민, 「염상섭의 문학론에 대한 검토」, 『동양학』 제10집, 1980. 21쪽.

5) 염상섭, 「문학의 생명」, 동아일보, 1957. 8. 7.

그 결합속에서 형상화된 작품 자체의 의미구조가 충실히 밝혀진 뒤에야 그러한 결합행위를 수행한 작가의 의식에 대한 논의도 가능해지는 것이다.

셋째, 염상섭 소설의 문체적 특징이 '순객관적 표현방식'[7], '만연체'[8] 등으로 지적되고 있는데 그것이 무엇을 의미하며, 왜 그리고 어떻게 그것이 생겨났는가에 대한 진술은 충분하지 못한 듯이 보인다. 더구나 그것이 '비대중성'의 한 요인으로까지 지적될 때[9], 논의가 현상적 차원에 머물고 말 우려도 있다. 염상섭 소설을 살핌에 있어서는 장편소설과 단편소설, 일인칭 서술형식과 삼인칭 서술형식[10] 등의 본질과 차이, 그리고 그것을 택하는 작가의 태도에 대한 고려가 매우 중요한 비중을 차지한다. 그것이 이루어질 때 문체적 특징을 지적하는 앞의 말들이 지닌 의미가 염상섭적 문맥에서 확연해지고 또 비판될 수 있을 것이며, 나아가 염상섭 소설의 변모과정, 그것의 의미와 한계가 드러나게 될 터이다.

이 글은 이상의 문제점을 지양하고 염상섭 문학에 대한 보다 본질적이고 구체적인 연구의 바탕을 마련하기 위한 하나의 시도이며 예비작업이다. 여기서는 「표본실의 청개구리」(1921)부터 『삼대』

---

6) 염상섭, 「소설과 인생」, 서울신문, 1958. 7. 14.

7) 조연현, 『한국현대문학사』, 인간사, 1961, 526~532쪽. 엄밀히 말해 '순객관적' 표현이란 있을 수 없다.

8) 김우종, 『현대소설의 이해』, 이우출판사, 1980, 35쪽.

9) 위의 책, 36쪽.

10) 이 글에서 일인칭 서술형식이란, 서술자가 허구적 인물들과 동일한 세계에 존재하면서 이야기하는 소설의 전달형식을 가리킨다. 반면에 삼인칭 서술형식은 양자의 세계가 분리된(이질적인) 상황에서 이야기가 수행되는 전달형식이다. Franz K. Stanzel, "Towards a Grammar of Fiction," *NOVEL : A Form on Fiction*, vol. II, no.3, Spring, 1978, pp.247~64 참고.

(1931)에 이르는 작품들[11]을 다루되 특히『사랑과 죄』[12]를 중요시한다.『사랑과 죄』는「표본실의 청개구리」이후의 거의 모든 작품에서 모색·실험되었던 것들이 세련되면서 종합된[13] 염상섭 최초의 본격적 장편소설이다. 따라서 이 작품은 염상섭 문학의 특질과 전개 양상을 조감하는 데 있어서는 물론, 이야기양식으로서의 소설이 1920년대 후반의 우리 문학에서 어떠한 양상을 보이고 있는가를 살피는 좋은 대상일 수 있다. 이 작품 또는 이 작품이 있기까지의 염상섭 소설들이 발표된 때는 역사 전개의 파행성으로 말미암아 '장르선택이라는 것이 강요사항으로 놓이게 된'[14] 시기(1920년 전후)에 해당되거나 거기서 크게 벗어나지 않으며, 따라서 현실의 대상화 혹은 개인과 사회의 동시발견이 (장편)소설적으로 어떻게 가능한가가 문제시되던 때이다.[15] 이러한 때에 자칭 '형식론자'이

---

11) 시기를 엄격히 구분하려는 뜻은 없다.『광분』(1929~1930)은 보지 못하였기에 다루지 않는다.

12) 동아일보, 1927. 8. 15~1928. 5. 4. 총 257회 연재(제78, 79, 183회가 횟수부여상의 착오로 빠졌으므로 실제로는 총 254회임). 1939년에 박문서관에서 단행본으로 출간되었으나 구하지 못하여 연재분을 텍스트로 삼는다. 염상섭의 제2차 도일기간[1926. 1(29세)~1928. 10(31세)] 중에 집필, 발표된 작품으로, 띄어쓰기를 바르게 할 경우 200자 원고지로 약 2000장에 가까운 길이이다. 필자가 조사한 바에 의하면 이 작품을 다룬 글로는『염상섭연구』(김종균, 앞책)가 있을 뿐이다. 그런데 그 글에서 저자는 "전반기 상섭문학을 집대성한 대장편으로『삼대』와 쌍벽을 이룬다(133쪽)"고 그 가치를 강조하면서도 개괄적인 해설에 머물고 있다. 그러므로 이 작품에 대한 구체적 분석은 충분히 이루어지지 않은 상태이다.

13) 특히「남충서」(동광, 1927. 1~2)는 이 작품의 전신임에 분명하다. 한편, 이 작품은 근대적 면모를 갖춘 본격적 장편소설로서 춘원의『무정』(1917) 이후 최대의 성과로 추정되는데, 이는 별도의 논의를 요한다.

14) 김윤식,「한국문학에 있어서의 장르의 문제점」,『한국문학사논고』, 법문사, 1973, 424쪽.

며 이른바 절충파의 한사람인[16] 염상섭이 1924년 여름의 서울을 배경으로 삼인칭 서술형식의 본격 장편소설을 창작해냈다는 것은, 한국 문학사상 소설양식의 확립 과정을 살핌에 있어 주목해야 할 사실이다. 이는 『사랑과 죄』를 연재하기 두 달 전에 발표된 글[17]에 기법에 대한 관심이 드러나 있다는 점과, 연재가 끝나기 직전과 직후에 발표된 두 글[18]에서 염상섭이 소설이라는 장르를 중심으로 자신의 문학론을 심화시키고 있다는 점, 그리고 장편소설 형식에 대한 이론적 논의가 1930년대 후반에 가서야 본격화되고 있음을 참고하면 더욱 의미심장한 바가 있다. 요컨대 『사랑과 죄』를 포함한 1920년대의 염상섭 소설에 대한 연구는, 소설양식의 본질과 그 서사적 전달 방식, 혹은 방법으로서의 리얼리즘에 관한 고찰을 필요로 하며, 한국 근대문학 형성기 염상섭 소설의 문학사적 평가와 긴밀한 관계에 있는 것이다.

이 글에서 필자는 대상 작품들을 주로 서술(discoure)의 층위[19]에서 분석하려 한다. 이 층위에서는 이야기를 주로 그 표현의 차원에서 다루게 된다. 기능소들의 결합형식과 그 의미, 인물의 성격 등

15) 위의 책, 425쪽 참고.

16) 김윤식, 『한국 근대문예비평사연구』, 일지사, 1976, 59쪽.

17) 「배울 것은 기교」, 동아일보, 1927. 6. 7~13.

18) 「조선의 문예 · 문예와 민중」, 동아일보, 1928. 4. 10~17. 「소설과 민중」, 동아일보, 1928. 5. 28~6. 2.

19) 세그레는 이야기체를 이루는 기능소들의 작용을 체계적으로 분석하기 위하여 서술, 플롯, 화불라(fabula), 이야기모형(narative model)의 네 층위를 구분한다. 층위(level)란 기능소들이 작용하는 국면 또는 그것을 분석하고 논의하는 추상적 단계이다. 세그레에게 있어 서술의 층위는 토도로프가 구분한 '언표적 국면'과 통한다. C. Segre, *Structures and Time*, trans. J. Meddemen, Chicago and London : The Univ. of Chicage Press, 1979, ch. 1. 및 T. Todorov, 곽광수 역 『구조시학』, 문학과지성사, 1978, 59~82쪽 참고.

이 아니라 이야기하는 태도, 화법 등에 대한 분석을 통해서 '어떻게 이야기되느냐'의 문제를 밝히는 시도가 이 '하위'의 층위에서 이루어진다. 따라서 이 글에서 주로 다루어질 것들은 이보다 상위 층위에서의 논의와 떼어서 생각할 수 없으며, 그와 결합될 때에야 온전히 서사구조론, 문체론, 장르론 등에 이바지하게 된다.

이야기 또는 서술은 그 근원상황, 곧 사건과 독자 그리고 둘을 중개하는 서술자의 상호관계 속에서 이루어지는데, 소설은 이를 명백히 드러내 보여주는 문학양식이다. 소설의 기법은 이 '이야기의 근원상황'을 구성하는 세 요소에 의해 좌우된다.[20] 이 가운데 서술자란 소설이 누군가에 의해 이야기된다고 할 때의 그 '누구'에 해당한다. 소설 내의 모든 서술은 일단 그에 의해 발화된 것으로 간주된다. 그러므로 서술자는 작품의 모든 서술의 의미와 그 화법적 특성에 관여한다고 할 수 있다. 그가 대상을 지각하는 태도와 방식이 대상의 본질과 의미, 또 그것을 드러내는 표현형식 등을 규정하게 되는 것이다. 따라서 서술의 층위에서 다루어지는 중심된 문제는 표현 자체에 나타난 바 서술자의 지각하고 서술하는 입장과 태도이다.

서술자 또한 작자에 의해 선택되고 만들어진 존재이다. 따라서 이야기되는 대상과 이야기하는 주체 곧 서술자 사이의 관계가 중요한 만큼, 그 서술자와 작자 사이의 관계도 분석상 중요하다. 두 관계는 서로 긴밀히 연관되어 있어서, 앞것은 뒷것에 영향을 받으며, 뒷것은 앞것을 통해 유추되고 드러난다. 뒷것 즉 서술자와 작자의 관계는 서술기법과 작자의 의식을 살핌에 있어 의미있는 국

---

20) 볼프강 카이저, 김윤섭 역, 『언어예술작품론』, 대방출판사, 1982, 310~311쪽 참고.

면이다. 앞서 지적했듯이 염상섭은 근대적 리얼리즘의 확립·전개 과정에서 큰 역할을 수행한 작자이다. 당대 현실의 소설화에 남달리 노력한 그가 초기 10년 동안에 수행한 기법적 탐색에 대한 관찰은, 경험적 자아(작자)와 허구적 자아(서술자)의 관계 특히 '서술자의 객체화'[21]에 주목할 때, 근대적 자아의 형성 문제를 소설 연구를 통해 살피는 일이 된다. 경험세계와 허구세계의 분리, 혹은 경험적 자아의 객관화는 근대의식의 소설적 징표 가운데 하나라고 볼 수 있기 때문이다. 이 글의 목표는 바로 1920년대에 발표된 염상섭 소설들에 나타난 서술자의 모습과 그와 작자 사이의 관계를 중심으로 근대적 의식 및 소설양식의 형성 과정을 밝히는 데 있다.

'기법'[22] 논의에는 많은 어려움이 따른다. 그것은 초시대적 전통, 시대적 관습, 작가 개인의 독창성 등을 고려한 방대한 작업을 요구한다. 하지만 이미 단편적으로 지적한 바와 같이, 그러한 문제는 근대문학 형성기인 1920년대의 특수상황에 비추어 일단 접어두어도 될 것처럼 여겨진다. 그리고 염상섭의 작품들은 전체를 하나의 텍스트로 묶어서 보아도 될 만큼 지속적이고 일관된 궤적을 보여주고 있으므로, 한 작가의 차원에서 의미있는 기법의 논의는 가능해 보인다. 이러한 이유들 때문에 필자는 이 글에서 논의의 층위

---

21) '서술자의 객체화'란, 작품외적 존재인 작가와 작품내적 존재인 서술자의 분리, 또는 작가의, 서술자의 존재 및 기능에 대한 인식과 실천을 가리킨다. 바꿔 말해 작가가 서술자를 허구적 존재로서 인식하고 조종하는 행위 및 양상 말한다. 이는 '극화된(dramatized) 서술자' 논의와 통한다.

22) 기법이라는 말은 내용을 배제한다는 느낌을 준다. 그러나 구조의 개념에서 이미 형식과 내용의 분리가 허용되지 않듯이, 구조를 이루는 기능소들이 어떤 기능을 하도록 만드는 방식으로서의 기법 또한 형식적인 것으로만 간주되지 않는다. 그런 뜻에서도, 기법을 경시하는 태도는 바뀌어야 한다.

를 제한하고, 그 범위 안에서 의미있다고 생각되는 점들을 두루 다루며, 장편소설을 중심으로 삼되 실패작으로 평가되는 작품들까지도 대상에 넣어 살피고자 한다. 그리고 서구의 이야기이론을 근거로 하되 그에 의한 가치평가는 되도록 배제하고, 그 수용과 굴절을 염두에 두면서 살펴나가고자 한다.[23]

2. 두 서술자의 공존 ─「표본실의 청개구리」

모두 10장으로 된 「표본실의 청개구리」[24] (이하 「표본실~」로 약칭)은 서술상 시간과 공간의 혼란이 심하다.

1. ㉠ 무거운 기분의 침체와 한없이 늘어진 생의 권태는 나가지 않는 나의 발길을 남포까지 끌어왔다.
   귀성한 후, 7,8개월 간의 불규칙한 생활은 ….

   ㉡ 8년이나 된 그 인상이 요사이 새삼스럽게 생각이 나서 ….

2. ㉢ 내가 남포에 가던 전날밤에는 ….

---

23) 그렇다 하더라도 문제는 남아 있다. 기법적 요소는 관습적 성격을 지니는 한편 개별 작품에서의 미적 효과에 따라 가치를 지니므로, 어떤 기법도 그 자체가 처음부터 좋거나 나쁘지 않다. 따라서 여기서 앞으로 벌이게 될 기법적 세련성/미숙성, 통일성/불통일성 등의 논의는, 관습상의 독창성 여부, 작품 구조상의 효과 여부 등을 아울러 고려한 것이다.

24) 『개벽』, 제14~16호(1921. 8~10). 최초의 작품집 『견우화』(1924)에 실린 것을 대상으로 삼는다.

ⓔ 그 이튿날 H가 와서 오늘은 꼭 떠날 터이니 동행을 하자고 평양 방문을 권할 때에는 … 하여간 나왔다.

ⓜ 덕택으로 오늘 밤에는 메스도 번쩍거리지 않고 면도도 뛰어 나오지 않았다.

ⓗ 아까 내려올 제는 능라도 저편 지평선에서 …. (아침, 평양)

ⓢ 이때에 마침, 뒷동뚝에서 누군지 이리로 ….

3. ⓞ 남포에 도착하였을 때는 오후 두 시가 훨씬 넘었었다.

ⓩ 네 청년은 두어 시간 동안의 홍소훤담에 다소 피로를 감(感)한 듯이 ….

4. (김창억과의 만남)

5. (밤. 다시 평양행 기차에 오름)

9. ⓩ 평양으로 나온 우리 일행은 그 이튿날 아침에 남북으로 뿔뿔이 헤어졌다. 그 후 약 2개월쯤 되어, 나는 ….

10. ㉠ 그날밤에 나는 아무 것도 할 용기가 없어서 … 가만히 들어누웠었다.

(숫자 : 장)

ⓐ은 이 작품의 첫머리인데, 여기서 독자는 서술자이자 주된 인물인 '나'가 '이야기하는 현재'[25]가 남포에 도착한 때 또는 그로부터 멀지 않은, 남포에 머물러 있는 동안의 어느 때라고 생각하게 된다. 이에 따르면, 남포에 '오기'까지의 이야기인 첫 문장 뒤의 제1, 2장은 이야기하는 현재로부터의 회고에 해당된다. 그 첫 문장인 ⓒ에서 알 수 있듯이, 남포에 도착해서의 이야기는 3장부터이기 때문이다. 그렇게 볼 때 ⓛⓔⓜⓗⓢ[26]은 시간상의 혼란이다. '나'가 회고하는 시간적 위치로 볼 때 그것들이 일어난 시간은 이미 과거이기 때문이다. 그리고 ⓓ은 공간상의 혼란이다. '나'는 남포에 '와' 있기 때문이다.

이와는 달리, ⓓⓔⓩⓚ 등을 근거로 독자는 '나'가 '이야기하는 현재'가 ⓚ"그날 밤" 이후의 어느 시점이라고 볼 수도 있다. 즉 그 시점에서 회고하되 ⓐ"귀성한 후"부터의 사건을 그 자연적 순차에 따라 서술해간 것으로 보는 것이다. 그러나 이 경우에도 시간의 혼란은 일어나고 있으며(ⓛⓜⓗⓢ), 이때 ⓐ"~왔다"는 공간상 자연스럽지 못한 표현이 된다. 이야기하고 있는 '나'가 다시 남포로 향했다든가 남포에 있음을 가리키는 서술이 없기 때문이다.

첫 문장을 제외한 1, 2장이 대체로 그랬듯이, 그에 시간적으로

---

25) S. Chatman, *Story and Discourse*, Ithaca and London: Cornell Univ. Pres, 1978, p.63. "이야기체는 지금 일어나고 있다는 느낌을 주는데, 말하자면 그것이 이야기 현재(narrative NOW)이다. 서술자가 드러난 이야기체라면 필연적으로 두 '현재'가 존재한다. 현재시제를 띤, 서술자가 이야기하고 있는 현재(dircourse-NOW, 담화 현재)와 과거시제의, 이야기된 사건의 현재(story-NOW, 줄거리 현재)가 그것이다."

26) ⓛⓗ은 현실감을 돋우기 위한 표현이라 볼 수 있고, '어제'여야 자연스러울 ⓔ의 '그 이튿날'도 큰 오류는 아니라고 볼 수 있다. 그러나 일단 혼란인 것은 사실이다.

연속된 3장부터 5장까지는 사건의 진행에 따라 서술이 전개된다. 사건과 서술이 함께 '가는' 것이다. 그런데 6~8장은 아무 매개적 서술('내가 들은 이야기를 여기에…' 따위)을 동반하지 않은, 삼인 칭 서술형식을 취한, 김창억에 관한 서술이다. '나'가 그를 만나기 훨씬 이전의 오랜 기간에 걸쳐 일어난 사건들에 대한, 순전히 어떤 전지적 서술자에 의해 수행된 서술이다. 거의 일대기에 가까운 이 서술의 서술자는 부분적으로 다른 인물(백부, 고모)의 시점을 취 하기도 한다. 여기서 이 작품의 서술자는 '나'라는 점이 문제가 된 다. 서술자이자 인물인 '나'의 눈을 통하여 보아왔고, 또 '나'의 입 에 의지하여 들어온 독자는 이 부분에 와서 초월적 존재[27]로서 돌 연히 부각된 또 하나의 서술자와 만나면서 어리둥절하게 된다. 6 ~8장의 이야기는 '나'라는 인물과 독자의 자연스러운 지각상의 통로와 그 한계를 벗어나는 까닭이다.

그 다음의 제9장부터는 다시 5장과 연속되는 시간에 따라 서술 이 진행된다. 그러다가 마지막 장인 10장의 끝에 가서 김창억에 대 한 후일담이 덧붙음으로 해서 혼란은 더욱 심해진다.

　과연 그가 그 후에 어디로 간 것은 아무도 몰랐다. 더구나 배암보다 도 더 두려워하고 꺼리는 평양에 나와 있으리라고는 아무도 몽상 외이 었다. 그러나 그는 결국 평양에 왔다. ‥‥평양은 그의 후취의 본가 가 있는 곳이다.
　─ 일년 열두달 열어보는 일이 없이 꼭 닫힌 보통문 밖에, 보금자리 같은 짚더미 속에서 우물쭈물 하기도 하고, 혹은 그 앞 보통강 가에로

---

27) 김창억의 일대기를 모두 알며 조감하는, 작품내적 세계에 존재하지 않는 존 재를 말한다.

돌아 다니는 걸인은, 오직 대동강 가의 장발객과 형제거나, 다만 걸인으로 알 뿐이요, 동리에서도 누구인지는 아무도 몰랐다.

이렇게 말하는 이는 누구인가? 그는 어느 곳에 있는가? 그는 "북국 어떠한 한촌 진흙방 속에서" "삼층집이 소화한 후의 (김창억의) 행동을 알려는 호기심은 없었"다고 하는 '나'가 아니다. 김창억이 집에 불을 놓고 할렐루야를 외쳤으리라 상상하는 편지를 보낸 친구 Y도 물론 아니다. 그는 바로 6~8장에서 김창억의 일대기를 제시하던 또하나의 서술자이다. '나'가 처한 시간과 공간을 초월해서 존재하는, 일반적으로 삼인칭 서술형식의 작품에서나 존재 가능한 서술자인 것이다. 이렇게 볼 때 시점[28]의 문제와 긴밀한 관계에 있는 앞서 살핀 바 시간·공간의 혼란은, 이 서술자의 분열에 기인된 것이다. 즉 서술자이자 주된 인물인 '나'의 시점과, 이 작품에서 궁극적으로 작가 자신에 가까운 전지적 서술자의 시점이 뒤섞임으로써 일어난 혼란인 것이다. 이는 제3장의 마지막 서술인 ㉠을 보아도 알 수 있다. X라는 이름의 '나' 자신까지 포함해서 '네 청년'이라 하고 있기 때문이다.[29]

요컨대 「표본실~」에는 서술태도[30]의 분열이 드러나 있다. 서술태도의 분열은 일인칭 서술형식과 삼인칭 서술형식의 공존 또는 그

---

28) "시점은 서술된 사건들과 관련을 맺고 있는 물리적 위치나 관념적 상황이나 삶에 있어서의 흥미의 방향이다. ……시점은 표현을 의미하지는 않는다. 그것은 단지 그 방면에서 표현이 만들어지는 전망(perspective)을 의미한다." S. Chatman, op. cit., p.153. 여기서는 주로 '물리적 위치'로서의 시점을 염두에 둔다.

29) 이는 '나'가 순간적으로 자신을 초월하여 객관적으로 자기를 바라보는 심리의 소산이라고 할 수도 있지만, 문맥으로 보아, 또 다른 기법적 요소들로 보아, 그렇게 판단되지 않는다.

에 대응하는 두 서술자의 공존을 낳고, 시점의 혼란을 초래하며, 그 것이 서술상 특히 시간과 공간의 혼란으로 나타나고 있다.[31] 이것은 일차적으로 화법적 통일성의 결여이지만, 서술태도의 개념 자체가 가리키듯이, 작품 전체의 파탄과 직결된다. 이러한 화법적 혼란으로 말미암아 작품 구조 속에서의 김창억의 의미적 기능성이 애매해지고, '나'의 행동들이 모호한 관계로 나열되고 있는 것이다.

이러한 양상이 빚어진 것은, 먼저 염상섭이 '나'라는 인물과 거의 같은 비중으로 김창억을 다루고 있기 때문이다. 혼란은 '나'와 김창억 두 인물의 '병치'[32] 혹은 '상호조회'[33]를 통해서 이야기되지 못한 것 또는 이야기할 수 없는 것 ─ 우울의 원인과 바라는 삶 ─ 을 이야기하려다 일어났다고 할 수 있다.[34] 바꿔 말하면, 경험적 자아(염상섭)와 세계간의 대립을 허구적 자아('나')와 세계간의 그 것으로 형상화하기 위하여 '김창억이라는 매개항'[35]을 설정한 상황에서, '현실의 집약적 인식을 위한 시점이 정착되지 않은 채 착종

---

30) 볼프강 카이저, 앞의 책. "청중(독자)과 사건에 대한 서술자(작가)와의 관계는 서술태도(Erzählhaltung)라고 불리워진다."(315쪽) "서술태도라는 개념은 내용적으로는 가장 넓은 의미에 있어서 심적인 태도, 이야기의 기점이 되는 심적인 태도를 의미한다. 그리고 형식적으로는 이러한 심적인 태도의 통일을, 또 기능상으로는 심적인 태도에 내재하는 특성, 기탄없이 말한다면 기교성을 의미하는 것이다. 모든 양식(stil)의 분석은 그러므로 하나의 태도를 탐구하는 것이다."(448쪽)

31) "서술태도에 있어서 일인칭형태와 서술자의 현존성이 서술의 출발점이 되고 있는 전지적 또는 주관적인 삼인칭형태가 복합적으로 융화되어 있다." 이재선, 『한국단편소설연구』, 일조각, 1977, 146쪽.

32) 김윤식, 「염상섭의 소설 구조」, 『염상섭』, 문학과지성사, 1977, 37쪽.

33) 신동욱, 『우리 이야기 문학의 아름다움』, 한국연구원, 1981, 166쪽.

34) 성현경, 「「표본실의 청개구리」의 구조」, 『한국소설의 구조와 실상』, 영남대출판부, 1981, 375쪽.

됨으로써'[36] 혼란이 빚어진 것이다.

　그렇다면 이 혼란은, 같은 해(1921)에 발표된 다른 두 작품, 즉
현진건의 「빈처」와 김동인의 「배따라기」가 비교적 통일된 형식으
로 표현한 주제와 이 작품의 주제를 비교할 때, 나름대로의 의미를
지니고 있다고 할 수 있다. 염상섭은 한 사람의 우울이 어떻게 소
시민적 타협에 이르는가(「빈처」, 일인칭 서술형식), 혹은 그것이
어떠한 개인적 과오에서 비롯되었는가(「배따라기」, 일인칭과 삼인
칭이 결합된 액자소설형식)를 그리기보다는, 여러 사람 곧 그 시대
의[37] '변함없는' 우울과 광기를 그려내고 있기 때문이다. 그 결과
자아와 세계간의 지속적인 긴장관계를 보여주는 이 작품은 나름대
로 당대의 암울한 정신적 상황을 포착한 한 장의 지도에 육박할 수
있었기 때문이다. 이것은 뒤에 염상섭이 『만세전』이라는 보다 탁
월한 일인칭 서술형식의 소설을 쓸 수 있었던 이유의 하나가 되며,
또 삼인칭 서술형식의 장편소설로 옮아 간 원인을 설명하는 데 중
요한 단서가 된다. 이 소설은 염상섭의 심적 태도로서의 서술태도
의 분열로 말미암아 두 서술형식이 착종된 작품이며, 이는 여러 가
능성을 지닌 하나의 출발인 것이다.[38] 인물들의 개성과 그들이 이
루는 사회를 어떻게 객관적 · 입체적으로 그려내느냐 하는 문제와

---

35) 김윤식, 앞의 책, 34쪽. 홍사중도 "광인(김창억)은 '나' 의 꿈의 인격화에 다름
　　 없으며, 이런 의미에서도 '나' 와 '나' 를 둘러싼 현실의 해부를 위하여서도
　　 광인의 등장은 불가결한 것이었다"고 하였다(「염상섭론」, 『현대문학』, 106호,
　　 1963. 10, 141쪽).
36) 이재선, 앞의 책, 같은 곳.
37) '나' 와 김창억 외에도 이 작품에서 직접 · 간접으로 등장하는 거의 모든 인
　　 물은 우울하며 떠돌고 있다. 다들 '표본실의 청개구리' 신세인 것이다. 본문
　　 205쪽의 언술처럼, 염상섭은 궁극적으로 "인생의 전국면을 부감"하고자 한
　　 다. 이는 단편소설 형식으로는 거의 불가능에 가깝다.

염상섭은 소설가로서 출발점에서부터 대결하고 있다.

각도를 조금 달리해서 보면, 「표본실~」의 혼란은 염상섭이 서술자의 본질이나 그 존재의 객체화에 대한 인식이 철저하지 못했음을 말해준다. 전체적으로 보아 '나'는 자기 자신과 김창억을 비슷한 태도로 관찰하고 있는데, 여기서 염상섭은 '나'가 인물로서의 관찰자라는 사실에 투철하지 못하다. 즉 '나'가 인물이자 서술자라는 사실을 적절히 인식하지 못했기 때문에, 이 작품의 경우 궁극적으로 작가 자신이라 할 수 있는 초월적 서술자가 끼어들고 있는 것이다. 작가 염상섭, 인물 '나', 그리고 초월적 서술자가 동일시되는[39] 이러한 양상은, 「표본실~」보다 먼저 씌어진 일인칭소설 「암야」에서도 드러나는 바,[40] 허구적 자아와 경험적 자아가 분리되지 않은 상태에서 비롯된 것이다. 이는 염상섭 개인의 기법적 미숙성의 산물이라기보다, 허구적 자아와 경험적 자아의 혼효성을 지닌 일인칭소설이 그 수에 있어 상당량을 차지했던 1920년대[41]의 당대적 현상의 일부이다. 그럼에도 유독 이 작품이 두드러지게 화법상의 혼란을 보이고 있는 것은 '나'만이 아니라 김창억까지를, 또는 김창억을 통해 '나'를 이야기하려고 했던 까닭이다.

---

38) 이 작품을 액자소설 형식의 복합유형으로 본 이재선은, 이에 관하여 다음과 같이 언급한 바 있다. "내부소설과 액자의 독립과 확대를 통해 1인칭형태와 3인칭형태로 변신할 수 있는 잠재적 요소를 보여준 것이다."(앞의 책, 148쪽)

39) 성격, 신분, 처지 등으로 보아 '나'는 오산학교에 재직하던 당시의 염상섭의 분신이다. 『조선문단』 제6호, 1925. 3, 53~59쪽 참고.

40) 『개벽』 19호, 1922. 1. 이 작품에는 주인공을 가리키는 말로 '그(彼)'와 함께 '나'가 사용되고 있다.

41) 이재선, 앞의 책, 79쪽.

3. 일인칭 서술형식의 특질과 한계 — 『만세전』

초기의 대표작으로 일컬어지는 『만세전』[42]의 작품으로서 성공은 일인칭 서술상황에서 얻어진 것이다. 이 작품은 '비교적 객관적인 중간의식'[43]을 지닌 서술자이자 주인공인 '나 한사람의 의식을 통하여 이루어지는 통일성'[44]을 지니고 있다.

일인칭 서술형식은 이야기되는 것들 사이의 인과율적 관계의 설정 이전에, 그것들이 '나'의 의식에 포착되었다는 것만으로도 쉽사리 구조의 일부가 될 수 있다는 장점을 지니고 있다. 그리고 그 이야기되는 것들의 사실성·진실성도 이야기의 전면에 드러난 '나'에 의해 용이하게 보장된다는 이점을 지니고 있다. 따라서 '나'에게 비판자 또는 관찰자로서의 적절한 중간의식이 있고 현실의 여러 국면과 만날 계기만 주어진다면, 다양한 현실의 제시는 일단 사실성과 통일성을 얻게 된다. 이렇게 볼 때, 부단히 사건들과 만날수 있는 여행길에 비판적 의식을 지닌 '나'가 있고, 그리하여 '시간과 소설형식의 병치관계'[45]가 이루어짐으로써 가능했던 소설적 성과가 「표본실~」이요 『만세전』이다. 그런데 「표본실~」에서는 '나'와 현실의 만남이 김창억을 매개로 이루어지고 있는 데다가

---

42) 이 작품은 처음에 일부가 '묘지'라는 제목으로 『신생활』(1923. 7~9)에 실렸다. 그 뒤 '만세전'으로 개제, 시대일보에 전작이 연재되었는데(1924. 4~6, 59회), 제1차 개작이자 첫 단행본인 고려공사판(1924)의 서문으로 미루어 1923년에 이미 완성되었던 것으로 보인다. 여기서는 고려공사판을 대상으로 하며 1924년을 발표 시기로 잡는다.

43) 이재선, 『한국현대소설사』, 279쪽.

44) 김우창, 「비범한 삶과 나날의 삶」, 『염상섭』, 문학과지성사, 1977, 142쪽.

45) 김윤식, 앞의 책, 37쪽.

'나'의 시선이 내향적이기에, 외부현실이 객관적으로 포착되거나 그와의 대립속에서 일어나는 의식의 변증법적 변화과정이 제시되지 못하고 있다. 즉 '나'는 줄곧 여행하지만 우울 자체는 변함이 없는 것이다. 이에 비해 『만세전』의 '나'의 의식은 변하고 있으며 그래서 앞에서보다는 어느 정도 완결감 또는 통일감을 준다. 여기서 통일감이 '어느 정도'인 것은, 그 변화가 단지 모르던 상태에서 아는 상태로, 맞설 준비가 되지 않았던 상태에서 맞설 수 있는 상태로의 변화일 뿐, 어떤 구체적 행동의 변화를 동반하지 않고 '나' 한 사람의 '의식상의' 그것에 불과하며, 그것도 결말에서 단지 편지 형식으로만 모호하게[46] 제시되고 있기 때문이다. 이것은 이 작품의 통일성이 궁극적으로 '나'와 타인들(사회)의 총체적 삶을 적극적으로 드러내는 통일성에까지는 이르지 못하고 있음을 뜻한다.

일인칭 서술형식은 삶의 전체성을 포괄·유기적으로 드러내기 어렵다는 문제점을 지니고 있다. 모든 경험과 가치가 궁극적으로 '나'라는 하나의 점으로만 수렴되고 또 그 점에서만 확산되기 때문이다. 다시 말하면, 시야가 '나'의 경험 영역으로 제한된 가운데, 본질적으로 정적인 서술행위인 관찰, 고백, 자기변증적 서술 등이 이루어지기에 적합한 서술형식이므로, 서술된 사건 경과를 독자로 하여금 입체적으로 부감하도록 이끌기가 비교적 어렵기 때문이다.[47] 그리고 이 일인칭의 서술상황에서는 작가와 인물이자 서술자인 '나' 사이의 가치상·감정상의 융합 가능성이 커서 이야기

---

46) 정자에게 보낸 그 편지의 요지는, 윌슨의 민족자결주의를 연상케 한다. 그것은 「표본실~」에서 김창억의 입으로도 토로된 적이 있다.
47) 이재선, 『한국단편소설연구』, 69쪽 참고.
볼프강 카이저, 앞의 책, 314~315쪽 참고.

된 것의 객관성이 결여되기 쉽다. 서술기법의 전통이 빈약한 1920년대의 상황에서 이는 특히 문제되는 점이라 할 수 있다.『만세전』에서 서술자가 자기의 위치와 한계를 벗어나 독자를 '제군'(93쪽)이라 부르면서 '조선 사람들'을 비판하는 경우는 바로 이 서술자와 작가의 융합이 부정적으로 작용하는 예이다. 이는 이 작품의 일인칭 서술형식이 서술자와 작가의 분리에 바탕을 둔 게 아니라는 것과, 주제가 형상화된 세계 자체의 문맥에 따라 형성되는 게 아니라 거의 작가 자신이라고 할 수 있는 서술자의 일방적 서술에 의해 '토로'되고 있음을 뜻한다. 그리고 이는 궁극적으로 단수(單數)의 독자에게 읽혀서 경험되는 것이라는 소설의 장르개념[48]이 확립되어 있지 않음과 짝하고 있다.

「표본실~」과 『만세전』의 서두가 회고투의 서술로 되어 있음[49]은 심리적으로 '나'가 '이미 일어난' 사건을 하나의 고정된 시점(時點)과 시점(視點)에서 정적으로 파악하려 하고 있음을 보여준다. 이를 극복하기 위해 요구된 것이 여행의 플롯이라 할 수 있다.[50] 그러나 여행하는 단수가 아니라 모여 상호작용하는 복수를 동적으로 제시하려고 할 때, 염상섭은 '나의 회고'라는 투의 화법이 만족스럽지 못하다는 인식에 도달한 것으로 보인다. 이야기하

---

48) 카아터 콜웰, 이재호 · 이명섭 역,『문학개론』, 을유문화사, 1982, 156쪽, 162쪽 참고.
49) 『만세전』의 서두는 다음과 같다.
　　"조선에 만세가 일어나기 전 해 겨울이었다. 그때에 나는…. (세 문장 생략) 그때 일은 지금도 눈에 선히 보이는 듯하지만…." (1쪽)
50) 여행이 이야기 전개에 큰 몫을 담당하고 있지 않으며, 전적으로 회고투의 편지형식을 취한 「제야」(1992)가, '나'의 극적인 심리변화를 형상화하는 데 실패하면서 추상적 관념에 떨어지고 있다는 점을 이와 관련하여 논의할 수 있다.

는 현재와 이야기된 현재 사이의 시간적 거리를 「표본실~」의 (두) 경우보다 크게 설정함으로써 이야기된 내용의 과도기성 혹은 미숙성을 합리화하는 『만세전』에서의 시도도, 결국은 일종의 도피라고 생각했을 수도 있다.

4. 삼인칭 서술형식의 사용과 그 의미

염상섭 소설이 초기에 현격하게 경향 변화를 보인다는 지적이 많다. 「잊을 수 없는 사람들」(1924, 미완), 「금반지」(1924), 「전화」(1925) 등을 들거나(박종화·백철·조연현·채훈), 「E선생」(1922)을 들어(김종균), 그 경향이 부정적·주관적·자연주의적인 것에서 긍정적·객관적·사실주의적인 것으로 변했다는 것이다. 그러나 장편소설을 포함한 1920년대의 작품들을 살펴볼 때 그러한 '경향'의 변화는 그다지 크지 않으며, 또 그렇게 선을 긋는 일 자체가 필요하지도 않아 보인다. 염상섭 소설의 전개 과정에서 먼저 주목해야 할 것은 경향상의 변화라기보다 「표본실~」에 공존했던 두 서술태도가 확산·변모해가는 양상이다.

그 출구를 찾지 못하던 「표본실~」의 '나'의 우울은 「제야」(1922)의 '나'에게 있어 구습타파 의지로 변모되고, 『만세전』의 '나'를 통해서 당대 현실의 적나라한 비판으로 나타난다. 그리고 그 뒤에 간혹 발표된 사소설스런 일인칭 서술형식의 소설들에서는 『만세전』의 '나'를 찾기 어렵다. 이 염상섭의 일인칭소설들은 '나'와 작가 사이의 근친성이 매우 강하다.

한편 『만세전』과 거의 같은 시기에 발표된 『해바라기』[51]와 『너희들은 무엇을 얻었느냐』[52]는 앞서 나온 삼인칭 서술형식의 작품인 「암야」(1922)의 관념성과 「E선생」(1922)의 신변잡기적 요소가 감소되고, 인물의 객관적 형상화를 통하여 현실을 제시·비판하려는 의도가 엿보인다. 이후로 염상섭은 주로 삼인칭 서술형식의 소설을 쓰는데, 단편소설의 일반적인 규모를 넘는 작품은 예외없이 이 형식을 취하고 있다. 따라서 염상섭에게 있어 '장편소설 시대'라고 할 1930년대의 작품들은 거의 모두 삼인칭소설들이다.

앞의 논자들이 경향 변화를 말하면서 든 작품들은 바로 이 삼인칭 서술형식의 단편소설들로서, 각기 조사하고 판단한 범위 안에서 그 최초의 것으로 간주된 작품이라 여겨진다.[53] 따라서 앞서의 논자들이 지적하려 했던 것은 실상 서술태도의 차이에 따르는 서술형식의 차이나 변화라고 할 수 있다. 이와 관련하여 염상섭이 『사랑과 죄』(1927-1928) 이전에 엄밀히 말해 단편도 아니고 장편도 아닌 작품들[54]을 여럿 발표하고 있다는 사실이 주목된다. 이들은 『만세전』을 제외하고는 모두 삼인칭 서술형식을 취하고 있는데, 뒤에 밝혀지겠지만, 대체로 그 서술자가 매우 비판적인 태도를

---

51) 동아일보, 1923. 7. 18 ～ 8. 26. 이 연재분을 대상으로 함.

52) 동아일보, 1923. 8. 27 ～ 1924. 2. 5. 이 연재된 것을 대상으로 함. 앞의 주3 참조. 이하 『너희들은~』으로 약칭.

53) 삼인칭 서술형식을 취한 최초의 작품은, 말미의 기록으로 보아 처음 '씌어진' 「암야」(1922, 1919. 10. 26. 지음)이다. 그러나 이는 인칭만 '그(彼)'를 썼을 뿐이지 거의 일인칭 소설이나 다름없고 초기적 미숙성을 보이는 일종의 사소설이다. 따라서 그 최초의 작품은 김종균의 주장대로 「E선생」으로 본다.

54) 『해바라기』, 『만세전』, 『너희들~』, 『진주는 주었으나』, 「미해결」, 「남충서」 「두 출발」 등을 가리킨다. 중편소설이라 볼 수도 있는데, 중편소설의 본질 또는 그 양식의 (염상섭에 의한) 출현이 갖는 의미에 대해서는 김윤식, 『한국현대소설비판』, 일지사, 1981, 262～275쪽을 참고할 것.

지니고 있으며 그와 작가 사이의 근친성이 강하다.

염상섭 소설의 전개 과정에 나타난 이러한 양상을 놓고 여기서 다음과 같은 진술이 가능하다. 즉 염상섭에게 있어, 「표본실〜」에 나타난 두 서술태도는 잠시 공존하다가 점차 삼인칭 서술형식의 그것쪽으로 기울고 있으며, 이는 단편소설로부터 장편소설로의 변화를 동반하고 있다. 그리고 그렇게 된 원인은 '부정을 통해 현실을 인식'[55]하였으며 비판하되 풍자하지는 않는 경향의 염상섭이 당대 현실의 충실한 소설화를 작가적 목표로 삼았기 때문이다.

염상섭 소설이 일인칭 서술형식으로부터 삼인칭 서술형식으로 옮아 갔음은, 먼저 서사적 전달의 양태가 말하기 위주에서 보이기 위주로 변하여 갔음을 의미한다. 그리고 이야기되는 대상의 조망이 주관적·개인적 성격을 띤 내부적인 것에서 거리의 확보와 개성의 조형이 좀더 요구되는 객관적 성격의 외부적인 것으로 변하여 갔음을 뜻한다. 또한 그것은 허구적 자아로서의 '나'와 경험적 자아로서의 작가 사이의 융합 가능성이 큰 서술상황으로부터, 작가와 등장인물 사이의 직접적인 관계가 이뤄지기 어려운 서술상황으로의 변동을 내포한다. 한편 또 그것은, 시간성을 중심으로 볼 때, 보다 허구적인 것으로의 이동을 뜻한다. 그리고 그것은, 서술자의 문제에 초점을 맞출 때, 서술자가 행위자 혹은 목격자로서가 아니라 전지적 보고자로서의 기능을 주로 수행하므로, 그의 존재의 객체화 정도가 작품 구조에 좀더 큰 영향을 미칠 수 있는 서술형식으로의 변화를 의미하는 것이다.[56]

따라서 염상섭 소설의 전개 양상은 당대 현실의 포괄적·객관

---

55) 임형택, 「신문학운동과 민족현실의 발견」, 『창작과 비평』, 1973, 봄, 38쪽.

적·비판적 제시를 위한 서술방식의 모색 과정이라고 할 수 있다. 바꿔 말하면, 염상섭 소설이 삼인칭 (장편)소설로 옮아간 것은 자아와 세계의 전체적 유기성을 보다 객관적으로 형상화하려는 의도의 소산이다. 삼인칭 서술상황에서는 작가의 분신일지라도 일단 '그'라는 인물이 되어야 하고, '그'의 삶의 모습은 독자가 여실히 인식할 수 있도록 객관적·합리적으로 제시되어야 하기 때문이다. 이는 '경험적 자아의 객체화'라는 정신사적·소설사적 문제와 긴밀한 관계에 있다. 그러므로 염상섭 소설의 궤적이 보여주는 바는 「표본실~」의 혼란과 『만세전』의 한계의 극복은 물론, 1920년대 당대적 현상의 극복이라는 의미를 아울러 지니며, 그 성과와 한계 역시 우리 현대소설 전반의 문제와 밀접히 연결된 것이라 할 수 있다.

염상섭은 삼인칭 서술형식으로 나아가면서 그것이 요구하는 여러 기법적 문제들과 만난다. 그가 어떻게 만나고 어떤 해결책을 모색하는가를 서술자, 시점, 그리고 회고투의 포기로 말미암은 과거적 사건의 처리 문제 등을 중심으로 살펴본다. 이를 통해 『사랑과 죄』에서의 도달점이 지닐 구체적 의미를 가늠하고, 나아가 염상섭 소설의 일반적 기법 가운데 일부를 드러낼 수 있으리라 기대한다.

---

56) 다음을 참고함. F. K. Stanzel, op. cit., pp.253~257. L. Dolezel, "The Typology of the Narrator : Point of View in Fiction," in *To Honor Roman Jakobson*, vol. I, Mouton, 1967, pp.541~552.

5. 비판의식과 소설양식 ―『해바라기』~『진주는 주었으나』

염상섭은『만세전』과 큰 시차없이 삼인칭 서술형식의『해바라기』와『너희들~』을 발표한다. 이 작품들에서 서술자는 거의 어떤 사건의 해설자와 같다. 그는 사건을 추적하면서 관련 인물들의 정체와 심리를 보고·평가하며 또 예측하는 기자와 같다. 일인칭 소설인『만세전』의 '나'와 크게 다름이 없다. 그 개입의 정도가 더 심한『너희들~』의 경우, 등장인물이거나 그와 같은 시공에 처하지 않은 전지적 서술자가 '필자'(64회), '나'(70회) 등으로 인칭상 노출되기도 한다. 실제로 염상섭이 기자였다는 점, 그리고 서술자의 가치 평가적 서술의 내용이 염상섭의 평론과 일치하는 바가 많다는 점 등을 볼 때, 이 두 작품의 서술자는 거의 객체화되지 않은 존재라 할 수 있다.[57] 때로 바람직한 가치를 제시하면서, 흡사 고소설의 서술자와 같이 인물들을 비판하고 조종하는 그는, 바로 염상섭자신이라고 해도 지나치지 않다. 이러한 서술자의 비객체성·비허구성과 그의 관념적 서술은, 이야기된 것의 사실성과 객관성을 침해하고 서술을 수필이나 연설에 가깝게 만든다.

그러나 서술자가 지닌 가열된 비판의식은, 적절한 기법적 장치 없이 노출됨으로써 위와 같은 결과를 낳고는 있지만, 긍정적인 측

---

57) 다음은 이 작품 서술자의 성격을 단적으로 보여준다.
　"사랑의 꽃은 성욕의 충동이라는 원소의 등화작용으로 피우는 것이다. ……그러나 이러한 종류의 남녀 ― 다시 말하면 성욕의 충족만이 연애의 전체로 아는 천박한 남녀에게는 성욕을 충족시킬 기회가 없어 그 연애관계가 깨뜨려질 때에는 피차의 인상이 아름답고 깊게 남을 수 있는 것이다. 독자는 나의 이 논리가 정확한가 아니한가를 마리아라는 처녀로 말미암아 증험할 수 있을 것이다―."(제70회)

면도 지니고 있다. 즉 그의 가열된 비판의식은 인물들과의 거리를 확보하게 한다. 그는 냉정하고 비판적인 태도를 지니고 있고, 때문에 사물의 객관적 관찰이 부분적으로 가능해지는 것이다. 염상섭이 이동하는 시점을 쓰는 잠재적인 이유가 여기에 있으며, 또 그 시점의 이동이 나름대로 성과를 거둘 가능성이 여기서 생겨난다.

염상섭이 이 두 작품에서 사건의 객관적 제시에 등한했던 것은 아니다. 오히려 그는 시점의 이동에 의한 인물의 형상화를 매우 적극적으로 시도한다. 그가 쓴 이 같은 시점 이동의 기법을 김동인은 '다원묘사'라 부른 바 있는데, 그것은 조망하는 위치를 마음대로 옮김으로써 인물 혹은 사건의 입체적 조형을 꾀하는 서술상의 기법을 가리킨다.[58] 두 작품에서 이 기법은 냉정한 관찰과 적절한 어휘 선택에 힘입어 박진감 있는 여러 장면을 낳는다.

요컨대 이 두 작품에는 매우 극단적이기 때문에 서로 이율배반적이기까지 한 두 양태의 서술이 공존하고 있다. 그리 객체화되지 않은 서술자의 거의 독백에 가까운 주관적 서술과, 사실을 비교적 객관적으로 제시하고 있는 묘사의 서술이 함께 존재하는 것이다. 국면을 넓혀 말해 보면, 극단적인 말하기와 보이기가, 매우 주관적인 보고와 인물들의 대화가 뒤섞여 있는 것이다. (인물들이 모여서 벌이곤 하는 대화가 관념적 성격을 띠고 있는 점은 별개의 문제이다.)

이러한 상황에서 어떻게 화법적 통일성 — 궁극적으로 주제의, 그리고 형상화된 세계의 의미적 통일성을 이루느냐 하는 문제가 생긴다. 서술자가 내세우는 가치를 떠나서도 인물들은 각기 개성

---

58) 김동인, 「소설 작법」, 『조선문단』, 1925. 4~7.

을 지녀야 하고,[59] 그들이 모여 이루는 세계 또한 유기성을 띠고 있어야 하기 때문이다. 즉 서술자가 내세우는 가치가 이야기된 세계 자체의 질서에서 도출되는 가치와 하나가 되지 못한다면, 그 가치는 소설의, 또 독자의 그것이 되기 어렵기 때문이다. 이 문제는 기법적 전통이 빈약한 데다가[60] 서로를 드러내야 할 인물들이 거의 20세 전후여서 자아가 아직 성숙되지 못한 상태이며, 자아의 성숙 과정 자체의 제시에 주제가 놓여 있기에[61] 더욱 해결하기 어려워 보인다. '감정양식이 운명적, 애상적이 아닌'[62] 인물들의 과도기적 의식을 비판적으로 다루되 객관성 있게 드러내기 위해서는 성숙된 세계관과 손잡은 기법적 세련이 요구되는 것이다.

결국 이 두 작품은 시점의 끊임없는 이동속에서 초점[63]이 불분명한 채로 끝난다. 제목이 의미하는 바가[64] 충분히 형상화되고 있지

---

59) 앞의 각주에서 드러나는 바와 같은 서술자(작가)의 실험의식 자체 혹은 그것의 노출은, 작품의 형상성과는 별개의 것이다. 문제는 픽션으로서의 작품이 얼마나 '그 자체를 위해 만들어지고' 있느냐 하는 점이다.

60) 고소설과 신소설의 주제는 거의가 작가 자신과 동일시되는 서술자의 주권적 기능에 의해 형성·제시된다.

61) 이러한 주제의 설정, 그리고 그것의 형상화를 위한 줄기찬 노력은 염상섭의 큰 특징이요, 문학사적 공로의 하나이다. 그것은 심리묘사의 추구로 나타난다.

62) 신동욱, 앞의 책, 214쪽.

63) 여기서 초점이란, 무엇에 관한 이야기인가, 누구에 관한 이야기인가, 누구의 관점에서 이야기하는가 등의 문제를 논의하기 위한 용어이다. 주제 혹은 제재, 인물, 시점 등의 국면에서 중심적 존재를 가리킨다. C. Brooks & R. P. Warren, *Understanding Fiction*, A.C.C., 1959, pp.657~664, 684 참고. 초점이 모호한 작품은 염상섭의 단편소설 가운데 여럿이 있다. 「해지는 보금자리 풍경」(1953), 「위협」(1956), 「자취」(1956) 등이 대표적인 예이다.

64) '해바라기'는 인물들(주로 최영희)의 성격을 상징하는 제목이고, '너희들은 무엇을 얻었느냐'는 인물들이 자기 확립에 이르지 못하고 있음을 비판하는 직설적이고 주제중심적인 제목이다. 한편, 뒤에 염상섭은 '해바라기'를 '신혼기'로 개제하는데, 이는 문제점을 그대로 둔 채 오히려 일보 후퇴한 것이라 본다.

않은 것이다. 『해바라기』는 작품의 규모가 작고 시점이 제한적이며 신부 최영희의 과거가 여행길에서 점진적으로 노출되는 의문 해결의 플롯을 취함으로써 보다 통일성을 얻고 있다. 그러나 궁극적으로 최영희와 신랑 이순택, 그리고 그의 부친을 병치하여 함께 비판하려는 작가의 의도는 충분히 형상화되지 못하고 만다. 『너희들~』의 경우에는 등장인물이 많고 사건의 규모가 큰 만큼 혼란의 양상이 더 뚜렷하다. 상편에서 주인공처럼 제시된 김덕순은 다른 세 명의 인물과 함께 일본으로 떠났다 돌아오는데, 그 사이에 초점은 여러 인물로 흩어지고 하편 후반부에 가서 나명수쪽에 자리잡는 듯하다가 작품이 끝나버린다. 서술이 지나치게 대화에 의존하기 때문에, 관념과 행동의 유기적 결합을 통한 개성의 형상화도 이뤄지지 않고 있다. 이는 서술자의 존재와 가치가 객체화되지 않음으로써,[65] 개성의 형상화와 함께 모든 서술을 관통하는 통일적 의식의 조성이 이루어지지 못하고 있음을 보여준다.

「전화」(1925)에서는 시점의 이동이 원만하게 주제 형성에 이바지한다. 단편소설은 작은 사건을 짧게 다룬다는 특질을 지니고 있다. 그리고 사건에 집중하고 시간적으로 긴장되어 있다는 점에서 극적인 것과 비슷하며, 그에 따라 사건과 함께 서술자의 역할이 한정된다.[66] 그러므로 염상섭이 단편소설 「전화」를 쓸 때, 시점의 이동은 혼란을 야기하는 데 이르지 않으며 서술자의 비판의식도 역기능적으로 확산되지 않으면서 사물과의 거리를 적절히 유지시킨

---

65) 『만세전』처럼 작가와 동일시되는 '필자'가 '독자'에게 직접 이야기하는 화법을 취하고 있다.

66) 다음을 참조함. 볼프강 카이저, 앞의 책, 549쪽. M. L. Pratt, "The Short Story : The Long and Short of It," *Poetics*, 10, 1981, pp.175~194.

다. 이 작품이 비교적 완성된 모습을 띠게 된 것은 염상섭이 단편소설의 특질을 그만큼 잘 알았기 때문이라고 할 수 있지만, 그 장르적 제약이 이렇게 이전에 시도되었던 기법적 요소들에 대하여 긍정적으로 작용했기 때문이라 할 수도 있다. 둘이 상승작용을 일으켰다고 봄이 더 적절할 것이다. 그 결과 주로 이 작품을 염두에 두고, 염상섭이 1920년대의 작가들 가운데 작중 현실에 대하여, 넓게 말해 '인간 현실에 대하여 일정한 거리를 유지하려고 본격적으로 노력한 작가'[67]라는 평가가 나오게 된다. 그리고 '순객관적 표현방식'이라는 문체적 특징을 지적하는 말도 이 작품 혹은 이 계열에 속하는 단편소설들에 대하여 타당한 것이 된다. 그러나 후자는 염상섭의 지속적인 노력이 단편소설 형식과 조화될 때의 결과이며, 따라서 소설 전체의 특징에 관한 지적이기 어렵다.

이 작품에서 이룩된 일정한 거리의 유지와 주관성의 억제는 하나의 기법적 발전으로 볼 수 있다. 서술자의 역할이 적절한 선에서 통제되고 있는 것이다. 그러나 염상섭 소설의 전개과정에서 이는 자아의 성숙과정의 비판적 제시라는 발전적·유동적 주제의 포기에서 비롯된 것이다. 이 작품은 사실의 연속은 있을지 모르지만 사건이 없고, 발단이 없듯이 진정한 의미의 결말이 없으며, 독자에게 현실을 볼 새로운 눈을 제시하지 못함으로써 현실 표면의 풍속도를 보여주는 데 그치고 있다.[68] 바꿔 말하면, 이 소설이 기록적·폭로적 성격에 머물고 있음을 볼 때, 가열된 비판의식을 양보한 대가로 통일된 형식을 얻을 수 있었지만, 결국 염상섭은 한 장의 풍속화를 얻은 것에 불과하다.

---

67) 천이두, 『한국현대소설론』, 형설출판사, 1974, 45~46쪽.
68) 천이두, 앞의 글, 58~61쪽 참고.

200자 원고지로 약 700장 분량인 『진주는 주었으나』[69]에서, 서술자는 인칭상 노출되지 않는다. 그러나 『해바라기』나 『너희들~』의 경우와 마찬가지로 그는 거의 의분에 찬 사건기자와 같다. 다음은 특별한 표시(××)가 앞뒤에 붙어 다른 것과 구별된 서술이다.

조선 안에 있는 ××신문 독자로서 효범이와 인숙이와 진변호사와 문자라는 사람이 누구인지를 아는 사람이나 또는 소위 〈오각연애의 갈등〉이라는 기사를 본 사람으로서 을축년(1925 - 인용자) 구월 십이일 밤에 배달된, 즉 삼십일치에 게재된 그 신문 사회면 기사 중 〈진변호사 사건 ― 사실오전(事實誤傳)〉이라는 일호 일단 제목의 기사를 유의해 보았고 또 그해 십일월 이십오일에 같은 신문사 같은 난에 게재된 기괴한 사건을 똑똑히 본 사람이 있으면 누구나 ××신문은 가장 신용있는 신문이라고 생각할 것이요 따라서 변호사 진형식이의 명예를 훼손하려던 자가 누구이었던가를 알 수 있으리라.

(제60회, 동아일보, 1925. 12. 17)

이 작품 서술자의 존재와 성격을 분명히 보여주는 위의 서술은, 작품의 소재가 실제로 있었던 사건임을 드러내줄 뿐, 일종의 사실적 동기화 기능을 하고 있다고 보기 어렵다. 박진감 형성에 도움을 주지 못하며 오히려 서술자의 존재를 노출시키고 그가 곧 작가임을 폭로한다. 더구나 이 서술은, 독자가 이미 나와 있는 '십일월 이십오일'치 신문을 보면 앞으로의 사건 전개를 알 수 있도록 미리 폭로하고 있으므로, 박진감 형성을 위한 예시적 기능을 하지도 못

---

69) 동아일보, 1925. 10. 17~1926. 1. 17. 이 연재분을 대상으로 함. 이하 『진주는 ~』으로 약칭.

한다. 이는 염상섭이 아직 작자＝서술자이고, 소설＝현실의 기록이라는 등식으로부터 그리 멀지 않은 곳에 있음을 말해준다. 그러므로 객체화되지 않은 서술자의 극렬한 비판은,『해바라기』,『너희들～』에서와 같이, 이 작품의 서술 대부분을 비소설적이게 만든다.

그런데 이 작품은 앞의 둘과는 다른 면을 보인다. 서술자의 비판적 서술이 인물의 시점에서도 수행되고 있다. 바꿔 말하면, 인물들 ― 김효범과 신영복 ― 이 서술자의 비판적·반성적 의식을 나누어 갖고 있다. 두 사람의 대화, 연설, 내적 독백 등에서 드러나는 가치나 태도는, 서술자의 시점에서 수행된 서술에서 드러나는 그것과 같다. 두 인물은 모두 서술자(작자)의 분신이다. 이들은『너희들～』의 김중환에 해당하는 인물들로서, 좀더 큰 기능을 수행하고 있다.

비판이 인물의 시점에서도 이루어지기 때문에, 즉 부분적이나마 주제의 제시가 인물을 통해 이루어지기 때문에 이 작품은 시점의 부단한 이동에도 불구하고 초점이 흐려지지 않는다. 시종 김효범이 주인공으로 간주된다. 또한 그 때문에 대화나 독백의 차원을 넘어서는, 큰 행동에 의한 발전적 주제의 제시가 이루어지고 있다. 문제적 인물이자 입체적 인물인 김효범이 비리에 가득 찬 결혼식장을 쑥밭으로 만들고, 자살을 기도하는 것이다.[70]

한편 이 작품에는 여러 형태의 서술들이 많이 그리고 자주 삽입되고 있다. 그것은 내적 독백[71], 연설, 편지, 일기투의 유서, 신문기

---

70) 이 작품에서부터 보이는 인물들의 실천적 반항은,『이심』,『사랑과 죄』로 이어진다. 그런데 여기서의 반항은 왜 자멸적인가, 뒷작품의 반항들과 어떤 관계에 있는가 등의 문제는 층위를 달리해서 논의할 성질의 것이므로 일단 접어둔다.

사 등이다. 신문기사 형식이 사건을 빠르고 간명하게 제시하며 그 사실성을 강조하는 데 좋기 때문이라면, 나머지는 인물의 개성을 형성하는 동시에 심리를 절실하고 깊이 있게 드러내기에 자연스럽기 때문에 쓰였다고 할 수 있다. 후자에 포함되는 것들, 특히 편지와 연설(또는 논쟁) 형식의 사용은 염상섭의 여러 작품에서 두루 사용되는 기법이다. 이들의 삽입은 크게 보아 일인칭 서술형식의 이점을 살리기 위한 것인데, 『진주~』에서 가장 적극적으로 그리고 다양하게 실험된다. 그러나 그것들은 너무 자주 삽입되고 또 인물들의 관념을 생경하게 노출시킴으로써 사건 전개의 리듬과 필연성을 해친다.

요컨대 『진주』에서는 인물을 형상화하고 다양한 서술형식을 써서 주제를 객관적으로 자연스럽게 전달하려는 노력이 엿보인다. 하지만 이러한 노력은 서술자가 지나치게 큰 기능을 담당하고 있고, 작가와 동일시되는 그의 존재가 적절한 기법적 장치 없이 부단히 폭로되는 상황이어서, 별다른 성과를 거두지 못한다.

『진주~』와 관련지워 볼 때, 「조그만 일」(1926)은 인물의 형상화, 혹은 인물의 시점 사용에 의한 비판적 주제의 제시가 성공적인 작품이다. 삼인칭 서술형식의 이 단편소설은 짧은 시간에 일어난 극적 사건을 '길진이'의 눈으로만 보고, 비판적·반성적 심리상태에 놓인 그의 내적 독백 위주로 서술함으로써 통일성을 얻고 있다. 「전화」를 제외하면, 그는 이제까지 살핀 작품들의 서술자와 성격과 기능이 유사하다. 『만세전』의 '나'하고도 비슷하다. 따라서 길

---

71) 염상섭 소설에는 어떤 상황에서 인물이 꼭 하고 싶은 말이 일반 대화와 똑같은 형식으로 제시된 뒤에, 곧바로 그것이 단지 생각뿐이었다고 서술되는 경우가 많다. 그런 것도 내적 독백의 언술로 간주한다.

진에게 시점을 고정하다시피 한 이 작품의 통일성 또한 '한 의식 속에서의 통일성'이다.[72] 이는 삼인칭 서술형식이기는 하나 일인칭 서술형식에 끌리는 형태이다. 그러나 일단 통일성이 삼인칭 서술 상황에서 얻어졌다는 점이 이 작품의 성과이다. 「전화」와 비교할 때, 내적 조망에 의한 내면적 사실성이 성취되고 있다는 점도 하나의 발전이다. 그러나 「전화」와 같이 서술자의 기능과 시점이 제한된 상황, 즉 단편소설 형식의 조건 안에서 이룩된 성과이기는 마찬가지이다. 염상섭은 삶의 총체성을 드러내는 발전적 주제의 형상화는 기대하기 어려운 소설형식 안에서만 성과를 거두고 있다.

6. 서술자의 객체화와 작품의 형상화 ─ 『사랑과 죄』

다음의 네 서술은 『사랑과 죄』에서의 서술자의 성격과 태도, 그가 지닌 기능성의 정도를 살피기 위해 뽑은 것이다.

(A) 친절한 독자는 필자로 하여금 순영이와 호연이 사이에 한 가지 언약이 있었던 짧은 이야기를 기록케 하여 주기 바란다.
　　─그것은 다른 것이 아니다. (51회)

(B) … 이러한 광경이 서로 어울려서 복작대일 뿐이요 소리인지 형용인

---

72) 뒤에 발표된 「임종」(1949), 「두 파산」(1949) 등의 경우, 거의 서술자의 시점에서 언술이 전개되면서도 인물의 객관적 제시와 비판이 무리없이 이루어지고 있는데, 이는 보다 성숙한 작가의식과 기법의 소산이다. 그 작품들은 비교적 삼인칭 서술형식의 일반형에 가깝다.

지를 분간조차 할 수 없다. 끓는 듯한 더운 김이 입을 확확 막는 속에서 모든 것이 다만 꾸물거릴 뿐이다. 하늘 밑까지 치쳐 올라간 듯한 신궁 앞의 축대 위에서나 남대문루 위에서 내려다 보면 할 일 없는 개미새끼들이 달달 볶는 가마솥 바닥에서 아물아물 하는 것 같을 것이다. 그러나 이 개미새끼들은 질서도 훈련도 없이 오직 피곤만이 그들의 볕에 익은 얼굴에 느즈러져 있을 뿐이다.   (1회)

(C) 그에게는 아직도 예술가라는 자존심과 책임이 잠을 자지 않고 순영이에게 대한 애욕을 단념할 수 없으며 마리아의 퇴폐적 정욕을 달게 받을 수 없는 귀족적 결벽을 버릴 수도 없었다.

이 모순된 세 가지 생각과 기분은 이 사람을 세 갈래로 잡아 흔들어서 역학적 원칙에 의하여 공중에 떠오르게 한 것이다. 어디로 기울겠느냐는 것은 힘의 균형이 깨질 때인 것은 물론이다.   (115회)

(D) 호연이는 자기도 모르게 흥분이 되어서 침대 위로 가더니 눈을 감고 쓰러져버린다. 그러나 양심과 자존심을 팔아서까지 사야 할 아무것도 없다는 말은 자기 자신에게 한 말인지 혜정이에게만 한 말인지 호연이도 반성할 여유가 없었다. 방안에는 무거운 침묵이 급작시리 굿득 들어선 것 같았다.   (139회)(밑줄 : 필자)

(A)에는 서술자가 노출되어 있다. 그는 전면에 나서서 시간을 거슬러 과거의 사건을 제시한다. 이 작품에서 서술자 자신을 가리키는 말은 여기서의 '필자' 외에도 '나'(117회), '소설가'(84회)가 있다. 그리고 여기서의 '독자'는 『만세전』에서와 같이 '제군'(196회)이라 불리기도 한다.

물론 이 작품은 서술자가 이야기되는 사건과는 다른 차원의 시공에 존재하는 삼인칭 서술형식을 취하고 있다. 그런데도 『너희들 ～』과 마찬가지로 전혀 액자소설적 요소가 없고, 따라서 '나'는 작가라는 경험적 자아로부터 분리되지 못한, 그리 객체화되지 못한 존재이다. 소설의 장르적 관습에 부합되지 않는 직접적 담화형식의 화법도 앞서의 작품들과 큰 변화가 없다.

(B)는 지리적 배경인 서울에 관한 묘사의 일부이다. 서술자는 수해복구 공사장의 인부들을 새의 시점으로 바라보고 있다. 밑줄 친 서술들과 글 전체의 어조로 보아, 서술자와 대상 사이에는 공간적 거리와 함께 심리적 거리가 있으며, 그가 매우 냉혹하고 비판적인 태도를 취하고 있음을 알 수 있다. 이 작품이 배경의 묘사로 시작하여 이야기의 주된 대상으로 점차 다가가는 조망의 기법을 써서 인물과 배경 사이의 상징적 관계를 형성하고 있음은[73] 작가가 거리의 확보 및 조절에 있어 한 단계 나아갔음을 보여준다.

(C)는 서술자가 인물이 처한 심리적 상황을 해설하는 서술이다. 서술자는 어떤 물리적 현상을 관찰하는 과학자와도 같다. 그러나 결정적 판단을 보류한 채 사실을 분석한다는 기본태도에 있어서는 과학자와 통하지만, "물론이다"에서 특히 뚜렷하듯이, 그는 중립적 위치를 벗어나 일종의 판단 또는 예상을 하고 있으며, 그러는 자신의 존재를 드러내고 있다는 점에서 과학자적이 아니다. 서술자는 일정한 심리적 거리를 두고 인물이 처한 상황을 바라보고 있지만, 대상을 주관적으로 분석 · 종합하는 자로서의 자기를 서술상 드러내고 있다. 그리하여 (D)는 서술자의 목소리가 분명히 인지되

---

73) 염상섭 소설에는 자연이나 공간의 묘사로 시작되는 작품이 매우 드문데, 『사랑과 죄』와 「불똥」(1934)에서 의식적으로 실험되고 또 좋은 효과를 얻는다.

는 서술이 되고 독자는 그만큼 상황 자체의 사실성보다는 서술자의 주관성 혹은 실험적 의도가 서술의 의미를 좌우한다는 인상을 받는다.[74] 그러나 한편 이 서술은 서술자의 냉정한 태도나 그가 유지하는 먼 거리 때문에, 간명하게 제시된 인물의 상황이 객관적일 수 있다는 느낌, 그리고 서술자의 태도를 자기화하는 것이 정당하다는 느낌을 주기도 한다.

(D)에는 인물의 순간적인 행동과 실내 분위기가 제시되고 있는데, 첨가된 논평적 서술에서 서술자의 존재가 드러나고 있다. 첫 문장은 허구적 현재 시제를 사용한 행동의 묘사이다. 그런데 서사적 과거시제로 된 둘째 문장의 "반성할 여유가 없었다"에는 암암리에 '반성해야 하다' 또는 '반성하지 못하고 있다'는 의미가 내포되어 있으므로 이는 사실의 보고라기보다 서술자가 필요하다고 여긴 가치의 제시이다. 독자는 접미사 '~이'가 붙어 호칭됨으로써 더욱 거리감이 느껴지는 인물과 그의 행동을, 서술자가 취하고 있고 또 요구하는 태도에 따라 비판적 안목으로 보게 된다.

이상의 관찰을 종합할 때, 이 작품의 서술자는 매우 전지적·주권적·능동적이며 권위적이라 할 수 있다. 이때 '권위적'이라 함은 인물들의 이름에 붙은 '~이'가 두드러지게 보여주듯이, 서술자가 인물에 대해 나아가 독자에 대해 취하고 있는 어른스러운 태도를 가리킨다.[75] 서술자는 사물을 냉정하고 비판적인 태도로, 때로는

---

74) 근래의 논자들은 염상섭 소설이 자연주의적이라기보다 사실주의적이라는 데 접근하고 있다. 그러나 특히 『진주~』와 『사랑과 죄』에 나타난 실험의식을 볼 때, 서구적 방법론의 한국적 수용이라는 측면에서 '염상섭의 자연주의'는 따로 그 가치를 인정해야 할 것으로 여겨진다. 이에 대하여는 '한국자연주의 또는 개성주의'(김윤식·김현, 『한국문학사』, 155쪽), '현실주의'(김주연, 「현실주의의 한 승화」, 『문학사상』, 1973. 6)라는 명명이 시사하는 바 크다.

풍자적 · 조소적이기까지 한 태도로 바라보고 있고 따라서 비교적 먼 거리가 확보되고 있다.

『사랑과 죄』에 나타난 이러한 양상은 앞서 살핀 작품들과 비교할 때 크게 보아 유사하지만 중요한 차이점을 내포하고 있다. 즉 서술자의 존재가 인칭상 노출되어 있기는 해도 그의 기능성이 좀 더 통제되어 있다. 여전히 해설자적임에는 틀림없으나 그 기능이 제한적이다. 이는 서술자의 개입적 서술이 대체로 냉정함을 띠고 있고, 초점을 흐리지 않는 범위에서 사건의 파노라마가 각 인물의 눈으로 포착됨으로써 그들의 개성이 형상화되고 있다는 사실과 짝하고 있다. 서술자의 개입적 서술이 다른 종류의 서술속에 비교적 교묘히 끼어 들어서 서술 주체의 모습이 지각되기 어렵도록 꾸며진 (B)와 (D)는, 이 작품에서 서술자의 기능 통제 혹은 그에 따른 기법적 배려가 이루어지고 있음을 말해준다.

서술자의 기능이 좀더 제한적이라는 진술은 그만큼 그의 존재가 객체화되어 있음을 뜻한다. 그리고 그것은 염상섭이 자신의 비판 의식 또는 주제의식을 비교적 냉정하게 다룰 수 있게 되었음을 의미한다. 이러한 변화는 다른 측면의 비교를 통해서도 검증될 수 있는데, 이 글이 다루는 범위 안에서 볼 때, 우선 서술자의 인물에 대한 '공평성'의 차이를 들 수 있다. 『진주~』의 서술자는 긍정적 인물인 김효범에 대해서는 거의 비판적인 태도를 취하지 않는다. 『사랑과 죄』의 서술자 역시 주인공인 지순영과 이해춘에 대한 태도는, "두 암까마귀"(57장의 이름), "두 계집"(237회) 등으로 불리는 정

---

75) 염상섭 소설 전반의 서술자가 지닌 이 어른스러운 태도는 이른바 '비대중성' 의한 요인으로 보인다. 그리고 이는 염상섭의 보수성과도 긴밀한 관계가 있다.

마리아와 해주댁의 경우하고는 대조적으로 무척 관대하다. 그러나 작품 전체를 통해서 볼 때 두 긍정적 인물에 대해서도 비판적·객관적 태도가 나타나고 있으며, 따라서 그들과의 거리가 확보되고 있다.

변화는 또 작품의 제목에서도 드러난다. '해바라기', '너희들은 무엇을 얻었느냐'가 그렇듯이, '진주는 주었으나'라는 제목도 등장인물들에 대한 작가의 비판적 태도를 노골적으로 드러내고 있다.[76] 반면에 '사랑과 죄'라는 제목은 등장인물 각자의 삶을 면밀히 관찰한 뒤에야 그 의미를 독자 나름대로 파악할 수 있는 성질의 것이다. 긍정적 인물의 사랑이 죄를 내포하고 있으며 부정적 인물의 죄가 사랑과 짝하고 있으므로 이 제목은 궁극적 가치판단이 보류된, 중립적인 것이다.[77]

끝으로 지적할 수 있는 변화는 작품의 서두에 관한 것이다. 인용 (B)에 대한 앞의 분석에서 언급하였듯이, 『사랑의 죄』에서는 이전의 작품들과는 달리 조망의 원근법이 이루어지고 있다. 허구세계로 독자를 이끌어들임에 있어 조망이 암시적 → 구체적, 외적 → 내적인 것으로 옮아간다. 각 인물의 제시도 이와 유사한 방식으로 이루어지고 있는데 이는 그만큼 서술자의 기능이 통제되고 있음을 보여 준다.

『진주~』와 같이 『사랑의 죄』에서도, 긍정적 인물에 대한 태도 차이에서 비롯된 주제와 가치관의 노출이 파괴적 요소로 작용하고

---

76) '진주'가 생명을 상징한다고 볼 때, 그 제목은 인물들이 생명은 부여받았으나 올바른 '생활'을 영위하지 못하고 있음을 비판하는 뜻을 담고 있다.

77) 염상섭은 『진주~』 이후로 비판적인 주제의식을 노골적으로 드러내는 제목을 그리 쓰지 않는다.

있는 게 사실이다. 그리고 『사랑의 죄』 또한 서술자의 노출과 주권적 태도가 이야기의 사실성을 해치고 있다. 그것은 (C)에서 드러나듯이, 인물의 심리에 대한 내적 조망이 서술자의 입장에서 관념적으로 수행되고 있음을 보아도 알 수 있다. 그러나 이 작품에 나타난 변화는 다른 어떤 점보다도 작품의 형상성과 긴밀한 관계에 있으며, 그만큼 중요하다. 이 변화로 말미암아 나름대로의 소설적 형상화가 가능해진 것이다. 물론 이때 초점을 흐리지 않는 범위 내에서의 시점의 배분과 그밖의 기법적 요소들이 이를 뒷받침하고 있다.

요컨대 『사랑의 죄』는 작가의 비판적 주제의식이 작품구조의 통일성을 깨뜨리지 않는 선에서 억제된 작품이다. 이것은 곧 작가에 의한 서술자의 기능 통제 — 양자의 분리 또는 경험적 자아의 객체화 — 가 이 '장편소설에서' 이루어지고 있음을 뜻한다. 그 결과 이 작품에서 서술자의 중립적인 태도의 확보 및 그에 따른 거리의 유지가 가능케 되며,[78] 소설내적 세계의 객관성과 통일성이 이룩될 바탕이 마련된다.

그러나 이러한 진술은 어디까지나 상대적인 것이다. 이미 앞서 살폈듯이 여러 역기능적 요소가 함께 있는 것이다. 염상섭이 이 작품에서 이룩한 바가 상대적 의미의 차원을 넘어서지 못함은, 일차적으로 이 역기능적 요소에서 비롯되는 작품 자체의 완성도 저하 때문이기도 하지만, 이후의 작품에서 유사한 양상이 되풀이되고

---

78) 한상무는, "염상섭은 대개의 작품이 전지적 시점의 매우 큰 거리를 포함하는 유형에 해당한다"고 하였는데, 장편소설에서 그 진술이 타당하게 받아들여지는 것은 『사랑과 죄』부터라 본다.(「리얼리즘과 그 수법 — 염상섭의 경우」, 『국어교육』, 18~20 합병호, 1972. 12, 188쪽)

있기 때문이다. 대체로 서술자가 권위적이고 전지적인, 서술자의 기능성이 강한 편에 드는 염상섭 소설에 있어 『사랑의 죄』가 한 고비에 놓이는 것은 사실이나, 이후의 양상은 발전적이라 하기 어렵다. 대표작으로 일컫는 『삼대』를 보더라도 서술자가 '필자'로 노출되고,[79] 인물들에 대한 그의 태도가 편향적이다.[80]

염상섭이 『사랑의 죄』에서 이룩한 이러한 성과와 한계는 어떤 요소들과 관련되어 있으며, 그것은 구체적으로 무엇을 의미하는가? 이 물음에 다각도로 답하기 위해서는 이제까지와는 다른 국면의 관찰이 요구된다. 즉 시간처리의 문제를 살펴 볼 필요가 있다. 이는 주로 플롯의 문제와 연관되므로 이 글의 범위를 크게 벗어나지 않는 선에서 논의하기로 한다.

7. 과거적 사건의 제시와 객체화의 한계

다음은 이 글에서 다루어 온, 삼인칭 서술형식을 취한 몇 작품의 첫머리이다.

　　피로연(피로연)이 칠팔분이나 어우러져 들어가니 둘째번으로 일본 사람편의 축사가 끝이 나려고 할 제….　　　　　　　　　　(『해바라기』)

---

79) 『한국대표문학전집 · 3』, 삼중당, 1970, 177쪽.
80) 조의관에 대해서는 지나치게 관대하고 조상훈에 대해서는 그 반대이다. 물론 이때 문제되는 것은 편향적이라는 사실 자체가 아니라 그에 따른 통일성 저하이다.

덕순이는 오늘 유난히 일찍 일어났다.　　　　　　　(『너희들은~』)

오늘 오후쯤 올라 오리라고는 생각하였지만 퍼런 학생복에 커다란 대패밥 모자를 우그려 쓴 효범이의 뒤에 문자의 조그만 얼굴이 나타날 제⋯.　　　　　　　　　　　　　　　　　　　　(『진주는~』)

장근 보름만에 햇발다운 햇발을 보게 된 것은 겨우 어제 오늘 이틀뿐이다.　　　　　　　　　　　　　　　　　　　　　　(『사랑의 죄』)

창오는 '패밀리 호텔'의 문을 나서자⋯.　　　　　　　(『이심』)[81]

덕기는 안마루에서 내일 가지고 갈 새 금침을 아범을 시켜서 꾸리게 하고 축대 위에 섰으려니까⋯.　　　　　　　　　　　　(『삼대』)

　앞서 지적했듯이, 염상섭이 일인칭 서술형식을 쓰지 않을 때 그것은 회고투의 포기를 의미한다. 그는 '오늘' 또는 '지금'의 시간으로부터 출발한다. 이는 동시에 공간상 '여기'로부터의 출발이기도 하다. 이렇게 작품이 공시적 시점(共時的 視点)으로 발단되는 것은 현대소설의 리얼리즘의 한 특징이고, 따라서 우리 현대소설과 전대소설을 구분하는 징표로 간주된다.[82]
　염상섭 소설에서 '여기'는 거의가 서울이다. 특히 『사랑의 죄』의 서울은, 도스또옙스키 소설의 뻬쩨르부르그가 그렇듯이, 인물들의 활동배경이기를 넘어서 그들의 정신적 상황과 환유적 관계에 있

---

81) 매일신보, 1928. 10. 22～1929. 4. 24 연재. 박문서관, 1939. 3쪽.
82) 이재선, 『한국현대소설사』, 21～22, 45쪽 참고.

다. 한편 허구적 시간으로서의 '오늘'은 대개 독자가 처한 역사적 시간의 '오늘'에서 그리 멀지 않다. 염상섭은 작품속에 의도적으로 편지나 신문기사 같은 서술을 삽입하여 허구적 시간을 가까운 역사적 시간의 어느 때로 확정하여 놓는다.[83] 이것은 일단 사건을 역사적 현실의 그것으로 느끼게 하려는 사실적 동기화의 소산이라 할 수 있다. 그러나 그보다 이것은 염상섭이 소설을 쓰는 의도가 현실의 기록 또는 폭로에 있으며, 따라서 작품내적 세계와 외부세계를 의식적으로 구별하지 않으려 한다는 점을 보여준다. 요컨대 염상섭은 거의 항상 시간적·공간적 배경을 당대의 서울로 잡고 자기가 경험했거나 경험하고 있는 사실을 동적으로 포착하고 있다. 그는 역사소설을 쓰지 않는다.[84] 그리고 결코 영웅적이 아닌, 당대의 평범하고 전형적인 인물들을 그린다.[85]

시간적·공간적 배경이 이러할 때 다음과 같은 문제가 생겨난다. 첫째, 이야기된 것의 사실성이 작품 외적 요소에 의해 제한을 받게 된다. 즉 독자의 최근 경험이 작품의 사실성에 대한 하나의 기준으로 작용하여 작가의 상상력을 제한하게 된다. 염상섭 스스로 선택했다 할 수 있는 그러한 제한된 입장은, 서술자=작가, 소설적 진실=역사적 진실의 등식을 낳아 허구 세계의 독립성과 유기성을 해친다. 둘째, 소설 서두의 '오늘' 이전, 곧 서사적 과거의

---

83) 그 예가 『해바라기』의 '계해년(1923) 사월'(38회. 36회에는 '임술년'으로 되어 있음), 『진주~』의 '을축년(1925) 구월 삼일'(51회), 『사랑과 죄』의 1924년 8월 30일'(123회) 등이다.

84) '史譚'이라 명기된 「曉頭의 沙邊停駕」, (『月刊每申』, 1925. 1. 단편소설 분량)가 역사소설이라면 유일의 것이다.

85) 이 글에서 다루는 작품의 범위 안에서 볼 때, 주된 인물들은 거의가 당대의 젊은 지식인(학생이거나 그에 준하는 20대)이다.

시간에 일어난 사건(과거적 사건)의 제시 문제가 기법상 대두된다. 서술자가 '이야기하고 있는 현재'가 부단히 '오늘'을 따라 앞으로 이동하므로, 그가 과거의 사건을 이야기하게 되면 그의 존재와 그가 이야기하는 사건이 부자연스럽고 낯설어진다. 이는 앞에 인용한 서두의 문장들에서 알 수 있듯이, 일반 작품들과는 달리 소설이 배경이나 인물의 묘사로 시작되지 않는다는 사실과도 무관하지 않다.

이렇게 볼 때, 앞장의 (A)~(D) 가운데 인칭상 서술자의 존재를 노출하고 있는 (A)가 과거적 사건의 도입을 위한 서술이며, 나머지 중에서 가장 뚜렷이 서술자를 인지할 수 있는 (C)가 과거적 사실을 담은 도입단위(expositional element)[86]라는 점은 매우 시사적이다. 그러한 '오늘' '여기'에서 일어나지 않은 사실에 대한 서술의 경우, 서술자가 전지적 발화자로서 전면에 나서서 이야기하고 있고, 그로 말미암아 해당 서술의 박진감이 떨어지고 있다. 즉 독자는 거기서 '보기'를 멈추고 전적으로 서술자의 목소리를 '듣기'만 하게 되므로 그 듣는 사실에 대한 인물들 각자의 인식적 관계나 정도를 자연스레 파악하기 어렵게 되고, 서술자의 주관이 작용한다는 인상을 받게 되는 것이다. 이는 이미 「표본실~」의 김창억 일대기에서 크게 문제되었던 양상으로, 염상섭 소설에서 서술자의 객체화 문제가 시간처리 기법과 긴밀한 관계에 있음을 보여 준다.

『해바라기』, 『너희들~』, 『진주~』에서는 과거적 정보가 거의

---

86) 행위의 시간과 장소, 등장인물의 개인사, 외모상의 특징, 인물들 사이의 관계 등에 관한 정보를 포함한 언술을 가리킨다. 이들은 화불라의 앞머리에 놓인다. M. Sternberg, *Expositional Modes and Temporal Ordering in Fiction*, Baltimore and London: The John's Hopkins Univ. Press, 1978, p.1.

전적으로 서술자의 시점에서 제시되고 있다. 서술자가 등장인물의 정체를 드러내거나 성격을 조형하는 서술들을 요약하여 제시하는 것이다. 인물들의 성격은 어떤 사건의 계기속에서 점차 형성되어 가는 것이 아니라 서술자의 일방적 요약과 해설에 의해 평면적으로 주어진다. 현재의 사건으로 직접 뛰어들면서 작품이 시작되고, 과거적 정보는 필요에 따라 분산되어 제시된다. 과거적 '사건'의 개입이 거의 없고 있다 하더라도 그것은 서술자에 의해 요약되거나 인물의 대화의 형태를 띠고 현재적인 것으로 처리된다. 이렇게 인물들의 과거가 초시간적이거나 현재적인 서술로 처리됨으로써 이 세 작품은 끊임없이 앞으로만 흐르는 시간의 강력한 지배 아래 이렇다할 시간적 역전없이 장면중심적 · 단선적(單線的)으로 전개된다. 그 결과 서술은 '서사적인 것과 극적인 것의 혼합' 양태를 띠어, 독자에게 끊임없는 절박감과 정신적 부담을 주게 된다.[87]

단선적으로 전개되는 행동들은 주로 미묘한 애증의 심리를 내포하거나 비판적 · 관념적 성격을 띤 대화, 내적 독백 등의 형태로 제시된다. 그러므로 시시각각으로 '변모'하기는 하지만 보다 큰 의미의 진폭을 동반한 행동의 '변화'는 그리 일어나지 않는다. 감춰진 비밀이 드러나는 플롯의 『해바라기』가 그렇고, 인물들이 거실과 요리집에서 끊임없이 만나고 헤어지는 『너희들~』이 특히 그러하다. 이 작품들이 소설형식을 빈 사회비판적 논설이나 토론의 성격을 띠고 있는 것은 인물들의 심리적 변모만이 서술자의 비판적 서술과 함께 제시되고 있기 때문이다. 이들을 통해 작가가 어떤 결단에 이르지 못하는 인물군의 실상을 실험 · 비판하려는 의도는 새롭

---

87) 볼프강 카이저, 앞의 책, 320쪽 참고.

고 의미있는 것이나, 그것이 소설로 충분히 형상화되어 있다고 보기는 어렵다.

문자와 효범의 도착 → 떠남 → 돌아옴이 핵심 사건을 이루고 있는 『진주~』에서는 앞의 두 작품에 비하여 행동의 변화가 보다 크게 펼쳐진다. 즉 이 작품에서는 비교적 선명한 스토리가 있고, 인물들도 입체적 성격을 다소 띠고 있다. 그러나 이 작품 역시 서술자의 주권적 해설과 인물들의 대화, 내적 독백 등을 통해 성격과 주제가 전반부 이전에 이미 확정되고 있으므로, 그 뒤의 행동들은 새로운 의미를 구축하는 기능이 약하다. 항상 '오늘'인 시간의 직선적 흐름속에서 부단히 어떤 행동은 일어나지만, 그 의미가 이미 요약적·관념적 서술로 확정되어 있으므로 탐정소설의 행동과 비슷해지는 것이다.[88]

서술자의 주권적 서술이 앞에서 가치를 확정하여놓을 경우, 작품 후반부에서 예기·산출되는 것은 도래할 행동 뿐이지 어떤 발견적 가치가 아니다. 따라서 행동들이 어지간히 맺히고 풀리거나 인물의 의식이 외계의 복잡성과 지나치게 불균형을 이루게 될 때, 작품은 더 이상 진전될 수 없다. 위의 셋을 포함한 『사랑의 죄』이전에 발표된 몇 편의 작품들[89]이 어중간한 규모로 끝나면서 완비된 결말을 보여주지 못하고 있는 것은, 서술자의 존재 및 기능 통제에 관한 작가의 인식이 장편 소설 양식을 충분히 감당할 수 없었기 때문이다. 이는 궁극적으로 작가의 안목이 자아와 세계의 대립을 소설

---

88) 이러한 양상은 현진건의 『적도』(1933~1934)가 끊임없는 장면의 연속으로 진행되면서 행동의 과잉양상을 보여준다는 점을 참고할 때, 염상섭만이 직면한 기법적 문제가 아님을 알 수 있다. 이때, 이들이 신문 연재소설임을 감안할 필요는 있다.

적으로 형상화할 수 있는 단계에 이르지 못한 데서 비롯된 것이다.

『만세전』 또한 순진적(順進的) 시간의 흐름속에 있다. '나'는 거의 시간에 쫓기다시피 한다. 그런데 이 작품에서 시간의 흐름은 공간의 이동에 따르는 시대고(時代苦)의 점층화, 그것의 나와의 근접화, 그것을 보는 '나'의 시선의 내면화[90] 등과 조화를 이룬다. 하지만 위의 세 삼인칭 소설에서의 순진적·직선적 시간은 현실의 여러 국면을 보여주는 공간의 이동이라든가 인물들의 여러 심리적 국면 혹은 그 변화를 동반하고 있지 않다. 감춰진 과거의 노출(『해바라기』), 혹은 현실적 압박이나 불만이 가중됨에 따라 병들고 자멸해 가는 변모만이 있을 뿐이다. 또 인물들의 성격이나 속한 계층이 사회의 다양성을 반영하고 있지도 않다. 따라서 이들 작품에서는 성격 및 그려진 세계의 평면성과 시간의 흐름 사이에 괴리가 일어난다.

이에 반하여 『사랑의 죄』에는 첫머리의 '오늘' 이전의 사건에 대한 구체적 서술이 큰 규모로 작품속에 삽입되어 있다. 염상섭의 장편소설 가운데 처음으로 크고 뚜렷이 구분되는 시간적 역전이 일어나고 있고, 그로 말미암아 인물들의 성격과 관계가 보다 입체적으로 조형되고 있다. 이러한 시도는 '이야기된 시간'의 폭을 크게 하여 인물들의 삶을 넓게 조명하고, 서술자의 개입적 서술이 아니라도 그들의 성격과 행동의 인과관계가 자체의 논리적 흐름속에서

---

89) 『해바라기』『만세전』『너희들~』『진주는 주었으나』「미해결」「남충서」「두 출발」. 한편 『너희들~』과 「남충서」의 말미에 붙은 '작가의 말'에는 이러한 작품의 불안정성 혹은 결말의 미진함에 대한 염상섭 자신의 불만족이 나타나 있다.

90) "……목적지에 접근할수록 그 병리의 요인에 대한 외관적 시선이 내관적 시선으로 바뀌어진다." 이재선, 『한국현대소설사』, 280쪽.

박진감 있게 형성, 전개될 수 있게 한다. 따라서 이전 작품에서는 활성화되지 않았던 세대 및 계급의 차이가 이 작품에서부터는 주요 갈등요소가 되면서 주제 산출에 큰 기능을 하게 된다. 인물들이 좀더 뚜렷하고 다양하게 사회적 유형성을 지니게 되는 것이다.

이 작품에서 플롯상 기능성이 강한 과거의 사건은 둘이다. 그것은 첫머리의 '오늘'로부터 2~3일 전에 일어난 것으로 보이는 금강산에서의 정마리아와 김호연의 만남과, 20년 전에 해주댁, 이판서, 지원용의 삼각관계속에서 지순영이 출생한 사건이다. 둘 가운데 기능성이 약한 앞의 사건은, 『해바라기』에서 과거의 사건이 그렇게 처리되었던 것처럼, 인물의 대화나 심리묘사 양태로 제시된다. 이해춘의 세대와 그의 아버지(이판서) 세대를 대조하기 위해 도입된 뒷사건도 많은 부분이 대화나 심리묘사의 양태로 다소 지리하게 제시되고 있지만, 결정적 국면은 서술자의 시점에서 수행된 서술로 제시된다. '제52장 뒷공론'에서 지순영의 실제 아버지인 지원용과 해주댁 사이의 관계 제시는 일본인 심초매부(深草埋夫)와 해주댁의 '뒷공론'에 의존하다가 서술자의 보고적·해설적 서술에 의한 것으로 바뀐다.

　　해주집은 시름없이 이렇게 한탄을 하며 자기의 이십년 동안 겪어 온 풍상을 생각한 듯이 무심코 고개를 떨어뜨린다.
　　해주집의 말이 모두가 거짓말은 아니나 지원용에게 관한 일체만은 속이는 것이었다. 지원용이는 과시 주인의 신임을 받을 만큼 진실한 위인이었다. 그러나 선손을 걸어서 오는 미색의 앞에는 저도 하는 수 없었다. 그것이 신세를 망친 장본이었다.　　　　(제221회)(밑줄: 필자)

이렇게 시작된 20년 전의 사건 제시는 몇 개의 짧막한 결정적 장면을 보여주면서 4회에 걸쳐 이어진다. 그리고 심초매부와 해주댁이 대화하는 현재로 다시 돌아올 때, 그 사이에 ◇표시가 삽입되어 서로가 구분되고 있다. 위의 둘째 문장부터 이 표시까지의 서술은 크게 보아 해주댁의 대화와 대화 가운데 놓임으로써 그녀의 회상인 것처럼 꾸며져 있다. 그러나 밑줄 친 말들에서 알 수 있듯이, 이 서술은 그녀를 초점자나 화자로 이야기된 것이 아니다. 서술자가 자신의 눈으로 보고 자기 목소리로 이야기한 것이다. 서술자는 '일어나고 있는' 사건을 이야기할 때와 같은 시점에서 같은 태도로 '이미 일어난' 사건을 이야기하고 있다. 이 때문에 서술자의 존재가 두드러지게 인지되면서 이야기의 허구성이 폭로되고, 이야기된 것에 대한 등장인물들의 자연스러운 인식적 관계가 파괴된다. 이러한 양상은 「표본실~」의 혼란과 같은 선상에 있는 것으로, 「표본실~」의 경우 그것이 전체적으로 보아 일인칭 서술상황에서 일어났기 때문에 파탄을 초래하고 있지만, 『사랑의 죄』의 경우에는 삼인칭 서술상황에서 일어났으므로 서술구조의 결정적 파탄을 빚지는 않는 것처럼 보인다는 차이가 있을 뿐이다. 과거적 사건에 대해서도 자기의 시점을 고수하는 것은 주권적 서술자로서 할 수 있는 행위라 볼 수도 있기 때문이다. 그러므로 문제는 서술자의 존재가 인지됨 자체가 아니라, 그 인지되는 정도의 심함, 또는 그로 말미암아 초래되는 박진감의 저하에 있다.

　과거적 사건을 제시함에 있어 이처럼 기법적 장치가 적절히 사용되지 못한 예는 이후의 작품에서도 찾을 수 있다. 『이심』의 제4장 '내력'의 중반부터 제8장 '통기'의 앞머리[91]까지의 박춘경과 이창호의 과거 이야기가 그 예이다. 박춘경의 모친의 회상인 듯이 꾸민 흔적은 엿볼 수 있으나 그것은 전적으로 서술자의 눈과 목소리로 이야기된 것이다. 『삼대』의 경우도 마찬가지이다. 제7장의 제목은 '추억'인데 실제로 아버지 조상훈과 홍경애 사이에 일어난 과거 사건에 대한 '덕기의' 추억다운 서술은 처음에만 약간 보일 뿐이다. 이후로는 '서술자의' 추억이라고나 할 서술로 이어지다가 장이 바뀌면서 중단된다. 그리고 제10장 '제삼충돌'의 후반부에 가서 여전히 서술자의 입장에서 그에 연결되는 과거의 사건이 이야기된다.

과거적 사건의 도입은, 현실적 경험을 재구성하고 그것을 소설 속에서 객관화하며, 『해바라기』에서 이미 실험된 바, 그 점진적 노출에 의해 흥미를 유발하려는 보다 성숙된 작가적 통찰에서 비롯된 것이다. 그것은 삼인칭 서술상황에서 일어난 서술자의 전지성의 확대를 동반하며, 따라서 그만큼 서술자의 기능이 적절히 통제되어야 할 필요성이 커지게 한다. 그러나 과거적 사건을 제시함에 있어 염상섭은 인물의 눈이나 목소리를 비는 따위의 기법을 활용하기보다는 서술자의 주권적 기능에 맡겨버린다. 그리하여 거기서 서술자의 존재가 두드러지게 노출되고, '오늘' '여기'에서의 사건을 이야기할 때 얼마간 가능했던 서술자의 기능 통제가 무너지며, 그 결과 전체적으로 박진감이 훼손된다.

이러한 양상이 초래된 것은, 우선 염상섭이 사실성의 근거를 외부 현실에 두고 그것을 폭로하거나 비판하는 것을 이야기 행위의 목표로 삼으면서,[92] 소설의 장르적 본질에는 충실하지 못했기 때문이라 할 수 있다. 비판 자체를 중요시하는 이러한 태도는, 이야기

---

91) 박문서관, 제4판, 1939, 51~105쪽.

되는 사건과 이야기하는 행위의 가치가 이야기하는 자의 주관에 의해 좌우될 위험을 내포한다. 염상섭 소설의 전개과정은 점차 그 것을 극복하는 양상을 보여준다. 그러나 염상섭이 신문기자였기에 굳어졌을 이러한 태도로 말미암아, 이야기 기법에 불철저했다는 점을 간과할 수 없다. 왜냐하면 이야기된 사건이 역사적 현실의 집 약적 국면을 보여주고 있고 이야기하는 자의 입장이 정당한 것이 라 할지라도, 이야기 자체의 허구로서의 자연스러움이 부족할 때, 독서과정에서 그 가치의 정서적 효용성과 객관성은 발현되기 어렵 기 때문이다.

한편, 과거적 사건의 제시에 있어서의 기법적 미숙성은, 앞서 살 핀 바『사랑의 죄』에서 획득된 서술자의 객체화 정도가 상대적인 것이라는 사실의 유력한 증거라 할 수 있다. 이는 곧 경험적 자아 가 충분히 말소되지 못했음, 또는 충분히 객체화되지 못했음을 드 러내며, 경험적 자아의 비전이 객관적으로 형상화되는 데에는 한 계가 있는 상태임을 보여준다. 서술자의 기능의 통제 혹은 전환은 서술자의 객체화를 전제하기 때문이다.

이러한 상태는, 현실에 대한 비판의식이 약화되어 작자가 그 세 부를 그리는 데에만 머물 때, 작품이 독자로 하여금 자기와 자기가 처한 세계를 새로운 질서속에서 파악하도록 이끌지 못하게 될 가 능성을 내포하고 있다. 또 이러한 상태는, 염상섭 개인의 차원을 넘어서서 볼 때, 근대적 자아의 형성과정에 있어 과도기적 단계의

---

92) 염상섭은 신문소설의 경우 당시의 중학교 3, 4학년 정도의 지식을 지닌 독자 를 대상으로 쓴다고 한 바 있는데, 이는 당시의 독자층을 염두에 둔, 어쩔 수 없이 채택된 목표로 받아들일 수도 있다. 「조선의 문예·문예와 민중」, 동아 일보, 1928. 4. 10~17 참고.

일부이며 그 첨예한 표현이라 할 수 있다. 작자가 속한 사회 전체의 정신적 상황에 관한, 정면으로 부딪힌 사람만이 드러낼 수 있는, 일종의 의도되지 않는 표현이라 할 수 있는 것이다.

8. 맺음말

이상으로 「표본실~」에서 『삼대』에 이르는 염상섭 소설을 작자, 서술자, 인물의 관계 및 그와 관련된 서술기법을 중심으로 주로 서술의 층위에서 살폈다. 그 내용을 요약하면 다음과 같다.

「표본실~」에는 서술태도의 분열이 드러나 있다. 즉 일인칭 서술형식과 삼인칭 서술형식 또는 그에 짝하는 두 서술자가 공존하기 때문에 일어난 시간 · 공간의 혼란이 이 작품의 통일성을 해치고 있다. 이후의 염상섭 소설은, 이 작품에서 갈등을 일으킨 두 서술형식이 잠시 공존하다가 점차 삼인칭 서술형식으로 옮아간다. 이는 단편소설로부터 장편소설로의 양식적 변화를 동반하면서, 서술태도가 점차 정돈되어가는 모습을 보인다.

『만세전』은 일인칭 서술형식의 특질과 여행의 플롯이 조화를 이룬 작품이나 삶 자체의 전체성을 입체적 · 유기적으로 드러내는 데 한계가 엿보인다. 일인칭 서술형식은 허구적 자아와 경험적 자아의 융합이 기법상 크게 문제되지 않을 수도 있으나, 그 융합의 정도 곧 서술자가 객체화되지 못한 정도가 심하고, '나'의 인식상의 제한 때문에 현실의 포괄적 조망에 한계를 지니는 것이다. 이렇게 볼 때 대개 당대의 서울을 배경으로 삼는 염상섭 소설이 일인칭에서 삼인칭 서술형식에로 옮아감은, 현실의 포괄적 · 객관적 제시를 위한 기법적 모색의 결과이며, 일인칭 서술형식 작품이 숫적으로 상당량을 차지했고 여러 작가가 현실과 정면으로 맞서기를 포기하고 삼인칭 서술형식의 역사소설로 방향을 바꾸던 당대 상황의 극복이라는 의미를 지닌다. 또한 그것은 염상섭이 경험적 자아의 객체화라는 소설사적·정신사적 문제와 정면으로 대결한 작가임을 뜻한다.

삼인칭 서술형식의 작품에서 염상섭이 부딪힌 가장 큰 기법적 문제는, 허구 세계에 속하지 않는 존재로서의 서술자의 발화가 어떻게 그들의 개성을 조형하면서 전체의 통일성과 박진성을 형성해내느냐 하는 문제였던 것으로 보인다. 『해바라기』, 『너희들~』은 인물들의 대화와 서술자의 해설적 서술이 뒤얽힌 가운데 초점이 불분명한 채로 끝난다. 『진주~』에서는 해설자 혹은 비판자 역할을 주된 인물들이 나눠가짐으로써 초점이 흐려지지 않고 인물의 개성도 다소 형상화된다. 그러나 서술자의 기능 분산과 동일한 의도에서 비롯된, 편지, 연설, 신문기사 등의 지나친 삽입으로 말미암아 박진감이 약화되고 있으며, 인물들의 성격이 평면적으로 제시되어 행동의 전개와 가치의 형성 사이에 괴리가 일어나고 있다. 이들 세 작품에서 작가와의 근친성이 강한 서술자의 치열한 비판 의식은, 이야기된 것과의 거리 확보라는 측면에서 긍정적으로 작용한다. 그것이 단편소설 양식과 결합될 때 이룩된 성과가 「전화」와 「조그만 일」이다.

크게 보아 단편소설 → 장편소설, 말하기 위주 → 보이기 위주, 그리고 작가와 서술자의 융합 → 분리의 과정을 보여주는 염상섭 소설의 전개과정에서, 『사랑의 죄』는 하나의 전환점이다. 이 작품 또한 앞의 작품들처럼 서술자가 주권적이기는 하지만, 그것이 작품

구조의 통일성과 박진성을 해치지 않는 범위에서 통제되고 있다는 점에 차이가 있다. 단편소설 「전화」에서 완성된 형태를 보였던 거리의 유지, 인물의 객관적 형상화가 이 최초의 본격적 장편소설에서 이루어짐으로써, 인물 각자의 개성과 그들이 이루는 사회 사이의 변증법적 상호작용과 그에 따른 주제의 점진적 형상화가 가능케 된 것이다. 『사랑의 죄』에서 보이는 이러한 변화는 제목의 중립성, 서술자의 태도의 공평성, 발단부에 있어서의 조망의 원근법 등에서도 확인된다. 그러나 이러한 변화와 그것을 가능케 한 서술자의 객체화의 정도는 상대적인 의미에서만 긍정적으로 평가된다. 서술자의 주권적 태도를 비롯한 여러 역기능적 요소가 공존해 있고, 그 양상은 『삼대』에까지 그대로 지속된다. 이는 염상섭이 소설적 진실과 역사적 진실을 구별하지 않았기 때문으로 풀이된다. 즉 그의 작가로서의 목표가 당대 현실의 객관적 제시에서 나아가 그것의 비판에 있었는데, 그 비판정신이 좀더 높은 차원의 사실성을 위한, 소설의 본질에 어울리는 존재로서의 서술자에 대한 인식 및 그에 따르는 기법적 배려와 원만히 결합되지 못한 까닭이라 할 수 있다.

이러한 진술의 근거는, 특히 과거적 사건을 도입하거나 인물의 성격을 제시하는 방식에서 찾아진다. 염상섭 소설은 흔히 배경이 소설이 발표된 때에서 그리 멀지 않은 어느 시기의 서울 곧 '오늘, 여기'인데, 그 상황에서 그는 과거적 사건의 제시를 서술자의 주권적 기능에 주로 맡겨버린다. 이는 그의 기능이 적절히 통제 혹은 대체될 수 있을 만큼 서술자의 존재가 객체화되지 않은 데 기인한다. 과거적 사건이 본격적으로 도입된 것은 『사랑의 죄』부터인데, 그것은 특히 세대간의 갈등이라는 주제를 도입한다는 점에서 의의가 크다. 하지만 그러한 제시방식 자체는 허구적 시간과 역사적 시간, 허구로서의 소설과 역사로서의 기록에 대한 미분화(未分化)된 의식상태를 드러낸다. 이러한 의식상태는 작품 자체의 통일성과 독립성을 해친다. 그리고 작가의 현실에 대한 긴장과 비판의식이 약화될 경우, 작품이 어떤 기존의 가치관에 쉽게 귀착되거나 문제적 개성을 지니지 못한 인물들의 일상을 산만하게 나열하는 데 그칠 위험을 안게 된다.

대상작품의 범위 안에서 관찰된 그러한 부정적 요소들은, 궁극적으로 염상섭이 외부적 대상의 모방과 자기 내부적 가치의 모방, 혹은 현실의 묘사와 그에 대한 비판적 논설이라는 두 작업을 소설양식 속에서 유기적으로 통합하지 못했기 때문에 생긴 것이다. 하지만 이것이 염상섭 개인의 기법적 미숙성의 차원에서만 논의될 일은 아니다. 같은 시대의 작가 가운데 누구보다도 현실의 소설화에 진력했으며, 근대적 자아의 성숙과정 자체를 일관된 주제로 삼은 염상섭의 작품에 내포된 한계는, 근대소설이 형성되던 당대적 한계의 일부이며 그 정직한 자기표현이다. 그것은 전통적 가치가 무너지고 미래의 전망이 불투명한 상황에서 맹목적인 계몽주의나 회고주의를 거부한 작가가 떠맡은 한계이다. 가치와 행동 사이, 주제의 제시와 대상의 묘사 사이의 괴리, 그리고 그들의 통합을 위하여 더욱 요구된 서술자의 주권적 기능 등은 당대 사회의 이념적 불안정성을 드러낸다. 염상섭 소설에서 일반적으로 드러나는 바 서술자의 어른스럽고 비판적이며 주권적인 태도와 그에 따른 냉정한 어조는, 당대의 전형으로 택한 인물들 — 학생 혹은 20대 지식인 — 의 성격 자체가 요구한 것일 수도 있다.

현진건의 현실의식과 기법
―「타락자」론―

1. 머리말

우리는 현대소설 형성기의 대표적인 작가들로 이광수, 김동인, 염상섭, 현진건 등을 꼽는다. 이러한 평가는 곧 그들이 자신의 체험과 문제의식을 현대소설이라는 새로운 형식으로 표현하고자 노력했고 또 성공했음을 뜻한다. 나라를 빼앗긴 암담한 상황과 문화적 전환기에 처한 그들이 소설가로서 맞닥뜨린 것은 '무엇을 어떻게 이야기할 것인가'라는 원초적이고 근본적인 문제였다. 그들이 1920년 전후의 약 10년 동안에 발표한 작품들에는 용솟음치는 감정과 추상적 관념 사이의 괴리, 구조의 산만함과 길이가 일정치 못함, 일본글투의 표현, 그리고 서술태도(Erzählhaltung)의 분열에 따른 시점의 혼란 등이 나타나 있다.[1] 이는 모두 이전 소설의 문학

---

1) 최시한, 「염상섭 소설의 전개―서술자의 객체화 과정을 중심으로」(『서강어문』 제2집, 서강어문학회, 1982)는 염상섭의 1920년대 작품들을 그런 각도에서 살핀 것이다. (※ 이 책에 수록됨)

적 관습을 혁신하고 새로운 내용과 형식을 정립하려는 모색 과정
에서 빚어진 과도기적 현상들이다. 따라서 그들의 작품을 살필 때
우리는 늘 당시의 상황을 염두에 두어야만 적절한 이해에 이를 수
있다. 또 그들이 이룩한 성과를 오늘의 우리가 하나의 관습으로
여기고 있는 게 사실이라면, 그들이 맞닥뜨렸던 문제에 대한 관심
은 작품의 해석의 차원을 넘어 매우 중요한 의미를 지니게 된다.

　무엇을 어떻게 이야기할 것인가 — 현진건은 거기서 '어떻게'에
매우 관심을 가졌던 것으로 보이며 또 그렇게 평가되어 왔다. 그
가 기교파라는 통설이 그것이다. 그런데 '어떻게'와 '무엇'은 서로
뗄 수 없는 관계에 있으므로 어느 한 쪽의 관찰만으로는 거죽의
인상을 말하는 데 그치기 쉽다. 작가는 현실에 대해 어떤 인식태
도 또는 문제의식을 가지고 작품을 쓴다. 의사전달의 간접성이 그
장르적 특성 가운데 하나인 소설의 경우, 작자와 현실간의 관계는
서술자와 대상 사이, 그리고 서술 대상들 사이의 관계로 치환된
다. 따라서 작자가 작품을 통해 '무엇을' 전달하고자 했는가는 서
술자가 대상을 '어떻게' 이야기하고 있는가 하는 이야기방식 혹은
기법 문제와 떼어서 생각할 수 없다.

　이 글에서는 현진건의 초기 단편소설 「타락자」를 중심으로 그
의 기법과 현실의식을 함께 밝힘으로써 그가 현대소설 형성기에
이룩한 성과와 그 한계의 일부를 드러내고자 한다.

2. 반어적 구조

현진건의 작품집 『타락자』(조선도서주식회사, 1922. 11)는 우리 문학사상 소설이 예술로 인식되기 시작한 시기의 첫 단편집이다. 거기에는 그 해 『개벽』에 발표된 표제작 「타락자」와 함께 전해에 발표되었던 「빈처」, 「술 권하는 사회」가 실려 있는데, 이들은 이른바 신변체험소설 또는 사소설의 특성을 지니고 있다. 세 작품 모두에는 착하기는 하나 구식인 아내와 사회에 대한 불만으로 가득찬 젊은 지식인 남편 사이의 부부싸움이 들어 있다. 이 작품들의 공통된 창작의도는 불합리한 사회가 지식인을 소외시키며 절망에 빠뜨리고 있음을 보여주려는 것으로 여겨진다.

그러나 「타락자」와 나머지 둘 사이에는 당연히 차이점이 있다. 「빈처」가 '나'에 의한 아내 이야기이고 「술 권하는 사회」가 '아내' 쪽에서의 남편 이야기라면 「타락자」는 '나'에 의한, '나' 자신에 초점을 맞춘 이야기이다. 또 남편과 아내간의 싸움이 다른 두 작품에서는 중심사건이지만 「타락자」에서는 부수사건이다. 「타락자」의 중심사건은 기생 춘심과 '나' 사이의 연애이다. 그리고 그 사건은 시 · 공간적으로 제약된 작은 싸움이 아니라 두 사람의 약 1년에 걸친 애정관계가 변해가는 과정, 특히 그 과정에서의 '나'의 내면적 갈등에 초점이 맞춰져 있기에 「타락자」는 월등히 길다.[2] 이러한 유사점과 차이점은 현진건이 같은 글감을 다양한 방식으로 서술해보고 있음을 말해준다.[3]

---

2) 띄어쓰기를 해서 대략 헤아려보면 200자 원고지로 「빈처」는 100장, 「술 권하는 사회」는 60장, 「타락자」는 280장 정도이다. 중편으로 보는 이가 있으나, 오늘의 기준으로 볼 때 그러기 어렵다.

「타락자」는 '나'에 의한, '나'에 관한 소설이다. 이른바 일인칭 주인공 시점의 소설이다. 거기에서 '이야기하는 나'(narrating I) 즉 서술자 '나'는, 이 작품을 소설이라고 여기는 한, 경험적 자아로서의 현진건과 구별된다. 또한 그 '나'는 자신의 이야기 행위에 의해 '이야기되는 나' 혹은 '경험하는 나'(experiencing I) ― 춘심과 만나서 좋아하고 헤어지게 되는 등장인물 '나'와 구별된다. "작년 2월 어느날"부터 시작된 춘심과의 연애를 '이야기하는 나'는 이미 그 체험을 다 한 뒤 다른 시간·공간에서 회고하고 있는 것으로 간주되기 때문이다.

'나'가 서술자이면서 중심 인물이기도 한 이러한 서술방식은 1920년대 소설에 매우 흔하다. 거기에는 여러 가지 이유가 있겠지만, 무엇보다도 그것이 근대적 개인의식이 요구하는 새로운 담화방식이고[4], 자아의 내면적 체험을 보다 쉽게 그리고 직접적으로 전달하는 데 적합하고 쉬웠기 때문일 터이다. 그러나 일인칭 서술방식도 삼인칭 서술방식과 마찬가지로 작자, 서술자, 인물의 존재를 뚜렷이 구분하지 않은 상태에서는 자연스러운 소설적 서술이 이루어지기 어렵다. 당대의 작가들은 그 셋을 구별하여 객체화하지 못하고 '나' 속에 작가 자신, 서술자, 인물의 모습을 뒤섞어 혼

---

3) 현진건이 얼마 뒤에 발표한 「지새는 안개」(1923, 미완. 1925년에 완성작을 박문서관에서 단행본으로 펴냄)와 「그립은 흘긴 눈」(1924)은 「타락자」에서 다룬 문제를 다시 다른 방식으로 서술한 작품이라 할 수 있다. 그는 작가생활 전반에 걸쳐 그런 적이 많다.

4) 허구적인 이야기에 일인칭 서술방식이 본격적으로 도입된 것은 1910년대 초기단편소설부터이다. 주종연은 『한국근대단편소설연구』(형설출판사, 1982) 89쪽에서 현상윤의 「핍박」(1917)이 일인칭서술형식을 취한 최초의 단편소설이라고 하였다.

란을 빚은 경우가 많은데, 이 작품에서도 그런 면이 엿보인다.

> 우리 둘이 — C와 나 — 명월관 지점에 <u>왔</u>을 때는 오후 일곱 점이 조금 지났을 적이었다. 봄은 벌써 반이 가까왔건만 찬바람이 오히려 살점을 에이는, 작년 2월 어느날이다. (……) 이런 요리점에 <u>오기가 그날</u>이 처음은 아니다.
>
> (175쪽. 밑줄: 필자 – 이하 같음)[5]

> 그 후 내가 ○○사에 들어가자 <u>오늘</u>처럼 社友의 초대를 받아 요리점에 <u>간</u> 일이 있다. (……) <u>지금</u>의 나, 변한들 어찌 이다지도 변하랴!
>
> (176~177쪽)

위에서 '나'는 작년 2월 봄에 명월관 지점에 갔었던 일과 그때의 생각을 이야기하고 있다. 여기서 독자는, 그것을 이야기하고 있는 때는 올해의 지금이요 그 장소는 명월관 지점이 아닌 어느 곳이라고 생각하게 된다. 따라서 표현이 '오다'가 아니라 '가다'로, '오늘' '지금'이 아니라 '그날' 또는 '그때'로 통일되었어야 한다. 그렇지 않기 때문에 독자는 언제 어디서 무엇을 이야기하고 있는지 갈피를 잡기 어렵다. 이러한 시간·공간의 혼란은 앞서 언급했던 서술태도의 분열에서 비롯된 시점의 혼란인데, '이야기하는 나'라는 존재가 그 본성에 맞는 위치와 역할을 떠나서 '이야기되는 나'의 경험적 현재로 무분별하게 움직였기 때문에 빚어진 결과이다.

---

5) 「타락자」는 『개벽』19~22호(1922. 1~4)에 발표되었다. 인용은 『신한국문학전집·22』(어문각, 1977)에서 한다. 그러나 방점을 제외한 문장부호는 처음 발표된 것에 따른다.

그러나 이러한 혼란은 당시로서는 일반적인 것이고 이 작품 전
체로 보아 사소한 것이다. 이 부분을 제외하고 본다면, 「타락자」에
서 현진건은 '이야기하는 나'와 '이야기되는 나'를 분명히 구별하
고 있으며, 둘의 관계를 주제 형성에 적절히 이용하고 있다. 현진
건은 서사적 거리를 확보하고 그것을 효과적으로 활용한 최초의
작가라 할 수 있는 것이다. 이 작품에서 그것은 둘 사이의 비판적
거리로 나타난다.

① 또 하나는 처음 보는 기생이었다. 나의 주의는 처음부터 그에게 끌
리었다. 공평하게 말하면 그 또한 미인축에 끼지는 못할른지 모르리라.
(……) 그 어린 우유 모양으로 하늘하늘한 앳된 살이 더할 수 없이 아
름다웠다. 적어도 그날 밤에는 그렇게 보이었다.   (178쪽)

② 한시바삐 C의 대신에 내가 그와 말을 하였으면 손을 쥐었으면, 하였
다. 선망에 타고있는 나의 눈은 맛난 음식을 먹는 어른의 입만 바라보
는 어린애의 그것 같았으리라.   (179쪽)

③ "흥, 내가 반지를 해줄까 하고."
나는 속으로 '요년'싶었다. 그러면서 해주고 싶었다. 이 묵연의 욕망
을 못 채워주는 것이 남아(?)로 치욕인 듯하였다.   (198쪽)

위는 유형을 고려하여 조금만 뽑아본 것들인데, 이 작품에서
'이야기하는 나'가 과거의 자신 즉 '이야기되는 나'에 대하여 매우
비판적임을 보여준다. ①에서 그는 어떤 규범적이고 질서있는 세
계에 존재하면서 기생 춘심에게 혹한 과거의 자신을 냉정하게 분

석하고 있다. ②와 ③에 이르면 냉정하고 비꼬는 듯한 그의 태도는 아주 노골적이 된다. ②와 같이 과거의 자기를 어린애에 비유하는 언술은 네 번이나 더 나오는데, 그는 그밖에도 여러 비유를 써서 서술 대상과의 비판적 거리를 줄곧 유지한다. 그런데 '이야기되는 나' 또는 그 상황은 춘심에게 정신없이 빠져 있거나 빠져나오려 애쓰면서도 그러지 못하고 있는, '남아'답지 못한 상태이다. 때문에 서술자와 서술대상, 어른스러운 '나'와 어린애 같은 '나' 사이의 관계는 매우 아이러니컬하다. 서술이 이루어지는 상황 자체가 반어적인 것이다.

여기서 이 작품을 읽는 동안 독자에게 일어날 반응에 대해 살펴본다. 독자는 이 작품의 독서과정에서 어떤 심리적 갈등에 사로잡히게 되는데, 그것은 나와 춘심의 관계를 긍정적으로 볼 수도 있고 부정적으로 볼 수도 있기 때문이다. 춘심에 대한 나의 감정을 차근차근 끈질기게 보여주는 심리묘사와 내적 독백은 독자를 빨아들여 동감하게 한다. 매우 감상적이고 때로 과장된 그것은, 그렇기 때문에 더욱 순수하게 보일 수도 있다(당시의 젊은 독자는 더욱 그러했으리라는 짐작이 간다). 그래서 독자는 '나'는 물론이려니와 남자를 사로잡는 데 노련한 기생 춘심의 행동까지를, '나'가 그녀 때문에 임질에 걸려서까지 "괘씸치는 않았다"(208쪽)고 하듯이, 긍정적으로 바라보게 된다. 이때 두 인물 사이에 부단히 개입하는 돈은 사랑에 비하여 하찮아 보인다.

그런데 이 소설의 제목은 '타락자'이다. 제목은 누구의 말로 간주되는가? 물론 작자이다. 제목, 장의 명칭, 어떤 말을 강조하는 기호 등에 대하여 우리는 서술의 간접성을 인정하지 않는다. 서술자의 말로 받아들이지 않는 것이다. 현진건은 독자가 맨 처음 읽으며 매우 중요하게 여기게 마련인 제목에서부터 누군가를 '타락자'로 지목해놓았다.

술을 먹는데도 요리점에서 버듬적하게 먹을 처지가 아니라(그런 처지야 만들려면 만들 수도 있지만 그때까지는 아직 타락되지 않았었다.) 10전어치나 20전어치나, 받아다가, 집에서 자작할 뿐이었다.

(176쪽)

전자에는 기생이라면 남의 피를 빨고 뼈를 긁어내는 요물이고 사갈이라 하였었다. 그런 데 드나드는 사람조차 사람으로 알지 않았었다. '부랑자', 밑줄친 타락자 …… 말못할 인간이라 하였었다.

(177쪽)

집으로 말하여도, 아들의 방탕에 이바지할 재정은 없었다.

(196쪽)

'이야기하는 나'는 자기 자신이 타락의 길을 걸었고 타락에 이르렀음을 거듭 '간접적으로' 말하고 있다. 따라서 작가가 말한 타락자는, '이야기하는 나'가 타락했다고 하는 과거의 '나' 즉 '이야기되는 나'이다. 현재 '이야기하는 나'와 함께 작가 역시 '이야기되는 나'에 대해 비판적 거리를 두고 있는 것이다. 이 점을 놓치지 않는 독자는 애초부터 타락해 있는 인물들 — C와 D를 비롯한 회사 사람들, 기생 계선, 김승지 등 — 속에 춘심을 넣고 바라본다. 그리고 어린애 같은 '나' 또한 어리석게도 기생의 수작에 말려들어 타락해간다고 여긴다. 이때 두 사람 사이의 애정은 진실되고 바람직한 의미의 사랑이 아니고 현실도피와 돈의 수단에 불과한 것으로 비친다.

어느 쪽으로 읽는 독자가 옳은가? 춘심은 좋은 여자인가 나쁜 여자인가? 두 사람의 애정은 진실된 사랑이라고 할 수 있는가 없는가? — 이들은 잘못된 물음이다. 이 작품은 양쪽 방향 모두로 열려 있기 때문이다. 「타락자」는 '나'가 애정에 휩쓸리는 과정과 그 심리상태를 뛰어난 필치와 구성으로 여실히 보여준다. 그런데 보여주는 자와 보이는 것 사이에 비판적·반성적 거리가 있다. '이야기되는 세계'의 혼란과 무규범을 '이야기하는 세계' 즉 '이야기하는 나'가 처한 규범적인 세계의 창을 통해 보여주고 있는 것이다. 따라서 이 작품에 충실한 독자는 두 세계의 인간적 진실을 모두 받아들이게 된다. 그는 작품 속의 인물에게 끌리는 마음과 멀어지려는 마음, 같이 괴로워하고픈 마음과 비웃어주고픈 마음, 그리고 동감하는 마음과 비판하는 마음의 심리적 갈등상태에 빠진다. 독자의 속에서 일어나는 이러한 모순된 심리의 공존상태, 이 또한 매우 아이러니칼하다.[6] 이러한 독자 반응상의 아이러니는 앞서 지적한 이야기상황의 아이러니와 긴밀한 관계에 있다.

그런데 이러한 아이러니들은 궁극적으로 이야기되는 대상 또는 상황 자체의 특성이 요구한 것이고 그것을 위해서, 그것의 결과로서 존재하는 것이다. 이 이야기의 초점에 놓여 있는 '나'의 심리적 드라마는 춘심에 대한 상호모순적인 감정의 갈등을 동력(動力)으로 전개된다. 작중현실에 대한 독자의 긍정적이고 부정적인 반응은 실상 이 '나'라는 인물의 감정 또는 그가 처한 상황의 아이러니

---

6) 이 작품에서 그것은 희극적 효과와 비극적 효과를 뒤섞어놓은 것과 비슷하다고도 할 수 있으며 낭만주의 경향과 비판적 사실주의 경향이 혼합된 것이라고도 할 수 있다. 현진건 소설은 이 대립적인 두 경향이 뒤섞인 작품과 어느 한쪽이 강화된 작품으로 분류할 수 있다.

에도 그 원천이 있다.

'나'는 "사회에서 받는 불평, 가정에서 얻는 울분, 또는 운명에 대한 저주"(187쪽) 때문에 가슴이 한없이 답답하다. 그것을 풀고자 기생과 가까워지는데, 그 방면에는 숫보기여서 걷잡을 수 없이 빠져든다. 그러면서도 한편으로는 끊임없이 빠져나오려고 한다. 그것은 기혼자로서의 양심적 가책 때문이 아니라 숫보기로서의, "자신도 이해 못할 남성의 원초적 공포" 때문이라는 편이 옳다.[7] '나'는 자신의 미숙함 때문에 이러지도 저러지도 못한다. 그러다가 춘심은 돈에 팔려 김승지 영감 집으로 살러 들어가 버리고, 자기는 물론 임신한 아내까지 성병에 걸리게 된다. 이는 원하기도 했지만 원하지 않기도 했고, 예상하기는 했지만 그렇게까지 될 줄은 몰랐던 결말이다. 남편은 춘심에 대한 애정 때문에, 아내는 남편에 대한 너그러움 때문에 몸 속의 아기까지 위협하는 병에 걸린 셈이다. 이러한 결말은 이 작품의 또 하나의 아이러니이다.

3. 맺음말 — 기법의 거리와 현실의식의 거리

아이러니는 현진건에게 있어서 현실을 경험하고 인식하는 미학적 구성원리이다.[8] 앞서의 「타락자」분석에서 그것을 확인할 수 있었다. 이 작품의 경우 아이러니를 가능케 하는 것은 작자의 자기 자신과 현실에 대한 거리감각이다. 그것은 작자의 작중현실에 대한 객관적 태도와 '이야기하는 나'와 '이야기되는 나' 사이의 비

---

7) 이상섭, 「신변체험소설의 특질」, 『문학사상』 7호, 1973. 4, 333쪽.
8) 이재선, 『한국현대소설사』, 홍성사, 1979, 285쪽.

판적 거리를 낳는다. 그러므로 작품 속의 '나'가 현진건 자신을 닮았으면 닮았을수록 인간으로서의 현진건, 예술가로서의 현진건은 더욱 돋보이게 된다. 현진건은 현진건을 반성적으로 그리고 능숙하게 다루고 있기 때문이다.[9]

현진건은 현실을 사실적으로 그리되 그 자체의 내재적 필연성과 그것을 서술하는 태도에 의해 주제를 전달한다. 그러기 위해 인물의 심리에 초점을 맞추고 서술자의 존재를 객체화 혹은 극화한다. 작품 자체가 말하게 하는 것이다. 이는 근대적 소설의 한 징표요, 그 형성기에 현진건이 거둔 탁월한 성과이다.

문제는 그가 자신의 방법에 얼마나 철저했느냐와 작품을 통하여 어떠한 현실과 그에 대한 태도를 보여주었느냐에 있다. 「빈처」에서는 '이야기하는 나'와 '이야기되는 나' 사이의 비판적 거리를 보여주는 서술을 찾기 어렵다. 따라서 미숙한 문학청년의 부부싸움 이야기에 그칠 뿐, '나' 자신 및 '나'와 대립하는 사회가 지닌 문제점은 증발해버린다. 갈등의 근원적 실체가 문제로서 부각되거나 해결되지 않고 끝나버리게 된다. 「술 권하는 사회」는 초점자인 아내가 우스꽝스러울 정도로 무지하기 때문에 역시 같은 결과에 이른다. 작중의 현실을 당대 현실과 연결지어 그 상징이나 축도로 보게 하는 장치가 미약한 것이다. 그러나 「타락자」는 기법상 서술자의 존재가 객체화되고 비판적 거리가 확보됨으로써 그러한 문제점으로부터 일단 멀어질 수 있었다.

「타락자」는 신소설, 신파극, 그리고 당시의 「무정」(1917)을 포함한 여러 소설들에 깔려 있는, '돈이냐 사랑이냐'로 압축되는 이

---

9) 이상섭, 앞의 글, 334쪽 참고.

야기를 바탕삼고 있다. 이것은 불쑥불쑥 튀어나오는 신파조의 언술들과 춘심의 삶을 눈여겨보면 드러나는 사실이다. 현진건은 그것을 바탕삼되 비판적으로 서술하고, 춘심이 아니라 '나'에 초점을 맞추며, 춘심과 '나'를 병치·대조시킨다. 그리하여 '돈이냐 사랑이냐'라는 통속적이고 부적절한 물음으로부터 벗어나되, 그에 따라붙어 있는 자유연애 사상과 구습타파 사상은 받아들인다. 이점을 구체적으로 살피기 위해 춘심과 '나'가 어떻게 병치·대조되어 있는가를 살펴본다.

춘심은 "딸자식 하나만 바라는 불쌍한 아버지가 노경을 편안히 지낼 만한 거리를 장만하기 위하여" 김승지 영감의 여자가 된다. 그녀가 기생이 된 까닭도 그것이라고 볼 수 있다. 그녀가 '나'에게 다소 기생답지 않은 애정을 갖는 것은 자기를 찾으려는 행동이다. 한편 '나'는 돌아가신 "오촌 당숙의 양자가 아니 될 수 없는 운명" 때문에 학업을 포기하고 돌아와 절망에 빠진다. 그리고 거기서 벗어나기 위하여 춘심과의 비정상적인 사랑에 몰두한다. 두 사람 모두 봉건적 가족제도의 희생물인 것이다. 한편 춘심은 "한시라도 재미있게 놀면 그뿐"이라는 생각을 갖고 있는 데 반하여 '나'는 "저주할 것은 사회요 한(恨)할 것은 내 자신"이라는 생각 때문에 줄곧 번민하고 자학한다.

그런데 결국 「타락자」가 보여준 현실은 어떤 것인가? 타락한 현실에 대한 비판적 거리를 확보하고 있기에 이 작품의 궁극적인 주제는 서술자와 작중 현실의 관계에서 찾을 수 있다. 하지만 그 '타락한 현실'은 '타락한 사회'라고 하기에는 미흡하다. '타락한 나' 또는 '타락한 남녀'에 가깝다. 따라서 이 작품의 주제는 한 미숙한 지식인의 타락을 비판하는 것으로 한정되고 만다. '나'가 모든 문제의 근원이라고 하는 '사회'는, 주인공 주위에 타락한 인물들을 여럿 배치하였기에 「빈처」와 「술 권하는 사회」의 '사회'보다는 구체적이지만, 추상적인 상태에 머물러 있다. 때문에 이 작품 전체의 내적 필연성을 해치면서 주제의 폭을 제한하고 있다. 이 작품은 타락에 이르게 된 까닭이 '나' 자신에게 있음은 보여주지만, '나'의 말대로 "사회 탓"이기도 함은 제대로 제시하고 있지 못한 것이다.

뒤에 현진건은 그러한 한계를 극복하기 위하여 자신의 체험 밖에 있는 현실, 민중의 삶 속에서 글감을 찾는다. 그러나 그런 작품에서도 인물들은 "식민지사회 전체구조와는 절연된 채 고립되어" 있다.[10] 여기서 우리는 그의 현실의식의 한계를 본다. 현진건에게 있어서 작중 현실과 서술자 사이의 거리는 기법적 거리이기만 한 것이 아니라 그와 현실 사이의 거리이기도 하다. 그러므로 기법은 그의 수단이면서 동시에 그 자신의 성격 혹은 본질이다. 작품의 구조원리인 아이러니는 그가 현실에 대하여 취하고 있는 태도의 속성이기도 한 것이다. 그는 거리감각이 있기에 비극적인 세계(「운수 좋은 날」)를 그려낼 수도 있고 희극적인 세계(「B사감과 러브레터」)를 그려낼 수도 있다. 작품을 하나의 객관적 사물로 인식하므로 그 자체가 말하도록 짜임새 있게 만들어낼 수도 있다. 그러나 바로 그 거리의식 때문에 현진건은 현실 속에 뛰어들어 갈등의 핵심으로 육박하는 데 미흡하다. 따라서 그가 그려낸 세계는 과장되거나 단편적이며, 단순하고 피동적인 인물들이 모호하게 떠도는 세계인 경우가 많다. 현진건 자신의 말을 빌어 진술하면,

---

10) 최원식, 「현진건 소설에 나타난 지식인과 민중」, 전광용 외, 『한국현대소설사연구』, 민음사, 1984, 200쪽.

그는 적절한 방식으로 "인생의 추악함 일면을 기탄 없이 폭로"[11]하는 데 이르렀으나 현실을 넓고 깊게 제시하지는 못하고 있는 것이다. 의식이 기법을 낳기도 하지만 기법이 의식을 규정할 수도 있으므로, 각도를 달리하여 본다면, 그것은 현진건의 기법이 그의 현실의식을 제약한 결과이다.

「타락자」를 중심으로 한 이러한 판단은 당시의 상황과 작품 규모를 감안하면 달라질 수도 있다. 현진건은 1933년 이후에는 장편만을 썼는데, 그것들을 같은 맥락에서 더 살펴보아야 할 것이다.

---

11) 「타락자」 끝에 붙인 작자의 말. 『개벽』, 28호, 1922. 4, 35쪽.

현상윤의 갈래의식
— 1910년대 갈래체계의 유동성에 대한 한 고찰 —

1. 머리말

1910년대의 문학은 국문학사상 많은 논점들이 교차되는 지점에 놓여 있다. 그것은 여러 문학사가 그 후반기를 현대(근대)문학의 출발점으로 잡는다는 사실에서 쉽게 확인된다. 바꿔 말해 이는 그 후반기를 개화기 혹은 근대로의 이행기 문학의 끝으로 보는 것인데, 그 범위 안에서 살펴보아도 이 시기의 문학은 특수성을 지니고 있다. 그것은 물론 국권의 상실에 따른 변화 때문이다. 개화가사, 시조, 한시 등과 전기, 몽유록, 문답·토론체[1] 등의 형식은 그들을 통해 표현되었던 것이 주로 애국·계몽사상이었으므로 문학의 중심권에서 강제퇴장 당하여 망명지로 옮겨가거나 빈 틀로 남아, 그 본래 의의의 변질을 피할 수 없게 된다. 모든 주체적 의지와 모색

---

1) 다음을 참고함. 이재선, 「신소설의 문학사적 성격」 및 윤명구, 「개화기 문학장르」, 『한국사학』 제2호, 한국정신문화연구원, 1980. 박일용, 「개화기 서사문학의 일연구」, 『관악어문연구』 제5집, 1980.

이 꺾이거나 굴절되지 않을 수 없고, 거기서 문학이 예외일 수 없었던 것이다. 이때 유독 직업적 전문성을 띠고 있으며 친일 경향을 보이는 신소설[2]이 독자층과 상업적으로 영합하면서 지속된다. 이러한 상황에서, 대체로 일찍이 배운 한학적 교양을 공적인 차원에서 포기 당한 채 일본에서 근대 문물에 접한 젊은 작가들이 활동을 벌이기 시작하는 시기가 1910년대이다. 따라서 이 시기의 문학은 개화기 문학 내부에서도 차이를 지니면서 문학사상 하나의 큰 고비를 마련하고 있다는 점에서 면밀히 고찰될 필요가 있다.

1910년대의 문학은 흔히 이광수와 최남선 중심이거나[3] 동인지 『창조』(1919) 중심으로 논의되어 왔다. 『창조』가 이 시기에 산발적으로 일어난 문학활동을 집단화한[4] 것은 사실이지만, 앞서 언급한 과도기적이고 복합적인 양상은 그 이전에 눈을 돌려야 구체적으로 드러날 터이며, 그랬을 때 『창조』의 의미도 좀더 명료해지리라 본다.

『창조』 이전에 대한 연구는 어느 한 갈래나 작품 내적 경향의 측면에서가 아니라 전면적 차원에서 수행되어야 한다. 대부분의 문학형식이 그에 상응하는 세계관의 붕괴 또는 부재로 말미암아 안정성을 잃고 있으며, 그 주제적 경향이 역사적·문화적 과도기에 처한 식민지의 질곡에 대한 다각적인 고려를 필요로 하기 때문이다.

---

2) 토론, 대화, 연설 위주인 『자유종』과 같은 부류의 작품군은 제외한 개념으로 사용한다. 윤명구, 앞의 글, 238~245쪽 참고.
3) 백철, 조연현은 이 시기를 '2인 문단시대' 라고 일컬었다.
   이병기·백철,『국문학전사』, 신구문화사, 1963.
   조연현,『한국현대문학사』, 인간사, 1961.
4) 김홍규,『문학과 역사적 인간』, 창작과 비평사, 1980, 219쪽.

당시에 활동한 최남선, 이광수, 현상윤 등의[5] 작품은 형식이나 주제에 있어 매우 복합적인 양상을 보이는데, 그것은 그들의 지식과 경험에 상응한다. 유교적 세계관을 버리고 서구지향적 개화를 추구해야 한다는 결단이 친일로 연결되기 쉬우며, 미래에 대한 전망이 불투명하여 허무주의에 빠지기 쉬운 상황에서 그들은 고민한다. 문학적 출발기에 20세 전후의 나이였던 그들은, 효용성과 예술성을 분리하는 근대적 문학개념 앞에서 주저한다. 새로이 학습된 그 개념은, 그것들을 긴밀한 관계에 두는 유학적 교양, 그리고 그 분리를 허용하지 않는 역사적 사명의식과 갈등을 일으킨다. 개인적 선(善)과 사회적 선의 실천적 만남이 공적으로 금지된 상황에서 일어난, 생활감정과 지식, 우리 것과 남의 것, 현실과 당위 등 사이의 이러한 갈등은, 그들이 쓴 글의 양식이 '유동적이고 미분화(未分化)된 상태'[6]에 있음과 짝하고 있다.

앞의 세 사람은 작가 혹은 문학인으로 자처하거나 남이 그렇게 보는 것을 피하는 경향이 있다. 그런 점으로 보면 그들은 국권 상실 이전에 개화기 문학 작품을 쓴 사람들과 다름없는 것처럼 여겨진다. 그러나 그들은 국권 상실 뒤에 국내에서 지속적으로 문필활동을 한다는 점, 예술로서의 문학을 의식할 만한 유학체험자라는 점, 그리고 국학에의 소명의식을 지닌 지식인이라는 점 등이 다르다. 그것은 『소성의 만필』[7]이라는 책이름이 암시하듯이 막연한 묵수의 결과이자, 또 최남선의 시들이 잘 보여주듯이 의식적인 실험

---

5) 1910년대 전 · 후반기에 걸쳐 활동한 문인들이다. 최소월을 추가할 수 있다.
6) 김윤식, 『한국근대문학 양식논고』, 아세아문화사, 1980, 188쪽.
7) 『小星의 漫筆 第五』는 현상윤의 자필 문집으로 1914년의 글 23편이 실려 있다. 고려대학교도서관 소장. 이에 대하여는 뒤에 자세히 논의함.

의 결과이다. 그것은 갈래 선택 문제가 은연중에 강요사항으로 놓이는 시기(1920년 전후)의,[8] 또는 그에 한 끝을 대고 있는 시기의 소산이다. 그러므로 그들의 작품이 취한 형식과 그 배후에 잠재된 갈래의식의 양상은 이후의 우리 문학의 실상과 전개를 살피는 데 있어 매우 중요하다.

갈래는 구조의 원리 — 어떤 특정한 작품이나 작가에 한정되는 것이 아닌, 일반적인 체험의 구성원리에 관계된다.[9] 그것은 한편으로는 형식적 전개의 내면적 원리이면서, 다른 한편으로는 그 사회적 배경과 상응관계에 놓인, 상상력을 통어하고 경험을 구조화하는 형식이다. 이 경험의 구조화 형식은 크게 인간의 인식 가능성과 그 방식에 바탕을 둔 이론적 차원(기본형Gattung)과 역사적 차원(변형Art)으로 나누어 논의된다.

갈래가 경험을 구조화하는 형식이라는 진술은, 갈래의 본질이 독자로 하여금 작품 내·외적 경험을 구조화하도록 이끈다는 뜻까지 포함하고 있다. 갈래는 사물을 인식하고 표현하는 형식이며, 쓰기와 함께 읽기를 지배하는 '관습'[10]이자 약속인 것이다. 특히 갈래가 어떤 시대적, 지역적, 민족적 특성을 지닌 구체적인 작품들을 바탕으로, 즉 변형의 차원에서 논의될 때 이 갈래의 관습성과 사회성이 크게 문제된다.

앞서 지적한 1910년대 문학의 양식적 불안정성, 유동성은 이전의 갈래 체계가 더 이상 의미있는 관습일 수 없음에서 비롯된 것이

---

8) 김윤식, 「한국문학에 있어서의 장르의 문제」, 『한국문학사론』, 법문사, 1973, 424쪽.

9) 김우창, 「예술형식의 사회적 의미에 대하여」, 한국사회과학연구소 편, 『예술과 사회』, 민음사, 1979, 240쪽.

10) J. Culler, *Structuralist Poetics*, Ithaca & London: Cornell Univ Press, 1975, ch. 7.

다. 당대 문학 담당자들의 이념적 불안정성에 상응하는, 이 문학적 관습의 혼돈상태에서 산출된 작품들을 살피는 데에는 여러 접근법이 있을 터이다. 이 글에서는 현상윤(1893~?) 한 사람의 글 전체[11]를 하나의 단위로 보고, 각 작품의 형식과 주제를 검토하여 유사한 것들을 여섯 가지 유형으로 묶은[12] 뒤에, 각 형들의 상호관계와 그것이 의미하는 바를 추론해가는 방법을 택하기로 한다. 이를 바탕으로 현상윤의 글에 나타난 경험의 실상과 그 구조화의 형식들, 그들간의 관계, 나아가 그에 관련된 전통적인 것과 새로운 것의 혼합 양상을 살핌으로써, 관습적 질서의 붕괴상태 또는 주도적 원리의 부재상태에서 형성된 1910년대 문학의 실상을 기술하는 것이 이 글의 목표가 될 것이다. 최남선의 『시문독본』(1916)이 보여주는 바와 같은, 변형으로서의 갈래를 논하기 이전의 착종 양상을 총체적으로 드러내기는 어려울 터이다. 그러나 역사적·문학적 단위로서의 한 사람의 글을 하나의 전체로 놓고 살피는 작업은,[13] 1910년대의 문학을 조감할 어떤 일반화의 단서를 제공해주리라 기대한다.

---

11) 현상윤의 글들에 대한 기존의 논의로는 다음이 있다. 『소성의 만필』에 수록된 것까지를 대상으로 한 논의는 없다.

　　　김기현, 「개화기의 신시」, 『한국문학론』, 일조각, 1971.

　　　_____, 「현상윤의 단편소설」, 『문학과 지성』, 1972년 겨울호, 문학과지성사.

　　　김학동, 「소성 현상윤론」, 『어문학』 제27호, 한국어문학회, 1972.

　　　_____, 「상실감과 그 저항성 ― 소성의 시」, 『한국 개화기시가 연구』, 시문학사, 1981.

12) 이때 갈래의 기본형과 우리 문학사상의 변형을 염두에 둔다. 한편, 이 글에서 유형 혹은 형이란 기존의 고정된 틀이 아니라 어떤 양태를 가리킨다. 예컨대 '시조형'은 시조의 형식이나 그에 부합하는 작품이라기보다 '시조적인', '시조형식에 끌리는' 양태를 가리킨다.

2. 유형의 구분

1910년대에 쓰여진 현상윤의 글로서 지금까지 밝혀진 것은 모두 46편이다.[14] 1914년(21세)부터 1919년(26세)에 걸친 이 작품들 가운데 13편은 발표되지 않고 자필의 개인문집인 『소성의 만필』(1914)에만 남아 있다. 나머지 33편은 『학지광』(15편), 『청춘』(17편), 『유심』(1편) 등에 발표되어 있는데, 그 중에서 문집에도 들어 있는 것[15]은 10편이다.

총 46편 가운데 「이광수형에게」(편지), 「동경유학생활」「경성소감」(기행, 보고), 「졸업증서 받는 날에」(일기), 「녀름의 야색」(수필), 그리고 「이광수군의 '우리의 사상'을 독(讀)함」(감상문) 등 총 6편은 분류에서 제외한다. 이들은 현상윤 자신의 감회, 관찰 등을 어떤 형식적 장치나 구속이 거의 없이 소박하게 피력했든지 함께 묶일 다른 작품이 없는 것들이기 때문이다. 나머지 40편을, 그 주제를 참고하되 형식을 중심으로 갈라 보면 여섯 가지 유형이 나

---

13) 이렇게 전작품을 하나의 단위로 삼아 논의하는 것은, 한 사람의 기호체계에 접근함으로써 더 큰 체계를 짐작해내기 위함이다. 하나의 텍스트는 언어행위 전체 텍스트의 일부이다. 따라서 여기서 대상으로 삼는 글들은 보통 '문학적인' 것으로 간주되는 글들만에 한정되지 않는다. 갈래에 대한 이러한 기술적(記述的)인 논의는, '순전히 문학적인 텍스트란 존재하지 않는다'는 오늘의 문학 이론가들의 입장을 적극적으로 수용한다.

14) 시 「소상반죽(蕭湘斑竹)」(미발표)이 「생각나는 대로」(『학지광』 4호, 1915) 속에 들어 있으므로 45편이라 할 수도 있다.

15) 이 경우, 발표된 것을 대상으로 삼는다. 발표지에 관한 자세한 사항은 앞의 주에 제시한 김학동의 글이나 주종연, 『한국 근대단편소설연구』(형설출판사, 1982), 89~91쪽을 참고.

온다. 이 구분은 그 자체가 목적이 아니라 동족관계를 명확히 하고
이면적 질서의 기술에 필요한 바탕을 마련하기 위한 것이다. 각 묶
음에 드는 작품들의 개요와 그 공통적 특질을 살핌에 있어 대체로
서정적인 것 → 서사적인 것, 운문 → 산문의 차례를 밟는다.

2.1. 시조형

제 목	시기	음수율	행, 연을 나눌 경우	내 용
달 아레서	1914	3 · 4조 기본	4, 6, 4 / 4, 4, 4, 5 음보의 7행 2연	가을밤의 세상 탄식. 바람의 차가움.
뒷자최가 적막	〃	4 · 4조 기본	4, 6, 4 음보의 3행 단연	이슬의 무상함.
추풍	〃	〃	〃	가을 단풍의 설움.
소상반죽	〃	〃	4, 5, 4 음보의 3행 단연	소상반죽이 아영의 한을 알림.
어듸로 갈고	〃	3 · 4조 기본	4, 4, 4 음보의 3행 단연	바람 불어 꽃지니 벌떼가 갈 곳 없음.
한국(寒菊)	〃	3 · 3 · 5조	3 음보 6행 단연	국화의 모습이 거친 세상 찬맛과 방불함.
생각나는 대로	1915	없음	5연	수증기, 구름, 거문 고줄, 죽, 桃李 등에 대한 원한, 동경, 절개의 느낌
신조군을 보냄	〃	3 · 4조 기본	4음보 6행	벗과 이별하는 슬픔

위의 여덟 작품은 다 초기의 것들이다. 여럿을 하나로 묶었다 할 수 있는 「생각나는 대로」와 내리 이어 쓰지 않고 행가름이 되어 있는 「한국」을 제외하고는 3·4, 4·4조의 외형률이 지배적이다. 거의가 평시조 형식이거나 그것이 다소 변형·확대된 것이다. 소재의 선택이나 해석이 시조, 한시를 답습하고 있다. 자연물에 대한 해석을 통해 주제를 제시하며, '～아느냐?' '～마라', '～할고?' 등의 종지법을 자주 쓴다는 점에서 특히 시조와 통한다. 소재의 해석이나 상징화에서 조국을 잃은 젊은이의 자기 격려, 슬픈 심정 등이 암암리에 드러나고 있지만 저항의식은 엿보이지 않는다.

요컨대 이 작품들은 소극적이고 순간적인 애상을 짧게 집중적으로 제시하고 있는데, 시조 특히 영물시조의 형식과 주제에서 그다지 벗어나지 않고 있다. 다만 여러 연[首]의 중첩,[16] 중장의 확대, 종장 끝귀의 어미 생략 등 조선 후기와 애국계몽기 시조의 형식적 변화의 모습은 여기서도 보이고 있다. 대표적인 것으로 「어듸로 갈고」를 들어본다.

바람아 그만불넘 萬花가 다떠러진다.
열매가진 꼿이야 무엇 *앗가우리만은
꼿에오든 버리떼가 갈곳이 다시 업슨 듯[17]

---

16) 단형시조의 연작형태이다.
17) *표시된 '엿'과 '앗' 사이에 반쯤 금이 그어져 있다. 음보를 가르기 위함인 듯하다.

2.2. 신체시형

실낙원	1914	4·4조 기본	6행 1연으로 총 7연. 각연 대응행 음수 일치.	왜 이 동산 이 무리만 비참하냐? 사랑의 님 이시여, 구하소서.
님생각	〃	〃	4음보와 3음보의 행이 4회 교차. 단연. 음보상의 대응행 음수 일치.	임의 나라를 떠나 있으나 기쁨과 근심을 임과 함께 하리라.
친구야 아느냐	〃 〃	〃 〃	3연. 각 연의 문장 구조와 대응행의 음수 거의 일치. 제목구의 반복.	깊은 물, 어둠, 혹한 속에서도 희망의 생명은 숨쉬는 것을 친구야 아느냐.
웅커리 로서	1917 1917	없음 없음	3연. 각연 대응행의 음수 일치.	궁핍한 처지의 인자들아. 절망을 딛고 나와 싸워 구하라.

위의 네 작품은 앞의 시조형보다 길고 형식파괴적인 경향을 보인다. 그러나 모두 각 연 대응행의 음수가 거의 일치한다는 점에서 율문의식이 엿보인다. 4·4조의 음수율을 기본으로 삼고 있는 「웅커리로서」를 제외한 앞쪽 세 작품이 더 그러하다. 이 셋은 4·4조라는 점에서 (개화)가사 형식과 통하나 같은 연 속의 행 사이에는 음보의 변화가 있되 각 연 대응행이 음보는 물론 음수까지 일치된다는 점에서 신체시[18]에 가깝다 할 수도 있다. 양자의 혼합형 또는 변형으로 간주될 수 있을 것이다. 이들과는 달리 마지막의 「웅커리로서」는 기본 음수율이 없으므로 좀더 형식파괴적이다. 따라서 가

장 자유시형에 접근한다. 그러나 역시 대응행의 음보와 음수가 일치하여 산문성이 약화되고 있다.

위의 네 작품은 화자의 확신에 바탕을 둔 명령적, 기원적 화법을 취하고 있어서 그 신념의 논리적 전개구조에 따르고 있다. 강한 저항의식이 배어 있으나 구한말 개화가사의 그것에는 미치지 못하며 관념적이고 계몽적인 양상을 띤다. 이는 시대 상황 때문일 것이다. 다음은 제작순으로 보아 현상윤의 최초 작품이지만 발표되지는 않았던 「실락원」의 제 5, 6연이다.

만츄리아 모진바람 이곳서는 꽃을피우고[19]
對馬海峽 모든비발 이곳서는 안개되든
옛歷史을 記憶하라.
榮光에서 榮光에를 우숨으로 傳해오든
이樂園이 안이드뇨!?
榮譽있는 이樂園이—

애닯고나 하로아참 빨니모는 떼구름에
光明잇는 왼江山이 깜깜하게 싸여져서
춤과노래 끈어지고
不安의빗 恐怖소래 핏눈물에 넘치노나
아아이것 무삼일가
꿈이드냐 참이드냐?

---

18) 김학동, 『한국 개화기시가 연구』, 217~220쪽 참고.
19) '피우'를 묶는 반원이 그려져 있다. 두 글자를 보통의 한 음정 길이로 읽으라는 뜻인 듯하다.

2.3. 자유시형

요게 무어야?	1914	없음	8행의 단연	가슴에 치미는 답답함, 이것이 무어냐?
왜 그러나	〃	〃	행, 연 구분없음. 유사구조의 3문장으로 구성됨. (5매 분량)	왜 이세상에는 부와 빈, 노동과 안일, 무력과 혹사가 함께 있는지 나는 알 수 없다.
무 제	〃	〃	3연으로 되어 있음. 각 연의 문장구조가 유사함.	모순되고 냉냉한 이 세상에서 무력한 나는 어찌 살까?
뉘집으로서	〃	〃	행, 연 구분없음.	아름다운 노래 소리 들리는 곳에 걸식이의 괴로움도 있구나
산아희로 생겨나서	〃	〃	5연으로 되어 있음.	사나이로 났으니 무기력에서 깨어나 '나'를 확장, 역사를 건설하라.

　율문의식이 희박한 작품들이다. 「왜 그러냐」와 「무제」의 경우, 비슷한 구조의 문장이 거듭되는 점에서 약간의 율문화 의식을 감지할 수 있다. 현실의 모순에 대한 순간적이고 격렬한 정서가 주조를 이루고 있다. 본문의 일부를 그대로 쓴 제목들에서 드러나듯이

고백적, 탄식적 화법이며 질문투의 종지법이 빈번히 쓰인다. 강한 저항의식이 드러나 있으나 화자의 태도가 감정적이고 세계에 대한 무력감이 지배적이다. 「산아희로 생겨나서」에만 그 무력감이 제거되어 있으나 계몽 위주이어서, 시적 형상화 이전의 글이기는 마찬가지이다. 요컨대 위의 다섯 작품들은 단상적이다. 일기나 논설의 일부를 떼어낸 것과 별 차이가 없는, 심상의 형상화와 전달의 간접화가 이루어졌다 하기 힘든 글들이다. 그만큼 직설적이고 관념적이라 할 수 있다. 다음에 예로 드는 「무제」의 제 2, 3연은, 이들에 있어서 감정의 분출이 외형률을 깨고 있음을 보여준다.

내의게 春秋의 곧은붓을 빌녓으면 冷冷한
이 社會의 惡毒을 시원하게 갑하보고, 秋霜같은
舌權을 주엇으면 頑盲한 浮世의 깁흔꿈을
깨우련만은, 붓의힘도 혜의權威도 가지지 못하얏으니,
社會의 惡毒 浮世의 頑夢은 나날이 甚할뿐이고나 !

죽을 힘을 다하야 끌고가는 사람의게는 苦痛의 붉은땀이
흐르것만은, 타고가는 사람의게는 快의 우슴이 띄우나니,
이 엇던 不條理, 不平等이뇨!? 아아 無情한
이世上아 네의 찬맛은 언제까지냐?

2.4. 산문시형

비오는 저녁	1915	산문형식	비오는 저녁의 아름다움. 떠도는 자기를 반성.
향상(向上)	1917	〃	잣나무의 성장과 자기확인.
새 벽	〃	〃	새벽의 공포와 새로운 희망.

　발표지에서 모두 시로 간주되고[20] 있는, 산문시에 가까운 것들이다. '～하다', '～한다', '～엿다' 등의 종지법에서 드러나듯이, 시적 자아의 순간적 정서가 직접적으로 포착되며, 따라서 의식의 미묘한 흐름과 같이하는, 순진적 시간의 전개구조를 취하고 있다. 이러한 특징은 이들과 유사한 소재를 다룬 「녀름의 야색」과 비교하여 볼 때 더욱 두드러진다. 여름날에 '우리'가 '일반적으로' 겪는 경험을 논리적이고 교훈적인 태도로 진술한 그 글은, 시가 아니라 수필류로 간주되고 있기 때문이다.

　자연과의 정서적 교감 혹은 자연 속에서의 반성적 의식 상태가 주조를 이루는 한편, 사회적 관심이나 울분은 거의 찾아볼 수 없다. 심리적 혼란과 그 극복 과정이 어둠, 비 등과의 정서적 일치 속에서 섬세하게 묘사된다. 모두 자아 확립의 문제가 궁극적인 주제라고 할 수 있는데, 그것은 잣나무를 의인화한 「향상」에서 가장 뚜렷하다. 다음은 「새벽」의 일부로서, 신체시형이나 자유시형에 비해 의식 내용이 비저항적이고 개인적이며, 정서의 효과적인 형상화를 위해 좀더 객관적인 묘사가 이루어지고 있다.

---

20) 시들에 섞여 있거나 일면 단행으로 조판되었다.

아아 이어두움의 빗 ! 내의 약한몸을 누루는듯하다 — 깁히깁히 져 검은 구석에 싸여잇는 무엇이라 形容못할 온갖 Monster(怪物) 온갖 Devil(惡魔)이 무셔운 입에 異常한 우슴을 씌우면서 무엇을 기다리고 잇는듯이 보인다. 안이 금시에 나를 향하야 한입에 생키랴고 싸라나올 듯이 보인다.

이빗에 엄습된 나는 번개가치 등골로 지나가는 무슨늣김 한아이 갑작이 온몸에 더운 이슬을 매자붓친다 —

2.5. 논설형

여기에 드는 14편의 글은 갈래의 기본형을 서정, 서사, 희곡의 셋으로 잡을 때 문학 밖에 놓인다. 즉 사분법에서의 교술 갈래에 끌리는 것들이다. 당대의 지식인들은 이런 글을 많이 썼으며, 이들은 다른 형식의 글들과 특히 주제면에서 밀접한 관계에 있다.

연설에 가까운 글이 많아 '연설형'이라 할 수도 있으나 대체로 논설형이라 부름이 적절하다. 각 글이 지닌 성격을 자세히 살피기 위하여 화법과 체재, 주제 등을 참작하여 연설투, 논설투, 논문투의 셋으로 갈라본다. 연설투는 화자가 눈앞의 청자에게 발화한 화법 그대로를 사용한 직접적인 전달 형식을 가리키며, 논설투는 어떤 주장을 설득적인 토운으로 전개하는 형식을, 논문투는 어떤 사물의 본질을 밝히고 설명하려는 경향이 지배적인 형식을 가리킨다.

스사로를 속이지 마라	1914	논설투	우리는 스스로를 속여서는 안 된다.
죽음이 왜 미서우냐	〃	〃	정의를 위해서라면 죽음은 무서울 것이 없다.
구하는 바 청년이 그 누구냐?	〃	연설투	세속적 명리에 매이지 않은, 이상적인 청년이 유학생 가운데에 없다.
말을 반도청년의게 붓침	1915	〃	우리 청년들이 시대적 사명을 잊고 방황하며 허세에 휩쓸리고 있다.
사회의 비판과 밋 표준	〃	〃	참생활을 위해 비판정신을 살리자.
강력주의와 조선청년	〃	논설투	제국주의에 맞설 수 있는 정신적 · 육체적 힘을 길러야 한다.
옛사람으로 새사람에	〃	〃	허욕에 매이지 않으며 진취적 정신으로 시대적 사명을 실천하는 새사람을 기다린다.
동아문명의 차이와 그 장래	1917	논문투	동양문명을 버리고 서양문명을 배워야 한다.
인구증식필요론	〃	〃	인구증식은 곧 국력증식이다. 그 방안 몇 가지.
자기표창과 문명	〃	연설투	자기를 확립하고 또 알리는 데 문명의 진보가 있다.
문예부흥과 종교개혁의 사적 가치를 논하야 조선 당면의 풍기 문제에 及함	1918	논문투	우리에게도 문예부흥 즉 주체성의 확립과 물질에 대한 이해추구가 있어야 한다.
조선청년과 각성의 제 일보	〃	연설투	무기력에서 벗어나 조선의 장래는 나에게 달려 있다는 것을 자각하자.
중용과 극단	〃	논문투	우리 사회에는 창조적인 '극단'이 필요하다.
먼저 이상을 세우라	〃	논설투	우리도 미국 독일과 같이 살려면 청년들이 이상을 세우고 실행하는 태도가 필요하다.

위의 글들에서 '나'는 물론 현상윤 자신이며, 그 전달방식은, 특히 연설투의 경우, 직접 독자(청중)에게 토로하는 형식이다. 이들을 통해 현상윤은 유학생 동료를 비롯한 한국 젊은이들의 생활을 비판하고 자아의 혁신과 시대적 사명을 일깨운다. '~도다', '~노라', '~이라' 등의 종결어미와 '아아, 슬프다!'의 빈번한 사용에서 드러나듯이, 필자는 계몽적이고 시혜적이며 지사와 같은 태도를 취하고 있다. 한마디로 경세적이고, 한문의 경세적인 산문과 통한다. 필자의 유학적 교양이 가장 드러나 있다. 그러면서도 논리의 바탕을 이루는 것은 근대화 곧 서구화라는 이념, 비판과 각성을 그 핵심으로 본 근대적 자아의식, 우리에게는 이제 아무것도 없다는 철저한 역사적·문화적 상실감과 열등감이다. 한마디로 형식과 주제 양면에서 옛것과 새것이 매우 혼합된 양상을 보이는데, 크게 보아 전통 형식에 새로운 주제를 담았다고 할 수 있다.

논문투의 경우에 국한문 혼용체가 주로 쓰이고 있다. 이는 '추상적이고 공적인 논리의 전개와 국한문 혼용체 사이의 대응관계'[21]를 말해준다. 이 점은 주관적 정서의 표현을 지향하는 산문시형의 작품들이 한글 위주라는 사실과 대조를 이룬다.

---

21) 김윤식·김현, 『한국문학사』, 민음사, 1973, 83~93쪽 참고.

2.6. 단편소설형

한의 일생	1914	젊은이가 변심한 애인과 부자를 죽이고 자결한다.
박 명	〃	유학생이 병사하자 시어머니의 학대에 그 아내가 자결한다.
재봉춘	1915	무고히 죄인이 된 유학생, 애인과 10년만에 우연히 만난다.
청류벽	1916	자기를 버려 팔리게 한 남편이 몸을 뺄 돈을 보내지 못하자 아내가 자결한다.
광 야	1917	어린 아들이 헤어진 지 10년 된 아버지를 찾다가 광야에서 만난다.
핍 박	〃	귀향한 유학생 '나'가 환경과 자기, 현실과 이상 사이의 괴리에 괴로워한다.

이 여섯 작품은 근대적 단편소설 초기의 모습을 보여준다는 점에서 가치가 크다. 주인공이 대개 작가와 비슷한 나이의 젊은이이며(유학 체험자인 경우가 3편), 거의가 작자의 출신지 평북 정주를 중심으로 한 평안도 일대가 공간적 배경을 이루고 있다. 「핍박」[22] 이외의 작품은 삼인칭 서술형식을 취하고 있는데, 작자와 동일시되는 서술자가 직접 개입하는 경우가 많다. 「핍박」과 이들 사이에는 서술형식 외에도 여러 차이점이 있으므로 따로 논의할 필요가 있다.

「핍박」을 제외한 나머지 다섯 작품은 역진적·회귀적 시간의 플롯을 지니고 있다. 즉 서술의 첫머리 장면에서 과거로 돌아가 거의 일대기에 가까운 행적이 요약적으로 서술된 뒤 다시 첫 시점으로 돌아옴으로써, 이야기하는 시간에 비해 이야기된 시간이 현저히

---

22) 『청춘』에 수록된 것 뒤에는 계축년(1913)에 썼다고 적혀 있다.

길고, 따라서 장편 혹은 일대기〔傳〕를 축약한 형태에 가깝다.

　간단히 언급한 줄거리에서 알 수 있듯이, 대개 그 결말이 자살(3편), 우연한 만남(2편) 등이다. 모두 양반 세도가의 몰락이 중심 사건이나 배경이 되고 있다. 남주인공 이재춘이 "당시 유명한 아무 사건에 애매하게 버무려져서 이름도 모르는 죄명"[23]을 뒤집어쓰고 5년이나 제주도에서 귀양살이를 했다는 짧은 언술이 특기할 만한 것일 뿐, 시대비판적이고 저항적인 구석은 찾기 어렵다. 여자의 변심(「한의 일생」), 시어머니의 학대에 못 이긴 여자의 자살(「박명」), 남녀의 기구한 이별과 재결합(「재봉춘」), 남자의 도덕적 파탄에 의한 일가의 몰락(「청류벽」), 부자의 극적인 상봉(「광야」) 등, 고소설과 신소설에 흔한 사건이 답습되고 있다. 1910년대 소설에 일반적인 경향, 곧 '새로운 사상과 낡은 인습적 사고의 혼재, 감정의 분출에만 치중하고 이성적 판단을 경시 내지 무시하는 태도 등'[24]이 이들에도 그대로 나타난다. 적극적인 의미의 계몽의식도 희박하다.

　일인칭 서술형식[25]의 「핍박」은 식민치하 지식인의 무기력하고 강박 상태에 놓인 내면세계를 독백투로 그린 작품으로, 정주라는 공간적 배경, 유학생이라는 인물의 신분 등으로 미루어 거의 작자 자신의 내면 기록에 가깝다. 비교적 짧은 시간 동안에 일어난 사건들을 시간적 순차에 따라 나열해간 이 작품은 '나'와 현실 사이의 갈등에 초점을 맞추어 비교적 단편소설로서의 응집력을 보여준다.

---

　23)『청춘』4호, 1915, 143쪽. 김기현은 이를 105인 사건으로 추정한다.『한국문학론』, 141쪽.

　24) 이동하,「1910년대 단편소설 연구」, 서울대 대학원, 1982, 106쪽.

　25) 주종연에 의하면, 이 작품은 일인칭 서술형식이 시도된 최초의 근대적 단편소설이다. 앞의 책, 89쪽.

그러나 심리만 그려질 뿐 사건이 빈약하며, 세계 자체의 객관적 묘사나 자아의 갈등을 동기화하기 위한 배려가 충분하지 못하여 수필 같은 면도 지니고 있다.

　요컨대 단편소설형의 여섯 작품은 '～ㄴ다', '～었다' 등의 종지법과 입체적인 구성법의 사용에 있어 새로움을 보여주지만, 신체시형이나 논설형에 비하여 그 주제가 현저히 소극적이다. 허구적 이야기라는 갈래의 안정성이 돋보이는 한편, 「핍박」만이 이채를 띠고 있을 뿐, 그 주제는 현실에 대한 관심이 빈약하고 구태의연한 것이다.

3. 유형들의 관계와 그 의미

　이제까지 살핀 여러 형들 및 그들의 상호관계에 내재된 어떤 질서와 의미를 살피기 위해서는 시야의 확대가 요구된다. 즉 작자의 의식과 세계관, 문학적 관습의 중압 등이 함께 고려되어야 한다.

　밝히고자 하는 것이 어디까지나 상대적이고 유동적이며, 구체적으로 존재했다기보다 논리적으로 재구해내야 하는 것이기 때문에, 혼란을 피하기 위해 앞서 살핀 바를 토대로 먼저 하나의 표를 작성해본다.

시조형		산문 시형			
	자유 시형				
신체 시형					논설형

보기)　서정적 주제
　　　(자연과의 친화의식)

율문의식 ·————·———· 산문의식

계몽적 주제
(어떤 현실과의 대립의식)

　먼저 서정양식에 드는 시조형, 신체시형, 자유시형, 산문시형 안에서의 통시적 변이를 지적해둘 필요가 있다. 그 정도가 어떠하든, 외형률이 의식되고 있는 앞의 셋은 (문집이 하나밖에 남아 있지 않은 까닭도 있겠으나) 거의가 초기인 1914~1915년의 작품이다. 마지막의 산문시형은 후기인 1917~1918년의 작품이다. 현상윤의 작품 전체를 놓고 보아도 그렇지만, 서정양식 안에서도 외형률의 파괴 또는 산문화 경향이 엿보인다.

　시로 간주되는 네 형 가운데 특히 시조와 가사의 외형률이 지켜지고 있으며, 음풍농월적 경향의 시조형이 초기에만 보이는 것은, 이미 그러한 형식과 그것을 지탱하던 유교적 세계관이 지양되고 있기 때문으로 보인다. 즉 그런 형식적 관습이 새로운 주제와 갈등을 일으키면서 변모될 수밖에 없음을 암암리에 의식한 결과인 것이다. 이는 소년기에 쌓은 한학 위주의 교양을 공적으로 포기 당했고 또 포기할 수밖에 없었던 사정과 밀접한 관계에 있다. 친숙하기는 하지만 그것들은 이미 극복의 대상이 된 셈이다.

　외형률이 의식되고 있는 것들, 그 가운데 특히 신체시형이 강한 저항의식과 고뇌를 담고 있는 반면에, 산문시형은 사회적 관심이 약하거나 전혀 없이 '나'와 자연의 정서적 교감만을 주조로 삼고 있다. 여기서 외적인 율과 저항의식 및 계몽성 사이, 그리고 외적인 율의 파괴와 서정성[26] 사이의 대응관계가 드러난다. 바꿔 말하면 외형률과 교술적이고 외향적인 의식, 외형률의 파괴와 내향적 의식 사이에 대응관계가 존재한다. 산문시형의 작품들이 보여주는 통일성과 조형성을 염두에 둘 때, 현상윤은 외형률이 파괴되고 사회적, 반성적 관심이 정지된 상황에서 문학적 형상성을 얻고 있는 셈이다. 이는 내면적 리듬에 따른 형식의 창출이라는 점에서 근대화 혹은 자유시화의 징표로 간주된다. 그러나 그 형상성은 자아와 세계간의 긴장이 약한 상태에서 얻어진 것이므로 나름대로의 강한 내적 긴장과 리듬을 얻기 어려워 수필 비슷한 면을 지니게 된다. 이는 우리 근대문학 초기의 불행한 일면으로서, 이후의 산문시들이 지닌 문제점에 대해 시사하는 바가 있다.

다음으로는 율문인 신체시형의 작품과 산문인 논설형의 작품, 그리고 그 중간형태라 할 수 있는 자유시형 작품 사이의 주제의 공통성이 주목된다. 그 공통된 주제는 모순에 찬 현실에 대한 비판이다. 서정양식에 드는 신체시형과 자유시형에는 그러한 현실에 대한 순간적인 울분의 감정이 직접적으로 토로되고 있는데, 그 가운데 율문성이 더 짙은 신체시형은 자유시형보다 계몽성이 강하다. 자유시형의 주어가 '나'라면 신체시형의 주어는 '우리'이다. 따라서 신체시형은, 감정표현의식과 허구의식이 개재되어 있지 않기 때문에, 즉 그 언어들이 주로 시적 기능을 수행하고 있지 않기 때문에 문예의 범주 밖에 놓이는 논설형의 글과 주제나 화법면에서

---

26) '서정적(인 것)'이라는 갈래개념으로 쓰지 않는다. 앞의 표 '보기'에서 사용한 '서정적 주제'의 '서정적'도 마찬가지이다.

비슷하다. 작품활동 전기간에 걸쳐 지속적으로 많이 쓰여진 논설형의 글들은 거의 예외 없이 당시 우리 젊은 지식인들의 생활을 비판하면서 서구화로서의 근대화를 촉구하는 내용으로 되어 있다. 이러한 논설형의 글과 초기에만 쓰여진 율문형식의 신체시형 작품이 주제에 있어 상통한다는 사실은 계몽성과 율문형식의 대응관계를 다시 확인시켜주며, 시간이 지날수록 굳이 율문형식일 필요를 느끼지 못했음을 드러내준다. 신체시형의 작품들에서 외형률이란, 창가나 개화가사에서 그렇듯이, 계몽적 주제를 간결하고도 효과적으로 전달하기 위해 인간의 원초적이고 본능적인 리듬의식을 이용하려는 의도에서 채택된 것이다. 그러므로 논리적 설득력이나 내면성이 요구될 때 쉽게 포기될 수 있는 것이다.

자유시형이 신체시형보다 서정적이면서 외형률 파괴적이라는 사실에서, 앞서 지적된 바 탈율문화(자유시화)와 근대적 서정시 갈래의 확립 사이의 대응관계가 다시 확인된다. 그런데 이 자유시형이 시조형과 신체시형에 비하여 서정시 쪽에 끌린다고는 하지만, 주제의 계몽성이나 저항성면에서 신체시형, 논설형과 한 범주에 든다는 사실에서, 그 서정시적 형상성은 빈약한 상태임을 알 수 있다. 그것은 논설형의 글에서 우리 민족 특히 젊은이의 생활에 대한 비판이 고조되면서 감정과잉에 흐를 때 빈번히 쓰이는 '슬프다!'(噫라!) 전후의 몇 문장을 잘라낸 것과 별 다름이 없다. 강한 부정의식이 감정과잉에 흐르고 있으며, 연과 행의 구분의식도 거의 없다. 신체시형이 논설형이 율문화된 것이라면 자유시형은 논설형이 조각난 것인 셈이다. 이는 율문성과 계몽성의 대응관계 아래에서, 산문시형처럼 양쪽의 동시적 거부가 아니라, 율문성만의 거부가 곧 작품의 파탄으로 직결되는 양상을 보여준다.

율문성의 파괴라는 면에서 가까운 관계에 있는 자유시형과 산문 시형이 정조(情調)의 통일성에 있어 현격한 차이가 나는 것은, 자아와 세계간의 대립을 전제로 하는 계몽적 태도의 존재 여부 때문이다. 산문시형은 그 대립의 포기상태에서 자연과 '나'의 정서적 친화를 추구함으로써 하나의 조화로움에 이르고 있다. 이렇게 볼 때 자유시형의 감정과잉에 따른 파탄은, 한편으로는 나름대로의 의미를 지니고 있다 할 수 있다. 그것은 일단 세계와의 긴장에서 산출된 것이기 때문이다. 여기서 자유시형 작품의 연장선상에 놓인 1910년대 말과 1920년대 초의 낭만주의적 자유시들에 대한 긍정적 평가의 실마리를 얻게 된다. 그것들에 지배적인 '감정의 용솟음'[27]은, 자아가 세계와 정면으로 대결하려는 의지를 드러내는, 그 의지의 다른 표현으로 볼 수 있기 때문이다.

마지막으로 앞의 표에는 빠져 있는, 단편소설형과 다른 것들 사이의 관계 및 그 특성을 살펴본다. 이야기양식의 특징 가운데 하나는 전달의 간접성이다.[28] 그것은 완결된 허구적 행동의 묘사를 통해 어떤 사념을 형상화한다.

「핍박」을 제외한 다섯 작품은 신소설과 소재나 주제 면에서 큰 차이점이 없다. 단지 신소설이 거의 장편임에 비하여 단편이라는 점이 다르다. 대개 의타적(친일적) 개화사상을 지닌 작가들에 의하여 쓰여졌고 상업성이 짙으며 지식수준이 낮은 독자층을 대상으로 했던 신소설과 이들 사이의 유사성을 무엇을 의미하는 것일까? 신체시형 및 자유시형과 논설형에 나타난 저항의식, 계몽의식과 이들 사이에 존재하는 모순은 현상윤의 작품, 나아가 1910년대 문

---

27) 박철희, 『한국시사연구』, 일조각, 1980, 112쪽.

28) S. Chatman, *Story and Discourse*, Cornell Univ. Press, 1978, p33.

학의 양상 가운데 가장 주목을 요하는 것이다.

단편소설이 신체시나 자유시와 대조적으로 저항적·계몽적 주제와 거리가 있게 된 까닭은 현상윤의 경험적 한계,[29] 근대적 소설에 관한 인식상의 한계 등의 여러 측면에서 논의될 수 있을 터이다. 그리고 그 논의는 이광수를 포함한 1910년대의 다른 작가들에게도 해당될 것이다.

이 글의 초점에 맞추어 진술하자면, 그것은 외부세계의 혼란을 완결된 행동으로 묘사해낼 어떤 정비된 세계관이 결여되었기 때문으로 보인다. 기댈 만한 이념이 없고 현실적 중압이 막강하여 자아의 영역이 극도로 위축한 상태에서, 쉽게 취할 수 있는 표현방식은 정서의 순간적 표출양식(서정)이나 결단의 직접적 유포양식(논설)이지 인과관계로 묶인 행동들을 허구적·대리적으로 묘사하는 지속적 양식(이야기)이기 어렵다. 이야기양식은 행동들을 엮고 해결할 관찰의 거리와 종합의 비전을 요구하기 때문이다. 그러므로 현실적으로 부정되어야 할 대상 — 유교적 봉건주의와 일제의 제국주의 — 은 분명하나 부정 다음의 전망은 불투명한 상황에서 현상윤이 소설을 썼을 때, 그 형식은 장편이 아니라 단편이며, 그 주제는 비판이나 저항, 계몽 등이 아니라 고소설의 연장선상에 있는 신소설적 주제의 변주이다. 거기서 새로이 포착하고자 한 현실은 관습적 이야기의 패턴을 혁신시키지 못하며, 단편소설이라는 새로운 형식의 실험은 현실을 해석하는 또 하나의 시각을 마련해주지 못하고 단지 기존의 갈래(고소설과 신소설)에서 관습적이었던 이야

---

29) 그는 만17세에 경술국치를 맞았으며 작품활동을 한 20대의 대부분을 일본에서 보냈다. 그때까지 그는 일제의 수탈을 직접적인 피해자로서 체험했다고 하기 어렵다.

기의 축약에 떨어진다. 소설 문장에 한자를 섞어 쓰거나,[30] 작자 자신과 동일시되는 서술자가 적극 개입한 것은, 그러한 파탄을 덮어보려는 노력의 산물이라 할 수 있다. 그러나 소재를 다루는 확고한 태도와 전망이 확립되지 않은 상태에서 그러한 시도는 오히려 역기능적이고 시대착오적인 것으로 귀결된다. 다만 공적으로 허용되었기에 부정의 두 대상 가운데 하나인 봉건적 관습에 대한 비판이 다소 투영되어 있다는 점, 자살이라는 비극적 결말이 당대의 궁핍상을 반영하고 있다는 점 등이 화법 및 기법의 근대화와 함께 이 작품들의 발전적 측면으로 평가된다.

다섯 단편소설들이 지닌 이러한 문제점 때문에 가장 뒤에 발표되었으며 유일하게 일인칭 서술형식을 취한 「핍박」의 특이성과 중요성은 더욱 뚜렷해진다. 이 작품은 시간적 역진이 없는 만큼 이야기된 시간과 이야기하는 시간의 차이가 적어서 장면적이다. 행동의 순차에 따라 서술되는 이 작품에서 주제의 중심은 '나'의 내면적 의식에 놓여 있다. '나'는 현실의 여러 국면을 기웃거리고 다니면서 끊임없이 자기와 세계 사이의 괴리를 맛본다. 이 주인공 '나'는 앞서 언급한 대로 작자 자신에 아주 가깝다. 따라서 그 지배적 분위기와 심리상태는, 앞에서 살폈듯이 전달의 간접성이 덜한 다른 형식의 글에서 얼마든지 찾을 수 있는 것들이다.

그러나 중요한 것은 현상윤이라는 경험적 자아와 현실 세계간의 갈등이 서사적 자아와 그가 처한 환경 사이의 갈등으로 치환되어 줄거리 있는 이야기 형태로 표현되고 있다는 사실이다. 이는 작가가 현실을 관습적 전형을 통해 바라보지 않고 그 자체로서 본 결과

---

30) 이는 독자를 지식층에 두며, 소설 쓰기의 의미를 어떤 논의나 교화에 둔 데 기인하는 것이기도 하다.

이며, 성격과 개성의 조형에 의해 사념을 전달하고 있음을 뜻한다. 이 소설에서 주인공이 목표없이 돌아다니는 '행동'은 그것 자체가 그의 정신적 방황과 상동관계에 있다.

서술자이자 주인공인 '나'와 작자 사이의 거리가 충분히 확보되지 않음으로써 이 작품에서 성격의 조형은 충분히 이루어지지 않고 있다. 그리고 이렇다 할 결말에 이르지 않은 채 끝나고 말기 때문에 이 작품의 객관성과 완결성도 미흡한 상태에 머물고 있는 게 사실이다. 소설로서의 갈래적 안정성을 얻고 있지는 못한 것이다. 이는 외부세계의 막강한 압력에 견디기 어려운 자아에게 있어 가능한 하나의 존재의미 획득의 길은 그 '견딜 수 없음' 자체를 이야기 대상으로 삼는 것이고, 그 결과 이 작품이 산출되었다고 볼 때, 불가피한 일이라 할 수 있다. 근대 단편소설의 시험단계에서, '견딜 수 없음'의 심리상태는 사물과의 거리 확보를 어렵게 하며, 미래의 전망이 서지 않은 상태에서 그 심리상태는 또 소설을 '결말지을 수 없게' 만들기 때문이다.

이렇게 볼 때, 이후에 많이 발표되기 시작한 일인칭소설들의 성격을 「핍박」과 관련지어 생각할 수 있다. 작자와의 근친성이 강하며 떠도는 인물인 '나'를 주인공으로 하는 그것들[31]이 보여주는 바 소설로서의 미적 거리의 상실과 결말 부재의 현상은,[32] 초기 단계라는 사정도 있지만, 작가들이 역사적 전망을 상실한 상태에서 '견딜 수 없음' 자체를 이야기하는 것만으로 문학행위의 의미를 삼은 데서 비롯된다.

---

31) 가깝게는 양건식의 「슬픈 모순」(1918)을 들 수 있다.
32) 이에 관하여는 이 책에 수록된 글 「현대소설의 형성과 시점」의 관련 부분 참고.

한편 산문시형의 작품들이 사회성 없는 자연과의 교감을 다룸으로써 조화를 얻고 있음과, 「핍박」이 사회와의 갈등을 '나'의 내면에서만 포착함으로써 비교적 단편소설로서의 통일성과 긴장성을 얻고 있음을 간과할 수 없다. 거기서 두 가지 사실이 드러나는데, 이는 1910년대 문학 일반에 확대하여 적용할 수 있을 것으로 여겨진다. 하나는 내면화의 경향이다. 개인적 정서의 추구 경향이 두드러지고, 관조적이거나 반성적인 내면에 관심을 둘수록 문학적 깊이와 통일성이 조성되고 있는 것이다. 또 하나는 현상윤 문학이 도달한 지점이 서정적인 것의 경우엔 자연이요 서사적인 경우에는 혼란된 자기의 내면이라는 점이다. 투명한 자연과 만나는 일은 안정과 자기확인을, 견딜 수 없이 혼란된 내면을 표현하는 일은 역설적으로 자기의 존재와 문학 행위에 의미를 부여한다. 그러나 자연에의 추구는 현실적으로 하나의 도피이며, 혼란된 내면의 결말없는 제시 또한 무력함을 승인하고 조장하는 행위이므로 결국은 적을 이롭게 하는 결과를 낳는다.[33] 따라서 문학이 현실의 질곡을 타개할 비판적·계몽적 기능을 수행해야 한다고 여길 때, 감각적·심정적인 것의 추구는 현실의 중압 앞에 별 의미가 없는 것이 되고 만다.

이러한 까닭으로 현상윤은 문예를 버린 것 같다. 그가 1910년대의 마지막 글에서, 대학을 졸업하며 "조선 사회에 대한 나의 관계를 자각했다."고 한 말은,[34] 그런 뜻에서 문예를 포기하겠다는 뜻을 내포하고 있는 듯이 보인다. 이러한 선택은, 그 시대가 문학 안에서 감각적이고 표현적인 요소와 비판적이고 인식적인 요소가 통합

---

33) 신채호의 신문학 비판은 여기에 근거한 것이다. 「낭객의 신년만필」, 동아일보, 1925. 1. 2. 참고.
34) 「졸업증서를 밧는 날에(일기에서)」, 『학지광』 17호, 1919. 1.

되는 것을 가로막는 시대였음을 말해준다.

4. 결론

1914년에서 1919년에 이르는 기간에 쓰여진 소성 현상윤의 글 46편 가운데 40편을 갈래론의 측면에서 살폈다. 그것들을 한 단위로 보고, 그 형식, 주제, 문체 등을 종합적으로 다루어 1910년대 문학 갈래체계의 유동성 혹은 미분성(未分性)의 실상과, 그에 잠재된 어떤 질서를 드러내고자 하였다. 성격상 절대적이기보다 상대적이고 분류적이기보다 기술적인 논의이므로 결론적인 요약에 부자연스러움이 있다. 그것은 이 글이 용어사용상의 어려움을 안고 있다는 점에서 이미 간접적으로 드러난 것이다. 일반화의 단서가 될 만한 것 몇 가지만 추려 적는다.

현상윤의 글은 시조형, 신체시형, 자유시형, 산문시형, 논설형, 단편소설형 등 여섯 가지로 갈라볼 수 있다. 그 일반적 주제는 봉건적 관습과 궁핍한 현실에 대한 비판 및 저항, 그리고 근대적 자아의 확립을 위한 계몽 등이다. 통시적으로 볼 때 점차 율문을 떠나 산문을 지향하는 경향을 보이는 한편, 문예의 범주 밖에 놓이는 논설형의 글은 활동 기간 전반에 걸쳐 꾸준히 발표되고 있다. 이 논설형과 율문형식을 취한 것들 가운데 특히 신체시형은 주제의 저항성과 계몽성에 있어 상통한다. 자유시형이 논설형의 조각이라면 신체시형은 논설형을 율문화한 것으로 볼 수 있는 바, 여기서 율문성과 계몽의식의 대응관계가 드러난다. 따라서 운문에 있어서의 외형률은 가창성을 위한 것일 뿐 문예미적, 갈래론적 리듬의식이전의 것임을 알 수 있다. 신체시형을 자연과의 정서적 합일을 묘사한 산문시형과 비교할 때 외형률과 외향적 의식(계몽성), 외형률의 파괴와 내향적 의식(서정성) 사이의 대응 관계가 엿보인다.

서정양식에 드는 것 가운데 산문시형의 작품이 가장 시적 형상성을 얻고 있다. 이는 외형률의 파괴가 우리 근대적 서정시(자유시)의 징표라는 점, 그러나 그 형상성은 자아와 세계간의 긴장이 빈약한 상태에서 얻어진 것이므로 지나치게 산문화에 흐를 때 나름대로의 내적 긴장과 리듬을 조성하지 못하고 있다는 점 등을 드러내준다. 산문시형의 조화로움은 저항성 혹은 계몽성과 율문성을 포기한 결과 획득된 창백하고 불안정한 조화로움인 것이다. 한편 이 점에서 볼 때 자유시형의 감정과잉에 따른 파탄은, 그것이 저항의식을 바탕으로 하고 있기에 나름대로 의미를 지니며, 같은 맥락에서 이후의 낭만적 자유시에 나타난 감정의 용솟음도 긍정적 의미를 띠게 된다.

6편의 단편소설 가운데 삼인칭 서술형식의 5편은 그 주제나 화법이 고소설 및 신소설에서 크게 벗어나지 않는다. 서술의 시간적 역진과 과거형 보조어간 및 삼인칭 대명사의 사용 등이 특기할 만하나 대체로 신소설의 단편화에 머물고 있다. 이는 신체시형과 논설형의 글에 특히 두드러진 저항성, 계몽성과 대립되는 것으로, 현실을 객관화하고 이야기로 형상화할 이념적·인식적 능력의 한계에서 비롯된 것이다. 신소설 갈래의 관습을 혁신하고 근대 단편소설 형식을 갖춘 서사체를 산출하기에는 미래에의 전망이 너무 서 있지 않고, 시기적으로 초기 단계였기 때문이라 할 수 있다.

유일하게 일인칭 서술형식을 취하고 내면의 서술에 초점을 둔 「핍박」은 이른바 사소설적인 작품인데, 당대 젊은이의 신경증적 심리상태를 여실히 보여준다는 점에서 특기할 만하다. 작자와 '나' 사이의 근친성이 강한 이후의 많은 일인칭소설의 효시가 되는 이 작품은, 비교적 짧은 시간에 일어난 사건을 순진적 구성으로 밀도 있게 다룸으로써 단편소설다운 면모를 보여준다. 진부한 인물과 화법을 탈피하여 경험적 자아와 세계간의 갈등을 허구적 자아와 세계간의 갈등으로 치환, 이야기화하고 있다는 데서 이 작품의 가치가 있다. 그러나 그 구성의 결말없음과 주인공의 감정편향적, 도피적 경향에서 여전히 전망의 결여가 드러난다. 이는 현실적 질곡의 완강함 때문에 자아의 영역이 극도로 위축된 상황에서, '견딜 수 없음' 그 자체만을 이야기하는 것으로 쓰는 행위의 의미를 찾은 데서 비롯된다.

산문시형의 작품과 「핍박」이 도달한 통일성과 형상성은, 점차 내면화 경향을 보이는 현상윤 문학이 도달한 지점이 서정적인 것의 경우에는 자연이요 서사적인 것의 경우에는 혼란된 내면임을 말해준다. 그것과의 만남이 가능케 하는 조화와 아름다움은, 그러나 현실도피적 경향을 띤다. 따라서 그것은 논설형의 글에 줄기차게 나타나는 저항적·계몽적 경향과 대립되며, 이는 둘의 변증법적 통합이 아니라 문예의 포기를 초래한다. 현상윤의 문학과 그의 문학포기 행위는, 이후의 우리 문학에 있어서 내면지향 및 자연추구의 경향이 이룩한 '문학적인 것'과 '순수한 것'이, 저항과 계몽을 포기한 상황에서 얻어진 것임을 말해준다.

망명지소설 「남강의 가을」 연구

1. 머리말

20세기 초 약 20년 동안의 우리 문학은, 있어 온 것을 보전하려는 노력과 새로운 것을 형성하려는 노력이 발전적으로 결합되었다고 보기 어려운 시대의 산물이다. 때문에 그것은 지배적인 사상, 작자층, 표현수단과 형식, 중심 제재 등의 여러 측면에서 분열되고 대립된 양상을 보인다. 그 양상이 아주 두드러진 이야기문학의 경우, 전기(傳記), 몽유록, 단형서사(短形敍事)[1], 신소설 등 가운데 대체로 신소설을 뺀 나머지 셋을 대표하는 전기가 역사적 또는 경험적 이야기요 구제의 문학이라면, 신소설은 허구적 이야기요 순응의 문학이다.[2] 전기가 외세에 대한 저항과 민족생존의 새로운 길

---

1) 이 용어는 이재선이 1900년대와 1910년대 초반에 이루어진 (1)단형(편)소설, (2)강사(講史)적 위인전 또는 흥망사, (3)희학과 풍자, (4)우화 등의 짧은 서사문학들을 싸잡기 위해 쓴 것이다. 『한국개화기 소설연구』, 일조각, 1972, 264~271쪽. 여기서는 (1)에서 이광수, 현상윤 등이 『소년』, 『청춘』등에 발표한 초기의 근대적 단편소설들은 제외한 뜻으로 쓴다. 이 단형서사는 토론과 대화의 형식을 취한 것들이 많고, 대체로 현실비판성이 강하다.

을 추구한 것이라면, 신소설은 외세의존적인 '문명개화'를 지향하고 있다. 여기서 1910년대에 이광수, 현상윤, 김동인 등이 발표한 초기의 근대적 단편소설들은 신소설의 계보에 연결되는[3] 것이므로 그쪽에 놓인다.

주로 경술국치 이전에 번역 · 창작된 전기는 민족주의적 · 저항적 애국사상과 주체적 개혁사상이 짙게 투영되어 있다는 점에서 바람직한 점을 지니고 있다. 그러나 사상적인 면을 떠나서 볼 때, 그것은 문학작품으로 보기 어려운 점이 많다. 전기에서 역사적 실존인물인 구국 영웅을 제시하는 작자의 태도는 논설이나 사기 열전의 연장선 위에 있다.[4] 이는 전기를 쓴 전통적 지식인 계층의 작자들[5]이 역사와 현실에 대한 강한 의식은 지녔지만 소설의 본질과 힘을 깊이 이해하지는 못했던[6] 데서 비롯된 것이다. 1900년대를 위기의 시대로 본 그들은 자신의 전통적 교양의 테두리 안에서 안정된 문학형태인 전기(와 몽유록, 그리고 가사)를 답습한 것이다.

한편 경술국치 이후에 더욱 번성하면서 대중적 흥미에 영합해 간 신소설은 '친일적 순응주의'[7]를 바탕에 깔고 있으므로 반역사적인 것이라는 비판을 면하기 어렵다. 그러나 문학사적으로 보아 신소설에서 표현의 근대화가 한 단계 이룩되었다는 사실은 부정할

---

2) 이재선, 「개화기 서사문학의 두 종류」, 『국어국문학』 68 · 69 합병호, 1975, 308~309쪽 및 「신소설의 문학사적 성격」, 『한국사학』 2호, 1980, 199쪽.

3) 이동하, 『1910년대 단편소설연구』, 서울대 대학원, 1982, 14쪽.

4) 『을지문덕』(신채호, 1908)의 '결론', 『애국부인전』(장지연, 1907)의 끝에 붙은 작자의 말(評)같은 것이 그 증거이다. 이 점은 뒤에 다시 논의할 것이다.

5) 권영민, 「개화기소설 작가의 사회적 성격」, 『한국학보』 19집, 1980 · 여름, 90쪽.

6) 김수업, 『배달문학의 길잡이』, 조일문화사, 1983, 246쪽.

7) 신동욱, 「신소설과 서구문화 수용」, 임영택 · 최원식 편, 『한국근대문학사론』, 한길사, 1982, 215쪽.

수 없다. 제목에 전(傳)자를 쓴 작품이 없는 데서 얼른 드러나듯이, 신소설 작가들은 묘사와 성격의 조형을 통해 허구적 사건으로써 사념을 전달한다는 서구적·근대적 소설에 대한 다소간의 이해가 있었고, 그 결과 보수적인 이야기의 틀을 깸으로써 이후의 소설에 이바지한 바가 있다.

이렇게 볼 때, 이 시기의 이야기문학은 현실을 총체적으로 드러내는 데 알맞은 형식을 창출하지 못했다고 할 수 있다. 한쪽은 내용(이념)의 정당성은 높이 살 수 있으나 형식이 전근대적이고, 다른 쪽은 내용의 반역사성이 문제되나 형식의 새로움과 근대성을 무시할 수 없는 이러한 이율배반의 상태는, '한국적 근대정신의 이원적 구조양식'[8]을 보여주는 한 예이며 역사적 변환기에 침략을 당하여 지니게 된 깊은 상처의 일부이다.

이러한 양상을 다룸에 있어, 근대소설사는 앞의 둘 가운데 어느 쪽을 당대의 정통적이며 중심된 장르로 삼아야 되는가 하는 식의 선택적 질문은 실상을 단순화시킬 염려가 있다. 어디까지나 과도기적 양상이요 따라서 그만큼 복합적이기 때문이다. 좀더 필요한 일은 그러한 현상으로 말미암아 일제강점시대 그리고 해방 이후 오늘까지의 소설은 어떤 문제점을 지니게 되었으며 또 그것은 어떻게 극복되어 왔는가를 자세히 살피는 것이다. 그러기 위해서는 물론 먼저 일제강점시대의 소설, 특히 전기와 신소설 작가의 다음 세대이며 1910년대에 근대적 단편소설 형식을 시도하여 그 토착화에 이바지한[9] 이광수, 현상윤, 김동인 등의 작품을 그러한 관점에서 뜯어보아야 한다. 그리고 눈을 돌려 국권을 아주 빼앗기자 국내

---

8) 천이두, 『한국소설의 관점』, 문학과지성사, 1980, 17쪽.

9) 주종연, 『한국근대단편소설연구』, 형설출판사, 1982, 131쪽.

에서 설 자리를 잃게 된 저항적·민족주의적 경향의 '구제의 문학'이 망명지에서 전개되어 간 모습을 추적하는 작업도 아울러 요청된다.

이 글에서 논의할 「남강의 가을」은 이제까지 소홀히 다루어진 망명지의 소설이,[10] 어떻게 앞서의 이율배반성을 나름대로 극복해 나가는가를 보여주는 좋은 작품이다. 이 소설은 신소설이 퇴조해 가던 시기, 그리고 최초의 근대적 장편소설로 일컫는 이광수의 장편 『무정』이 조선총독부 기관지 매일신보에 연재(1917.1.1~6.14)가 끝나기 전후에 걸쳐 미국에서 발표된 것이다. 또한 국내에서 활자화된 작품이 국외에서 다시 한국인의 손과 말로 개작된 것으로 판단되는 아주 드문 작품이다.

따라서 이 소설은 일제의 압박을 받지 않는 자유로운 공간에서 우리 근대소설이 전개되어 간 양상을 살피기에 좋은 대상이다. 뿐만 아니라 식민지시대 전반에 걸쳐 일제의 세력권 내에서 발표된 소설들의 문제점을 살피는 데에도 매우 적합하다. 다시 말하면 이 작품은 아직 앞서의 이율배반성을 극복하여 근대적 소설의 양식을 본격적이고도 바람직하게 체험해보지 못한 한글로써, 당대 한국인의 절실하고 구체적인 경험을 소설화하려는 노력이 좀더 '자연스러운' 상황에서는 어떤 모습으로 나타나고 있으며, 그것과 이념적·환경적 요소 사이의 관계는 어떠한가를 살피기에 매우 적절한 자료이다.

먼저 이 작품이 실린 신한민보와 거기의 이야기문학에 대하여

---

10) 이 작품에 관한 기존 논의는 다음의 자료 제시가 있었을 뿐이다. 강은해, 「일제강점기 망명지문학과 지하문학」, 『서강어문』 제3집, 서강어문학회, 1983, 149~157쪽.

간단히 알아본다. 그리고 이 소설의 바탕글임에 확실한 현상윤의
「재봉춘」과의 비교를 통해 그 작자를 추정한 뒤에 구조를 분석한
다. 다음에는 안국선의 「기생」, 이광수의 『무정』 등 국내에서 발표
된 신소설 및 초기의 근대적 장·단편소설과 비교한다. 그럼으로
써 이 작품의 구조적 특성과 문학사적 의의, 그리고 일제강점시대
우리 소설의 문제점을 공시적 측면과 통시적 측면 모두에서 살펴
보고자 한다.

2. 신한민보와 「남강의 가을」

「남강의 가을」은 미국 샌프란시스코에서 발간된 주간지 신한민
보(新韓民報 The New Korea) 제433호부터 445호(1917. 5. 3~7. 26)
까지 12회에 걸쳐 '쇼셜'란에 연재된 소설이다.[11] 200자 원고지로
약 180장의 분량과 7장으로 된 구조로 보아 당시로서는 작지 않은
규모이며, 띄어쓰기를 약간 한 순한글 표기로 되어 있다.

이 작품이 실린 신한민보의 처음 이름은 '공립신보'인데, 그것은
안창호를 중심으로 1905년에 샌프란시스코에서 조직된 공립협회
의 기관지였다. 1909년에 협회가 대한인국민회(국민회)로 개편되
면서 이름이 바뀌어 현재까지 발행되고 있다. 이 신문은 대한매일
신보 폐간(1905~1910)과 동아일보, 조선일보 창간(1920) 사이에
한국인이 발간한 아주 드문 신문 가운데 하나이며, 자유로이 일제
를 비판할 수 있었으므로 일제강점시대 연구에 매우 중요한 자료

---

11) 제440호에는 연재되지 않았다.

이다.[12] 신한민보는 국문판에서는 한글을 전용하다시피 했고 또 매우 아꼈다.[13] 이는 일단 독자층이 주로 이민 노동자였기 때문으로 생각할 수 있다. 또 신한민보의 기저사상 가운데 하나로 보이는 기독교 사상과 한글이 밀착관계에 있었으며, 우리 민족의 독자성과 주체성을 과시하려는 뜻도 있었기 때문으로 여겨진다. 이것은 '개화기 국한문체의 일본지향성과 국문체의 구미지향성의 대응관계'[14]를 확인시켜주는 좋은 예라고 볼 때, 신한민보의 한글전용, 곧 일본식 한자·한글 섞어 쓰기 문체의 배격은 강한 배일사상의 한 표현이라 할 수 있다.[15] 당시 대부분의 지식인들이 그 필요성은 인정하면서도 오히려 그에 역행하여, 엄밀히 말해 한글도 아니고 일본글도 아니며 한문은 더욱 아닌 일종의 '트기글'을 쓴 자가당착을 실천적으로 극복한 것이다.[16]

신한민보는 사총(史叢), 소설, 역등(譯謄), 태극문장, 동해명조(東海鳴藻) 등의 난을 두어 전(傳) 또는 전기, 민담, 창작소설, 번역소설 등의 이야기문학 작품들을 싣고 있다. 현재의 자료만으로

---

12) 한국문헌연구소가 편집하고 아세아문화사가 발행한(1981. 11) 신한민보 축쇄판에 붙인 신용하의 해제를 참조함. 이 축쇄판은 공립신보가 활자로 발행된 1907년 4월 7일자부터 1961년 10월 28일자까지를 전 6책으로 묶은 것인데, 제516호(1918. 12. 26)에서 1764호 (1942. 1. 1)로 건너뛰는 등 빠진 것이 많다. 여기서는 이 축쇄판을 자료로 삼는다. 건너뛴 뒤로 해방까지의 자료에는 소설이 보이지 않으므로 1918년까지의 이야기문학만을 살피게 될 것이다.

13) 행정적으로 한글 사용을 공인받은 것을 기뻐하는 공고들과 주시경 선생의 서거를 애도한 동해슈부, 「다갓치 흘리는눈물」, 337호(1914. 9. 3)참고.

14) 김윤식, 『한국문학사논고』, 법문사, 1973, 107쪽.

15) 려증동, 『한국문학역사』, 형설출판사, 1983, 319~320쪽 참고.

16) 신한민보의 한글전용은 당대의 이른바 언문일치운동과는 다른 점이 있다. 문자표기상의 문제에서 나아가 '순수국어를 사용하려는 노력'을 보여주고 있기 때문이다. 박종철, 「개화기소설의 언어와 문체」, 『개화기문학론』, 형설출판사, 1982, 260쪽 참고.

볼 때 1913년 중반부터 본격화되어 자료가 끊긴 1918년 말기까지 점차 양이 많아진다. 한문으로 기록되거나 구전되던 조상들의 일대기를 한글로 쓴 짧은 전(傳)이 숫자상 많다. 번역되거나 창작된 소수의 소설스런 작품들은 분량이 많고 주인공이 구국영웅들이어서 앞서 논의한 전기에 가까운데, 「남강의 가을」은 창작소설이고 영웅이 주인공이 아니라는 점에서 특이한 경우에 해당한다. 거의 모두에 공통된 작자의 의도는 민족정신을 깨우치고 반일사상 및 애국심을 북돋우는 것이다. 매우 투쟁적이며 기독교적인 경향도 보인다.[17] 작자는 대부분 신한민보사의 기자들인 것으로 보인다.

3. 작자 문제 ─「재봉춘」과의 비교

「남강의 가을」의 작자는 에스생('엣스싱', '에쓰싱')으로 되어 있다. 개인으로서의 작가 혹은 작가라는 직업에 대한 의식이 아직 분명히 자리잡지 않은 당시의 관례가 그러했고, 또 그 내용이 매우 반일적이어서 이름을 밝히지 않은 것 같다. 신한민보의 이야기문학 작품 거의가 '동해슈부', '량화츄션' 등의 호로 작자를 표시하고 있는데, 그들은 모두 기자인 것으로 보인다.

그런데 에스생이 지은 작품으로 시가 두 편 더 실려 있어서 그가 누구인가를 찾는 데 좋은 단서가 되고 있다. 그것은 「친구를 보내

---

17) 신한민보 및 거기 실린 이야기문학의 세계관에 대하여는 따로 논의가 필요하다. 국민회가 신민회의 해외 외곽단체여서 대한매일신보의 자매지격이었으므로, 신한민보는 경술국치와 신민회 해체(1911) 이후 그 성격을 해외에서 계승·발전시킨 것으로 보인다. 그렇다면 국민회 및 신한민보의 사상은 독립협회의 그것과도 관계 깊을 것이다.

노라」[18]와 「가는 세월」[19]로서, 앞의 시는 현상윤(1893~?)의 「신 조
군을 보냄」[20]과 거의 같다. 여기서 일단 에스생이 현상윤을 가리킴
을 알 수 있다. 현상윤이 문필(문예)활동을 일시 중단한 삼일운동
때까지 지은 글은 현재 모두 46편이 확인되었다.[21] 그는 1914년에
서 1919년에 걸쳐 시, 수필, 논설, 단편소설 등을 발표하면서 (시
와 소설에서는 항상) 소성(小星) 또는 소성생(小星生)이라는 호를
썼는데[22] 그것을 영어로 표기할 때 첫 자가 '에스'이다. 그런데 「친
구를 보내노라」는 제목이 바뀌었을 뿐더러 서정적 자아가 노래하
는 장소의 설정이 다르게 되어 있다. 「신 조군을 보냄」은 일본 동
경이나[23] 그것은 미국이다. 누군가 개작을 한 것이다.

　같은 1917년에, 앞의 두 시보다 먼저 발표된 「남강의 가을」도 현
상윤의 「재봉춘(再逢春)」[24]을 개작한 작품임에 틀림없다. 그것은
둘의 첫머리만 비교해보아도 금방 알 수 있다.

---

18) 제462호, 1917. 11. 29.

19) 제464·465호, 1917. 12. 13 ~ 20. 연작.

20) 「申 朝君을 보냄」, 『학지광』 제4호, 1915. 2

21) 김기현, 『한국문학논고』(일조각, 1972) 및 김학동, 「현상윤 시의 재구」, 『석계
　　조인제 박사 환력기념논집』 참조. 한편 여기서 발견된 「가는 세월」을 작품목
　　록에 새로 추가하는 데는 어려움이 있다. 그 반일적 내용으로 보아 현상윤
　　자신의 투고 그대로임이 밝혀지기 전에는 개작 가능성을 떨치기 어렵다.

22) 삼일운동 뒤에는 문예창작을 하지 않으며, 그 뒤에는 기당(幾堂)이란 호를
　　쓴다.

23) 현상윤이 1914년의 글을 모은 자필문집 『小星의 漫筆·제5』(고려대 도서관
　　소장)에 실린 편지글 「이광수형에게」에 의하면, 이 시는 실제 경험에 근거한
　　것이다.

24) 『청춘』 4호 (1915. 1). 원고지 50장 분량. 1914년 11월 15일 쓴 것으로 되어 있
　　다. 『소성의 만필』에 실린 것 끝에는 1914년 10월 20일에 썼다고 적어 놓았
　　다. 잡지에 실으면서 약간의 가필을 했다.

때는 九月下旬 시골하늘에 가을빗이 훨신느졋는데 이山저山에 누릇
누릇 마른 닙은 荒凉한感이 절로나고, 골잭이마다 살살 흘녀가는 물소
래는 무슨恨을 알외는듯 길가는사람의 귀를 울니는데, 길섭마다 우둑우
둑 서잇는 시닥나무는 피에물드른 弱한닙을 蕭蕭하게 오는 찬바람에 한
닙두닙 날녀서「호루르호루르」 쓴世上의 愁心을 불으적이는 듯하고, 여
긔저긔 고요한 山村에 소리업시 니러나는 밥짓는 烟氣는 구름한점업는
푸른하늘에 구불구불 흰그림을 그려서 寂寞한가울景을 숨김업시 들어
내는데, 安州서 寧邊가는큰길로 나이나 한三十되엇슬낙말낙한 젊은사
람한아이 弊衣破笠에 쩌름한 막대를 슬면서 느즛이 뒤짐을 지고 자세
이 알아듯지못할 노래를 나즉이불으면서 山머리로 빗겨오는 夕陽해빗
을 가슴에 바다안고 흔들흔들 올나온다.   (「재봉춘」. 밑줄 : 인용자)

놉흔 하늘에 가을빗이 활신 느젓스니 떠는 九月이라 산허리에 들넛
든 구름은 미인이 비단옷을 벗난듯 점점 훗어져 업서지고 유벽한 골작
이에 시닉물은 오로록홀홀 흘은다. 이러한 고요한 가온더 시릿나무닙
은 한아식 둘식 쇼슬한 찬 바람에 날녀 쓱쓱 쩌러지고 적막한 촌가의
밥짓난 연긔는 성긘 슈풀에서 셔리워점은 경석을 그리워 보힌다. 이곳
은 반성 댱거리에서 진쥬로 통한 거리라 나희 三十될낙말낙한 젊은 사
람 한아이 폐의파립에 짤막한 집힝이을 슬면서 셕양의 횟빗을 가슴에
밧아 안고 흔들흔들 산머리로 올나온다.

                    (「남강의 가을」. 밑줄, 띄어쓰기 : 필자. 이하 같음)

「남강의 가을」은 「재봉춘」의 뼈대와 표현을 대부분 그대로 살리
면서도 전면적으로 다시 쓴 작품이다. 다시 쓰되 새로운 주제의식
아래 지리적 배경을 바꾸고 인물, 사건 등을 확대하고 있다.[25] 또

앞에서 볼 수 있듯이 「남강의 가을」은 한글 위주이며 보다 짧은 문장에 덜 상투적인 표현을 씀으로써 훨씬 사실적·묘사적이다. 특히 밑줄 친 부분을 비교하면 알 수 있듯이, 전체적으로 어조가 훨씬 밝다. 이런 점들은 제목에서 그대로 드러난다. '재봉춘'이라는 제목[26]은 낭만적인 환상을 불러일으켜 독자를 유인하려는 의도에서 소설 자체와는 거리가 있더라도 일본식으로 만들어 붙인 신소설의 제목[27]과 같은 성격의 것이다(남녀 주인공이 실제로 '다시 만나는' 것은 봄이 아니라 가을이다). 그런데 '남강의 가을'은 가치중립적이고 암시적인 우리말 제목이다. 작품의 배경을 가리키는 '남강'이라는 우리 고유명사를 사용한 이런 제목은 당시로서는 보기 드문 것이다. 그리고 그것은 중요 사건이 벌어지는 공간인 '길'과 함께 강한 상징성을 띠고 있다. 이런 차이는 문학사적으로 뜻깊은 것이므로 뒤에 더 논의하기로 한다.

「남강의 가을」은 신한민보의 다른 이야기문학과 비교할 때 기본 사상면에서는 일치하면서도 배경, 플롯, 인물 등의 여러 요소와 전체적 통일성에 있어 유다르고도 우수하다. 몇 안 되는 창작소설 가운데 한국을 배경으로 하였으며 허구적 서술태도를 보여주는 작품으로는 유일한 것이다. 이 작품이 그렇게 색다르고 발전된 형태를 지닌 것은 그냥 창작되지 않고 개작되었기 때문이라고 본다. 그러

---

25) 사건을 확대하면서 부주의한 탓으로, 인용문에서 보듯이 원작 그대로인 남주인공의 나이는 10년 정도의 시간 착오가 있다. 당시 그의 나이는 40세 전후로 추산된다.

26) 『소성의 만필』에는, 현상윤이 이 작품의 제목을 '표랑'으로 했다가 '십년의 절조'로 고친 뒤 다시 고친 흔적이 남아 있다.

27) 이재선, 앞의 책, 104쪽. 내용은 별개이나 실제로 이상협이 일본 것을 번안한 『재봉춘』(동양서원, 1912. 8)이라는 신소설이 있다.

면 이러한 개작은 누가 한 것일까?

독자투고란에 해당하는 '기서(奇書)'란과 '온 글'란이 있는 것을 보면 현상윤 자신이 투고했을 가능성도 없지 않다. 그는 1917년에 25세의 와세다 대학 사회학과 및 사학과 학생으로[28] 『학지광』의 편집인 겸 발행인이었다. 같은 대학의 문학과 및 철학과에 재학 중이었고 1914년에 신한민보의 주필로 초빙되어 미국에 가려 했던[29] 이광수의 글이 '온 글'란에 실려 있는 점,[30] 『학지광』, 『청춘』, 『개벽』 등의 글을 '조등'(照騰: 옮겨 실음)하는 한편 금서를 포함한 국내의 발간물을 수입·출판하여 판매광고를 하고 있는 점, 구한말에 일제에 의하여 압수된 출판물 중에는 신한민보(공립신보)가 단연 수위를 차지하고 있다는 점[31] 등으로 미루어, 신한민보가 국내와 유학지 일본의 한국 지식인들에게 결코 낯선 신문이 아니었음을 알 수 있다. 현상윤이 여러 논설에서 자아각성과 비판정신의 필요성을 역설했으며, 뒤에 대학을 졸업하면서 '조선사회에 대한 나의 관

---

28) 『학지광』 제13호(1917. 7) 소식란.

29) 김윤식, 「이광수와 그의 시대」, 『문학사상』, 1983. 1, 321쪽.

30) 「혼인에 대한 나의 대통만한 소견」, 441호(1917. 6. 28)~445호. "'온 글'은 본보가 특히 리광슈군을 위하야 베풀어 노흔 … '온 글' 문뎨가 나오거든 곳 리광슈군의 져슐인 줄 아시오."라는 편집자주가 붙어 있다. 그러나 이 글은 『학지광』 제12호(1917. 4. 19)의 「혼인에 대한 관견」(국한문 혼용체)을 한글로 풀거나 바꾸어 쓴 것이므로 '이광수 자신이 보내 온' 글이며 그 글 그대로라고 보는 데는 문제가 있다.

한편 이 난에는 앞의 편집자주가 붙기 전인 424호(1917. 3. 1)~429호에 '동경 가엽원'의 이름으로 「우리 국민셩」이 실린 바, 마지막 회의 중단 사유로 보아 투고된 글일 가능성이 높다. 그 글은 이광수 아닌 신채호의 글로 짐작된다. 474호(1918. 2. 21)의 강동삼손, 「일본의 한국멸책」도 이광수의 글로 보이지 않는다.

31) 신용하의 신한민보 해제 참고.

계를 자각'[32]했음을 고백했고, 이어 삼일운동의 거사에 나섰다는 사실 등을 「남강의 가을」의 투쟁적 주제와 관련지워 볼 때, 투고한 작품일 가능성을 아주 배제할 수는 없다. 평양을 구체적으로 묘사하고 있음을 보아도 그러하다.[33]

그러나 여기서는 다음 사실들을 근거로 개작한 이를 현상윤 자신으로 보지 않으려 한다. 첫째, 「재봉춘」을 포함한 현상윤의 단편소설 여섯 작품 모두가 「남강의 가을」과 주제적 경향이 다르며 또 분량이나 내용면에서 그 수준에 미치지 못한다. 일제의 검열을 의식할 필요가 없는 상황에서 이루어진 자기혁신의 산물이라고 보기에는 너무 거리가 멀다. 현상윤의 단편소설은 그의 논설이 보여주는 계몽성과 현실비판성을 거의 지니고 있지 않은,[34] '뜬 세상'의 기구한 운명에 시달리는 이야기들로서 패배적이고 봉건적이다. 최남선, 이광수와 함께 그가 당대에 '문단의 혁명아'[35]로 일컬어지기도 했지만, 그의 소설 작품들은 「핍박」 한 편을 제외하고는 신소설을 축약(단편화)한 수준에 머물고 있는 게 사실이다.

둘째, 신한민보에 옮겨 실린 글들에서 기자들이 손질을 한 흔적이 많이 눈에 띈다. 앞서 언급했듯이, 이광수의 글과 같이 한글로 풀고 손질하여 실은 경우가 많다.[36] 이는 기자들이 했던 일 가운데

---

32) 「졸업증서를 밧는 날에(일기에서)」, 『학지광』 17호, 1919. 1, 72쪽. (1918년 7월 5일에 씀)

33) 현상윤은 평북 정주 출신으로 평양 대성학교를 4년간 다녔다. 그의 소설들은 대개 고향과 평양 주변을 배경으로 하고 있다. 그의 소설 「청류벽」(『학지광』 10호, 1916)의 무대인 대동강가의 청류벽이 이 작품에도 자세히 묘사되고 있다.

34) 최시한, 「현상윤의 장르의식—1910년대 장르체계의 유동성에 관한 한 고찰」, 『서강어문』 제3집, 서강어문학회, 1983, 119쪽. (※이 책에 「현상윤의 갈래의식」으로 수록됨.)

35) 동해안 백일생, 「문단의 혁명아야」, 『학지광』 14호, 1917. 11.

하나가 글을 신한민보에 맞도록 손질하는 것이었음을 말해준다.

셋째, 이 신문에는 1911년에 일제가 한국의 지식인을 탄압하기 위해 조작한 105인 사건 — 이른바 사내(寺內)총독 암살음모 사건 — 에 관련된 이들이 국외로 망명하기 위해 탈출하는 과정을 그린 소설 「힘쓰면 될것시라」[37]가 있는데, 「남강의 가을」도 그 사건을 다루고 있다. 이 소설의 끝에 작자는 '이하는 후일에 긔회 있는대로 련속코져 명지'라고 적어 놓았다. 그런데 구체적으로 명시되어 있지는 않지만,[38] 인물들의 나이와 시간을 따져 볼 때 「재봉춘」과 「남강의 가을」에서의 남주인공의 체포와 유배는 105인 사건과 시기가 일치한다. 따라서 이런 추측을 해볼 수 있다. 「힘쓰면 될것시라」를 쓴, 또는 자기가 속한 신문에 그것이 실린 것을 본 기자(소설기자)[39]는 105인 사건 및 그 시기를 배경으로 우리 민족의 수난을 그리는 한편 민족이 나아갈 길을 제시하는 소설을 완성하고자 했다. 그런데 그 사건을 배경에 깐 현상윤의 「재봉춘」을 보고 불만스러

---

36) 다른 한 예로, 하버드 웰츠, 「나의 인상과 희망」, 436호(1917. 5. 24)이 있다. 이것의 원문은 「여의 인상과 희망」, 『학지광』 12호(1917. 4)이다. 한문글을 번역해서 실은 예도 많다.

37) 산암(2회부터는 운암) 지음, 227호~306호(1913. 6. 23~1914. 6. 8) 총30회. 미완. 일제의 악행을 고발하고 민족항쟁의 길을 계몽하기 위해 쓰여진, 몽유록과 토론형식을 섞어 쓴 장편소설이다. 안중근·윤치호·양기탁 등의 실명이 보이고 사건의 내막이 소상히 밝혀진 점으로 보아 체험이나 체험담을 바탕으로 한 것이 분명하다.

38) "당시 유명한 아무 사건에 애매하게 범을녀져서 일흠도 모르는 죄명하에…"(「재봉춘」, 143쪽), "그 호개 강개함이 원슈의 일인의 미움을 밧아 악형 고문을 당한 지 2년 후에 비로소 재판이라고 하야 제쥬 류형에 선고를 밧아…"(「남강의 가을」, 6회)

39) "이것은 본 소셜긔자의 붓끗헤 공교함이 안이오…"(2회). 기자들이 소설까지 쓴 것 또는 '소설기자'에 대해서는 이재선, 앞의 책, 80쪽 참고.

운 것을[40] 고치고 전체를 확대하여 「남강의 가을」을 쓰게 되었다.

이런 추측은 이 작품 남주인공의 체험이 안창호의 그것과 비슷한 데가 있고,[41] 또 남주인공이 여주인공에게 공부 외에 체육에 힘쓰기를 권하는 데서(12회) 1913년 안창호가 창설한 흥사단의 정신이 엿보인다는 점에서 가능한 것으로 보인다. 또 한편으로 「남강의 가을」이 평양과 함께 진주와 미국을 무대로 하고 있다는 점도 현상윤이 일본에서 자기의 작품을 직접 개작하여 투고하지 않았을 것이라는 추측을 뒷받침하고 있다.[42]

그러나 개작자라고는 하나 아주 새 작자라고 할 수도 있는 그가 누구인가에 대하여는 더 조사할 필요가 있다. 여기서는 '엣스생'이란 작자 표시는 현상윤의 글을 바탕으로 했음, 또는 그랬으니 이것도 현상윤의 글이라는 생각에서 비롯된 것이며, 「재봉춘」을 바탕으로 「남강의 가을」을 쓴 사람은 신한민보의 기자일 것이라고 추측하는 데 그친다.

---

40) 예를 들면 주인공이 일본에 유학한 것, 안이하게 끝맺은 것 등이다.

41) 샌프란시스코에 도착하여 중국인 거리에서 인삼장사하는 한국인을 만난 것과, 망명하여 해삼위까지 간 것. 김용제, 「안창호 일대기」, 『나라 사랑』 39집, 1981. 6, 78 및 86쪽.

42) 산암(운암)은 누구인가, 굳이 진주 남강을 새로운 배경으로 삼은 까닭은 무엇인가 등의 문제는 여전히 남는다.

4. 구조 분석

4.1. 줄거리

이 작품은 널리 알려지지 않았으므로 먼저 줄거리를 보인다.

(제1장) 반성 장거리에서 진주로 통하는 남강가의 길이다. 한 남자가 바위에 앉아 세상과 자기 신세를 한탄하고 있다. 그때 어떤 여자가 지나간다. 그들은 공교롭게 장거리의 어느 주점에서 방을 이웃하고 하룻밤을 보내나 서로를 알아보지 못한다. 평양의 이 교사(教師)를 기다리며 산다는 그 여자가 잠든 새벽에, 남자는 주점을 나가버린다.

(제2장) 이 두 사람의 내력은 이러하다. 남자는 평양의 미멸한 집 자손 이춘성이요 여자는 경남 진주에 사는 김의관의 외동딸 김정숙이다. 이춘성이 평양 예수교회 심상 고등과를 졸업하고 거기 교사로 일하던 17세 때에, 공부하러 온 15세의 김정숙을 자기 집에 여동생 확실이와 함께 지내도록 하면서 서로 알게 되었다. 춘성이 미국 유학을 꿈꾸면서도 여비가 없어 고민하는 것을 알고 정숙은 부유한 자기 아버지로 하여금 여비를 주어 미국에 갈 수 있게 한다. 돈 없으면 공부할 수 없다는 외국인 선교사의 만류를 뿌리치고 그는 미국으로 간다.

(제3장) 뉴욕 중국인 거리의 "진선발집"(아편굴?)에서 최화실, 박성삼이 하여 준 조언에 따라 춘성은 농장에서 일하며 학비를 벌

어 소학교를 마친다. 노동과 독지가의 배려 등으로 콜럼비아 대학 문학과를 졸업하기까지 10년이 걸린다. 무엇을 할까 망설이다가 "천성윤리"(天性倫理)에 감동되어 이미 아버지가 세상을 뜬 평양의 남은 가족과 정숙이 그리워 귀국한다. "광무제 퇴위 후 국가의 주권이 점점 일인 손으로 들어가는 때"이다(1909년 전후로 추정). 평양에 돌아와 어머니와 동생을 만나고, 그때 비로소 자신이 정숙의 도움으로 유학을 가게 된 사실을 알게 된다.

(제4장) 귀국한 지 3년 뒤의 어느 봄날, 평양 교회학교 교사이면서 진주 하기 강습소의 강사로 내려 온 이춘성은 그간에 아버지를 여의었고 역시 교사가 된 정숙의 집에서 지내면서 교제 끝에 혼약을 맺는다. 일제는 외국 선교사 곁을 떠나 온 틈을 타 이춘성을 잡고자 한다. 이튿날에 그는 체포되어 가고 2년 후의 재판 결과 제주도에서 10년간 유형생활을 하게 된다. 유형지에서 풀려나 평양에 돌아온 춘성은 청류벽에서 동생과 마주친다. 자기와 정숙의 어머니가 모두 돌아가셨음을 알게 되고, 동생과 함께 일제에 대한 울분을 터뜨린다. 창가를 만들다가 감옥에 갇힌 지 6년 된 진주 사람 김기춘과의 언약이 있어 그를 기다리겠다는 동생을 남겨두고, 춘성은 방랑길을 떠난다.

(제5장) 그 동안 정숙은, 소원하는 대로 이춘성을 기다리라는 유언을 남기고 어머니가 숨진 이후로 교회에 들어간다. 그녀는 춘성을 찾기도 할 겸 전도사업을 하느라 사방을 돌며 고루한 이를 회개시키고 불쌍한 이를 돌본다. 그러다가 남강가에서 춘성과 마주치게 되었던 것이다.

(제6장) 방랑길에서 친구들의 냉대를 받은 이춘성은 명산대천을 구경하고 최후로 남강가에 이르렀다. 주점에서 하룻밤을 보낸 그는 헌병의 검문을 피하려고 새벽에 나갔었다. 정숙이 이미 집으로 떠난 시각에 들어온 그는 노파에게 자기를 밝힌다. 그리고 자기가 정숙과 지나쳤다는 사실과 그녀가 헌병보조원 김기보의 결혼 요구를 거절하면서 자기를 기다려왔음을 알게 된다. 그는 노파를 앞세우고 정숙의 집으로 간다.

(제7장) 자기 집에 돌아온 정숙은 춘성의 동생 확실이의 편지를 받는다. 춘성이 곧 찾아오리라는 것과 기다리던 남자가 옥에서 나왔음을 알리는 편지이다. 춘성이 당도하자 정숙은 잠시 기절한다. 그때 김기보가 나타난다. 그는 춘성의 위협에 두고 보자며 돌아간다. 둘은 서로 예전의 약속을 확인한다. 춘성이 결혼하여 이제 몸과 마음을 "가정에만 바치겠다"고 한다. 그러나 정숙은 이제까지의 "사상"과 "주의"를 버리고 자기를 위하여 희생하지 말라고 한다. 결국 정숙은 가산을 정리하여 미국에 가서 간호법을 배우고 춘성은 연해주 부근의 동지들에게 가기로 합의한다. 하나는 적십자 구호대를 거느리고 또 하나는 말을 타고 흑룡강 언덕에서 다시 만날 것을 기약하며 헤어지기로 하는 것이다. 춘성은 "나의 운명 중의 엔젤"이라면서 정숙에게 경의를 표한다.

4.2. 서술형식

이 소설의 주된 배경은 1890년대 말부터 1910년 전후까지의 한국이다. 1917년에 발표되었음을 감안할 때, 작자는 경술국치 전후의 사회상과 한국인의 모습을 제시하려고 한 것 같다. 제1장의 시간에서 제2~5장의 과거로 역진하고 다시 그 안에서 어떤 시간을 기준으로 몇 차례 역진하는, 즉 몇 개의 마디를 이루는 장면을 중심으로 전개되되 그 이전의 사실은 거기에 곁들이거나 흡수하는 서술형식을 취하고 있다. 이는 신소설 및 1910년대의 근대적 단편소설에서 두드러지게 사용된 것으로, 사건을 인위적으로 재배열함으로써 그것을 분석적 · 객관적으로 제시하려는 시도라는 점에서 근대적 요소의 하나로 지적되어 온 것이다.[43]

이광수의 「무정」(단편소설, 1910), 현상윤의 「한의 일생」(1914) 등은 단편인 만큼 서두에 제시된 하나의 장면과 그 장면의 행동이 있게 된 과거의 내력으로만 이루어져 있다. 그런데 이 소설은 '만났으나 모르고 헤어짐―다시 만남'의 큰 두 장면 사이에 다시 크게 세 장면을 놓고 그것들 이전의 사건 경과를 요약이나 대화로 제시하는 형식을 취하고 있다. 따라서 전체적으로 앞에 언급한 단편들을 몇 편 연결한 모습이며, 사건의 규모나 서술 분량도 단편의 범위를 넘어선다. 이렇게 된 것은, 이야기된 시간을 길게(약 30년) 잡고 그간에 일어난 사건의 대강을 다 이야기하려는 일대기적 서술방식을 버리지 않은 채, 사건을 극적 · 객관적으로 제시하려 들

---

43) 전광용, 「한국소설발달사(하)」, 『민족문화사대계V』, 고려대 민족문화연구소, 1967, 1177~1178쪽.
　　이재선, 『한국현대소설사』, 홍성사, 1979, 21쪽.

었기 때문이다. 이러한 양상은 이전의 서사에서 지배적이었던 일대기 서술방식과 새로이 추구된 극적 서술방식이 혼합된 것으로서, 이 작품보다 앞서고 규모가 큰 신소설에서도 흔히 볼 수 있는 것이다. 앞에 인용한 첫머리에서 보았듯이, '-ㄴ다'의 종결어미가 빈번히 쓰이는 곳은, 시간적으로는 회상의 시점(時點)이요 사건상으로는 핵심 매듭에 해당하는 그 장면들의 묘사에서이다. 그러나 내력(회상)의 요약과 설명에 접어들면 서술자가 자기를 드러내며 '-이라', '-노라', '-더라'체로 말한다.

요컨대 이 소설은 장면을 앞세우고 그 내력을 제시하는 서술방식과 그 문체에서 신소설 및 초기 단편소설들과 같으나[44] 그 규모 면에서는 둘의 중간적 형태를 띠고 있다.

4.3. 서사구조

어떤 장면에서 그것이 있게 된 내력으로, 곧 서사적 현재에서 과거로 거슬러 서술해간다는 것은 결과로부터 그 원인을 분석·해부해감을 뜻한다. 이 소설은 이춘성과 김정숙[45]의 헤어짐을 결과로 삼고 그 원인을 서술해간다. 이 작품은 하나의 유형으로서 고소설에서 신소설로 이어져 온 남녀이합형(男女離合型)[46]의 구조를 지니되 분석적·역진적 구성을 취하고 있는 것이다. 만남과 헤어짐

---

44) 대화의 주체를 나타내는 글자를 대화 앞에 적은 점은 신소설투지만, 당시 이광수, 현상윤 등의 초기 단편소설에서처럼 그 대화와 지문을 「 」로 구분한 점은 신소설과 다르다. 한편 1910년대의 초기 단편소설 작가들 중에서, 이광수는 신소설투가 많이 남아 있는 이같은 문체를 초기에만 쓰나 현상윤은 계속 사용한다.

45) 「재봉춘」의 남녀주인공 이름은 이재춘과 김숙향이다.

의 차원에서 전체 이야기를 여덟 단락으로 자르고 요약하여 플롯 층위의 순서에 따라 배열해본다.[47]

① (만남) 이춘성과 김정숙이 마주친다.
② (헤어짐) 서로가 누구인지 모르고 헤어진다.
③ (만남) 과거에 두 사람이 처음 알게 된다.
④ (헤어짐) 이춘성의 유학으로 헤어진다.
⑤ (만남) 귀국하여 만나서 혼약을 맺는다.
⑥ (헤어짐) 이춘성이 유배당하여 헤어진다.
  (풀려나와 여동생과 만나고 헤어진다.)
  이춘성이 방랑한다(김정숙이 기다린다.)
⑦ (만남) 서로 누구인지 알게 되어 만난다.
⑧ (헤어짐) 서로가 독립투쟁에 헌신하기 위해 다시 헤어지기로 한다.

먼저 표층적 양상을 살펴보면, 남녀주인공을 중심으로 볼 때 만남—헤어짐이 네 번 반복되고 있다. 만남—헤어짐—다시 만남의 과정을 하나의 화소묶음(시퀀스)으로 잡으면 세 차례 연쇄되고 있다. 그 가운데 가장 핵심적인 것은 혼약을 맺으나 일제에 의해 '혼사장애'가 일어나 헤어지게 된 뒤 다시 만나는 ⑤-⑥-⑦의 묶음이다.

---

46) 신동욱, 앞의 글, 203~204쪽. 조동일,『신소설의 문학사적 성격』, 서울대 출판부, 1973, 23 및 69쪽. 조동일은 남녀이합형이 귀족적 영웅소설의 범위 안에서 이루어진 가장 발전적인 소설형태로 본다(82쪽).
47) 만남과 헤어짐의 연쇄에서는 기능성이 약하지만 분량이 많거나 이해를 도울 만한 사실이 포함된 서술의 경우, 요약하여 함께 나열하되 번호는 붙이지 않는다.

③-④-⑤는 두 사람의 애정이 성립되는 과정이다. 이 과정은 앞의 묶음과는 달리 사회적이기보다는 개인적이며, 정숙과 그녀의 부모 사이에 결혼을 둘러싼 세대갈등이 내재하나 그것이 서술의 표면에 드러나 있지는 않다. ④의 헤어짐은 공부하러 유학을 가기 때문에 일어난 것이다.

한편 ①-②-⑦의 묶음은 핵심적 행동의 변화가 아니라 상태의 변화만을 포함하고 있으므로 주제 형성에 이바지하는 바가 적다. 거기서 ①의 만남과 ⑦의 만남은 의미상 별 차이가 없다. 만나기는 하였으나 알아보지 못하고 헤어졌다가 곧 다시 만나는 것이기 때문이다. ①-⑦의 과정은, 헤어짐(⑥)의 아픔과 기구한 삶의 고뇌를 앞에 보여줌으로써 독자의 흥미와 연민을 불러 일으키기 위한 장치일 따름이다. 모르고 헤어지는 제1장의 마지막 부분의 서술은, 서술자가 노골적으로 개입하여 감상적인 어조로 아주 영원히 헤어지고 마는 것처럼 말하고 있다. 그러나 ①-②-⑦(-⑧)의 과정 모두가 걸린 시간은 24시간 정도에 불과하고, 그는 잠시 몸을 피했을 뿐이었다. 이처럼 먼저 낯설고 충격적인 극적 장면이 펼쳐지고 그 사연 또는 비밀을 풀어감으로써 흥미를 끄는 구성은, 신소설과 1910년대 단편소설에서 많이 볼 수 있음을 지적한 바 있다. 남녀이합형의 신소설 가운데 예를 들면 『설중매』(구연학, 1908), 『추월색』(최찬식, 1912) 등이 그러하다. 그러나 이 작품에는 그들과는 아주 다른 요소가 많고, 따라서 그러한 구성법이 가져오는 효과도 달라지게 된다.

이상의 관찰을 토대로 좀더 심층의 의미구조를 살펴본다. 이 소설에서 핵심적 갈등을 내포한 것은 ⑤-⑥-⑦의 묶음임을 보았다. 그런데 ③-④-⑤를 통해 혼약의 이루어짐이 부모에 의한 것이 아니라는 점이 주목된다. 남녀이합형의 고소설과 신소설에서 대개 혼약 혹은 결혼은 부모에 의해 일찍부터 되어 있고, 그것은 위기를 넘어 끝내 긍정되고 성사된다. 이광수의 장편소설 『무정』이 지닌 중요한 가치의 하나는 이 부모에 의한 혼약의 파기를 다룬 데서 얻어진다.

이 작품에서 혼약은 오랜 기간과 조심스러운 교제를 거쳐 각자의 애정을 바탕으로 이루어진다.[48] 그것은 각자의 애정과 주체적 결단에 의한 것이지 부모의 의사나 공적인 규범에 매인 것이 아니다. 따라서 10여년 동안이나 헤어졌다 다시 만났을 때(⑧)에도 둘의 결합은 당연시되지 않는다. 부모의 명에 따라 오랜 세월 결혼하지 않고 기다려온 정숙도, 상대방의 마음을 새로이 확인하고서야 끌어안는다. 당시에 개인주의적 혹은 근대적 남녀관계가 이렇게 분명하고 비교적 자연스럽게 이야기화된 것은 장편 『무정』을 제외하고는 찾기 어렵다. 「재봉춘」에서도 혼약은 자유연애로 이루어지나 그 과정이 매우 거칠고 빈약해서 우발적으로 보인다. 이 작품에서 그 서술이 한 걸음 나아간 것은, 일단 미국이라는 환경이 작용했기 때문으로 볼 수 있지만, 그만큼 근대적 인간관계에 대한 안목이 성숙되었기 때문일 터이다.

애정적으로 결합된 두 사람을 헤어지게(⑥) 하는 것은 일제의 부당한 압박이다. 일제의 폭력과 압박이 이 소설에서처럼 노골적이고 신랄하게 폭로된 작품이 국내에서는 있기도 어렵고 있지도 않다. 의지를 꺾으려는 자 즉 적대자를 뚜렷이 일본(인)으로 설정하는 것은 망명지에서나 가능한 일이다. 망명지문학의 존재의의, 그리고 그것이 더 사실적이고 구체적인 체험의 형상화를 이룰 수

---

48) 육체적 결합까지를 암시한다(제5회). 「재봉춘」도 그러하다.

있는 가능성의 토대가 여기에 있다.

이춘성과 김정숙의 결합은 그것이 이루어진 다음날로 깨어진다. 이춘성이 "미국 유학생 중에서 제일 똑똑하므로" 체포되어 악형을 받은 뒤 10년의 제주유형 언도를 받기 때문이다. 개인적 의지와 행복이 엄청난 사회적 폭력에 의해 일방적으로 좌절된다. 이 사건으로 이춘성의 삶은 크게 변한다. 그는 본래 재산도 없고 친척이나 문벌도 없는 사람이다. 그는 과거에 "예수를 믿은 덕으로" 교회학교를 졸업한 뒤 더 배워 참사람 노릇을 하기 위하여 미국 유학을 꿈꾸었다. "교회편으로 잘 돌고 보면 자본 없이 공부할 수 있다"는 미국의 형편에 기대를 갖기도 했다. 이러한 그의 유학동기는 신소설의 경우와 같이 맹목적·도피적이거나 거창한 관념을 앞세운 것이 아니었다. 나라가 거의 다 망해가는 시기에 그가 귀국하는 까닭도 우선은 그리운 가족을 만나고 돌보기 위해서였다. 그러한 그가 평양의 집에 돌아와 당면하는 것은 가난이다. 그래서 "동포의 정신 사상을 열어주기 위해" 문학을 배웠지만 "자본이 없어 출판부를 벌일 수 없으니 나중에 기회 보아서 하고, 당장은 늙은 어머니를 살리는 것이 옳은 일"이라 여겨 교사가 된다. 이렇게 그는 일제에 대한 저항의식이나 한국인에 대한 계몽의식이 있기는 하나 원래부터 강하지는 않았던 사람으로 그려져 있다. 당대에 드문 지식인이며 그런 지식인다운 면도 있기는 하지만, 그는 자신의 뜻에 따라 유학하고 연애하는, 가족중심적 사고를 지닌 비교적 평범한 사람이다. 체포되기까지의 그의 모습은 아마 관념과 가식이 제거된 당대 유학생의 일반적인 모습 그대로일 것이다.

그가 유학한 동안 아버지가 세상을 떠난다. 그리고 유배당한 동안에는 어머니마저 세상을 떠난다(이것은 같은 시간의 김정숙의 경우에도 같다). 유배지에서 돌아왔을 때 그에게는 '집'이 없으며, 여동생 확실이는 객주집 일을 해주며 연명하고 있었는데, 그 여동생이 기다리는 사람도 일제에 거역한 죄로 감옥에 갇힌 지 6년이다. "예전에 알던 친구들은 전염병같이" 그를 싫어한다. 이렇게 가정이 파괴되고 처지가 외롭게 되며 현실의 넓고 깊은 암흑이 가로막자 그는 분노와 절망 속에서 명산대천을 떠돈다. 당대에 드문 지식인이 절망 끝에 명산대천을 떠돌면서 염세적인 노래를 부르는 모습은 낙백한 옛 시인의 모습을 닮고 있다.[49] 그러나 이춘성의 방랑 자체가 필연성이 부족한 행동인 것은 아니다. 그의 고뇌는 그만큼 크며, 행색을 보고 주점 노파가 그를 "예수 믿는 사람"이나 "병정 찌끄러기" 같다고 하는 데서(제2회) 엿보이듯이, 그러한 그의 모습은 당시 사회 형편의 일부이다.

어떻든 춘성은 개인적 행복을 빼앗기고 세계의 힘 앞에 패배해 가는 인물이 된다. 그는 유학을 가거나 혼약을 이룰 때의 자발성을 잃고 절망에 빠진 인물로 변하는 것이다. 그에게는 이제 남녀간의 애정 같은 것은 중요하지 않다. 자기는 동생 확실이의 경우도 그렇듯이, 애정이 우선적인 것일 수도 없고 또 파괴되기 마련인 현실 속에 살고 있기 때문이다. 그는 동생한테 정숙이 기다리고 있다는 말을 듣고도 곧 그녀를 만나러 가지 않는다. 그가 "명산대천을 다 구경하고 최후로 진주로 들어간 것은 백 번 단련한 쇠같은 마음이 무슨 자석같이 당기는 애정에 끌리움이 아니요 세상이 다 변하는

---

49) 이것은 「재봉춘」의 작자가 남주인공 이재춘을 개화·계몽기의 지식청년으로 형상화하려다가 모르는 결에 낡은 인식적 발상을 흘려 넣은 것(이동하, 앞의 논문, 60쪽)을, 「남강의 가을」에서 그대로 답습했기 때문이다. 두 작품에서 남주인공이 부르는 노래는 거의 같으며, 그것은 현상윤의 시 일부와 통한다.

대에 진주풍물이 병없이 있는 여부를 알기 위해"(6회)서인 것으로 서술되고 있다. 작자는 두 사람이 만나는 순간을 고대하는 독자의 관심을 잠시 외면하고 현실의 가혹함을 부각시킨다. 때문에 10년 만의 두 사람이 만났을 때, 그 만남은 그저 행복하기만 한 것일 수 없다. 바로 이 점이 「재봉춘」은 물론이고 다른 남녀이합형 소설과 이 소설이 달라지는 큰 요인이 된다.

남녀이합형의 고소설과 신소설에서 적대자는 결혼관계의 파괴 자로서의 역할을 맡고 있다. 일시적으로 강자였던 그가 패배하면 행복한 만남이 오고 그것으로 이야기가 끝난다.[50] 그리하여 남녀의 결합에 관한 봉건적 규범은 지켜지고 애초의 가정적 행복이 다시 이뤄진다.[51] 권선징악의 문학적 관습에 따라 행복은 처음부터 기정 사실로 받아들여지는 경우가 많으며, 따라서 흥미의 초점은 끊임없 는 위기 ─ 그것은 거의가 여주인공의 정조 유린의 위기이다 ─ 를 어떻게 벗어나는가, 아울러 악한 적대자가 어떻게 패배당하는가에 있다.[52] 신소설에서도 여전히 유지되는 그러한 관습은 인물들이 입 으로 내세우는 근대적 남녀관계와 모순을 일으킨다.

적대자의 힘이 막강할 때, 그것 앞에서 개인의 애정이나 가정은 파괴될 수밖에 없음을 직시할 때, 헤어졌던 이들의 만남은 행복일 수 없다. 「남강의 가을」의 작자는, 헤어지게 한 힘 즉 적대자인 일 제가 소설 안팎의 현실에 엄존하는 상황에서 행복한 만남은 진실 될 수 없다는 것, 때문에 어떤 다른 결말이 필요하다는 것을 깨달

---

50) 조동일, 앞의 책, 70쪽.

51) 고소설에서는 국가적 행복이 동반되는 경우도 많다.

52) 이는 꼭 남녀이합형의 구조가 아니더라도 '자기의 남자와 헤어진 여자' 이 야기에 두루 해당된다. 이때 만나지 못하는, 또는 죽어서야 만나는 불행한 결 말인 경우에는 관심의 초점이 그 반대 양상일 것은 당연하다.

고 있다. 「재봉춘」은 행복해 보이지만 근본적인 갈등이 전혀 해소되지 않은 상태에서의 만남으로 안이하게 끝난다. 하지만 「남강의 가을」의 작자는 "한국 청년으로 옥에 갇힌 자 쳐놓고 못생긴 자가 없는"(7회) 현실, 적대자가 사회의 일부가 아니라 전체를, 잠시가 아니라 오래도록 지배하려는 소설 내·외적 현실을 직시한 결과, 만남이 이루어진 ⑤-⑥-⑦의 연속체 뒤에 다시 헤어지기로 하는 (⑧) 결말부를 마련하게 된다.

4.4. 결말

이 작품은 10여년의 고난 끝에 만난 두 사람이 다시 헤어지기로 결정하면서 끝난다. 이 결말이야말로 「남강의 가을」의 문학적 탁월성과 가치를 가장 뚜렷이 보여주는 부분이다. 체포될 당시 헌병을 쓰러뜨리는 행동과 뒤에 김기보를 쫓아내는 행동에서 드러나듯이, 일제에 대한 저항의식과 그것을 실천할 용기가 있기는 하나 허무주의로 기운 이춘성과, 오랫동안 그를 기다려 온 김정숙이 함께 내리는 마지막 결단은, 그 자체로도 뜻깊은 것이거니와 소설적으로 잘 준비되어 온 것이다. 이 소설적 준비를 독자의 관심을 변화시키는 구성, 정숙 및 확실의 성격 설정, 그리고 인물의 병치 기법 등의 세 측면으로 나누어 살펴본다.

이 작품에서 독자의 첫 관심은 두 남녀가 과연 만날 것인가에 있다. 일제 때문에 빚어진 두 사람의 고난이 점차 제시되면서 만남에의 기대는 동정심을 동반하게 된다. 그런데 이춘성이 영웅스러운 승리자의 길이 아니라 패배자의 길을 걸어왔다는 사실이 드러나면서 일제의 폭력이 강조되고, 그에 따라 둘의 만남이 행복된 것이리라는 애초의 낭만적 기대는 변화를 겪는다. 이 작품에서 두 남녀는 애정 혹은 '자유연애'를 위해 사는 것처럼 그려져 있지 않다. 이춘성은 유학에서 돌아왔을 때나 유배지에서 돌아왔을 때 금세 김정숙을 찾아가 만나지 않는다. 이 소설에서 개인적이고 애정적인 차원의 행복은 나라 잃은 백성에게 주어질 수 없고, 주어진대도 진실된 것이 아니며, 그 사실 앞에서 애정 중심의 낭만적 기대는 억눌려진다. 따라서 고소설과 신소설에서 관심의 초점을 이루는 '혼약의 위기'가 이 작품에도 존재하지만, 이 작품에서의 그것은 단순한 혼약의 위기가 아니라 혼약을 가능케 했던 당사자들의 생존 의지의 위기이고, 궁핍한 현실에 직면한 인간의 근원적 행복의지의 위기이다. 따라서 고난 뒤에 올 행복한 만남에 대한 독자의 낭만적 기대는, 고난 자체 즉 만나더라도 행복할 수 없는 현실에 대한 사회적 관심으로 변하게 된다. 그리하여 두 사람이 만나자마자 현실의 근본적 개조를 위해 다시 헤어지기로 결정하는 것, 사회적 행복을 위해 개인적 행복을 희생하고 유보하는 최종 행동은 그럴듯함을 얻는다.

이 소설에도 이전의 소설에서 혼약의 위기를 조성하는 자와 비슷한 성격을 지닌 인물로 김기보가 있다. 그는 한국인이면서도 일제의 앞잡이인 헌병보조원인데, 김정숙을 탐내어 그녀의 방에 뛰어들기도 한 자이다. 그러나 그는 플롯상 둘의 만남이 거의 확실한 상황에서 등장한다. 따라서 그의 존재는 혼약의 위기 혹은 정조유린의 위기를 조성하기보다는 정숙의 마음 굳음을 강조하는 한편, 두 사람이 만나더라도 결코 행복된 미래가 보장되지 않는 게 현실임을 강조하는 데 더 이바지한다. 그의 직업이 헌병보조원이며 이춘성을 "모르니까 그저 갔지 만일 알기만 하면 또 무슨 죄로 몰아

잡을"게 분명하다는 사실은 매우 의미심장하다. 그는 남녀 주인공의 낭만적 사랑을 방해함으로써 위기감을 조성하는 인물이기보다는 '사회적 성격을 지닌' 적대자로 그려진 것이다.

김정숙의 성격은 곧고 굳세다. 결말부에서 중요한 역할을 하는 그녀는 전통 여성과 신여성을 결합한 모습을 띠고 있다. 그녀는 아버지 김의관으로 하여금 이춘성이 유학할 여비를 대게 함으로써 남녀관계에서 능동적인 면을 보인다. 부모의 뜻을 어기면서 춘성이 돌아오기를 기다린 그녀는 연애 끝에 혼약을 맺는다. 춘성이 체포하러 온 헌병을 쓰러뜨리자 다른 교사나 학생들과는 달리 통쾌히 여기며, 잡혀가는 그에게 집에 기별해드릴 테니 염려말고 가라고 한다. 춘성이 유형당하는 동안에 그의 어머니가 세상을 떠나자 평양에 와 며느리 도리를 차리며, "연애와 의리로써 평생의 앞길의 잔돌을 갈아놓은"(8회) 그녀는 잡혀간 지 10년이 넘어도 소식이 없는 사람을 변함없이 기다린다. 뒤에 그녀는 전도사업에 힘쓰면서 "고루한 학자들"을 회개시키고 빈민을 위로한다. 한마디로 그녀는 조선 연인의 정절과 신여성의 자아의식을 함께 지니고 있다. 이러한 그녀의 성격은 앞서 살핀 이 작품의 결말을 가능케 하는 중요한 요인이 된다. 그녀는 자기와 결혼하여 이제까지의 "사상"을 버리고 교제를 둥글게 하면서 몸과 마음을 가정에 바치겠다는 춘성에게 이렇게 말한다.

정「내가 당신의 고상한 긔개와 지조를 압니다. 이것은 오직 나를 위하야 희생하난 것이올시다. 그럿슴닛가 안그럿슴닛가」
춘「……」
정「내가 당신에게 엇더케 할 것을 무른 것은 이 말삼을 듯기 원함이 안이오 오직 련애와 령샹의 결합이 잇고 업난 것을 알고져 함이올시다. 당신이 진정 나를 사랑하신다면 나는 평생을 홀로 잇슬지라도 결단코 후회하지 안을 것이올시다. 여보 이츈셩군. 나를 위하여셔 당신의 평생의 큰 뜻을 곤치지 마시오. 가뎡을 세우난 것도 사람의 맛당히 할 일이지만 이로은 국가사업을 바라난 것은 오날 한인의 톄면도 안이오 의리도 안이니 달니 생각지 마시고 이젼에 가지신 쥬의를 계속하야 가지시오」

(제12회)

　"가정을 세우는 것" 즉 애정적 만족을 얻으며 가족주의적 가치를 추구하는 것과 "국가사업"을 구별하고, 뒷것을 위에 놓는 정숙의 생각은 갈등의 핵심을 명확히 꿰뚫어 보여주며 해결의 길을 마련해준다. 그녀는 육체적 결합보다는 "영상(靈上)의 결합"을, 가정적 행복보다는 "한인(韓人)의 체면"이 섰을 때의 행복을 택한다. 그것은 모든 고난의 원인이 일제에 있으며 따라서 가족주의에서 벗어나 일제를 물리치지 않고는 어떤 행복도 허위라는 인식에서 비롯된 것이다. 가정과 사회, 일제의 지배를 받는 현실과 한국인이 마땅히 누려야 할 현실, 그리고 거짓된 행복과 진정한 행복을 날카롭게 구별한 그녀의 주장은, 이 소설의 일관성 있고 합리적인 결말로 가는 결정적 발판이다.

　정숙의 그러한 주장은 확실의 입을 통해서도 나온 바 있다. 확실은 고등교육은 받지 못한 것으로 보이므로 계몽적 신여성의 행동을 보이지 않는다는 점만 다를 뿐 정숙과 같은 성격의 여성이다. 그녀 역시 잡혀간 남자(김기춘)를 기다려 혼약을 지키며 항일정신에 투철하다. 유형지에서 돌아온 오빠와 만난 자리에서 그녀는 "지금 한국 사람으로 잘 지내는 사람은 모두 고얀 놈"이며 "저들이 죽

이려 할수록 우리는 알뜰히 살아 있어야" 한다면서 일본인을 향해
이렇게 절규한다.

「너희가 우리로 더부러 무슨 원슈가 잇기에 우리 어머니를 말녀 죽이고
우리 오라버니를 절도에 가두고 죄업난 두 청년 녀자를 눈물로 세월을
보내게 하나냐?」(제7회)

소설의 중반에 제시된 그녀의 이러한 발언은 감정과잉이긴 하나
갈등과 고난의 근원을 구체적으로 제시해주면서, 뒤에 오는 정숙
의 주장과 다시 헤어지는 결말을 예비한다. 여기서 이춘성과 김정
숙, 김기춘과 이확실[53]의 짝이 병렬되어 있으며, 따라서 뒷짝은 앞
짝의 삶을 예시하면서 합리화하고 그 의미를 확대시킨다는 사실이
드러난다. 남주인공과 여주인공을 같은 비중으로 다루며, 이렇게
사건 전개와 주제 확산에 기여하는 인물들을 병치함으로써 「남강
의 가을」은 「재봉춘」을 넘어서는 구조와 규모를 지니게 된 것이다.
　정숙과 확실은 남성만큼, 때로는 남성보다 더 현명하고 강하게
그려져 있다. 정숙은 결말부에서 춘성보다 훨씬 능동적이다. 이러
한 여성들이 등장하는 예는 「박씨전」같은 고소설에서도 찾을 수 있
지만 앞서 논의한 전기에서도 찾을 수 있다. 「애국부인젼」(1907),
「라란부인젼」(1907) 등이 그것이다. 거기서 여성들은 모두 국난 극
복의 영웅이다. 신소설에도 여성의 고난과 그 극복에 비중을 둔 작

---

53) 「재봉춘」에서 그녀의 존재는 미미하다. 한편, 그녀의 애인인 김기춘도 진주
　　사람이요 진주의 헌병 보조원 김기보와 이름이 끝자만 다른 것으로 보아, 작
　　자는 둘을 대립적 행동을 보이는 형제로 설정한 것 같으나 명시되어 있지는
　　않다.

품이 많다.[54] 그러나 그런 신소설에서의 여성들은 위기가 닥칠 때마다 자살을 시도하다가 구출자의 손에 목숨을 건지는, 아름답지만 매우 소극적이고 수동적인 성격을 지닌 '가련한 여인'들이다. 「남강의 가을」에는 정숙과 확실의 용모에 대한 서술이 거의 보이지 않으며, 그들의 행동양식은 매우 능동적이다. 이 점은 신소설에 이어 무기력하고 패배적인 성향을 지니고 있는 1910년대 단편소설의 가련한 여인들하고 비교해도 마찬가지이다. 그러므로 정숙과 확실의 성격은 전기를 계승한 것이며, 더 이전의 「춘향전」과 여성영웅소설들을 계승한 것이라 할 수 있다.[55]

정숙의 권면에 힘입어 춘성은 변한다.[56] 그는 정숙과 다시 헤어지기로 한다. 정숙이 미국에 유학하여 과학과 간호법을 배우도록 해주고 자기는 러시아령 연해주의 동지들에게 가겠다고 한다. 그리고 자기는 "말을 멈추고 기다릴 터이니 당신은 적십자 구호대를 거느리고"와 흑룡강 언덕에서 다시 만날 것을 기약한다. 이것은 그들이 처한 세계의 중압이 너무 커서 자아의 영역이 극도로 축소된 가운데에서도 자아의 존재의의를 끝내 추구하는 영웅적이고 비장한 결단이다. 일제에 의해 궁핍해진 세계에서의 고난은 그 세계를 떠나는 한편 일제와의 투쟁을 통해서밖에는 해결될 수 없다는 것, 그러기 위해서는 개인적 자아로부터의 초월이 이루어져야 한다는

---

54) 조동일, 앞의 책, 72 및 84쪽.

55) 이는 물론 「재봉춘」의 김정숙인 김숙경의 경우에도 마찬가지이다. 그녀는 1910년대 단편소설에서의 '드문 예외'이다(이동하, 앞의 글, 61쪽). 따라서 김정숙에게도 춘향을 전형으로 하는 전통적 여인의 모습이 끼쳐져 있다. 「춘향전」과 이들 작품은 구조면에서도 비슷한 점이 있다.

56) 자살욕구까지 보였던 그가 이렇게 변하는 것은 「재봉춘」에는 없는 일이다. 이춘성의 이러한 모습은, 국내에서 발표된 「재봉춘」 같은 초기단편소설들에 등장하는 패배적 남성(지식인)상을 극복한 것이다.

것을 이 결말은 보여준다. 이는 고소설이나 신소설에서의 행복한 결말이 아니다. 주어지고 약속된 행복을 되찾았거나 세계와의 화합을 통해 거기로 명예롭게 편입된 것이 아니기 때문이다. 이것이 행복한 결말이라면 그 행복은 개인적 행복을 유보하고 부정한 세계와의 싸움을 택한 이들이 얻는, 자기가 추구하는 삶을 몸으로 사는 이들의 정신적 행복이다. 따라서 이 결말은 반대로 불행한 것도 아니다. 다시 헤어지는 것은 먼저의 헤어짐과는 달리 선택한 불행이며, 닥쳐올 더 큰 고난은 오히려 더욱 애정을 승화시켜줄 터이기 때문이다.

　남녀간의 애정보다는 애국을, 가정이나 가문보다 국가와 민족을 중요시하면서 뒷것을 위해서는 앞것을 희생함이 마땅하다는 주장은 19세기말과 20세기 초 애국계몽운동기의 논설, 역사서, 전기 등에서 많이 보이는 것이다. 국가와 민족의 개념을 강조하고 가르치는 그것은, 당시의 계몽적인 발언에서 중요한 부분을 이루고 있는 것으로서, 우리 문화의 전통적 특성 가운데 하나인 가족주의를 극복하고 개인적 욕망을 희생할 것을 요구하고 있다. 그러나 그 인간적·개인적인 것과 규범적·사회적인 것이 이 소설에서처럼 발전적으로 결합될 수 있다는 데까지 나아간 논설이라든가 그 과정을 이야기로 보여주는 소설은 달리 찾기 어렵다.[57]

　「남강의 가을」은 영웅의 삶이 아니라 영웅적 결단에 이르는 과정을 그리고 있다. 그 과정은 개인적인 삶에서 국가적인 삶으로,

---

57) 이인직의 『은세계』(1908), 이광수의 「어린 희생」(1910), 신채호의 「꿈하늘」(1916) 등에 그 편린이 보인다. 신한민보의 단편소설 「희한한 사람」(296호), 「힘쓰면 될것시라」(앞의 제3장 참고) 등에도 그 주장이 보이지만 이 작품만큼 형상화된 것은 아니다.

이성에 대한 애정에서 민족에 대한 애정으로, 그리고 앞것의 포기가 아니라 뒷것에로의 통합으로 가는 과정이다. 고난의 길이 끝나자 새로운 고난의 길이 시작된다. 결말에서 새로운 고난의 길이 제시됨으로써 이 작품에 그려진 고난의 길은 일시적이고 우연적인 것으로서가 아니라 새로운 고난의 길을 준비하고 선택하기 위한 예비과정으로서의 의미를 지니게 된다. 따라서 이 작품은 독자에게 자신을 사로잡은 애정과 고통의 의미를 바로 보고 그것을 바탕으로 새로운 삶을 모색하게 하는 계몽적 성격을 띤다. 이 작품에서 '길'은 '강'과 함께 '가을'에 이르기까지의 방황의 공간이자 시간이며 또 계속 나아갈 정신의 상징이다.

5. 문학사적 의의

5.1. 통일성의 획득 — 「기생」과의 비교

이 작품의 문체는 당대에 앞서가던 이광수같은 이의 소설에 비해 다소 세련되지 못한 게 사실이다. 그리고 개작 과정에서 원작을 그대로 답습하거나 개작의도에 철저하지 못한 데 기인한 것으로 보이는 일부의 혼란과 일관성 없는 요소도 눈에 띈다. 서술자의 지나친 개입도 있다. 또 감정과잉에 흐르거나 서양식을 모방하다가 어울리지 않게 된 행동도 몇 가지 보인다. 그럼에도 불구하고 이 작품은 당대로서는 보기 드문 통일성을 지니고 있다. 신소설의 서사구조가 표면적으로는 극적인 구조로 되어 있으면서 그것을 극적인 것으로 형상화할 수 있는 내면적 인과관계에 의해 짜여져 있지 않음58)을 볼 때 이 통일성의 획득이 지니는 의미는 크다. 「남강의 가을」이 지닌 문학사적 의의는, 어떻게 그리고 왜 그러한 통일성이 얻어졌는가가 밝혀질 때 저절로 드러나게 된다.

소설의 통일성은 일차적으로 소설 내적 요소들이 어울려 독자의 마음 속에서 형성되는 조화롭고도 인과적인 관계 혹은 그럴듯함을 토대로 얻어진다. 어떤 장면의 행동에서 그 내력으로, 즉 현재의 결과에서 과거의 원인으로 나아가는 서술법을 취하고 있는 이 소설은, 그 인과관계의 합리성과 박진성을 얻고 있다. 이것은 작가가 사물을 합리적으로 파악·묘사하고 그것을 일관된 주제의식 아래 구성했음을 뜻한다.

이미 지적했듯이 이 소설은 남녀이합형의 구조를 뼈대로 삼고 있다. 그것은 이 소설이 지닌 같은 유형의 고소설 및 신소설과의 유사성이다. 그러나 이 유사성이 곧 동질성을 뜻하지는 않는다. 소설 내적 세계를 형성하고 그 의미를 규정하는 관점, 당대 현실을 보는 세계관이 다르기 때문이다. 이 세계관의 경향과 그 밀도의 차이가 「남강의 가을」에서 전통적 구조의 변질과 통일성의 획득으로 나타나는 것이다. 이러한 양상이 구체적으로 어떻게 나타나는가는 「재봉춘」과의 비교에서 이미 다소 살펴졌지만, 더 구체적으로 살피기 위해 신소설 혹은 초기의 근대적 단편소설로 간주되는59) 안국선의

---

58) 서종택, 『한국근대소설의 구조』, 시문학사, 1982, 63쪽.

59) 이재선, 「공진회와 단편소설」, 『한국개화기소설연구』, 271쪽.

60) 근대문학사상 최초의 단편집 『공진회』(수문서관, 1915. 8)에 들어 있는 세 작품 가운데 하나로서 200자 원고지 약 75장 분량이다. 한편 두 작품의 유사점과 차이점으로 미루어, 「남강의 가을」은 「기생」에 대한 강한 반발에서 씌어졌을지도 모른다는 추측이 가능하다. 신한민보에는 같은 안국선의 글인데도 「금수회의록」 판매광고는 보이나 「공진회」 광고는 보이지 않는다.

「기생」[60]과 비교하여 보기로 한다. 「남강의 가을」이 발표되기 2년 전, 그러니까 현상윤의 「재봉춘」과 같이 1915년에 발표된 이 작품은, 발표 시기뿐 아니라 배경, 남녀이합형의 구조, 인물들의 체험 등이 같거나 매우 비슷하다는 점에서 선택된 것이다.

「기생」은 진주에 사는 최유만과 기생 향운개가 헤어졌다가 거의 십 년만에 다시 만나는 이야기이다. 두 사람은 어렸을 때 장난 비슷하게 자기들끼리 일종의 혼약을 맺는데, 향운개의 어머니는 딸을 미끼로 재산을 모으려는 뜻이 있으므로 그것을 알자 헤어지게 한다. 검소하고 "첩 두는 것은 패가의 근본"이라 믿던 김부자(金富者)가 향운개에 혹하여 온갖 수단을 쓰나, 그녀는 계교를 써 몸을 빼낸 뒤 일본에 가서 간호부가 되고, 독일과 싸우는 일본의 전쟁터에까지 가게 된다. 그리고 서울에서 일본인 이등대좌의 덕으로 공부를 하다가 통역으로 함께 따라간 최유만이 부상당해 병원에 오자 그와 만나게 된다. 뒤에 그들은 행복하게 살며 공진회를 구경간다.

이 소설의 서두에는 외국문명과 함께 들어온 사치풍속과 그것을 조장하는 기생에 대한 작자(서술자)의 비판이 소설글과 구별없이 붙어 있다. 그런데 막상 주인공인 기생 향운개는 춘향과 같이 절개가 있는[61] 긍정적 인물로 그려지고 있다. 그녀의 적대자로서 부정적으로 그려진 김부자가 그녀한테 빠져 사치풍조에 물드는 데에서 작자의 의도가 일부 이야기화되고 있기는 하다. 그러나 정작 기생 향운개가 부정적 인물로 그려지지 않음으로써 그것은 제대로 형상화되지 못한다. 또한 김부자라는 인물의 설정에 더 큰 문제가 있다. 그는 당대의 한국인으로서 바람직한 인물이었다. 그러한 그가

---

61) 그녀의 이름 향운개는 춘향, 춘운, 논개의 이름에서 한 자씩 딴 것으로 서술되어 있다.

향운개에 혹해 타락하고, 부친의 혼령과 만났다는 백발노인의 말을 믿어 향운개를 놓아준다. 한국인인 그가 이렇게 어리석고 미신에 빠진 사람으로 되어가는 데 반해 일본인은 구원자로 그려져 있다. 철모르고 한 혼약에 따라 향운개가 절개를 지키는 것도 비합리적이지만, 일본인의 전쟁에 두 사람이 참여한다는 것도 당시 한국인의 입장과 너무도 거리가 있다.

이처럼 「기생」에서는 일제의 강압적인 통치질서가 은연중 공명정대한 미덕처럼 강조되고 있으며[62] 그들을 통한 서구문물의 이입이 문명개화로 찬양되고 있다. 따라서 비판의 초점은 한국인의 '전근대적'이고 타락한 풍속에 놓인다. 그러면서도 우리의 전통적인 남녀이합의 서사구조와 그것이 합리화하던 봉건 도덕은 맹목적으로 답습되어 여러 모순이 발생한다. 그리고 헤어짐의 고난은 한국인에 의해 야기되고 만남을 위한 구출은 일본인이 맡게 됨으로써 한국인의 근본적인 고난은 왜곡되거나 들어설 자리가 없게 되며, 마음 굳은 여인이 자기 남자와 만나는 개인적이고 도덕적인 차원의 행복만이 갈등의 해결인 양 주어진다. 결국 고난은 아무런 사회적 의미를 지니지 않은, 혐오해야 할 세계의 모습에 불과하며 작품 전체의 전개과정에서 극히 제한된 의의밖에 지니지 못한다. 이것은 도덕적 당위성이 자아와 세계 쌍방을 지배할 수 있다고 믿기에 시대적 고난의 의미는 약화되고 마는[63] 신소설과 같은 양상이다.

「남강의 가을」에서 주인공의 유학지는 「기생」, 「재봉춘」과는 달리 일본이 아니라 미국이다. 그가 참여하고자 하는 전쟁은 일본인

---

62) 권영민, 「개화기 지식인의 환상 — 남강 안국선의 경우」, 『문학과 지성』 34호, 1978년 겨울호, 1257쪽.

63) 조동일, 앞의 책, 125쪽.

의 전쟁이 아니라 그들을 적으로 하는 독립전쟁이다. 헤어짐의 고난을 야기한 자는 일본인과 그들의 앞잡이 한국인이며, 따라서 일제가 물러가지 않는 한 만남은 행복한 것일 수 없다. 고난과 그것을 일으킨 자의 정체가 결정적으로 중요시되기 때문에, 남녀이합의 구조를 이루던 요소들은 그에 의해 의미가 변한다. 즉 혼약자와의 헤어짐, 부모와의 이별, 정조유린의 위기, 오랜만의 만남 등의 의미와 이들을 제시하는 기법의 효과가 고난을 중심으로 통일된다. 그리고 그것을 해결하기 위해 남녀이합의 구조가 변질되게 된다. 그리하여 작품의 중심적인 고난은 절망에서 행복에 이르기 위해 거쳐가는 과정이 아니라 궁극적 해결을 위한 준비과정의 성격을 지니게 된다.

5.2. 근대적 남녀관계의 제시

이렇게 볼 때「남강의 가을」과「기생」의 차이는 당대의 한국 현실을 보는 세계관의 차이에서 비롯된 것이다.「남강의 가을」이 항일적·투쟁적이라면「기생」은 친일적·순응적이다. 앞이 민족을 단위로 현실을 본다면 뒤는 개인을 단위로 현실을 본다. 전통적인 것과 새로운 것을 보는 태도 쪽에서 보면, 앞은 주체적·합리적이고 뒤는 비주체적·비합리적이다. 그것은 인물들의 행동, 특히 여주인공의 행동에서 뚜렷이 드러난다. 두 작품에서 모두 여주인공은 부모와는 관계없이 애정을 맺고 오랫동안 정절을 지킨다. 그러나 향운개의 혼약 성립과 그것을 지키는 과정이 맹목적이고 운명론적이며 작품의 다른 요소들과 융합되어 발전하지 못하는 반면에, 정숙(과 확실)의 그것은 주체적이고 근대적인 애정관계에 기

초하고 있으며 작품전개의 결정적 요소가 된다. 그리하여 「남강의 가을」에서 인물의 의식의 변화과정 또는 개인적 애정의 발전과정은 민족적 역사의식의 성장과정과 하나가 된다. 두 작품 모두 춘향을 전형으로 하는 여인상을 그리고 있으나, 정절이라는 도덕적 가치가 「기생」에서는 남녀이합의 틀과 함께 오히려 (옳든 그르든간에) 작자의 의도 전달에 역기능을 하는 것과는 달리, 「남강의 가을」에서는 민족적 자아의 자각으로 승화됨으로써 새로운 전형의 창조에 이바지하고 있다.

「기생」을 포함한 당대 대부분의 국내 소설들처럼 남녀간의 애정을 다루면서도 그것을 이같이 국가와 민족의 발견으로 승화시킨 것은 이 작품의 중요한 문학사적 성과 가운데 하나이다. 이것은 작자의 투철한 역사관 또는 세계관 때문에 가능해진 것이다. 여기서 당시 국내의 소설들이 연애(애정) 도착증적인 현상을 보인 이유, 그러면서도 근대적 남녀관계의 묘사와 그 관계의 사회화 과정을 제대로 보여 주지 못한[64] 이유가 드러난다. 그것은 한국 사회의 문화적 전근대성 이전에, 그 사회가 처한 식민지 상황에 대한 비합리적이고 순응적인 세계관 때문이다. 개인과 그의 애정적 정열을 제시하려는 노력은, 봉건 규범으로부터 '인간'을 해방시킨다는 만족감은 주었을지 모르지만, '민족'의 식민지 현실에 대한 주체적 역사의식이 결여되고 억압된 상태에서 이루어진 까닭에, 오히려 도피적이고 병적인 것이 되고 만 것이다.

---

64) "소설을 창작하랴고 그 제재를 선택할 때에 누구를 막론하고 연애문제를 중심으로 삼는 듯하외다. ……내용이 거개 연애의 발전이 아닌 것이 하나도 업습니다. ……나는 연애소설 중에서 '우리 문사의 손에서 된 것', 예술적 가치가 잇는 것을 지금것 읽지 못한 것은 참으로 유감이외다." 이익상, 「예술적 양심이 결여한 우리 문단」, 『개벽』 11호, 1921. 5.

결국 「남강의 가을」과 「기생」에 있어서 세계관의 차이는 소설 구조상 통일성의 차이를 낳고 있다. 「기생」의 불통일성은, 일본이 저항의 대상인 동시에 선진문명의 공급원이어서 항일과 근대화라는 두 목표가 이율배반적 성격을 지니게 된 상황[65]에 놓인 작가의 혼란된 세계관, 그리고 그 상황에서 친일로 빠져버린 작가의 거짓된 세계관에서 비롯된 것이다. 「기생」과 안국선을 넘어서 더 확대한다면, 그러한 불통일성은 국내에 있음으로 해서 '손을 더럽히지' 않을 수 없었던 당대 지식인들의 혼란되고 닫혀진 세계관과 상동관계에 있다. 신소설과 초기 근대소설 전반에서 드러나는 그러한 세계관은, 「남강의 가을」이 보여주는 비판의식과 현실인식, 그리고 그 결말에서 드러나는 합리성과 열린 전망이 결여되어 있기에, 소설내적 요소들을 미적으로 또 사상적으로 통합하지 못한다.

5.3. 전기와 신소설의 발전적 결합

역사의식에 투철한 것은 전기였다. 「남강의 가을」은 전기의 그것을 계승하고 있다. 그러나 전기는 그 작자들의 소설에 대한 인식 부족과 문학적 전통의 빈곤, 그리고 상황의 급박함 때문에 그것을 근대소설화하는 데에는 이르지 못한다. 전기에서 역사적 실존인물의 영웅스러운 삶은 직설적 또는 우의적(寓意的)으로 현실의 갈등을 제시하고 독자에게 교훈과 감동을 준다. 그러나 20세기 초 전기 집필자들의 의식은, 일상의 현실이 아니라 역사에 묶인 사실을 통해, 극적인 묘사가 아닌 일대기적 기록의 이야기형식으로, 그리고

---

65) 백낙청, 「역사소설과 역사의식」, 임영택 · 최원식 편, 『한국근대문학사론』, 한길사, 1982, 100쪽.

과정을 통한 감동의 형식이 아니라 결과에 의한 설득의 형식으로 제시된다. 역사서의 저술과 함께 전기의 집필은 어디까지나 애국계몽운동의 일환이었다.[66] 때문에 전기는 소설보다 역사나 논설에 가깝다. 거기서 독자는 영웅의 출현을 갈망하는 뜻, 국민들이 모두 영웅적 정신으로 독립운동에 나설 것을 촉구하는[67] 뜻에는 동감하나 그러한 인물들이 출현해야 할 현실의 모습을 '구체적이고 통일성 있게' 조감할 관점을 얻지는 못한다.[68] 「남강의 가을」은 전기의 정신을 이어받는 한편 이야기를 통해 그 관점을 제공하는 데 이른다. 그것은 '투쟁론'의 관점이며 망명지 한국인의 관점이다.[69]

이 소설이 제공하는 관점 즉 이 소설을 이루는 것들을 통합하는 중심사상은 남주인공이 가는 곳 '연해주'가 암시하듯이 투쟁론이다. 투쟁론은 곧 저항적이고 자주적인 민족주의 사상이라 바꾸어 말할 수 있으며, 먼저 힘으로 일제를 타도하고 독립을 쟁취하는 것이 민족의 살 길이라는 주장이 핵심을 이룬다. 이 작품에 나타난 근대적인 남녀관계, 한국인을 보는 입체적인 안목,[70] 비교적 밝은 어조, 그리고 그 모든 것의 통일성은 바로 이 투쟁론의 준열함과 민족의 미래에 대한 열린 전망에서 비롯된 것이다. 미국이 유학지로 설정되되 미국을 무조건 찬양하거나 결말에서 거기를 최종 목

---

66) 홍일식, 『한국개화기의 문학사상연구』, 열화당, 1980, 146쪽.
67) 유양선, 「박은식의 사상과 문학」, 『국어국문학』 91호, 1984. 5, 114쪽.
68) 전기를 "소설과 역사가 혼성된, 역사문학 내지 근대역사소설의 전사"로 볼 가능성은 이재선, 「실러와 개화기의 저항적 역사전기문학」, 『한국문학비교연구 I』(삼영사, 1976)에서 논의된 바 있다.
69) 신한민보의 세계관, 안창호의 '준비론'과 이 작품의 '투쟁론'적 성격 사이의 관계 등에 관해서는 따로 논의가 필요하다.
70) 헌병보조원의 등장, 일제를 두려워하고 춘성을 멀리하는 나약한 사람들, 봉건사상에 사로잡힌 '학자들'에 대한 언급 등에서 드러난다.

적지로 삼고 떠나지 않는 점, 기독교적 발언이 보이나 그에 의지하는 감정양식이 별로 보이지 않는 점, 그리고 인물들이 효(孝)와 정절을 중요시하는 전통적 이상형의 모습을 지니고 있는 점 등이 모두 그 자주적이고 주체적인 사상에서 비롯된 것이다. 그것은 신소설 작가들이 식민지화의 위기는 별로 중요하게 여기지 않으면서 (일본)유학만이 개화와 애국인 듯이 말하면서 기존의 전통적 가치를 배격하는 데 몰두한 것[71]과는 대조적이다. 한편 국내의 소설 가운데 염상섭의 『만세전』(1924)에서 적(일본인)이 정식으로 처음 등장한다[72]는 사실을 참고할 때, 그 모든 것의 소설화는 망명지였기에 가능했다. 그러나 같은 망명지소설이며 투쟁론적인 신채호의 「꿈하늘」(1916)은 소설적 형상성이 미흡하다. 여기서 「남강의 가을」이 투쟁론이라는 관념의 소설화에 성공한 드문 작품임이 실감되면서, 이 또한 미국이었기에 가능했던 결과로 여겨진다.[73]

이 작품이 보여주는 또 하나의 관점은 민중의 관점이다. 전기가 선각자 혹은 지사(志士)의 관점에서 쓰여지고 신소설이 친일적 · 순응적 지식인의 관점을 드러내고 있다면, 이 작품은 민중의 눈으로 현실을 보고 있다. 춘성과 정숙은 지식인이다. 확실과 김기춘도 웬만한 교육은 받은 것으로 보인다. 그러나 그들에게 있어 지식이란 교양이나 출세에 보탬이 되는 게 아니라 오히려 더 큰 시련의 빌미이다. 그들이 계몽적 행동을 할 때 거기에는 시혜적 태도가 없다. 춘성의 방랑에서 드러나듯이, 그들은 결코 완벽한 자가 못되며

---

71) 이재선,『한국개화기소설연구』, 305쪽.

72) 이보영, 「한국소설과 역사의식」,『광장』89호, 1980. 12, 32쪽.

73) 1910년대의 신한민보에는 바이런의 시, 워싱톤 어빙의 소설 등이 번역되어 실려 있다.

귀족적이지도 않다. 미멸한 집 자손인 춘성의 유학 또는 그의 '문학'에 관한 지식과 김의관의 딸인 정숙의 부(富)는, 남다른 고난을 당하는 원인이요 그래서 더욱 그것을 극복하기 위한 길로 나서는 계기를 마련하는 요소로서 의미를 지닌다. 요컨대 이 소설은 일제의 압박과 수탈로 생존 자체의 위협을 당하는 쪽, 즉 민중의 눈으로 현실을 보고 있다. 이 또한 투쟁론의 연장선상에 있는 것이면서 동시에 이 작품이 근대적 소설로서의 형태와 사실성을 지닐 수 있게 된 까닭을 드러내준다. 즉 추상적이고 계몽적인 설교와 영웅적인 활약상이 아니라 지식 정도나 계층에 관계없이 일제의 압박을 받는 다수의 각성 과정에 초점을 맞추어 영웅적 결단에 이르기까지의 변화를 보여주려고 하였기에, 사실적인 내용과 소설의 모습을 지니게 된 것이다.[74] 이것은 한편으로 역사 발전의 주체에 대한 생각의 변모와 관계가 있을 것이다. 이 작품은 개인과 사회, 민중과 역사의 관계에 대한 성숙된 인식의 산물이며, 개화사상의 추상성이 어느 정도 극복된 단계에서 "주어진 상황 그 자체가 지니고 있는(따라서 사실상 어떤 초인적으로 특출한 인간에게만이 아니라 모든 인간에게 보편적으로 열려 있는) 영웅적 가능성의 탐구"[75]를 소설로 보여준 것이다. 그만큼 개인과 사회를 총체적으로 볼 수 있는 근대적 의식에서 산출된 작품이다. 이는 이춘성이 자기분열을

---

74) 신채호가 기대한 "이 민중의 인심을 바꾸어놓는 능력을 지닌 소설", "마땅히 민중의 덕성을 감심하는" 소설이 이 작품이라 할 수 있다. 「근금 한국소설 저자의 주의」(대한매일신보, 1908. 7. 8) 한편 신채호 소설의 인물들이 구국적 영웅 → 개혁적 영웅 → 민중적 영웅으로 변모한다는 지적은 이 작품이 보여주는 바와 함께 매우 시사적인 바가 있다. 이상원, 「단재 신채호의 문학세계」, 부산대 대학원, 1983, 71쪽.

75) 김우창, 「한국근대소설의 형성」, 『궁핍한 시대의 시인』, 민음사, 1977, 78쪽.

극복하는 지점 곧 자기와의 싸움에서 이김으로써 변하는 지점에서 일제와의 싸움으로 나아가며, 두 사람만의 행복을 유보함으로써 더 큰 행복과 사랑을 추구하는 데에서 잘 드러난다. 그러한 행동은 곧 개인의식과 사회의식의 만남을 보여준다.

「남강의 가을」은 한마디로 전기(및 몽유록, 단형서사)의 역사의식과 신소설(및 초기단편소설)의 근대적 표현형식이 결합된 작품이다. 앞것의 관념성은 뒷것과 만나면서 소설의 모습을 갖추고,[76] 뒷것의 표현은 앞것과 만나면서 통일성을 얻는다. 그것은 역사적 필연성과 심리적 현장성, 논설적 추상성과 경험적 구체성의 결합이다. 그리고 이미 있었던 것을 지키려는 정신과 새로운 것을 들여오고 만들려는 욕구의 만남이다. 둘의 결합은 각자를 계승하면서 지양한 제3의 모습, 즉 사실성 있고 통일된 근대적인 소설의 모습으로 나타난다. 이 작품의 문학사적 의의 가운데 하나는 이렇게 이원화·양극화된 둘을 발전적으로 결합한 모습을 보여준다는 데 있다. 이 작품은 투쟁론적이고 민중적인 세계관과 망명지 미국이라는 환경 때문에 그러한 모습을 보여줄 수 있게 되었다.

5.4. 국내 소설의 문제점 제시

그러나 이 작품은 어디까지나 특수하고 제한된 사람들을 독자로 한 망명지소설이며, 국내의 소설은 「기생」과 같이 그와는 다른 길을 걷는다. 조남현은 개화기소설이 일반적인 지식인론에 부합하는 지식인을 제대로 수용할 수 없었던 사정으로 세 가지 ― 한국사회가

---

76) 신한민보의 이야기문학 가운데 이 작품이 유독 이러한 사실성과 통일성을 얻고 있음은, 「재봉춘」을 바탕으로 하였기 때문이라고도 할 수 있다.

지닌 후진성과 폐쇄성, 작가들이 표현상의 제약을 깊게 의식한 점, 그리고 소설 공간을 아주 작게 보려 했던 재래의 전통적인 소설관을 아무 생각없이 그대로 이어받으려 했다는 점 — 를 꼽고 있다.[77] 이들은 꼭 개화기 지식인소설이 아니더라도, 당대 및 이후의 일제시대 국내 소설이 왜 「남강의 가을」과는 다른 길을 걸었으며 그 때문에 지니게 된 문제점은 무엇인가에 대하여 매우 시사적이다.

극소수의 작가를 제외하고는 대부분의 작가들은 소설의 공간 속에 '해부의 양식'(노드럽 프라이)을 포함시켜서는 곤란하다는 생각을 가져왔고 또 그런 방향으로 소설을 써왔던 것이다. 가정소설의 형태로 귀착된 그런 소설들과 안국선의 『금수회의록』, 이해조의 『자유종』과 같은 소설 사이의 중간을 달리는 소설, 즉 리얼리즘(정신의 문제이든 기법의 문제이든)에 근거를 둔 관념소설의 형태가 거의 보이지 않는다는 사실이 당시 작가들의 편벽된 소설관을 실증해주고 있는 셈이다.[78]

위의 글은 개화기 소설과 소설관의 문제점을 극복한 어떤 소설형태를 상정하고 있는데, 그것이 곧 「남강의 가을」에 가까운 형태일 것으로 여겨진다. 이렇게 본다면 이 작품은 당대에 바람직한 하나의 소설형태 또는 문학사의 바람직한 한 단계를 실현한 작품이라 할 수 있으며, 이와 대조되어 그것을 실현하지 못한 국내의 소설들이 지닌 문제점이 드러난다. 전통적인 소설관에서 벗어나지 못한 채, 또 벗어나기 어렵도록 폐쇄된 사회에서 표현상의 억압을 의식하며 쓰여진 국내의 소설들은, 그러나 장르의 본질상 불가피

---

77) 조남현, 「개화기 지식인소설의 양상」, 『한국학보』 24호, 1981 · 가을, 92쪽.
78) 조남현, 앞의 글, 92~93쪽.

하게 궁핍한 현실을 묘사하게 될 때, 무엇보다도 작품의 통일성을 얻는 데 이르지 못하며 그것은 곧 합리적인 결말의 부재[79]로 나타난다.

이광수의 『무정』(1917)은 형식의 내적 고민을 통해 애정문제를 중심으로 봉건적인 것과 근대적인 것의 갈등을 그려냈다는 점에서 문학사적 의의가 크다. 그러나 형식이 '선택한' 선형은, 부모가 정해준 혼약자이며 병욱을 만나기까지는 봉건적 여성으로 그려진 영채와 구별되는 근대적 면모를 지니고 있지 못하다. 따라서 그 선택의 필연성은 약화된다. 한편 그녀를 택하기까지의 애정적 갈등은, 결말부의 계몽적 발언이 전제하는 사회적 갈등과 괴리되어 있다.[80] 한 여성의 선택과 민족을 위해 나아갈 길의 선택은, 바꿔 말하면 봉건적 가치의 비판과 '준비론적 역사의식'[81]은 인물의 삶속에서 하나가 되지 못하며, 따라서 추상적인 것에 머물면서 통일성을 해친다. 이광수의 합리주의는 풍속의 차원에서만 행해지고 국가적 차원에서는 행해지지 아니함으로써[82] 전체적인 파탄이 빚어지는 것이다.

이러한 합리적인 결말의 부재 현상은 일제시대의 장·단편소설

---

79) 여기서 '합리적' 이란 말은, 5장 앞에서도 언급했지만, 소설내적 요소들의 인과성뿐만 아니라 조화성까지를 염두에 둔 것이다. 따라서 '결말의 부재' 란 말은 행동의 인과적 결말이 없음을 가리키면서 동시에 행동을 포함한 여러 구성요소들이 어우러져 이룩하는 유기적 조화의 완결성이 없음을 뜻하는 것이다. 이 글에서 '무결말' 과 '열린 결말' 의 문제는 접어두어도 좋을 것이다.

80) 이는 중국으로 탈출하는 결말을 지닌 현진건의 『적도』(1939)의 경우에도 해당된다.

81) 김윤식, 「이광수와 그의 시대 21, 총독부 기관지 매일신보와 준비론 사상」, 『문학사상』, 1983. 5.

82) 김윤식·김현, 『한국문학사』, 민음사, 1973, 120쪽.

에서 폭넓게 나타난다. 가진자에게 유린된 여주인공의 삶을 극복하는 길로서 '우주와 자연에 널리 퍼져 있는 사랑'을 강조하는 김동인의 「약한자의 슬픔」(1919)의 결말, 염상섭의 「표본실의 청개구리」(1921), 『만세전』(1924) 그리고 『삼대』(1931) 등이 보여주는 '평행적 행동구조와 끝없는 대결'[83] 또는 '행동의 변화를 동반하지 않은 상태만의 변화'[84] 역시 투철한 현실의식과 합리적 결말을 마련할 역사적 전망의 결핍을 드러내고 있다. 물론 이들은 크게 보아 초기적인 현상이고 그 안에서도 개인과 사회의 사실적이고 전체적인 포착이 점차 이루어져가는 게 사실이다. 그러나 국권 상실에 따른 현실과 미래를 보는 의식의 불구성으로 말미암아 우리 소설이 지니게 된 이러한 문제점은, 적어도 일제강점시대 소설을 살필 때 결코 소홀히 넘길 수 없음을 「남강의 가을」은 웅변으로 보여준다.

여기서 「남강의 가을」이 지닌 계몽성을 상기할 필요가 있다. 전기가 보여준 강렬한 저항의식과 계몽의식은, 신소설과 1910년대의 단편소설들에서 사라지거나 변질된다. 상업적 경향의 신소설과 상업적은 아니나 그 계보를 이어받은 초기단편소설들에 나타난 계몽의식, 그리고 그 작자들의 소설의 기능에 대한 생각은 식민지 현실과의 타협을 전제로 한 소극적인[85] 것이다. 1920년대의 소설들이 이광수류의 계몽주의를 극복했다고 할 때에도 사정은 변하지 않는다. 계몽성의 극복이라는 것이 인물과 사회의 단절[86] 혹은 인물의 혼란된 내면에로의 침잠으로 나타나기 때문이다.

「남강의 가을」의 계몽의식과 역사의식은 전기의 그것을 계승한

---

83) 신동욱, 『우리 이야기문학의 아름다움』, 한국연구원, 1981, 158~185쪽.
84) 최시한, 「염상섭 소설의 전개」, 『서강어문』 2집, 서강어문학회, 1982, 228쪽.
85) 권영민, 「개화기의 소설관과 신소설의 변모양상」, 『관악어문연구』 1집, 1976, 171쪽.

것이다. 그것은 이 작품의 통일성과 '예술성'을 해치는 것이 아니라 오히려 가능케 하고, 그리하여 미래지향적이며 완결된 삶의 제시가 이루어진다. 이러한 진술은 투쟁론적 역사의식만이 정당하다거나, 소설은 늘 계몽성을 지녀야 하고, 그러한 역사의식에 바탕을 둔 계몽성만이 올바른 것인 동시에 소설적 가치 형성에 이바지함을 뜻하지 않는다. 식민지 현실의 극복과 근대적 문화 창조가 최대의 과제인 상황, 더욱이 문학적으로는 서구의 근대소설을 자기화해가는 초기적 상황에서, 그게 어떠한 성격의 것이든 적극적인 역사의식 없이 소설의 진실성과 통일성은 획득되기 어려움을 일제강점시대의 국내 소설들이 보여주고 있음을 강조하려는 것이다. 왜냐하면 소설은 '작가의 윤리가 작품의 미학적 문제가 되는 유일한 장르'[87]이어서, 묘사된 현실을 통일하고 의미부여할 세계관 또는 이념과 그것의 진실성이 결여될 때 치명적일 수 있기 때문이다. 이렇게 볼 때 「남강의 가을」이 보여주는 삶의 통일성과 강한 계몽성은, 일제강점시대의 국내소설이 소극적인 역사의식과 이념 부재의 산물이며, 때문에 완결된 (장편)소설형식과 소설의 기능에 대한 폭넓은 이해를 얻는 데 이르지 못했다는 가설을 세워 볼 수 있게 해준다는 점에서 의의가 크다.[88] 이 작품은 국내의 소설들을 그것이 지닌 세계의 안에서가 아니라 밖에서 볼 수 있도록 이끌어준다. 이 작품은, 그쪽에 서서 볼 때, 국내의 소설들이 감당해야 했던 현실적 제약을 일단 접어둘 수밖에 없도록 만든다.

---

86) 김동인의 소설창작법, 즉 이른바 '인형조종설 (작품을 일상현실에서 확실하게 단절시킨 형식감각)' (김윤식, 앞책, 139쪽)과 그 맥락에 있는 「배따라기」 (1921)를 한 예로 들 수 있다.

87) 루카치의 말. L. Goldmann, *Towards a Sociology of the Novel*, trans. A. Sheridan, Tavistock Publications, 1975, p.6에서 재인용.

6. 맺음말

20세기 초 약 20년 동안 한국 안팎에서 발표된 이야기문학과의 공시적 · 통시적 관계를 고려하면서 「남강의 가을」이 지닌 구조와 문학사적 의의를 살폈다. 그 작자와 신한민보의 성격이 확실하게 밝혀지지 않은 상태이지만, 매우 값진 자료이므로 지나침을 무릅쓰고 추측하거나 논의를 확장하기도 했다. 살펴본 것을 간추리면 다음과 같다.

(1) 미국 샌프란시스코에서 발간된 신한민보에 실린 망명지소설 「남강의 가을」(1917)은 초기의 근대적 단편소설인 소성 현상윤의 「재봉춘」을 바탕으로 한 작품이다. 작자(개작자)는 '소성'을 가리키는 '엣스싱'으로 되어 있으나 신한민보의 어느 기자라고 봄이 적절한 듯하다. 현재의 자료만으로 볼 때 이 작품은 신한민보의 이야기문학 가운데 당대의 한국을 배경으로 하고 허구적 서술태도를 보여주는 근대적 소설로는 유일한 것이다.

(2) 이 작품의 규모는 당시의 근대적 단편소설과 신소설의 중간형태이며 문체 또한 둘의 절충형태이다. 제목의 근대성과 상징성이 돋보인다.

(3) 극적인 장면을 먼저 보이고 그 내력을 제시해가는 서술방법

---

88) 이광수, 김동인, 현진건 등이 역사소설을 쓴 이유, 그리고 그것이 전기의 역사의식을 적극적으로 이어받지 못하면서 회고적 · 낭만적 경향으로 흐른 이유 등이 바로 이러한 한계 때문인 것으로 여겨진다. 한편 「남강의 가을」은, 사회적인 것을 위해 개인적인 것을 희생하는 모습을 통해 강한 현실의식과 계몽의식을 제시한다는 점에서, 이념적 지향은 다르지만, 그로부터 7, 8년 뒤에 등장하는 경향소설이 추구하는 바를 선취하고 있다. 이 작품과 경향소설 나아가 북한소설을 그러한 각도에서 비교해보는 작업도 뜻있을 것이다.

을 쓴 점은 신소설 및 당시의 단편소설들과 같다.

(4) 이 작품은 고소설과 신소설에서 하나의 유형을 이루고 있는 남녀이합형의 구조이다. 그러나 인물이 처한 세계 즉 일제 치하에서의 한국인의 고난에 초점이 놓이고, 혼약의 성립과 고난의 극복에 있어서 인물들이 합리적이고 능동적인 행동양식을 보임으로써 그 구조는 변형된다. 즉 이 소설에서 혼약은 당사자의 애정적 선택에 의해 이루어지고, 고난을 야기하는 것은 개인적 행복을 허락하지 않는 일제의 폭력이며, 따라서 만남의 순간에 고난의 궁극적 해결을 위한 새로운 헤어짐의 결단이 이뤄지고 있어서, 만나고 헤어짐의 의미와 구조가 달라지고 있는 것이다. 그 결과 이 작품은 식민지 현실의 인식과 극복이라는 문제를 중심으로 모든 요소가 통일되고 있다.

(5) 국가를 잃은 상황에서의 애정적·가정적 행복은 거짓되므로 남녀의 애정은 민족과 국가에 대한 애정으로 승화되어야 함을 보여주는 이 작품의 합리적이고 민족주의적인 결말은, 기법적으로 잘 준비된 것이며 문학사적 의의가 크다. 기법적 준비란 독자의 관심을 고난 자체와 고난을 야기한 일제세력으로 집중시키는 구성과 춘향을 모델로 한 굳세고 저항적인 여성인물의 설정, 그리고 주인공의 짝과 부주인공의 짝을 병치한 것 등이다.

(6) 이 작품이 사실성과 통일성을 지니게 된 것은 작자의 투쟁론 혹은 저항적 민족주의라 부를 수 있는 세계관 때문인데, 그것은 전기(傳記)의 강한 역사의식과 비판의식을 계승한 것이다. 그에 내포된 주체성은 이 소설에서 효(孝)와 여인의 정절같은 전통적 가치의 옹호, 일본유학 배척 등으로 나타난다. 이 작품의 사실성, 통일성과 한국인을 보는 시각의 입체성은, 한편으로 민중의 관점

에서 현실을 보았기 때문에 얻어졌다 할 수 있다. 영웅의 탁월한 삶이 아니라 고난을 받는 인물이 영웅적 결단에 이르기까지의 과정을 그림으로써 이 작품은 소설다운 형태와 영향력(계몽성)을 지니게 된다. 이는 전기가 안고 있는 소설로서의 문제점을 극복한 것이며, 역사 발전 주체에 대한 생각의 변화를 드러내준다. 이 모든 성과는 물론 망명지라는 환경 때문에 가능한 것이었다.

(7) 이 작품의 문학사적 의의는 첫째, 전기(및 몽유록, 단형서사)의 역사인식과 신소설 및 초기단편소설의 표현형식을 발전적으로 결합했다는 점이다. 그것은 여성인물의 저항적·능동적 성격과 그에 힘입은 투쟁적 결말, 극적 상황을 제시하고 그 내력을 해부해 가는 구성 등에서 잘 드러난다. 근대소설 초창기에 이원화·양극화되었던 둘을 결합시킴으로써 이 작품은 문학사의 바람직한 한 단계를 실현하고 있다. 둘째, 근대적 남녀관계를 비교적 자연스럽게 소설화하는 한편 그것을 국가적·민족적 차원으로 승화시킴으로써 인간적이고 개인적인 것과 규범적이고 사회적인 것의 만남을 보여주었다는 점이다. 그것은 이춘성의 변모에서 소설적 표현을 얻고 있다. 관념적이며 가능성의 형태로만 제시되어 있기는 하나, 둘의 마지막 헤어짐은 개인과 사회의 관계에 대한 근대적 인식을 보여주는 것으로서, 투철한 현실의식과 역사적 미래에 대한 열린 전망에서 비롯된 것이다.

(8) 셋째의 문학사적 의의는 이 작품이 일제시대 국내 소설의 문제점을 살피기에 좋은 연구자료라는 점이다. 양쪽을 비교할 때 이 소설이 보여주는 삶의 통일성과 계몽성은, 패배적 감정양식과 합리적 결말의 부재 현상에서 단적으로 알 수 있듯이, 일제 시대 국내의 소설이 대개 소극적 역사의식과 이념 결핍의 산물이며, 때

문에 완결된 소설형식과 소설의 기능에 대한 적극적이고 폭넓은 이해에 도달하지 못했음을 드러내준다. 이 작품은 국내의 소설들을 그 세계 안에서, 그리고 그럴 수밖에 없었다는 쪽에서가 아니라, 그 세계 밖에서, 그리고 그러지 않을 수도 있었다는 쪽에서 반성해보게 한다. 그러한 반성은 나아가 해방 이후의 우리 소설이 이전 소설의 무엇을 극복했어야 하는가에 대해서도 암시해줄 것으로 여겨진다.

제2부　작품의 구조와 문법

김동리 단편소설의 이야기학

1. 머리말

"문학작품은 하나의 내재적 체계이다."[1] 한 편의 소설은, 그 하위단위들이 유기적으로 결합된 하나의 구조이며, 동시에 그 작가 혹은 시대의 작품들이 이루는 상위구조의 한 단위이다. 나아가 그것은 문학사와 같은 더 상위구조의 일부이면서, 인간의 모든 활동 체계의 그물 속에 존재한다.[2]

이러한 다양한 관련 속에서 그 내적 체계 또는 구조의 유기적 질서를 해명함으로써, 문학을 문학답게 하는 것 즉 문학성을 연구하는 학문이 시학이다. 시학은 문학의 언어를 일반언어와의 관련 속에서 연구하되 그것의 특성을 밝히려는 노력이며, 개별 작품의 탄생을 주재하는 일반적 원리를 문학 자체 내에서 찾아냄으로써[3] 문

---

1) Tzvetan Todorov, *The Poetics of Prose*, trans. Richard Howard, New York: Cornell Univ. Press, 1971, p.248.

2) F. W. Galan, "Literary System and Systemic Change : The Prague School Theory of Literary History 1928~48," *PMLA*, vol.94, no.2 (March, 1979), pp.275~285 참고.

학 연구에 과학성을 기하려는 시도이다. 아리스토텔레스의 『시학』에서 그 기원을 찾을 수 있으며, 1920년대 러시아 형식주의자들의 연구를 계기로 새롭게 발전되어온 이 이론은, 이야기체로 그 범위를 한정할 때 이야기(서사)학(narratology), 이야기(서사)시학, 소설 시학 등으로 불리운다.

이 글은 이야기학을 도구 삼아 김동리 단편소설 일반의 구조와 기법을 밝히기 위한 것이다.[4] 그것이 개별 작품을 낳는 일반적 원리와 그 구체적 기법을 체계적으로 진술하는 데 적합한 방법론으로 여겨지기 때문이다. 연구 대상을 김동리 한 작가의 작품들로 한정할 때, 이 방법론은 그 미적 원리를 드러내는 동시에 그것의 보편성과 특수성을 진술할 수 있게 해줄 것이다.

한국 현대소설의 체계적 연구를 위해서는 한 작가의 작품들에 존재하는 특징적 의미구조와 그것을 표현해내는 기법, 한마디로 그의 시학을 규명하는 작업이 축적되어야 한다. 이 연구가 김동리의 단편소설 작품을 대상으로 삼는 이유는 이렇다. 첫째, 김동리는 '한국 소설의 고유한 한 패턴을 이룩한 작가'[5] 로 평가되며, 소설의 양식에 관하여 큰 관심을 가지고 있었기 때문에,[6] 그의 작품은 누구의 작품보다도 개성적이고 뜻깊은 문법과 원리를 내포하고 있는 것으로 보이기 때문이다. 둘째, 김동리 소설의 빈번한 개작에서 나타나는 특성 때문이다. 개작의 과정은 대개 기법적 보완의 과정으로 보이는데, 이는 그의 문학적 원리를 밝히는 데 유익하고 흥미

---

3) T. 토도로브, 곽광수 역, 『구조시학』, 문학과지성사, 1978, 19쪽.

4) 본래 이 논문에는 방법론과 주요 용어들에 관해 논의한 장이 따로 마련되어 있었다. 여기서는 꼭 필요한 것만 주로 각주에서 언급하고 그 장 전체를 생략하므로, 자세한 논의는 「현대소설의 구조시학적 연구 — 김동리 소설을 중심으로」, (서강대학교대학원, 1980)를 참고하기 바란다.

로운 보조 자료가 된다. 셋째, 김동리의 많은 작품이 액자소설 형식을 취하고 있는 바, 그 형식적 필연성과 소설사적 의의에 대한 연구가 필요하기 때문이다. 넷째, 이제까지의 김동리 연구는 소재의 특성이나 관련된 관념체계의 측면에 치우친 경향이 있으므로, 시학적 접근 방법이 필요하기 때문이다.[7] 김동리 소설은, 단지 소재나 주제의 전통성뿐만이 아니라, 한 작가가 어떻게 전통적 소재를 추상화한 끝에 형상을 부여하고 그 자신의 주제를 구체화하는지를 극명히 보여준다.

연구대상 작품은, 김동리의 단편소설 전반을 고려하되 특히「무녀도」「황토기」「역마」「등신불」「까치소리」등 다섯 작품을 주된 대상으로 삼는다. 이들은 김동리 소설의 일반적 원리와 기법을 전형적으로 보여주고 있다.

김동리의 소설은 유독 자주 개작되었으므로 제2장에서는 개작들 가운데 연구대상을 선정하고 그 근거를 밝히며, 주된 대상작품들이 김동리의 전체 소설 가운데 어떤 위치에 있는가를 살핀다. 개작 과정에서 일어난 구체적인 변화 내용은 부록으로 싣는다. 제3장에서는 대상작품들을 네 층위로 구분하여 분석하되,[8] 먼저 서술(discourse)[9]의 층위에서 서술자, 화법, 서술의 양태 및 양식 등을 분석한다. 그리고 이어서 플롯, 화불라(fabula)[10] 이야기모형(narrative

---

5) 천이두,「허구와 현실」,『동리문학이 한국문학에 미친 영향』, 중앙대 문예창작학과, 1979, 162쪽.

6) 한 예를 든다면, 김동리는 유럽 사회에서 발생한 근대소설 양식이 우리가 영위하는 생활과 처음부터 형이 다르다는 요지의 발언을 하고 있다.「한국문학의 제문제」,『현대문학』제38호, 1966. 6, 25쪽.

7) 김동리론에 빈번히 보이는 '한국적', '토속적', '샤머니즘적' 등의 말이 뜻하는 바는, 작품의 화법과 그 의미구조 분석을 바탕으로 검증되고 구체화될 필요가 있다.

model)의 세 층위에서의 분석을 한꺼번에 행한다. 이때 우선 공통된 이야기모형을 가정한 다음, 각 작품의 분석과 해석을 통해 검증한 뒤, 마무리에서 그것을 확정한다. 제4장 결론에서는 그 모형을 중심으로 앞서 네 층위에서 한 분석을 종합하여 김동리 소설의 시학을 밝힌다. 이러한 과정에서, 각 작품에 보다 특징적으로 사용된 기법이 밝혀지며, 궁극적으로 김동리 소설의 문법적 원리와 그 가치가 드러나리라 기대한다.

2. 개작과정과 대상의 선정

김동리 소설의 연구에 있어 대상의 선정은 특히 중요하다. 유독 여러 작품을 수차에 걸쳐 개작하고 있어서, 어느 것을 대상으로 하느냐에 따라 그 해석이 달라질 수 있기 때문이다.[11] 더구나 서술 자체의 형식적 측면으로부터 출발하는 본 연구는, 개작과정의 추적과 대상의 선정이 긴요하다.

작품을 개작한다는 것은, 작가가 '예술의 진보개념'을 암암리에 승인하는 것이라고 할 수 있다. 그때 작품의 이상적인 모습이 상정되고, 구체적인 작품을 그것에 도달시켜야 한다고 보는 논리가 성

---

8) Ceasare Segre, *Structures and Time : Narration, Poetry, Models*, Chicago and London: The Univ. of Chicago Press, 1979, p.10.

9) 위의 책에서 discourse는 '서술'로 번역하여 쓴다. 이 글에서 그 말은 가장 표면적인 층위를 가리키는 동시에, 서술(이야기) 행위, 그 결과로서의 언어(이야기), 그 언어의 화법, 양태(mode) 및 유형, 양식 등을 의미한다.

10) fabula는 네 층위 가운데 하나를 가리키는 용어로서, 본래 러시아 형식주의 자들이 쓰기 시작한 것이다. story와 통하는 개념이지만 둘이 같지 않은 점이 있으므로 원래의 용어를 그대로 쓴다. '줄거리'로 번역할 수 있다.

립된다. 그러나 작품을 하나의 완결체라고 볼 때, 개작된 것은 또 하나의 작품이라고 보는 논리도 성립될 수 있다.[12]

김동리 소설의 경우, 어떤 작품에서는 문학 외적 요소가 관련되어 있다고도 볼 수 있으나, 대부분 기법적 보완을 위한 개작이라 여겨지므로,[13] 김동리는 주로 작품의 완벽성을 위해 개작을 하고 있다고 할 수 있다. 따라서 개작의 과정은 주제의 형상화 과정 혹은 그를 위해 작가가 소재와 대결하는 과정이라고 볼 수 있다. 형식과 내용 사이의 밀접한 관련성을 염두에 둘 때, 이는 김동리의 소설시학을 살피는 데 간접적인 자료가 되며, 한편으로 그 견고성을 보여주는 자료가 될 수도 있다.

여기서 주로 다루는 다섯 작품은 「무녀도」④, 「황토기」④, 「역마」③, 「등신불」③, 「까치소리」②를 대상으로 한다(이 논문의 부록 참조). 이들 가운데 「까치소리」②(『까치소리』, 일지사, 1973)를 제외하고는 모두 『김동리 대표작선집 I. 단편선집』(삼성출판사, 1967)에 실린 것들이다. 다른 개작들 중 이들을 택한 것은, 단편소설 형식을 유지하고 있으면서, 현재로서는 최종적인 것들이기 때문이다.

대다수의 김동리론은, 김동리의 작품들을 현실에 대한 관심이 투영된 것과 그렇지 않은(고대적인, 토속적인, 내면적인) 것으로 가르거나, 거기에 둘이 종합된 것을 첨가하기도 하는데,[14] 이 다섯

---

11) 이재선, 『한국현대소설사』, 홍성사, 1979, 459쪽.

12) 김윤식, 「원작과 개작의 거리 — 김동리의 「바위」의 경우」, 『월간 독서생활』, 1976. 1, 303~304쪽.

13) 「산화」와 「무녀도」의 경우에는 주제의 변화와 확대가 일어나고 있다. 본고에서는 개작 과정이 사회·문화적 변화와 관련되거나 그것을 반영할 수 있다는 점을 , 이 두 작품의 경우에도 일단 접어두는 입장을 취한다.

작품들은 대개 이분하는 경우에는 두번째에, 삼분하는 경우에는 가장 우수한 작품으로 평가되어온 세번째에 속한다. 이러한 분류 자체, 또는 그것의 논리적 문맥을 떠난 언급에 어떤 가치가 있는가는 확실하지 않지만, 이를 통해 여기서 주된 대상으로 삼는 작품들이 김동리 소설에서 자리한 위치를 대강 짐작할 수 있다.

단순히 소재나 배경 또는 작가적 관심의 공통점에 대한 지적이나 그에 따른 분류를 떠나서, 작품들 자체의 구조적·의미적 공통성, 나아가 작가 특유의 소설시학과 그와 관련된 일관된 세계관을 검출해냄으로써, 김동리의 소설 전체를 하나의 문맥에서 공시적으로 진술할 수는 없을까? 작품 내적 요소들의 결합형식과 그 의미구조의 일반성을 작품들 자체의 분석을 바탕으로 추출해냄으로써, 김동리 소설의 이야기원리와 그 특성을 진술할 수는 없을까? 이 연구가 이야기학을 연구방법으로 택하면서, 발표시기로 보아 30년에 걸친[15] 앞의 다섯 작품을 주된 대상으로 삼는 까닭은, 그러한 목표를 달성하는 데 있어 이들이 가장 적절하다고 판단되기 때문이다.

---

14) 예를 들면, 정한숙과 정태용이 앞의 경우에, 구창환, 천이두, 염무웅이 뒤의 경우에 속한다. 『동리문학연구』, 서라벌문학 제8집, 서라벌예술대학, 1973. 『동리문학이 한국문학에 미친 영향』, 중앙대 문예창작과, 1979.
　　한편 김동리는 자신의 작품을 ①사랑과 운명, ②민족과 사회, ③신과 인간의 문제를 다룬 것들로 나누었는데, 앞의 다섯 작품 중 「무녀도」, 「등신불」은 ③에, 나머지는 ①에 속하는 것으로 여겨진다. 「샤머니즘과 불교와」, 『문학사상』 제1호, 1972. 10, 264쪽.
15) 부록에 명기되어 있지만, 여기서 각 작품이 처음 발표된 해를 적어보면 다음과 같다. 「무녀도」(1936), 「황토기」(1939), 「역마」(1948), 「등신불」(1961), 「까치소리」(1966)

3. 원(圓)의 시학

3.1. 서술의 박진성

3.1.1. 전달적 서술자

김동리 소설의 연구에서 서술자 문제는 서술의 특성 뿐 아니라 의미구조를 밝힘에 있어 매우 중요하다. 액자소설 형식의 작품을 중심으로, 먼저 서술자 및 그가 하는 서술의 화법적 특징을 살펴본다.

김동리 소설 중 많은 작품이 액자소설의 형식[16]을 취하였거나 내포하고 있다. 여기서 주로 다룰 다섯 작품 중 「무녀도」, 「등신불」, 「까치소리」는 인증적(認證的) 단일액자형식[17]이며 「황토기」는 액자소설 형식이 내포된 경우로 여겨진다.[18]

앞서 지적된 대로 액자소설은 작품 전체의 서술에 있어 중복된 시점을 사용하는 서술형식인데, 이는 곧 '논리적으로' 서술자가 여럿 존재함을 뜻한다. 「무녀도」의 경우, 액자에 해당하는 외부소설에 명시된 바 전체 이야기를 독자에게 하고 있는 서술자는 '나'이고, 3인칭으로 서술된 내부소설은 '나'가 할아버지로부터 들은 것으로 되어 있다. 그런데 그 이야기는 다시 낭이의 아버지로부터 할

---

16) 이재선, 『한국단편소설연구』, 일조각, 1977, 95쪽 참고.

17) 위의 책, 98쪽. 모두 '동기적 부가물' 즉 이야기의 매개물(그림, 불상, 수기)이 있다.

18) 그 밖의 액자소설 작품으로는 「이별 있는 풍경」, 「여수」, 「원왕생가」, 「먼산바라기」, 「서글픈 이야기」, 「염주」, 「유혼설」, 「생일」 등이 더 있다. 또 액자소설 형식이 내포된 그 밖의 작품으로는 「저승새」, 「을화」 등이 있으며, 보기에 따라 더 많은 작품이 포함될 수 있다. 거의가 개방액자형식이다.

아버지가 들은 것이고, 실상 낭이 아버지 자신도 사건의 목격자가 아니다. 그도 모든 일이 일어난 뒤에 동네 사람들한테 전해들었다고 봐야 한다(동네 사람들 → 낭이 아버지 → 할아버지 → 나).[19]

한편 액자소설 형식과 수기 형식이 함께 사용됨으로써 내부소설이 1인칭으로 서술된 「등신불」과 「까치소리」의 경우도 이와 같다. 「등신불」은 만적의 성불(成佛)에 관한 되풀이된 서술에서 독자가 네 명의 서술자를 '가정하게' 된다(청운, 「성불기」의 저자, 원혜대사 → 나). 「까치소리」는 주인공 '나'(봉수)의 수기를 가탁된 작가인 '나'가 입수하여 대강 옮겨 발표하는 것으로 되어 있다. 어머니의 기침 발작에 관한 삽화에 한정한다면, 독자는 일단 세 명의 서술자를 가정하게 된다(옥란 → '나' → 가탁된 작가인 '나').

궁극적으로 독자에게 이야기하고 있는 사람은 물론 마지막 사람이며 그가 서술자이다. 그 이전의 사람들은 '전달자'라고 부를 수 있을 것이다. 소설 전체 또는 일부에서 이 전달자들이 겹쳐져 있는 예는 매우 많다. 반드시 액자소설이 아니더라도, 서술자가 직접 서술을 펴기보다는 전달자를 내세워 간접화법의 서술을 사용하는 경우가 빈번하다. 이러한 양상은, 독자로 하여금 서술자가 매우 제한된 입장에 놓여 있음을 강조한다. 서술자는 사건의 동참자가 아니라 어디까지나 '전해 들은' 자이며 그 역시 하나의 '전달하는 자'로 간주된다. 이때 서술자(최종 전달자)가 이야기하는 현재(discourse-NOW)와 이야기된 사건의 현재(story-NOW)[20] 사이의 시간적 간격

---

19) 하나의 이야기를 전하는 데 이처럼 네 사람이 관련된 예가 『올화』(문학사상사, 1979) 128~149쪽의 이야기이다(태주할미 → 정부자댁 마누라 → 박장로의 처 → 박장로).

20) S. Chatman, *Story and Discourse*, Ithaca and London: Cornell Univ. Press, 1978, p.63.

이 클수록,[21] 또 사건을 전달하는 사람들의 수가 많고 그들의 그에 대한 확신의 정도가 깊을수록, 박진감이 강화되고 서술자의 입장은 객관적인 것처럼 보이게 된다.

앞 장에서 밝힌 대로, 작품 인용은 『김동리 대표작선집 I, 단편선집』(삼성출판사, 1967)에서 한다. 단 「까치소리」만은 「까치소리」(일지사, 1973)에서 인용한다.

① 모화의 말을 들으면 낭이는 수국 꽃님의 화신(化身)으로, 그녀(모화)가 꿈에 용신(龍神)님을 만나 복숭아를 하나 얻어 먹고 꿈꾼지 이렛만에 낭이를 낳은 것이라 <u>했다</u>. 그녀의 말에 의하면……

(「무녀도」, 38쪽)

② 거기서 그 두 사람이 이리저리 걸치는 말들을 종합해서 그들의 과거란 것을 대강 추려보면, 득보는 본래……

(「황토기」, 21쪽)

③ 원혜대사가 나에게 들려준 이야기는 다음과 같다. 이것은 물론 천이백 년간 등신금불에 대하여 절에서 내려오는 이야기를 원혜대사가 정리해서 간단히 한 이야기다. (5행 생략)

  만적이 처음 금릉 법림원에서 중이 되었는데……

(「등신불」, 70쪽)

---

21) 「무녀도」의 개작과정은, '나'와 낭이 아버지의 발화 사이의 시간적 간격이 자꾸 멀어짐을 보여준다(부록 참조).

④ 「내 누이동생」 옥란의 말을 들으면 그전에도 몇 번이나 그런 일이 있
    었다고 한다. 몇 달이 지나도록 편지 한 장 없는 채, 아침 까치는 곧
    장 울고 하니까. 그럴 때마다 어머니의 눈길엔 야릇한 광채가 어리
    곤 하더니, 그것이 차츰 기침으로 번져지기 시작하더라는 것이다.

(「까치소리」, 237쪽) (밑줄, 필자)

이러한 서술은 작가와 서술자, 서술자와 사건 사이에 거리를 둠
으로써 비일상적 사건에 대한 인식의 표현을 보편적 경험 수준에
놓으면서, 서술자가 매우 제한된 위치에서 주관성을 배제하고 그
저 전달할 뿐이라는 것을 표현상 그대로 드러내어, 독자로 하여금
그럴듯한 느낌을 갖게 한다. 이러한 사실적 동기화의 기법은, 실제
로 존재하거나 존재하는 듯 보이는 지역 혹은 사물을 일컫는 고유
명사의 사용[22] 과 함께, 김동리 소설에서 자주 쓰인다. 요컨대 김동
리는 액자소설 형식의 기법적 이점을, 특히 그 발화의 수행적
(performative) 측면[23] 에서 즉 이야기하는 행위 자체의 측면에서 최
대한 강화하고 확대하여 활용하고 있다.

3.1.2. 주관의 객관화

전달자들 때문에, 독자는 김동리 소설의 서술에서 '논리적으로'
여러 화자의 '목소리'[24]를 가정하고 또 듣게 된다. 즉 작품 전체 또
는 일부의 서술을 가운데 놓고 여러 겹의 인용부호를 상정하게 되

---

22) 서정주는 김동리 걸작선집 『꽃이 지는 이야기』(태창문화사, 1978)의 머릿글
    에서, 김동리 소설은 거의 모두 사실에 바탕을 두고 있다고 하였다.
23) B. Gasparov, "The Narrative Text as an Act of Communication," *New Literary
    History*, vol.IX, no.2 (winter, 1978), p.252.
24) S. Chatman, op. cit., p.256.

며, '실제적으로' 전달자들의 어조가 서술상 드러나 있는 경우도
많다. 김동리 소설의 서술상의 주된 특징은 바로 이 전달자를 내세
우는 데 따른 화법상의 복합성이다. 이에 따르는 표현상의 부자연
스러움은, 액자소설 형식을 쓰고, 앞 단원의 인용에서 보듯이, 내
부이야기 또는 전달된 삽화를 3인칭으로 서술하거나 전달자를 앞
에 내세움으로써 일단 극복된다. 이때 간접화법 형식의 빈번한 사
용과(① ④),²⁵⁾ 서술자의 주석적 서술이 뒤따른다(①의 괄호안).²⁶⁾ 이
러한 서술적 특징 또한 독자에게 서술자가 매우 객관적이고 공정
한 입장을 취하고 있다는 효과를 낸다.

그렇다고 해서 김동리의 액자소설을 포함한 소설 전반이 관찰자
적 시점을 취하고 있는 것은 결코 아니다. 오히려 그와 반대로, 앞
서의 괄호사용이 한편으로 보여주듯이, 서술자는 매우 전지적이고
능동적이다. 따라서 목소리들의 겹침과 복합에다가, 초점의 빈번
한 교체와 그에 따른 어조의 변화, 그리고 (최종적) 서술자의 개입
적 서술이 덧붙는다. 그리하여 어떤 서술은 흡사 전달자들, 인물
들, 그리고 서술자의 합창과도 같게 된다.

① "예수 귀신 책 거 없나?"
② 모화는 얼마 뒤에 낭이더러 이렇게 물었다. ③ 낭이는 고개를 저었

---

25) 「바위」③ → ④의 개작과정은 전달자의 개입에 따른 간접화법의 문제에 작
   가가 얼마나 관심을 갖고 있는가를 단적으로 보여준다. 그 개작의 결과 간접
   화법의 포기가 작품 전체 구조의 변화를 가져오고 있다.
26) 괄호의 빈번한 사용은 김동리 소설의 매우 특이한 점으로서, 간접화법의 서
   술이 초래하는 혼란을 막기 위한 경우와(① 주석을 달아 보충하는 경우로
   대별할 수 있는데, 서술 자체가 사실에 근거하며 서술자가 공정한 입장을 취
   한다는 효과를 내는 데 기여한다. 가장 전형적인 예가 「등신불」에 보인다(뒤
   의 3.2.5장에 인용됨).

다. ④그러자 갑자기 낭이도 욱이의 그 『신약전서』란 책을 <u>제가</u> 맡아두
지 않았음을 후회했다. ⑤모화는 욱이의 『신약전서』를 '예수 귀신 책'이
라 불렀다. ⑥모화는 분명히 욱이가 무슨 몹쓸 잡귀에 들린 <u>것으로만</u>
<u>간주하는 모양이었다.</u> ⑦그것은 마치 욱이가 모화와 낭이를 으레 사귀
들린 사람들로 생각하는 <u>것과도</u> 같았다. ⑧그는 모화뿐만 아니라 낭이
까지도 어미의 사귀가 들어가서 벙어리가 된 <u>것이라고 믿는 모양이었</u>
<u>다.</u>

　⑨(예수 당시에도 사귀 들려 벙어리 된 자를 예수께서 몇 번이나 고
쳐주시지 않았나.)

(「무녀도」, 43~44쪽) (밑줄과 머릿점, 필자)

　모화와 욱이 사이의 갈등을 첨예하게 드러내는 위의 서술에서,
서술의 유형은 매우 자주 바뀐다. 그리고 그것은 최종 전달자라 할
수 있는 서술자의 서술태도와 시점의 점차적인 변화를 동반하고
있다. 서술자는 행동을 객관적, 외부적으로 묘사한(②③) 다음, 여
전히 인물 또는 행동과의 분명한 거리는 유지하면서, 초점을 바꾼
다(④). 그리고 다시 초점을 바꾸되, 서술자가 직접 앞에 제시된
인물의 대화를 인용한다(⑤).[27] 그러나 초점 주체(⑤ ⑥-모화, ⑦
⑧-욱이)의 내적 독백이 지닌 바 어휘와 어조를 그대로 유지하고
있으면서도(머릿점을 친 부분), 서술자는 부사와 조사 그리고 서

---

27) (앞서 지적한 괄호와 함께) 김동리 소설에는 유독 「 」,〈 〉 등의 문장부호가 빈
　　번히 사용되는데, 그 안에 든 말을 강조하거나 그것을 서술자가 '인용'하고
　　있음을 나타내기 위한 경우가 많다. 그 인용은 본래의 화자가 구체적인 인물
　　이거나 일반인인 서술일 때도 있고 서술자 자신이 앞에서 제시했던 서술일
　　수도 있다. 「등신불」의 개작과정은, 일반 소설에서는 보기 드문 이 부호의 사
　　용에 대한 작가의 관심을 잘 드러낸다.

술어의 사용을 통해 개입한다(⑥ ⑦ ⑧).

이때, 개입은 하지만 어떤 분명한 판단이 주어지는 것도 아니고 거리 유지가 안 되는 것도 아닌데, 그것은 서술자가 두 초점자에 공평한 정도로 개입하면서(⑥ ⑧) 양자를 비교하고(⑦) 있기 때문 이며, 또한 그 서술어의 애매성 때문이다. 초점 주체의 말 본래의 형태가 파괴되어 '것'을 꾸미는 관형절로 바뀌고, 조사와 서술어가 뒤에 붙어 서술자의 존재를 확연히 노출시키는 이 세 문장의 공통 된 구조는, 바로 그 서술어의 의도적 애매성에 의해 어떤 평가적 성격이 감소되면서 다시금 서술자의 주관성이 최대한 억제되고 있 다는 느낌을 주는 것이다.

> 그녀는 그때 이미 실신 상태에 빠져 있었는지도 몰랐다. 아니 그보다 도, 역시, 자기의 모든 것을, 생명을, 내가 그렇게 원통하다고 울어대던 것의 댓가를 대신 나에게 갚아주는 것이라고 생각하고 있었는지도 모 른다.
> (「까치소리」, 270쪽)

> 그것도 물론 분이의 경우와 같 이 한갓 싸움을 돋구기 위한 방편에 지나지 않았는지 모르지만, 분이의 경우보다는 양쪽이 다 좀 심각한 체 하는 것도 사실이었다.
> (「황토기」, 27쪽)

> ……여기서 으레 재주와 신명을 떨고서야 경상도로 넘어간다는 한 갓 관습과 전례(傳例)가 '화개 장터'의 이름을 더 욱 높이고 그립게 하 는 것인지도 몰랐다.
> (「역마」, 214쪽)

위의 인용에서, 머릿점을 친 부사(어)가 환기하는 주관성은 밑줄친 서술어들에 의해 약화된다. 요컨대 김동리 소설의 서술자는 매우 전지적이고 능동적이지만, 그의 서술이 지닌 주관성은 서술어의 의도적 애매성으로 말미암아 감소되며, 이때 서술자와 독자 사이의 거리는 그와 인물 혹은 사건과의 거리가 확보된 그만큼 가까워진다. 바꿔 말하면, 이러한 서술기법은, 화법상의 혼란을 막고 전개상 필요한 서술을 모두 다 하기 위하여 서술자가 능동적으로 개입하되, 어떤 판단을 보류한다는 인상을 줌으로써 오히려 독자로 하여금 서술자 자신과 ('~지도 모른다'는) 서술내용을 일단 받아들이게끔 하는 것이다.

이와 유사하면서 좀더 적극적인 것으로, 차용[28]에 해당될 수 있을 기법이 「까치소리」와 「등신불」에 쓰이고 있다. 「등신불」에는 소신공양이라는 믿기 어려운 사건이 전달자를 달리하여 세 번 이야기됨으로써, 독자로부터의 반발을 막고 있다. 「까치소리」의 내부소설은 까치소리가 들리는 순간 살인을 저지른 살인자의 수기 형식인데, 까치소리, 어머니의 기침 발작, 그리고 '나'의 살의(殺意)의 연관관계를 서술함에 있어, 수기의 원래 서술자인 '나'가 독자로부터 일어날 수 있는 반발을 능동적으로 막거나 그에 참여한다. 외부소설의 서술자 '나'(가탁된 작자)는 먼저, "본문을 그대로 많이 옮기는 쪽으로 주력했음을 일러두고"(235쪽) 있다.

······아침 까치가 울면 손님이 오고, 저녁 까치가 울면 초상이 나고 ······한다는 것도, 언제부터 전해오는 말인지 누구나 알 턱이 없었

---

28) 차용(occupation)이란 일어날지도 모를 반발을 점차적으로 거부하거나 그에 참여하는 구성상의 기법이다. T. Todorov, "Language and Literature," in *The Poetics of Prose*, p.22.

다. 그래서 그런지, 아침 까치가 유난히 까작거린 날엔 손님이 잦고, 저녁 까치가 까작거리면 초상이 잘 나는 것 같다고, 그들은 은근히 믿고 있는 편이기도 했다.

　　그런대로 까치는 아침 저녁 울고 또 다른 때도 울었다.　　　　(236쪽)

　　〈반년쯤 지난 뒤부터〉라고 했지만, 그 시기는 물론 확실치 않다. 옥란의 말을 들으면……　　　　　　　　　　　　　　　　　(237쪽)

　　그러나 이런 것은 누구나 이해할 수도 있는 일이라고 나는 생각한다.　　　　　　　　　　　　　　　　　　　　　　　　(238쪽)

　　그리고 이러한 나의 심정도 누구에게나 대체로 이해될 수 있으리라고 믿는다.　　　　　　　　　　　　　　　　　　　　(239쪽)

　　타자의 말이나 이미 제시되었던 서술을 인용하고, 사실을 일반화하거나 고백하며, 제기 가능한 반발을 미리 반박하는, 그 사리를 따지고 드는 어조에도 불구하고, 위의 글들은 어떤 정보를 결정적인 것으로서 제공하고 있지 않다. 여기서도 부사와 서술어가 어울려 애매성을 조장한다. 그리고 머릿점을 친 말들은 서술 자체를 삼인칭적인 것으로 만든다. 이러한 서술의 주된 기능은, '나'의 말을 최대한 객관적·일반적인 것으로 바꾸거나, '나'가 가급적 공정한 입장을 취하려 한다는 인상을 줌으로써 독자와의 거리를 좁히며, 그럴듯하다는 느낌을 강화하는 데 있다. 이때 사용된 언어가 비문학적(여기서는 논리적)인 것이라는 느낌을 강조하는 어조는, 오히려 그 언어의 문학적 효과를 북돋우고 있다.

한마디로, 액자소설 형식을 비롯한 이러한 여러 서술상의 기법들은 서술자에의 신뢰감과 서술내용의 사실성, 박진성을 위한 것인데, 그 결과 소설의 서술은 초점과 목소리의 빠른 교체, 간접화법, 문장부호의 주석적 사용 등으로 특징지워진다.

3.1.3 사실의 보편화

간접화법의 문장이 자주 사용된다는 것은 그만큼 행동이나 사건이 장면적으로 제시되지 않고 있음을 뜻한다. 이것은 단순히 과거형 문장으로 서술되는 일반 소설과는 다른 양상이다. 간접화법의 서술일 때, 또는 액자소설 형식이나 전달자의 채용으로 말미암아 간접화법적 상황이 조성되었을 때, 서술자가 이야기하는 현재 (discourse-Now)와 이야기된 사건의 현재(story-Now) 사이의 시간적 간격은 서술상 분명히 드러나고, 그만큼 시간적 역전이 빈번해진다. 그리고 이때 서술자가 이미 지나간 사건을 서술함에 있어 어떤 형태로든 관여하고 있다는 사실도 서술상 드러난다. 그 관여는, 서술자가 가급적 중립적인 태도를 견지하는 것처럼 보이려고 할 때, 대체로 요약 특히 장면적 요약이라는 서술의 유형을 낳는다.

>>삽화들의 파노라마<< '요약'이란, 이야기에 필요하기는 하나 그 세부를 묘사할 필요가 없을 때 그것을 간단히 통과하기 위해 사용되는 서술 유형으로, 특히 이야기의 배경이 되는 사건이나 인물들의 과거를 간명하게 제시하는 데 유용하다.[29]

인물의 운명적 삶을 다루기 위해 이야기된 시간의 폭을 넓게 잡

---

29) Phyllis Bently, "Use of Summary," in *The Theory of the Novel*, ed. P. Stevick, New York: The Free Press, 1967, pp.47~49.

이므로 김동리의 단편소설에는 요약이 많다. 그리고 그 인물들의 삶이 일상적이지 않을수록, 김동리의 표현을 쓴다면 '구경적(究竟 的)'인 것일수록, 서술자는 주관적 요약보다는 계속적으로 작품 내 외에서 이미 이야기된 것을 '인용'하는 형식의 요약을 한다.

앞에서 간접화법 형식의 요약과 서술자의 주관성을 은폐하기 위하여 작자가 사용한 기법을 살폈다. 그런데 인물 혹은 전달자의 말을 그대로 직접화법으로 제시하면서 요약적 서술을 수행할 경우, 서술자가 주관적이라는 인상이 감소됨은 물론 서술의 평면성도 해소된다. 그러한 서술은 장면적 요약(scenic summary)에 가깝다.

> 그녀는 날마다 같은 푸념으로 징, 꽹과리를 울렸다. 혹 술잔이나 가지고 이웃 사람이 찾아가,
> "모화네 아들 죽고 섭섭해서 어쩌나?"
> 하면, 그녀는 다만,
> "우리 아들 예수 귀신이 잡아갔소."
> 하고 한숨을 내쉬곤 했다.
> "아까운 모화 굿을 언제 또 볼꼬?"
> 사람들은 모화를 아주 실신한 사람으로 치고 이렇게 안타까와 하곤 했다. 이러할 즈음에……   (「무녀도」, 53쪽)

> 그것을 보는 억쇠는 입맛이 쓴지,
> "더러운 연놈들!"
> 하면서 침을 뱉곤 하였다.
> **그렇게** 얼마를 지난 어느날 새벽녘이었다.   (「황토기」, 24쪽)

혹 노자가 딸린다거나 행장이 불비할 때 그들은 으레 옥화네 주막을 찾았다.

"나 이번에 경상도서 돌아올 때 함께 회계하지라오."

그들은 예사로 **이렇게** 말하곤 하였다.

늘어진 버들가지가 강물에 씻기우고, 저녁놀에 은어가 번득이고 하는 여름철 석양무렵이었다.   (「역마」, 215쪽)

위에서 고딕체로 된 말들은, 직접화법 형식으로 인용된 서술을 요약의 일부로 만들면서, 소설 속에서 각 인용문 앞에 있는 다른 요약의 서술과 이들을 연결한다. 즉 위의 세 인용은 각기 하나의 삽화를 장면적으로 제시하면서, 그것을 포함하는 보다 큰 단위의 서술 — 요약의 유형인 — 의 일부이다. 이때 직접화법으로 제시된 인물들의 말은 어디까지나 '서술의 대상화된 서술'[30], 곧 서술자에 의해 '인용'되었다고 할 수 있는 서술들이다. 바꿔 말하면, 서술자는 요약하려는 바를 증명하고 보강하기 위해 하나의 특징적·전형적 삽화를 직접화법을 사용하여 장면적으로 제시하고 있다. 따라서 각 삽화가 보여주는 어떤 행동은 그 뒤에 제시될 핵심적 사건과 직접적인 인과관계에 있다기보다 '부가적'[31]인 관계에 있다. 이때 빈도부사와 반복의 연결어미('~곤')의 사용은 시간적 비약 또는 생략의 느낌을 제거하면서, 인용된 인물의 말을 긴장시킨다. 왜냐하면 그것들이 사용된 하나의 서술은, 유사하거나 동일한 여러 개의 행동을 환기하기 때문이다. 인물이 처한 상황의 극한성과 더불

---

30) M. Baxtin, "Discourse Typology in Prose", in *Readings in Russian Poetics*, eds., Matejka and Pomorska, The MIT Press, 1971, p.192.

31) 이재선, 『한국개화기소설연구』, 일조각, 1979, 제2판, 221쪽. '부가적'이란, 그 것이 핵단위의 기능성을 지니고 있지 않음을 의미하는 것으로 판단된다.

어, 이 '다회적(多回的) 서술'[32]은 김동리 소설의 어조의 강한 긴장감과 비장감을 형성하는 주된 요소가 된다.

이러한 장면적 요약의 서술에서, 어떤 상황이나 행동이 짧고 빠르게 강렬한 인상을 남기며 지나간다.[33] 영화의 한 커트와도 같은 이러한 서술은, 자꾸 중첩되면서 파노라마를 이룬다. 이에 따라 시간의 단축이 빈번해지고, 첫 인용의 둘째 문장처럼, 두 사람의 대화가 한 문장 안에 함께 놓이기도 하며, 분명히 이어서 제시되어야 할 대화의 어느 한 쪽만 몽따주되기도 한다. 그리하여 인물들의 말은 직접화법으로 제시되었음에도 불구하고 다회적 서술 또는 서술자의 요약적·편집자적 서술과 섞이면서 본래 시간과 공간의 구체성을 잃는다. 즉 초시간적이고 초공간적인 것으로서 절대화되는 것이다. 그 말들은 오직 서술자의 기억 속에서 정지되어 있는 듯이 보인다. 따라서 여러 삽화의 조립으로 일단 어떤 상황이나 성격 혹은 운명의 절대성이 형성되었을 때,[34] 그것을 배경으로 전개될 구체적인 행동이나 사건을 도입하기 위해서는, 인용에서 머릿점을 친 말들이 보여주듯이, 그 시작 시간을 지시하는 말이 필요하게 된다. 이것은, 김동리 소설에서 시간부사어가 많이 쓰이며, 그것을 경계로 서술의 전이와 시간의 분절이 심하게 되는 원인의 하나이다.

그런데 시간부사어 혹은 시간을 나타내는 말도, 앞의 인용에서

---

32) T. 토도로브, 곽광수 역, 『구조시학』, 67쪽. S. Chatman, op. cit., p.78. 다회적 (iterative) 서술은, 표현은 하나지만 여러 행위 혹은 사건을 환기하는 서술을 가리킨다.

33) "대화 한 마디 한 마디가 성격의 깃 하나 하나를 파내고 있다." 정태용, 「비장미와 성격미」, 『예술원논문집』, 1964. 12, 29쪽.

34) 성격을 제시하는 서술이므로, 앞의 인용들은 각기 하나의 '자유 화소'로 간추려질 수 있다.

보는 것처럼, 사실은 구체성이 결여되어 있다. 그것은 설화 발단부의 '하루는~'과 비슷하여, 현대소설의 사건 시작시간다운 구체성이 약하다.[35] 이 점은, 막상 그 뒤에 서술되는 플롯상 결정적인 행동들도 장면으로 제시되는 예가 많지 않다는 사실과 긴밀한 관계에 있다.

>>휩쓸림과 바라봄<< 장면(scene)이란 이야기된 사건이 일어나는 데 걸리는 시간과 그것을 제시하는 서술을 읽는 데 걸리는 시간이 같거나 근접하는 유형의 서술을 말한다. 그것의 예는 김동리 소설에 비교적 드물지만, 인물들의 갈등과 초인적인 모습을 절대화하고자 한 「황토기」의 제1장과 2장이 하나의 예가 된다. 특히 제1장은 매미소리에 관한 반복된 서술이 명확히 장면을 구분짓고 있다. 또 이렇게 행동을 객관적으로 제시하면서 그에 장면다운 서술이 이루어지는 예를, 대화가 비교적 많이 나오는 「까치소리」에서 찾아볼 수 있다.

서술의 양태 혹은 유형 분석은 분류 자체에 목적이 있지 않다. 그러므로 김동리 소설에서 장면다운 서술이 적다는 앞의 진술은, 김동리의 소설에서는 플롯상 핵심적인 행동의 결정적 국면에 사용되는 서술까지가 대개 장면이 아니고 그저 장면적일 뿐이라는 점[36]을 강조하기 위한 것이다. 삽화들의 연속 끝에, 그것이 형성한 어떤 절대성을 배경으로 시간부사어를 앞세우고 펼쳐지는 구체적 ·

---

35) 이재선, 『한국개화기소설연구』, 206~208쪽 참고. 이 시간의 설화적 특성 문제는 뒤에 다시 논의된다.
36) 김동리 소설 가운데 '현실에 대한 관심이 짙은 계열'에 드는 작품들은 대체로 이와 다른 경향을 보인다.

결정적 사건도 하나의 장면으로 보기 어렵도록 서술되어 있다. 시간을 지시하는 말이 환기하는 행동의 시발시간이나, 행동들 사이의 시간적 간격, 이야기되는 행동 자체의 지속시간 등은, 그 결정적 국면에서도 그다지 중요하지 않다. 물리적·외적 행동 자체의 사실적 제시가 일차 목적이 아니고, 따라서 그 서술은 시간을 기준으로 분류되는 장면이라는 서술유형에서 멀어진다.

A. 그녀의 음성은 언제보다도 더 구슬펐고 몸뚱이는 뼈도 살도 없는 율동(律動)으로 화한 듯 너울거렸고…(중략)…취한 양, 얼이 빠진 양 구경하는 여인들의 숨결은 모화의 쾌자자락만 따라 오르내렸다. 모화의 쾌자자락은 모화의 숨결을 따라 나부끼는 듯했고, 모화의 숨결은 한 많은 김씨 부인의 혼령을 받아 정승이 자지러진 채, 비밀을 품고 조용히 굽이돌아 흐르는 강물(예기소의)과 함께 자리를 옮겨가는 하늘의 별들을 삼킨 듯했다.　　　　　　　　　　　　　　　　　　(「무녀도」, 54쪽)

B. "오빠, 편히 사시요."
계연은 이미 시뻘겋게 된 두 눈으로 성기의 마지막 시선을 찾으며 하직 인사를 했다.
성기는 계연의 이 말에, 꿈을 깬 듯, 마루에서 벌떡 일어나, 계연의 앞으로 당황히 몇 걸음 어뜩어뜩 걸어오다간, 돌연히 다시 정신이 나는 듯 그 자리에 화석처럼 발이 굳어 버린 채, 한참 동안 장승같이 계연의 얼굴만 엄하게 바라보고 있었다.
"오빠, 편히 사시요."
이렇게 두 번째 하직을 하는 순간까지도……　　　　(「역마」, 229쪽)

C. 그러나 그것은 내가 미리 예상했던 그러한 어떤 불상이 아니었다. 머리 위에 향로를 이고 두 손을 합장한, 고개와 등이 앞으로 좀 수그러진, …(3행 생략)… 등신대(等身大)의 결가부좌상(結跏趺坐像)이었다. 그렇게 정연하고 단아하게 석대를 쌓고 추녀와 현판에 금물을 입힌 금불각 속에 안치되어 있음직한 아름답고 거룩하고 존엄성 있는 그러한 불상과는 하늘과 땅 사이라고나 할까, 너무도 거리가 먼, 어이가 없는, 허리도 제대로 펴고 앉지 못한, 머리 위에 조그만 향로를 얹은 채 우는 듯한, 웃는 듯한, 찡그린 듯한, 오뇌와 비원(悲願)이 서린 듯한, 그러면서도 무어라고 형언할 수 없는 슬픔이랄까, 아픔 같은 것이 보는 사람의 가슴을 콱 움켜잡는 듯한, 일찍이 본 적도 상상한 적도 없는 그러한 어떤 가부좌상이었다. 　　　　　　　　　　　　　　　（「등신불」, 64쪽)

사건 전개상 매우 극적인 국면을 제시하고 있는 이 세 서술을, 앞서 논의되었던 '장면적 요약'이라고는 볼 수 없다. 시간으로 보든 성격으로 보든 '요약적'이 아니다. 이들은 일단 '장면적'이라고 부를 수 있는 서술들로서 여러 공통점과 차이점을 지니고 있다. 이들의 분석을 통해 김동리 소설 서술의 또 다른 특성과 그 다양성 혹은 역동성을 살필 수 있다.

셋 가운데 가장 장면에 접근하고 있는 것은 B이다. A는 장면에 가깝기는 하나 서술의 길이가 비슷한 B와 비교할 때 장면에서 멀다고 할 수 있다. 무엇보다도 이야기된 행동 자체의 지속시간이 A보다 길다고 여겨지기 때문이다.

A는 구체적 행동보다는 그에 관련된 심리적·정신적인 것의 제시 위주이다. 비유적 표현이 중첩되고, 서술자의 주관성을 노출하는 '구슬펐고', '한 많은' 등의 투영체(投影體) 형용사(projectile adjective)³⁷⁾가 사용되며, 단어들이 지시적이기보다는 시적인 기능을 하고 있다. 몸의 율동이 쾌자자락의 율동으로 환유되고, 그것을 매개로 여인들의 숨결과 모화의 숨결이 연결되며, 거기에 강물의 흐름이 겹쳐지면서 무녀를 중심으로 관중과 자연이 하나가 된다.

B는 비교적 행동을 구체적으로 제시하고 있다. 그런데 여기서도 비유적 표현이 중첩되어 있고, 또 서술자의 주관적 판단이 작용한 부사어가 빈번히 사용됨으로써, 궁극적으로 B가 제시하는 극한적 심리상태는 행동 자체에 '의해서' 보여진다고 하기 어렵다.

한편 C는 서술 자체가 어떤 행동에 관한 것이 아니고, 아직 무어라고 한마디로 부를 말을 찾지 못한 '어떤' 결가부좌상과, 그것을 보는 사람의 느낌에 대한 묘사이다. 따라서 C는 이야기된 행동의 시간은 없고 이야기하는 시간만이 존재하는 정지진술³⁸⁾에 가깝다. 거기에 존재하는 시간은 자연적 시간이 아니라 거의 전적으로 경험적 시간(의식의 시간)³⁹⁾이다. 불상에 대한 거듭된 묘사는 외면적인 것과 내면적인 것, 객관적인 것과 주관적인 것이 상호 침투되어 있는 바, 전체적으로 어떤 강렬한 느낌을 드러내고 있다. 이때 인간의 모습을 한 불상 자체의 내적 상태가 그를 보고 있는 서술자 '나'의 그것을 통해 환기되고, 또 그것과 하나가 된다.

이렇게 볼 때, A, B, C는 보이기(showing)보다는 말하기(telling)에 끌리는 서술들이다. 인물의 행동 자체에 '의해서' 보여진다기보다는 그것을 드러내는 서술자의 관여도가 높은 서술을 '통해서' 말해

---

37) 작가의 감정을 표현하는 형용사를 말한다. I. A. 리차즈의 용어. 이재선 · 신동욱, 『문학의 이론』, 학문사, 1979, 131쪽에서 재인용.

38) S. Chatman, op. cit., p.74.

39) H. Meirhoff, *Time in Literature*, Univ. of California Press, 1955, p.4.

진다고 할 수 있는 것이다. 그런데도 그것들을 '장면적'이라고 부를 수도 있는 것은, 내면 상태를 환기하는 서술이 외면적인 그것과 융합되어 있고, 또 서술자가 한편으로 취하고 있는 분석적 태도 때문이다.

중첩이 심하며 숨가쁘고 긴 이 문장들은, 실상 어떤 하나의 동작이나 상태와 그 근본적 의미를 형상화하기 위해 같은 계열에 속할 여러 말들로 조립된 것이다. 되풀이 사용된 쉼표는, 그 문장 자체를 낯설게 함으로써 독자의 주의를 집중시키면서, 그가 일관된 성격의 말들을 하나씩 덧붙여 나가도록 이끈다. 인용의 밑줄 친 부분들의 보여주듯이, 서술자는 한 걸음 물러서 있다. 그는 비교하고 주석을 달며(A), 수를 세고(B), 추리를 한다(C). 투영체 형용사가 사용되는 그 문장이, 한편으로는 서술자의 냉정한 위치를 드러내기도 하는 것이다. 따라서 각 서술의 전체적인 효과는, 독자로 하여금 어떤 심리적 충전상태에 휩쓸려들면서도 한편으로는 서술자의 위치로부터 멀지 않은 곳에서 사물을 바라보고 있다는 느낌을 잃지 않게 하는 것이다. 휩쓸림과 바라봄 — 이 모순적인 것의 공존은, 독자의 정서를 인물의 운명적 삶에 대한 보편적 인식의 과정 속에 놓는 데 이바지한다.

>>반복과 상징화<< 앞의 인용 A, B, C에는 표현상 또는 의미상 같거나 비슷하여 어떤 계열체를 이룰 '반복의 서술'[40]이 매우 복잡한 양상으로 얽혀 있다. 여러 차원에서 관찰되는 이 반복은, 하나의 행동과 모습의 상태나 그 궁극적 의미를 형상화하기 위한 작가의 분석적 태도를 반영한다.

단어나 문장 차원의 반복은 앞의 인용에서도 쉽게 눈에 띈다. 단어 차원에서 특히 강조할 것은, A에서 보이는, 고려되는 단어들 사이에 존재하는 점층성과, 유사한 동사들의 반복을 동반한 숨결, 쾌자자락, 강물의 반복 또는 병치이다. A의 두 문장 전체, B의 계연의 말(인용되지 않은 것까지 모두 세 차례의 반복), C의 세 문장 전체는 첨가적·점층적으로 반복된 것이다.[41]

문장의 차원을 넘어서 보다 큰 반복의 단위를 고려할 때, 한층 확연히 작품 전체의 구성과 의미구조에 다가서게 된다. 이 서술의 층위에서 분석 대상이 되는 '표현적 반복의 서술'을 A, B, C를 중심으로 더 살펴본다.

A는 이 작품의 첫머리에 나오는 그림에 대한 묘사의 반복이다.

---

40) 앞에서 논의한 '다회적(iterative) 서술'이 되풀이되는 행동(사건)들을 환기하는 하나의 서술을 말한다면, 반대로 하나의 행동을 환기하는 여러 개의 서술은 '중복적(repetitive) 서술'이라고 한다(토도로브, 『구조시학』, 67~68쪽. S. Chatman, op. cit., pp.78~79)「등신불」에서 만적의 소신공양에 관한 세 전달자의 서술을 예로 들 수 있다.

그런데 여기서 '반복의 서술'이라는 것은, 어떤 행동을 환기하건 하지 않건 간에, 서술상의 표현 자체가 같거나 유사한 것들이 되풀이되거나(표현적 반복의 서술), 그러한 표현상의 근친성은 없으면서도 의미상 같거나 유사한 서술이 되풀이된 것(의미적 반복의 서술)을 함께 가리킨다. 어떤 행동의 반복은 의미적 반복에 든다. 이러한 구분은, 표현이 같다고 하여 의미가 항상 같은 것은 아니고, 표현이 다르다고 하여 늘 그 의미가 다른 것은 아니라는 점에서 가능하다. (C. Segre, *Structures and Time*, pp.22~23 참고) 이 장에서는 분석의 층위상 표현적 반복을 주로 다룬다.

다회적/중복적 서술의 구별이 서술과 그것이 환기하는 행동의 빈도에 따른 것이라면, 표현적/의미적 반복의 구별은 일단 '반복된 것이라고 판단되는' 서술 자체의 형태상의 차이에 의한 것이다. 중복적 서술은 의미적 반복의 서술에 든다고 할 수 있다.

41) B의 계연의 말은 표현 자체의 첨가나 점층적 변화가 있는 반복은 아니지만, A와 C의 문장상의 반복과는 다르게 표현 자체가 하나의 행위인 대화여서, 그 반복에서 이미 심리적 점층성이 전제되므로 함께 논의한다.

독자는 여기서 서술자가 처음에 제시한 그림의 실제 현장을, 그 이전에 있었던 사건들에 대한 서술의 끝, 곧 작품의 결말부에서 시간을 거슬러 만나게 된다. B의 경우, 계연의 동어반복 사이의 서술은 인용문의 바로 뒤, 둘째와 셋째 동어반복 사이에서 유사하게 반복된다. 계연의 충혈된 눈과 성기의 허둥거림은 이 반복으로 말미암아 그 의미가 현재 시간에서의 성격적 특성 차원을 벗어나게 된다.[42]

한편 C에서 되풀이된 서술은 등신불과의 두번째 대면에서 다시 반복되되(67~68쪽),[43] 만적이 몸을 불태우는 과정에 대한 서술에서는 암암리에 그 배경적인 것이 되면서 일부가 다시 한번 반복된다(72쪽). 여기서도 독자는 순전히 묘사적 서술을 통해 상상할 수 있었던 원인 행동의 실제 현장을 시간을 거슬러 만나게 된다.

이러한 표현적 반복의 서술들이 낳는 효과는 다양하다. 우선 그것은 서술 자체를 율동적, 역동적인 것으로 만들면서 작품에 안정감을 준다. 특히 A, C와 같은 서술의 여러 차원에서의 반복은 작품 전체의 통일성에 크게 기여한다. 또한 이러한 반복은 어떤 사건의 진행을 지체시킴으로써 표현 그 자체를 주목하도록 한다. 이때 반복의 서술은 시적 기능을 수행한다. 그것은 어떤 행동의 인과적 진행에 기여한다기보다 그에 대한 독자의 정서적 반응을 유발하고 고양시키는 데 기여한다. 따라서 반복의 서술이 내포하거나 지시하는 바는 시간적이기보다는 '공간적'[44]인 것이 되고, 상대적이기보다 절대적인 것으로 상징화된다.[45] 모화, 성기와 계연, 만적 —

---

42) 물론 이는 그 서술상의 반복에 의해서만 일어난 효과는 아니다. 뒤의 다른 층위 분석에서 더 논의한다.

43) 거기서는 점강적인 반복이다. 등신불에 대한 '나'의 느낌이 변한 것이다.

44) Eric S. Rabkin, "Spatial Form and Plot," *Critical Inquiry*, vol.4, no.2 (winter, 1977), p.270.

이들의 운명적 삶이 지닌 비극성은, 하나의 몸짓이나 충혈된 눈 혹은 고뇌에 찬 표정으로 상징화되면서 절대적인 것으로 보편화되는 것이다.

이 글에서 논의하고 있는 작품들에 보이는 많은 반복의 서술 가운데 가장 상징성이 강하고 구성의 안정성에 기여하는 것은, 대개 작품의 공간적 배경이거나 그에 속한 사물에 대한 것들이다. 그것들은 작품의 첫머리나 내부소설의 첫머리에 제시된 뒤에 부분적으로 자꾸 반복되어 나가고 또 그것으로 작품이 끝난다. 그것은 각 작품의 라이트 모티프이다. 그것의 상징성은 그와 인물들 사이의 공간적 근친성에서 비롯되고, 인물의 운명과 결합되면서 결정적인 것이 되며, 서술의 반복에 의하여 더욱 강화된다.

요컨대 김동리 소설의 서술은 매우 다양한 서술유형의 빈번한 교차와 반복에 의한 역동성, 상징성, 공간성, 그리고 구성의 안정성 등으로 특징지워진다. 그와 함께, 시적 기능이 두드러진 서술이 많으므로 사실 자체보다도 사실을 제시하는 언어의 정서적 환기효과가 중시되는 경향이 있다는 점과, 아무리 객관적인 서술이라 할지라도 서술자의 존재와 그 전지적·초월적 시점은 엄연히 유지된다는 점, 그 결과 순전히 장면의 유형에 속할 서술이 드물다는 점 등이 주목된다.

3.1.4. 양식적 모방과 패러디

김동리 소설의 서술은 비교적 여러 형태의 이야기양식을 포섭하거나 모방하는 경우가 많다. 즉 이전에 존재하는 어떤 화법을 환기

---

45) "김동리의 작품에는 크건 작건 간에 상징이 있음을 볼 수 있다." 구창환, 「김동리의 문학세계」, 『동리문학이 한국문학에 미친 영향』, 18쪽.

한다는 점에서 '다가적(polyvalent)'[46]이다. 이러한 양상은 특히 박진성과 문학적 관습의 측면에서 주목된다. 그것을 살피기 위해서는 우리 글의 양식, 혹은 좁혀서 한국 이야기문학 분야 각 갈래의 서술구조에 대한 연구가 선행되어야 한다. 여기서는 기존 연구를 바탕으로 단편적인 지적만을 하고, 이를 통해 김동리 소설의 화법적 다양성과 그 역동성을 드러내는 데 그친다.

무녀의 사설(「무녀도」), 전설과 노래(「황토기」), 성불의 기록(「등신불」), 편지와 수기(「까치소리」) 등의 여러 이야기양식의 채용은, 각 작품을 더욱 사실적으로 만드는 데 기여한다. 김동리 소설의 서술이 전해오거나 전해들은 것임을 강조하는 특징이 있음을 보았는데, 이야기양식의 측면에서도 그 같은 것이다. 그런 서술이 취하고 있는 화법 자체가 관습적으로 '이미 존재하는' 것인데다가. 그 원초적 발화자가 문제되지 않거나 등장인물 중 누구라는 사실이 확고히 드러나 있기 때문이다. 또한 그 서술은 작가 혹은 인물의 세계관을 기존의 문화적 맥락 위에 놓아 보편화시키거나[47] 사실을 더욱 확고하고 그럴듯하게 제시하는 것이다.

한편 이들은 대개 명백히 기존 양식이 소설의 일부로 채용되었거나 되었음을 표방하는 서술이고, 그 본래의 화법적 특색은 유지하고 있으면서도 작품의 구체적 문맥에 맞추어 패로디됨으로써 작품의 일부로서 보다 밀접히 자리잡으면서, 동시에 화법적 이중성을 띤다. 모화가 물에 잠기면서 하는 마지막 넋두리(55쪽)나, 「황토기」의 전설이 좋은 예이다. 이 이중성은 채용된 서술을 그 본래의 것을

---

46) T. 토도로브, 『구조시학』, 52쪽.

47) 예컨대 「황토기」의 '붕조새' 노래는, 전통적·문화적 의미를 매개로 억쇠와 득보의 거인성과 그 운명을 상징한다.

배경으로 낯설게 함으로써 독자의 주의를 끌면서 성격의 특성이나 운명의 비극성을 극대화한다.[48] 작품 전체가 소설이 아닌 이야기체를 소설양식으로 바꾸어 다시 서술한 경우[49]에도 화법의 이중성은 고려될 수 있다. 그러나 이때 기존의 이야기양식은, 작품 속에 들어와 패로디되는 정도가 아니라 전적으로 그 서술상의 특성을 잃고 재서술, 재구성되므로 화법적 이중성의 효과 자체는 크지 않다. 거기서 기존의 이야기체는 하나의 전상(prefiguration)[50]으로 존재하면서 작품의 사실성을 보증하고 또 그것의 의미형성에 기여한다.

작품 전체를 어떤 이야기양식의 모방이라는 측면에서 볼 때, 수기나 회상기 양식이 유독 눈에 띤다.[51] 이들 형식의 사용은 박진감 형성만이 아니라 전달자의 중복에서 오는 화법적 혼란을 피하면서 서술자(이 경우 주인공인 '나')의 내면을 보다 직접적으로 제시하는 데 이바지한다. 이런 점에서, 그러한 형식을 모방하고 있는 작품이 대개 액자소설 형식을 띠고 있고 비교적 후기에 발표된 작품이라는 사실이 주목된다.

한편 김동리 소설은 그 서술구조가 고소설과 긴밀한 관계에 있다.[52] 앞서 살폈듯이, 김동리 소설의 서술상 드러나는 특성 ― 일대

---

48) 이는 토마제프스키가 말하는 예술적 동기화(artistic motivation)에 해당한다. 한편 이러한 이중 화법이 김동리 소설에서 반어적 효과를 내는 예는 거의 없다는 점이 눈에 띤다.

49) 「여수(旅愁)」, 「원왕생가」, 「용」, 「악성」, 「마리아의 회태」, 「목공 요셉」, 「부활」 등이 해당된다. 대부분의 장편소설이 함께 거론될 수 있다.

50) J. J. White, *Mythology in the Modern Novel*, Princeton Univ. Press, 1971, pp.11～14.

51) 수기형식의 작품으로는 「등신불」과 「까치소리」가 있고, 회상기형식으로는 「유혼설」, 「먼산바라기」, 「생일」 등의 이른바 사소설적인 작품들이 있다.

52) 이재선, 『한국개화기소설연구』, 204～260쪽 및 『한국단편소설연구』, 56～180쪽 참고.

기적 성격을 지님, 중심적인 사건의 도입부에서 시간부사어나 전이적인 말('한편', '이때' 따위)을 빈번히 사용함, 서술자의 전지적 시점과 관여적 태도, 액자소설형식 및 전달자의 채용에 따른 간접화법의 서술이 많음 등 ─ 이 그러한 관계의 설정을 가능케 한다. 갈래체계 내에서의 이러한 모방 혹은 진화는 김동리 소설의 문학사적 의의를 단적으로 보여주는 것이다. 한마디로, 서술 층위에서 본 김동리 소설의 개성은 이전 이야기체와의 긴밀한 연관 아래 빚어진 것이며, 따라서 그와의 체계적 관련 속에서 논의할 때 좀더 그 의의가 드러날 것이다.

3.1.5. 중간 마무리

이제까지 서술의 층위에서 살핀 바를 일단 간추려보면 이렇다.

다섯 대상작품을 중심으로 볼 때, 김동리 소설의 서술자는 모순된 태도를 지니고 있다. 전달자들의 채용으로 말미암아 매우 제한적인 입장에 놓여 있으면서도 관여적이고 능동적이다. 단지 묘사하거나 요약할 뿐이라는 태도를 서술상 드러내면서도, 비교하고 비유하며 독자로부터 제기 가능한 반발에 적극적으로 대처하면서 항상 서술의 전면에 전지적, 초월적으로 존재한다.[53] 따라서 대화나 객관적 묘사 등도 서술자의 발화대상으로서 개입적 서술에 혼합되면서 간접화되고, 객관적인 것이 주관화되며, 장면보다 요약의 서술유형이 우세하게 된다. 이에 따르는 서술자의 주관성은, 액자소설 형식이나 전달자의 채용, 서술어의 의도적 애매성 조장, 주석이나 인용

---

53) 김동리 소설에 대한 다음의 진술은 이러한 맥락에서 이해할 수 있다.
　　"작자는 하나의 성선설과 같은 진리, 보편 영원의 세계를 설정하고 하계를 내려다보는 사람이다." 이병기 · 백철, 『국문학전사』, 신구문화사, 1960, 435쪽.

및 강조의 문장부호 사용, 반복에 의한 상징화, 시점의 빈번한 교체와 그 균형적 배분 등의 기법에 의하여 약화되고, 사건 및 인물과의 거리가 확보된다. 이러한 양상은 사실적 동기화와 예술적 동기화, 객관화와 주관화의 대립적 성향이 김동리 소설에 매우 강화된 상태로 함께 존재함을 의미한다. 이렇게 볼 때, 각 서술 혹은 기법은, 이 대립적 기능이나 성격을 동시에 지닐 수 있다. 예컨대 괄호의 주석적 사용은, 서술자의 존재를 확연히 노출시키는 동시에 그가 객관적이고자 노력하고 있다는 느낌을 주는 것이다.

한편 다른 이야기양식이 비교적 다양하고 빈번하게 채용되고 패러디되며 또 모방된다. 그 대상 양식의 서술의 특성에 따라 다르지만, 이것은 내포된 세계관을 보편화하고 소설 자체를 사실적으로 만드는 데 기여한다. 이에 수반되는 화법상의 다중성은, 우리 문학의 체계 안에서 볼 때, 설화 및 고소설과 김동리 소설 사이의 관련성을 드러낸다.

이상의 결과로서, 김동리 소설의 서술은 전달자의 중복, 시점과 어조의 빈번한 교체, 여러 유형의 서술의 반복과 교차에 의한 역동성과 상징성 및 공간성, 그리고 구성의 안정성 등으로 특징지워진다. 이러한 서술의 총체적 목표는 서술자의 존재와 서술된 내용을 정당화하고 박진감 있게 하는 데 있다. 김동리 소설은 그를 위하여 가능한 거의 모든 방면[54]의 기법적 배려가 이루어지고 있다고 할 수 있는데, 그만큼 제시하고자 하는 사건이나 주제의 성격 자체가

---

54) 조나단 컬러는 박진성 형성의 다섯 유형 국면 ─ 어떤 집단(사회)의 자연스런 태도, 문화적 지식체계나 전형, 장르의 규칙, 문학적 관례, 이전에 존재했던 작품(패러디와 아이러니) ─을 구분하고 있다. 이들은 곧 독자가 그럴듯하다고 여길 때의 기준에 해당된다. J. Culler, *Structuralist Poetics*, Cornell Univ. Press, 1975, pp.140～160.

그러한 장치를 강하게 요구한 결과라고 할 수 있다. 따라서 이제까지 서술의 층위에서 논의된 결과는, 왜 그러한 복잡한 장치가 요구되었는지가 밝혀져야 그 기능성이 좀더 잘 드러날 터이다.

3.2. 원형구성과 환치(換置)

서술 층위에서 밝혀진 여러 특성은, 작품들의 내적 의미구조와 결합되어야 그 기능성이 선명히 드러난다. 이 장에서는 서술 층위보다 심층적이고 상위적인 플롯, 화불라, 이야기모형의 세 층위에서 분석하되 그들을 함께 진술하고자 한다. 그것은 개별작품의 분석을 바탕으로 하나의 모형을 추출하는 데 따르는 번거로움을 줄이기 위해서일 뿐 아니라 각 층위에서 다루어질 내용들이 아주 긴밀한 관계에 있기 때문이다.

분석의 절차는 이렇다. 먼저 플롯상 기능성이 강한 화소들을 각기 하나의 서술명제로 요약한다. 그리고 작품 전체를 하나의 화소 묶음 혹은 연속체(sequence)로 볼 때의 상위화소에는 알파벳을, 그에 종속된 화소에는 아라비아숫자 및 ㉠㉡㉢을 플롯의 배열 순서에 따라 부여한다. 이 화소들은 순차에 따라 연속체 단위로 제시되는데, 진술의 편의를 위해 반드시 그에 속하지 않는 화소라도 함께 제시되는 수가 있고, 그 화소가 뜻하는 바를 짐작하는 데 도움되는 정보가 괄호 속에 덧붙기도 한다. 이들을 중심으로 화소들이 맺고 있는 통합적(syntagmatic), 계열적(paradigmatic) 관계를 살펴나가면서, 시간적 질서, 인물들의 성격 및 상호관계 등도 함께 살피게 될 것이다. 이러한 분석적 조작과 그 절차는 작품의 구성 형식과 기법, 주제 등을 해명하기 위한 것이므로 모든 논의가 그에 수렴될 것이다.

한편, 대상으로 삼는 다섯 작품은 어떤 일정한 플롯의 모형에 따르고 있다. 따라서 그 모형의 모습과 성격을 먼저 가정한 뒤 구체적인 분석을 펴고, 이 장의 끝에 가서 모두를 종합하여 하나의 모형을 확고히 제시하면서, 그 의미를 기술하려고 한다. 이러한 작업은, 대상작품 전체를 일관된 논리적 틀 안에서 봄으로써 궁극적으로 김동리 단편소설의 시학을 밝히기 위한 것이다. 그 모형은, 여기서 대상으로 삼지 않은 작품들을 포함한 김동리 소설 일반의 문법과 그 변이 양상을 체계적으로 진술할 수 있게 해주리라 기대한다.

김동리 소설의 도입(exposition)은 플롯상 예비적으로, 그리고 집중된 ·양태로[55] 제시된다. 거기에서 배경을 이루는 공간이나 사물에 관한 묘사와 함께 작품에서 핵심적 기능을 지닌 정보가 제공되는데, 그것은 결말에 나오는 주인공의 행동과 긴밀히 연관되어 있다. 따라서 그 둘은 작품 전체를 하나의 연속체로 볼 수 있게 한다. 그것들을 각기 하나의 서술명제로 제시하되, 「등신불」의 경우는 뒤에(3.2.5장) 따로 논의한다(Ⅰ-「무녀도」, Ⅱ-「역마」, Ⅲ-「까치소리」, Ⅳ-「황토기」).

	A		B
Ⅰ.	모화는 (모든 것을 '님'이라 부르는) 무당이다.	—	모화가 물에 들어 죽는다.
Ⅱ.	성기는 사주에 (떠도는 팔자라는) 역마살을 타고난다.	—	성기가 집을 떠난다.

---

55) Meir Sternberg, *Expositional Modes and Temporal Ordering in Fiction*, Baltimore and London: The Johns Hopkins Univ. Press, 1978, p.33. 주로 장편소설을 염두에 둔, 상대적인 분류이다.

Ⅲ. '나'는 (아침에 울면 길조요,   ─ '나'가 (저녁 까치
    저녁에 울면 흉조라는)   소리가 들릴 때)
    까치소리가 들리는 곳에 산다.   살인을 저지른다.

Ⅳ. 억쇠와 득보는 (용의 피로   ─ 억쇠와 득보가
    생겼다는) 황토골에 산다.   싸우다 죽는다.

화소 A는 정보단위요 정적(靜的) 화소이다. 그 명제는 정지진술(靜止陳述)의 형태이며 어떤 행동보다는 사실을 내포하고 있다. 그러나 화소 B는 작품의 핵심적 행동을 내포한 핵단위요, 진행진술(進行陳述)의 형태를 띤 동적 화소이다.[56]

화소 A가 조건이요 예시라면 B는 그것의 실현으로서, 둘은 하나의 연속체를 이룬다. 작품 안의 다른 화소들 모두는 A─B의 과정을 그럴듯하게 꾸미기 위해, 즉 소설적으로 합리화하기 위해 그에 종속되어 있다.

이것은 슈클로브스키가 나눈 이야기체의 두 구성유형 가운데 하나인 '원형구성(圓形構成)'에 해당된다. 원형구성이란, 어떤 주된 화소 하나로 시작되고 끝나면서, 다른 화소들은 그 전개에 종속되는 구성의 유형으로서,[57] 이때 주된 것과 종속되는 것 사이에는 인과, 대조, 지연 등의 여러 관계가 성립될 수 있다.

이들 작품이 원형구성을 취하고 있다는 사실은, 특히 단편소설이기에, 매우 당연한 바 있다. 하지만 이는 김동리 소설을 분석하는

---

56) 롤랑 바르트가 「이야기체의 구조적 분석 입문」(김치수 역,『구조주의와 문학비평』, 홍성사, 1980)에서 쓴 용어와 시모어 채트먼의 용어를 통합하여 사용한다.

57) V. 슈클로브스키, 「단편소설과 장편소설의 구성」, 김치수 역,『구조주의와 문학비평』, 54, 61쪽.

데 있어 많은 단서를 제공한다. 화소 A의 김동리다운 특성과 그에 따르는 기법들에 대한 관찰과 진술을 가능케 하기 때문이다. 그리고, 뒤에 밝혀지겠지만, 이 용어가 김동리 소설의 형식과 의미구조의 특성을 함축적으로 제시하는 데 적절히 쓰일 수 있기 때문이다.

화소 A는 전지적 서술자에 의해 제공된다. 그런데 그것의 내포적 의미를 규정하는 괄호 속에 부기한 사실은, 서술자가 '전해 들은' 것이거나 '전해오는' 것으로 제시된다.[58] 앞 장에서 살폈듯이, 이러한 서술방법은 그것의 의미가 어떤 사회에서의 일반적인 믿음 — 무속신앙, 사주, 속신, 풍수설 등 — 에 근거하고 있음을 강조한다. 이 믿음의 한국적 또는 토속적 성격이 김동리 소설을 특징짓는데, 그것이 단지 소재에 머물지 않고 작품 구조 속에서 기능성을 갖는 것은, 그것을 등장인물들 혹은 그들이 속한 사회의 구성원들이 믿고 있기 때문이다.[59] 즉 화소 A의 의미가 '그들의' 믿음을 바탕으로 규정되고 있기 때문이다. 이렇게 의미 규정된 화소 A의 결정적 기능성은, 그것이 믿음 자체의 의미체계에 따라 구체적인 행동 즉 화소 B로 실현된다는 데 있다. 각 작품의 제목은 플롯상 화소 A가 지니는 이러한 기능적 중요성을 예시한다.[60]

이렇게 화소 A의 기능성이 B와의 통합적 관계 속에서 파악되므로, 독자가 처음부터 그것이 주제 형성에 이바지하는 바를 아는 것

---

58) 이런 점에서, 「황토기」가 개작과정(① → ②)에서 전설에 대한 서술이 억쇠의 시점으로부터 서술자의 시점으로 바뀐 것은 시사하는 바 크다.

59) '종교적인 믿음'을 지녔다는 점이 '혈연에의 집착'과 함께 김동리 소설 등장인물들의 두드러진 특색이다. 데뷔작 「화랑의 후예」의 황진사부터 그러하다.

60) 이에 벗어나는 것으로 「무녀도」가 있다. 이는 이야기의 '동기적 부가물'을 내세운 제목으로서, 이 글의 문맥에 따르자면, 그만큼 예시성이 적다고 할 수도 있다. 「등신불」은 이와 같은 경우이나 예시성이 크다.

은 아니다. 그것은 일단 하나의 문화적 코드로서 예시적 기능을 수행할 뿐이다. 이 A의 예시성은 배경묘사의 예시성과 상호 작용하면서 작품의 분위기를 형성한다. 이때 배경을 제시하는 화소는 A와 계열적 관계에 놓이면서 상징화된다. 즉 공간적 배경을 이루는 지형이나 사물은, 화소 A가 예시하는 주인공의 운명적 요소와 결합되면서 상징화된다.

앞 장에서 살핀 바, 그에 대한 서술의 반복은 이 상징화를 돕는 데 기여한다. 그리하여 모화네 집, 물과 길이 세 갈래진 화개장터의 지형, 회나무, 그리고 황토골의 지형은, 주인공의 행동무대에 속한다는 공간적·환유적 근친성을 넘어서서, 주인공의 운명 자체의 상징이 되는 것이다. 여기서 그것들이 모두 자연(물)이라는 점이 눈에 띈다.[61]

A가 원인이라면 B는 결과이다. 즉 두 화소는 인과관계로 통합되어 하나의 연속체를 이룬다. 그러나 그것은 '주술적이고 설화적인 세계'[62]에 속한 인물들의 믿음을 토대로 가능한 관계이지, 그 믿음을 미신이라고 볼 수도 있는 독자의 관점에서는 성립되기 어려운 관계이다. 그 믿음은 '닫힌 사회'[63]내에서 일반적인 것이지, 근대 혹은 현대 독자의 세계에서도 박진성 있게 받아들여질 수 있는 것은 아니다. 즉 읽기를 마친 독자가 이들만을 바탕으로 화불라를 재구성할 때, 'A 때문에 B가 일어났'고 하기 어렵다. 이러한 작품 내의 시공과 독자의 시공 사이, 그 두 문화적 의미체계 사이의 괴리 ― 이 작품들의 거의 모든 기법적 장치는 바로 이 점을 해결하

---

61) 「무녀도」의 모화네 집은 자연물은 아니지만 그에 가까운 것으로 본다.

62) 이재선, 『한국현대소설사』, 홍성사, 1979, 458쪽.

63) 김윤식·김현, 『한국문학사』, 민음사, 1974, 245쪽.

기 위한 것으로 여겨진다. 앞장에서 살핀 서술자에 대한 신뢰감 조성과 서술상의 여러 기법도 이 문제의 해결을 위한 것이라 할 수 있다. 김동리는 개성적이면서도 창조적인 '자신의 시학'으로 그 문제를 해결함으로써, 주술적이고 설화적인 세계의 이야기를 그 닫힌 세계에 함몰되지 않고, 인간 보편의 이야기로 만든다. 여기서 밝히려는 게 바로 그 시학이다.

화소 A는 정보이지 행동이 아니다. 그 '운명적인 것'을 내포한 정보는 집단적인 믿음을 바탕으로 하고 있다. 따라서 A가 B라는 개인적 행동으로서 구체화, 형상화되기 위해서는 그에 종속된 어떤 '매개 사건'이 요구된다. 즉 화소 B를 보편적 인간 행동의 질서 속에서 필연성 있게 하고 작품 전체에 박진성을 부여할 어떤 행동 혹은 사건이 도입되어 '사실적 동기화'[64]가 이루어져야 한다. 이때 그 매개 사건의 전개는, 미신일 수도 있는 의미체계를 바탕으로 한 A가 그대로 B로 실현된다는 것, 즉 운명은 그 논리에 따라 전개될 뿐이지 변하지 않는다는 것이 그럴듯하게 합리화되면서, 주인공의 성격이 형상화되는 과정이다. 이 합리화와 성격형성의 과정은 곧 '운명적인 것'의 몰개성성으로부터 등장인물들을 개성화시키는 것이며, 행동이 행동을 낳도록 소설을 구성하는 과정이기도 하다. 그 결과 작품이 박진성을 획득했을 때, 즉 화소 A와 B의 관계가 합리화되었을 때, 화소 A(의 의미를 규정하는 어떤 믿음을 내포한 서술)는 하나의 은유 혹은 상징이 된다. 그리고 이때 그와는 다른, 매개 행동 속에서 형성된 주인공의 개성과 행동이 동반한 어떤 문화적·시대적 의미체계는 궁극적으로 A의 그것에 수렴된다.

---

64) B. Tomashevsky, "Thematics," in *Russian Formalist Criticism : Four Essays*, trans., L. T. Lemon & M. J. Reis, Lincoln and London: Univ. of Nebraska Press, 1965, p.80.

이러한 합리화 혹은 동기화를 노드럽 프라이는 환치(displacement)라고 부른다. 환치란 신화나 은유 등을 소설화함에 있어서, 그것을 논리성이나 개연성의 규범에 맞도록, 실생활과 같아서 독자가 받아들일 수 있도록 합리화하는 것을 말한다.[65] 「역마」가 동명왕 설화를 작품 형성의 근간으로 삼고 있다는 주장[66]이나, 김동리가 여러 설화를 소설화하였다는 점을 참고할 때, 그리고 무엇보다도 앞서 지적된 화소 A의 특성과 그것이 B로 실현되는 양상을 고려할 때, 프라이의 이 용어는 이 글에서 적절히 활용될 수 있을 것으로 여겨진다.

요컨대 김동리는 한국인의 전통적 믿음을 내포한 설화나 속신(俗信)을 소설로 환치하고 있다. 그런데 여기서 지적해둘 것은, 한 편의 소설이 지니는 합리성 혹은 박진성은 어디까지나 문학적 차원에서의 그것이지 과학적 차원에서의 그것은 아니라는[67] 점이다. 어떤 서술 혹은 화소가 문학작품 속에서 지니는 주된 기능은 정서적 반응의 유발에 있는 것이지[68] 과학적 사실의 전달에 있지 않다. 여기서 사용되는 합리성(화), 사실성, 박진성(그럴듯함) 등의 말

---

65) N. Frye, *Anatomy of Criticism*, Princeton Univ. Press, 1973, p.365. *Fables of Identity*, Harcourt, Brace & World, Inc., 1963, p.36.

66) 이광풍, 「김동리의 「역마」 연구」, 『국어국문학』 제 83호, 1980. 6, 99쪽.

67) 이 문제에 관하여 김동리 자신은 다음과 같이 말한 바 있다.
"한 작가의 생명(개성)적 진실에서 파악된 '세계'(현실)에 비로소 그 작가적 리얼리즘은 시작하는 것이며, 그 '세계'의 여율(呂律)과 그 작가의 인간적 맥박이 어떤 문자적 약속 아래 유기적으로 육체화하는 데서 그 작품(작가)의 '리얼'은 성취되는 것이다. 그러므로 아무리 몽환적이고, 비과학적이고, 초자연적인 현상이더라도 그것은 가장 현실적이고 상식적이고 과학적인 다른 어떤 현상과 마찬가지로 어떤 작가의 어떤 작품에 있어서는 훌륭히 리얼리즘이 될 수 있는 바이다." 김동리, 「나의 소설수업 ─ '리얼리즘'으로 본 당대 작가의 운명」, 『문장』 2권 3호, 1940. 3, 174쪽.

68) K. Egan, "What is a Plot?," *New Literary History*, vol.IX, no.3(spring, 1978), pp.461~462.

은, 그러한 문학적 진실 개념을 전제하고 있다.

3.2.1. 매개 사건의 반복 — 「무녀도」

「무녀도」에는, 모화가 무녀로서(A) 물에 들어 죽는다(B)는 행동을 합리화하는 화소 가운데 낭이의 출생에 관한 이야기가 있다. 무속설화에서 차용한 이 화소의 내용은, 모화가 자기의 딸 낭이가 실은 용신(龍神)의 딸이며, 산신의 아들과 사랑을 하다가 쫓겨나서, 모화가 맡아 기르고 있다고 한다는 것이다. 이 이야기는 모화가 "모든 것을 '님'이라고 불렀다"는 서술로 끝난다.

이로 미루어 볼 때 모화가 '물에 드는' 것은 그녀의 입장에서는 귀향과도 같다. 복사꽃을 매개로 한, 모화가 예기소에 빠져들면서 하는 넋두리와 낭이의 출생 화소 사이의 관련성이 그러한 해석을 뒷받침한다. 작자의 말을 빌면, '물아일체라는 생리'[69]에 따라 그녀는 물에 드는 것이다. 자연과의 결합을 통해, 육체적 죽음이 오히려 영혼을 고양시킬 수 있다는 이러한 믿음의 논리가 김동리 소설에서 인물의 행동원리로 작용하는 예는 많다. 「바위」, 「달」, 「당고개무당」, 「저승새」, 「먼산바라기」, 「늪」 등이 그에 해당한다. 특히 「바위」에서 술이 엄마의 죽음은, 복바위에 대한 절대적인 믿음 속에서 이루어진 것이므로, 모화의 죽음과 마찬가지로 혈연에 대한 사랑의 좌절이 동반된, 숭고화된 죽음이다.

철저히 간접화법으로 제시된 낭이의 출생 화소는, 플롯상 A가 의미하는 바 모화의 세계관을 구체화하고 B를 예시함으로써 둘의 관계를 개연성 있게 한다. 그러나 이것은 어디까지나 모화가 지닌 세계관의 맥락에서의 개연성이지 보편적 차원에서도 그렇게 되기

---

69) 김동리, 「창작의 과정과 방법」, 『신문예』 통권 5호, 1958. 11, 11쪽.

는 어렵다. 다시 말하면, 낭이의 출생 화소는 화불라상 기능성이 희박한 자유화소로서, 모화의 투신을 보편적으로 합리화하기에 충분치 못하다. 이는 곧 모화의 죽음이 작품 속에서 '한 무녀의 죽음'에 그치게 됨을 뜻한다.

모화가 죽는 행동의 일반적 개연성 확립에 기여하는 것은 욱이가 모화로 인해 죽게 되는 사건이다. 이 작품에서는 모화가 지닌 무속적 세계관과 욱이의 기독교적 세계관이 서로 대립한다. 이 범신주의(凡神主義)와 유일신주의(唯一神主義)의 대립은, 모화와 욱이 사이의 혈연관계에 의해 동기화됨으로써 더욱 박진감과 비극적 효과가 고조되고 있다. 둘의 대립은 주로 모화의 적극적 행동을 통해 드러난다.

① 모화가 신주상의 냉수를 욱이에게 뿜는다.
② 모화가 욱이한테서 예수귀신을 쫓아달라고 신주님께 빈다.
③ 모화가 욱이의 신약전서를 태우며 푸닥거리를 한다.
④ 모화가 욱이를 찌른다.

①~④는 하나의 계열체로 파악되는데, 이는 곧 그들이 의미상 비슷한 '행동의 반복'[70]임을 뜻한다. 이 때 각 화소 사이에는 점층적 관계가 있어서, 점차 대립성이 고조되고 강화되다가 마침내 어머니의 아들에 대한 치명적 가해를 낳는다. 그리하여 모화가 스스

---

70) '표현적 반복'과 대조되는 '의미적 반복'의 하나로서, '어떤 사건(행동)의 의미 있는 반복'을 가리키는 '패턴'과 같은 개념이다. 앞 장에서 한 반복에 관한 논의와 C. Brooks and R. P. Warren, *Understanding Fiction*, 2nd ed., New York: A.C.C., 1959, p.686.

로 물에 들어 죽는다는 행동(B)은, 아들을 죽게 한 어머니의 그것으로서 그럴듯해진다.

여기서 두 사람의 죽음이 내포한 비극성을 살피기 위하여 브레몽의 플롯 진행과정에 관한 도식[71]을 응용하여본다.

	모화	욱이	
믿음을 변화시 키려는 과정	↑	↓	혈연관계 유지의 좌절
	↓	↑	〃

↑ : 좋은 경우(개선)　↓ : 좋지 않은 경우(악화)

모화네 집과 교회당으로 상징되는 두 사람의 대립은, 각자가 지닌 믿음의 강도 때문에 어느 경우에나 혈연관계의 파괴를 가져오고, 그것은 곧 모두의 죽음을 낳는다. 이렇게 볼 때, 모화는 욱이와 마찬가지로 순교자이다.

낭이의 출생 화소와 모화가 물에 들어 죽는 행동의 관계는, 보편적 개연성을 지닌 ①~④의 사건과 결합되면서 박진성을 얻는다. 즉 모화의 무녀로서의 죽음은, 기독교의 이입이라는 시대적 의미를 띤 매개 사건에 의해 환치되고, 혈연관계가 개입된 비극적 상황 속에서 순교적인 것이 된다. 이는 곧 그녀의 세계관이 고양되고 보편화됨을 뜻한다.

이 소설의 전개는 순환적이다. 그림으로 묘사되었던 장면이 그 대상이 된 실제의 장면으로 제시되고, 내부소설은 모화네 집의 묘사에서 시작하여 그 묘사로 끝난다. 그리고 중심 사건의 이야기된

---

71) Claude Bremond, "The Logic of Narratives," trans. by E. D. Cancalon, *New Literary History*, vol.1, no.3 (spring, 1980).

시간이 여름에서 시작하여 다음 해 여름까지이다. 형식적, 시간적 국면에서의 이러한 순환성은, 모화의 죽음이 선(線)적인 삶의 끝이 아니라 원(圓)적인 삶의 순환이요 반복이라는 사상을 형상화하는 데 기여한다. 이 순환성을 '공간적 형태'로 바꿀 때 그것은 원으로 나타낼 수 있을 것이고, 따라서 형식적·시간적·의미적 국면에서 여러 개의 원이 이 소설에서 추출될 수 있게 된다. 이러한 맥락 속에서, 낭이의 삶은 또 하나의 원을 형성한다. 낭이가 무녀도를 그렸다는 사실은 자기 어머니의 삶을 다시 살아감을 의미한다고 할 수 있기 때문이다. 낭이의 삶은 모화의 삶의 반복이요, 순환인 것이다.

3.2.2. 운명적 '성격' — 「역마」

화개장터가 물과 길, 그리고 사람이 만나고 헤어지는 곳이라는 이야기로 시작하여, 그 갈랫길에서 성기(性騏)가 집을 떠나는 것으로 끝나는 이 작품은, 사주팔자라는 우리의 전통적인 운명사상을 한 편의 소설로 환치하고 있다. 「무녀도」가 그랬듯이, 이 작품에도 화소 A(성기는 사주에 역마살을 타고난다)의 의미를 구체화하면서, 그것이 그 자체의 의미질서 속에서 B(성기가 집을 떠난다)로 실현되는 것을 합리화하는 화소가 설정되어 있다. 그것은 성기 할머니와 어머니의 혼자 사는 팔자에 관한 정보인데, 이를 제시하는 서술은 역마살과 그 인과성에 대한 '그녀들의' 믿음을 드러내기 위하여 장면적 요약의 형식을 취하고 있다. 그리고 거기 덧붙여서, 그녀들이 떠도는 남자를 보았다는 사실이 화개장터라는 곳에 살기 '때문에' 있을 수 있고 또 있었음을 강조하기 위하여, 서술자의 논평이 덧붙는다.

다같이 '화개장터' 주막에 태어났던 그녀들로서는 별로 누구를 원망할 턱도 없는 어미 딸이었다. (217쪽)

인물들이 사는 땅의 상징화에 얼마나 적극적인가를 잘 보여주는 위의 인용은, 할머니와 어머니의 삶이 지형적 개연성, 나아가 풍수지리설에 근거한 지형과의 인과적 운명성 속에 있음을 함께 드러낸다. 그리고 이러한 서술은 그녀들과의 혈연관계 '때문에' 성기의 사주에 역마살이 끼었다는 것과, 사주에 타고나지 않았더라도 그가 할아버지와 아버지처럼 집을(여자를) 떠나게 될 것이라는 점을 예시하고, 결국은 합리화한다. 성기의 사주와 그에 따라 집을 떠남(B)은, 조상들의 그것의 결과이면서 반복인 것이다. 이때 성기의 떠남은 서술상 잠재된 행동의 반복이라고 할 수 있다.

이처럼 사주, 풍수지리설 등을 바탕으로 한 화소 A를 보편적 질서 속에서 소설적으로 합리화하기 위한 매개 사건은 다음과 같이 요약된다.

① 성기와 계연이 만난다.(체장수 부녀가 옥화네 주막에 온다.)
② 성기와 계연이 사랑한다.
③ 옥화가 계연의 사마귀를 발견한다. (계연과 자기의 혈연관계를 인지한다.)
④ 성기와 계연이 이별한다.(체장수 부녀가 옥화네 주막을 떠난다.)

①~④의 만남—이별은, 서술상 잠재된 성기의 조상 2대의 그것과 인과적·반복적 관계에 있다. 할아버지와 아버지가 그랬기에

성기도 그러는 것이다. 그런데 ④에서 떠나는 자는 '떠나려는 의지'를 지닌 남자가 아니라 '붙잡으려는 의지'의 여자이므로 ④가 곧 주인공 성기의 떠남(B)이 아니다. 그것은 ④의 뒤에 온다.

②에서 ④로의 전환은 혈연 인지 모티프[72]의 채용으로 합리화된다. 「무녀도」에서처럼 여기서도 혈연관계가 동기화되어 있고, 따라서 그 합리화는 결정적인 것이 된다. 계연과 옥화가 형제간임이 판명되면서 성기는 계연의 조카가 되고, 따라서 둘의 결합은 당연히 부인되기 때문이다. 그런데 앞서 지적된 대로, 성기와 계연이 이별하는 것 또는 계연이 떠나는 것(④)은 성기가 집을 떠나는 것(B)이 아니다. ③에서 혈연관계를 인지하는 인물은 옥화이지 성기가 아니기 때문이다. 즉 ③에서의 행위자는 옥화이고 그 사마귀를 발견하는 행위가 무엇을 의미하는가 하는 것은 이별(④)의 당사자인 성기와 계연은 물론 독자에게도 알려져 있지 않다. 독자는 그 앞에 제시된 여러 예시적 서술들[73]이 조성한 호기심과 막연한 기대감 속에 있고, 성기는 아직 "계연이 떠나간 방향이 아닌 곳으로" 집을 떠날(B) 이유가 분명하지 않다. 이는 곧 ①~④의 연속체(A—B)에 종속되어 있는, ③이 낳는 또 다른 종속적 연속체가 필요함을 뜻한다.

③ 옥화가 계연의 사마귀를 발견한다. (혈연관계를 인지한다.)

---

72) B. Tomashevsky, "Thematics," p.82. 사실적 동기화에 사용되는 대표적 모티프의 하나이다.

73) 관련 서술의 핵심 부분만을 플롯상의 순서에 따라 나열하여 본다 : 예순도 훨씬 더 넘어뵈는(215쪽). 스물 네 살 때. 꼭 서른 여섯 해 전. 이 장터에서 하룻밤. 추억의 실마리. 자못 놀라는 시늉(216쪽). 꼭 스므해 전(220쪽). 까마귀 한 마리가(223쪽). 부들부들 떨고. 소나기(224쪽) 등.

④

⑤ 옥화가 체장수 부녀와의 혈연관계를 성기에게 말한다.

B. 성기가 집을 떠난다.

성기가 혈연관계를 인지하는 순간(⑤)이 이 작품의 결말이 아니다.[74] 따라서 그 순간의 놀람의 효과는 B를 위한 수단으로서 작용한다. 이러한 플롯상의 기법을 자세히 살펴본다.

(이후에도 제시될 다음과 같은 도표는, 엄밀히 보면 작성되기 어려운 것이라 할 수도 있으나, 그것대로의 장점 — 특히 김동리 소설의 시간, 정보 제공 등의 기법을 드러내는 — 때문에 시도한다. 어디까지나 개략적이다.

가로줄은 서술의 길이를, 세로줄은 이야기된 시간의 경과를 상대적으로 표시한 것이다.)

---

74) 이효석의 「메밀꽃 필 무렵」은 혈연이 인지되는 놀람의 순간에 작품이 끝난다. 그러나 「역마」는 '놀람의 결말(surprise ending)'이 아니다.

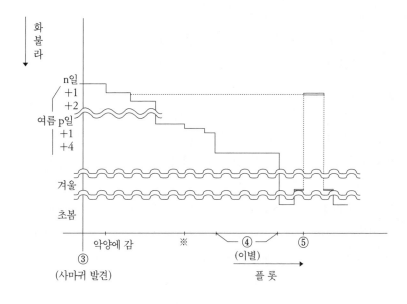

※: 제4,5장(224~231쪽)
P일: "한번은 성기가…"(225쪽)한 날.
겹선부분: 장면적 요약의 서술로 된, 회고에 대한 회고.

〈도표 1〉

　사마귀를 발견한 일(③)이 있은 다음 날(n+1일), 옥화는 악양에
사는 명도(明圖)를 찾아가는데, 그 뒷얘기는 서술이 생략된다. 그리
고 이별(④)에 이르기까지 성기와 계연의 애정이 깊어져가는 과정[75]
이 성기의 소심하고 비적극적인 성격[76]과 함께 제시된다. 그 중간,
즉 악양행 얼마 후인 ※표 지점에서, 옥화가 둘 사이를 경계한다는
서술이 있을 뿐이고, 악양의 명도가 옥화에게 일러준 혈연관계는

---

　75) 이 과정은 전에 칠불 구경을 가다가 숲 속에서 있었을 두 사람의 결합을 짙
　　게 암시하고 있다.

이별 뒤인 ⑤에 가서야, 감정의 직접성을 약화시키는 삼인칭 간접화법 형식의 옥화의 고백을 통해서 드러난다. 따라서 독자는 먼저, 이별 마당에서 말 한마디 못하고 허둥대다가 마는 성기의 소극적이고 수동적인 성격을 보게 되고, 그 결과 ⑤에서의 놀라움은 가중된다.[76] 혈연관계 인지 자체의 놀람에다가 부지중에 성기의 '성격으로 증명된' 시천역(時天驛)의 지배력에 대한 놀람이 겹치는 것이다. 즉 육체적 결합이 강하게 암시되는 두 사람이 혈연관계라는 사실이 드러남에 따른 놀람과 함께, 성기나 독자가 운명적인 것 (A)을 받아들이기 이전에, 그에 반하는 강한 결합 욕구가 있었음에도 불구하고, 이미 그것이 어쩔 수 없는 성격으로서 엄연히 삶을 지배하고 있었다는 사실에 대한 놀람이 겹치는 것이다. 이리하여 성기 그리고 독자는 극한적 감정 상태가 지난 뒤에, 그 감정상태의 '개인적' 비극성을 넘어서서, 화개장터라는 지형의 숙명성과 타고난 운명의 절대성을 받아들이게 된다. 이러한 플롯 조작으로 혈연관계 인지화소가 지니게 된 이중적 가능성에 의하여, 성기가 계연이 간 쪽도 아버지가 있다는 쪽도 아닌 곳으로 "콧노래까지 흥얼거리며" 자기의 길을 떠나는 것, 즉 A가 B로 실현되는 것이 박진성을 얻게 되는 것이다.[78] 그리고 그 박진성은 할아버지와 아버지 2대의

---

76) ③과 ④사이에서만 살필 때, 성기의 이 '개인적' 성격을 형상화하기 위해 사용된 기법은 크게 세 가지이다. ⓐ(성기의 할머니, 어머니와 통하는) 계연의 활달한 성격과의 대조. ⓑ질투심을 드러내는 행동 삽입. ⓒ서술자의 직접적 서술 : "본래 심장이 약하고 남의 미움 받기를 유달리 싫어하는 그는…." (226쪽)

77) 작가는, 성기의 감정적 극한 상태에 휩쓸리는 것을 막고, 옥화가 둘을 헤어지게 하는 이유에 대한 서술이 뒤에 있을 것을 암시하며, 또 이별 자체를 기정사실화하기 위하여, 갑자기 이야기하는 시간과 이야기된 사건(이별)의 시간 사이에 간격을 둔다. 즉 액자소설적 화법을 쓴다 : "그러나 이것은 실상 모두 나중에 다시 들어서 알게 된 것이었고, 처음은…." (227쪽)

삶과 성기의 시천역(A) 사이의 인과관계도 내포한다. 이렇게 볼 때 성기는 비극적 운명의 제물이라기보다 하나의 통과의례를 거쳐 운명애[79]에 도달한 사람이며, 시천역은 인간의 공통된 운명 중의 하나에 대한 은유 혹은 상징이라는 해석이 가능하다.

한편 「역마」는 「무녀도」와는 달리 그 매개 사건이 화소 A와 같은 계열의 전통적 문화체계 혹은 믿음을 바탕으로 하고 있다. 옥화가 명도를 통해 혈연관계를 확신하기 때문이다. 이 작품이 동명왕 설화를 뼈대로 삼고 있다는 주장[80]을 참고할 때, 이는 작품에 전통성과 설화적 초시간성을 부여하려는 의도의 결과인데, 그런 특성이 강한 그만큼 근대성 혹은 합리성은 약하다고 할 수 있다. 이것은 명백히 전설을 소설로 환치하였으며, 역시 주된 사건이 여름에 시작하여 다음해 여름에 끝나는 「황토기」의 경우도 마찬가지이다.

3.2.3. 정보의 감춤과 드러냄 ―「까치소리」

A	B
'나'는 (아침에 울면 길조요 저녁에 울면 흉조라는) 까치 소리가 들리는 곳에 산다.	'나'가 (저녁까치 소리가 들릴 때) 살인을 저지른다.

---

78) 이러한 플롯상의 조작과 함께, 작가는 성기의 떠남을 더욱 그럴듯하게 꾸미기 위하여 도입부에 그의 내적 동기를 마련해놓고 있다. "당초부터 어디로나 훨훨 가보고나 싶던 것이 소망이었지만 … "(216쪽)
79) 김윤식, 『한국현대문학사』, 일지사, 1976, 161쪽.
80) 이광풍, 앞의 글, 같은 곳.

「까치소리」는 화소 A의 의미를 규정하는 그 믿음 곧 까치소리에 관한 속신(俗信)이 우리 문화에서 보편성이 적다는 점과, 그것을 주인공도 중요시하고 있지 않다는 점에서 다른 소설들과 차이가 있다.[81] 이러한 차이는, 그 믿음 자체가 신앙적 성격이 희박하기 때문이기도 하지만, 이 작품의 시대적 배경이 구체적으로 밝혀져 있고 또 그것이 현대(한국전쟁 중)이며, 중심적 사건의 경과시간이 약 30일 이내로 짧기 때문에 생긴 것이기도 하다. 그럼에도 불구하고 이 소설은 까치소리 속신을 주된 화소로 삼고 그것의 합리화 — 결국 은유 내지 상징화 — 과정을 보여주는 원형구성을 취하고 있다. 즉 전통적 믿음의 하나를 소설로 환치하고 있다는 점에서 여기서 다루고 있는 다른 소설들과 함께 논의할 수 있다.

까치소리에 관한 속신이 이 작품에서 큰 기능을 하게 되는 것은, 다른 '신앙적'인 것, 곧 사랑 혹은 그리움의 개입에 의해서이다. 사랑하고 그리워하는 존재에 대한 신앙적 감정[82]이 주요 인물들의 공통적 성격이 되고, 이 성격이 까치소리와 결부된다. 이 작품에서 까치소리는 그에 대한 속신이 존재하는 작품 내·외적 현실의 논리에 따라서라기보다, 인물들의 누구인가에 대한 신앙적 애정과 관련되면서 의미를 지니게 된다.

---

81) 따라서 이 작품에서 까치소리가 관련된 살인은 작품 내적으로도 우발적일 수 있으나, 속신에 대한 마을 사람들의 '믿음이 일치된'「산화(山火)」에서의 살인은 작품의 맥락에서 필연적이다. 이는 두 살인의 윤리적 측면의 경우에도 비슷하다.

82) 김동리 소설에서 신앙적일 만큼 강렬한 사랑의 감정이 등장인물을 지배하는 작품은 다 열거할 수 없을 만큼 많다. 그 가운데 이 작품 주인공의 어머니처럼 사랑의 대상이 육친인 경우는 「바위」가 대표적이다. 한편 그러한 인물이 비극적 결말을 맞는, 이 작품과 플롯이 통하는 것으로는 「바위」, 「청자」, 「송추에서」 등이 있다.

이 작품은 화소들이 매우 복잡하게 얽혀 있으므로 먼저 주요 행동 화소에 해당하는 핵단위들 사이의 관계를 살핀 뒤, 그것과 정보 및 징조단위의 사용 기법을 종합적으로 살피는 과정을 밟는다.

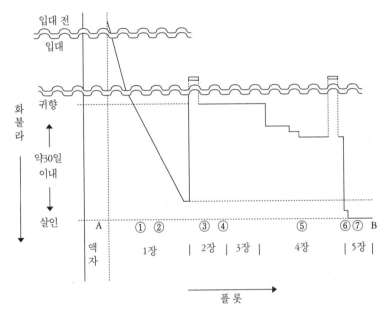

※빗금 부분: 구체적 시점을 정할 수 없는 요약적 언술.

〈도표 2〉

매우 소략하고 필자의 주관적 판단이 개입된[83) 위의 도표는, 이

---

83) 특히 주인공이 (수기를 쓰고 있는 때는 제외하고) 이야기하고 있는 때 즉 "어저께는…"(241쪽)이라고 말하는 시점이 정순에게 마지막 편지를 보내기 전이냐 후이냐 하는 문제가 그렇다. 필자는 "끝없이 날만 보내고 있을 수도…"(266쪽)를 단서로, 보내기 전이라고 본다. 한편, 이러한 판단이 어렵게 되어 있는 점이 이 작품과 「황토기」의 특징이요, 공통점이다.

소설에서 사랑과 그리움이라는 신앙적 감정을 까치소리와 관련짓기 위하여 작가가 어떤 구성을 하고 있는지를 살피는 데 필요한 여러 단서를 제공한다.

제1장(나누어지기만 한 것에 번호를 매김)은 귀향으로부터 살인을 저지르기 며칠 전까지의 기간에 일어난, 까치소리와 관련된 주인공의 심리적 변화이다. 거기에서는 어떤 행동의 결과로 생긴 심리가, 독자를 강하게 의식하는 차용 기법의 서술로 제시되고 있다.

① (까치소리가 들리면, 죽여달라면서) 어머니는 기침을 한다.
② (어머니가 기침을 하면) '나'는 (어머니를) 죽이고 싶은 충동에 사로잡힌다.

어머니의 아들에 대한 정신적 그리움은 육체적인 기침 발작을, 다시 그 육체적 발작은 아들의 정신적 발작을 초래한다. 이러한 인과(因果)의 연쇄에서 어머니가 그리워하는 사람은 아들인 '나'이고 '나'가 그리워하는 존재는 정순이인데, '나'가 왜 발작적인 살의를 느끼는가 하는 의문을 해결할 결정적 정보는 감춰진 채, 다만 예시되어 있을 뿐이다. 이 1장에서는 내부소설에서 이야기되는 기간(귀향 → 살인)의 사건 가운데, 5장의 최종적 · 결과적 사건(살인 : 화소B) 직전까지 일어난 '심리적' 사건이 서술되고 있다. 그리고 그러한 심리를 낳은 그 기간 동안의 '행동적' 사건 및 그에 대한 정보는 2장에서부터 제시되고 있다. 이러한 구성은 억쇠와 득보의 싸움이 먼저 제시된 뒤, 그 원인적 사건의 시간으로 역진하는 「황토기」와 비슷하다. 먼저 제시되는 것이 「황토기」에서는 행동이라면 「까치소리」에서는 심리라는 차이가 있지만, 뒤에 나오는 사건의 결과를 먼저 앞에 제시함으로써, 그것을 절대화하는 구성상의 기법은 같은 것이다. 이러한 기법은, 독자가 강한 호기심과 긴장감 속에서, 일단 기정사실화된 상황을 배경으로 그 원인적 사건을 의식하며 또 결국 그것으로 수렴시키도록 돕는다. 이때 역진해간 시간의 귀환점이 애매한 것도 이러한 기법의 전체 효과에 기여한다.

제2장의 초두에는 주인공의 "야릇한 흥분"의 이유가 될 만한 과거 사건에 대한 정보가 하나 제시된다(도표의 겹줄 부분). 그것은 정순이 이미 남의 아내라는 사실이다. 그러나 그것은 의외로 "관련되지 않는다고 할 수도 없는" 상태의, 막연하고 부분적인 이유일 뿐이다. 이어서 "그 경위"가 "순서"에 따라 서술된다(242쪽).[84] 화소 A와 B를 관련짓는 '심리적 충동'의 원인을 그럴듯하게 제시함으로써 궁극적으로 A—B의 과정을 합리화하는 원인적 · 매개적 사건이 제시되는 것이다.

⑤ '나'는 정순에게 자기의 여자가 될 것을 요구한다.
⑥ 정순이 주저한다.
⑦ '나'는 (자기를) 죽이려 한다.

⑦의 충동은 ⑤⑥의 결과이다. 그런데 어머니의 목을 누르려는 충동(②)이 격렬해진 것은 ⑥의 기간이라고 볼 수 있으므로, ⑤⑥의 결과가 ②일 수 있고, 또 ②의 결과가 ⑦일 수 있다. 즉 주인공이 살해충동을 느끼는 대상은 어머니일 수도 있고 자기 자신일 수도

---

84) '순서'에 따름을 강조하는 서술은, 이야기가 인위적으로 구성된 것이 아니라 논리적 · 자연적 질서에 따르고 있음을 강조한다. "먼저, 주인격인 억쇠로 말하자면…"(「황토기」, 16쪽), "그보다 먼저, 내가 어떻게 해서…"(「등신불」, 57쪽)

있으며, 앞의 경우가 뒤의 경우의 변형이라고도 볼 수 있는 것이다. 다음 ③, ④와 같은 선행적 잠재행동들은, 화소들의 이러한 관계를 더욱 개연성 있게 한다. 이들은 서술상 매우 간략히 그리고 암시적으로 제시되어 있다.

③ '나'는 상호를 죽이고픈 충동을 느낀다.   (247쪽)

④ '나'는 자기 자신이 존재하지 않는 것과 같다고 생각한다.

(248쪽)

②〔어머니를~〕는 화불라상 ③, ④의 반복이되 대상만 바뀌었다. 그리고 ⑦〔자기 자신을~〕은 화불라상 ④의 발전된 반복이다. 이들의 관계는 실제적 행동의 반복이 아니라 잠재적인 행동 즉 충동의

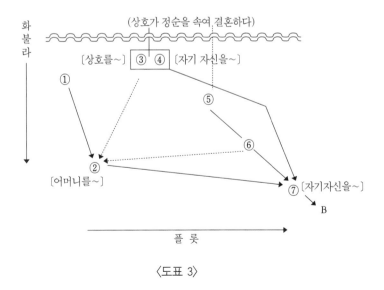

〈도표 3〉

반복이라고 할 수 있다. 화소들의 이러한 관계를 앞서의 도표를 바탕으로 다시 나타내보면 〈도표3〉과 같다.

화살표의 표적이 되고 있는 화소는, 결과적으로 일어난 주인공의 '충동'을 내포하고 있다. 플롯의 방향에 역진하는 점선의 화살표는 화불라상 독자가 재구해낼 수 있는 인과관계이다. 이는 곧 화소 ②가 플롯상 앞에 놓임으로써 생겨난 물음, 즉 원인에 관한 정보를 감추어서 생긴 빈틈(gap)[85] 때문에 일어난 의문을 독자가 해결해나가는 과정을 보여준다.

화불라상 ②의 앞에 있는 모든 화소들은 플롯상 앞에 있는 ②에 개연성을 준다. 그리고 다시 이 ②는 플롯과 화불라상 뒤에 오는 ⑦에 개연성을 준다. 따라서 ⑦은 모든 앞선 화소의 결과일 수 있는데, 이것은 또한 그 가운데 ④의 반복이라고 할 수 있다. 다시 말하면, 상호나 자기 자신을 없애고픈 애초의 충동은 플롯상 그에 앞서는 어머니에 대한 충동을, 정순을 되찾기 힘든 상황에서의 그것으로서, 곧 전자의 변형된 반복으로서 일어날 수 있는 것으로 만든다. 또한 이 전·후의 충동들은 자기 자신에 대한 그것으로서, 변형되고 또 그대로 반복된 것으로서 개연성을 띤다. 이때 세 종류의 충동 가운데 가장 자연스럽지 못한 어머니에 대한 그것이 플롯상 맨 먼저 제시되고, 그것이 까치소리와 맺어져 있다.

이러한 상황이므로, 주인공이 그들 중의 하나가 아닌 영숙에 대해 충동을 느낀다는 것도 있을 수 있는 일이 된다. 그것도 앞에 일어났던 잠재적 행동 즉 충동의 반복에 속한 것이기 때문이다. 따라서 그것이 실제 행동으로 실현되는 사건(B)도, 화소들의 이러한 반복과 변형 속에서 일어날 수 있는 일이 된다.

---

85) M. Sternberg, op. cit., p.50.

그러나 아직도 주인공의 살인 행위는 비논리적이며 우발적으로 보일 수 있다. 그는 의지적 결단보다는 "야릇한 흥분"과 충동에 지배되고 있으며, 그가 죽이는 사람은 사건과 아무 직접적 관계가 없는, 자신도 호감을 갖고 있는 소녀이다. 또 이러한 '충동을 낳는 관계'는 그 자체가 개연성을 지니고 있다 하더라도, 까치소리에 관한 주술적 믿음에서 자유롭지 못하며, 따라서 A—B의 과정은 단지 우발적인 것의 중첩으로만 여겨질 가능성이 남아 있다.

박진성을 훼손하는 이러한 문제점을 극복하기 위하여, 이 작품에는 이제까지 살핀 외적 동기들과 함께, 주인공의 내적 동기가 설정되어 있다. 그것은 귀향 → 살인의 기간에 일어나지 않은 사건과 관계되어 있고, 따라서 화불라상 앞서 살핀 모든 화소에 선행한다. 그 사건에 대한 정보의 점진적 노출은, 더욱 호기심과 기대감을 조성하면서, 모든 행동을 이중적인 것으로 만든다. 그 정보가 결정적으로 드러나는 것은 도표2의 4장 뒤쪽 겹줄부분에서이다. 그것이 드러나기까지의 과정을 서술 그대로 나열해본다.[86]

〈나의 생명을 물려다오〉하는 얄팍한 책자에……   (첫 문장, 235쪽)

내가 군에서 (명예 제대를 하고) 돌아왔을 때……   (242쪽)

나로 하여금 그 마련된 죽음에서 탈출케 한 것은 정순이라는 사실을……   (2장, 243쪽)

(……내가 정순이를 위해서, 아니 정순이와 나의 사랑을 위해서, 군대를

---

86) 다섯번째 인용문 이전에는 전혀 손이나 제대 이유에 대한 언급이 없다.

속이고 국가를 배신하고 나의 목숨을 소매치기 해서 돌아왔다는 것
을……)   (2장, 244쪽)

"손가락 둘이나 달아났군. 그래서야 어디?"
"…잘못 살아온 내 목숨… 이제 나는 내 목숨을 처리할 현실이 없다
네."   (4장, 258쪽)

"… 이건 실상 적에게 맞은 것이 아니고 내 자신이 조작한 부상이야,
살려고……"   (4장, 262쪽)

위의 다섯번째 인용 이전에는 손의 상처나 제대 이유에 대한 언
급이 없다. 중심 사건이 거의 다 제시되는 동안 지체되다가, 국가와
전우를 속이고서라도 목숨을 건져 정순과 결합하기 위해 스스로 손
가락을 잘랐다는 사실이, 이미 남의 아내가 된 정순과 만나는 장면
에서 아이러니칼하게 드러난다. 이로써 귀향하던 날 정순이 결혼했
음을 안 순간 이후의 모든 충동은, 단순히 우발적이거나 보복적인
것이기보다는 "자기가 없어진 거나 마찬가지"(248쪽)인 상태에서
의, 양심을 지닌 자로서의 자기부정적 행동이 된다. 이는 곧 화소
②③④의 기능이 이중화됨을 의미한다. 따라서 이 정보의 결정적
노출에 뒤이어 제시된 자기를 죽이려는 충동(⑦)이 당연시되며, 주
인공과 가해적 관계가 아니라 애정적 관계에 있는 인물들에 대해서
도 일어나는 살해 충동의 내적이고도 근원적 이유가 확립된다.
　어머니는 주인공을, 주인공은 정순을, 그리고 영숙은 주인공을
사랑한다. 주인공 역시 어머니를 사랑하고 영숙에 대해 호감을 갖
고 있다. 이 모든 애정관계의 붕괴에 따른 공멸(共滅)과 그 한이

이 소설의 비극적 성격을 낳는다.

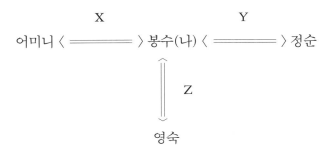

〈══〉:상호간의 애정

주인공 봉수에게 있어 Y가 부정될 때 자기 자신이 부정되며, 이
는 곧 X와 Z의 부정을 뜻한다. 그것의 표현이 어머니와 자신에 대
한 살해 충동이며 영숙에 대한 충동과 그 실제 행위(B)이다. 봉수
가 영숙을 범하는 행동도 어머니나 정순에 대한 변함 없는 애정과
같은 애정의 표현으로 합리화된다.

사랑하고 그리워하는 관계가 죽이려는 충동 또는 행동의 관계이
기도 한 상황이, 살기 위해 몸의 일부(손가락)와 양심을 죽인 행동
으로부터 비롯되었다는 사실이 드러나면서, 주인공의 잠재적, 실
제적 행동은 물론, 작품 내의 여러 사물과 화소들이 지닌 대립적
양면성이 계열체를 이룬다. 여기서 비로소 충동의 순간마다 하나
의 징조단위로 제시되었던 까치소리의 기능성이 드러난다.

모티프		배경의 자연물	A	사랑			
				이타적		이기적	
주체		회나무	까치소리	어머니	영숙	상호	'나'
의미	삶	무성한 가지	아침에~ (길조)	존재 근거	헌신	정순과 결혼	목숨건짐 양심살아남
	죽음	빈약한 가지	저녁에~ (흉조)	병 (악화)	죽음	동생 죽게함	손을자름 (양심죽임) 살해 충동 및 행위(B)

인물들의 대립적 관계는 일차적인 중요성이 없다. 중요한 것은 인물의 행동이나 사물이 각기 지닌 바 대립적 의미에 있다. 그것이 구성단위들의 기능을 이중적으로 만든다. 즉 중의화(重義化)시킨다. 어머니는 "죽여다오"와 "살려다오"를 동시에 부르짖으며, 목숨을 건지기 위한 행동이 몸의 일부를 자르는 행동이며, 살기 위한 것이 죽이는 것을 낳는다. 「바위」에서처럼, 생명을 위한 사랑이 생명의 파괴 이유가 되며,[87] 자기의 여자를 속여 빼앗은 병역기피자 상호와 자기도 같은 '이기적' 인간이다. 모든 생명적인 것(삶)은 모든 비생명적인 것(죽음)과 공존하며, 서로가 서로의 이유가 되는 인과관계에 있는 것이다. 그리고 이 모든 것은 '같은' 까치소리가 아침에는 길조요 저녁에는 흉조일 수 있다는 사실과, '하나의' 나무가 한쪽 가지는 무성하면서도 다른쪽 가지는 빈약할 수 있음과 동일하다. 따라서 이들은 앞서의 여러 대립의 짝들에 대한 은유요 상징이다.

---

87) 어머니의 기침 발작은, "처음은 아침 까치소리에 시작되었으나 나중은 때의 아랑곳이 없어졌다"(238쪽). 그 중에도 "어머니가 가장 모진 기침을 터뜨리기 마련인" 것은 "저녁 까치소리"(270쪽)이다.

주인공은 신앙적일 만큼 강하고 철저한 사랑을 지녔기 때문에, 그리고 양심을 지녔기 때문에 살인을 저지른다. 이러한 모순적인 결과가 초래된 것은, 한편으로는 한 몸이나 다름없는 동족이 서로를 죽인 전쟁(한국전쟁) 때문이기도 하다 ─ "전쟁은 나에게 살인 자라는 낙인을 찍어 주었다."(235쪽)

이러한 모순적인 것들의 동질성, 또는 그것들의 공존과 인과관계는 까치소리와 등장인물들 사이의 그것과 같다. 따라서 까치소리와 살해 충동 및 행위 사이, 나아가 까치소리에 대한 속신과 보편적·시대적 현실 사이의 모순적인 듯하면서도 동질적이고 무연한 듯하면서도 인과적인 관계가 겹쳐지면서 박진성을 얻게 된다. 이는 곧 이 작품에서 까치소리에 대한 속신이 한 편의 소설로 환치되고, 그에 내포된 바가 민족적 고뇌를 상징화하면서 하나의 보편적 세계관으로 형상화되고 있음을 뜻한다.[88]

3.2.4. 병치와 순환 ─「황토기」

「황토기」는 전설을 소설로 환치한 작품인데, 전설이 개작과정(①→②)에서 앞에 따로 놓임으로써, 각자가 그 서술적 독자성을 유지하면서 함께 제시되고 있는 점이 특이하다.

황토골의 지형과 그에 얽힌 세 전설은 매우 초월적인 입장에 있는 서술자에 의해 제시된다.[89] 그와는 다르게, 제1장은 이 작품의 주요 세 인물과 그들의 갈등관계가 예시되는 하나의 장면으로, 현

---

88) "소위 인과사상(因果思想)에 의거한 이 작품은 가장 한국적인 주제가 어째서 세계성으로 이어질 수 있는가를 다시 묻게 되는 중요성을 가진다." 김윤식, 『한국근대작가론』, 일지사, 1974, 316쪽.

89) 이 작품과 비슷한 구조의 「한내마을의 전설」은, 이 작품의 원작(①)처럼, 전설이 인물을 초점자로 제시된다.

재시제를 취하고 있다. 제2장 이후로는 과거시제인데, 2장은 1장 다음 날의 싸움으로 역시 장면에 가까운 서술이고, 3장은 황토골 태생인 억쇠의 일생이 다회적 서술이 많은 장면적 요약의 글로 제시되고 있다.

이 3장에서 과거로 역진한 시간이 2장에서 이야기된 시간에 이어지는 것은 5장의 끝부분에 가서이고, 「까치소리」에서와 같이 그 귀환점이 의도적으로 흐려져 있다.[90] 작품의 앞머리에 제시된 상황을 시간적 질서 또는 화불라상의 단선적(單線的) 인과관계로부터 분리하여 절대화하는 기법이다. 그 역진한 시간 동안의 사건을 제시하는 서술(제3~5장)은 전 작품의 약 절반을 차지한다. 그러나 이야기된 시간과 이야기하는 시간 사이의 시간비(time-ratio)[91]로 볼 때, 1, 2장의 이틀간과 현격한 차이가 있다. 특히 2장의 경우가 그러한데, 그만큼 억쇠와 득보의 싸움 장면이 자세히 그려지고 그 의미가 강조되어 있는 셈이다.

---

90) 28쪽 제19행부터 5장의 끝까지의 총10행은 따로 장으로 구분되어 있는데, 그 서술이 다회적 서술("밤마다…")이어서 시기가 애매하다. 「까치소리」(일지사, 266쪽)의 경우와 같다.

91) M. Sternberg, op. cit., p.14.

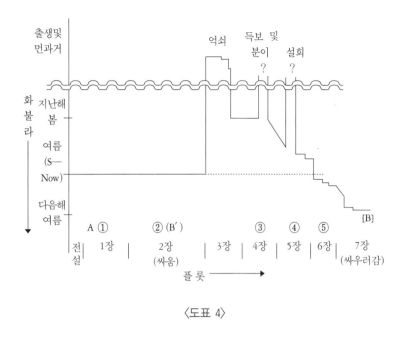

〈도표 4〉

　이러한 서술양태의 변화와 플롯의 전개를 살펴볼 때, 5장과 6장 사이에 일어난 사건을 담은 1, 2장이 전설 바로 뒤에 장면으로 제시된 것은, 두 장사의 싸움과 피흘림을 용들의 그것과 병치시키기 위한 것이다. 즉 전설적 시공에서의 용들의 '운명적' 삶과, 인간의 상대적 시공에서의 억쇠와 득보의 삶을 병치하기 위한 기법이다.

　이러한 구성의 결과, 독자는 작품의 앞부분에서 사실상 작품의 핵심 화소 둘을 모두 제공받는다.

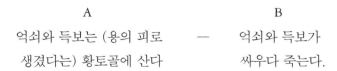

〔억쇠는 (〃)   〔 〃 싸운다.〕
황토골 태생이다.〕

　그런데 화소 A는 단지 인물들의 신체적 특징과 행동하는 시간, 장소를 제시할 뿐이다. 따라서 1장에서 예시되는 인물들의 갈등과 2장에서의 두 사람의 싸움을 이해하는 데 필요한 확실한 도입(exposition) 정보는 결핍되고, 그 결과 독자는 강한 의문을 느낀다.[92]

　한편 화소 B의 경우, 2장에서 요약해낼 수 있는 서술 명제는 '두 사람이 싸운다'이다. 그런데 작품의 결말에서 두 사람이 벌이러 가는 싸움은, '두 사람이 싸우다 죽는다'로 요약될 수 있게끔 충분히 예시되어 있지만, 그 싸움 직전에서 소설이 끝난다. 이것은 두 용과 장사의 삶을 병치시키되, 후자의 비극적 종말은 전자의 그것이 예시한 바에 따라 독자가 재구하도록 만듦으로써 환치의 작위성을 지우려는 조작이므로, 여기서는 '~싸우다 죽는다'를 화소 B로 삼고 '싸운다'를 편의상 B'라 칭하면서 분석을 진행해나가고자 한다.

　화소 A의 '황토골'의 의미를 규정하는 것은 서두의 세 '설명적 전설'[93]이다. 따라서 전설의 서술 자체는 「무녀도」의 낭이의 출생담이나 「역마」의 앞 2대의 윤회적 삶 이야기와 같이, 화소 A의 의미를 규정하거나 구체화하고 그 실현을 돕는 기능을 하고 있다. 그

---

92) 1, 2장에서 주로 예시되는 바는, 두 사람이 치정관계가 원인이 되어 싸운다는 사실이다.

93) 발생 목적이 그 대상을 설명하려는 데 있는 전설이다. 세 전설은 각기 황토골이 붉게 되거나 생성된 연유를 '설명'하고 있는데, 풍수설화(風水說話) 및 장사(力士)설화 계열에 든다. 장덕순, 『설화문학개설』, 이우사, 1976, 56쪽과 246쪽 참고.

것은 일차적으로 인물들이 사는 '저주받은 땅'[94]에 관한 정보를 제공하는 화소들의 묶음이라 할 수 있을 것이다.

병치에 의하여 용은 장사와 동일시되고, 둘은 황토골이라는 땅을 매개로 관계를 맺는다. 용에 관한 세 전설에 공통된 바 '생명의 한스러운 끊김'은 모두 그 원인이 제시되어 있다. 그런데 두 장사의 싸움(B)의 원인은 그들이 저주받은 땅에 살고 있다(A)는 사실, 풍수지리설의 믿음을 바탕으로 한 그 사실만으로는 충분치 못하다. 따라서 그 싸움의 원인을 행동의 보편적 질서 속에서 제시하는 매개 사건이 필요하다. 그것은 여자를 놓고 다투는 '행동의 반복'으로 제시되는데, 인물들의 개인사와 함께 4, 5장에 걸쳐 이야기된다. (앞의 도표4 참고)

① 분이는 득보와 설희를 죽이려 한다.
② 〔B′〕억쇠와 득보가 (하루 종일) 싸운다.
③ 억쇠와 득보가 분이를 놓고 다툰다.
④ 억쇠와 득보가 설희를 놓고 다툰다.
⑤ 분이가 득보와 설희를 찌른다.

위의 화소들을 화불라상의 순차에 따라 재배열하면 ③④①②⑤가 된다. 플롯상 선행하는 ①②에 대한 의문은 그 원인 행동인, 화불라상 그에 앞서는 ③④에 의해 일단 해소되는 것처럼 보인다 (이 ③④는 행동의 반복이면서 A—B의 합리화 과정에서 볼 때 '매개 사건의 반복'이라고 할 수도 있다). 즉 억쇠와 득보가 싸우는 것은 분이와 설희 때문인 듯이 보인다. 플롯의 순차에 역진하여(점선

---

94) 이보영, 「신화적 소설의 반성」, 『현대문학』, 제132호, 1970. 12, 355쪽.

으로 표시) 성립되는 이 인과관계는(③④……→②), 그러나 실제 행동상 어떤 결말이 없다. 누가 누구를 이기거나 차지하는 것이 아니다. 한편 이 인과관계는 플롯의 순차에 역진하면서 동시에 순진하는[95] 다른 인과관계(④……①→⑤)와 얽히고, 또 플롯상 그 '안에' 배열됨으로써 한층 그럴듯한 느낌을 준다. 그것은 후자가 행동상 실제로 결말이 있는 인과관계이기에 더욱 그러하다.[96]

이상의 관계를 정리하여 본다.

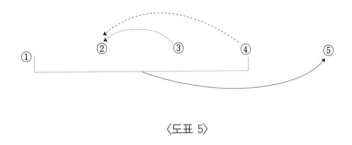

〈도표 5〉

①~⑤ 의 화소들이 맺고 있는 이러한 관계는, 인물들의 대립적 성격(억쇠↔득보, 설희↔분이) 때문에 더욱 그럴듯해진다. 그러나 이들의 관련은, 설희가 죽고 분이마저 행방이 묘연해진 뒤에도 다시금 싸우러 가는 행동까지 합리화하지는 못한다. 즉 그것들은 분이의 행동을 합리화하고 있을 뿐이지 억쇠와 득보의 싸움의 이유까지 충분히 합리화하지는 못한다. 요컨대 인물들의 행동 사이의

---

95) 이것은 시간교란의 거리 측면에서 볼 때 혼합된 시간교란(mixed achrony)이다. S. Chatman, op. cit., p.65.

96) ⑤는 ①의 실현이다. 그런데 또 ⑤는 '분이가 득보의 여자들을 쫓아낸다.' (23쪽)의 반복이기도 하다.

통합적 또는 선적(線的)인 관련만으로 볼 때, 전설의 환치를 위한 매개 사건은 하나의 온전한 연속체를 이루고 있다고 볼 수 없다. 따라서 억쇠와 득보가 사는 땅의 의미를 규정하는 데서 나아가 그들의 행동까지 예시하고 있는 전설과의 계열적 혹은 상징적 관계를 분석할 필요가 있다.

여기서 ①~⑤의 의미기능이 지닌 부분성과, 전설을 소설로 환치함에 있어 이 작품이 지닌 특수성을 살피기 위하여, 병치관계에 있는 세 전설과 두 장사(궁극적으로 주인공인 억쇠)의 이야기를 앞서 「무녀도」에서 그랬듯이 브레몽의 도식을 활용하여 정리해 본다.

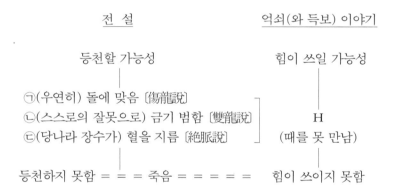

전 설　　　　　　　억쇠(와 득보) 이야기

등천할 가능성　　　　　　힘이 쓰일 가능성

㉠(우연히) 돌에 맞음 〔傷龍說〕
㉡(스스로의 잘못으로) 금기 범함 〔雙龍說〕　　　H
㉢(당나라 장수가) 혈을 지름 〔絶脈說〕　　　(때를 못 만남)

등천하지 못함 = = = 죽음 = = = = =　　힘이 쓰이지 못함

개선의 가능성이 좌절되어 상태가 악화되는 과정을 보여주는, 즉 '좌절의 한'[97]을 보여주는 위의 두 연속체는 서로 병렬관계에 있다. 악화는 ㉠㉢의 경우 외적 가해에 의한 것이고, ㉡은 용들 스스로의 잘못에 의한 것이다. 그 잘못이란 등천 전야에 잠자리를 삼가지 않은 것이다. 이렇게 볼 때 ①~⑤가 보여준 바 여자를 둘러싼

---

97) 천이두, 『한국현대소설론』, 형설출판사, 1974, 146쪽.

갈등이 싸움의 원인이라는 점을 좀더 직접 예시하는 것은, 같은 성적 문제가 개입된 ⓒ이다. ⓒ이 환치되었다고 할 수 있는 ①~⑤가 억쇠(와 득보)의 연속체의 H에 해당한다고 볼 수 있는 것이다. 이는 곧 ⓒ의 쌍용설이 두 장사의 이야기에 대해 보다 직접적인 전상(前像)일 수 있음을 뜻하는데, '싸우다 죽는다'는 죽음의 과정이 같기에 더욱 그 관계의 긴밀성은 두드러진다.

그러나 여자를 둘러싼 갈등이 싸움의 원인의 전부가 아니라는 점, 어쩌면 그것은 전혀 원인이 되지 않을 수도 있다는 점이 서술상 거의 분명히 제시되어 있다. 싸우는 순간의 두 사람의 태도나 "가끔 싸움을 가져야만 하는 사이"와 같은, 어느 작품보다도 그 존재가 전면에 드러난 서술자의 개입적 서술 등이 그것을 말해준다.

요컨대 A—B의 과정을 합리화하는 인물들 자신의 매개 행동은 주어져 있으나 그 행동의 명백한 원인은 제시되어 있지 않다는 점에 「황토기」의 특색이 있다. 즉 매개 행동들의 연속체는 그 보편적 논리가 결여되어 있고, 따라서 그것들의 관계는 박진성을 띠고 있지 않다. 쌍용설과 긴밀한 관계에 있는 분이와 설희를 둘러싼 다툼이 반복되지만, 궁극적으로 모든 관계는 애매하다.[98]

작자는 의도적으로 애매성을 조장하고 있다. 서술 자체에도 애매한 표현이 매우 자주 사용된다(앞의 3.1.2장 참조). 이 애매성은 두 가지로 나누어 그 효과를 살필 수 있다. ⓒ과의 관련 속에서 볼 때, 이 애매성은 둘의 싸움이 단순한 치정극으로 떨어짐을 막으면서, 소설 전체 분위기를 전설적으로 만든다. 한편 ㉠ⓒ과 관련지어 볼 때, 애매성이 조장된 결과 둘의 싸움이 애정과는 매우 다른, 어

---

98) 다음과 같은 물음들이 제기되지만 끝내 빈틈으로 남는다 : 설희는 누구의 아기를 잉태했나? 분이는 달아난 뒤에 어떻게 되었나? 분이와 득보의 관계는?

떤 '외적인' 원인에서 비롯되었을지도 모른다는 추측을 불러일으킨다. 억쇠가 '힘이 쓰일 때를 만나지 못했다'는 사실이 이를 뒷받침한다. ㉠은 분이가 득보를 찌르는 행동과, ㉢은 억쇠가 자신의 힘줄을 끊고자 한 행동과 통한다. 그러나 그러한 행동은 용의 죽음과 같은 죽음을 초래하지 않으며, 따라서 그것은 ㉠㉢의 전설 혹은 황토골 지형과의 인과관계가 배제되는 것은 아니나, 그와 대등한 병렬관계에 놓이기 어렵다.

이제까지의 분석을 바탕으로 볼 때, 이 작품의 주된 기법적 배려는 정보를 의도적으로 감추어 합리성을 무너뜨리고 영속적 빈틈[99]을 조장함으로써, 그 행위의 운명적 비극성과 영원성을 절대화하기 위한 것이다. 행동에 보편적 인과성이 결핍되면서, 땅의 운명에 지배되는 그들의 행동 자체가 선적(線的)·시간적이기보다는 면적(面的)·공간적인 성격을 띤다. 행동은 단지 계절과 함께 순환될 뿐이다(여름―다음해 여름, 싸우기 전―싸움―다시 싸우기 직전). 억쇠와 득보의 행동은 '변형 제로'[100]인 것이다. 그 결과 용들의 이야기(전설)가 인간들의 이야기에 대한 상징이라기보다, 둘 다가 모두 어떤 절대적 시공(時空)의 사건으로서 상대적 시공의 그것에 대한 상징이라고 할 수 있다. 용들의 싸움은 곧 억쇠와 득보의 싸움이고,[101] 따라서 전자가 '설명'하는 황토골의 자연 지형과 인간은 하나이다. 양자는 모두 한(恨)의 표현이요 '풀이'일 수 있다.

---

99) M. Sternberg, op. cit., p.50. 일시적 빈틈(temporal gap)과 대립되는 용어로서, 제기된 물음에 대한 답이 작품안에 주어져 있지 않은 것을 말한다. 한편 「늪」역시 이 작품처럼 영속적 빈틈이 있고, 주된 행동이 순환된다.

100) 처음에 주어진 상황을 바꾸려는 노력의 실패 과정. T. Todorov, *The Poetics of Prose*, p.232.

이렇게 볼 때, 이 작품이 허무에의 의지를 표현하고 있다든가,[102] 인생의 무의미를 제시하고 있다[103]는 판단이 타당성을 얻는다. 또 나아가 작품이 발표된 시대적 상황의 문맥에서, 이 작품이 현실적으로 절맥된 거나 다름 없는 민족의 상황을 상징화[104]하고 있다고도 할 수 있다. 이 마지막 해석은, 특히 ㉠㉢의 '외적 요인'이 거의 예시 자체만으로 끝나고, '힘이 쓰일 가능성'이 좌절된 이유가 빈틈으로 남아 있다는 점을 고려할 때 더욱 타당성을 지닌다.

3.2.5. '내려오는 이야기'의 동기화(動機化) ―「등신불」

시간적 역진의 빈번함이 김동리 소설 플롯의 한 특징이라고 할 때, 그 역진한 시간의 거리가 매우 먼 작품이 「등신불」이다. 「까치소리」처럼 수기형식을 모방한 액자소설 형태의 이 작품은, 한편 그와는 다르게 내부와 외부 이야기의 서술자가 같다. 즉 모두 서술자이자 주인공인 '나'이다. '나'는 현대인이다. 그런데 역진해 간 시간은 "천 이백여 년 전"인 당나라 때이므로 그 사건에는 주인공과 전혀 관계없는 인물 만적이 등장하는데, 그를 목격한 사람은 있을 수 없다. 따라서 그 사건을 제시하는 서술은 인물이나 서술자의 회고가 아니라 기록이거나 제보자가 구연(口演)하는 "전해 내려오는 이야기"이다. 이 이야기는, 불상이라는 증거물이 있고, 정원사라는

---

101) (억쇠와 득보의 싸움은) 그들의 존재를 건 제의적 투기(ceremonial combat)다. 우주창성 바로 전의 질서의 재연을 통하여 원형의 무대에 동화하려는 원형반복의 연기이다." 김병욱, 「영원회귀의 문학」, 김병욱 외 3인 편역, 『문학과 신화』, 대람, 1981, 331쪽.

102) 조연현, 「김동리론」, 『동리문학이 한국문학에 미친 영향』, 153쪽.

103) 이형기, 「김동리론」, 『동리문학연구』, 69쪽.

104) 이재선, 『한국현대소설사』, 457쪽.

절에서 일어났고 또 전해오며, 초현실적 · 초인간적 요소를 내포하고 있다는 점에서 하나의 '전설'이라고도 할 수 있다.[105]

「황토기」에서는 전설이 서술자의 서술로 작품 서두에 제시된다. 따라서 그것은 그 뒤의 이야기가 그것을 환치한 것임을 그대로 드러내고 있다. 그와는 달리 이 작품에서는 "내려오는 이야기"나 기록이 주인공이 직접 "보고 들은"(57쪽) 것을 스스로 옮기는 방식을 취하고 있다. 따라서 그것들은 주인공의 행동이나 지각의 대상으로서 존재하고, 그 결과 「황토기」와는 다르게 배열된다.

먼저 플롯상 핵심적인 두 화소를 살펴본다.

ⓐ   ⓑ
등신불은 불상이다.   ―   '나'는 등신불이 불상(부처님)
                            이라고 생각한다.

이 소설은 주인공이 미지의 것을 탐색 혹은 인식하는 과정을 담고 있다. 그런데 앞에서 살핀 네 소설들과는 다르게, 화소 ⓐ(구별을 위해 A로 쓰지 않음)의 의미를 규정할 어떤 믿음이나 사상체계가 서두에 제시되고 있지 않다. 이 작품에서 그에 해당하는 것은 만적의 이야기인 바, 앞서 지적한 대로 그것은 주인공의 행동과 지각의 대상으로 존재하는 긴 이야기로서, 서술자에 의해서 일방적으로 제시되는 서술이나 정보가 아니다. 이러한 차이는, 이 작품에서 환치되고 있는 소신공양(燒身供養)이라는 이례적 사건이 독자에게 박진감 있게 '전달되기' 이전에 주인공의 인식 또는 탐색의 과정에서 박진감 있게 '받아들여지는' 것이 문제되는 이 소설의 주

105) 이재선,『한국단편소설연구』, 43∼44쪽 참고.

제적, 구성적 특성에 기인한다. 이렇게 볼 때 화소 ⓑ 역시 다른 작품들의 경우와는 다르게 ⓐ의 실현이 아니다. 그것은 ⓐ의 인식인 것이다. 즉 ⓑ는 믿음의 합리화가 아니라 믿음의 '받아들임'이다. 따라서 이 작품에서의 매개 사건은 '어떻게 해서 인물의 삶 속에서 A가 B로 실현되는가'가 아니라 '어떻게 해서 인물이 자기의 삶 속에서 ⓐ를 ⓐ로 인식하는가'를 합리화하기 위해 도입된다.

앞에서 살핀 작품들의 A—B가 예언—예언의 실현 과정이라면, ⓐ—ⓑ는 인식의 과정, 혹은 수수께끼—수수께끼의 해결 과정[106]이다. 이 수수께끼는 '등신불'이라는 말 자체에 내포되어 있다. 화소 ⓐ의 서술명제에 내포된 동어반복성이 이미 암시하듯이, 인간의 몸과 크기가 같다는 뜻의 '등신(等身)'과 부처님이라는 '불(佛)'이 어울려 하나의 단어를 이루고 있는데, 이 모순적일 수 있는 것의 결합이 의문을 제기한다.[107] 그리고 이 의문의 해결과정이 ⓐ—ⓑ가 된다.

① '나'는 죽을 처지에 있다.
② '나'는 식지를 물어떼어 혈서를 쓴다.
③ '나'는 목숨을 건진다.
    〔불은(佛恩)을 입는다. 승려가 된다.〕[108]

①~③은 주인공이 "어떻게 해서 그 정원사라는 먼 이역의 고찰(古刹)을 찾게 되었는지"를 시간 순서에 따라 이야기하고 있다. 제

---

106) T. Todorov, *The Poetics of Prose*, p.232.
107) 이것을 풀어서 제시하는 서술이 작품에 제시되어 있다. "등신대(等身大)의 결가부좌상(結跏趺坐像)이었다."(64쪽)

2장[109]은 등신불이 있는 정원사까지의 멀고 험한 탈출의 여행에 관한 서술이다.

제3장에서 주인공은 등신불을 보게 되는데, 이전의 이야기가 "일구사삼(一九四三)년 이른 여름"이라는 시간과, 부대로부터 정원사까지의 현실적 공간 속에서 이루어진 것이었다면, 이 3장부터의 서술에서는 시간, 공간이 그리 의미를 갖지 못한다. 전설적 시간 속의 만적과 만나면서 일어나는 주인공의 내적 변화가 그려지고 있는 것이다.

④ '나'는 등신불을 본다.
⑤ '나'는 등신불이 불상이 아니라고 생각한다.
　〔'나'는 등신불을 보고 괴로움과 무서움을 느낀다.〕
ⓑ '나'는 등신불이 불상(부처님)이라고 생각한다.
　〔'나'는 괴로움과 무서움을 느끼지 않는다.〕

③과 ④ 사이에는 '나'가 법당의 부처들을 보고 그들의 힘겨룸을 상상한다'는 화소가 제시되어 있는 바, 그것은 주인공의 현실적 또는 현세중심적 성격을 드러내고, 예상의 착오에 따른 놀라움을 가중시키며, 인(人)＝불(佛)의 사고방식을 보임으로써 뒤에 제시될 등신불의 모습과 소신공양이라는 행위를 예시한다.

⑤에서 ⓑ로의 변화는 만적의 소신공양에 관한 다회적 서술을

---

108) 이야기되고 있는 현재나 이야기를 하고 있는 현재 '나'가 승려이거나 승려였다는 분명한 서술은 없다. 그러나 동기로 보나 사는 모습으로 보나 일단 목숨을 건지기 위해 승려의 길로 들어선 것으로 봄이 적절하다.
109) 편의상 작가가 구분만 해놓은 장(章)에 번호를 매긴다. 내부소설의 첫 장을 제1장으로 한다.

매개로 이루어진다. 즉 소신공양이라는 하나의 사건에 대한 "내려오는 이야기"와 기록이 발화자를 달리하여 세 차례 되풀이된다. 이 되풀이 과정에서 소신의 동기에 관한 정보가 점차 덧붙는데,[110] 이 것은 그 행동의 비일상성을 반복과 호기심의 유발로 자연스럽게 만들기 위한 의도적인 지체로 볼 수 있다.

맨 처음의 청운의 이야기는, 만적이 소신공양을 했다는 것과 소신할 때 신이(神異)가 일어났다는 것으로서, 이는 뒤의 두 이야기에도 그대로 반복된다. 두번째로 한문으로까지 제시된 '성불기(成佛記)'에는, 집안의 재물이 만적한테 가게 하려고 어머니가 만적의 이복동생 사신을 죽이려 했기 때문이라는 출가의 이유와 함께 "부처님의 은혜에 보답"하기 위해 몸을 바쳤다는 사실이 제시된다.

그리고 세번째 원혜대사의 이야기에는 두 소신의 동기와 함께, 몸을 태우는 마지막 사건이 자세히 서술된다. 여기에 이르러서 '나' 그리고 독자는 만적의 소신공양이라는 사건을 하나의 연속체로서 재구할 수 있게 된다.

㉠ 만적은 문둥병에 걸린 동생을 만난다. 〔만적은 삶의 아이러니에 직면한다〕[111]
(만적은 부처님의 은혜에 보답하고자 한다.)
(〃   취뢰스님의   〃   )
㉡ 만적은 몸을 불태운다.

---

110) "「등신불」의 서술방식은 몽롱한 시점에서 차츰 좁혀가는 수법을 쓰고 있다." 이어령, 「김동리의 작품세계」, 『김동리 걸작선』, 오른사, 1980, 10쪽. 이 점은 세 개의 전해오는 이야기에 한정할 때 더욱 명확히 드러난다.

ⓒ 만적은 부처(불상)가 된다.
　(만적은 부처님의 은혜에 보답한다.)

　위의 세 화소가 하나의 완성된 연속체를 이룬다고 할 때, 그것은
곧 주인공이 만적의 소신성불의 필연성과 그 의미를 '받아들이며',
등신불을 불상으로 여기게 됨을 의미한다. 주인공은, 세번째의 이
야기를 다 듣자마자 그것을 받아들이고 등신불을 불상으로 여긴
다. 그러기까지의 전체 과정은 그 앞에 있어온, 등신불을 가리키는
말만 열거해보아도 충분히 드러난다.[112]

불상(×) – 등신대의 결가부좌상 – ~그러한 어떤 가부좌상 /
부처님(×) – 불상(×) / 〔나한(×)〕 – 〔모두가 부처님이라고…〕
– 〔부처님〕 / 부처님(×) – 새까만 숯덩이 – 금불 / 〔금불〕　　(64~68쪽)

　원혜대사의 이야기를 듣고 있는 동안 나는 맘 속으로 이렇게 해서 된
불상이라면 과연 지금의 저 금불각의 등신금불 같이 될 수밖에 없으리
란 생각이 들었다. 그리고 많은 부처님(불상) 가운데서 그렇게 인간의
고뇌와 슬픔을 아로새긴 부처님(등신불)이 한 분쯤 있는 것도 무방한
일일 듯했다.　　　　　　　　　　　　　　(72쪽) (밑줄 – 필자)

---

111) 소신공양의 동기로 볼 수 있는 것은 세 가지인데, 그 가운데 가장 결정적인
　　것이 혈연관계가 개입된, 동생과의 만남이다. 이 '만남의 의미'를 추상화하
　　되, 김병욱, 앞의 글, 339쪽에서 그대로 인용하여 부기한다. 그러나 여기서
　　나머지 두 동기를 배제하지는 않는다. 김열규, 『한국민속과 문학연구』, 일조
　　각, 1971, 282쪽 참고.
112) (×) : 부정된 것. 〔 〕 : '나'의 발화가 아닌 것. / : 64~68의 쪽 구분. 한편 이
　　작품의 개작과정①—②에서 있은 문장부호 변동은, 그 말들이 지닌 의미
　　기능의 중요성을 짐작케 한다.

그러나 등신불을 하나의 불상 혹은 부처님으로 간주하는 행동, 즉 ㉠~㉢의 인과성을 받아들이는 주인공의 생각이, 그것을 직접 보았을 때의 무서움과 괴로움을 다 설명하거나 해소하여주는 것은 아니다. 만적의 이야기는 하나의 필연성을 얻었지만, '나'가 등신불에게 큰 충격을 받고 그에 대하여 집요한 관심을 갖는 이유는 밝혀지지 않았고, 따라서 만적과 주인공 사이의 관련성 — 궁극적으로 만적의 이야기가 전체 구조 속에서 지니는 기능성 — 은 아직 확립되지 않았다.

작품의 결말에서, 원혜대사는 주인공에게 혈서를 쓰느라고 살을 물어뗀 식지를 쳐들라고 한다. 하나의 화두를 주는 이 행동에 의해, 각기 다른 연속체였던 '나'의 이야기(①~③)와 만적의 이야기(㉠~㉢)가 만나고 또 병렬관계에 놓이게 된다. 이 병렬관계는 서로 병렬적, 점층적, 대립적 관계를 동시에 내포한다.

병렬관계로 볼 때, ①과 ㉠, ②와 ㉡은 각기 하나의 계열체를 이룬다. 즉 만적과 주인공이 처한 상황은 삶의 극한적 상황이라는 점에서 같고, 절대적·영속적인 것에 귀의하고자 육체를 훼손한다는 점에서 두 사람의 행동은 서로 통하는 것이다. 이렇게 볼 때 ③이 내포한 바 주인공이 승려가 된다는 것은 ㉢(성불)의 예비적 단계이다. 이러한 관계는 각도를 달리하여 볼 때 반복적 관계라고도 할 수 있다. 무한한 시간 속에서, 만적의 삶과 '나'의 삶은 되풀이된 것 즉 같은 것이다. "자네도 마찬가지야"(66쪽)가 그것을 말해준다.

또한 '예비적 단계'라고 할 때 이미 드러난 바와 함께, 손을 물어뜯는 행동과 몸을 불태우는 행동, 부처님의 은혜를 입는 것과 그것에 보답하는 것 사이의 점층적 관계의 설정이 가능하다. 이는 궁극적으로 '나'와 만적이라는 두 인물의 점층적 관계이다.

한편 두 연속체 사이에는 대립적 관계가 있다. 만적이 타인을 위해서 목숨(몸)을 바쳤다면 주인공은 자기의 목숨을 건지기 위해서 몸의 일부를 바친다. 바꿔 말하면, 만적이 몸을 불태워 불은(佛恩)과 취뢰스님의 은혜를 갚았다면, 주인공은 몸의 일부만을 훼손하여 불은을 입었다는 대립성이 있는 것이다. 이 대립성이 등신불을 보았을 때의 주인공의 괴로움을 설명하여준다. 이러한 대립은 만적의 행동이 혈연적·내적 관계에 의해 동기화되어 있다면, 주인공의 행동은 정치적·외적 상황에서 비롯되었다는 점에서 온다고 할 수 있다. 이는 두 사람의 성격으로 형상화되어 있는 바, 특히 주인공의 현실적 혹은 현세중심적 성격이 탈출의 준비와 결행, 절에 도착해서의 처신, 불상의 힘겨루기 상상 등에서 두드러지게 제시된다.

이렇게 중복된 관계들은 상호 모순적인 면이 있다. 그런데 이 상호 모순적인 것의 공존체가 다름아닌 만적이 성불(成佛)하여 이룩된 등신불이다. 만적과 주인공 사이의 관계는 이렇게 매우 중층적이다.

이상의 분석을 바탕으로 볼 때, 등신불을 보기 이전의 행동 즉 목숨을 건지기 위한 탈출의 긴 여행은 만적을 '만나기' 위한 예비적 단계이고, 만적의 이야기는 주인공이 자신의 극한적 체험을 보편적 인간 조건 속에서 인식시키는 매개체라고 할 수 있다. ①~③과 ㉠~㉢의 병렬관계는, 현실적 시간 속에서의 공간적 이동(여행)이, 인간의 영원하고 보편적인 존재 조건에 대한 깨달음에 도달하기 위한 길이자 전제조건이요 상징임을 보여준다. 즉 탈출은 해탈의 준비요 예시이며 상징이다.

한계상황을 체험하고, 원혜대사와 같은 이의 도움을 받으면서,

주인공이 미지의 것을 깨달아가는 이 소설은, 궁극적으로 '탐색 이야기'이며 '이니시에이션 스토리'이다.[113] 「역마」의 성기가 '자기의' 행동을 통해 스스로의 운명을 받아들인다면, 「등신불」의 '나'는 자기의 행동을, 만적을 통해 새롭게 인식함으로써 보편적 인간 조건에 대한 깨달음에 접근하고 있다.

요컨대 이 작품은, 몸을 태워 부처(불상)를 이루는, 매우 이례적인 '내려오는 이야기'를 환치하고 있고 또 원형구성을 취하고 있다는 점에서 앞서의 다른 작품들과 함께 논의될 수 있다. 그러나 ⓐ~ⓑ의 과정이 인과적 실현이 아니라 의문의 해결 또는 미지의 것에 대한 인식의 과정이라는 점에 차이가 있다. 이는 곧 플롯상의 차이로서, 이 작품에서는 '주인공의' 운명성이 먼저 예시되거나 드러나는 것이 아니라, 매개 사건(①~③)이 먼저 자체의 개연성에 따라 제시된 뒤, 그것이 인간의 근원적 운명을 내포한 삶의 인식과정을 통해 보편화되고 있다. 바꿔 말하면, '내려오는 이야기'를 플롯의 전개 과정에만 동기화하지 않고, 주인공이 자기 행동의 보편적 의미를 인식하는 내면적 과정에까지 동기화함으로써, 주인공과 독자가 함께 삶의 근원적 문제에 직면하도록 만들고 있다. 그것은 ①~③과 ㉠~㉢을 결말에서 병렬관계에 놓는 구성기법의 사용으로 가능해진 것이다.

모순적인 것의 결합(等身+佛) 때문에 화소 ⓐ에 대해 제기되었던 물음은, 인(人)과 불(佛), "숯"과 "황금"의 성격을 공유한 등신불 자체의 본질에서 연유한 것으로 대답된다. 등신불이 이 유한적인 것과 무한적인 것을 공유하고 있다는 사실이 의미하는 바는, 앞서 살폈듯이 주인공과 만적 사이의 병렬적, 점층적, 대립적 관계를

113) 이재선, 『한국단편소설연구』, 41쪽 참고. 이어령, 앞의 글, 12쪽.

통해 드러난다. 유한한 인간인 주인공은 무한한 존재가 된 만적과 같은 삶을 살았으니 앞으로 그와 같게 될 수 있다. 나를 구원하려는 발심(發心)은 중생을 구제하려는 발심의 첫걸음이요 그와 다르지 않다 — 이것이 결말부에서 원혜대사가 주인공에게 깨닫게 하려는 점이다. 작자가 '등신불'로 상징화하고자 한 것도, 유한한 시공의 인간과 무한한 시공에 존재하는 부처와의 만남을 그린 이「등신불」로써 독자에게 제시하고자 한 것도, 또한 이와 다르지 않을 것이다.

3.2.6. 중간 마무리

김동리 소설은 두 가지 의문을 제기한다. 그것은 '이토록 초현실적이고 비합리적인 소재가 어떻게 소설화 될 수 있는가'와, '그 소설화가 과연 무엇을 의미하는가'이다. 여기서 이제까지 살펴 온 바는 이러한 물음에 대한 답을 찾기 위한 것이었다. 이미 가정되었고, 다섯 작품의 분석을 통해 검토된 플롯의 모형을 중심으로, 이 3.2장에서 플롯, 화불라, 이야기모형의 층위에서 관찰한 결과를 종합하여 본다. 이러한 시도를 현대소설, 그것도 몇 작품의 분석 결과를 토대로 하는 것은 무리가 있는 게 사실이나, 적어도 김동리 소설의 어떤 체계와 개성을 밝히는 데 의미가 있다고 본다.

	A	M	B
자연(물) · · ·	운명적인 것 —	매개 사건 —	운명적인 것의 실현

A는 현대 한국의 문화체계 속에서 매우 전통적이지만 주변적인 위치에 있는 어떤 믿음을 바탕으로 그 의미가 규정된다. 이 믿음의

전근대성과 비합리성, 초현실성 등은, 그것을 믿는 인물들을 내세우고, 서술자에게 이야기를 전해주는 전달자를 여럿 채용하며, 다양한 기법적 장치에 의하여 신뢰감을 확보한 서술자가 능동적으로 이야기를 전개함으로써 감소된다.

A는, 그것을 타고났거나 지리적·상황적으로 그 속에 놓였기 때문에 운명지워져 있는 주인공의 행동으로 실현된다(B). 작품 속의 다른 화소들은 그 실현을 돕는 종속적인 기능을 맡는다. 따라서 A—B는 원형구성을 취하게 된다. 실현의 과정을 소설적으로 가능케 하는 것은 매개 사건(M)이다.

M은 A와의 관련을 일단 배제한 채 B를 합리화하기 위한 것인데, A의 의미질서 속에서 그것을 구체화, 합리화하는 화소가 함께 하기도 한다. M은 곧 주인공의 성격과 행동을 통해 A와 B를 맺어주는 종속적 화소들의 집합체로서, A와는 다른 시대적·문화적 체계를 동반함으로써 당대 현실의 문제가 도입되는 경우도 있다. M을 이루는 행동들은 잠재적이거나 실제적으로 반복되면서 개연성을 지니게 되며, 시간의 역진이나 정보를 감추고 드러내는 기법에 의해 필연성을 지니게 된다. 이때 혈연관계의 동기화와, 서술양태와 시점의 역동적인 교체가 박진감을 더한다.

각 작품을 하나의 연속체로 보았을 때의 두 화소 즉 A와 B의 관계가 합리화된다는 것은, 소설적 박진성이 획득되고 그 인과성이 보편화됨을 의미한다. 또한 그것은, A 자체나 주인공과 근친성이 있고 그에 대한 서술이 반복되고 있는 공간 곧 '자연(물)'의 상징화 혹은 그와의 인과관계화를 동반하고 있다. 그리고 이 모든 것은 A의 의미를 규정하는 믿음의 의미체계가 보편적 삶의 질서로 환치됨을 뜻한다.

한편 다른 작품들과 유사한 의미구조를 지녔고 또 역시 원형구성을 취하고 있음에도 불구하고, 「등신불」은 플롯상 M이 앞서고 A가 뒤따르는 바, 이러한 모형의 변이가 어떻게 일어나고 있는가를 보여준다. 그 변이란, A의 의미를 드러내는 '내려오는 이야기'가 플롯상 전제되고 그것이 작품을 지배하는 것이 아니라, 다시 말해 구성상으로만 동기화되는 것이 아니라, 그것 자체가 M을 거친 주인공의 인식 대상으로서 내면적으로까지 동기화되고, 따라서 뒤에 배열된다는 점이다.

플롯상의 배열 순차를 염두에 두면서, 이 세 요소들(A, M, B)이 작품 구조 안에서 지니는 의미를 추상화하여보면 이러하다.

운명성 ― 개인성 ― (운명의) 보편성

김동리의 작품에서, 인물의 성격은 변하지 않는다. 즉 주인공의 운명은 실현될 뿐이다. 늘 A는 A이다. 매개 사건을 통해 드러나는 그의 반운명적 의지나 외부 상황이 극한적이면 극한적일수록, 개인적인 한의 심도가 깊으면 깊을수록, 오히려 운명의 절대성은 두드러진다. 현실적으로 주된 인물들이 공멸하거나 삶의 터전으로부터 유리되는 비극적 결말은, 그러나 이미 운명에 대한 '복종'이라기 보다 그것을 '받아들임'이다. 주인공이 그러한 상태에 이르렀다는 사실이 서술상 드러나 있든 있지 않든, 그의 운명이 삶 속에서 필연성을 지닌 것으로 보편화되고 상징화됨으로써 결국 독자는 그것을 상정하고 또 받아들이게 된다.

구성형식을 가리키는 '원형구성'이라는 용어는 김동리 소설에 대하여 사용될 때 매우 함축적인 의미를 내포할 수 있다. 김동리 소설에는 형식과 내용의 여러 국면에 걸쳐 원(圓)으로 추상화해 낼 수 있는 여러 특성이 존재하므로, 그 용어는 작품구조의 반복성, 순환성, 인과성, 회귀성 등을 모두 포괄하는 뜻으로 확대하여 사용할 수 있는 것이다.

원형구성이라는 용어 자체가, 이미 지면에 배열된 서술의 선조성(線條性) 떠나서, 서술들이 독자의 마음 속에 이루는 의미구조의 공간성을 전제한 하나의 은유이다. 이에 따라 지금까지 플롯을 논의하면서 선적(線的)으로 제시되었던 도식 A—M—B는, 김동리 소설의 의미구조에 충실한다는 뜻에서 다음과 같은 원으로 바꿀 수 있다.

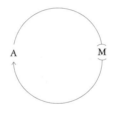

이러한 원은, 시작과 결말에 놓임으로써 작품의 안정성에 기여하는 서술들의 반복 — 그것이 지시하는 공간적 배경에로의 되돌아옴이나 어떤 화소의 거듭된 제시 — 을 나타내는 것일 수 있다.

또 이는 이야기되는 사건의 시간적 배경인 계절의 순환에 대해서도 마찬가지이다. 시간의 빈번한 단축과 역진, 역진한 시간이 회귀하는 접점의 애매함, '~곤 했다'는 다회적 서술의 시간적 비고정성, 그리고 「역마」나 「황토기」에서와 같은 특정한 시대 배경의 결핍 — 이러한 요소들의 복합은 김동리 소설을 자연 시간의 선조성으로부터 이탈시킨다. 그들과 함께, 이 여름에서 여름에로의 계절적 순환은, 운명이 존재의 조건으로 주어졌을 때 시간은 변화하기보다 회귀하는 것임을 표현하는 데 이바지한다. 물론 이러한 순환성은 앞서 분석한 바 인물들의 행동과 인과적 삶에 존재하는 그것과 짝하고 있다.

이상의 여러 국면에 걸쳐 추상화해낼 수 있는 원들을 한 곳에 모아본다.

	구성. 의미구조	공간(배경, 그에 관한 서술)	시간(계절)	행동	인물(의 삶)
무녀도	A M	모화네집	여름	만남 헤어짐	모화 낭이
역마	〃	화개장터	여름	만남 떠남	할아버지 아버지 성기
까치소리	〃		(여름)	죽음 삶(사랑)	상호 나
황토기	〃	용냇가	여름	싸우기전 싸움	龍 억쇠와 득보
등신불	(〃)		(여름)	(정원사로)감 (成佛로) 만남	나 만적

〈도표 6〉

앞의 도표는 김동리 소설의 복합성과 통일성을 보여준다. 그리고 여기서 분석한 다섯 작품 외에 「달」, 「늪」, 「저승새」, 「여수(旅愁)」 등에 존재하는 반복과 순환이 이러한 하나의 문법 혹은 시학의 산물임을 드러내준다[114]

김동리 소설은 '우리들 자신의 의식의 밑바닥에 흐르고 있는 보다 원초적 의식의 한 원형'[115]을 보여준다. 이 의식의 원형이란, 앞의 여러 원들이 표상하듯이, 인간과 자연, 개인적인 것과 운명적인 것, 상대적인 것과 절대적인 것 사이의 대립을 지양하고 영원한 시간 속에서 후자에 합일 혹은 회귀하려는 인간의 의지이다. 억쇠의 불모성(자식 없음)과 초인적인 힘의 생명성, 인간의 표정을 지닌 부처, 모두의 파멸을 낳는 봉수의 사랑, 그리고 여러 작품에 존재하는 반윤리적 근친상간성[116]과 혈연애를 뛰어넘는 운명애는, 바로 그러한 인간의 의지를 '비극적으로' 보여주고 있다.[117]

이 의지를 작자의 삶에 초점을 두어 김동리 자신의 말로 바꾸어 표현한다면, 작품을 창작한다는 것은, "'세계'의 여율(呂律)과 그 작가의 인간적 맥박이 어떤 문자적 약속 아래 유기적으로 육체화"[118]

---

114) 여기서 김동리의 소설이 신화비평적 관점에서 논의될 수 있는 근원적 가능성이 열린다.

115) 천이두, 「토속세계의 설정과 한계」, 『사상계』 제188호, 1968. 12, 120쪽.

116) 욱이와 낭이(「무녀도」), 분이와 득보(「황토기」), 계연과 성기(「역마」)의 사이에 개재되어 있다. 한편, 계연과 성기가 사랑을 나누는 장소가 여름의 숲속이라는 사실은 이러한 진술을 뒷받침하는 좋은 예가 된다.

117) "영원에 참획(參劃)하려는 의지, 그것은 인간과 그리고 지상적인 것이 지닌 허무와 일회성에 대한 인식을 더불어 비롯된다. 그것이 바로 생의 '이로니'다. …… 이같이 허무를 두고 개시(開示)되는 인간실재의 '이로니'에 접하여 인간은 자신의 숙명에 내재하는 생의 드라마가 비극일 수밖에 없음을 확인하게 마련이다." 김열규, 앞의 책, 281~282쪽.

118) 김동리, 「나의 소설 수업」, 『문장』 제2권 3호, 1940. 3.

되기를 추구하는 것이다. 김동리 소설의 깊이와 넓이는 이 보편적 인간의지를 탐구하고 소설화하려는 의지의 산물이다. 그 소재가 토속적·전통적인 것일 경우에는, 좀더 한국인의 심혼(心魂) 속에서 그것을 탐구하고 보편화해내려는 의도가 작용하고 있다. 그리고 대부분의 기법적 장치는 그 소재의 비합리성과 모순성 뒤에 숨어 있는 보편적 질서를 소설 속에서 박진감 있게 제시하기 위한 것이다. 그러므로 김동리의 소설의 시학은 곧 '우리의 정신사적 구원의 문제'[119]와 직결된다.

4. 맺음말

이 연구는 이야기학 이론을 활용하여 김동리 단편소설의 시학을 찾고자 시도되었다. 분석은 네 층위에서 행하되, 서술 이외 층위에서의 분석은 함께 묶어 진술을 폈다.

중심 대상으로 삼은 다섯 단편소설은, 김동리의 소설시학을 규명하기에 적절하다고 여겨지는 것들로서, 한국인의 전통적 믿음을 바탕으로 한 화소를 인간의 보편적 운명과 존재의미의 탐구과정에 동기화하고 있다는 공통점을 지니고 있다. 또한 이들은 「역마」를 제외하고는 액자소설 형식이거나 그것이 변형된 형식을 취하고 있다. 분석의 보다 자세한 결과는 각 장 끝의 중간 마무리 부분에 제시되어 있으므로, 여기서는 종합적인 요약만 하기로 한다.

---

119) 이재선, 「정신사적 구원의 문제」, 『문학사상』, 제68호, 1978. 5, 335쪽. "문학하는 것은 생의 구경적(究竟的) 형식이다." 김동리, 「문학하는 것에 대한 사고(私考)」, 『백민』 4권 2호, 1948. 3, 43쪽.

김동리 소설의 주된 기법적 장치는 박진성의 효과를 위한 것이다. 이 점이 특히 강조되는 이유는, 무교, 사주, 풍수설, 까치소리에 관한 속신 등과 같은, 한국의 문화체계 속에서 전통적이기는 하나 현재 주변적 위치에 놓여진 믿음을 바탕으로 의미가 규정되는, 화소 A(운명적인 것)가 지닌 바 초현실성과 비합리성 혹은 전근대성 때문이다. 이는 서술자의 모순적 태도에 잘 나타난다. 그 믿음을 내포한 서술에서 서술자는, 그럴듯하게 꾸미기 위하여 채용된 전달자들 때문에 매우 제한된 입장에 놓여 있음에도 불구하고, 아주 전지적이고 능동적인 입장을 취하고 있다. 이는 인물들의 성격을 형상화함으로써 그 내적 고뇌를 여실히 드러내고, 결국은 그것을 절대화 · 보편화하기 위한 것이다. 능동적 태도에 따르는 주관성은, 간접화법과 애매한 서술어의 사용, 시점의 배분과 교체, 설화나 고소설의 서술구조 모방, 다양한 비소설적 서술유형의 차용과 패로디 등에 의하여 약화된다. 이러한 기법들은 비합리적 소재들을 박진성있게 보이도록 꾸미며 궁극적으로 작품 전체 구조의 합리화에 이바지한다.

　　인물의 성격은 매개 사건(M)에 의해 형상화된다. 그 사건은 주인공이 타고났거나 빠져 있는 운명적 상황 곧 화소 A와의 관련 없이도, 보편적 개연성 속에서 그의 운명이 합리화되는 행동(B)을 필연적으로 여기게끔 만들고 있다. 이때 앞에서 지적한 서술의 조작과 함께 플롯의 여러 기법이 사용된다. 그것들은 크게 잠재적 · 실제적 행동의 반복과 혈연관계의 동기화, 원인 사건에로의 시간적 역진, 정보의 조절을 통한 흥미의 유발과 화소들의 의미기능 강화 등으로 요약된다.

　　김동리 소설에 있어서 작품이 박진성을 얻었다는 사실은, 초현실적 소재가 소설 속에서 보편적 인간의 이야기로 환치되고, 어떤 개인의 운명이 그의 비극적·극한적 삶을 통해 만인의 그것으로 보편화되었음을 뜻한다. 따라서 그 소재가 좀더 한국의 전통 문화에 밀착된 것일 때, 김동리의 소설시학은 특히 한국인의 정신적 구원 추구와 긴밀히 연관된다.

「등신불」을 제외한 네 작품에서 추출 가능한 플롯의 모형 '자연(물) … A—M—B'는, 슈클로브스키가 뜻매김한 원형구성을 취하고 있다. 구성형식의 일반유형 가운데 하나를 가리키는 이 용어는, 김동리 소설에 대하여 사용될 때 '박진성'의 경우와 마찬가지로 매우 함축적인 뜻을 지닌다. 즉 구성 혹은 의미구조의 원형성에 대한 은유로서 뿐만 아니라, 인물들의 행동, 그들의 관계, 시간적·공간적 배경 등의 순환성과 반복성을 아울러 내포하는 말로 쓰일 수 있는 것이다. 형식과 의미상의 여러 국면에 걸쳐 추상화될 수 있는 여러 원(圓)은, 김동리 소설에 존재하는 인과성 및 윤회성 그 자체이다.

이처럼 원이라는 무시간적 공간으로 표상되는 김동리 소설은, 상대적이고 우연한 삶의 배후에 있는 절대적이고 필연적인 질서를 찾아 그에 합일하려는 인간의 근원적 의지를 주제로 삼고 있다. 따라서 작품 속에는 삶과 죽음, 시간적인 것과 초시간적인 것, 합리적인 것과 비합리적인 것이 공존하면서, 궁극적으로 양자가 통일되고 있다. 이는 한편으로 각 작품에서 하나의 원인체로 존재하면서 모든 것을 상징하기도 하는 자연(물)과 인간 사이의 인과율적 통합 혹은 순환적 결합이라 할 수도 있다. 이렇게 볼 때, 김동리 소설에 존재하는 죽음과 헤어짐은 또 하나의 삶과 만남이며, 제한된 삶 속의 모순성은 영원한 생명을 인식하고 추구하기 위한 매개체이다.

작품을 충실히 읽는 일은 문학연구의 기본이다. 그리고 한 작품의 구조를 그 작가의 전체 작품과의 체계적 관련 속에서 파악하는 작업은, 그가 속한 시대의 문학, 나아가 문학사의 체계적 진술을 위한 밑거름이 된다. 이런 뜻에서 김동리의 소설의 일반적 구조와 원리를 밝히고자 한 이 연구는, 한편으로 여러 문제점을 내포하고 있다. 그 가운데 몇 가지를 적어보면 다음과 같다. 첫째, 작품을 몇 개의 화소로 추상화하고 그것 중심으로 분석을 진행하는 작업에 뒤따르는 단순화의 문제이다. 이는 방법론 자체가 안고 있는 문제점일 수도 있으면서, 복합적 구조를 지닌 현대소설을 대상으로 하고 있는 이 시도가 안고 있는 문제점이기도 하다. 둘째, 작품 자체의 미적 · 의미 생성적 구조의 분석과 그 기술(記述)을 목표로 하는 이 연구의 기본 성격 때문에, 김동리 소설의 사상적 · 사회적 맥락 탐색과 평가에 소홀했다는 점이다. 셋째, 김동리 소설 가운데 단편소설의 일부만을 구체적 분석의 대상으로 삼은 점이다. 이 작가의 기법과 주제가 지닌 바 일반적 특성을 진술하기 위해서는, 광범위한 분석과 논리적 추구가 필요하다. 한 작가의 기법과 시학은, 궁극적으로 어떤 특정 시기의 관습이나 문학사의 체계 속에서 규명되고 또 평가되는 것이기 때문이다.

〈부 록〉

김동리 소설의 개작과정

다음 사항들은 필자가 조사한 작품에 대한, 확인한 범위 내의 것이다. 작은 변화라도 있을 경우 그것을 개작이라고 보되, 명백히 출판 과정의 오류로 생각되는 것이나 맞춤법의 수정은 개작으로 보지 않는다. 변동사항은 바로 앞의 것과 비교하여 특기할 점만 언급한다. 실제 창작 시기는 고려하지 않는다. 『김동리 대표작선집Ⅰ, 단편선집』(삼성출판사, 1967)은 『단편선집』(1967)으로 약칭한다.

「산화(山火)」
①「원작」동아일보(1936. 1. 4~18) – 적대적인 계급의식이 지배적임.
②「제1차 개작」제1 단편집 『무녀도』(을유문화사, 1947) – 전면적 개작. 주술적 세계인식이 지배적임.
③「제2차 개작」『단편선집』(1967) – 대화의 종지법을 많이 바꿈. 행(行)갈이의 변화. 마지막 한 문장 생략.

「바위」
①신동아(1936. 5) 〔④에 함께 게재됨〕 – 술이 엄마가 집을 나오기까지의 과거가, 서술자가 전해 들었음을 강조하여 서술됨.
②『무녀도』(1947) – 장의 구분에 표지(○)를 사용. 장면 구분을 위한 행갈이. 몇 단어의 교체.
③『단편선집』(1967) – 장 구분의 표지 제거. 약간의 행을 연결.

몇 문장을 부분적으로 고침.

④ 월간 독서생활(1976. 1) – ①에서 언급한 부분의 '~고 한다', '~라 한다' 전면 삭제. 서술자의 개입 정도가 두드러지고, 세부묘사가 크게 덧붙여진 전면적 개작.

「무녀도」

① 중앙(1936. 5) – "무녀도는 슬픈 그림이었다"로 시작. 그림은 '한 스무나문 해 전'에 그려짐. 서술자의 아버지가 민족주의자요 사회주의자임. 빈번한 서술자의 해설이 주제를 강하게 노출. 욱이는 전과자(살인범)인데, 플롯상 기능이 약함. 액자소설 형태이나 정비되지 못함. 근친상간적 요소가 강함(낭이가 아기를 사산).

② 『무녀도』(1947) – 전면적 개작. "무녀도는 검으스레한 묵화의 일종이었다"로 시작. 그림은 서술자가 태어난 해인 '스물 아홉 해 전'에 그려짐. 욱이는 예수교인. 낭이의 임신 사실 삭제. 모화의 성격묘사가 정제됨.

③ 제5단편집 『등신불』(정음사, 1963) – ②의 첫 문장 삭제. 그림은 서술자가 '태어나기 전'에 그려짐. 액자소설 형식이 정비됨. 몇 군데의 표현을 바꿈.

④ 『단편선집』(1967) – 제2장 후미에 독립되었던 '낭이 뿐 아니라~' 이하가 '두렵노라 하였다' 뒤에 줄만 바뀐 채 이어짐. (이것은 『한국단편문학계 · 4』(삼성출판사, 1969)에서도 마찬가지인데, 거듭된 식자상의 잘못인지는 알 수 없다.) 몇 표현이 바뀌고, 인용과 강조의 표시가 몇 곳 생략됨. 문장부호, 특히 쉼표가 다수 첨가됨.

⑤ 『을화』(문학사상사, 1978) - 장편소설.

「황토기」
① 문장. 제1권 제4호(1939. 5) - 세 전설의 구체적 내용이 억쇠의 시점에서, 분이를 기다리는 동안의 생각으로 처리됨. 뒤의 '설희(雪姬)'가 여기서는 '이설(利薛)'로 불리움. "금오산과 수리재에서~"로 시작.
② 제2단편집 『황토기』(인간사, 1949) - 전면적 개작. 전설이 앞부분에 따로 놓이되, '序章'이라 하고, 이미 구분되었던 장들의 머리에 '第一章' 등이 기입됨. 분이의 뒷소식에 관한 대화를 삽입.
③ 『황토기』(인간사, 1959. ②의 중간) - 전면적 개작으로 볼 수 있음. 특히 억쇠, 득보, 분이가 등장하는 첫 장면의 묘사가 매우 극적, 암시적이 됨. '서장(序章)'이라는 말만 빠짐. "수리재(鵄述嶺)에서 금오산(金鰲山)쪽으로…"로 바뀜.
④ 『단편선집』(1967) - "솔개재(鳶介嶺)에서 금오산(金午山)쪽으로…"로 바뀜. '第一章' 등을 아라비아 숫자로 대체. 제3장의 네번째 문장이 "물론 그 이전부터 그들은…"으로 바뀜.

「역마」
① 백민, 제12호(4권 1호)(1948. 1) - 장마다 번호가 붙음. 체장수 노인과 옥화네 사이의 관계에 대한 암시가 노골적. 구례쪽 길모퉁이의 노송에 기대어 계연이 울다 떠나고, 뒤에 노송을 매개로 계연이 있는 쪽을 환기함.
② 제4단편집 『실존무』(인간사, 1958) - 장의 번호가 빠지고, ①

의 1, 2장이 하나로 연결됨. 암시의 노골성이 크게 줄어들고, 노송의 화소 삭제됨. 어투, 어휘, 문장부호 다수 변화 있음.
③『단편선집』(1967) - 몇 곳의 표현을 바꿈. 230~231쪽의 '화개장터'에 문장부호(「 」) 쓰임. 뒤에 붙었던 주(註)가 삭제됨.

「등신불」
① 사상계, 제101호(1961. 11)
②『등신불』(1963) - 주로 인용과 강조에 사용되었던 문장부호(「 」,〈 〉)가 16곳 제거됨. 다른 문장부호도 약간 바뀜.
③『단편선집』(1967) - 몇 단어의 교체와 어투 바뀜. 70쪽의 2행과 3행 사이의 장 구분을 안함. 제72쪽의 마지막 행 '했다'의 행을 가름.

「까치소리」
① 현대문학, 제142호(1966.10)
「제266쪽의 기침소리 나열이『단편선집』(1967)에서 횟수가 줄었으나 이를 개작으로 보지 않음.」
② 제6단편집『까치소리』(일지사, 1973) - 241쪽의 4행에 '까치소리가 울려오자'가 삽입됨. 몇 단어의 교체와 문장부호의 삭제나 삽입이 있음.

흙물 든 분홍 스웨터
―「소나기」의 플롯 분석―

1. 머리말

황순원의 단편소설 「소나기」[1]는 예술성이 높을 뿐 아니라 삼십
년 이상 줄곧 중학교 국어 교과서에 실려왔기에[2] 아주 널리 알려진
작품이다. 이 글은 「소나기」를 플롯, 즉 사건을 중심으로 한 작품
요소들의 결합(의미형성) 원리 혹은 방법에 중점을 두고 분석함으
로써 그 구조와 기법을 밝히는 동시에, 플롯 연구의 한 모습을 제
시해 보고자 한다.

---

1) 전쟁 중인 1953년 5월 『신문학』 제4집에 발표되고 단편집 『학』 (중앙문화사,
   1956)에 수록되었다. 단편집 수록분 끝에는 "1952년 시월"이라고 지은 시기가
   적혀 있다. 단편집 수록분과 여기서 대상으로 삼는 문학과지성사판 황순원전
   집 제3권 『학/잃어버린 사람들』(재판, 1991) 사이에는 다른 부분이 있다. 사투
   리와 대화 위주로 몇 군데 손질되었고, 소녀와의 마지막 만남 이후의 때가 '추
   석' 전후가 아니라 '제사' 전후로 바뀌었다.
2) 제2차 교육과정에 따라 1966년에 발간된 『중학교 국어 3-1』에 수록된 이래로
   중학교 교과서에 빠짐없이 실려왔다. 지금은 1학년 2학기 책에 들어 있다.

논의는 줄거리(스토리) 층위에서 서술 혹은 플롯의 층위로 나아 간다. 그리고 작품 요소들의 결합 양상을 주로 사건 중심으로 분석 하되 사물의 결합 양상도 분석한다. '사건'이란 연쇄된 행동을 가 리키며, '사물'은 인물, 시간·공간적 요소 등 사건 이외의 내용적 요소들을 가리킨다.[3] 사건의 의미는 사물에 의해 형성되며, 사물 또한 사건의 맥락에서 그 의미를 지닌다. 사물은 사건을 박진감 있 게 하고 그 모습과 의미를 더욱 풍부하게 함으로써 사실성과 예술 성을 부여한다. 그러므로 플롯을 이른바 '통사론적 기능주의'에 입 각하여 접근한다 하더라도 사물의 의미기능이나 사물이 사건과 함 께 작용하는 양상에 관한 '의미론적' 접근[4]이 배제되는 것은 아니 다. 하지만 그 결합과 작용 양상을 구체적으로 기술하기 위해서는 그에 적절한 층위에서 먼저 분석한 뒤, 경우에 따라 별도로 언급할 필요가 있기에, 이 글에서는 그렇게 하려고 한다.

미리 밝혀둘 것은, 우선 플롯 연구가 포섭한다고 여겨지는 범위 를 모두 살피려 하므로 관점에 따라 플롯 논의의 국면 혹은 층위라 고 보기 어려운 데(넓은 의미의 '구성')까지 다루며, 플롯 논의와 관련이 적은 것은 작품의 중요 국면이라 하더라도 살피지 않을 수

---

3) 사물(事物)은 구체적인 것과 추상적인 것을 아울러 가리키며, 흔히 사실과 정 보의 양태를 띤다. 한편 이러한 구별은 토마제프스키의 결합 모티프와 자유모 티프, 롤랑 바르트의 기능단위와 징조단위, 시모어 채트먼의 사건과 존재하는 것의 구분에 대응하는 것이다. 이에 관한 필자의 논의 「구조주의 비평방법」 (김열규 외 지음, 『현대문학비평론』, 학연사, 1987)을 참고.

4) 루스 로넨은 플롯모델의 패러다임 변화를 논하면서, 통사론적 기능주의가 이 야기의미론으로 대체되어가고 있다고 하였다. 이는 플롯 연구의 경향도 경향 이지만, 이야기와 그에 관한 이론 자체의 두 가지 가능성을 시사하는 주장이 다. Ruth Ronen, "Paradigm Shift in Plot Models: An Outline of the History of Narratology," *Poetics Today*, 1990. winter, p.840.

있다는 점이다. 그리고 필자의 분석이 자체의 논리를 추구하다 보면 그 대상 곧 「소나기」의 '어떤' 완전성을 전제하거나 고집할 수 있다는 점이다. 그러나 플롯 중심의 해석이 소설 해석의 전부가 아니듯이, 반드시 플롯이 어떻게 통일되어 있어야 좋은 작품이라거나, 어느 형태의 플롯이 반드시 효과적이라고는 하기 어렵다. 창조물은 이론에 앞서며, 해석의 말은 실존 다음에 온다. 여기서 필자가 읽는 「소나기」도 엄격히 말한다면 '필자의 「소나기」'이다.

2. 사건의 결합 양상

2.1. 줄거리

「소나기」는 시골 개울가를 중심으로, 가을의 약 한달 동안에 일어난 일을, '토요일날'과 '제사 전날'의 이틀 위주로 서술한 이야기이다. 사건이 대체로 일어난 순서로 이야기되므로 줄거리와 플롯 층위의 배열상의 차이는 아주 적다. 이야기되는 행동과 이야기하는 행동이 '함께 가는', 비교적 단조로워 보이는 이야기인 셈이다.[5]

이 작품을 이루는 요소들의 결합원리를 찾기 위하여, 우선 핵심적인 사건의 줄기 곧 줄거리를 잡아본다. 전체 작품을 기능성이 강한 사건을 내포한 스물 다섯 단락으로 자르고 각각 하나의 화소로 요약한다. 서술이 주로 소년을 대상으로 하거나 그를 초점자

---

5) 그러므로 이 글에서는 시간교란(아나크로니)의 문제가 별로 다루어지지 않게 된다. 하지만 정보의 지체 문제는 중요시된다.

삼아 이루어지므로, 물론 소나기가 오는 것 같은 자연적 사건은 제외하고, 소년을 주어로 요약한다. 이 자르고 요약하는 작업은, 일단 필자가 직관적으로 파악한 이 작품의 플롯을 바탕으로 한 것이다. 이 작업을 통해 그것이 구체적으로 확인되는 동시에 수정·보완될 터이므로 우선 '느슨하게', 그리고 추상화를 별로 하지 않은 표층의 차원에서 해본다. (작가가 장을 구분만 해 놓은 것에 편의를 위해 로마자를 붙인다. 겹빗금 다음의 것은 연속되거나 동시에 일어나는, 다른 측면의 행동이다. 같은 날 일어난 일들을 구별해 볼 수 있도록 말을 배열한다.)

I
1. 소년은 며칠째 소녀가 징검다리에서 비켜나기를 기다린다. // 윤초시네 증손녀임을 안다.

II
2. 다음날도 소년은 소녀가 비키기를 기다린다.
3.　　　소녀가 바보라고 하면서 던진 조약돌을 주머니에 집어 넣는다.

III
4. 다음날부터 소년은 소녀를 피하면서도 조약돌을 자꾸 만진다.
5. 어느날, 소녀처럼 물장난을 하다 들켜서 부끄러움을 느껴 달아나고 코피가 터진다.

IV
6. 토요일 날, 소년은 소녀가 보고 있어도 징검다리를 건넌다.
7.　　　소녀가 말을 걸어 대화를 나눈다.
8.　　　갈림길에서 소녀의 청에 따라 산쪽으로 가면서 들판

에서 즐겁게 논다.

9. 밭에서 소녀에게 무를 권했다가 소녀가 버리자 소년
    도 따라서 버린다.

10. 산에서 소녀에게 꽃이름을 가르쳐주고 꽃도 꺾어준
    다.

11. 미끄러진 소녀의 손을 잡아 끌어올리고, 상처에 입을
    대고 빨며, 송진을 발라준다.

12. 소년은 송아지를 타며 우쭐해진다. // 송아지 주인이
    윤초시댁 손녀와 노는 것을 보고 꾸짖지 않는다.

13. 소나기가 온다.

14. 낡은 원두막에서 비를 피하며 무명 겹저고리를 벗어
    소녀에게 걸쳐준다.

15. 소녀가 비를 덜 맞게 하려다가 수숫단 속에서 소년은
    소녀와 몸을 맞댄다.

16. 도랑에서 소녀를 업어 건넨다.

Ⅴ

17. 여러 날을 소녀가 보이지 않아 찾아헤맨다.

18. (제사 전날) 개울가에서 소녀를 만나 소나기 맞은 탓에 그
    간 소녀가 아팠음을 알게 된다.

19. 자기한테서 소녀의 스웨터로 진흙물 같은 게 옮았다
    는 말에 "얼굴이 달아오른다".

20. 소녀한테서 대추를 받는다.

21. 제사 지내고 이사를 가는데, 자기는 가기 싫다는 소
    녀의 말을 듣고 허탈해진다.

22. 이날 밤에 소녀한테 주려고 덕쇠 할아버지네 호두를 훔

친다.

Ⅵ

23. 이튿날(제삿날), 소년은 아버지께 소녀네 집에 더 큰 닭을
   가지고 가시라고 한다.

Ⅶ

24. 얼마 뒤(소녀네가 이사 가기 전날), 갈림길 아랫쪽 마을에
   가보지만 소녀를 만나지 못한다.

25.   그날 밤, 소년은 소녀가 죽었고, 죽을 때 자기가 입던
   옷을 그대로 입혀서 묻어 달라고 했다는 말을 듣는
   다.

2.2. 헤어짐—만남의 과정

앞을 보면 「소나기」는 한마디로 소년과 소녀가 만나고 헤어지는
이야기라고 할 수 있다. 핵심사건 위주로 볼 때, 줄거리를 지배하
는 자연적 시간상 '실제 일어난 행동'으로서의 만남, 헤어짐은 두
번 반복된다. 토요일 날 만났다 헤어지고, 제사 전날 만났다 헤어
진 뒤 다시 만나지 못한다. 첫번째 만남 이전의 상태도 '헤어짐'이
라고 보면, 헤어짐—만남—헤어짐—만남—헤어짐의 이야기라 할
수도 있다. 한편 그러한 과정은 매우 추상적 층위에서는 다른 요소
들과 함께 하나의 '만남—헤어짐' 혹은 '헤어짐—만남'으로 요약될
수 있다.

하지만 그렇게 단순화되거나 고도로 추상적인 층위에서 논의해
가지고는 이 작품의 배열과 결합의 원리를 구체적으로 포착하기
어렵다. 만나고 헤어지는 이야기는 헤아릴 수 없이 많다. 그런 이

야기 가운데 어떤 작품이 특유의 예술성과 의미구조를 지니는 것은, 그것을 뼈대로 여러 요소들(사건들의 특성과 인과관계, 인물의 성격과 심리, 서술자의 관점, 공간적 요소의 기능 등 부수사건과 사물들)이 특유의 양태로 동기화 혹은 플롯팅되고 있기 때문이다. 이 작품에서 소년과 소녀가 각각 소작인집과 지주집 아이였다는 사실이 이 작품에서 별로 사회·경제적 의미를 지니지 않는다든가, 결말에서 소년과 소녀가 영원히 헤어지지만 독자는 헤어지지 않는다고 느끼는데, 이런 것들이 그러한 동기화의 결과이다. 따라서 여러 요소들의 동기화 양상을 고려하면서 앞의 요약을 만남—헤어짐의 과정 위주로, 그리고 그보다 아래 층위에서 다시 요약하여 재구성해야 특유의 의미와 그 형성 원리가 드러날 것이다.

이 작품의 서술자는 매우 제한된 입장에서 외면적 서술 위주로 이야기를 한다. 하지만 초점이 되는 것은 인물의 외면보다는 내면, 외적 움직임보다는 내적 움직임 곧 심리적 갈등과 변화이다. 이점에 유의하면서, 그리고 사건 혹은 화소의 묶음(시퀀스)과 단계를 고려하면서 다시 요약해본다.

먼저 제시되는 것이 소년과 소녀가 친구가 되는 과정이다(1~7). 소년은 소녀가 징검다리에서 비키기만 기다린다. 즉 만남에 대해 소극적이요 수동적이다. 그러다가 자기를 바보라고 하는 소녀의 적극적인 접근이 발단이 되어 갈등에 빠진다. 소녀를 흉내내다가 속마음을 들키는 바람에 코피가 다 나는 격렬한 부끄러움을 맛본 끝에, 이 소설의 중심 장면이 펼쳐지는 토요일 날, 망설임을 떨치고 적극적 행동을 취하며, 소녀의 말걸기에 도움을 받아 대화를 나누게 된다. 이러한 대조되고 점층적으로 반복되는 행동 끝에 소녀와 친구가 되는 것이다. 친구로서 관계를 맺는 이 만남을 첫째 만남이라 할 수 있다. 두 사람의 세계가 만나서 제삼의 세계가 이루어지는 이 만남의 과정에서, 소녀가 소년보다 적극적이요 능동적이다.

친구가 되자 소년은 관심을 행동화하여 소녀를 '위해주게' 된다. 집에 가서 집안 일을 도와야 하는데도 소녀의 청에 따라 기꺼이 산으로 놀러간다. 무를 권했다가 부끄러움을 당하기도 하지만, 꽃을 따주고, 비탈에서 구해준 뒤 상처를 돌봐주기도 한다. 이 때 두 사람의 첫 신체적 접촉[6]이 일어난다. 이어서 소년은 송아지를 타는데, 이는 소녀를 즐겁게 하기 위한 것인 동시에, "이것만은 소녀가 흉내내지 못할 자기 혼자만이 할 수 있는 일"이기 때문에 하는 것이며, 거기서 소년은 "자랑스러움"을 느낀다.

이러한 과정(8~12)에서, 소년은 소녀와 친구가 되기는 했지만 심리적으로 소극성을 아주 떨치지는 못하다가, 소녀를 위해주는 적극적·능동적인 행동과 소녀와의 신체적 접촉, 자기 과시 행동 등을 통해 그것을 극복함으로써 심리적 자신감 — 교제 상대로서의 자기 존재에 대한 확신과 긍정 — 을 얻게 된다. 타자와의 관계 속에서의 자기 확립 혹은 갱신이라고 할 수 있는 이 둘째 만남에서 소년은 내적으로 성장하고, 만남은 '심리적으로' 완성된다. 위해줌을 받는 소녀는, 이 과정에서 상대적으로 수동적인 입장에 놓인다.

이 때 소나기가 내린다. 이 자연적 사건은 소녀를 위해주는 행동이 점층적으로 반복되도록 한다. 소년이 무명 겹저고리를 소녀에게 걸쳐주고, 비를 덜 맞게 하려다가 몸을 맞대게 되며, 마침내 소

---

6) 소년과 소녀의 접촉은 소녀가 던진 조약돌을 소년이 만지는 데서부터 시작된다. 그것 역시 중요한 접촉이지만 간접적인 것이므로 넣어서 헤아리지 않는다.

녀를 업게까지 되는 이 반복은, 달리 보면 '접촉의 반복'이기도 하다. 몸의 접촉을 통해 마음이 더욱 가까워지는 이 과정(14~16)에서 소년은 더욱 적극적·능동적이 된다.[7]

하지만 얼마 동안 소녀가 보이지 않아 감정의 열기는 일단 숙는다. 그리워하는 시간이 얼마 흐른 뒤 다시 만났을 때, 소녀는 자기 스웨터에 든 흙물[8]이 소년의 등에서 옮은 것이라고 하는데, 그 말에 소년은 "얼굴이 달아오른다." 부끄러워서 그러지만, 사건의 전개 방향을 고려할 때, 소녀에 대한 자기의 감정, 나아가 둘의 관계를 소녀가 터놓고 받아들인다는 사실에서 거의 무의식적으로 느끼는[9] 기쁨 때문이다. 이러한 해석은, 이 '내놓고 만나는' 대목에서 두 사람 모두가 보여주는 적극성과 능동성에 의해 뒷받침된다. 매일같이 개울가로 올 때 소년은 "달려"오며, 다시 만나게 된 날에 소녀는 전처럼 저쪽이 아니라 "이쪽 개울둑"에 앉아 소년을 기다린다. 이 작품의 첫장면과는 대조적이다. 이제 둘은 서로에 대한 믿음이 생겼으며 상대를 받아들여 마음으로 하나가 되었다. 흙물 든 스웨터는 감정적으로 최고조에 이른 이 셋째 단계의 만남을 매

---

7) 우찬제는 이에 관하여 "여기서 실제적인 거리는 의식적인 거리이기도 하다. 다시 말해 '자극의 의도'와 '반응의 수용' 사이의 거리가 심리적으로 좁혀지고 있다."고 하였다. 「'말무늬'·'숨결'·'글틀'」, 김종회 편, 『황순원』, 새미, 1998, 230쪽.

8) 원문에는 "진흙물 같은 게 들어 있었다"고 되어 있으나, 이 글의 제목과 본문에서는 편의상 '흙물이 들어 있었다'는 표현을 쓰기로 한다.

9) 소녀에 대한 감정을 소년 자신도 다 의식하지 못하고 있음은, 이 만남의 대목에서 소녀가 이사를 간다는 말을 듣고 "무어 그리 안타까울 것도 서러울 것도 없었"으나 "자기가 씹고 있는 대추알의 단맛을 모르고 있었다"는 말로 잘 서술되어 있다.

10) 보기에 따라, 소녀가 소년에게 대추를 주는 것은 이 셋째 만남을 완성하는 행동이다.

개하고 상징한다. 이러한 두 사람이 자기의 마음을 표시하고 전달하는 게 선물이다. 먼저 소녀가 대추를 준다.[10]

그런데 그러한 만남의 대목에서 소녀를 여러 날 동안 만날 수 없었던 원인이 소나기를 맞아 소녀가 아팠기 때문임이 드러난다. 여기서 소나기 속에서 소녀를 위해주었던 행동들은 물론, 나아가 그와 연속되어 있는 둘째 만남의 행동들까지가[11], 그러니까 소녀를 위해주는 행동들 전체(8~16)가 만남을 심화시킨다는 긍정적 의미와 함께, 당사자들의 마음과는 반대로, 헤어짐의 원인이 된다는 부정적 의미를 함께 지니게 된다. 그리하여 소녀를 위해준 것이 아픔을 낳고 그것이 헤어짐을 초래하는 아이러니가 생겨난다.

또한 이 셋째 만남의 대목에서 소녀네가 이사를 가게 되었다는 정보가, 소녀의 입을 통해 도입된다. 소녀네가 서울에서 고향으로 이사 오고, 고향집까지 내주게 되어 다시 이사를 가게 되는 부수사건의 근본 원인, 즉 소녀 아버지의 사업실패가 여기서 처음 이야기되어[12] 핵심사건(의 줄거리)과 직접적인 관계를 맺는다. 그 결과 비로소 하나가 되기에 이른 만남이 위기에 빠진다. 소녀가 아파서 일어났던 얼마 동안의 헤어짐은 이전보다 발전된 만남으로 끝났지만, 새로이 벌어진 헤어짐의 상태 역시 그같은 만남으로 끝맺을 것인가, 그러니까 앞처럼 반복될 것인가 하는 의문과 긴장이 생기게 된다.

---

11) 함께 놀지 않았으면 소나기를 맞게 되지도 않았을 터이다.

12) 이 사건은 이 작품의 핵심 사건이 일어나기 훨씬 전에 일어난 것이며, 중심 인물인 소녀 자신이 아니라 그녀의 집안에 관한 주변사건으로서, 그에 관한 정보가 지체되다가 여기서 제공되고 있다. 이 작품은 앞에서 언급했듯이 이른바 순진적(順進的) 구성을 취하고 있지만 이러한 정보의 지체 기법이 중요하게 쓰이고 있다. 특히 결말부가 그렇다.

요컨대 만남이 내면적으로 성숙된 이 셋째 단계에서, 소나기가 오는 자연적 사건과 소녀 아버지가 사업에 실패하여 집안이 망하게 된 가정적(사회적) 사건이 개입하여 전개 양상을 변화시키고 새로운 사건이 벌어질 계기를 마련한다. 소년 중심으로 보면, 진한 기쁨과 슬픔이 교차되는 가운데 이제까지 이룩해온 만남이 위기에 처한다.

　계속해서 소년은 소녀를 위해주려고 한다. 그것은 소녀가 자기한테 그랬듯이 선물을 하는 행동으로 나타난다. 두 사람의 이 '선물 주고받기'는 둘의 만남을 강화할 뿐 아니라, 상황이 위기에 처해 있기에, 헤어짐을 거부하고 그에 저항하는 의미를 띤다. 어리고 무력한 소년의 그 행동은, 규범을 어기고 남의 호두를 훔치거나 어른의 일에 참견하며, 더 큰 닭을 가져가라는 식으로 간접적이고 소극적인 양상을 띠는데, 그럴수록 더욱 순수하고 애처러우며 비밀스러워진다.

　그러나 소년은 소녀를 만나 호두를 주지 못한다. 소녀가 죽어서 영원히 헤어지고 말았기 때문이다. 하지만 이 헤어짐은 흙물 든 분홍 스웨터를 입힌 채 묻어달라는 소녀의 유언에 의해 오히려 영원한 만남을 의미하게 된다. 헤어짐이 만남이 되는 이 결말부의 의미 작용에는 작품의 모든 요소들이 관여되어 있다고 해도 지나치지 않다. 이제까지 살펴 온 사건 중심의 맥락에서 그 양상의 일부를 우선 분석해본다.

　소녀의 죽음으로 끝나는 결말부는 독자를 놀라게 한다. '놀람의 결말'이라 할 수 있다. 하지만 그 준비가 없었던 것은 아니다. 앞에서 소녀가 소나기를 맞아 여러 날 앓았을 때, 소녀의 몸이 보통사람과 다르다는 사실을 짐작할 수 있다. 다시 말해, 예민한 독자는 이제 다 나았느냐는 물음에 소녀가 "아직두······"라고 답하는 대목에서 소녀가 허약하다는 사실을 암시받거나 채워넣게 되어 있다.

소녀의 죽음은, 그 허약함이 의외로 심각했다는 점에서 독자를 놀라게 한다. 하지만 놀람을 일으키는 요인이 그것만은 아니다. 소녀네가 이사를 가서 둘이 '아주 헤어질' 것이 예고되어 있었다. 이사를 가게 되면 헤어지지만, 그것은 영원한 헤어짐이 아닐 수 있다. 그런데 그 헤어짐의 형태가 이사가 아니라 죽음 곧 영원한 헤어짐으로 바뀜으로써 만날 가능성이 아예 차단되기에 독자는 놀라고 또 슬퍼하게 된다.

하지만 독자가 놀라는 가장 큰 이유가 남아 있다. 마지막 부분에서 소년의 아버지는 소녀가 "꽤 여러 날 앓는 걸 약도 변변히 못써봤다더라"는 말을 한다. 여기서 소녀가 소나기를 맞기 전부터 이미 앓고 있었다는 감춰진(지체된) 사실이 '발견'되고, 그에 따라 이제까지 소녀가 해온 행동들이 새로운 동기를 지니게 된다. 소년과의 만남을 적극적으로 추구했던 행동들이 단지 생명 본유의 욕망에 따른 것만이 아니고 죽음에 저항하고 헤어짐을 거부하는 행동이 되는 것이다. 그 사실이 드러나고 바로 이어서, 그런 행동의 마지막이자 정점을 이루는 행동, 곧 입었던 옷을 그대로 입혀서 묻어달라는 유언이 제시된다. 독자는 그에 내포된 순수한 감정과, 그 불가능해 보이는 것을 추구하는 소녀의 의지에 놀라며 감동받게 된다.

앞에서 둘이 하나가 되는 만남을 매개하고 상징하는 것이 흙물든 분홍 스웨터라고 하였다. 그것을 그대로 입혀서 묻어달라는 행동은 자기가 소년의 무명 겹저고리를 입고 있던(접촉2) 때처럼, 수

숫단 속에서나(접촉3) 개울을 건너던(접촉4) 때처럼, 그리고 마음이 터놓은 만남을 이뤘을 때처럼 둘이 하나가 된 상태를 영원히 지속하겠다는 것, 육체의 한시성을 초월하여 정신의 영원성을 추구하겠다는 것을 뜻한다. 소년 쪽에서 볼 때 소녀의 그러한 행동은, 부끄러운 게 많은 자기를 적극적으로 도와서 만남의 주체가 되게 하고, 자기와 하나가 되는 존재로 받아들인 데서 나아가 영원한 존재로 만드는 행동이다. 그에 힘입어 소년은 타인과의 관계 속에서 자기 존재를 확인하고 긍정하며 마침내 그를 통해 다시 태어난다. 성장과 거듭남을 체험한다.[13]

독자가 이러한 사건에 감동을 받고, 불가능한 현실에서의 그 낭만적 노력이 인간적 진실을 담고 있다고 인정할 때, 육체는 전락하지만 정신은 고양되는 비극적 상황이 조성된다. 그 상황에서 죽음에 의한 헤어짐은 이 작품의 마지막이자 영원한 만남이 된다.

이상의 분석을 정리하면 다음과 같다.

1. 만남을 피함1 (소극적 행동 1)
2.   〃   2 (소극적 행동 2)
3.   〃   3 (소극적 행동 3) // 소녀의 접근(적극적 행동 1)
4. 망설이며 피함 1 (소극적 행동 4)
5. 망설이며 피함 2 (소극적 행동 5)
      〉토요일 날〈

---

13) 이재선은 황순원의 초기단편이 "성장과 변화의 특별한 단계로 입문해가는 과정의 충격이나 아픔 등의 시련을 특별히 문제삼고 있기 때문"에 이니시에이션 스토리의 성격이 두드러짐을 논의한 바 있다. 『한국현대소설사』, 홍성사, 1979, 467쪽.

6. 접근 (적극적 행동)

7. 소녀와 대화함   // 소녀의 접근(적극적 행동 2)

(첫째 만남―관계 맺기)

8. 소녀 위해줌 1   // 소녀의 접근(적극적 행동 3)

9. 소녀 위해줌 2

10. 소녀 위해줌 3

11. 소녀 위해줌 4 (접촉 1)

12. 소녀 위해줌 5   **(둘째 만남―자기 갱신)**

13. 〈소나기 내림〉

14. 소녀 위해줌 6 (접촉 2)

15. 소녀 위해줌 7 (접촉 3)

16. 소녀 위해줌 8 (접촉 4)

17. (아파서) 헤어짐 ― 만나려고 함

        〉제사 전날〈

18. 터놓고 만남 1

19. 터놓고 만남 2   **(셋째 만남―받아들임)**

20. 선물 주고 받음

21. (이사로) '아주 헤어짐'의 예고

22. 선물 준비(규범 위반―헤어짐 거부)

23. (간접적으로) 선물 주기 (헤어짐 거부)

24. 만나서 선물을 주려고 함(헤어짐 거부)

25. (죽음으로) '아주 헤어짐' // 소녀의 헤어짐 거부

(헤어짐 // 넷째 만남―영원해짐)

2.3. 갈등, 반복

이렇게 볼 때 「소나기」는 소년이 어렵게 소녀와 가까워졌지만 이내 헤어지게 되는 과정, 주체를 바꾸면, 소녀가 몸과 가정의 고통 속에서도 소년하고의 만남을 이루지만 결국 죽고 마는 과정이며, 그럼에도 불구하고 헤어짐을 거부하고 만남을 유지하려는 노력 때문에 독자한테는 그들의 만남이 영원히 지속되는 것으로 여겨지게 되는 과정을 담고 있다.

그것을 소년과 소녀의 '만남'이 심화되어가는 심리적 과정 중심으로 정리하면 다음과 같다.

첫째 만남(관계 맺기)—둘째 만남(자기 갱신)—셋째 만남(받아들임)—넷째 만남(영원해짐)

그 과정을 플롯의 단계를 구분하는 전통적 방식에 따라 행동의 순차와 인과관계를 따져서 다시 정리해보면 이렇다.[14]

---

14) 만남의 심화과정에 중점을 둠에 따라 이 작품의 플롯을 만남의 최상승부에서 끝나 대단원부가 없는 4단계로 구분한 것이다. 프라이타크의 삼각형 모양 플롯의 단계는 이른바 극적소설에서 갖춰진 모습을 볼 수 있는데, 이 작품은 그와 거리가 있다고 본다. 플롯을 몇 단계로 구분하고, 각 단계를 무어라고 부르며, 작품의 어디서 어디까지를 어느 단계로 보느냐 하는 것은, 핵심사건의 설정, 중심 갈등의 파악, 화소 설정의 기준 등에 따라 달라질 수 있다.
　　참고로 천이두는, 소녀가 분홍 스웨터에 진흙물이 들었다고 하는 대목을 "클라이맥스이자 전환점"이라고 봄으로써 극적소설에 가까운 플롯으로 보았다. 「황순원의 「소나기」— 시적 이미지의 미학」, 이재선·조동일 편, 『한국현대소설작품론』, 문장, 1993, 294쪽.

발단 : 소년의 만남 피함―소녀의 적극적 접근―　　　　(1∼3)

전개 : 망설임―첫째 만남(관계 맺기)―

　　　소녀 위해주기―둘째 만남(자기 갱신)―

　　　소녀 위해주기, 접촉―헤어짐―셋째 만남(받아들임)―

　　　　　　　　　　　　　　　　　　　　　　(4∼20)

위기 : 아주 헤어짐의 예고―헤어짐의 거부―　　　(21∼24)

절정 : 아주 헤어짐 // 넷째 만남(영원해짐)　　　　　(25)

위에서 첫째 만남의 과정은 발단과 전개에 걸쳐 있고 넷째 만남은 위기와 절정에 걸쳐 있다. 이 둘은 각각 화소묶음의 세 단계, 즉 피함―접근―만남, 예고―거부(준비―실행시도)―실현/비실현(성공/실패) 등이 비교적 선명하게 서술되고 있다. 그럴듯함을 창출하려면 그만큼 이야기의 내용과 양을 확장할 필요가 있는 대목이기 때문이다. 특히 뒤의 경우, 그 만남이 다른 만남들과는 달리 최종적이며 초월적인 성격을 지니고 있는 데 따른 결과이다.

이제까지의 분석과 정리를 통해 이 작품의 플롯은 거의 드러났다고 할 수 있다. 그것은 타자와 하나가 됨으로써 성장하고 인간적 한계를 초월하는 과정을 제시하는, 헤어짐과 만남의 점층적 반복이다. 달리 말하면, 흙물 든 스웨터를 '영원한 만남'의 상징으로 만드는 헤어짐과 만남의 반복이다.

반복이란 같거나 비슷한 것의 계기적 배열이다. 그것은 사실이나 상태를 강화하고 심화시킨다.[15] 연이어 일어나는 적극적 행동, 위해줌, 접촉, 헤어짐 거부(선물 주고받기, 유언) 등은 모두 '만남

---

15) 그러므로 엄격히 말해서 점층적 반복이란 말은 그저 반복이라고만 해도 된다.

계열'을 이루는, 만남을 이룩해가는 점층적이고 반복적인 행동들이다. 말하자면 호두를 훔치고(사회적 규범의 위반) 그것을 소녀한테 주고자 하는 '헤어짐 거부'도 부끄러움을 극복하기 위한 '적극적 행동'(심리적 기질과 사회계층의 차이에 따른 관습의 파괴)의 반복이요 강화인 것이다.

이러한 만남의 반복은 그와 갈등관계에 있는 헤어짐의 반복을 전제하고 동반한다. 여러 단계의 만남들은 그와의 갈등 속에서, 그것을 극복하면서 이루어진 것이다. 따라서 만남과 함께 헤어짐을, 그 갈등관계를 여기서 새삼 주목하여볼 필요가 있다.[16]

만남을 저해하는 갈등요소들, 곧 만남과 대립관계에 있는 '헤어짐 계열'에 드는 것들도 점층적으로 반복된다. 그 첫번째 것은 앞에서 요약된 바 '만남을 피함', '소극적 행동', '망설임' 등을 초래한, 소년 내부의 부끄러움이다. 소년이 소녀한테 바보 소리를 들으면서(3) 갈등은 발단된다. 소년은 소녀처럼 물장난을 하던 중 자기의 검게 탄 얼굴을 싫어하게 되는데, 그러는 모습을 들켜서 도망치다가 코피까지 흘리며 "바보, 바보, 하는 소리가 자꾸 뒤따라오는 것같이" 느낀다(5). '소극적 행동'을 극복하고 소녀와 함께 놀러가면서도 여전히 그 느낌에 사로잡히며(8), 무 먹는 일로 다시 부끄러움을 겪는다(9). 하지만 그 내적 갈등을 극복하고 스스로 자랑스러움을 느끼면서(12) 자기 갱신을 하여 둘째 만남에 이른다.[17]

---

16) 이 작품의 갈등은, 잠재되고, 결말부에 가서야 독자에게 의식된다. 달리 말하면, 갈등관계에 있는 것들이 인물로 나눠져 형상화되거나 인물이 무엇과 갈등하는 모습이 시종일관 직접적으로 그려지는 게 아니라, 갈등이 의미를 생산하는 심층에 '구조적으로' 존재하는 경향의 작품인 것이다. 이 작품의 갈등에 대하여는 뒤에 다시 논의되므로 여기서는 필요한 만큼만 살핀다.

부끄러움 다음의 두번째 갈등요소는 소나기라는 자연현상 혹은 그것에 심한 영향을 받는 소녀의 허약함이다. 그것들은 당장은 갈등요소로 기능하지 않으므로 셋째 만남이 이루어지지만, 뒤에 가서 소녀의 죽음을 앞당기는 것으로 드러난다. 세번째 갈등요소는 이사와 죽음이다. 이사 혹은 그것을 초래한 아버지의 사업 실패는 잠시 갈등요소로 작용하지만 소녀가 그 전날 죽기 때문에 실현되지는 않는다.

부끄러움이 개인적이고 내면적인 것이라면 소나기는 자연적이고 외면적인 것이다. 그리고 이사 혹은 아버지의 사업 실패가 가정적이며 환경적인 것이라면, 죽음은 보편적, 운명적인 것이다. 각도를 달리하여, 소나기를 맞은 것이 우연적이라면, 죽은 것은 운명적이라 할 수도 있을 것이다. 헤어짐을 초래하는 이런 것들은, 그 특성을 묶고 규정하기(이름 붙이기)에 따라 달라지지만, 대체로 내적인 것에서 외적인 것, 개인적인 것에서 초개인적인 것, 소년과 소녀로서 어쩔 수 있는 것에서 어쩔 수 없는 보편적, 운명적인 것으로 점층적으로 반복된다 할 수 있다. 이는 곧 그와 대립관계에 있는 만남 또한 그런 것으로 확대, 심화됨을 뜻한다.

따라서 앞에서 헤어짐과 만남의 점층적 반복이 타자와 만남으로써 성장을 하고 인간적 한계를 초월하는 과정을 제시한다고 했는데, 그 과정은 갈등의 성격이 다음처럼 확대 · 변모해가는 과정인

---

17) 첫째 만남과 둘째 만남의 단계에서 갈등요소는 부끄러움 하나라고 본 것이다. 이렇게 볼 때 만남의 심화 정도가 아니라 갈등의 요소에 따른 단계 구분은 넷이 아니라 셋이 된다. 하지만 첫째 만남의 갈등요소가 집안, 출생과 성장의 장소 등에 따른 사회적 신분의 차이라고 보아 둘째 만남의 부끄러움과 구별하는 식으로, 갈등 단계 역시 넷으로 구분할 가능성도 없지 않다.

셈이다.

내적이고 인간적인 것 → 외적이고 자연적인 것
개인적이고 우연적인 것 → 가정적 · 환경적인 것 → 보편적 · 운
명적인 것

그런데 이같이 갈등 요소나 관계의 특성 차원에서 나아가 그것의 극복 과정 차원에서, 즉 그 과정의 사건묶음 차원에서 점충적 반복의 양상과 효과를 살필 수도 있다.

반복은 상태를 강화시키기도 하지만 되풀이되는 앞것이 뒷것을 예시하기도 하고, 그럴듯하게 만들기도 한다. 첫번째 단계의 갈등—극복에서 드러난 소년의 내적인 힘 혹은 성장 가능성은, 뒤에 세번째 아주 헤어짐의 위기에서 겪는 갈등을 그가 다시금 극복하리라 믿고 예상할 수 있게 한다. 이는 셋째 만남의 단계에서 일어났던 헤어짐—만남이 넷째 만남의 단계에서는 소녀가 죽는 까닭에 그대로 되풀이되지 않는데도 되풀이되는 것으로 믿게, 그랬으면 하고 바라게 만드는 양상과 비슷하며, 그와 겹친다. 이때 앞의 갈등—극복, 헤어짐—만남은 각각 뒤의 그것을 준비하는, 그리하여 뒤에서 완벽하게 실현되지 않지만 반복적으로 일어날 것을 믿고 기대하게 하는, 그래서 실제로 그렇게 만드는 기능을 한다(이것을 일종의 '반복 효과' 혹은 '관성(慣性)의 원리'라 부를 수 있을 것이다). 그리하여 영원히 헤어짐의 결말이 영원한 만남이 되게 함으로써 고통을 통한 성장, 죽음에 의한 삶의 성숙이라는, 이 작품에 존재하는 또하나의 아이러니가 가능해지게 한다.

이러한 반복 과정을 정리하면 이렇다.

'헤어짐'   첫째 만남, 둘째 만남
부끄러움 \ 적극적 행동 ———— 극복(관계 맺기, 자기 갱신)

⇊

‗헤 어 짐‗   셋째 만남, 넷째 만남
허약함, 이사, 죽음 \ 헤어짐 거부 ── 극복 실패 \ **성공**(받아들임, 영원해짐)

⇊: 반복 \ : 갈등 관계

3. 사물의 결합 양상

앞에서 사건을 중심으로 요소들의 양상과 그 결합 원리를 살폈다. 소녀가 전부터 앓아왔다는 '정보'가 결말에 작용하는 양상이라든가 흙물 든 분홍 스웨터의 상징성, 갈등요소의 특성 등에 관한 논의에서 보았듯이, 사건과 사물은 불가분의 관계에 있다. 그러므로 이제까지의 사건 중심 논의에도 사물의 의미작용은 직접 간접으로 언급되어왔다. 여기서는 논리 전개상 소홀히 했거나 따로 언급할 필요가 있는 사물들이 시간적·비시간적(공간적) 차원에서 반복, 대조, 조화되면서 의미와 정서적 효과를 낳은 양상을 항목화하여 더 살펴본다.

소년은 소녀와 태어나고 성장한 곳이 다르며(시골/서울), 사정이 변하기는 했지만, 사회적 신분이 다르다(소작인집/지주집). 이러한 '사실'들은 소년의 부끄러움 타는 행동 혹은 소극적 성격의 원인을 제공하여 그것을 필연적이게 한다. 둘은 대개 결합되어 나

타나므로 분리하여 말하는 게 무리이지만, 앞의 사실은 아주 여러 형태로 자주 제시되므로 따로 언급할 필요가 없고, 뒤의 사실이 주로 제시되는 서술만 보자. 그것은 이 작품의 첫문장("소년은 개울가에서 소녀를 보자 곧 윤초시네 증손녀라는 걸 알 수 있었다")(1)에서 제시된 뒤 중간과 끝에서 두 번 더 제시된다. 소년이 송아지를 올라탔는데도 주인이 소녀를 보고는 꾸짖지 않는 대목(12)과 소녀네집 제삿날에 아버지가 닭을 가지고 가는 대목(19)이 그곳이다. 한편 이 두 가지 사실을 아울러 알려주고 상징하는 사물이 바로 무명 겹저고리/분홍 스웨터이다. 「소나기」에서 이 두 사람의 옷은 참으로 여러 가지를 함축하는 것이다.

앞의 사물들은 이 작품에서 주로 소년의 부끄러움이라는 심리를 제시하는 기능을 하므로, 이 작품과 인물이 비슷하게 설정된 김유정의 「동백꽃」 같은 작품하고만 비교해봐도, 사회경제적 의미가 크지 않다.[18] 이는 소녀 집안의 몰락이 '양반계층의 몰락'이라는 시대적 의미를 그다지 지니지 않고 있음을 보아도 알 수 있다. 어떻든 그런 대로, 앞의 두 사실은 소년의 심리를 개인적 기질의 측면에서만 바라보지 않게 하는 데 이바지한다.

이 작품에서 가장 슬프고 어두운 것은 소녀의 아픔과 죽음이다.

---

18) 황순원은 "정신주의적이고 내면적인 경향의 작가"이다. 그의 작품에서 현실은 "개인의 내면과 인간 보편의 차원에서 다뤄짐으로써 내면화·간접화된다."(최시한, 『일월』과 형평운동의 관련맥락," 서강어문 제10집, 서강어문학회, 1994, 407쪽. ※이 책에 수록) 이 작품이 한국전쟁 중에 씌어지고 발표되었지만 그런 흔적을 찾기 어려운 점, 이 작품에서 시대적 배경과 지리적 배경(경기도 양평 근처)이 특정적이지 않고 그다지 중요하지 않은 점, 소년과 소녀의 이름이 없는 점 등도 황순원의 그런 경향을 보여주는 예다.

그런데 그와 같은 계열을 이루면서 그러한 분위기와 정서를 심화시키는 사물들이 제사, 낡은 원두막, 집안의 대 끊김, 이사 등이다. 특히 소녀의 죽음으로 집안의 대가 끊긴다는 사실은 몰락의 비극성을 강화한다. 이 작품 후반부의 시간이 '추석' 전후에서 '제사' 전후로 개작된 것은, 기후에 대한 고려도 있겠지만, 바로 제사의 어두운 이미지를 활용하기 위함일 것이다. 한편 이들과 대립적인 사물들이 시골 산야의 갈꽃, 칡꽃, 들국화같은 꽃들과 개울(물), 분홍 스웨터 등의 밝고, 맑고, 고운 이미지를 지닌 것들이다. 이 둘은 각각 이 작품의 핵심 대립을 이루는 헤어짐과 만남, 죽음과 삶(애정)의 분위기, 정서를 조성하는 데 기여한다.

제목으로도 쓰인 '소나기'는 작품에서 소년과 소녀의 접촉을 강화하는 데 결정적인 기능을 하지만, 그 짧음과 맑음으로 보아 양쪽 모두의 속성을 공유한 사물이라 볼 수도 있고, 그 '짧음'의 해석에 따라, 소년과 소녀의 애정과 통하는 밝음의 계열에 든다고 볼 수도 있다. 가을이라는 계절도 보기에 따라 밝음과 어둠을 공유한 것이라 할 수도 있고 밝음의 효과를 낸다고 할 수도 있다. 어떻든 소나기와 마찬가지로 소년 소녀의 슬픔과 애정을 제시하는 데 매우 기능성이 강한 사물이다.

조약돌은 사건의 발단부에서 중요한 기능을 하는, 간접적이나마 두 사람의 '접촉'을 맨 처음 매개하는 사물이다. 그래서 마지막 접촉의 분홍 스웨터와 함께 둘의 만남을 상징한다. 소녀의 유언은 그 상징물을 각자 하나씩 '주고받는', 혹은 나눠갖는 결과를 낳는다. 조약돌과 분홍 스웨터는, 조약돌처럼 작고 굳어서 두 사람의 몸과 마음에 어울리는 호두가 그렇듯이, 또 하나의 '선물 주고받기' 행동의 목적물에 해당하는 것이다.

그 밖의 것으로, 소녀가 이사를 가기 전날에 죽는다는 사실은, 소년과 헤어지기를 원치 않는 행동과 어울려 그 간절함을 북돋운다. 역시 시간적인 요소의 하나로서, 소년과 소녀가 초등학교 5학년이라는 사실은, 그들이 "유년시절의 '낙원'으로부터 추방당하는"[19] 나이라는 점에서 그들이 겪는 사건과 어울린다. 이렇게 보면, 그들이 처음이자 마지막으로 놀았던, 꽃으로 가득한 산이라는 공간도 낙원의 이미지를 지니며, 따라서 이 소설은 낙원을 잃어버리는 이야기가 된다.

징검다리가 있는 개울목이라는 공간도 흐르는 시간 속에서의 유한한 만남과 헤어짐의 장소로 적합하여 정서적 효과를 강화한다.[20]

4. 맺음말

「소나기」의 플롯은 헤어짐과 만남의 점층적 반복이다. 헤어짐과 만남을 이루는 요소들은 내적이고 인간적인 것에서 외적이고 자연

---

19) 이태동, 「실존적 현실과 미학적 현현」, 황순원전집12, 『황순원연구』, 문학과 지성사, 1985, 76쪽.

20) '구성'은 궁극적으로 삶에의 관점에서 비롯되므로, 역시 그 관점에서 비롯된 초점화, 화법, 문체 등의 문제와 연관된다. 하지만 여기서는 논의가 너무 확산되는 것을 막기 위하여 그 '이야기 행위' 측면의 논의, 예컨대 소년을 초점자로 한 초점의 이동, 외면 묘사 위주의 심리 제시 방식, 마지막 부분에서 소녀의 유언이 아버지가 들은 소문을 소년이 엿듣는 방식으로 제공되는 기법 등에 관한 논의는 하지 않는다.

적인 것으로, 개인적이고 우연적인 것에서 보편적이고 운명적인 것으로 확대된다. 그리하여 이 작품의 주제 — 인간은 사랑으로 타자와 하나가 됨으로써 성장하고 한계를 초월한다 — 가 생성된다.

이 작품에서 궁극적으로 만남을 파괴하는 것은 무엇인가? 그것은 질병이요 육체적 죽음이다. 그런데 그것은 소녀 속에 처음부터 잠재해 있었다. 서술의 초점이 소년에게 놓여 있고, 그 정보를 지체시키는 이야기 전략에 따라 마지막에서야 드러나지만, 소녀는 줄곧 그것과 갈등해왔다. 흙물 든 분홍 스웨터를 입힌 채로 묻어달라고 한 소녀의 마지막 행동은, 시종 적극적 만남을 추구한 그녀의 행동들이 사실은 그것과의 싸움이었음을 돌연히 부각시킨다. 소녀의 행동은 생명 본연의 순수한 욕망의 발현이자 죽음이라는 육체적 헤어짐을 정신적으로 극복하려는 것이다. 그것은 정신의 영원성을 믿는 낭만적 초월 노력으로서, 그것을 믿음으로써 삶의 비극적 한계를 초월하고픈 독자의 욕망과 결합되고, 갈등—극복, 헤어짐—만남이라는 사건묶음의 반복 효과가 작용하여, 헤어짐이 아니라 만남, 패배가 아니라 슬픔을 안은 아름다운 승리로 받아들여진다. 소녀의 적극적 행동에 이끌리는 소년에게 있어서, 그러한 영원한 만남에 이르는 이 작품의 전과정은, '검게 탄 얼굴'과 '흙'투성이의 자기가 아름답고 사랑스러운 소녀라는 존재와 하나가 되는, 그리하여 그와 같은 존재가 되는 것이다.

따라서 이 작품의 심층에 존재하는 갈등은 '만나(사랑하)려는 욕망/헤어져야(죽어야) 할 운명'이며, 그것은 결국 '영원하려는 정신/유한한 육체'의 보편적 갈등으로 수렴된다. 그리고 소년과 소녀의 만남 혹은 사랑은, 그냥 만남이고 사랑이 아니라 상대방을 받아들임으로써 가치 있고 아름답게 만드는 행위, 혹은 타자와 하나가 됨으로써 인간의 유한성을 극복하는 행위이다. 흙물 든 분홍 스웨터는 바로 그것의 상징이다. 소년은 인간의 어두운 현실과 만나면서 삶의 비극성을 알게 되지만, 또 그 현실에서 소녀와 만남으로써 삶의 비극성을 극복할 길을 알게 된다. 이 반어적 진실이 소녀와의 만남을 통해 소년이 배운 것, 그의 성장 혹은 입사(入社)의 내용이다.

「기묘한 직업」의 기호론적 분석

1. 머리말

이 글은 최인호의 단편소설 「기묘한 직업」[1]을 기호론적인 방법으로 분석하기 위한 것이다.

기호론적 연구 방법의 장점은 텍스트에 관여하는, 혹은 하나의 텍스트를 이루는 요소들이 의미작용을 하는 양태와 그에 관여하는 의미맥락(코드)을 좀더 체계적으로 분석하고 객관적으로 기술할 수 있게 해준다는 데 있다고 본다. 그 방법을 활용할 경우, 주로 바탕삼는 이론의 경향과 연구 대상의 특성에 따라 실제 분석 형태가 달라질 터인데, 여기서는 단편소설 「기묘한 직업」 한 편을 기호론의 가장 기본되고 일반적인 몇 가지 방식으로만 분석하고자 한다. 그 방식이란 곧 핵심 줄거리의 요약, 2항 대립의 설정과 각 항의 계열체 찾기, 그 대립을 확장하여 의미 작용의 구조와 통합적 과정 드러내기, 그리고 서술 층위의 기능소와 기법 분석 등이다.

---

1) 『문학사상』 제28호(1975. 1)에 발표되고 단편집 『靈歌』(예문관, 1975)에 수록되었다. 단편집에 수록된 것을 대상으로 삼고 인용도 거기서 한다.

요컨대 여기서 필자는 기호론의 기본 방법을 나름대로 원용하여 「기묘한 직업」의 의미구조 혹은 의미작용 양태를 드러냄으로써 최인호 소설의 문법을 밝히는 데[2] 이바지하고자 한다. 물론 대상 작품 「기묘한 직업」은 이러한 방법과 목표에 적합하므로 선택된 것이다.

2. 줄거리

소설은 이야기의 일종이다. '이야기'는 문자가 사용되기 이전 즉 입말만의 시대부터 있었던 것이며, 오늘날 설화나 소설 같은 문학뿐 아니라 영화, 연극, 신문 기사 등 어디에나 존재한다. 추상적 존재로서의 그 이야기라는 것 자체와 그것의 특성을 지닌 구체적 서술을 싸잡아서 흔히 서사체라 하고 그 가운데 문학적인 것을 서사문학이라고 불러왔다. 하지만 그것은 각각 '이야기' 및 '이야기문학'이라고 하는 것이 적합하다고 보아 여기서는 그렇게 쓰기로 한다.[3]

이야기의 뼈대 혹은 핵심은 줄거리(스토리)이다. 줄거리란 행위자의 행동들이 모여서 된 사건, 나아가 다시 여러 사건들이 자연적인 순서와 인과관계에 따라 엮인 것이다. 그것을 작자가 어떤 주제적·미적 효과를 거두기 위해 변용시키는 원리, 아울러 그에 따라 작품에 구체적인 형상을 띠고 나타난 사건들을 지배하는 배열의 질서가 플롯이다. 그 플롯과 대비시켜보면, 줄거리는 결국 작품 원재료에 해당하는 사건들, 나아가 그 원재료 사건들이 자연스런 본

---

2) 최인호의 소설, 특히 초기의 단편소설들은 특유의 시학 혹은 문법을 지니고 있는 것으로 보이나 아직까지 본격적으로 연구되지 않은 듯하다.

래의 질서대로 존재하는 추상적 층위를 가리킨다. 작품을 읽는 과정에서 그것은 독자에 의해, 독자 속에서 재구성된다.[4]

줄거리를 잡아내는 일은 대체로 이야기의 길이가 길수록, 또 후대에 만들어져서 덜 사건중심적인 이야기일수록 독자의 상상력과 추상화 능력을 더 요구한다. 어떻든 그것은 작품 내의 모든 요소들이 수렴되는 뼈대이므로, 그것을 어떠한 말로 요약하고 재구성하느냐가 곧 해석의 중심 작업이 된다. 바꿔 말하면, 줄거리의 파악과 표현은 다른 여러 요소들의 의미가 그것에 수렴되는, 해석의 출발점이자 종착점이다.

「기묘한 직업」은 4개의 큰 사건단락 혹은 화소묶음(시퀀스)으로 이루어져 있다. 그것을 각각 하나의 동사, 즉 핵심 행동의 양상에 걸맞고 그것이 다른 행동들과의 관계 속에서 지니는 의미를 내포하는 동사가 들어 있는 문장으로 요약하면 다음과 같다.[5]

---

3) 필자는 '서사' 및 '서사체' 라는 두 가지 말 대신 '이야기' 하나를 쓰면 여러 모로 편리하고 그 개념도 뚜렷해진다고 생각한다. '이야기' 는 이야기하는 행위, 그 결과물, 그리고 그것이 지닌 추상적 특성을 모두 가리킬 수 있으며, 그런 개념으로 활용해 쓰기에 적합하다. 한 예를 들어 '서사' 는 '-하다' 가 붙어 동사가 되기 어렵지만 '이야기' 는 된다. 실상 우리는 그 말을 그같은 개념으로 무심코 많이 써왔으며, 이미 '이야기문학' , '이야기시' '이야기 분석' 등의 용어에 활용되고 있다.

　'이야기문학' 이라는 용어는 김수업(『배달문학의 길잡이』, 선일문화사, 1978)이 처음으로 썼고, 신동욱, 조희웅 등이 이어서 썼다(신동욱, 『우리 이야기문학의 아름다움』, 한국연구원, 1981. 조희웅, 『이야기문학 모꼬지』, 박이정, 1995).

4) 이러한 줄거리와 플롯의 개념은 러시아 형식주의자들이 화불라와 수제를 구별한 이래 여러 사람들에 의해 보충되고 정교화되어온 개념체계에 바탕을 둔 것이다. (최시한, 「소설교육의 한 방법」, 『모국어교육』 제4호, 모국어교육학회, 1986 참고) 담론 혹은 서술의 차원을 하나 더 설정한 3분법 체계가 있기도 하나 여기서는 따르지 않는다.

1. 그가 매음굴의 어느 집을 찾아간다.
2. 그가 털보 일행을 만난다.
3. 그가 털보 일행의 교통사고 조작에 동행한다.
   (털보 일행이 교통사고를 조작하여 돈벌이하는 현장을 목격한다.)
4. 그가 "울면서" 털보 일행과 함께 대머리를 "부축한다."

이를 다시 요약하면 이렇다.

찾아감 — 만남 — 동행(목격) — "부축"("울음")

이렇게 간추려놓고 볼 때, 다음 네 가지 사실에 주목하게 된다. 그것은 첫째, 이 작품은, 흡사 영화나 연극처럼, 각 사건단락이 동일 공간에서 일어나는 일련의 사건들로 이루어진 하나의 장면이다. 즉 전체가 4개의 연속된 장면으로 이루어져 있으며 그 밖의 서술이나 다른 삽화가 별로 개입되어 있지 않고, 있다 하더라도 대화와 같은 직접서술 속에 녹아들어 각 장면의 일부가 되어 있다.[6] 서술자 또한 주인공 '그'를 초점자로 삼아 거의 모든 사물을 그의 눈 혹은 의식을 통해서만 보면서 비개입적으로 서술하므로 이 작품은 더욱 장면적이 된다.

둘째, 플롯과 줄거리의 배열질서가 일치된다. 단락의 번호 1~4

---

5) 분량이나 내용의 기능성으로 보아 이 작품의 중심을 이루는 단락은 셋째 단락이다. 그 부분은 다른 부분에 비해 길며 내용도 복잡하므로 단락을 더 쪼갤 수도 있다. 하지만 필자는 그럴 필요가 없다고 본다.

6) 이러한 서술기법과 인물, 주제 등의 면에서 이 작품은 헤밍웨이의 「살인청부업자들 *The Killers*」과 매우 통한다.

는 곧 그것들이 본래 일어난 자연적 순서이면서 작품 자체에 배열된 순서이기도 하다. 이 작품은 시간의 역진을 내포하는 이른바 입체적 구성을 취하지 않고 있다. 그만큼 플롯이 단순하며 이야기된 시간(줄거리 시간)과 이야기하는 시간(플롯 시간)이 지속의 양뿐만 아니라 순서에서도 근접함으로써 더욱 장면적이고 사실적인 효과를 낸다.

셋째, 이 이야기는 일종의 입사(入社) 이야기이다. 시간의 흐름 곧 사건의 전개에 따라 스물 두 살의 주인공 '그'가 털보 일행과 동행하면서 시련을 통해 모르던 세계를 알게 되는, 혹은 그 세계 밖으로부터 안으로 들어가는 이야기이다. 제목 '기묘한 직업'은 이 작품의 주인공이 바로 그 직업의 세계로 입사함을 가리키며, 따라서 이 이야기를 읽는 독자의 일차적 관심은 그 세계가 어떤 세계이며 왜 기묘한가에 놓이게 된다. 그러한 관심은 매우 자연스러우면서도 중요한데, 왜냐하면 그 세계의 본질이 입사 과정에서 주인공에게 일어나는 변화의 내용을 규정할 터이기 때문이다.

넷째, 그런데 입사하는 세계가 어떤 세계인가는 비교적 선명하지만, 앞의 요약에서 일단 원문의 말을 그대로 인용한 데서 짐작할 수 있듯이, 그 입사의 결과 주인공에게 구체적으로 어떤 변화가 일어났는지는 얼른 판단하기 어렵다. 그것은 결말부를 어떻게 요약(해석)하느냐에 따라 다소 달라진다. 다음은 제4단락에서 이 문제와 가장 직접적으로 관련된, 이 작품의 마지막 부분이다.

그는 훌쩍거렸다.
"울긴 왜 울어."
털보가 짜증을 부렸다.

"울 생각 말고 우리들이 하는 짓이나 잘 봐 둬. 금방 배울 수 있어."

"그럼. 자넨 아직 젊구 온몸이 다 성해. 그럼 됐지 뭘 그래."

넷은 대머리를 부축하고 언덕길을 내려왔다.[7]　　　　　　　　(203쪽)

이 대목이 제시하는 바 '그'가 "우는" 행동,[8] 혹은 울면서 다른 털보 일행과 함께 대머리를 "부축하는" 행동은 작품 내의 다른 기능소들과의 관계 속에서 여러 가지로 해석될 수 있다. 그만큼 결말이 열려 있는 셈이고, 그에 관해 가장 적절하다고 내세울 해석은 부분과 전체를 오가면서 연역적인 검증과 귀납적인 종합 작업을 복합적으로 수행한 뒤에야 얻어질 수 있을 터이다.

독서의 과정 자체가 가정과 수정의 연속이므로, 여기서는 일단 입사 이야기라는 전제 아래 두 가지 해석 가능성을 모두 제시해두고자 한다. 이는 어느 것이 더 적절함을 주장하기 위해서라기보다 앞으로 일어나기 쉬운 혼란을 막기 위해서이다. 그 차이가 비록 작더라도 어느 쪽으로 읽느냐에 따라 해석의 과정은 달라질 수 있기 때문이다.

먼저, '그'는 몸을 차에 내던져서 사고를 조작한 다음 돈을 뜯어내는 행위를 목격하고 두려움과 충격 때문에 울었을 뿐이지 그 '기묘한 직업'을 직업으로 갖게 된 것은 아니라고 볼 수 있다.[9] 다음으

---

7) 여기서 마지막 문장의 '넷'은 '셋'이라야 옳다. 대머리는 부축을 당하는 처지이기 때문이다.

8) 최인호의 초기 작품 가운데 이 작품처럼 결말부에서 주요인물이, 자기가 가담하기는 하였으나 너무도 참혹한 현실에 직면하여 우는 작품으로 「모범동화」(1970)가 있다. 김치수는 그 울음이 "자기 자신은 정당하게 살려고 하지만 끊임없이 상황은 자기에게 도전해오는" "숙명의 비극성에 대한 인식"(「한국소설은 어디에 와 있는가」, 문학과지성, 1972년 가을호, 546쪽)에서 비롯된 것으로 보았는데, 그러한 해석은 이 작품에도 적절하다.

로는, 그 정도로 그치지 않고, 그는 결국 털보 집단의 일원이 되어 그 직업을 직업으로 갖게 되었다(되리라)고 볼 수 있다. 앞에 따르면 네 개의 큰 단락을 통해 일어난 변화 혹은 변형은 단지 '모르다 → 알다' 정도이지만, 뒤에 따르면 그것은 털보 일행이 '아니다 → 되다' 혹은 그 기묘한 직업을 '가지지 않았다 → 가졌다'로 다시 요약될 것이다. 그리고 그 앞 제3단락의 동사도 각각 순서대로 '목격하다', '동행하다'가 적합하게 될 터이다.

앞의 둘 가운데 어느 쪽으로 보느냐에 따라 '그'가 모르던 세계와 밀접해진 정도 또는 대립 정도가 큰가 작은가, 그리고 그 세계에 참여하는 태도가 적극적·실천적인가 소극적·내면적인가 등이 달라진다. 하지만 여기서 유의할 것은, 그렇다고 이 이야기가 입사 이야기라는 점은 바뀌지 않는다는 사실이다. 그러니까 애송이인 '그'가 노련한 털보 일행에게 이 이야기의 전체과정을 통해, 앞에 인용된 말로 하면, 적어도 무엇을 "배웠다"는 사실에는 변함이 없다.

문제는 '그'가 배운 내용 곧 입사하게 된 세계의 실상이다. 그것은 이미 제목에 암시되어 있듯이 '기묘하고', 비리에 가득찬 세계이다. 그렇다면 단락 1~4의 과정에서 일어난 변형은 전락 혹은 타락의 변형이며, 이 이야기는 입사과정을 다루되 그것을 통해 성장하는 게 아니라 전락하는 소설인 셈이다. 이러한 사실들을 앞의 줄거리에 수렴시키고 한층 추상화하여 그 심층적 의미에 접근해보면, 일단 이 작품은 타락한 세계로의 입사 혹은 그 '검은 입사' 행

---

9) 털보는 일을 벌이기 전에 떨지 않도록 마약 같은 것을 주는데 '그'는 그것을 먹지 않는다. 그 점은 '그'가 쉽사리 털보 일행에 끼이지 않을 것이라는 생각을 갖게 한다.

위를 통해 타락만이 가능한, 성장이 곧 타락인 세계를 폭로하는 이 야기라고 할 수 있다.

3. 대립과 계열체들

인간이 사물을 인식하고 표현하는 기본 기제가 사물들 사이의 유사성과 대립성에 바탕을 둔다는 전제 아래, 기호론적 분석은 대상을 이루는 요소들의 계열적 관계와 대립적 관계에 주목한다. 기능 단위들이 다양한 층위에서 의미작용을 하므로 그들의 계열적 · 대립적 관계도 여러 국면과 층위에 걸치며, 복합적이고 중층적이게 마련이다. 여기서는 「기묘한 직업」의 지배적인 대립과 각 대립항의 계열체들을 찾고 그들의 중층적 관계를 살피며, 아울러 그것을 랑그로 한 빠롤, 즉 그것이 실제 작품에서 구체적 서술로 구현되는 통합적 질서 및 기법을 살핌으로써, 전체 의미작용의 양상과 과정을 기술하기로 한다.

3.1. 대립 1

앞에서 이 작품을 타락한 세계로의 입사 혹은 성장이 곧 타락인 세계의 폭로 이야기라고 보았다. 그러면 이 이야기의 핵심을 이루며 독자의 관심의 초점인 그 세계의 구체적 실상은 어떤 사건을 통해 어떠한 모습으로 그려지는가? 왜 그 세계는 타락했다고 할 수 있으며 어째서 거기에서 성장은 곧 타락이 되는가?

털보 일행은 몸을 일부러 상하게 한 뒤 차에 부딪쳐서 교통사고를 조작하고 몸값을 받아낸다. 그러한 일을 직업적으로 하는 집단이 있고 또 그들이 의도한 대로 몸값을 받아내게 되는 그 세계는, 한마디로 교환가치가 모든 것을 지배한다. 극단적으로 자본주의적 병폐가 지배하는, '돈이면 다'인 세계이다. 거기서는 모든 게 팔고 사는 돈가치에 의해서만 평가되며 사람들도 오로지 거래 관계 혹은 '직업'적 관계로만 맺어진다. 그 세계의 타락됨을 첨예하게 드러내는 것이 사람의 몸까지를 팔고 사는 행위인데, 이때 그 행위의 담당자는 돈이 있고 없음, 곧 부유함과 가난함이라는 물질적 소유 상태에 따라 결정된다. 그러한 맥락에서 인물들의 대립관계를 잡아보면 다음과 같다.

돈 없음(가난함)　 /　 돈 있음(부유함)
몸을 팖　　　　　 /　 몸을 삼(팔지 않음)
──────────　　　 ──────────
매음부들　　　　　　 비대한 사내
털보 일행
('그')

　이러한 대립에서 '그'가 놓인 위치는 면밀한 관찰을 요한다. '그'는 입사하는 존재, 곧 이 세계에서 저 세계로, 혹은 한 상태에서 다른 상태로 옮기고 또 변해가는 존재인 까닭이다. 이 작품에서 '그'는 돈이 없어 가난하지만 자신의 몸을 사거나 팔지는 않는다. 그런데 앞 부분(단락 1)에서 매음굴의 지리에 밝다는 사실을 통해 그가 거기서 매음부를 돈으로 산 적이 있음, 곧 몸을 사는 계열에 속했었음이 암시된다. 한편 그가 피를 파는 곳에서 털보를 만나게 되었다는 정보가 단락 2의 대화 중에 제시된다. 그는 매혈(賣血)을 하는 사람, 즉 몸을 파는 사람 계열이었던 것이다. 따라서 그는 털보 일행이 직업적으로 벌이는 몸 파는 일을 알고 있지는 않았지만 알 가능성이 있었고, 또 실제로 그렇게 된다. 요컨대 돈을 주고 몸을 사보기도 하고 자신의 몸을 돈과 교환하려고도 했던 그는, 위 대립관계에서 중간적 위치에 놓여 있는 존재이다. 그리고 아직 의식하지 못하고 있었을 뿐이지 이미 돈의 지배 아래 놓인, 모든 것이 금전적 가치로만 평가되는 세계 '속에서' 살아온 존재이다.

하지만 그것은 과거의 일이고 중심사건이 벌어지는 시간과 공간, 혹은 현전하는 사건의 차원에서 볼 때 '그'는 털보 일행의 "친구"(187쪽)가 되어 동행함으로써 결과적으로 파는 계열에 들게 된다. 그러한 양면성과 변화 과정을 환기하는 징표 가운데 하나가 그의 말투이다. 그는 포주 노파에게는 '고객답게' 반말을 쓰다가 돈을 벌기 위해 무언가를 제공하러 온 입장이 되어서는 털보 일행에게 존대말을 쓴다.

돈이 없음/있음과 몸을 팖/삼을 겹쳐볼 때 이 작품이 폭로하는 세계, 곧 주인공 '그'가 입사하는 세계는 돈이 없어서 몸을 팔아야 하는, 혹은 인체가 매매되는 세계이다.[10] 교환 수단인 돈이 그 무엇과도 교환될 수 없는 절대가치를 지닌 인간의 몸 — 생명을 담고 있기에 생명 자체와 동일시되는 그 몸을 교환가치화하는, 한마디로 전도(顚倒)된 세상인 것이다. 그 '기묘한' 상황에서는, 앞서 살펴 본 이 작품의 마지막 부분이 극명하게 보여주듯이, "배움"이 몸을 망치고 성장이 곧 타락이 되며, "젊고 온몸이 다 성한" 것이 말

---

10) 이 작품에서 비대한 사내는 강제로 몸값을 치르게 되므로 몸을 '샀다'는 표현이 부적합할 수도 있다. 하지만 그 말은 자발성 유무를 떠나 그가 사는 역할을 맡고 있으며, 그와 털보 일행 사이에 결과적으로 거래가 이루어지고 있음을 나타내기 위해 쓰인 것이다.

의 지시적 의미 그대로 '재산이 많은' 셈이 되는 그런 세계이다. 그 세계는 모든 말이 그렇게 반어적이 되고 마는, 줄곧 눈이 내리고 있는 곳이다.[11]

요컨대 돈 없음/있음, 몸을 팖/삼의 대립은 그 팔고 사는 몸의 본질이 돈(물질)과 교환되는 것/생명의 거처로서 존재하는 것의 대립을 함축한다. 이러한 대립 및 각 대립항 계열체들의 대립, 함축, 모순 관계를 기호론적 사변형[12]으로 나타내어본다.

위에서 돈이 없고 / 있음은, 몸이 물질화 또는 사물화(事物化) 됨/본래의 생명적 의미를 지님을 함축하고 있다. 돈이 있고 없음에 따라 그 사람 몸의 본질이 달라지는 세계 ― 돈이 있으면 남의 몸도 사서 소비할 수 있고, 돈이 없으면 몸을 팔아 수입을 잡을 수도 있는 것이 그 세계의 전도되고, 타락되며, 비정상적인 실상이다. 거기서 돈(물질, 사물)은 몸(생명, 인간)과 수평의 대립관계가 아니라 수직의 함축(계열)관계에 있다. 한마디로 돈이 몸을 지배하고 물질이 생명을 마비시키는 세상인 것이다.[13]

---

11) '눈'은 이 작품에서 그 세계의 비정함과 차가움을 되풀이 환기하는 공간적 요소이다.
12) 기호론적 사변형에 대해 논의하고 그것을 이야기 분석에 활용한 대표적인 논저로는 송효섭,『삼국유사 설화와 기호학』(일조각, 1990)이 있다.

3.2. 대립 2

몸을 팖/삶의 대립은 거래의 대상인 몸이 돈과 교환되어 물질화
됨/생명의 거처로서 존재가치를 지님의 대립과 함께, 그 상태가 상
(傷)함(건강하지 않음)/성함(건강함)의 대립을 초래한다.[14] 몸을
파는 것은 곧 그것을 더럽히고 훼손하는 것이기 때문이다. 그런데
여기서 '그'는 이제 입사를 하는 단계라서 아직 몸이 상하지는 않
았으므로 비대한 사내와 같은 계열에 든다.

몸이	상함 /	성함
매음부들		비대한 사내
털보 일행		('그')

털보는 아편중독에 다리를 전다. 대머리는 머리칼이 다 빠진 매

---

13) 최인호의 소설 가운데는 이 작품처럼 인간의 사물화를 그린 작품이 많은데,
특히 「타인의 방」(1971) 「돌의 초상」(1978) 등이 이 작품과 맥락을 같이 한다.
한편 영악스런 아이가 등장하는 「술꾼」(1970) 「모범동화」(1970) 「처세술개
론」(1971) 등 역시 "가치와 규범이 전도된 현실의 문제성을 부각"(권영민,
『한국현대문학사』, 민음사, 1973, 293쪽)시켰다는 점에서 이 작품과 같은 문
법의 산물로 보인다.

14) 이재선은 최인호의 등단작 「견습환자」(1967)가 "환자와 의사의 관계를 전도
시킴으로써 건강함과 건강하지 않음의 관계에 대한 전도의 아이러니를 유발
시키고 있다."고 본 바 있다(『한국현대소설사』, 민음사, 1991, 212~213쪽). 몸
이 상함 / 성함의 대립이 이 작품과 「견습환자」의 의미구조를 이루는 공통된
대립소인 셈인데, 그것은 몸의 외면적 양상에서 나아가 내면(정신)적 불건전
함 / 건전함까지 함축하고 있으므로, 이러한 분석은 최인호 소설에 들어가는
하나의 길을 마련해준다고 할 수 있다.

독환자이며, 이빨 빠진 사내는 이빨로 돈벌이를 하다 보니 호칭 그대로 되었다. 이때에도 '그'는, 사지가 멀쩡하다는 점에서는 성하지만 빈혈이어서 피를 팔지 못했다는 점에서는 몸이 다소 상한 상태이다. 따라서 대립 1에서와 같이 여기서도 '그'는 대립적인 양면을 모두 지닌 중간적 존재이며, 사건의 전개와 함께 '파는' 쪽에 접근하여 몸을 망쳐가고 있다고 할 수 있다. 하지만 이 작품의 중핵사건이 벌어지는 서사적 현재의 상황에서 '그'는 이제 몸까지 팔고 사는 세계에 막 입사하는, 아직은 몸이 성한 사람이다.

여기서 '비대한 사내'라는 호칭의 '비대한'에 주목할 필요가 있다. 그 말은 중층적 의미기능을 한다. 그것은 가난함/부유함의 맥락에서는 부유함의 씨니피앙이다. 하지만 '비대한' 것이 분명 몸이 성한 상태 또는 정상적 상태가 아니라고 볼 때 비대한 사내는 몸이 상함 계열에 들게 된다. 비대한 사내가 이렇게 몸이 상함/성함의 맥락에서는 매음부 및 털보 일행과 한 계열이 될 경우, 그 '비대한'은 그들의 동질성('그'와의 이질성)을 가리키는 씨니피앙 — '몸이 상함'에 함축된 '정신이 상함(불건전함)'을 가리키는 반어적인 기호가 될 것이다.

상한 몸은 돈을 벌기 위해 그것과 교환된, 물질 취급을 받은 몸이다. 그것은 이미 생명의 거소로서의 존재가치를 잃었으므로 인간의 몸이라고 할 수 없다. 물질이요 무기체인 것이다. 이 작품에서 그것을 환기하는 서술은 매우 교묘하게 제시되고 있다.

이 작품에서 서술자는 매우 철저하게 '그'의 눈을 통해 사물을 바라보며, 때로는 목소리까지 '그'의 것을 본뜨고 있다. 인물적 삼인칭서술이되 일인칭서술에 가까워진 이야기방식을 취하고 있는 것이다.[15]

그러한 서술 속에 의미심장하게 되풀이되는 다음 직유들을 화살표 다음과 같이 바꾸어보면, 그것들이 유기체인 몸이 손상되어 무기체 혹은 물질이 된 상태를 환기하고 있음이 드러난다.

(대머리의 부러진) 팔이 흔들흔들거리고 있었다. 바람에 흔들리는 풍선처럼.
→ …… 있었다. 그것은 그에게 ~ 풍선처럼 보였다.

(대머리는) 달리는 차바퀴를 막아세운 나무로 만든 저지선처럼 몸으로 차를 가로막고 있었다.
→ 그가 보기에 (대머리는) ~ 저지선처럼 몸으로 차를 가로막고 있었다.

이빨 빠진 사내가 걸레조각처럼 축 늘어진 대머리를 가리켰다.
→ 이빨 빠진 사내가 그에게는 ~ 처럼 축 늘어져 보이는 대머리를 가리켰다.

이제 몸이 상하고/성한 상태가 뜻하는 바에서 나아가 그렇게 된 원인을 따져보자. 매음부들과 털보 일행은 왜 생명의 거처인 몸을 팔고, 더럽히고, 훼손하는가? 그것이 가난하기 때문임은 앞에서 드러났다. 그들이 그러는 이유로는 그 밖에 또 무엇이 있는가?

이빨 빠진 사내는 억지로 이빨을 부러뜨리고 애꿎은 가해자에게 돈을 받아내는 것이 배추장사 따위를 하는 것보다 훨씬 나았기에 그 짓을 계속해왔으며, 그게 매음부들이 하는 돈벌이나 같은 것으

---

15) 그래서 이 작품은 '그'를 '나'로 바꾸어도 별 무리가 없는 부분이 많다.

로 이야기한다(189쪽). 대머리는 매독환자이며 지능이 좀 모자라서 이빨 빠진 사내를 따라다니다 보니 그렇게 된 듯하다. 털보는 지체부자유자에 아편중독자인 것으로 미루어 심신이 상실되어 그런 짓을 하는 것 같다. 한편 대머리의 말처럼 "노동일이라도 할 수 있는" 스물 두 살 나이의 '그'가, 돈이 필요하다고 해서 하필이면 왜 피를 팔려 하고 나중에는 인신매매보다 더한 짓을 하는 집단에 끼어들게 되었는가에 관한 정보는 명확하지 않다. 그러므로 그 역시 털보 일행과 비슷하게 어떤 정신적 혹은 기질적인 문제점이 있는 것처럼 보인다.

그러한 개인적이고 기질적인 것 외에 좀더 사회적이고 규범적인 원인을 환기하는 요소들이 없지는 않다. 돈이 없음/있음의 대립은 이 작품에서 창신동/명륜동 및 장충동이라는 서울의 지역적 대립으로도 제시되고 있는데(195쪽), 이는 빈부의 격차가 엄청나며 '풍요 속의 빈곤'이 보편화된 당대 현실을 보여준다. 하지만 그런 의미기능을 하는 구체적인 요소들은 비교적 적으며 인물들과의 관계도 간접적이다.

요컨대 이 작품에서 가난한 인물들이 그렇게 가난해지고 또 가난 때문에 몸이 상하게 되는 원인은 황당하거나 모호하다. 몸을 일부러 상하게 한 뒤 차에 뛰어들어 돈을 받아내는 일 자체가 매우 윤리에 어긋나고 반사회적인 만큼 그 원인에 대한 관심도 클 수밖에 없는데, 그 부분이 구체적이지 않은 것이다. 사태의 원인 혹은 인물의 과거는 생략된 채 극단적이고 충격적인 결과만이 과장되며, 객관적 외부 현실의 구체적인 모습보다는 주관적 내부심리의 기괴한 마비상태에 초점이 맞춰진 이러한 양상은, 이 작품을 일종의 우화처럼 보이게 한다.[16]

따라서 털보 일행은 사회적 · 계층적이기보다 개인적 · 성격적인 이유에서 몸이 상한 것처럼 보인다. '몸이 상함'은 비대한 사내와의 대립관계에서 사회성이나 계층성을 덜 지닌 씨니피앙인 듯 보이게 되는 것이다. 다시 말하면, 이러한 양상은 몸이 상함/성함이 정신이 불건전함/건전함만을 함축하게 됨으로써, 독자로 하여금 '건강한 몸에 건전한 정신이 깃든다.'는 보편적 · 탈역사적 맥락에서 '정신이 건전치 못하므로 몸도 건강하지 못하게 되었다.'는 식으로만 읽게 만들 수 있다.

그러나 앞에서 살폈듯이 이 작품은 서울의 창신동과 장충동을 배경으로 한, 가난함/부유함이 핵심 대립을 이루고 있는 이야기므로, 그러한 해석은 작품의 실상과 거리가 있다. 우화가 현실의 외면적인 모습을 과장하고 왜곡하는 것은 현실의 본질 혹은 그것과의 내면적 유사성을 좀더 선명하게 제시하기 위해서이다. 몸이 상하게 된 원인과 과정에 관한, 혹은 한 걸음 나아가 그러한 현실의 개선에 관한 구체적 서술은 작가가 제시할 수 없었거나 '빠뜨렸다'기보다 우화적 효과를 위하여 일부러 '비워 놓았다'고 본다. 그것은 작가의 표현기법과 미의식의 특징적 양상이라고 할 수 있으므로 일단 그 자체를 존중하면서 그에 걸맞게 읽을 필요가 있다.[17]

---

16) 최인호의 소설들은 이 작품처럼 우화적인 것이 많다. 김치수는 최인호 소설을 네 묶음으로 나누면서, 「타인의 방」「견습환자」 등이 포함되는 이러한 "우화법과 과장법을 써서 도시적인 삶에 대한 자각을 보여주는" 작품들을 하나의 묶음으로 설정한 바 있다. 「개성과 다양성」, 『문학사상』 제121호, 1982. 10.

3.3. 대립 3

이 작품에는 '그'가 아직 애송이로서 '배우는' 과정에 있음을 강조하는 서술들이 많다. 그런 말이 아니더라도 이 작품을 입사 이야기라고 보는 한 그 입사하는 세계에 대한 입사자의 태도나 상태가 익숙함/미숙함의 대립을 살피는 것은 심층적 의미의 진술에 긴요하다. 입사는 어떤 세계를 아는 일이자 그 세계에 익숙해지는 일인 까닭이다.

타락한 세계에   익숙함   /   미숙함

                        매음부들   '그'
                        털보 일행
                        비대한 사내

앞에서 '그'가 중간적 성격을 지니고 있음이 드러났는데 이 대립에서도 그런 면이 없지 않다. 매음부의 몸을 사는가 하면 피를 팔고자 했었으므로 몸을 매매하는 현실에 다소 익숙하였고, "이빨

---

17) 앞서 지적했듯이 최인호의 소설은 대립되고 모순된 모습을 우화적으로 과장하면서 개인의 내면적 질병에 초점을 맞추는 경향이 있다. 그 때문에 자아와 세계의 불화가 구체적으로 서술되지 않고 주관성이 짙어지는데, 이에 대해 최인호의 소설은 역사의식과 "탐구정신이 결여"(김윤식·정호웅,『한국소설사』, 예하, 1993, 408쪽)되었다거나 "사회 현실에 대한 총체적 관찰이 배제 내지 경시"(이동하,『집 없는 시대의 문학』, 정음사, 1985, 104쪽)되었다는 비판을 받는다. 하지만 그것은 작가 특유의 미의식과 표현기법보다 사회의식, 세계관 등을 지나치게 앞세우거나 양자를 간단히 동일시한 데서 비롯된, 작품과 다소 거리가 있는 주장이라고 본다.

이 어떻게 돈이 되는지"를 모르며 "온몸이 다 성하니까 부자"라는 말을 알아듣지 못하는 것으로 보아 미숙하였다. 그러다가 그는 "자네도 곧 우리처럼 돼."라는 격려 아닌 격려를 받으며 동행한 교통사고 조작 현장에서, 대머리가 피흘리는 모습을 보게 된다. 그리고 마침내 그 기묘한 직업 세계 혹은 전도된 현실의 믿기지 않는 실상을 체험하고는 와들와들 떨다가 울게 된다. 그 울음은 미숙함의 증거요, 익숙하기 위해 겪어야 할 과정이다.

여기서 이 작품 앞머리의 서술이 지닌 중층적 의미와 예시적 기능에 주목하게 된다.

그가 버스를 내려 동대문을 지나 창신동 골목으로 접어들기 시작했을 때부터 눈발이 흩날리기 시작하였다.

지나가는 사람에게 물을 필요도 없이 가는 곳이 뻔하였기 때문에 그는 골목길에 들어서자 마자 손에 들었던 약도를 꾸겨버렸다.

희뜩희뜩하던 눈발이 곧 무성해지더니 갓 어둠이 빛바래고 있었다. 골목길에 머플러를 두른 계집애 하나가 무심코 그의 어깨를 잡으면서 목쉰 소리를 내었다.

"쉬었다 가세요, 아저씨."

또 다른 골목에 들어서자 색 바랜 털 스웨터를 입고 긴 치마에 고무신을 신고 있던 나이 든 계집년이 그를 잡았다.

"놀다 가, 총각."

그가 간신히 피하려다가 쌓인 눈에 미끄러져 넘어지자 그년은 깔깔 소리높여 웃었다.

"아따, 되게 급하군." (185쪽)

이 장면에는 몸을 사 본 적이 있어서 "가는 곳이 뻔하였"다는 익숙함과 무엇인가 새로이 팔기 위해 긴장하여 서두르다가 미끄러지는 미숙함이 공존하고 있다. 뿐만 아니라 이 장면에서 그는 익숙한 "아저씨"인 동시에 미숙한 "총각"이다. 그리고 매음부들은 "목쉰 소리"의 "계집애"가 있는가 하면 "깔깔 소리높여 웃는" "나이 든 계집년"도 있다. 첫 장면은 이렇게 '그'의 양면적·중간적 성격과 이 작품에 내재한 익숙함/미숙함의 대립을 함축하여 미리 보여 주고 있다.

작품이 이렇게 복합적이며 '그'의 성격에 복합적인 면이 있다 하더라도, 이항대립의 틀에 맞추어 볼 때 '그'는 미숙한 쪽에 놓인다. 타락한 세계의 문턱에 선, 혹은 이제 막 일을 '배우기' 시작한 미숙한 자인 것이다.

이 익숙함/미숙함의 대립에서 눈에 띄는 것은, 비대한 사람이 털보 일행과 한 계열에 들고, 그리고 그들 모두가 '그'와 대립된다는 점이다. 여기서 비대한 사내와 털보 일행의 심층적 동질성을 찾아낸다면 그 '익숙함'의 내포적 의미 맥락이 드러날 것이고, 그것은 또 이 대립의 다른 국면을 열어보일 것이다.

익숙함 계열의 인물들이 지닌 공통점을 찾아 보자. 그들은 모두 법을 어기는 자들이다. 그들에게는 비밀이 있다. 털보 일행이 비대한 사내를 위협하는 말은 "경찰서로 가자"이며, 비대한 사내는 실상 잘못한 것도 없으면서 "조용히 얘기하자"고 한다. 법에 따라 밝은 곳에서 해결하지 않는 데 익숙하다는 점에서 이렇게 같은(몸이 상한("비대한"), 비정상적인) 사람들이므로 그들은 쉽게 통한다. 그들은 비정상적인 것이 정상적인 것처럼 행세하고, 돈의 신(神)이 인간의 몸 혹은 생명까지 교환가치화한, '돈이면 다'라는 현실의 코드를 공유하고 있다. 비대한 사내는 대뜸 "당신들이 뭘하는 사람이라는 것을 알고 있다."고 말하며, 그러므로 그는 속거나 위협에 못 이겨 돈을 주는 게 아니다. 그런 거래에 익숙하므로, 말하자면 자기도 그런 비정상적이고 부당한 뒷거래를 많이 하므로 그냥 묵인해줄 뿐이다. 그리고 털보 일행도 그점을 인정하여 적당한 선에서 얼른 타협을 한다. 그들끼리는 의사소통이 매우 잘 된다.

한마디로 그들은 타락한 세계에 익숙한, 타락한 자들이다. 이렇게 볼 때 익숙함/미숙함의 대립은 법을 어김/지킴, 양심을 잃음/지님, 마음이 타락됨/순수함, 비인간적/인간적 등일 수도 있다. 이러한 대립들을 앞서 논의한 대립들과 겹쳐 보면, 그 '기묘한' 세계는 법을 어기고 양심을 잃은 자가 능란하게 돈을 벌며 몸도 성하게 보존하는 어두운 세계이다. 그 세계의 차가움을 눈이 환기한다면 그 어두움은 밤이라는 시간적 배경이 환기하고 있다.

'그'는 그러한 타락한 세계의 질서에 익숙하지 않다. 아직 그들의 코드를 모르기 때문이다. 그래서 가치가 전도된 끔찍한 현실에 대한 안타까움과 죄의식, 그리고 공포 등이 겹쳐서 울음을 터뜨린다. 이러한 '그'의 미숙함은 곧 인간다운 양심과 순수성이 살아 있음을 나타내는 징표인데, 이는 익숙함 계열의 인물들과는 달리 오직 '그'만이 인칭으로 불리우는 것과 적절히 어울린다.[18]

하지만 입사식을 치르면서 '교육'을 받았고 털보 일행과 함께 대머리를 부축하게 되었으니 이제 '그'도 이 전도된 비리의 세계에

---

18) 「모범동화」의 결말부에서 소년은 '만물박사'(이는 '세상에 가득한 속임수들을 모두 잘 알고 있음' '세상의 속임수에 익숙함'을 가리키는 별명이다)임에도 불구하고 운다. 따라서 그의 울음은 이 작품의 '그'의 울음보다 더 괴기적이다.

곧 익숙해질 것이다. 즉 그 계열의 사람들과 한 패가 되어 비인간적이고 비정상적인 의사소통을 잘 할 수 있게 될 것이다. 제3단락에서 네 차례나 반복되는 "대머리가 큰 신음소리를 냈다."는 문장은, 돈을 뜯어내려다가 아주 생명을 잃을 뻔한 대머리의 고통만을 의미하지 않는다. 그 말은 그러한 광경을 바라보고 있는 초점자 '그'가 지니고 있었던 생명적인 것, 곧 인간다운 양심과 순수함, 규범의식 등이 고통스럽게 죽어가고 있음을 내포하고 있다. 보여지는 대상의 모습뿐 아니라 보는 주체의 내면까지 제시하고 있는 것이다.

앞에서 이 이야기는 타락한 세계로의 입사 이야기라고 하였는데, 그것은 곧 타락한 세계를 지배하는 가치체계 ─ 돈이 최고이다, 돈이면 무엇이든 사고 팔 수 있다, 돈을 위해서라면 수단과 방법을 가릴 필요가 없다 ─ 를 배워 익혀서 공유하는 이야기인 셈이다. 정상적인 가치체계가 전도되고 타락된 사회에서는 '성장하는 것이 곧 타락하는 것'이다. 그리고 개인이 집단의 의미맥락을 공유하는 것은 바람직한 가치를 교환시켜 세계를 여는 게 아니라 거꾸로 닫아버린다. 구원이나 해결의 가능성이 차단된 황폐한 세계에서의 검은 의사교환 혹은 허무한 의사소통의 과정을 폭로하는 이야기가 바로 이 작품이다.

4. 종합

이제까지 줄거리를 요약하고 크게 세 가지 대립과 각 대립항의 계열체들을 찾는 방법으로 「기묘한 직업」의 의미구조를 살폈다. 이 작품이 한 젊은이의 '검은' 입사 이야기, 혹은 세계와의 부정적 의사소통 이야기라고 보고 거기 존재하는 기능성이 강한 세 묶음의 대립소들을 찾았는데, 이제 그것들을 인물 중심으로 동일 평면에 겹쳐본다.

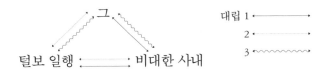

위의 그림은 앞에서 논의한 바를 압축·발전시킨 몇 가지 사실을 보여준다. 첫째, 이 작품의 인물들이 어떤 공통 기반 없이 분열되어 있음을 보여준다. 그들은 뿔뿔이 흩어져서 인간적 관계가 단절된, 직업적 이해와 물질적 거래 행위를 위해서만 관계할 뿐 하나의 바람직한 가치를 공유하고 '사회'를 이루지 못하는 고독한 존재들이다.

둘째, 주인공 '그'의 중간적 성격을 보여준다. '그'는 털보 일행과 비대한 사내의 성격을 공유한, 그들과 만나서 어떤 변화를 겪을 개연성이 있고 준비가 되어 있었던 인물이다. 입사 이전에 그렇게 타락한 자들의 성격을 이미 지니고 있음은 '그'가 속한 세계가 얼마나 총체적으로 타락했는지를 말해준다.

셋째, 주인공 '그'의 입사(入社)과정은 성장이 아니라 타락의 과정임을 보여준다. '그'가 '교육'을 받고 성장하는 것은 곧 위의 그림에서 '그'가 털보 일행과 하나가 되어 삼각형이 직선이 됨을 뜻한다. 그것은 또한 앞서 대립 1을 살피면서 추출해냈던 기호론적 사변형의 의미맥락 — 돈(물질, 사물)과 몸(생명, 인간)의 관계가 전도되어 앞것이 뒷것을 함축 혹은 지배하는 — 이 여전히 현실을 규율하고 있고, '그'마저 그것에 '익숙해짐'을 뜻한다. 그러므로 그의 성장은 타락이며 '교육'의 결과 새로이 이루어진 의사소통은 바람직하지 못한 의사소통인 것이다. 아래에서와 같이, 법과 규범이 통용되는 정상적인 사회에서 돈과 몸은 수직적 함축이 아니라 수평적 대립의 관계에 있고, 그 맥락에서 생명 → 돈 → 물질의 과정은 곧 인간의 사물화 혹은 타락을 뜻하기 때문이다.

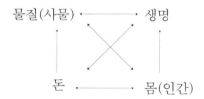

이러한 분석을 종합하여 볼 때, 「기묘한 직업」은 빈부의 격차가 심해지면서 돈이 인간을 소외시키는 자본주의적 병폐를 우화적으로 폭로한 작품이다. 이 작품에서 그 병폐로 타락된 세계의 비인간적인 모습을 표현하는 기호는 상했거나 비정상적인 몸, 신체적 특징 위주의 호칭, 사물에 비유되는 인체 등 주로 사람의 몸과 관련된 것들이다. 그 상해버린 몸들은 그와 분리되고 황폐화되어 불건전해진 영혼(정신)을 함축한다. 그 몸들이 이루는 세계의 비정함을 환기하는 기호는 겨울밤이라는 시간적 배경, 공간적 요소 눈 등이다. 그리고 비개입적이고 장면중심적인 서술과 네 차례 반복되는 서술 "대머리가 큰 신음소리를 냈다."는, 그 세계로 입사하는 자가 생명을 잃고 물질화되어가는 고통스런 모습을 제시하는 데 이바지한다.

「기묘한 직업」 한 편을 중심으로 행해진 이러한 분석과 그 과정에서 드러난 대립소, 의미맥락, 기법 등은 최인호 소설, 특히 초기 단편소설 전반의 문법 해명에 기여할 수 있을 것이다.

맺힘—풀림의 이야기모형에 관한 시론

1. 머리말

이 글은 원한의 맺힘과 풀림 과정을 중심으로 심층의 사건구조 유형 곧 이야기모형(narrative model)을 설정하고 그것을 통해 한국 이야기문학의 지속성과 변이성을 부분적으로나마 기술해보기 위한 것이다. 원한의 심성이 한 민족의 근원적인 정신구조를 이루고 있는 요소 가운데 하나이고, 그 맺힘과 풀림의 과정이 여러 이야기 작품에서 핵심적이라고 할 때,[1] 이러한 시도는 나름대로 의의를 지닐 수 있을 터이다.

문학 작품에 대한 연구는 작품을 통해 그것을 창조하고 누린 사람들을 발견하는 데 이르러야 한다. 한국 문학 작품의 해석은 한국인의 정신구조에 대한 관심과 이해 없이는 만족스럽게 이루어지기

---

[1] "이 같은 원령의 속신과 민간 전승, 그리고 조선조 소설은 그 줄기를 마침내 현대문학에 남겨서 한국문학사에서는 흔하지 않는 소재사 내지 소재전통을 이루고 있다. 그만큼 한국인의 심중에 넓고 깊게, 그리고 오래도록 원령개념이 박혀 있는 셈이다." 김열규, 『한국신화와 무속연구』, 일조각, 1977, 199쪽.

어렵다. 이렇게 볼 때 우리의 삶과 문학의 한 줄기를 이루어온 원한의식을 중심으로 한국 문학을 설명할 하나의 논리적 틀을 마련해보는 것도 뜻 있는 일로 여겨진다. 그 틀은 한국 문학에 관한 체계적 진술을 가능케 할 뿐 아니라, 내려오는 모티프를 놓고 작가들이 어떻게 각자의 주제를 형성해갔는가를 드러내어주며, 거기에 관련된 시대적 · 정신적 요소들을 짚어낼 수 있게 해줄 것이다. 그러나 지금까지 이 방면에 관한 논의는 활발하지 않은 상태이고, 있다 하더라도 심층의 사건구조에 관한 것은 적다. 게다가 필자 또한 원한의 본질과 한국 이야기문학에 대한 이해가 모자라기에, 이 글은 논의해야 할 점들을 확인하고 나름대로의 가설을 제시하는 시론에 불과함을 미리 밝혀둔다.

원한이 이야기문학에서 논의될 때 작품 내적으로 보아 그것은 우선 인물의 성격과 사고방식의 문제이다. 그것은 인물들의 대화나 서술자의 주석, 일반화 등의 양태를 띤 서술에서 드러나는 가치관의 문제이다. 또한 그것은 플롯상 행동의 원인 또는 행동과 행동 사이의 인과 관계를 형성하는 사상이다. 작품의 언어적 재료를 요약하고 통일하는, 즉 작품 구조를 이루는 모든 기능소들 및 그들의 관계를 지배하는 사념을 주제라고 한다면, 원한은 곧 주제적 요소로 간주된다. 이렇게 보아가면, 결국 원한은 작가와 그가 속한 사회의 세계관과 이념의 문제이다. 따라서, 이야기문학에서 원한을 논의할 때 그 대상은 원한 관념이 주제의 일부이든가 적어도 주된 행동을 지배하는, 그래서 그 행동의 인과성 형성과 해석에 하나의 문화적 코드로 작용하는 작품이어야 한다. 그렇지 않다면 원한이란 말이 서술에 자주 보인다 할지라도 분석 대상에 넣을 수 없다.

이 글은 판소리 사설 『변강쇠가』, 신소설 『귀의 성』과 『치악산』,

그리고 한승원의 장편소설 『바다의 뿔』을 구체적인 분석 대상으로
삼는다. 사건구조는 물론 창작의 과정과 목표가 각기 다른 작품들,
곧 장편 이야기문학으로서 20세기 이전의 설화적·적층적인 것,
20세기 초의 상업적·흥미 중심적인 것, 그리고 오늘의 좀더 '만
들어진' 것을 택한 셈이다. 이 네 이야기체는 이 연구의 대상으로
서의 조건을 갖추기는 하였지만 가장 전형적이거나 중요한 작품들
이라고 말하기는 어렵다.[2] 이 글에서는 다만 예비 작업으로서, 앞
의 네 이야기체들이 핵심 사건의 주체(인물)를 지배하는 의식이
원한임이 분명하기에 대상으로 삼는다. 하위 갈래상의 특성을 따
지지 않고 다른 이야기체들도 염두에 두되, 우선 그것들만을 살핌
으로써 원한의 구체적인 모습과 그 서사구조에 접근할 관점을 마
련해 보고자 하는 것이다.
　　먼저 원한의 이야기에 공통된 모형을 상정한 뒤 각 작품을 통해
검토해 가는 순서를 밟되, 작품의 해석은 원한을 중심으로 볼 때
의미 있는 국면 위주로 한다.

2. 맺힘—풀림의 이야기모형

　　원한의 이야기구조를 논의하기 위해서는 먼저 원한에 대한 포괄
적이고 유용한 정의가 앞서야 할 것이다. 그 정의는 대상작품에서

---

2) 이른바 재생설화, 원혼형 전설, 남녀이합형 소설, 신원소설, 서사무가 등에서
　원형적·전형적인 것을 찾을 수 있을 것으로 짐작된다. 구체적으로는 「지귀설
　화」, 「이생규장전」, 「강도몽류록」, 「장화홍련전」, 「영영전」, 「제석본풀이」 등을
　거론할 수 있다.

갈등이 형성·해소되어가는 과정, 인물의 심리와 행동의 특성 등을 원한의 측면에서 규정하고 요약해내기 위한 논리적 바탕이다. 그것은 한국인의 심성 속에서 원한이 어떤 모습을 하고 있는가를 밝혀서 원한을 막연한 분위기나 감정으로 다루는 것을 피하게 해 줄 것이다. 그리하여, 여러 원한의 이야기체를 지배하고 생성하는 심층적 형식이자 원리인 그 사건구조를 바로 살필 수 있도록 도와 줄 것이다.

그러나 여기에서 효과적으로 이용할 만한 원한 또는 한[3]에 대한 정의는 되어 있는 것 같지 않다. "한은 그 정서적 국면마저도 스스로의 논리적 조명을 받기가 거의 불가능하게 되어 있는" 것이며, "숙명적으로 논리적이기가 어렵고 또 산문적이기가 어려운"[4] 게 사실이라고 할 때, 그에 관한 정의는 일단 접어두는 것이 나을 성 싶기도 하다.[5] 때문에 여기에서는 "한은 수백 년 내려온 한국인의 감정적 문제의 초점을 이루고 있다."[6]는 진술만을 대전제로 받아들이면서, 그 양상을 이야기문학의 구조와 관련지어 살핀 김열규

---

3) 원한과 한이라는 말 사이에는 같지 않은 점이 있다. 한이 비교적 중립적인 말이라면 원한은 징표가 덧붙은 말이다. 원한은 보다 심한 억울함, 인위적인 가해와 복수의 행동 및 감정 등을 연상시킨다. 하지만 여기서는 두 말을 구별하지 않고 하나로 보아 인용하거나 사용하되, 주로 '원한'을 쓴다. 갈등을 내포하기 마련인 이야기문학을 대상으로 삼기에 원한이 더 어울린다고 여겨지기 때문이다.

4) 천이두, 「한의 미학적·윤리적 위상 — 그 개념 정립을 위한 시론」, 『한국문학』, 1984. 12, 279쪽.

5) 천이두는 위의 글을 요약하고 발전시키면서, "한은 그 예술적 표상에 있어서나 윤리적 생태에 있어서 단절적·대립적·논리적·공간적·입체적·행동적인 것이 아니라 연속적·포용적·정서적·시간적·선적·은둔적인 것"이라고 한 바 있다. 「한과 판소리」, 『문학사상』, 1984. 12, 178쪽.

6) 이우영, 「원령전설과 한의 심리」, 김흥규 편, 『전통사회의 민중예술』, 1980, 101쪽.

의 논의로부터 실마리를 풀어나가고자 한다.

> (……) 「심청전」과 「흥부전」만이 아니다. 조선조 소설 가운데는 '맺힘과 풀어짐'의 역학적 관계로 이루어진 구성을 지닌 작품이 많다. 「장화홍련전」이 그렇고 「임진록」이 그렇고 「춘향전」 또한 그렇다. 「홍길동전」도 마찬가지다. 서자 가슴에 맺힌 철천지한(恨)이며, 열녀의 일념 때문에 맺힌 가슴, 그리고 억울하게 죽임을 당한 영혼의 맺힘 따위의 것들이 풀어져가는 과정을 따라 이 작품들은 그 이야기들을 전개하고 있다. 이것을 조선조 소설의 '맺힘과 풂'의 구성이라 불러도 좋을 것이다.[7]

자연스러운 본능에 따른 것이든 의지적 선택에 의한 것이든, 먼저 사람의 마음에 자리잡은 소망이 전제된다. 그리고 그 소망이 타의로 좌절되면서 원한은 '맺힌다'. 이렇게 맺힌 원한은 소망을 좌절시킨 존재가 다스려지거나 애초의 소망이 달성될 때 '풀린다'. 따라서 원한의식이 중요하게 작용하는 작품은 일단 원한이 맺히고 풀리는 두 개의 과정이 논리적 · 계기적 순차에 따라 결합되어 있다고 할 수 있다. 그것은 '반대에 의한 발전'[8]의 구조를 지니고 있다. 즉 소망하는 자와 그것을 좌절시키는 자 사이의 대립이 중심된 갈등을 이루며, 후반부에서 전반부의 관계 혹은 상태가 역전되는 구조를 취하고 있다.

맺힘의 과정은 갈등의 심화 과정이요 풀림의 과정은 그 갈등의 해결 과정이며, 이 둘은 곧 인물의 행동과 독자의 반응 면에서 볼

---

7) 김열규, 『한맥원류』, 주우, 1981, 36쪽.
8) 김열규, 『한국민속과 문학연구』, 일조각, 1971, 40~43쪽.

때 긴장과 이완의 과정이다. 이렇게 볼 때 '맺힘'과 '풀림'은 인물들의 심리나 감정상의 그것과 그들의 행동이 얽혀 이룩된 사건 구조상의 그것, 그리고 독서 과정에서 일어나는 독자의 심리적 반응상의 그것을 두루 가리키는 말이 된다.

원한 관계를 형성시키는 행위를 두고 '원한 맺는다'고 표현할 수 있을 것이다. 그러나 그 관계에 처한 양쪽 모두가 '원한을 맺기' 위해 어떤 행동을 하는 것은 아니다. 소망을 좌절시키는 가해자일지라도 그가 하는 행동은 자신의 욕망을 실현시키기 위한 것이지 원한을 맺기 위한 것이라 하기는 어렵다. 물론 소망을 좌절당하는 피해자가 스스로 먼저 원한을 '품거나' 맺기 위해 행동하지도 않는다. 그러므로 원한은 맺는 것이라기보다 맺히는 것이다. 억울하게 당하거나 어쩔 수 없이 부대낀 결과 '품게 되고' 그에 '사무치게 되는' 것이다. 여기서 원한의식이 문제되는 이야기문학 작품에서 맺힘의 전반부는 '맺히게 하는 자'의 그 행위 중심으로, 풀림의 후반부는 '맺힌 자'가 원한을 푸는 행위 중심으로 서술이 전개되며, 전체적으로는 맺힌 자 중심이라고 생각할 수 있게 된다. 이에 따라 작품의 요약도 맺힌 자 및 그의 원한을 주어(주체)로 삼아 하는 게 합당해진다.

원한이 맺히게 하는 자 즉 남의 소망을 좌절시키는 자는, 어떤 욕망이나 이해 관계에 사로잡혀 원한을 '사는' 행동을 한다. 그 행동이 개인을 넘어서 제도나 관습의 차원에서 문제될 때, 또는 관련자가 집단일 때, 원한 맺히게 하는 궁극적 가해자는 그 제도, 관습, 계층 등이 된다. 한편 그에 해당되는 것이 굶주림, 늙음, 천재지변 같은 자연적·비인간적인 것이어서 가해자가 인간이 아니며, 평범한 인간의 처지에서는 일단 당할 수밖에 없는 경우가 있을 수 있다. 이때에는 맺힌 것이 풀릴 가능성, 즉 갈등이 발전·전개될 가능성이 희박해진다. 인간의 소망에 따라주지 않는 비인간적인 것 때문에 맺힌 한[9]은 스스로 '삭히거나' 그대로 품고 있을 수밖에 없기 때문이다. 이때에는 애초의 소망의 달성이 아니라, 어떤 다른 보상에 의하여 원한이 풀리어가는 전개가 가능할 터이다.

원한이 맺힌 피해자나 원한을 사는 가해자 모두가 원한을 바람직한 것으로 여기지 않는다. 둘 다 원한 관계를 원하지 않으며, 원한 자체를 완강하고 적대적인 것으로 본다. 따라서, 일단 원한이 맺히면 결코 그것을 피할 수는 없고, 누가 어떻게든 '풀어야' 한다. 그래서 원치 않은 원한이 맺히게 되는 과정과 그것을 어떻게든 풀어가는 과정이 생기되, 뒤의 과정이 이야기의 중심을 이루게 된다. 그러나, 앞 과정이 중심을 이루되 뒤의 과정은 형식적인 경우도 얼마든지 있을 수 있고, 그 경우가 오히려 이야기구조의 관습성을 더 잘 보여줄 수 있다.

피해자는 선인이고 가해자는 늘 악인이라는 도식을 얼른 적용할 수는 없다. 피해자의 애초 소망이 부당한 것이라면 그 도식은 뒤바뀌지기 때문이다. 악인도 그 성격이야 어떠하든 소망을 좌절당할 때 한이 맺히게 되는 것이다. 뒤에 살피게 될 변강쇠의 경우가 그 예이다.

원한이 풀리는 과정을 살필 때 문제되는 것은 어떤 상태를 원한의 풀림으로 볼 것이냐 하는 점이다. 소망이 좌절되면서 맺힌 것이 원한이므로 그 소망이 성취되면 일단 풀렸다고 볼 수 있다. 그러나 그 소망 자체가 무의식적이거나 자연적(본능적)인 것이고, 최종적

---

9) 이 경우에는 원한보다는 한이라는 말이 적절해 보인다.

인 풀림의 상태는 그 최초 상태의 회복에 불과할 수도 있다. 그리고 원한은 풀렸다고 여겨져도 최초의 소망은 영영 이루어질 수 없는 상태인 채로 끝나고 말기도 한다. 따라서, 풀리고 안 풀리고는 서술상의 언급과 함께 그것을 판단하는 독자의 심리와 사회적·문화적 가치 체계에 의해 규정될 것이다.

결말에서 원한이 풀린다고 할 때, 누구에 의해 풀리는가에 따라 스스로 '풀어서 풀리는' 경우와 원조자가 '풀어주어서 풀리는' 경우로 나뉜다. 그 풀거나 풀어주는 자가 죽은 자(원령, 원혼, 원귀)인가 산 자인가도 구별된다. 그리고 풀림의 양상에 따라 원한이 '소멸되는' 경우와 다른 자에게 '전이되는' 경우, 즉 처음 맺혔던 자한테서는 사라지나 그 때문에 다른 자가 맺게 되어 원한이 옮겨지는 경우로 나누어볼 수 있다.[10] 원한이 소멸될 때 가해자를 마음대로 하여 소멸된다면 그것은 '갚음'이다. 그리고 지귀(志鬼) 이야기에서처럼, 맺힌 자가 아무 이해 관계 없는 제삼자에게 한풀이를 한다면 그것은 '해코지'이다.

한편, 원한이 전이되는 경우, 피해자로부터 가해자에게로 전이되면 '갚아 전이됨'이요, 세대를 달리하여 같은 이해집단(대개는 가족)에게 전이되면 '내림'이다. 어느 쪽이든 원한을 풀기 위한 노력이 다시 새로운 맺힘을 낳아 원한이 전이되는 것은 '원한 관계의 연쇄'이다. 그것은 흡사 쇠사슬 같은 구조를 지니고 있다.

이상의 논의을 토대로 볼 때, 원한을 주어로 그것이 핵심적인 작품을 이야기의 내적 논리에 따라 요약함에 있어 사용될 술어는 '맺히다'와 '풀리다'가 적절하다.[11] 그런데 원한은 행동의 주체가 아니

---

10) 물론 이 때 새로 원한이 맺힌 자의 이야기가 계속 전개된다는 점이 전제된다.

344

고 그를 지배하는, 혹은 그가 지닌 정서요 관념이다. 따라서 원한의 맺힘—풀림은 맺힌 자(피해자), 맺히게 한 자(가해자), 푸는 자의 세 행위자[12]가 벌이는 다음과 같은 기본적 행위의 과정을 다시 추상화한 것인 셈이다. 풀리지 않을 경우의 이야기 가능성까지 함께 고려하여 다섯 개의 화소를 가정해본다.

① ㄱ이 의식적/무의식적 소망을 지닌다.
② ㄱ이 ㄴ에 의해 소망을 좌절당한다.
③ ㄱ(및 그 이해관계자)이 ㄴ에게 원한을 품는다(ㄱ의 원한이 맺힌다).
④ - a. ㄱ이 원한을 풀고자 노력한다. / -b. ㄷ이 풀어주고자 노력한다.
⑤ - a. ㄱ이 소망을 성취한다. / -b. 성취하지 못한다.
    (ㄱ의 원한이 풀린다.   / 풀리지 않는다.)

이들은 우선 ①소망—②좌절—③맺힘—④풀려는 노력—⑤풀림/안풀림으로 요약된다. 그리고, ①~③은 ㄱ의 원한이 맺히는 과정이고 ④~⑤는 풀리는 과정이므로 맺힘—풀림으로 다시 정리된다.

원한이 풀리어 소멸되는 경우란 이야기가 ⑤-a로 끝나는 것이다. 그리고 원한이 전이되는 경우란 ④에서의 ㄱ, ㄷ의 노력이 다른 사람에 대한 ②에 해당되어 또다른 ③을 초래하게 되는 것이다.

---

11) 원한을 품다—풀다, 원한 관계를 맺다—풀다 등의 말을 더 고려해볼 수 있다.
12) 맺힌 자가 스스로 풀 경우에는 그가 곧 푸는 자이므로 최소 행위자가 둘이 된다. 푸는 자가 맺힌 당사자가 아닐 경우에 그는 '풀어주는 자' 즉 원조자 또는 해결자이다.

한편 ②에서 ㄱ이 죽었으면 ③ 및 ④-a의 행위 주체인 ㄱ은 원령(원혼, 원귀)이 된다.

①～⑤에는 소망―(최종적) 성취/성취 안 됨의 전개와, 원한 맺힘―풀림/풀리지 않음의 전개가 밀접히 서로 관련되어 있다. 소망이 좌절된(②) 결과 원한이 맺힌다(③). 따라서 ④에서의 노력은 원한 자체를 풀고자 하는 것인 동시에 소망을 성취하고자 하는 것이다. 그러나 행동의 맥락인 '소망 추구'의 전개와 그 행동을 낳는 기저의식의 맥락인 '원한'의 전개가 종결되는 곳 ⑤에서, 소망의 성취만이 원한의 풀림을 뜻하지는 않는다. 애초의 소망은 성취되지 않았어도 '노력'이 성공하면 원한은 풀린 것으로 간주될 수 있기 때문이다.

소망＼원한	풀림	안 풀림
성 취	I	II
성취 못함	III	IV

I과 IV는 당연한 것이므로 문제될 것이 없다.[13] 그리고 II는 있을 수 없는 것이다. III이 최초의 소망은 성취되지 않았으나 원한은 풀린 것으로 여겨지는 경우이다.[14] 이때 그것을 안 풀림 IV에 넣지 않고 풀리는 것으로 보게 되는 까닭이 무엇인가가 문제된다. 논리적으로 당연한 I과 IV보다도 오히려 이 III의 경우가 원한의 본질과

---

13) '있어야 할 것'을 추구하다 실패하는 구조를 지니고 있는, 우리 전설 대부분의 결말이 IV에 관련된다고 할 수 있을 것이다. 김재용, 「전설의 비극적 성격에 대한 일고찰」, 『서강어문』 제1집, 서강어문학회, 1981, 109～126쪽 참고.

이야기모형 논의에 시사하는 바가 많을 것으로 여겨진다. 그것을 바로 살피기 위해서는 최초의 소망이 지닌 성격, 원한의 맺힘과 풀림을 규정하는 한국인의 의식, 우리 이야기문학의 구조적 문법 등이 함께 고려되어야 한다.

먼저 ①에서의 최초의 소망이 매우 무의식적·잠재적·자연적이거나 서술에서 중요시되지 않았을 때, 소망이라는 요소 자체, 소망이 좌절되거나 성취되는 과정 자체가 중요하지 않을 수도 있다는 점을 따져볼 필요가 있다. 그럴 경우에 이야기는 일단 다음과 같이 진행될 터이다.

① ×
② ㄱ이 ㄴ에게 박해를 받는다.
③ ㄱ(및 그 이해관계자)이 ㄴ에게 원한을 품게 된다(ㄱ의 원한이 맺힌다).
④ ㄱ이 원한을 풀고자 노력한다. / ㄷ이 풀어주고자 노력한다.
⑤ -a. ㄱ이 원한을 푼다. // -b. 풀지 못한다.
　　(ㄱ의 원한이 풀린다 // 풀리지 않는다)

위의 ②~⑤는 앞의 ①~⑤에서 소망이라는 요소를 제거함으로써, 소망은 성취되지 않으나 원한은 풀린 것으로 받아들여지는 III

---

14) 원귀형의 전설이나 그 계열의 조선조 소설에서 신원(伸寃), 복수가 이루어지는 경우를 염두에 둔다. 신원은 대개 가해자를 징벌하는 것이지 애초의 소망의 실현은 아니다. 신으로 모셔지거나 명예가 회복되는 대리적 보상이 주어진다 해도 마찬가지이다. 강진옥, 「'원귀' 형 전설 연구」, 『구비문학』 제5호, 한국정신문화연구원, 1981, 53~85쪽 참고.

의 경우가 생겨날 가능성을 막은 것이다. 그러나 그런 논리적 이점을 얻는 대신 ②~⑤는 원한 자체로부터 멀어진다. 거기에서 원한은 단지 수난(박해)—수난 극복/수난 극복 실패의 과정에서 야기되는 인물의 감정 양식일 뿐, 구태여 그것을 원한이라고 부를 까닭은 희박해지는 듯하다.[15] ④의 수난 극복 노력 역시 '원한을 풀려는' 것이라는 특성이 약화되면서 '세계와의 싸움'이라는 일반적 성격을 지닌 것으로 환원된다. 따라서, ⑤ -a에서의 풀림(또는 풂) 또한 다른 화소들과의 기능적 관련성이 약화된다. 그것은 박해자의 제거나 궁핍한 상황에서의 놓여남이지 이 글에서 말하는 '풀림'은 되기 어렵기 때문이다. 요컨대 화소 ①로 제시된 소망은 맺힘—풀려는 노력—풀림/안 풀림의 의미와 유기적 관련성에 필요한 요소이다. 따라서 Ⅲ이 문제시된다고 해서 Ⅲ의 가능성을 제거하기보다는, 소망 자체의 성격, 맺힘을 풀려는 노력의 윤리성 등을 관찰하여 그것을 설명하는 쪽이 타당한 것 같다.

소망이 성취되지 않았음에도 불구하고 원한은 풀린 것으로 간주되는 데에는, 고소설에 한정하여 살필 때, '행복한 결말'이라는 문학적 관습이 관여하고 있다. 이에 관해서는 다음이 좋은 참고가 된다.

행복한 결말은 한국 고전소설의 일반적 특징임이 확인되며, 이것은 한국인의 의식에 내재된 원령작해로 인한 공포감과 그 공포감에서 유래된 원한기피의 사고에서 형성된 현상으로 해석할 수 있다는 것이다.

---

15) 원한이 주제적 요소는 아니나 사건 전개에 중요하게 작용하는 고전소설들 — 이른바 가정소설, 남녀이합형 소설 등 — 을 대상으로 다시 살펴볼 필요가 있다.

비극적 결말이란 원령의 존재를 만드는 것이기에 원령에 대한 공포감과 상치되는 것이다. 따라서, 원억한 일을 만들지도 말고 불가피하게 만들어졌다면 반드시 풀어버리는 우리 민족의 사고에서 행복한 결말이라는 고전소설 구성상의 도식은 이해될 수 있으리라고 본다.[16]

맺힌 것은 풀어야 한다는 원한에 관한 한국인의 의식이, 풀리지 않는 즉 불행한 결말을 기피하게 했다는 주장이다. 이에 따르면 맺힘—풀림의 사건구조는 그러한 의식이 낳은 것이다. 그 구조는 하나의 유형으로서 문학적 관습이 되면서 이야기의 생성 · 발달에 관여한다. 애초의 소망이 성취됨과 더불어 원한이 풀릴(I) 뿐 아니라, 그와 관계 없이도 원한은 풀린 것으로 간주되는(III) 서사체가 존재할 수 있는 것은 그 문학적 관습 때문이다. 여기서 맺힘—풀림의 구조를 지닌 서사체를 소망의 성취 여부에 따라 크게 둘로 나눌 가능성이 열린다.

한편 원한이 풀리지 않는 경우, 즉 ①~③만으로 이야기가 종결되거나 ⑤-b로 끝나고 IV인 경우에 해당되는 서사체는, 엄밀히 말해서 맺힘—풀림의 구조를 지니고 있다고 할 수 없다. 그러나 그것들은 추상적 차원에서 기본형으로 설정된 사건구조에 일치하지 않을 뿐이다. 맺힘—풀림의 사건구조는 I, III의 경우와 똑같이 그것들의 해석에 있어 유효하다. 논리적으로 그것들은 맺힘—풀림 구조의 하나의 서사적 가능태 또는 변이 형태로 취급할 수 있을 것이다.

풀림이 이루어지지 않거나, 이루어져도 그것이 애초의 소망 성

16) 서대석,「고전소설의 '행복한 결말' 과 한국인의 의식」,『관악어문연구』제3집, 1978. 12, 242쪽.

취를 동반하지 않은(Ⅲ) 서사체들은 한국 문학의 비극성을 논의하기에 적절한 대상이다. 흔히 '독자의 소망의 투영'으로 설명되는 고소설의 후반부도, 앞서 논의한 '풀림'의 맥락에서 다시 설명될 수 있다. 행복한 결말로 나아가는 그 후반부에서 일어나는 것은 좌절당했던 소망의 성취로서의 풀림(Ⅰ)이다. 그렇다면, 우리 문학에서의 비극성이란 실수, 성격적 결함, 운명 같은 것 때문이 아니라, 소망의 타의적 좌절 때문에 한이 맺힌 데서 비롯된다.

3. 맺힘—풀림의 연쇄구조 : 『변강쇠가』

『변강쇠가』[17]는 근대 이전 하층민의 모습이 다양하게 투영된 판소리 사설이다. 그것은 신재효에 의해 정착된 판소리 여섯 마당 가운데 유일하게 창을 잃었을 뿐 아니라 그 내용이나 구조면에서도 유다른 특색을 지니고 있다. 이에 대해 서종문은, 다른 판소리 사설과는 달리 『변강쇠가』는 하층민인 광대와 상층민인 양반이라는 두 문화층의 상호 접촉이나 혼재가 보이지 않으며, "궁핍화되는 하층 유랑민의 처참한 삶의 전개를 기본구조로 삼고 있다는 점에서 비극적인 구조가 안으로 결구되어 있으나, 광대들의 생계 수단인 공연의 재미를 위해 희극적으로 표면구조화되어 있다."[18]고 지적한 바 있다. 이 작품에는 일반 하층민들과 무속적 혹은 민간신앙적 세계관을 지녔거나 그것의 현실적 기능을 담당한 하층민들이 무더기로 등장하며, 그들의 가난과 성적 욕망에 휘둘리는 삶의 모습이 유교

---

17) 강한영 교주, 『신재효 판소리 사설집』, 민중서관, 1974. 성두본(B).
18) 서종문, 「변강쇠가연구」, 『창작과 비평』 제40호, 1976, 여름, 297쪽.

적 지배이념에 의해 조정됨이 별로 없이 표출되고 있다. 이 작품이 창을 잃게 된 까닭의 하나가 거기에 있다.

음담과 재담이 속출하고, 민속적 치유 기능이나 오락 기능을 소유한 자들이 연이어 등장하는 이 작품에서 이야기의 골격을 이루고 있는 것은 원한의 맺힘―풀림의 연쇄구조이다. 그것이 쾌락의 요구에 따라 만화경적으로 투영된 다양한 언어와 행동들을 하나로 묶고 있다.

사주팔자에 청상살이 긴 옹녀는 일곱 남편을 여의고 동네에서 쫓겨난 뒤 변강쇠를 만나 살림을 차린다. 변강쇠는 나무가 하기 싫어 장승을 뽑아다가 패어 땜으로써 장승의 원한을 산다. 장승의 원령이 그를 죽여 원한을 풀고, 그 때문에 변강쇠도 원한이 맺힌다. 변강쇠의 원령은 타인이 자신을 장사지내버리고 아내 옹녀와 결합하는 것을 막기 위하여 주검이 움직이지 않게 하고, 장사를 지내주러 몰려든 무리들을 해코지한다. 무리들 가운데 중, 초라니, 풍각쟁이 등은 죽임을 당하고, 뎁뜩이 김서방, 각설이패, 움생원, 가리내패(사당패), 옹좌수 등은 주검에 붙어버린다. 이렇게 『변강쇠가』는 장승과 변강쇠와 옹녀를 탐내는 무리들, 탐내다 죽은 무리들과 산 사람들 사이의 갈등이 연속되면서 원한이 전이되고 소멸되는 맺힘―풀림의 연쇄구조이다. 그것을 도표화하고, 앞의 두 갈등관계만을 이미 설정한 ①~⑤에 맞추어 요약하여본다.

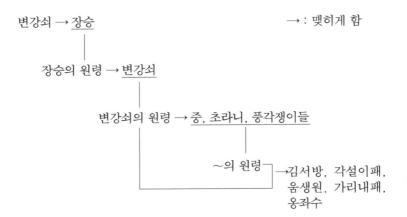

변강쇠 → 장승   → : 맺히게 함

　　장승의 원령 → 변강쇠

　　　　변강쇠의 원령 → 중, 초라니, 풍각쟁이들

　　　　　　　　　~의 원령 →김서방, 각설이패,
　　　　　　　　　　　　　　움생원, 가리내패,
　　　　　　　　　　　　　　옹좌수

I - ① 장승이 계속 살고자 소망한다 (아직 죽을 때가 되지 않다).
 - ② 장승이 변강쇠에 의해 죽임을 당한다.
 - ③ 장승이 변강쇠에게 원한을 품는다.
 - ④ -a. 장승의 원령이 장승회의에서 탄원한다./ -b. 장승들이
　　　변강쇠에게 병을 옮겨 죽게 한다.
 - ⑤ -a. 장승의 원한이 풀린다.

II - ① 변강쇠가 계속 옹녀와 살고자 소망한다 (아직 죽을 때가
　　　되지 않다).
 - ② 변강쇠가 장승의 원령에 의해 죽임을 당한다.
 - ③ 변강쇠가 원한을 품는다.
 - ④ -a. 변강쇠의 원령이 옹녀를 탐내는 무리들을 죽이거나 괴
　　　롭힌다.
 - ⑤ -b. 변강쇠가 소망을 성취하지 못한다(원한이 풀리지 않
　　　는다).

변강쇠와 장승은 서로에 의해 원한이 맺히는 관계에 있다. 그런데 장승은 맺히게 한 자 즉 변강쇠에게 '갚아서' 풀고(I – ⑤와 II – ②), 그것이 변강쇠가 원한 맺히는 원인이 됨으로써 장승의 원한은 변강쇠에게 전이된다(II – ③). 가해자인 장승이 이미 죽은 데다가 그 원령이 변강쇠보다 우월한 존재이므로 변강쇠의 원령은 옹녀를 탐내는 무리들에게 해코지를 한다. 이처럼 이 작품의 모든 원한 관계는 사령(원령)과 생자의 갈등 관계이며, 늘 사령이 우세한 존재로서 생자를 죽이거나 괴롭힌다. 여기서, 부당한 횡포는 원한을 낳는다, 천명이나 욕망을 채우지 못하고 죽으면 원령이 된다, 그 갈데로 가지 못한 영혼은 산 사람에게 무서운 힘으로 어떻게든 맺힌 것을 풀고자 한다는 등의 속신이[19] 이야기 진행의 밑자리에 있음을 읽을 수 있다.

『변강쇠가』의 후반부는 한마디로 변강쇠를 장사지내기 위한 소동, 즉 변강쇠의 원령을 달래어 저승으로 보내기 위한 소동을 그리고 있다. 거기서 변강쇠와 다른 인물들을 연결함으로써 사설이 전개되도록 하는 인물이 옹녀이다.

```
              A          B
변강쇠 ────── 옹녀 ────── 옹녀와 결합하려는 무리들
```

옹녀와의 결합 A를 차단하는 것이 장승의 원령이다. 장승의 원한 갚음은 변강쇠가 부당하게 가해한 자였기에 정당하게 여겨진다. 즉, 계속 살고 싶다는 소망은 성취되지 않았으나 원한은 풀린

---

19) 장덕순, 「저승과 원한」, 이상일 외 지음, 『한국사상의 원천』, 박영사, 1976, 134~180쪽 참고.

것으로 받아들여진다. 한편 결합 B를 차단하는 것은 변강쇠의 원령이다. 변강쇠는 죽으면서 옹녀에게 절대로 다른 남자를 남편 삼지 말고 3년상을 치른 뒤에 따라 죽으라고 한다. 하지만 옹녀는 원한 때문에 움직이지 않는 변강쇠의 주검을 장사지내주는 이와 살겠다고 하며, 그래서 몰려들게 된 무리들은 해코지를 당하여 죽거나 주검에 붙어버린다. 무당인 계대네를 불러 굿을 하여 원령들을 위로하자 붙은 자들은 떨어져 자유롭게 되나 주검들은 여전히 땅과 사람의 등에 붙어 움직이지 않는다. 그래서 다시 김서방이 빌어 위로하니 떨어져서 장사를 지낼 수 있게 된다. 그러나 변강쇠와 초라니의 주검만은 김서방의 등에서 떨어지지 않아 결국 절벽에 갈려버리게 된다.

변강쇠의 옹녀에 대한 요구 또는 소망과 그것에 배반하는 무리들에의 해코지는 얼핏 윤리적으로 정당한 것처럼 보인다. 그러나 그것은 변강쇠 자신이 부도덕한 인간이고 그 요구가 옹녀에 의해 가볍게 묵살되며, 암암리에 인간의 성적 욕망이 긍정되고 있기에[20] 정당화되지 못한다. 즉, 그의 소망 실현을 위한 노력은 부정적인 것으로 간주되고, 따라서 '풀림'은 이루어지기 어렵게 된다. 그의 원한이 풀림은 부정적인 것의 긍정을 뜻하기 때문이다. 이렇게 볼 때 변강쇠가 결국 안장되지 못하는(않는) 것은 그의 소망이 포기되거나 달성되지 않았고, 원한이 다 풀리지 않았음을 의미한다. 변

---

20) 『변강쇠가』의 결말은 음란함을 경계하라는 말로 되어 있고, 전체 이야기에서 색욕에 빠진 자들이 모두 징벌되고 있다. 그러나 그것들은 표면적 양상이요, 기존 가치에 의한 합리화일 뿐이다. 이 작품의 가치는 억눌린 성욕을 카타르시스해주는 데 있다. 그것은 성적 욕망의 긍정을 전제한다. 변강쇠가 옹녀에의 욕망을 끝내 포기하지 않음도 그 맥락에서 해석된다. 이는 옹녀의 경우 오히려 일부종사라는 기존 규범을 비판하는 의미를 지닌다.

강쇠의 원한은 여러 사람에게의 전이와 무당의 굿, 김서방의 애걸 등에 의해 다소 풀렸으나 다 풀렸다고는 볼 수 없다. 무덤이 없는 그의 원령은 갈 데로 가지 못하고 계속 떠돌 것이기 때문이다.[21] 한편, 변강쇠의 경우와는 달리 장승과 죽임당한 무리들의 원한은 풀린 것으로 보는 데 어려움이 없다.

요컨대 『변강쇠가』는 '한의 검은 빛 전이'[22] 과정의 연쇄구조이다. 원한이 풀리지 않는 한 그 전이는 얼마든지 계속된다는 믿음이 여러 인물의 등장, 그들이 부르는 삽입가요의 적층, 갈등의 연쇄 등을 가능케 하고 있다. 여기서 원한 맺힘—풀림의 사건구조가 매우 유용하고 뿌리 깊은 것임을 알 수 있다. 변강쇠가 처녀 죽음을 한 배뱅이의 원한을 풀기 위해 팔도에서 모여든 무당들의 사설로 점철된 『배뱅이굿』과 유사한 구조를 지니고 있음은 우연이 아니다.

『변강쇠가』의 재미는 성의 적나라한 노출 및 회화화에 있는데, 이렇게 그 골격이 원한의 연쇄구조라는 사실은 매우 의미심장하다. 원한을 갚아서 풀고 또 전이시켜가는 이야기가 웃음을 불러일으키는 요소와 함께 하고 있다는 것, 강한 성적 욕망이 원한의 연쇄를 낳는 동시에 웃음거리가 되고 있다는 것은, 이 판소리 사설이

---

21) 변강쇠의 애초의 소망이 옹녀를 독점하는 데 있고, 해코지도 그러기 위한 것으로 본다면, 그의 노력은 성취된 셈이다. 아무도 옹녀를 아내 삼지 못했으므로 그의 노력은 성공했고, 원한은 풀린 셈이다. 그러나 맺힘의 근본 원인이 죽음 때문이므로 근원적 소망은 (옹녀와) 계속 살고 싶다는 것이다 (죽은 상태에서도 마찬가지이다). 따라서 그것을 이루지 못한 결말은 한이 풀리지 않은 것으로 간주된다.

실상 변강쇠는 다시 살 수 없으므로 대리적 보상이 주어지는 수밖에 없다. 여기서 고소설과 설화에 보이는 변신 모티프와 재생(환생) 모티프의 의미가 드러난다. 그것은 좌절된 소망을 성취하기 위한 이야기 장치이다.

22) 김열규, 『한맥원류』, 21쪽.

불리어지던 마당이 억눌리고 맺힌 것을 '푸는' 장소였음을 암시해준다.[23] 또 한편으로 그것은 『변강쇠가』의 발생이 그 내용과 기능이 '풀이'인 무가와 관계 있으리라는 점도 시사해준다.

4. 갚음의 구조 : 『귀의 성』

이인직의 『귀의 성』[24]은 처첩간의 갈등을 그린 소설로서, 가정소설 전통 속에 놓여 있되 매우 비극적인 결말을 보인다는 점에서 차이가 있는 신소설이다. 제목('귀신 울음소리')이 암시하듯이 이 작품은 원한의 맺힘—풀림의 구조를 지닌 소설들을 살피는 데 있어서 출발점으로 삼기에 좋을 만큼 전형적인 구조를 지니고 있다.

① 길순이 젊은 나이로 김승지의 첩이 되어 아들을 낳는다(행복하게 살고자 한다).
② 길순과 그 아들이 김승지 부인의 하수인들에 의해 죽임을 당한다.
③ 길순과 그녀의 아버지 강동지가 원한을 품는다.
④ -b. 강동지가 김승지 부인과 그 하수인들을 모두 죽인다.
⑤ -a. 길순이와 강동지의 원한이 풀린다.

『변강쇠가』에서 장승과 변강쇠의 원한이 맺히는 원인은 각자 나

---

23) '풀이가 지닌 이완성 또는 화해성과 복수성의 양면성'에 대해서는 이재선, 『한국문학의 해석』, 새문사, 1981, 244~251쪽 참고.
24) 중앙서관, 1908.

름의 '억울한 죽음' 때문이다. 여기서도 그것은 마찬가지다. 변강쇠와 장승의 경우 맺힘을 풀고자 하는 자는 맺힌 자 자신, 즉 억울하게 죽은 자인데, 그들은 이미 죽었으므로 그 원령이 나서서 자기의 원한을 푼다. 그리고 그 원한풀기는 타인에게 다시 원한이 맺히게 한다. 그런데『귀의 성』은 원령이 하나의 직접적 행위자일 수 없는, 그것이 객관적 현실에 부합되지 않으므로 사실적인 것으로 받아들여지지 않는 시대의 작품이다. 따라서, 억울한 죽음에 따른 원한 맺힘—풀림의 구조를 지녔다는 점에서 통하는 두 이야기는 그 원한을 푸는 자에 있어서 다르다. 이 작품에서는 피해자 길순의 아버지 강동지가 딸의 원한을 대신 '풀어주는' 것이다.

각도를 달리해 보면, 강동지가 딸의 원한을 풀어주는 행위는 양반 사위를 보아 덕을 보려던 강동지 자신의 소망이 좌절됨에 따라 품게 된 원한을 스스로 '푸는' 행위이기도 하다. 여기서 이 작품의 주인공이라 하기는 어렵지만, 물욕과 헛된 명예욕 때문에 외동딸을 첩으로 줌으로써 모든 사건의 근본 원인을 만들었으며, 후반부에서 주된 인물로 행동하는 강동지를 주체삼아 이 작품을 다시 요약할 가능성이 열린다.

① 강동지가 딸 길순을 김승지에게 첩으로 주어 양반 사위 덕을 보고자 한다.
② 강동지의 딸과 그 아들이 김승지 부인과 그 하수인에 의해 죽임을 당한다.
③ 강동지가 원한을 품는다(원한이 맺힌다).
④ -a. 강동지가 김승지 부인과 그 하수인들을 모두 죽인다.
⑤ -a. 강동지의 원한이 풀린다.

강동지와 길순이 부녀 관계이므로 이해관계가 같다는 점에서 강동지를 주체로 한 관찰은 번거로운 것이기는 하나, 두 경우의 ①을 비교할 때 나름대로 의의가 있음을 알 수 있다. 강동지의 ①에 보이는 소망은 적극적이고 비인간적인 욕구에 따른 것이요, 길순의 그것은 억지로 아버지에 순종하면서 지닐 수 있는 최소한의 인간적·본능적 소망일 따름이다. 따라서, 그녀에게 있어서 죽음은 경우에 따라서는 스스로 원하기도 하는 것이다. 대개 신소설에서 그러하듯이, 그녀는 절망에 빠질 때마다 자살을 시도한다. 실상 그녀가 보여주는 이렇다 할 능동적 행동이란 자살의 시도뿐이다. 그녀는 변강쇠의 경우와는 달리 살해당하면서 이야기의 전면에서 사라진다. 그리고 맨 끝에 가서 사람들이 "시앗 되지 말라"고 우는 새가 되었다고들 한다는 서술이 그녀의 한을 상기시킬 뿐이다. 이런 점으로 보아 그녀의 억울한 죽음이 더 큰 의미를 지니는 것은 강동지한테서이며, 강동지의 원한의 맺힘—풀림이 매우 중요한 것으로 부각된다. 그리고, 그에 따라 애초의 소망이 성취되지 않았고 또 성취될 수도 없는 상황이지만, 아버지가 원한을 갚자 그녀의 원한을 풀린 것으로 간주된다. 그것은 비극성을 내포한 풀림이다.

　　강동지의 복수, 즉 피해자가 가해자에게 원한을 갚는 행위는 『변강쇠가』의 장승의 경우와 의미가 다르다. 장승은 부당하게 당한 자였으므로 그가 갚아서 푸는 행동은 일단 정당화된다. 하지만 강동지 자신은 죽음을 당한 자가 아니며, 그의 소망은 애초부터 부당한 것이었다. 그의 원한이 맺히게 된 근본 원인은 그 자신에게 있다. 따라서, 딸을 욕망 추구의 수단으로 삼기에 서슴지 않았던 그의 복수 행위는 가치면에서 정당성을 얻기 어렵다. 그의 잔인한 복수행위는 변강쇠의 해코지가 그렇듯이, 행위의 동기와 방법이 당연한 것으로 받아들여지기 어렵고, 그 결과 바람직하고 합리적인 풀이 및 풀림으로 간주되지 않는다. 그리고, 그것이 '축첩제도를 비판'한다는 윤리적·문화적 가치를 얻는 데 이르지도 못한다. 그럼에도 불구하고, 변강쇠의 해코지는 그 자체가 희화화되고 주검이 안장되지 않음으로써 부당함이 충분히 제시되고 있으나, 강동지의 살인은 그 불합리성과 부당함은 무시된 채 당연한 원한풀이이며 갈등의 해결인 양 서술되고 있다. 그리고 행복한 결말이라는 문학적 관습에 따라, 엉뚱하게도 김승지와 유모가 결합하는 것으로 소설은 끝나버린다.

요컨대 『귀의 성』은 원한 맺힘―풀림이라는 전통적 사건구조를 지니고 있고 사실적인 전개를 보이나 서사적·이념적 통일성과 일관성이 결여되어 있다. 이는 전통적인 이야기의 틀에 따르되 원한이 맺힌 까닭은 고려하지 않고 그것을 푸는 행위만을 강조한 불합리성과, 가치를 추구하기보다는 맺힘과 풀림이 유발하는 연민, 공포, 긴장감 등을 추구한 작가정신의 결여에서 비롯된 것이다. 그것은 물질적 가치가 정신적 가치를 압도하고 악이 모두를 지배한다고 여겨지는 사회에서의 독자들의 보상 심리를 충족시키는 데 유효할 뿐이다. 표면에 그려져 있는 봉건적 관습 비판, 민중의 궁핍상 고발, 권선징악 같은 것은 일관성이 결여된 거짓된 가치에 불과하다. 거기에서는 처첩간의 갈등을 그린 고소설의 유교적 윤리의식마저 찾아보기 어려우며, 원한풀이 자체에 관한 반성적 의식 같은 것도 들어설 자리가 없다. 따라서, 길순의 맺힘―풀림이 지닌 의미는 혼란되면서 약화되고 작품 전체의 비극성은 폭력성에 침해당하며 압도된다. 맺힌 것을 풀기 위해서는 어떠한 수단도 좋다는 단순논리만이 지배하는 이 작품은, 20세기 초 한국인의 가치관의 상실과 사고의 비합리성을 반영하고 있다.

5. 맺힘―풀림의 반복구조 : 『치악산』

『치악산』[25]은 『귀의 성』보다 훨씬 복잡한 구조를 지니고 있으나
그 결말이 대조적인 신소설이다. 편의를 위하여 줄거리를 요약하
면 다음과 같다.

(가)
┌ 1. 이부인이 (친정의 가족 및) 남편과 헤어진다.
│ 2. 이 부인이 의붓시어머니 김씨 부인에 의해 쫓겨나고 죽
│   을 위기에 빠진다.
└ 3. 이부인이 승려에 의해 구출된다.

(나)
┌ 4. 이부인이 승려의 모함을 받는다.
│ 5. 이부인이 자살을 기도한다.
└ 6. 이부인이 시아버지 홍참의에 의해 구출된다.

(다)
┌ 7. 김씨 부인이 이부인의 친정집 하인들에게 속아 이부인의
│   원귀에 시달린다.
│ 8. 김씨 부인의 하수인들이 그들에게 죽임을 당한다.
└ 9. 김씨 부인이 굿치다꺼리에 정신적·경제적으로 망해 간다.

(라)
┌ 10. 김씨 부인이 시앗인 송도댁을 죽이려 한다.
│ 11. 김씨 부인의 음모가 탄로난다.
└ 12. 김씨 부인이 쫓겨난다.

25) 이인직이 지은 상권(유일서관, 1908)과 김교제가 지은 것으로 되어 있는 하
   권(동양서원, 1911)을 하나로 잡아 대상으로 삼는다.

(마) ┌ 13. 김씨 부인의 딸 남순이 납치된다.
     │ 14. 김씨 부인의 딸 남순이 만득에게 결혼 요구를 받는다.
     │ 15. 김씨 부인의 딸 남순이 자살을 기도한다.
     └ 16. 김씨 부인의 딸 남순이 이부인의 친정 아버지 이판서에
          에 의해 구출된다.

(바) ┌ 17. 이부인이 남편 및 양쪽 가족과 만난다.
     │ 18. 이부인이 남편의 출세로 잘 살게 된다.
     └ 19. 이부인이 김씨 부인과 만나고, 옛일을 잊고 같이 산다.

(가)는 이부인의 원한 맺힘, (나)는 시련 혹은 원한의 심화, (다)는 가족 및 가족이나 같은 하인들에 의한 풀림의 과정이다. 그러므로 (가)~(다)는 『귀의 성』과 매우 통한다. 그것은 원한을 같은 이해관계에 얽힌 가족이 (가해자 김씨 부인이 살아 있다는 점에서, 불완전하게나마) 갚아서 풀어주는 이야기이다. (다)에서 죽임을 당하는 것은 맺히게 한 김씨 부인 자신이 아니라 그 하수인들이므로, 그녀가 계속 살면서 당하는 (라)(마)의 시련은 크게 보아 (다)의 원한 풀이의 연장이라고 할 수 있다. 그렇게 볼 때 이 작품의 대부분에 해당하는 (가)~(마)의 과정이 『귀의 성』과 통한다 할 수도 있을 것이다. 그러나, (마)에서의 김씨 부인 및 그 딸의 수난은 (가)에서의 행위에 따른 인과응보이기도 하나, 그보다는 직접적으로 (라)의 원한 사는 행위에 따른 것으로 봄이 적절하다. 그렇다면 (라)~(바)는 중심인물을 달리한 (가)~(다)의 반복이고, 둘 가운데 앞의 화소묶음이 『귀의 성』과 더 통한다. 여기서, 두 화소묶음이 '반복'된다 함은 (다)의 푸는 행위가 (라)의 맺힘을 낳아 원한이 전이되지 않고 있다고 보아 사건구조상 긴밀성이 약한 두

개의 맺힘—풀림이 존재한다는 뜻이다.[26]

이 작품의 구성은 꽤 복잡하다. 우선 (가)~(다)에서 가해자인 김씨 부인과 그 하수인들에게 있어서 이부인은 죽은 것으로 되어 있다. 그들과 한 패는 아니지만, 우연히 이부인을 구한 홍참의도 그게 자기의 며느리인 줄을 모른다. 따라서, (다)에서 김씨 부인과 그 하수인들이 이부인의 원귀에 시달리며 굿치다꺼리에 패망해가는 것은 '억울하게 죽은 자는 원귀가 되며 그 원한은 풀어야 한다.'는 전통적 믿음과 그에 바탕을 둔 사건이다. 그러나 실상 이부인은 죽지 않았고, 원령의 복수라고 믿어진 행동들이란 친정집 하인들이 조작해낸 것이라는 사실이 독자에게는 알려져 있다. 하나씩 죽음을 당하는 김씨 부인 일파에게 있어서만 이부인의 원령이 하나의 행위자로 여겨지며, 그들의 입장에서 볼 때 『변강쇠가』에서처럼 생자와 사령은 갈등 관계에 있다. 여기서 원령의 존재에 대한 믿음과 그를 달래고 물리치려는 굿을 '미신적인 것'으로 만드는 효과가 발생한다. 밤낮으로 굿판을 벌이는 김씨 부인 일파는 속고 있기 때문이다.[27]

『치악산』은 이렇듯 원한의 맺힘—풀림 구조를 지니고 있되 그것을 가능케 하는 전통적 원한의식을 비판하도록 이끄는 구성을 취하고 있다. 뿐만 아니라 가해자였던 김씨 부인의 원한을 사는 행동이 거듭되어 결과적으로 자연스레 풀림이 이루어지고 또 합리화되

---

26) 달리 말하면, 『치악산』의 하권은 이부인과 김씨 부인의 처지만이 바뀐, 상권의 반복이요 완결이다. 하권은 상권의 표절이라 할 수도 있을 정도이다. 이처럼 사건의 구조가 연쇄되기보다는 반복되게 된 까닭은 상·하권의 작자가 다르기 때문일 것이다. 한편, (바)는 (다)의 반복이면서 상·하권 전체의 종결부이기도 하다. 하권은 상권에서의 풀림이 미진하다고 여겼기에 그 인기를 업고 쓰여지게 되었다 할 수도 있을 것이다.

도록 구성되어 있다. 이부인의 한풀이가 친정집 하인들의 적극적인 행동에 의해서 뿐만 아니라 김씨 부인 자신의 파멸에 의해서도 이루어짐으로써, 맺히게 한 자 자신의 행동의 논리에 따라 이룩되기도 하는 것이다. 그것은 맺힌 자의 처지에 맺히게 했던 자 자신이 빠지게 하는 구성에 의해 가능해진다.

(가)에서 김씨 부인은 며느리 이부인이 훼절하였다고 모함하여 집에서 쫓아낸 뒤 죽이고자 시도한다. (라)에서는 자기가 시앗을 보게 되자 또 다시 살인을 저지르려다가 이부인이 자기에게 당했듯이 자기도 집에서 쫓겨난다. 그녀는 다시 시앗인 송도댁을 훼절시키고자 꾀하는데, 하수인들의 실수로 그녀의 딸 남순이, 역시 치악산 속에서 이부인이 그랬듯이, 훼절과 죽음의 위기에 빠져 생사를 모르게 된다.[28] 딸 남순은 처음부터 김씨 부인과 행동을 같이하는 인물로서, 여기에 이르면 이부인을 원한 맺히게 했던 그들이 모두 똑같이 원한 맺히게 된다. (라)(마)에서 전개되는 이러한 맺힘과 시련의 과정은 입장(주어)만을 달리한 (가)(나)의 반복이요, 또 하나의 맺힘이다. 이는 앞에서 이부인의 생존 사실이 가해자 일파에게는 감춰지는 것과 똑같이, 뒤에서 김씨 부인이 딸의 생존 사실을 결말에 이르기까지 모르는 것으로 하는 기법에서도 확인된다.

시어머니 김씨 부인은 갖은 수난을 겪게 되어 맺힘의 정도가 심해져간다. 물론 그것은 이부인과 그녀의 편에 서게 되는 독자 쪽에

---

27) 여러 무당 판수가 모여들어 밤낮으로 굿판을 벌이는 이야기는 앞서 살핀 『변강쇠가』 및 『배뱅이굿』에서도 보이는 것이다. 거기서는 그것이 해학적 효과를 내는 데 비하여 여기서는 비판적 효과를 내는 데 기여하고 있다.

28) 『치악산』은 계모/전실 소생, 전실 며느리/계시모(및 그 소생) 사이의 갈등이 겹쳐진 작품이다. 고소설에서는 찾아 보기 어려운 그 고부간의 갈등에는 살해음모까지 끼어드는데, 그럴 만한 요소는 빈약하다.

서 볼 때 간접적인 풀림의 과정이다. 시련 끝에 김씨 부인은 살아 있었던 딸과 만나고 홍씨 집안에 다시 받아들여진다.[29] 지금까지 살핀 것을 원한 맺힘—풀림의 맥락에서 단순화하면 다음과 같다.

(가) — 맺 힘 — (라)

(나) — (시련) — (마)

(다) — 풀 림 — (바)

왼쪽은 이부인(과 그녀의 친정 가족, 친정의 하인 및 친정에서 데리고 온 하인)의 입장에서의 맺힘—풀림이다. 오른쪽은 시어머니인 김씨 부인(과 그 딸, 데리고 온 하인, 그녀가 부리는 홍씨 집의 하인들)의 입장에서의 맺힘—풀림이다. (나)(마)의 시련은 보기에 따라 각기 (가)(라)와 함께 맺힘에 해당한다고 할 수도 있다. 그러나 위기—구출의 되풀이를 통해 맺힘의 정도를 강화하고 독자의 흥미와 연민을 불러일으키기 위한 부분으로 보아 따로 놓는다. 요컨대『치악산』은 맺힘—풀림의 반복구조로 되어 있는 바, 그 반복은 맺게 한 자가 맺힌 자의 처지에 빠짐으로써 자기도 원한이 맺히는 형식의 반복이다. 오른쪽의 맺힘은 독자가 보기에 사악하기 때문에 정당화되지 않는 것이다. 따라서, 그 풀림은 그릇된 소망의 성취가 아니라 소망의 그릇됨을 반성하여 스스로 포기함으로써 용서받는 것이다.[30]

---

29) 죽은 줄 알았던 사람이 살아 있었다는 것은, 그렇게 가해자의 살아 남음을 합리화하기 위한 정보 조절 기법이다. 피해자인 이부인과 가해자인 김씨 부인 및 남순이 죽지 않음으로써, 원령으로서가 아니라 생자로서 모두 최종적 풀림에 가담할 수 있게 된다.

이부인과 김씨 부인의 대립은 선과 악의 대립이자 개혁(이른바 개화)과 보수의 대립이며,[30] 딸을 시집 보낸 이씨 집안과 며느리를 얻은 홍씨 집안의 대립이기도 하다. 이부인을 구하는 이는 홍참의요 홍씨 집안의 남순을 구하는 이는 이판서이다. 여기서 이 소설이 격심한 사회적 과도기에 빚어진, 결혼으로 인한 두 집안의 심리적 대립 또는 그것을 한 몸으로 체험하는 여자의 심리적 긴장과 긴밀한 관계가 있다는 것, 그리고 모든 맺힘이 풀리는 결말이 두 집안의 결합 즉 일가화(一家化)를 의미한다는 것을 알 수 있다.

친가/시가의 대립을 접어두고 선/악, 개혁/보수의 대립만을 따로 겹쳐 볼 때, 남편 홍백돌의 일본 유학과 귀국해서의 출세 — 그로 인해 화해로운 풀림이 가능해진다 — 에서 잘 드러나듯이, 작가는 개혁은 매우 좋은 것이며 갈등과 혼란을 해결해주는 것이라 여기고 있다. 친가와 시가의 분열/결합과 가족의 헤어짐/만남이라는 또 다른 대립의 짝을 관련지어 볼 때 그것은 더욱 분명해진다. 개화된 집안인 이부인의 서울 친가 사람들이 선한 자로서 결합과 만남을 이루는 것으로 되어 있기 때문이다. 그러한 작자의 생각 자체는 비판받을 점이 있지만, 맺힘—풀림의 구조에 사회적·문화적 대립 요소를 도입한 점은 새로운 면모로 평가된다.

한편, 앞의 (다)(바)의 '풀림'은 중심인물인 두 여인의 처지에서 보면 그 성격이 다르다. 이미 지적했듯이, (다)의 이부인에게 있어서의 일차적인 풀림은 친정집 하인들이 풀어준 것이다. 그런데 (바)의 김씨 부인에게 있어서의 풀림은, 죽은 줄 알았던 딸이 살아

---

30) 변강쇠는 끝내 포기하지 않았기에 맺힘이 풀린 것으로 볼 수 없었다.

31) 원주 홍씨가의 어른인 홍참의와 서울 이씨가의 어른인 이판서는 각각 20세기 초 한국에서의 보수파와 개화파의 전형적인 인물로 그려져 있다.

있음을 알게 되고, 사세에 밀려 이전의 잘못을 뉘우쳐 용서받음으로써 이룩되는 것이다. 거기서 용서하는 사람은 이부인으로 대표되는 (가)~(다)에서의 피해자들이다. 그러므로, 이부인에게 있어 김씨 부인을 다시 시어머니로 받아들이는 행동은 그녀에 대한 자신의 모든 원한을 스스로 '풀면서' 그녀의 원한을 '풀어주는' 행동이다. 이부인의 이러한 행동과 그에 따른 화해로운 결말은 원한의 식을 논함에 있어 매우 새롭고 바람직한 것으로 평가된다. 피해자였던 그녀가 가해자의 원조자가 되어 원한을 풀어주고 자신의 한도 풀기 때문이다. 그러나 그러한 '승화된' 행동은 소설적으로 제대로 준비되어 있지 않다. 타율적이고 소극적으로 당하기만 했던 이부인이 가해자를 받아들이는 행동은 합리성과 일관성을 잃은 것이다. 그것은 이 소설의 대부분을 차지한 '시련'의 과정을 지배하는 폭력과 복수의 감정과는 어울리지 않는, 아주 관념적인 것에 불과하다. 작품의 대부분이 원한 갚음의 감정 논리에 따르다가 별 준비없이 결말에서 그것을 벗어나기 때문이다.[32] 결말에서의 모든 맺힘의 풀림은 관념적인 것이지 사실적인 것은 못 되는 것이다. 이러한 진술은 이 소설에서 악을 악으로 갚는 일이 일어나고 있고, 양반층과 평민층 혹은 천민층이 철저히 구별되고 있다는 사실들로 뒷받침된다. 『귀의 성』에서와 같은 원한 갚음이 이 작품에서도 일어나고 있는데, 그것은 하인이나 하수인들 사이에서만 일어난다. 그렇다고 해도, 양반 집안의 이부인과 김씨 부인은 자신의 '손을 더럽히지' 않았을 뿐 그와 무관할 수 없다. 이부인의 품과 풀어줌

---

32) 앞서 살핀 바 『귀의 성』의 강동지의 복수 행위가 합리성과 정당성을 잃고 있는 점과 함께, 이는 신소설이 표면적으로는 극적이나 내적으로는 합리성을 얻지 못하고 있음을 보여 주는 예이다.

은 원수 갚음이 웬만큼 이루어진 상황에서 수행된, 다소 형식적인 것일 뿐이다. 그 귀족성과 형식성 때문에 이부인의 행동은 그 의미가 약화되어버린다. 이러한 양상은 작자의 태도가 현실에 뿌리박지 못했음 또는 개화의 논리가 추상적이고 불합리함을 드러낸다. 그와 함께 맺힘―풀림의 서사구조가 이 작품에서 어떤 통일된 세계관이나 가치를 형성하는 데 효과적으로 활용되지 못하고 있음을 보여준다.

이 작품은 다양한 인물의 설정, 정보를 조절하고 사건 전개를 합리화하는 기법 등에 힘입어 독자의 흥미를 유발하고 당대의 혼란된 모습을 다소 포착하고 있다. 그러나 그것이 뼈대로 삼고 있는 맺힘―풀림의 사건구조나 원한의식 자체에 대한 새롭고 정리된 인식은 보여주지 못하고 있다. 용서에 의한 풂과 풀어줌, 사회적 갈등의 도입 등이 새롭지만, 그것들은 다른 요소들과 유기적으로 결합되지 못함으로써 과도기적 양상을 보여줄 뿐이다.

6. 풂으로서의 삶 : 『바다의 뿔』

최근 십여 년간의 작품 가운데 원한의식과 관련지어 논의할 수 있는 소설들에 있어 두드러진 현상은 원한의 사회화·의식화 현상인 것처럼 보인다.[33] 원한이 개인이나 가족의 테두리를 넘어서 사회적 차원에서 다루어지고, 지양되거나 승화되어야 할 것으로서 문제되고 있다.[34] 그것은 원한의식이 한국인의 심성에 뿌리 깊은 것이고, 심각한 갈등을 소설적으로 동기화하는 데 적절한 요소라는 점에서 뜻 있는 일로 여겨진다. 여기서는 한승원의 『바다의 뿔』[35]만을 이 글의 맥락 안에서 살펴보고자 한다.

　이 장편소설은 신동리 마을과 대동리 마을, 혹은 윤희보와 최영만의 양식장 어업권 싸움을 주된 사건으로 삼아 관련 인물들의 한어린 삶을 펼치고 있다. 간략히 간추리기 어려울 만큼 복잡한 사건의 얽힘 가운데 가장 핵심적인 것으로 파악되는 사건은 두 마을 또는 집안의 어업권 싸움에 관련된 윤수진, 최희심의 합장 문제이다. 중요한 인물들이 어떻게 얽혀 원한이 맺혔는가를 대강 살펴본다.

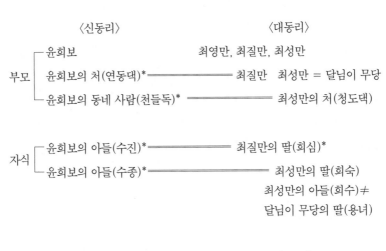

〈신동리〉　　　　　　　　　〈대동리〉

부모
　　윤희보　　　　　　　　　최영만, 최질만, 최성만
　　윤희보의 처(연동댁)*━━━━━━━ 최질만　최성만 = 달님이 무당
　　윤희보의 동네 사람(천들독)* ━━━━━ 최성만의 처(청도댁)

자식
　　윤희보의 아들(수진)*━━━━━━ 최질만의 딸(희심)*
　　윤희보의 아들(수종)*━━━━━━━ 최성만의 딸(희숙)
　　　　　　　　　　　　　　　최성만의 아들(희수)≠
　　　　　　　　　　　　　　　달님이 무당의 딸(용녀)

　(* 한 맺힌 죽음, = 살섞음, ≠ 사랑하지만 맺어지지 못함)

---

33) 이문구의 『장한몽』, 문순태의 『징소리』 연작, 백우암의 일련의 소설 등을 들수 있다.
34) 그에 따라, 끝없는 갈등의 연쇄와 비이성적이라는 느낌이 떠오르는 '원한'이라는 말보다는 삭혀서 풀어버려야 한다는 느낌을 주는 '한'이라는 말이 많이 쓰이고 있다.
35) 동화출판공사, 1982.

윤희보와 최영만으로 대표되는 바닷가 두 마을의 어장 싸움은, 서로 다른 마을에 살면서 살을 섞은 이들의 결합 욕망을 가로막는다.[36] 그래서 어느 한 쪽이 죽임을 당하거나 자살하는데, 둘이 함께 8년 전에 자살한 것이 수진과 희심이다. 따라서 그들을 영혼 결혼시키고 합장해주는 것은 그들의 원한을 풀어주는 동시에, 그와 같은 처지의 다른 이들이 안고 있는 원한도 풀어주며, 더 이상 원한이 원한을 낳지 않도록 하는 것, 곧 마을끼리의 대립을 해소하는 것이 된다. 수진과 희심이 원한을 품고 죽은 경우라면, 수종과 희숙은 그 원한 때문에 비정상적인 결합을 했다가 헤어진 상태에 있다. 살아 있는 수종과 희숙의 관계 및 원한은 죽은 수진과 희심의 그것에 연쇄된 것이요 모두가 부모대로부터의 내림이다. 따라서, 수진과 희심의 원혼을 위로하는 일은 수종과 희숙이 다시 결합되도록 도와주는 일이며, 모든 원한 맺힘의 근본 원인인 두 마을간의 싸움을 종식시키기 위한 일이기도 하다. 여기서 '원한의 사회화'를 위한 작가의 배려가 드러난다. 원한은 한 개인과 집안의 것이면서 마을의 것이며, 과거와 현재, 이 사람과 저 사람의 원한은 별개의 것이 아니라 서로 뗄 수 없이 관련된 것이다. 그러므로 원한을 푸는 일은 인간적 소망의 달성이자 사회적 정의의 실현이다.

주인공 최희수가 약 10년 만에 바닷가의 고향에 들어서면서 소설은 시작된다. 그는 모든 갈등의 한가운데에 있는 사람으로서 자신이 한 맺힌 사람이고 그것을 어떻게든 풀어보고자 하는 사람이다. 만호를 지낸 조부와 부역을 했고 문둥병에 걸려 죽은 아버지, 어업권을 사취한 당숙(최영만), 그 앞잡이인 백부(최질만), 훼질

---

36) 그 욕망은 거의가 애정적이라기보다는 성적·애욕적인 것이다.

을 한 어머니(청도댁) 등을 그는 결국 받아들인다. 즉 그것을 소설로 쓰기로 한다. 그리고 그러한 '한의 검은 빛 전이' 곧 원한 관계의 연쇄를 현재의 자기 세대에서 종식시키기 위하여 청년들을 규합, 어업권을 두 마을 전체의 소유로 만들기 위한 투쟁을 벌인다. 그러는 한편 고향을 받아들이지 못했던 때, 즉 자신의 맺힌 한에 스스로가 묶여 있었을 때에는 모르는 척했던 고향 친구 용녀를 받아들이고 또 구해내려 한다. 최희수는 수진과 희심으로 대표되는 죽은 자들의 원한과, 수종과 희숙의 경우로 두드러지게 제시되는 산 자들의 원한을 정당하고도 적극적인 행동으로 아주 풀어버리고자 나서는데, 그것은 그에게 있어 자신의 한을 풀고 새로운 삶을 모색하는 일이기도 하다.[37] 요컨대 그는 맺힌 자이자 푸는 자이며, 또 자신이 맺히게 한 자의 일원임을 자각하고 긍정하는 자이다.

수진과 희심의 원혼을 달래는 영혼 결혼식과 합장은 이루어진다. 그러기 위해 협력하는 과정에서 두 마을(집안)의 갈등은 해결될 기미를 보인다. 수종과 희숙도 다시 결합하기로 한다. 그러나 주인공 희수와 용녀의 결합은 이루어지지 않는다. 그들이 이복형제라는 사실이 드러나고, 앞 세대의 욕망 때문에 그들의 소망이 좌절되면서 새로운 한을 품지 않을 수 없게 된다. 용녀는 희수에의 애정을 포기해야 하는 한을 품은 채, 그녀의 어머니처럼 남의 한을 풀어 주는 자 — 무당이 되기 위해 떠난다. 희수도 마을간의 불화가 아주 끝나지 않았고 쉽사리 끝나리라는 보장도 없는 상황에서 다시 마을을 떠나기로 결정한다. 그리고 자기가 겪은 일들을 소설로 쓰기로

---

37) 김열규는 한의 소재의 정신사적 변혁을 논하면서 이러한 양상을 '내적 전환'이라 부른다. 『한맥원류』, 357쪽.

한다. 그에게 있어 소설 쓰기는 용녀가 무당으로서 하게 될 한풀이 행위와 같은 것이다. 소설을 쓰는 것과 굿을 하는 것은 타인의 한을 풀어주기 위해 노력하는 동시에 자신의 한을 풀기 위해 노력하는 것이다. 이 작품에 따르면, 소설가로서의 삶과 무당으로서의 삶은 자신과 타인의 한을 풀고 또 승화시킨다는 점에서 같다.[38]

요컨대 이 소설은 원한을 개인적·가족적 차원 이상의 것으로 파악하면서 그것을 하나의 존재론적 조건으로 받아들이되 그 검은 빛 전이를 합리적으로 종식시키고 또 승화시키기 위해 인물들이 적극적인 노력을 하고 있다는 점에서 현격한 변화를 보인다. 이 작품에서 원한은 운명적·피동적으로 '맺힌' 것이기도 하지만 그보다는 훨씬 더 인간들이 '맺히게 하는' 것이다. 따라서 뜨거운 본능적 욕망과 타협을 모르는 이기심 때문에 맺히고 또 맺히게 한 원한은, 그 당사자들 자신이 '풀어야 할' 것으로 간주된다. 그것이 원한 관계의 연쇄를 종식시키며 각자의 삶을 의미있게 하는 일이기 때문이다. 맺힘의 과정은 서술자의 요약이나 인물의 회상을 통해 과거 사건으로만 제시되고, 풀림의 과정이 현재 사건으로서 이 작품의 핵심을 이루고 있는 것도 그 때문이다.

이 작품의 결말부에서, 복잡하게 얽힌 원한들 가운데 일부는 풀린 것으로 간주되고 일부는 쉽사리 풀리거나 풀 수 없는 것으로 남는다. 이러한 결말은 삶 자체를 맺히고 맺은 원한의 덩어리로 보면

---

38) 이 작품에서 주인공의 소설 쓰기는 '이야기하기'로써 맺힘을 푼다는 것을 뜻한다. 한편 다음은 이 소설의 결말을 이해하는 데 도움을 준다.
  "한이란 이 겨레 민중들이 자기에게 부딪혀 온 엄청난 설움의 덩이를 객관적으로 투사함으로써 그것을 형상화한 예술적 장치라 할 수 있고, 자기가 감당해야 했던 엄청난 불행을 딛고 일어서는 윤리적 조절장치라 할 수 있다." 천이두, 「한의 미학적·윤리적 위상」, 266쪽.

서, 그것을 가능한 한 맺히지 않게 하고 또 풀어나가는 게 의미 있는 삶이라는 작자의 생각을 드러내고 있다. 여기에 이르면, 원한 또는 한은 반생명적인 것이면서 생명적인 것이며 인위적인 것이면서 인간 존재 자체의 조건이다. 원한에 대한 이러한 입체적인 인식은,[39] 이 작품에서 바다가 삶의 터전인 동시에 남녀간의 애욕, 그리고 그것이 좌절되면서 맺힌 원한을 함께 상징하고 있다는 점에서도 확인된다.

7. 맺음말 : 풀림과 풀이

원한이 작품 구조의 주도적 감정 혹은 관념인 이야기체들을 사건구조의 측면에서 살펴보았다. 그것들이 ①소망—②좌절—③원한 맺힘—④풀기 위한 노력—⑤풀림, 다시 요약하면 맺힘—풀림의 기본 이야기모형이나 그것이 변형된 구조를 지니고 있다고 전제하고 네 편의 장편이야기를 검토했다.

『변강쇠가』는 맺힘—풀림이라는 기본 모형이 연쇄되는 양태를 보인다. 원한을 풀기 위한 노력이 다시 원한이 맺히게 하고 있다. 『귀의 성』은 『변강쇠가』에서 장승의 원령이 변강쇠에게 그러듯이, 맺힌자가 맺히게 한 자에게 똑같은 죽임의 방식으로 원한을 갚는

---

39) 그러나 그것이 좌절됨으로써 원한이 맺히게 되는 애초의 소망이 거의가 애욕적인 것으로만 설정되어 있다는 점이 문제된다. 풀고자 하는 노력이 보여주는 인간주의적 · 사회적 가치 추구와, 그 본능적 · 개인적 욕망 추구 사이에는 괴리가 있다. 이 작품은 그 양면을 모두 지니고 있는 복합적이고 일관된 존재로서 인물을 그려내는 데는 미흡한 바가 있다.

구조이다. 『변강쇠가』와는 달리 『귀의 성』은 갚음을 당한 자에게 다시 원한이 맺히는 갈등의 연쇄는 보이지 않는다. 『치악산』에서는 기본 모형이 한 번 반복된다. 크게 두 번의 맺힘—풀림이 있고, 그것은 연쇄 관계가 아니다. 그러나 앞에서의 가해자가 뒤에 가서 피해자의 입장이 되기에, 뒤의 맺힘은 앞의 풀림의 계속이요 심화라는 의미를 지니게 된다. 앞의 피해자는 뒤에 가서 가해자였던 이의 맺힘을 풀어 준다. 이는 네 이야기체 가운데 처음 보이는 원한의 긍정적 풀림이요 풂이다. 원령으로서가 아니라 생자(生者)로서, 악을 악으로가 아니라 선으로 종식시킨다. 그리고 그때 맺힌 것을 풀어주는 행위가 곧 자기의 맺힘을 푸는 행위이기도 하다. 그러나 그것은 소설적 통일성 혹은 개연성이 미흡하여 관념적이고 위선적인 것으로 판단된다. 원한 갚음의 감정 논리에 따르다가 돌연히 그것의 승화로 끝나기 때문이다. 실상 그것은 원조자들에 의한 원한 갚음이 끝난 상태에서 형식적·관념적으로, 행복한 결말이라는 문학적 관습에 따라 이루어진 것이지, 자각과 결단에 따른 것은 아니다. 이는 원한의식과 맺힘—풀림의 구조에 일어난 변화의 과도기적 양상이다.

원한의 긍정적 풀이가 작품의 주제를 이루고 있는 작품이 『바다의 뿔』이다. 이 작품은 『치악산』에서 보였던 사회적 갈등의 도입을 적극적이고 원만하게 이룸으로써 맺힘—풀림 모형의 창조적 변형과 원한의식의 새로운 해석을 보여주고 있다. 이 작품에는 이권 싸움에서 비롯되고 애욕의 좌절 때문에 강화된 많은 맺힘이 있는데, 주인공은 그것을 풀고자 노력한다. 그는 자신도 원한 관계의 연쇄 속에 있음을 자각하고 있고, 따라서 자기의 노력이 다시 원한을 낳지 않는 방법으로 풀고 또 풀리게 하고자 한다. 이 소설의 중심사건은 맺힘—풀림 가운데 풀림의 과정에 해당된다. 맺힘은 과거에 이루어진 것이고 현재는 그것을 풀어야 할 때임을 강조하는 데서 비롯된 구성이다. 두 마을(집안)의 맺힌 관계가 풀릴 기미는 보이나 다 풀리지 않았고, 묻혀 있었던 사실이 드러나 새로이 한이 맺히면서 소설은 끝난다. 이러한 결말은 첫째, 작자가 원한을 개인이나 가족의 감정적 차원에서 나아가 사회적 차원에서의 문제로까지 파악하고 있음을 보여준다. 둘째, 작자가 원한은 매우 부정적인 것이며 노력만 하면 소멸되거나 다 풀릴 수 있다고 여기지 않고 있음을 드러낸다. 이 작품에서 원한은 맺히게 하는 것이기도 하지만 어쩔 수 없이 맺히기도 하고, 풀리기도 하나 풀릴 수 없기도 한, 삶의 본질적 양상에서 빚어진 것이다. 따라서, 원한은 멀리하기보다는 받아들여서 맺히지 않게 하고 스스로 풀고자 노력해야 할 대상이며, 삶은 그러기 위해 노력하는 것 자체이다. 여기에 이르면, 원한은 인간이라는 존재의 본질적 양상일 뿐만 아니라 그가 영위해야 할 창조적 삶의 조건이다.

　『바다의 뿔』에서 주인공은 소설을 쓰기로 결심하는데 그것은 자신의 한풀이 행위로 간주된다. 그것은 자신과 결합할 수 없는 옹녀가 무당이 되어 하게 될 행위와 같다. 또한 그것은 『변강쇠가』와 『치악산』에서의 굿, 『귀의 성』에서의 강동지의 복수, 그리고 『바다의 뿔』에서의 영혼 결혼식 및 합장 등과 같은 것이다. 그 행위 및 풀림의 의미는, 그 자체의 윤리적 정당성 여부와 풀고자 한 원한이 어떤 성격의 소망이 좌절되면서 맺힌 것인가에 따라 다르게 받아들여진다. 하위갈래 각기의 문법, 시대에 따라 다를 수 있는 윤리적·문화적 관습 등이 거기에 함께 작용할 것이다. 고소설의 행복한 결말이라는 문학적 관습은 풀림의 원리에 따른 것이다. 독자의 꿈이 투영된 고소설의 후반부 역시 같은 원리에서 비롯된 것이다. 행복한 결말로 가는 고소설의 후반부는 풀림, 즉 좌절된 소망의 성취가 이루어지는 과정이다.

굿과 소설 쓰기가 다 원한을 푸는 행위, 즉 '풀이'라는 점은 매우 흥미롭다. 『바다의 뿔』의 주인공의 소설 쓰기는 자신과 자기가 속한 사회의 맺힘을 푸는 풀이이고, 굿 역시 무당 자신과 원혼, 나아가 굿판에 모인 이들의 맺힌 것을 푸는 풀이이다. 이렇듯 원한 맺힌 당사자 스스로 자신이 풀이를 통해 타인의 풀이까지 이루어줄 때 모두의 원한은 승화된다. 원한을 이야기로 쓰거나 말하는 것, 또 그것을 읽거나 그러는 자리에 참여하는 것 모두가 풀이요 승화이다. 여기서 특히 원한 맺힘—풀림의 이야기모형이 작용하고 있는 소설이 독자들 각자의 맺힌 것을 풀어주고 승화시키는 기능을 지니고 있으며, 때문에 폐쇄되고 억눌린 사회에서 더욱 번성할 수 있다는 진술이 가능해진다.

제3부　작품과 현실의 관련 맥락

『일월』과 형평운동의 관련 맥락

1. 머리말

　'문학과 현실'이라는 말은 '사과와 배' 같은 말과는 다르다. 그 것은 '문학', 좁게는 '소설'이 '현실'을 이루는 일부로서 그에 내포 된다고 볼 수 있기 때문이다. 그 내포관계 또한 단순하지 않아서, '문학'이라는 말은 문학(하는) 행위와 문학 작품 두 가지를 가리키 는데, '현실'은 그 문학 행위의 시공(時空)뿐 아니라 그 결과 산출 된 작품 속의 시공 모두에 존재한다. 그러므로 그 둘은 단지 나열 의 관계가 아니라 여러 쪽의 거울을 이어붙여 상이 서로 되비치는 다면경(多面鏡)과 같은 관계에 놓여 있다. '문학'이 행위인 동시에 그 결과 혹은 매개물(작품)인 것처럼, '현실'은 어떤 시공에서의 구체적 사물의 집합이면서 아울러 그것을 지배하는 규범과 제도, 정신 등을 뜻하기도 한다는 점까지 고려하면, 그것은 탁자에 놓인 사과와 배 같은 정물하고는 도무지 모습과 차원이 다르다.

　앞에서 문학행위라는 말을 썼는데, 그 행위의 주체는 작자와 독 자이다. 따라서 '현실'은 크게 모두 셋 ― 작자의, 독자의, 작품 속의 — 이 된다. 시간 및 공간의 국면에서 볼 때 그 셋은 일치할 수도 있겠지만, 작자는 죽고 독자 역시 바뀌기 마련이므로, 그렇지 않은 경우가 대부분이다. 이런 점들을 모두 고려하면, 우리가 '문학과 현실'이라고 할 때의 '현실'이 무엇이고 어디까지인지가 구획 짓기 어려워진다.

그처럼 얽혀 있는 것을 논리적인 차원에서 나누어 현실의 여러 모습을 자세히 살펴보면, 양상의 복잡함이 더욱 자세히 드러난다. 먼저 '작자의 현실'을 잘라내어 보자. 문학과 현실의 관계를 살필 때 가장 먼저 떠올리게 되는 것이 작자가 사는 현실, 곧 그가 자신의 독자들과 더불어 살면서 작품을 구상하고 쓰고 출판하는 현실이다. 그것은 짐작도 하기 어려울 만큼 광대하고 다층적이며, 본질적으로는 아무 고정된 모습이 없다('현실'은 추상명사이다). 게다가 그 속에서 영위되는 작자의 삶은, 몸은 그 현실의 법칙과 규범 속에서 형성·변화되어 가지만 정신까지 언제나 그에 제약을 받지는 않는다. 그런데 꿈도 현실의 일부이며 경험의 일종이니까 결국 그의 현실이란 실제와 상상의 복합체라고 할 수 있다.

독자의 경우도 마찬가지이다. 그의 독서행위 역시 시간과 공간에 따라 내용이 형성되고 바뀌는 한편 그것의 제약을 초월한다. 그리고 작품에 그려진 현실과 그것을 바탕으로 재구성되는 작자의 현실은, 독자들이 살아가는 시공에서의 필요와 목적에 따라, 그들의 어떤 욕망과 꿈을 바탕으로 형상화된다. 바꿔 말하면 독자는 작품에 관해 읽고 말하는 상황과 그 속에서 형성한 세계에 대한 어떤 이미지 혹은 관념을 바탕으로 읽는다. 그것이 그의 현실이다.

창작과 독서라는 문학행위의 이러한 조건과 변수가 표현과 인식에 관여하는 다른 조건, 변수들과 어우러지면서, 양상은 더욱 중층적이게 된다. 작품 속의 허구적 현실은 말에 의해 존재한다. 그리고 그 말들은 집단적이면서도 개인적이고 문학적인 동시에 문학적이 아닌 어떤 문법, 욕망, 관습, 사상 등에 의해 구조화되어 의미를 생성하고 전달한다. 그것은 익숙한 것을 바탕으로 새로운 것을 창조하며, 아는 것을 바탕으로 모르던 것을 깨우친다. 뿐만 아니라 특히 소설의 경우, 그 외부에서 작자와 독자, '나'와 '너'가 그러듯이, 그 내부의 인물과 주위 사물은 부단히 상호작용을 주고 받는다. 작품 속 현실 역시 그 외부의 일반현실과 마찬가지로 고정된 실체로 존재하지 않는 것이다. 따라서 그것은 학습과 경험을 통해 독자가 이미 알고 있고 익숙해져 있는 것들 가운데 어느 것과 관련 지어 해석하느냐, 혹은 어떤 맥락에 놓고 이해하고 평가하느냐에 따라 실체가 규정된다. 물론 경향에 따라 차이가 있지만 작품이란 조립식 놀잇감 같아서, 그것의 실체는 그 자체라기보다 그걸 가지고 집이나 다리를 만드는 아이 속에서 존재하고 완성된다고 할 수 있다.

문학과 현실의 관련 의미맥락(코드), 혹은 문학 연구에 있어서의 현실의 의미와 양상에 초점을 맞춘 이러한 논의는 구체적인 작품, 그것도 어떤 경향을 띤 작자나 시대의 작품들을 대상으로 이루어질 때 좀더 구체화되고 뜻 있는 성과도 거둘 수 있을 것이다. 그리고 그러한 성과가 쌓일 때에야 비로소 만족스러운 작자론, 사조론, 문학사 등이 기술될 수 있을 터이다. 여기서는 일제강점시대에 일어난 역사적 사건인 형평운동을, 4·19와 5·16이라는 두 차례의 혁명을 겪은 직후에, 그 이전인 1950년대 후반 배경의 이야기에 담아낸 황순원의 장편소설 『일월』[1]을 대상으로 그런 연구의 가능성을 탐색하여보기로 한다. 그 과정에서, 당대의 현실 문제에 소극

적인 듯 보이는 황순원 소설이 나름대로 현실에 관여하는 특유의
방식도 드러낼 수 있을 것으로 기대한다.

2. 연구 방법

앞에서는 매우 넓은 뜻으로 썼지만, 보통 '현실'이라고 하면 작
품 내에 그려진 현실과 그 작품이 생산된 당시의 작자의 현실을 가
리킨다. 그리고 작품 내의 그것과 외부의 그것을 평면적으로 나누
고 그 뒷것만을 가리키는 경우가 많다. 그것은 '사회' 혹은 '사회
적 현실', '역사' 혹은 '역사적 사건' 등으로 달리 불리기도 한다.
또한 그것과 소설 작품의 관계를 논의할 때 흔히 다음과 같은 물음
이 제기된다. 첫째, 그것이 소설 속에 얼마나 충실히 기록, 재현되
었는가. 둘째, 그것이 작품 구조 속에서 어떤 의미 기능을 하는가.
셋째, 그것에 대한 작자의 관점 혹은 평가는 어떠한가.

소설은 기본적으로 허구이며, 앞서 살폈듯이 그것과 사회 현실
은 중층적 관계를 맺고 있다. 따라서 첫째의 물음은 지나치게 단순
하고 또 궁극적으로는 그릇된 것이라 할 수 있다. 만약 어떤 소설
이 기록과 표면적 재현을 목표로 했다면 그것은 이미 소설이 아니
고 소설의 모습을 한 다른 무엇일 것이다.

이러한 진술은 물론 소설의 언어가 그 바깥의 역사적 · 사회적
맥락을 떠나서 존재함을 뜻하지 않는다. 그것은 그럴 수도 없고 그

---

1) 『日月』은 1962년부터 1964년까지 3년에 걸쳐 발표되고 곧바로 창우사판 황순
원전집에 수록되었다. 여기서는 문학과지성사판 황순원전집 제8권 『日月』
(1983)을 자료로 삼고 인용도 거기서 한다.

래서도 안 된다. 어떤 사물이든 그 의미는 일단 어떤 상황과 현실의 맥락에서 형성되고 파악되게 마련이다. 소설 '속'의 사건과 인물 역시 마찬가지여서, 우의적이거나 환상적인 작품은 논외로 하면, 일단 그들이 존재하는 어떤 시간(시대)과 공간(사회)을 배경으로 사실성과 의미를 지닌다. 소설에 그려진 어떤 사회 현실 혹은 역사적 사건은, 주도적이든 부수적이든 간에, 바로 그러한 의미맥락 형성 기능을 하는 것이다. 이러한 사실들을 고려할 때 소설에 도입되고 모방된 어떤 사회나 역사적 사건은, 작품 내용을 사실적으로 동기화하고 그 의미 맥락을 형성하는 기능을 하므로 그 측면에서 이해·평가되게 마련이다.

작자의 관점에 관한 셋째의 물음은 둘째를 해결하는 과정에서, 그러니까 사회 현실 혹은 역사적 사건이 작품 속에서 어떤 의미를 띤 것으로 기능하느냐를 분석하는 과정에서 저절로 드러난다. 결국 소설에 서술된 현실의 의미는 그것이 작품 속에서 어떤 뜻을 지닌 것으로 제시되느냐, 작자가 그것을 어떻게 인식하고 변용하여 소설 구조의 일부로 만들었느냐에 달려 있다. 그러므로 그것은 어디까지나 작품 고유의 논리 또는 의미 맥락 안에서, 소설의 특성상 사건의 전개와 그 주체인 인물의 성격 속에서, 그리고 나아가 앞에서 살핀 바 문학 행위의 중층적인 관계 속에서 파악되고 평가되어야 하는 것이다.

한편 소설에서 어떤 사회 현실 혹은 역사적 사건이 제시될 때 그것은 일차적(전면적) 사건이 일어나는 현재의 일일 수도 있고 그 과거의 일일 수도 있다. 대개의 역사소설이 앞의 경우라면, 형평운동이라는 역사적 사건만을 놓고 볼 때,『일월』과 같은 작품은 뒤의 경우이다. 역사적 사건이 지금 일어나고 있는 것으로 이야기되는 앞의 경우, 작품 내적 현실은 주로 작품이 창작되고 발표된 시기 작자와 독자의 현실하고 관련을 맺는다. 그것은 역사 서술의 경우처럼, 역사적 현재에서 본 과거이다. 하지만 뒤의 경우에는 한 가지가 첨가되어, 작품 내 일차적 사건의 현실과 그 과거의 그것 사이의 관련이 한 겹 더 존재한다. 따라서 그 경우에는 그 과거의 사회현실 혹은 역사적 사건이 어떤 뜻을 지니는가, 즉 인물들의 삶에서 그것이 어떤 영향을 끼치고 있는가 하는 것까지가 살펴져야 그 의미가 충실히 파악된다.

3. 『일월』이라는 대상

황순원의 『일월』에는 형평운동이라는 역사적 사건이 과거의 뜻 깊은 일로서 제시되고 있다. 형평운동은 1923년 진주에서 창립된 형평사(衡平社)가 1935년 그 이름과 성격이 바뀌기까지 전개한 사회운동이다. 최초의 인권단체요 일제강점시대 가장 오랫 동안 활동한 민간단체로 기록되는 형평사는, 인권이라는 말 자체가 낯설던 시기에 수백년 동안 혹독한 신분차별을 받아온 천민계층인 이른바 백정의 해방을 주된 목표로 삼았다.

형평사는 백정 자신은 물론 일반 시민과 진보적인 지식인까지 참여했던 전국적인 조직으로서 '사회운동의 시대'로 일컬어지는 1920년대를 관통하여 활동하였다. 일제는 형평사가 그 세력과 관심이 확장되면서 독립운동 및 사회주의 운동 세력과 적극 손잡는 것을 두려워하여, 고려혁명당 사건(1927)을 계기로 지도자들을 잡아가두고, 형평청년전위동맹 사건(1933)을 일으켜 젊은 사원들을

격리시키기도 하였다.[2]

　문학사에서 그 형평운동에 주목한 예는 지금까지 김윤식과 김현의 『한국문학사』뿐인 것으로 보인다. 그 책의 해당 부분인 제4장 2절은 김현이 썼는데, 거기서 그는 일제의 국권 침탈에 대한 우리 민족의 저항을 정치 · 군사적, 경제적, 사회적, 문화적 저항 등으로 나누어 살피면서, 사회적 저항의 예로서 농촌계몽운동과 형평운동을 들었다. 그는 "식민지 치하의 사회는 정상적인 사회처럼 변증법적으로 발전하지 않는다"는 전제 아래, 19세기 말과 20세기 초에 자생적으로 성장하던 신분평등화 현상이 일제의 식민지 지배로 말미암아 싹이 잘려, 거꾸로 신분적 경제적 봉건 잔재가 심화되는 1920년대 현실에서, 백정차별 타파운동 즉 형평운동이 지닌 의의를 높이 평가한다. 아울러 그는, "백정 문제가 사회문제로 제기된 지 약 40년 후에야 백정 문제를 다룬 황순원의 『일월』(1964)이 나타난 것은, 일본의 경우와 비교할 때 매우 흥미로운 테마를 제기한다"고 지적하고 있다.[3] 이는 일반 역사는 물론이고 문학사에서도 형평운동이, 심지어 그것이 작품에 잘 반영되지 않은 현상까지가 주목될 만한 가치를 지니고 있음을 뜻한다.

　형평운동을 다룬 작품이 『일월』 이전에 아주 없었던 것은 아니다. 필자가 조사한 범위 안에서 보면, 형평운동 초기의 사회를 배경으로 한 조명희의 「낙동강」[4]에 그것이 다뤄지고 있다. 그 작품의 여주인공 로사는 형평사원의 딸이다. 그녀는 형평사원과 시장거리 사람들 사이에 싸움이 벌어졌을 때 청년회원, 소작인조합원, 여성

---

2) 이 글에서 형평운동에 관하여는 김중섭, 『형평운동연구 — 일제침략기 백정의 사회사』(민영사, 1994)를 참고함.
3) 김윤식 · 김현, 『한국문학사』, 민음사, 1973, 142쪽.

동맹원 등과 함께 "새 백정" 소리를 들으며 형평사원을 도와준[5] 박성운을 만나면서 주의자 혹은 운동가로 변신하게 된다. 그녀는 딸덕택에 최하층에서 벗어나 "새 양반" 소리를 들으며 살고 싶었던부모들의 '가정'에 반항하다가, 죽은 박성운의 뒤를 이어 '사회'를위해 살고자 고향을 떠난다. 한마디로 「낙동강」에서 형평운동은전근대적 규범과 일제의 억압을 극복하기 위해 반드시 필요한 운동이요, 민족주의적·사회주의적 이상에 불타는 젊은이라면 마땅히 동참해야 할 운동으로 그려져 있다. 하지만 거기에서 형평운동은 당대의 현실을 다소 직접적으로 제시하는 데 기여하고 있기는하나, 이상적인 젊은이의 성격을 형상화하기 위해 첨가된 삽화 수준에 머물고 있다. 「낙동강」은 형평운동이 벌어지던 당시의 현실을 반영하고 있으나 그것이 작품구조에서 핵심적 기능을 하고 있지는 않은 작품인 것이다.

『일월』이전에 형평운동을 다룬 작품이 「낙동강」뿐인가.[6] 백정차별 문제 — 궁극적으로 신분에 의한 차별을 타파하고 인권의식을 고양하며 인간 평등을 구현하는 문제 — 는 문학 작품에서 무수히 다뤄진 다른 제재들과 구별되는 어떤 고유의 뜻을 지니고 있는가, 그리고 부락민(部落民)을 차별하는 인습이 아직도 견고히 남아 있는 일본의 소설들과 이 작품 사이에는 어떤 영향관계와 차이가 있는가 등등은 따로 면밀히 살펴보아야 할 것이다. 그런 점들을

---

4) 1927년 7월 『조선지광』에 발표되고 다음해 12월에 발간된 작품집 『낙동강』(건설출판사)에 수록되었다. 작품집 수록분을 자료로 삼는다.

5) 형평운동이 반형평운동 세력에 의해 박해를 받는 그와 같은 사건, 그리고 박성운이 말하듯이 "무산계급이 형평사원과 같이 손을 맞잡고 일을 하여 나가는"(앞의 책, 24쪽) 일은 당대에 빈번히 일어났던 일이다. 김중섭, 앞의 책, 제5장과 6장 참고.

일단 미뤄두고 보아도, 분명히 『일월』은 형평운동과의 관련 아래 읽을 때 문학적으로나 역사적으로 많은 것을 얻을 수 있는 작품임에 틀림없다. 무엇보다도 형평운동이 폭넓게 그리고 작품구조상 중요하게 이야기되고 있어서 그것의 의미맥락 혹은 주제형성 기능이 강하기 때문이다. 아울러 그것이 서사적 과거로 설정되어 작품 내적 현실이 둘 또는 두 겹이므로 외부 현실과의 중층적 관계를 살피기에 적합한 작품이기 때문이다.

4. 작품 구조 분석

4.1. 형평운동의 도입방식

『일월』은 1962년에 발표되기 시작하여 1964년에 완결된 소설이지만, 그 시간적 배경은 6, 7년 전 '현재'의 여름부터 겨울까지이다. 무엇보다도 그것은 이 작품에 형평운동을 도입하는 매개인물인 지교수가 형평운동의 진원지 진주에 사는 제자로부터 받은 다음과 같은 회신에 근거한 것이다.

그 운동의 주동자였던 강상호 씨라는 분이 아직 생존해 있어 그분께

---

6) 일제강점기에 형평운동 혹은 백정 차별을 다룬 작품은 「낙동강」이외에 안회남의 「고향」, 홍명희의 『임꺽정』, 계용묵의 「장벽」, 김내성의 『마인』 등이 있다. 해방 후의 작품으로는 이동순의 시 「검정버선 ― 진주 형평사 吉小介 노인의 말」(김창완, 김명인, 이동순, 정호승 합동시집 『마침내 겨울이 가려나봐요』(열음사, 1986), 정동주의 소설 『백정』(우리문학사, 1991) 등이 있다.

직접 알아보려 했습니다만 불행히 중환으로 누워 있어서 (…)

　　— 형평사가 결성된 게 언제인가?

　　— 계해년이니까 지금으로부터 꼭 삼십 오년 전이다. (278~279쪽)

'삼십 오년 전'을 헤아리는 방식에 따라 1년의 차이가 날 수 있지만, 강상호가 1957년 11월 12일에 사망했음을 참고할 때, 이 작품의 시간적 배경은 1957년으로 보는 게 자연스러울 것이다. 육이오가 끝난 지 4년 쯤 된 때가 이야기된 현재이고, 그 35년 전 형평운동이 일어난 때가 과거인 셈이다.

지교수는 백정과 형평운동에 관심을 갖고 자료를 모으며 연구하는데, 그것은 황순원이 그에 관해 노력한 결과를 반영하고 있다. 형평운동의 발생과 전개, 백정의 기원, 특히 그들의 풍속에 관한 여러 사실들이 지교수의 견해와 함께 때로 그 전거까지 밝히면서 작품 곳곳에서 서술된다. 이런 점으로 볼 때 확실히 이 작품은 백정과 형평운동에 관한 선구적인 연구 결과물로 볼 수도 있다.

그러나 이 작품은 형평운동의 전말을 인물과 사건으로 그려 보여주면서 그 의의를 강조한다든지 백정의 인권차별을 적극적으로 비판한다든지 하는 데 초점이 놓여 있지 않다. 그점은 형평운동과 백정의 삶에 관한 정보를 이 작품에 도입하는 지교수가 부차적 인물에 불과하다는 사실에서 얼른 확인된다. 지교수를 포함하여 이 작품에는 형평운동에 적극 참여했거나 그것을 계승 발전시키려 한다든지 그와 비슷한 노력을 하는 인물이 거의 없다. 따라서 형평운동과 백정의 삶에 관한 정보는 '정보단위' 혹은 '징조단위'로서, 직접 이 작품의 중심 사건을 낳고 전개시켜 가기보다는, 인물의 성격과 사건의 상황을 형성·전달하는 기능을 하도록 동기화되어 있다. 한마디로 이 작품은 형평운동을 다루고 있지만 그것은 일차적으로 그 운동 자체가 아니라 운동이 일어나게끔 된 사회 상황 혹은 삶의 조건을 제시하기 위한 것이다.[7] 때문에 이 작품에서 형평운동, 백정의 역사와 풍습 등은 대체로 사건이 아니라 사실의 형태, 보여준다기보다 말해주는 서술의 형태로 제시된다.

주인공은 지교수의 딸 다혜의 친구이며 백정 집안 출신인 건축학도 김인철이다. 백정과 형평운동에 관한 정보가 의미를 갖게 되는 것은 주로 김인철을 비롯한 그 집안 사람들과의 관련 속에서이다. 형평운동과 그것이 일어났던 과거의 사회 현실은 그 역사적 조건을 이루는 것들과의 관계 속에서가 아니라, '현재' 삶을 영위해 가면서 이 작품의 중심사건에 참여하는 김인철네 집안 사람들의 내면에 작용하는 사실로서 간접화 혹은 '내면화'[8]되고 있는 것이다.

---

7) 성민엽 또한 "이 작품에서 백정 문제는 하나의 상징적 장치로서 도입되고 있는 것이다. (……) 그 상징적 장치의 의미론적 기능은, 일차적으로 숙명적 조건의 부여인 동시에, 나아가서는 인간의 근원적 존재양식으로서의 고독 — 즉 존재론적 고독이 인철에게 촉발되도록 하는 계기의 마련이라 할 것이다"라고 하고 있다(「존재론적 고독의 성찰」, 『日月』 작품 해설, 457쪽). 하지만 형평운동을 작품내적 장치 혹은 기능의 측면에서 보는 것만으로는 충분치 못하다. 뒤에 가서 작품외적 현실과의 관련 속에서 다시 더 살피고자 한다.

한편 김정하는 이 작품에 삽입된 우공태자 신화가 하나의 전상(前像)으로서 이 작품의 여러 사건들에 반복된다고 주장하면서, 백정세계에 대한 사실들이 주제형성에 이바지하는 양상을 자세히 살폈다. 「황순원 『日月』 연구」, 서강대 대학원 석사논문, 1986. 7.

4.2. 기본 구조

이 작품은 한 백정 집안의 몰락을 그리고 있는데, 김인철이 속한 그 집안 사람들의 관계를 간략히 나타내보면 다음과 같다.

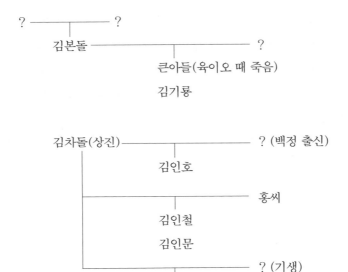

김본돌과 김차돌은 형제간이지만 서로 왕래를 끊고 산다. 김본돌이 백정의 삶을 고집하는 것과는 반대로 김차돌은 이름까지 김상진으로 바꾸고 철저히 자신의 출신을 숨긴 채 살아가기 때문이다.

8) 김병익은 황순원이 현실 혹은 역사를 다루는 방식의 특징을 '현실의 내면화'라고 부른 바 있다.「순수문학과 그 역사성」, 오생근 편,『황순원연구』, 문학과지성사, 1985, 25쪽.

형 김본돌이 사는 모습은 수백년 동안 차별과 억압 속에서 형성된 백정의 삶 그대로이다. 이제는 누구도 그런 외형적인 것까지 차별을 강요하지 않지만, 그는 옷차림, 행동, 심지어 묘에 떼를 입히지 않는 장례 규범마저 고수하면서 소를 잡는 데 쓰는 칼을 신성시하기까지 한다. 육이오 때 맏아들을 살해한 자를 둘째 아들 김기룡이 죽였음을 감추기 위한 면도 있지만, 그의 이러한 삶은 사회적 억압을 당연한 것으로 받아들이는 하나의 태도를 보여준다. 그것은 지식인이면서도 백정으로 살아가는 아들 김기룡에게 이어진다. 하지만 김기룡은 자기 아버지처럼 백정계층의 억눌린 삶을 묵수한다거나 종교에 가까운 형태로 신비화하기보다는, 그것을 삶에 존재하는 일반적 굴레의 하나로서 객관적으로 인식하고 또 의지적으로 감당한다는 점에서 아버지와 구별된다. 삶의 조건을 냉정하게 인식하고 정면으로 맞선다는 면에서 보면, 그는 이 작품에서 가장 강한 인물이다.

　한편 김차돌은 형과는 대조적으로 자기의 출신을 숨기고 사업에 성공하여 대륙상사 사장이 됨으로써 신분적 한계를 뛰어넘는 것처럼 보인다. 그러나 결국은 실패하여 자살한다. 어떻게든 '김상진'이고자 했으나 '김차돌'에서 벗어나지 못하고 마는 것이다. 자신은 까닭을 모른 채 죽어가지만, 그 실패는 그가 벗어나고자 했던 백정차별의 인습 때문이다. 그러므로 그는 이 작품에서 인간을 차별하는 비인간적 사회에서 자신의 조건을 회피하고 숨기며 살다가 결국은 그에 의해 파멸하는 모습을 보여준다. 자신의 출신에 대한 그러한 태도는, 내용이야 정반대이지만, 앞서 김본돌의 경우처럼 아들(인호)에게 이어진다. 자신이 백정 집안 출신임을 안 그는 고급관리로서의 삶을 유지하기 위해 자기 아버지가 그랬듯이 집안과 절연한다. 두 집안 모두의 아들 한명씩이 집안 혹은 부모의 가치관을 그대로 이어받고 있는데, 김차돌네의 경우 그 정도가 더 철저하다.

그러나 인호의 동생이며 이 작품의 주인공인 인철은 다르다. 그는 건축학과 석사과정의 지식인인데, 자신의 출신을 뒤늦게 알고서도 비교적 큰 충격을 받지 않는다. 그의 고뇌는 소설의 앞부분, 그러니까 자신의 출신을 알기 이전부터 존재한다. 자신이 천하고 핍박받는 계층 출신임을 알게 된 것이 고뇌를 심화시키는 계기를 이루기는 하지만, 그것이 그의 고뇌의 모든 원천이라고 하기는 어렵다.

백정의 삶과 형평운동에 관련된 역사적 사실이 이 작품에서 간접화되고 상대화되는 것은, 이렇게 사건 또는 행동을 통해 그와 직접 연관되지 않는 주인공의 내적 고뇌에 초점을 맞추는 기본 설정에서 비롯된다. 그러므로 그 내면적 고뇌의 양상 일반을 먼저 조감해 보아야 그것이 이 작품에서 하는 의미기능의 양상과 내용이 드러날 것이다.

사업에 빠져 있는 아버지 김차돌을 비롯하여 인철의 집안 사람들은 모두 무엇에 깊이 몰두해 있다. 그들이 공통되게 앓고 있는 것은 외로움인데[9], 무엇에의 몰두는 그 외로움을 극복하기 위해서이다. 하지만 인철은 다르다. 그는 지교수의 딸 다혜한테 모성애스러운 사랑을 느끼고 배우지망생 조나미의 이기적이고 유희적인 애정을 얼마간 받아들이면서도, 그 어느 쪽에도 마음이 쏠리지 않는다. 그는 어머니 홍씨의 광신적인 기독교 신앙을 병적인 것으로 보고 동생 인문이가 두꺼비, 쥐, 뱀 같은 걸 기르는 데 골몰하는 것 또한 정상적이라 여기지 않는다. 그리고 여동생 인주가 여자관계

<hr>

9) "이 소설의 모든 드라마는 외롭다는 감정에서 출발하고 있다." 김치수, 「외로움과 그 극복의 문제」, 오생근 편, 『황순원연구』, 115쪽.

복잡한 희곡작자 남준걸에게 빠져가는 게 자연스러운 일이라고 생각하지도 않는다. 그러면서도 그는 적극 나서서 충고를 하거나 그들의 삶을 바꿔주고자 하지 않는다. 그는 다른 식구들하고는 달리, 뚜렷이 집착하거나 고집하는 게 없다. 한마디로 그는 무엇에도 얽매이지 않은 대신 아무데도 정처가 없다.

그러나 이러한 차이는 인철이 다른 인물들과는 달리 외로움에 빠져 있지 않음을 뜻하지 않는다. 그 역시 외로운 존재이며, 아무 정처가 없기에 다른 사람들보다 더욱 외로운 존재이다. 그는 다른 이들이 사업, 사랑, 종교, 동물 등에 골몰하는 것은 외로움의 극복책이라기보다 그로부터의 회피책이라고 보아 자기는 그러지 않고 또 못한다는 점이 차이날 뿐이다.

이렇게 볼 때 이 작품은 자기 삶의 가치와 의미를 찾는 사람들의 이야기, 특히 그것을 찾지 못하고 헤매는 과정에서 감내해야 하는 고독에 관한 이야기임을 알 수 있다. 인물들은 여러 방식으로 자기를 확인하고 삶을 의미 있는 것으로 만들고자, 그리하여 그 고독에서 벗어나고자 한다. 하지만 아무도 그에 성공하지 못한다. 백정으로서의 삶을 거의 신화화함으로써 자기 존재의 의미를 고양하고 근원적 고독에서 벗어나는 데 성공한 것처럼 보이는 김본돌 영감 같은 이도 실상은 신분차별의 비인간적 관습에 짓눌려 있는 자신의 현실로부터 도피했을 뿐이다. 이 작품의 서사적 현재인 전쟁 4년쯤 뒤 ─ 1950년대 후반의 한국사회는 전쟁과 전근대적 인습 때문에 존재의 의미를 확보해줄 일이나 가치를 잃어버린 이들, 기댈 데를 찾지 못하고 소외와 고독에 빠져 있는 이들의 혼돈된 집합으로 그려져 있다.

이러한 해석은, 이 작품에 등장하는 아주 다양하고 치밀하게 설정된 부수적 인물들에서도 확인된다. 인주를 사랑하지만 본인이나 다른 사람에게 우스꽝스런 인물로만 간주되는 신명수, 무언가 '기 댈 것을 찾아 헤매는' 사람들의 허무스런 연극을 구상만 하면서 술에 빠져 있는 자조적 인물 박해연, 불현듯 주요장면을 스쳐지나곤 하는 백치스러운 노인 부부 등 역시 존재 의미를 상실했거나 찾지 못한 그림자 같은 존재들이다.

인철이 설계한 나미네 집이 일부만 완성된 상태에서 겨울이 닥친 때에 이 작품은 끝난다. 남준걸이 쓰던 희곡 역시 아직 완성되지 않았고, 아버지 김차돌의 자살을 고비로 인철네집은 몰락으로 치닫는다. 그리고 이 작품에서 가장 천진한 인물 인주는 고통스런 사랑을 안은 채 교통사고로 한쪽 다리를 못 쓰게 된다. 이러한 결말은 이 작품의 인물 각자가 자신의 삶의 의미를 찾지 못했고, 따라서 고독에서 벗어나지 못했으며, 쉽사리 그럴 가망도 없음을 말해 준다.

다음은 인철을 초점자로 한 이 작품의 마지막 부분이다.

이대로 나는 관객의 입장에서 다혜와 나미를 대해야 하는가. 나는 나, 너는 너라는 인간관계는 있을 수 없지 않은가. 인간이 소외당한 자기 자신을 도로 찾으려면 우선 각자에게 주어진 외로움을 참고 견뎌나가는 데서부터 시작해야 할 거야. 기룡의 말이었다. ……그건 그렇다. 하지만 그 외로움이란 인간과 인간이 격리돼 있는 상태에서만 오는 게 아니지 않은가. 서로 부딪칠 수 있는 데까지 부딪쳐본 다음에 처리돼야만 할 문제가 아닌가. 기룡을 만나야 한다. 만나 얘기해야 한다.

인철은 머리에서 고깔모자를 벗어 뜰에 있는 한 나뭇가지에다 걸었다.

(453쪽)

인철은 어느 것에도 몰두하지 않고, 또 못한다. 때문에 그는 다른이들이 사로잡혀 있는 고독을 일정한 거리에서 바라볼 수 있는 동시에, 그들보다 한층 더 고독하다. 그는 "외로움을 참고 견뎌나가"야 하며, 그것이 "인간과 인간이 격리돼 있는 상태에서만 오는 게 아니"므로 "서로 부딪칠 수 있는 데까지 부딪쳐봐"야 한다고 생각한다. 존재 의미를 잃은 삶, 그 삶의 고독으로부터 헤어나기 위하여 도피하거나 포기하지 않고 현실과 부딪쳐나가기로 하는 것이다. 매우 모호하기는 하지만, 그가 이렇게 추구하는 바는 종교적 구원이라기보다 자기의 현실을 외면하거나 거기에 함몰되지 않으면서 건설해가는 '주체적 자아', 가족과 출신계층에 매이지 않고 스스로 확립해가는 '근대적 개인'에 가깝다.

4.3. 형평운동의 의미

형평운동과 그것을 낳은 백정계층의 삶의 조건은, 이 작품에서 김본돌 형제의 세대에게는 절대적인 것이나, 김인철의 세대에게는 비교적 상대적인 것으로 나타나고 있다. 다시 말하면 전쟁이 사회구조를 밑바닥까지 뒤흔들어버린 1950년대 후반의 현실에서 신분차별이라는 사회적 억압은 구세대에게는 인간다운 삶을 가로막는 절대적 요소이지만 신세대에게는 상대적 요소로서, 그것의 해소가 곧 인간다운 삶 ─ 고독과 소외로부터 해방된 삶을 보장해주지는 않는 것으로 그려지고 있다. 그 사회적 조건은 여전히 인간을 고독에 빠뜨리는 중요한 요인임에 틀림없지만, 전근대적 신분제도의 흔적이 사라져가고 가족적 규범의 구속력이 약화되어가는 현실에서, 그것은 개인이 처한 삶의 근본 상황을 조성하는 것들 가운데 하나에 불과한 것이다.

따라서 이 작품에서 백정계층을 천대하고 소외시키는 인습이 삶에 비교적 강하게 작용하는 것은 그 구세대 인물들에게서이다. 김본돌 형제는 그것 때문에 비인간화되고 파멸한다. 하지만 인철 세대의 인물들은, 인호를 제외하고는, 그것이 각자의 삶에 결정적으로 작용하지 않는다. 이 작품의 주인공이 인철이고 초점이 그 세대에게 놓여 있다고 볼 때, 백정차별 문제는 이 작품에서, 또 육이오 얼마 후라는 소설적 현재의 현실에서, 극복되어야 할 사회적 문제인 동시에 언제 어디서나 존재하는 보편적인 인간 문제의 하나이다. 따라서 그것은 존재의미의 상실과 그에 따른 고독이라는 보편적이고 근원적(초역사적)인 인간문제를 표출시키는 한 계기이자 상징이 된다. 아울러 백정계층의 인간다운 삶을 추구했던 역사적 사실로서의 형평운동은, 김본돌 세대에게는 삶 자체에 가까웠으나 김인철 세대에게는 이어받고 지향해야 할 하나의 정신, 존재의 조건을 개선하고 그 의미를 추구하는 정신이자 그 상징이 된다.

이렇게 볼 때 황순원에게 있어 형평운동이란 존재의미를 원천적으로 상실당한 사람들(백정계층, 나아가 일제 치하의 한국인)[10]에게 그 의미를 찾게 하려는 운동이었다고 할 수 있다. 한 걸음 나아가, 그러면 그는 왜 1960년대 초에 하필이면 그 형평운동을 도입하여 1950년대 후반의 현실을 그리고자 한 것일까? 이 물음에 대한 답은 이미 앞에서 부분적으로 이루어졌다. 1950년대 후반의 사회현실이 모든 가치와 질서가 무너져서 정신적 의지처를 잃고 있기

---

10) 형평운동은 백정들만이 참여한 운동이 아니었다. 또한 그것에 깃든 인권의식과 평등사상은 사회적으로 광범위한 영향을 끼쳤으며, 그 운동 자체도 후기로 갈수록 백정들만을 위한 운동이 아닌 것으로 발전되어 갔다.

때문이다. 하지만 그것만으로는 충분한 대답이 못 되므로 '작자의 현실'로까지 시야를 넓힐 필요가 있다.

여기서 이 작품이 4·19와 5·16 직후에 쓰여졌다는 사실에 주목하여 앞의 질문에 대한 하나의 대답을 마련해보자. 4·19는 민중에 의한 정치 사회적 개혁이었다. 그것은 소설적 현재의 '35년 전'에 일어났던 형평운동 역시 마찬가지이다. 민중 스스로 평등과 정의를 위한 개혁을 외쳤다는 점에서 그 둘은 서로 통한다.

⒜		⒝	⒞		⒟
1923 ——————	(1950) ——	1957 ——	1960 ——	1961 ——	1962~1964
형평운동	6.25	현재	4.19	5.16	창작, 발표

이 작품 내의 현실 즉 B에서 ⒜는 여전히 필요한 것이지만 그것만으로는 충분치 못하다. ⒞는 ⒜와 통한다. 그리고 4월혁명이 5.16에 의해 좌절되고 변질된 D는 형평운동 같은 것이 있었음에도 불구하고 여전히 신분에 의한 차별이 존재하는 B와 통하며, 그 연장선상에 있다. 그러므로 작자는, ⒜와 B 이야기를 통해서, D의 현실을 개혁하고 인간다운 삶을 영위하려면 ⒞만으로는 충분치 못하다는 것, ⒜가 문제의 해결일 수 없듯이 ⒞의 성공이나 좌절 역시 인간문제의 종결일 수 없다는 것 등을 말하고 있다고 할 수 있다.

작품에 그려진 B의 현실이란 어떤 현실인가? 모두가 삶의 의미혹은 정처를 잃고 헤매고 있다. 기독교가 광신으로 치닫고, 젊은이들이 김인문처럼 음습한 방안에 틀어박히거나 나미같이 이기적이고 유희적인 삶을 살고 있다. 사람을 신분으로 차별하는 구습이 남아 있는가 하면, 마지막 장면의 성탄절 파티가 보여주듯이, 무분별하게 수입된 서구문화가 판치고 있다. 인철을 중심으로 보면, 집 — 가족주의적 특성을 지닌 우리 문화에서 가장 중요시되어온 공동체이자 근거지 — 의 미천함이 삶의 의미를 찾지 못한 고독을 심화시키며, 그 집안의 가족들이 뿔뿔이 흩어지고 또 몰락해가고 있다.

그 연장선상에 있는 것이 D의 현실이다. 차이가 있다면 그 사이에 ⓒ라는 4.19, 그리고 이어서 5.16이 일어난 것이다. 작자는 그러한 현실의 여러 측면을 함께 바라보고 있다. 그는 4.19의 정신을 역사를 거슬러 형평운동에서 읽어내었고, 그래서 그것이 이 작품에 도입된다. 황순원은 Ⓐ가 필요했듯이 ⓒ가 필요했으며, 그것이 사람이 사람답게 살아가는 조건을 향상시킨 게 분명하므로 그런 일은 사회의 다른 여러 분야에서도 계속 일어나야 한다고 본다.

하지만 Ⓐ가 일어났음에도 불구하고, 그것이 전국 규모로 확산되던 당시는 물론이고, B에 이르기까지 여전히 백정 차별의 인습과 함께 인간을 고독에 빠뜨리는 여러 요인들이 상존하고 있다. 그것은 D의 경우도 비슷하다. 요컨대 Ⓐ와 ⓒ만으로는 인간의 문제가 다 해결될 수 없는 것이다. D에 초점을 맞춰 바꿔 말하면, 4.19가 몰고 온 사회적·정치적 개혁의 열기와 그 의의를 인권사상과 평등정신의 고양이라는 맥락에서 높이 평가하되, 인간의 근원적 차원에서 그것이 전부일 수는 없다고 보는 셈이다. 그러므로 Ⓐ와 ⓒ는 인간다운 삶의 조건을 이룩하여 진정한 존재의의를 구축하고자 하는, 언제까지나 '진행중'인 운동이자 혁명이며, 그 영원한 노력의 상징이다.

5. 맺음말

소설이 사회현실을 그려내고 의미짓는 방법과 차원에는 여러 가지가 있을 수 있다. 형평운동이라는 역사적 사건 그 자체만 두고 볼 때, 분명 『일월』은 그것의 양상과 역사적 의의를 직접적으로 그리고 목청 높여 제시하는 작품이 아니다. 백정을 차별하는 인습이 인물들의 삶을 억압하고 있고, 형평운동이 그것을 타파하려 했던 뜻 있는 노력으로 간주되고 있으며, 그것이 이 작품의 배경과 작자의 현실에서 여전히 뜻 깊은 것으로 평가되고 있으나, 그것은 어디까지나 인간이 처한 삶의 고통스런 굴레 가운데 하나로서의 의미를 지니고 있다. 형평운동은 이 작품에 보편적 주제를 도입하는 제재로 기능하고 있는 셈이다.

방금 '인간의 굴레'라는 말을 썼는데, 형평운동이 다름 아닌 우리 역사상의 사건이고 『일월』에 그려진 현실이 우리의 현실임을 감안할 때, 그 말은 '한국인의 굴레'로 바꿀 수 있어야 할 것이다. 이 작품이 "한국정신사의 퇴적된 기층과 심리적인 원형을 해부"[11] 하고 있다거나 "기독교도 불교도 유교도 아닌, 한민족의 정신 근저에 있는 것은 과연 무엇인가를 소설적 미학으로 추구"[12]했다는 지적들은 바로 그런 점을 감안한 진술일 터이다. 이 작품이, 인간이 자신의 존재의미를 추구하는 보편적 정신과 노력을 우리 역사의 형평운동에서 읽어내고, 같은 맥락에서 50년대와 60년대의 우리 현실을 '존재의미의 상실상태'로 그려낸 것은 높이 평가할 수 있다. 하지만 그러한 정신과 진단이 한국 사회와 문화의 어떤 특수성

---

11) 이재선, 『현대한국소설사』, 민음사, 1991, 78쪽.
12) 김윤식 · 정호웅, 『한국소설사』, 예하, 1993, 378~379쪽.

까지를 충분히 반영하고 있는 것으로는 보이지 않는다.

한편 소설이 사회 현실을 개혁하는 데 선도적인 역할을 담당해야 한다는 입장에서 본다면, 이 작품은 불만스러운 점이 없지 않을 것이다. 하지만 같은 문제를 사회 중심으로 보느냐 개인 중심으로 보느냐, 어느 역사적 단계에 한정하여 보느냐 인간 보편의 차원에서 보느냐 하는 것은 어느 쪽이 옳고 그름을 가린다거나 둘 가운데 반드시 하나를 택해야 하는 문제가 아니다.

황순원은 그 가운데 개인과 인간 보편 쪽에 서서 본다. 이런 점에서 그는 정신주의적이고 내면적인 경향의 작자이다. 그러므로 형평운동 자체와 그에 관련된 사회 현실, 정신 등은 여전히 필요한 것으로 여겨지되, 그것이 좀더 개인의 내면과 인간 보편의 차원에서 다뤄짐으로써 내면화, 간접화된다. 그 역시 현실의 반영이며 그러는 방식 가운데 하나이다. 이 작품은 그러한 방식의 전형적인 예에 해당한다.

"이 소설처럼 그 심리적 결구가 복잡한 예는 한국소설에서는 별로 없다."[13] 그러므로 이제까지의 논의는 형평운동이 『일월』의 주제 형성에 어떻게 기능하고 있는가를, 소설 작품과 사회 현실의 관련맥락을 살피는 데 초점을 맞추어 살펴본 것일 따름이다.

이상의 논의를 바탕으로 앞에서 김현이 『한국문학사』에서 제기했던 문제, 곧 백정 문제가 사회문제로 제기된 지 약 40년이 지나서야 그것을 다룬 소설이 나온 까닭에 대해 덧붙여 살펴 본다.

조명희의 「낙동강」이 있기는 하나 백정 문제를 본격적으로 다룬

---

13) 이보영, 「황순원의 세계」, 오생근 편, 『황순원연구』, 64쪽.

소설이 그렇게 늦게 나온 것은, 근대적 의미의 평등 혹은 인권 사상이 이미 19세기 말부터 싹텄고 1920년대에 형평운동까지 일어났음에도 불구하고 우리 사회에서 인권에 관한 인식이 희박했기 때문이라 할 수 있다. 국권 상실과 전쟁으로 전통적 신분체제가 무너져 그에 따른 차별 역시 사라진 것처럼 보인 것이 그러한 상황을 더욱 연장시켰다. 이는 신분관료제 사회였던 조선의 체제와 그것을 떠받쳐온 유교이념의 지배력이 그만큼 강고했다는 것, 우리가 그것을 근대적 시각에서 비판해보지 않고 맹목적으로 묵수했다는 것, 그리고 작자들이 현실에 존재하는 그런 이념과 인습에 과학적으로 접근하지 못했다는 것 등을 말해준다.

그처럼 인권의식이 희박했던 것은, 우리 문화에서 '개인'의 관념이 오래도록 정립되지 않았던 점과 긴밀한 관계에 있다. 만민평등사상이라든가 인권사상은 개인을 중시할 때에야 성립될 수 있는 것이다. 그런데 조선사회는 가족 중심, 혈연 중심의 사회였다. 그리고 현실 자체보다는 유교적 이념과 명분 위주의 사회였다. 거기서 가족구성원 각자는 집안 또는 문중의 일원이지 천부의 권리와 자유를 지니고 스스로의 선택에 의하여 삶을 형성해가는 근대적 의미의 개인이 아니었다. 게다가 국권의 상실과 전쟁이라는 역사적 조건은, 개인은 물론이고 가정까지 뒤로 돌리게 만들었다. 개인과 가정 이전에 국가, 가정의 아버지 이전에 국가라는 아버지의 수호에 매달릴 수밖에 없도록 만들었던 것이다.

이렇게 볼 때 『일월』은 새로운 각도, 즉 인권사상의 확립과 근대적 개인의 정립이라는 정신사적 측면에서 그 가치가 높이 평가될 수 있다. 왜냐하면 이 작품은, 전쟁 뒤의 표면적 양상과는 달리, 신분에 의한 인간 차별이 당대의 사람들을 소외시키고 비인간화하는 요인 가운데 하나라는 사실, 그러므로 인철과 기룡이 보여주듯이 가정이나 집안으로부터 자신을 분리하여 새로운 자아를 추구해야 한다는 것,[14] 그러나 그것을 '사회'적으로 타파한다고 해서 '개인'이 자신의 삶을 형성함에 있어 언제나 부딪히는 문제 ─ 가치 있는 무엇과 자신을 일치시킴으로써 타인과 화합하는 동시에 삶을 의미 있게 만드는 문제 ─ 가 모두 해결되는 것은 아니라는 점을 보여주고 있기 때문이다.

이러한 맥락에서 보자면 『일월』은 근대적 개인의 정립을 가로막는 신분차별이라는 장애의 해소방안을 형평운동에서 찾고, 그 뒤에도 계속 마주쳐야 하는 장애들과 "부딪칠" 때에만 성숙된 개인이 탄생할 수 있음을 제시하는 작품이라 할 수 있다. 『일월』은 근대적 자아 추구의 역사적 전통을 보여주면서, 그 초역사적 의미 및 방법을 아울러 모색한 작품으로 읽을 수 있는 것이다.

---

14) 필자는 『가정소설 연구 ─ 소설형식과 가족의 운명』(민음사, 1993) 133쪽, 269쪽 등에서 자신과 가정(집안), 국가 등을 구별하는 것을 근대적 의식의 한 징표로 간주한 바 있다.

경향소설에서의 '가족'

1. 머리말

한국 문화가 가족주의적 특성을 지니고 있다고 볼 때, '가족(가정)'은 한국소설의 해석에 매우 중요한 중간항이 된다. 사회제도로서의 가족 자체와 그것을 규율하는 이념, 도덕, 규범 등이 인물의 성격은 물론 작품 구조와 작가의 상상력에 어떤 양상으로 작용하는가를 살피면, 우리 소설의 핵심적 국면 가운데 일부가 드러날 수 있을 것이다.

필자는 그에 주목하여 고소설에서 현대소설에 걸친 몇 작품을 검토해본 적이 있다.[1] 거기서 얻은 결론의 하나는, 현대로 올수록 개인, 가족, 사회(민족, 국가)가 점차 분리되어 전통적 의미의 가족이 변모·해체되어간다는 것이다. 즉 가족주의의 세계관에 따라 개인이 주로 가족의 일원으로서 존재의미를 지니며 사회 또한 가족의 확장으로 인식됨으로써 가족이 세계의 중심이다가, 점차 그 중심성이 쇠퇴한다. 그리하여 개인이 독자성을 얻고 사회 또한 가

---

1) 『가정소설연구—소설형식과 가족의 운명』, 민음사, 1993.

족과 분리되어 새로운 가치를 확보하여 개인, 가족, 사회의 삼자가 분열·대립하고 가족주의적 가치의 지배력이 현저히 감소한다. 바로 이것이 우리 문화에 있어서 '근대화'의 특징적 징표 가운데 하나인데, 물론 그러한 '가족의 운명'은 일정하게, 그리고 소설적인 형식으로 작품에 투영되어 있다.

그러한 변화 혹은 징표가 소설의 표면에 두드러지기 시작한 것은 신소설부터이다. 거기서 전통적인 가족중심주의와 그것을 떠받치는 가부장적 규범은, 개인의 인권에 바탕을 둔 자유연애 사상, 여권사상, 그리고 국가와 인류를 중시하는 애국사상, 박애사상 등에 의해 비판된다. 신소설의 인물들은 추상적이나마 개인의 독자적 가치를 강조하고, 가족 위에 국가와 민족을 놓으며, 그러한 새로운 '사회 속에서의 개인'이 나아갈 바를 모색하는 것이다.

그러한 근대적 모색은 이후의 현대소설에서 '개성' '생명' '생활' 등의 말을 빈번히 동원하면서 심각하게 계속되고 매우 다양한 모습을 띤다. 그런데 이때 가족주의적 질서와 가치 자체를 특히 '문제시하는' 작품, 그래서 그것이 핵심적 갈등을 낳고 작품의 구조 형성에 좀더 직접적으로 작용하는 작품군이 사회주의적 경향의 소설들이다. 그것은 경향소설이 추구하는 사회주의 이념이란 바로 사회중심주의이자 계급중심주의여서, 가족 중심의 전통적 질서와 대립되기 때문이다. 또 사회현실의 구조적인 파악과 개혁에 적극적인 사회주의가 주목하지 않을 수 없었던 것이 당대 한국사회의 기층단위인 가족의 궁핍화와 붕괴 — 그것이 곧 민족의 붕괴로 연결되므로 힘써 막아야 하지만, 계급 중심의 투쟁을 위해서는 촉진시킬 필요도 있는 — 현상이었기 때문이다.

따라서 사회 속에서의 개인이 나아갈 길에 관해 민감한 경향소설의 작가들이, 추상적 관념이 아니라 구체적 현실로서 사회주의 사상을 소설 속에 구현하고자 할 때 의식적 · 무의식적으로 마주치지 않을 수 없는 것이 바로 가족의 문제이다. 당대의 문화적 현실에서, '어떻게 해야 사회주의적 삶을 살 것인가'는 우선적으로 '어떻게 해야 가족주의적 질서와 규범, 가치 등으로부터 벗어날(혹은 그것들을 개혁할) 것인가'를 뜻하는 까닭이다.

여기서 필자는 현대소설에서의 가족 문제는 전통적 이념과 규범에 보수적인 작품들[2]보다 오히려 개혁적 · 진보적인 경향소설들에서 좀더 잘 살필 수 있는 측면이 있다고 보고, 그 작업을 몇 작가의 단편소설들을 대상으로, 통시적 변모 양상을 염두에 두면서 시험해보고자 한다. 이러한 시도는, 경향소설의 개념이나 범위를 엄격히 한정하기 어렵고 또 그것의 생산 환경 변화를 전반적으로 고려하지 못한 데 따르는 한계를 안고 있는 게 사실이다. 하지만 이 연구는 사회주의 경향의 활동을 한 작가의 작품들[3]을 외래의 사회주의 이념만이 아니라 재래의 가족주의 이념과의 관련 속에서 새롭게 바라보며, 아울러 그 특징적 면모를 근대적 개인의 성장과정 중심으로 새로이 밝히는 계기가 될 수 있을 것이다.

---

2) 그러한 작품들이 바로 필자가 앞의 책에서 다룬 『치악산』 『삼대』 등이다.
3) 여기서는 사회주의 경향의 활동을 한 작가 중심으로 살피기에, 카프 해체 이후의 전향소설들도 대상으로 삼는다.

2. 작품 분석

2.1. 가족을 위한 떠남 : 최서해

최서해는 사회주의 경향을 띤 여러 작품에서 극도의 궁핍 때문에 병들어 죽고 자식을 잃으며 아내가 가출하는 등, 한마디로 가족이 몰락해가는 모습을 반복해서 그린다. 그의 경향소설들은 거의 가족 이야기요 그것도 모티프가 분할 혹은 결합되면서 되풀이되는 비슷한 가족 이야기인 것이다.[4]

그가 그린 가족은 주로 피지배 민중계층 혹은 무산자계급인 가난한 농민 가족인데, 그 구성원(주로 가장인 주인공)은 가족을 그렇게 만드는 세력과 싸움을 벌이거나(「기아와 살육」, 「박돌의 죽음」, 「홍염」), 싸우기 위해 집을 떠난다(「탈출기」, 「향수(鄕愁)」, 「용신난(容身難)」, 「전아사(餞迓辭)」, 「해돋이」). 그리하여 가족 혹은 '집'은 결정적으로 괴멸된다.

싸움을 벌이는 경우, 상대는 주로 간도의 중국인 지주로 설정되고 살인과 방화를 동반한 비극적 결말에 이른다. 그런 작품에서 가족은 한마디로 파멸해버리고 만다. 집을 떠나는 경우 역시 비극적이지만 거기에는 낙관적 전망이 내재해 있다. 그것은 집 떠나는 행위에 지적이고 의지적인 선택이 개입되어 있고, 가족을 괴멸시키는 현실이 개인이나 가족의 차원이 아니라 계급 혹은 민족 집단의 차원에서 파악되고 있기 때문이다. 그래서 개인과 가족은 계급이나 민족의 일부로서 그 힘에 의해 생명을 유지할 수 있는 것으로,

---

4) 채 훈은 『1920년대 한국작가연구』(일지사, 1976), 101~106쪽에서 최서해 소설의 유형성에 대해 지적한 바 있다.

그러니까 가족은 영영 파멸하는 게 아니라 일단 흩어지는 것으로 여겨질 수 있기 때문이다. 이때 전통적 질서 속에서의 '가족'이나 '가문'의 외부 혹은 상부에 '계급'과 '민족', 특히 '계급'이 놓이고 있다. 가족이 아주 부정되는 것은 아니지만, 민족이나 계급이 새로운 가문처럼 되어가는 것이다.

개인이 사회를 위해 가족을 떠나는 작품 가운데 가장 앞서는 작품이 「탈출기」(1925)인데, 그것은 다름 아닌 '탈가기(脫家記)'라 할 수 있다. 굶주리는 가족을 놔두고 저항 집단에 가담한 것을 비난하는 김군에게 '나'가 그러기까지의 자초지종을 이야기함으로써 그 이유를 해명하는 내용인 까닭이다. '나'는 가족의 궁핍 때문에, 나아가 그것을 강요하는 사회를 개혁하여 궁핍을 근원적으로 해소하기 위하여 탈가했다고 말한다. 이때 '나'는 가족중심의 가치관을 지닌 김군과는 달리 사회를 중요시하여 그것을 가족의 앞 혹은 위에 놓는다. 따라서 사회를 위한 의무가 가족에의 애정에 우선하며, 가족이 불행해지더라도 그것은 개인의 책임이기 이전에 사회의 책임이 된다.

김군! 나는 더 참을 수 없었다. 나는 나부터 살려고 한다. 이때까지는 최면술에 걸린 송장이었다. 제가 죽은 송장으로 남(식구)들을 어찌 살리랴? 그러려면 나는 나에게 최면술을 걸려는 무리를, 험악한 이 공기의 원류를 쳐부수어야 하는 것이다.

나는 이것을 생의 충동이며 확충이라고 본다. 나는 여기서 무상의 법열을 느끼려고 한다. 아니 벌써 느껴진다. 이 사상이 나로 하여금 집을 탈출케 하였으며, ××단에 가입케 하였으며, 비바람 밤낮을 헤아리지 않고 벼랑 끝보다 더 험한 선에 서게 한 것이다.

김군! 거듭 말한다. 나도 사람이다. 양심을 가진 사람이다. 내가 떠나는 날부터 식구들 은 더욱 곤경에 들 줄도 나는 안다.

……(중략)……

나는 이러다가 성공없이 죽는다 하더라도 원한이 없겠다. 이 시대, 이 민중의 의무를 이 행한 까닭이다.

아아, 김군아! 말을 다하였으나 정은 그저 가슴에 넘치누나!

(23쪽)[5]

「탈출기」는 주인공이 '탈가'하는 이야기인 동시에 그의 의식이 가족중심적 가치로부터 사회중심적 가치 쪽으로, 소시민으로부터 '탈출'하는 이야기이다. 관습적 · 무의식적으로 지녀온 가족주의적 가치관을 버리고 새로이 탈가족주의적인 가치관을 의식적으로 선택하는 이야기인 것이다. 하지만 그 선택의 과정은 필연성이 약하다. 이 작품이 가족을 버리고 집을 나간 이후의 활동이 아니라 그 과정만을 그리며, 또 그 과정도 필연성이 부족하게 그리고 있는 것은, 문학적 전통이나 일제의 억압, 기법의 빈곤 등에 앞서 기존의 가족주의적 의식과 도덕을 비판하는 작업이 얼마나 선결과제이고 또 어려운 문제였는가를 말해준다. 「향수」 또한 「탈출기」와 비슷한 작품으로서 집 떠나는 과정이 그럴듯하지 못하다.

이들의 그러한 문제점을 극복하여 집 떠나는 결단의 심리적 과정이 좀더 구체적으로 그려진 작품들이 있다. 그 서두가 조명희의 「낙동강」(1927) 결말부를 연상시키는 「용신난」(미완)(1928)의 주인공은 "몸이 사회적으로 풀리면서" "천하의 무산자를 위해 몸을

---

5)『최서해전집 · 상』, 문학과지성사, 1987. 이 글에서 최서해의 작품은 모두 이 전집에서 인용하되, 본문 속에서는 상권과 하권 구분 없이 쪽수만 밝힘.

바치고자"(390쪽) 하나 실천을 못하다가, 아내의 죽음이 "바라는 기회와 욕망을 주어서"(397쪽) 운동과 공부를 위해 집을 떠나게 된다. 가족 부양 의무가 계급을 위한 삶을 가로막았었는데 그것이 우연히 해결된 셈이다. 이 경우, 아내는 죽었고 자식은 믿을 만한 곳에 맡겼으므로 「탈출기」에서와 같은 도덕적 문제가 심각하게 제기되지 않지만, 사회 혹은 계급집단을 위한 삶을 택하는 행동이 우연에 의존하고 있으므로 여전히 필연성이 약하다.

「전아사」(1927) 역시 가족의 죽음이 결단의 계기를 이룬다. 그런데 이 작품은 「용신난」보다 훨씬 가족주의적 현실에서의 고뇌를 복합적으로 반영하고 있으며 필연성도 비교적 확보하고 있다. 이 작품은 주인공 '나'가 어머니를 두고 집을 떠나서 효도 — 가족주의 질서를 떠받쳐온 핵심적 가치 — 를 다하지 못한 데 대한 회한의 감정이 지배적이다. '나'는 "나라보다 큰" 어머니 봉양 때문에 집을 떠나지 못하고 "어머니가 나의 은인인 동시에 큰 적"(332쪽)이라는 갈등에 빠진다.

결국 '나'는 공부하여 신분상승을 하려는 개인적 욕망과 "불공평한 사회"를 개혁하려는 의지에 따라 어머니 몰래 상경한다. 그리하여 고생 끝에 나름대로 성공하고 안정을 찾지만, 물질에 사로잡혀 이기적이고 타락한 삶만을 살아간다. 그러다가 어머니의 죽음을 계기로 자신을 반성하고 형제끼리 모여 편하게 살자는 형의 제의를 뿌리친 채 사회주의적 현실 개혁을 위해 무산자(구두수선공)로 살아간다. 아들 혹은 가족 일원으로서의 삶에 대한 반성이 사회를 위한 삶으로의 각성을 이끌어내는 것이다.

「전아사」(보내고 맞이하는 말 혹은 글)는 그 제목이 함축하고 있듯이 이전의 생활을 청산하고 새로운 삶을 추구하는 이야기이다. 이 이야기에서 주인공의 의식과 행동에서 일어나는 변화를 개인, 가족, 사회의 삼자관계 중심으로 보면, '개인〈 가족 〉사회'의 상태에서 '개인 〉가족, 사회' 상태로, 다시 '개인, 가족〈 사회' 상태로 변해간다. 그리고 이러한 과정을 통해, 고학력자만이 대접받는 '부당한 사회'의 갈등을 타파하여 '정당한 사회'를 건설하기 위한 각성의 길이 제시된다. 이는 개인과 가족의 평안을 도모하기 어려운 당대 사회에서 사회주의를 추구하는 자가 부딪히는 문제를 예민하게 포착한 것으로서, 그것의 실현을 위해서는 전통적 의미의 가족 형태라든가 가족주의적 가치, 욕망 등을 포기하거나 승화시켜야 함을 보여주고 있다.

이러한 맥락에서 볼 때 「해돋이」(1926)는 매우 중요한 작품이다. 「전아사」와 「용신난」보다 먼저 발표된[6] 이 작품은 그 주요사건들을 내포하되 현실을 훨씬 풍부하고 균형 있게 그려내고 있기 때문이다. 거기서 아들 만수는 "어머니가 아니라 어머니의 사상에 반항하여" 어머니가 정해준 아내와 이혼하고 자기 뜻에 따라 다시 결혼한다. 또한 "인류를 위하고 나라에 충성하고자" 만주로 떠나려고 할 때 어머니에 불효한다는 점 때문에 고민하다가 어머니를 모시고 간다. 효도의식과 자아의식, 그리고 가족을 위한 삶과 사회를 위한 삶을 그렇게 조화시키는데, 만수는 결국 나중에 독립운동을 하던 중 가족의 안전을 염려하다가 붙잡히게 된다.

요컨대 「해돋이」는 전통 가족을 떠받치던 핵심 가치(효)와 제도(부모혼제도)를 비판하면서, 그것과 새로운 사회중심의 가치관을

---

6) 1926년 3월에 발표된 이 작품은 말미에 "어머니 회갑 갑자 11월 15일 양주 봉선사에서" 지었다고 되어 있다. 이는 이 작품이 1924년에, 그러니까 1925년 3월에 발표된 「탈출기」와 거의 같은 시기에 창작되었음을 뜻한다.

가정 안과 밖, 가정적 차원과 사회적 차원 모두에 걸쳐 다루고 또 조화시키고자 하되, 개인의 권리와 사회에 대한 의무를 위해 전통적 도덕관은 개혁되어야 한다고 주장하고 있다. 이 작품에서 가족은 일제에 의해 파멸되기만 하는 게 아니라 스스로 개혁해야 할 인습을 지닌 것으로 파악되고 있다. 하지만 그 존재나 그것을 지탱하는 전통적 가치와 정서가 아주 부정되지는 않고 있다.[7]

살 같은 광음은 만수가 집을 떠난 지 벌써 두 해나 되었다. 그는 집 떠나던 해 여름과 초가을은 △△에서 □□매수에 진력하다가 그 해 겨울에는 다시 간도로 나와서 … (중략) 이 때 만수의 가슴은 천사만념이 폭류같이 얼클어졌다.

"어머니는 나를 얼마나 기다리시나? (중략) 아 —— 어머니!"

그는 이렇게 번민하였다. 그러나 그는 그 때문에 ○○하거나 뛰려고 하지 않았다.

"모두 공상이다. 그것은 방안에 가만히 앉아서 생각할 꿈이요 공상이다. 나는 지금 ○○에 나섰다. 천애타국에서 이름없이 ○는다 하여도 역시 ○○다. 인류와 어머니를 위한 ○○다. 이름이란 하상 무엇이냐……!"

(207-208쪽)

(※○○는 삭제된 부분임)

앞에서 살핀 바와 같이, 최서해의 경향소설적 특징이 강한 작품 대부분에서 가족은 일제 혹은 유산계급이 지배하는 '부당한 사회'에서 극도로 궁핍화되어 해체되고 죽어가고 있다. 그 상황을 타개

---

7) 이런 맥락에서 볼 때 이 작품이 고향을 떠났던 사람이 '돌아오는' 이야기이며, 자식에게 한 일을 후회하는 어머니를 초점자로 삼고 있음은 의미심장하다.

하려면 개인은 전통적 의미의 가족주의에 매여 이기적으로 자기 가족만 생각하거나 당장의 호구지책만을 도모하려는 의식에서 '탈출'하여, 민족 혹은 무산계급을 위한 싸움의 대열로 '집을 떠나' 가야 함이 강조되고 있다. 하지만 가족에 대한 애착과 부모에의 효도심이 중시되는 것으로 보아서 가족애나 가족주의 자체가 완전히 부정된다고는 보기 어렵다. 가족을 파멸시키는 세력과 그 세력을 파괴하기 위해 결집해야 할 세력이 민족적 성격과 계급적 성격이 뒤섞여 있을 뿐 아니라, 사회주의가 가족애 및 가족주의와 거의 대등하게 갈등을 빚고 있는 이러한 양상이, 바로 최서해의 특징이요 경향소설의 초기 모습이라 할 수 있다. 거기서 가족 혹은 가정은 민족의 상징으로서, 그것의 괴멸은 곧 민족의 괴멸을 뜻한다.

2.2. 가족을 대신하는 '계급' : 조명희

조명희의 첫 소설 작품 「땅속으로」(1925)는, 핍박받는 "무산대중과 백의인(白衣人)"을 위해 "지하 몇천 층 암굴 속으로"[8] 뛰어들려는 이상과 극도로 궁핍한 가족을 돌봐야 하는 현실의 갈등 속에서 거의 발광 직전 상태에 이르는 지식인의 이야기이다.

그 정도는 다르지만 「저기압」(1926)도 마찬가지이다. 신문기자인 '나'는 생활에 찌들어서 자유와 평등을 추구하는 "의당 해야 할 일은 할 용기도 힘도 없이", 식구들을 "육신과 정신을 뜯어먹는 아귀들"(234쪽)로 여기며 답답하게 살아간다. 그 역시 자신을 억제

---

8) 『한국소설문학대계 · 12』, 동아출판사, 1995, 188쪽. 조명희 작품 인용은, 『조명희선집』(소련과학원 동방도서출판사, 1959)의 것을 옮긴 앞의 책에서 함. 이후의 송 영, 이북명 등의 작품도 같은 책 수록분을 자료로 함.

하기 힘든 상태에 빠져서 모처럼 받은 월급을 마구 써버린다. 가정을 중심으로, 가정의 범위 안에서 인물과 사회가 포착되고 있다.

한편 「농촌 사람들」(1927)의 원보는 농민이다. 그는 일제 앞잡이와 다툰 죄로 감옥에 가고 아내마저 그에게 잃게 되어 실의의 나날을 보내던 중 그 앞잡이네 집에서 도둑질하다 잡혀 자살하고 만다. 그리하여 원보의 가족은 몰락하여 남은 어머니와 자식들이 서간도로 가는 행렬, 곧 '집'을 잃고 떠나는 행렬에 끼게 된다. 이처럼 가정이 파탄지경에 이르는 조명희의 다른 작품으로는, 같은 해에 발표된 「마음을 갈아먹는 사람」, 「세 거지」 등이 더 있다.

앞의 두 작품이 자전적인 지식인소설[9]이라면 「농촌 사람들」은 농촌소설 계열이다. 그 주인공이 농민인 만큼 "묵은 인습적 도덕과 양심이란 것을 잊어버리는 동시에 원시적 생활력의 굳센 힘을 회복"(248쪽)하여 지배계급과의 싸움에 나선다. 계급 차원에서 현실이 포착되고 적극적인 저항도 벌어지는 것이다. 하지만 그 저항은 도둑질과 같은 뒤틀린 방식으로 혼자서 하는 저항이고 애초부터 이길 가망이 없는 싸움이므로 처절하게 패배하고 만다.

이상 세 작품의 주인공은 모두 가장이며 가족을 부양하는 일 때문에 고민한다. 하지만 「낙동강」(1927)의 두 주인공은 결혼 이전이고, 혈연과 전통적 이념 및 규범으로 맺어진 가족에 대해 냉정하며, 지식인이면서 싸움에 적극 나선다는 점에서 앞의 작품들과 구별된다.

이 작품은 사회 개혁 투쟁을 위해 개인이 해야 할 일을 중심으로 당대 현실을 비판적으로 묘사하고 있다. 그런데 그 일 가운데 핵심적인 것이 부모의 가족주의적 욕망을 극복하는 일로 설정되어 있

---

9) 조남현, 『한국지식인소설 연구』, 일지사, 1984, 190쪽.

다. 사회를 위하여 가족이, 자식을 위하여 부모가, 그리고 사회주의 이념을 위하여 가족주의적 가치가 강하게 거부되고 있는 것이다.

박성운은 1920년대에 왕성하게 벌어진 민족운동을 전형적으로 보여주는 인물로서 농부의 아들이다. 그의 아버지는 어려운 형편에도 아들을 교육시켜 그가 직장을 얻자 만나는 사람마다 아들 자랑하기가 낙이다. 그는 아들을 통해 신분상승하였기 때문이다. 그러나 박성운은 기미독립운동이 일어나자 "단연히 결심하고 다니던 것을 헌신짝같이 집어던지고"(261쪽) 참여하여 감옥생활을 하게 된다. 그리하여 끝내 그의 가족은 서간도로 가서 떠돌다가 몰락하고 만다. 하지만 처음부터 가족은 중시되지 않았기에, 가족의 몰락으로 모든 것이 끝나지 않는다. 그는 다시 고향에 '돌아와서' "생무쇠쪽 같은 의지의 마음씨"(264쪽)를 가지고 투쟁을 벌이며, 그러다가 감옥에서 얻은 병으로 죽는다.

박성운의 애인 로사는 박성운의 계승자이다. 로사는 박성운보다 더 낮은 최하위 계층 출신으로 이른바 백정의 딸이다. 그녀의 부모 역시 딸을 교육시켜 그녀가 보통학교 선생이 되자 해오던 수육업을 그만두고 딸 덕분에 "새 양반 노릇"을 하고자 하는데, 로사는 끝내 "벼슬"을 그만두고 투쟁의 길로 들어서서 집과 고향을 스스로 떠남으로써 가족의 안녕과 부모에 대한 효도의 길을 거부한다. 부모들과는 달리, 박성운과 로사에게 있어 교육은 집안의 행복이나 신분상승을 위한 것이 아니라 당사자 개인이 사회의 개혁에 매진하는 "참사람"이 되기 위한 것이다. 그들이 보기에 부모들은 가족이기주의적일 뿐 아니라 지배자들의 이념에 젖어버린 노예적 사상을 가지고 있다.

"이년의 가시네야! 늬 백정놈의 딸로 벼슬까지 했으면 무던하지, 그보다 무엇이 더 나은 것이 있더노?"

하고 그늬 아버지가 야단을 칠 때에,

"아배는 몇백 년이나 몇천 년이나 조상 때부터 그 몹쓸 놈들에게 온갖 학대를 다 받아왔으며, 그리도 그 몹쓸 놈들의 썩어자빠진 생각을 그저 그대로 가지고 있구먼. 내사 그까짓 더러운 벼슬이고 무엇이고 싫소구마…… 인자 참사람 노릇을 좀 할란다."

하고 딸이 대거리를 할 것 같으면,

"아따 그년의 가시내, 건방지게…… 늬 뭐라 캤노? 뭐라 캐?"

그의 어머니는 옆에서 남편의 말을 거드느라고,

"야, 늬 생각해보아라. 우리가 그 노릇을 해가며 늬 공부시키느라꼬 얼마나 애를 먹었노? 늬 부모를 생각기로 그럴 수가 있는가?……"

(267쪽)

「낙동강」에는 「땅속으로」와 「저기압」의 주인공이 겪는 심리적 갈등이 거의 보이지 않는다. 단호히 가족을 떠나 사회를 위한 행동에 뛰어든다. 또한 박성운이 "민족주의자가 변하여 사회주의자로 되었다"(262쪽)는 서술에서 드러나듯, 사회를 파악하는 틀이 계급 갈등 중심이다.

따라서 최서해의 「전아사」, 「해돋이」 등에서 보았던 계급과 민족의 뒤섞임이 없고, 앞의 인용에서처럼, 부모를 위한 삶과 사회를 위한 삶을 조화시켜 보려는 태도도 찾아볼 수 없다.

이 작품에서 전통적인 가족은 일제와 그에 기생하는 유산계급의 외부적 억압 때문에 파괴되고 떠돌게 될 뿐 아니라 내부적으로 인습에 젖어 있기에 '떠나야'(개혁해야) 할 것으로 간주되고, 그 자리에 계급이 들어선다. 최서해의 경우보다 훨씬 선명하고 확고하게, 전통 가치체계 속에서 가족 혹은 가문이 차지했던 자리에 계급이 들어선 것이다.[10] 그리고 그 계급의 미래에 대한 낙관적 전망이 결말을 비극적이기보다 비장한 것으로 만든다. 박성운이 죽어버리지만 그를 이어받은 로사가 투쟁의 길을 떠나기에, 그 제목이 암시하듯이, 결국 모두 희망의 바다에 이르게 될 것으로 여겨지기 때문이다. 로사의 집 떠남은 환경에 의해 쫓겨남이 아니라 능동적 떠남이며, 그것도 혼자만의 떠남이다. 이 작품에서 '불효자'요 부모와의 세대갈등에서 일방적으로 승리하는 박성운과 로사를 묶는 것은, 한 가족으로서의 가족애나 가문의식이 결코 아니다. 그것은 이성간의 애정과 결합된 계급의식이다.

이 작품이 당파성과 목적의식을 강조한 카프의 이른바 제1차 방향전환에 부합한 것은, 현실적으로 엄연히 존재하는 가족중심의 전통적 삶과 이념에 이처럼 '목적의식을 가지고' 정면으로 부딪혀서 부정하고, 그리하여 전체 사회뿐 아니라 그 일부인 가족까지 철저히 혁신하고자 한 데에 하나의 이유가 있다고 본다. 그러므로 당파성과 목적의식의 강조란 전통적 가족을 부정하는 것, 혹은 그것을 계급으로 대체하는 것을 내포한다.[11] 그 목적의식에는 '가족 적대의식'이 내포되어 있는 것이다.

---

10) 이강옥 역시 이 작품에서 "계급해방운동이 우선적인 의미를 갖는 것이며 민족과 가정은 이차적 혹은 하위의 영역에 있는 것"이라고 지적한 바 있다. 「조명희의 작품세계와 그 변모과정」, 김윤식·정호웅 편, 『한국근대리얼리즘 작가 연구』, 문학과지성사, 1988, 202쪽.

11) 조명희의 이후 작품에서 그것을 다시 확인할 수 있는데, 「아들의 마음」(1928)에서 아들은 어머니에게 계급투쟁 때문에 집으로 돌아갈 수 없다고 말한다.

2.3. 투쟁을 위해 희생되는 '가족' : 송 영

송 영의 「석공조합대표」(1927)의 주인공 박창호는 사장과 아버지의 만류에도 불구하고 노동자 대회에 조합대표로 참석하기 위해 평양을 떠난다. 그의 아버지는 사장의 과수원을 관리해왔는데, 사장이 그 일로 해서 창호네를 내쫓는다. 충격으로 아버지가 숨져가는 동안, 서울에서는 대회가 성공적으로 끝난다.

이 작품에서 놓칠 수 없는 점이 두 가지 있다. 우선 사장의 보복이 이미 예상되었던 것이며, 아버지도 그래서 창호의 평양행을 만류하였다는 점이다. 그러므로 창호는 투쟁을 위하여 아버지 그리고 가족 전체를 '의식적으로', 비판이나 거부 정도가 아니라 '희생'시킨 셈이다. 이는 가족주의 전통 속에 있는 보수적인 독자에게 강한 도덕적 저항을 받을 가능성이 있다. 그것을 줄이는 동시에 가족을 희생시키는 행위의 정당성을 강화하기 위하여 아버지도 투쟁 자체는 반대하지 않는 인물로 설정되고 있다.

다른 하나는 창호의 결단이 가족 차원과 함께 자기 개인 차원의 욕망과 고민을 이겨냄으로써 이룩된 것으로 이야기되고 있다는 점이다. 창호의 친구 익진은 병석에 누워 있는 동안에 아내가 다른 남자에게 가버리는 일을 당한다. 그것이 창호로 하여금 직장을 잃고 궁핍에 빠졌을 경우에 자신한테도 닥칠지 모르는 불행을 염려하게 만든다. 하지만 그는 '아내의 남편'으로부터 '계급집단의 일원'으로 돌아온다.

"여보게, 내일 저녁차에 갈까?"
익진이가 쾌활하게 묻는다.

창호는 익진이의 소리를 듣자마자 규칙없이 둘러앉은 모든 석공들이 일제히 박수를 하며 자기를 대표자로 선정하던 광경이 생각났다. 숭엄한 장면에 그는 완전하게 또다시 순전한 조합원이 되었다.

자기네들의 행복과 이익과를 위하여 옳지 못한 협잡을 하고 있는 자들과 싸우겠다는 씩씩한 조합원이 되었다.

"글쎄, 아무렇게 해도 저녁차가 낫겠지."

"줜이 아무리 내쫓느니 뭐니 해두 무슨 상관 있나?"

"그럼! 그야말로 시들방귀일세."

"그럼! 굶어 죽기밖에 더 하겠나…… 사실 요렇게 알뜰하게 살아가는 것보다는 한 번 막 죽는 것이 더 낫지 않은가?"

"참 옳은 말이지. 자꾸 죽이는 놈에게 그저 조금만 더 있다가 죽여줍쇼 하는 것보다 이 놈 하고 일어나서 죽더라도 낫지 않은가." (410쪽)

창호는 한 남자이거나 남편이기 이전에 조합원으로서, 투쟁을 위해서는 자신과 가족을 서슴없이 떠나야 하는 사람으로서 존재한다. 그의 행동의 정당성을 확보하고 주제를 확산시키기 위하여, 창호 아버지가 그랬듯이, 창호의 아내 또한 투쟁정신이 강한 여자로 설정되어 있다. 창호네 가족은 가족애라기보다 동지애를 지닌, 한결같이 자신의 계급적 처지를 인식하고 투쟁에 나섬에 있어서 '오류가 없는' 존재들인 것이다. 창호네 식구들이 다소 한 가족같아 보이지 않는 것은, 이처럼 계급이념 중심으로 성격이 주어졌기 때문이다.

한편 「군중정류(群衆停留)」(1927)에서 소작인 순호는 지주 김참의에게 고리대금을 쓰고 갚지 못하여 사는 집을 내주지 않으면 안 될 지경에 빠진다. 다혈질인 그는 자기 것을 포함한 김참의 소유 빚문서들을 탈취하여 불태워버린다.

그런데 눈을 끄는 것은 그가 빚문서를 탈취하기 직전에 겪는 갈등이다. 그는 자기가 잡혀간 뒤의 식구들 걱정 때문에 망설인다. 그때 언뜻 생각난 것이 얼마 전 읍내 소작인조합에서 들은 순회강연대의 연설이다. 그 내용은, 열심히 일하는데도 궁핍하게 사는 것은 "다른 까닭이 있는 까닭"이며 단결만이 문제를 해결하는 유일한 방책이라는 것이다. 순호는 그 말에 고무되어 아내와 자식 걱정은 접어두고 "헐벗은 떼의 근심 덩치를 없애주는"(429쪽) 쪽을 택한다. 그리고 자기를 쫓느라고 모인 군중들에게 자신의 행동은 도둑맞았던 것을 찾아주는 것이므로 도둑질이 아니다, 여러분은 단결해야 한다는 요지의 연설을 한다. 결국 이 작품에서도 가족은 투쟁을 방해하기 쉬운 것, 계급의 이해관계 중심으로 단결하고 투쟁하는 데 지장을 주는 것, 따라서 희생시켜야 하는 것으로 간주되고 있는 셈이다.

앞의 두 작품보다 9년 뒤에 발표된 송 영의 다른 작품 「아버지」(1936)는 "아들과 딴 세상에 살고 있는 조선의 아버지"가 사회주의 운동을 하다가 감옥에 들어가 있는 아들의 공책에서 자신에 대한 이야기를 읽고 아들을 인정하게 된다는 이야기이다. 그 공책의 내용이 이념적이기보다는 정서적인 것 중심이라서, 다시 말해 아버지가 지나치게 유교적 규범을 고수하여 엄하게만 대하고 정을 주지 않아 생긴 갈등 중심이라서, 아버지가 사상적으로 변하는 결말이 필연성을 얻지 못한다. 하지만 운동에 뛰어든 아들이 아니라 그 아버지가 주인공이자 초점자이고, 그가 세대갈등에서 지거나 이기는 게 아니라 변한다는 설정이 이채롭다. 가족을 희생하고 투쟁에 뛰어든 아들을 따라서 아버지도 변함으로써 혈연애를 벗어나 사회주의 이념으로 결합되는 새로운 가족의 모습을 제시하고자 했다고 할 수 있다.

　이상으로 살핀 송 영의 세 작품들은 투쟁을 위해서는 가족이 희생되거나 변해야 한다는 것을 비교적 의식적으로 그리고 있다. 또 최서해의 작품이나 조명희 일부 작품에 비하여 주인공이 가족문제로 그다지 고민하거나 망설이지 않는다. 가족에 대한 의무감이 거부되거나 약화되었기 때문인데, 이는 가족 자체가 계급 투쟁을 방해하는 것으로서 그만큼 평가절하되었음을 뜻한다. 당파성과 목적의식이 강조될수록 계급 혹은 사회가 커지며 가족은 작아지고 있다. 가족을 위한 삶이 아예 부도덕해지는 셈이다.

2.4. 가족을 위한 타협 : 이북명, 이기영, 한설야, 김남천

　이북명의 「민보의 생활표」(1935)는 "생활(생계유지)이란 너무나 큰 짐을 짊어졌기 때문에 주의를 펴지 못하는"(315쪽) 민보의 고민을 그린 작품이다. 궁핍을 면하려고 농촌에서 도시의 공장으로 나온 그는 사상운동은 고사하고 여전히 생계를 잇기에 허덕이다가 도로 농촌으로 돌아간다. 고향에 무슨 희망이 있어서가 아니라 지주 윤초시가 젊은 일꾼이 없으므로 소작을 떼겠다고 위협하였기 때문에, 그리고 아버지가 원하므로 그거라도 붙들기 위해서이다. 고향에서 살아온 민보의 친구 서식이 농민조합 운동을 하다가 잡혀가고 그 때문에 소작지를 빼앗긴 충격으로 아버지까지 숨졌는데, 민보네 또한 그렇게 되고 말 가능성이 있다. 카프가 해산된 해에 발표된 이 작품에서 「낙동강」이나 「석공조합대표」의 미래에 대한 낙관주의와 가족을 계급에 종속시키는 단호한 태도는 찾을 수 없다. 최서해의 소설들과 조명희의 초기작 「땅속으로」, 「저기압」 등에서 보았던, 궁핍한 가족 때문에 사상에 따라 살지 못하는 가장의 망설임과 고민을 다시 보게 된다. 투쟁을 위해 무엇이든 희생해야 한다는 이상이 아니라, 가족의 생계를 외면할 수 없다는 소시민적 현실론, 가족의 몰락과 해체를 막기 위해 안간힘을 쓰는 태도가 주조를 이루고 있다. 따라서 투쟁보다는 현실의 궁핍함 자체가 전면에 부각된다.

이러한 양상은 전향소설이라 부르는 작품들에서 흔히 볼 수 있는 것이다.[12] 임화가 대표적 전향소설의 하나로 꼽은 이기영의 「설」(1938) 또한, 사상문제로 감옥에서 오 년만에 돌아온 주인공이, 아직도 견지하고 있는 사상적 이상과는 달리, 가정의 궁핍과 시대적 억압에 짓눌려 "타락"해가는 모습을 그리고 있다. 거기서 이야기의 전면에 강조된 것은, 사상적 모색이나 혼돈이 아니라 가족의 궁핍상과 그것을 면하고자 안간힘을 쓰는 모습이다.

한설야의 「태양」, 「딸」, 「귀향」 등 역시 가족의 삶에 묶여 있는 가장의 모습을 제시한다. 특히 1939년에 발표된 「이녕」은, 앞의 「설」보다 명시적으로, 감옥에서 나온 사회주의자가 가족의 궁핍한 실상에 눈을 돌리는 과정을 통해 "가족을 매개로 한 현실 타협의 논리화"[13]를 꾀하고 있다.

김남천의 자전적 소설 「등불」(1942)은 보호관찰 대상인 전직 소설가가 회사 구매계의 일자리를 얻어 살아가면서 일상생활의 중요

---

12) 1930년대 후반에 이른바 단층파를 비롯한 여러 작가들도, 전향한 지식인이 사상과 현실의 갈등에 빠진 모습을 많이 그렸다. 여기서 다루는 경향소설 작가들의 작품들과 비교해볼 때, 그런 작품들은 비교적 가족 문제보다는 주인공 개인의 내적 고뇌에 초점이 놓여 있다.

13) 김윤식 · 정호웅, 『한국소설사』, 예하, 1993, 155쪽.

성과 가장으로서 해야 할 희생을 깨달아가는 이야기이다. 사상 전향이 일제에의 야합으로 기울던 시기인 만큼 매우 복잡하고 고뇌스러운 심리적 과정을 거치고 있기는 하지만, 결국 이 작품도 가족을 위한 삶을 내세워 현실과의 타협을 합리화하고 있다.

사회주의 이념과 당파성, 투쟁성 등의 강조가 가족중심적 삶을 부도덕한 것으로 몰아갔다고 해서, 전향이 곧 그것을 도덕적이고 가치 있게 여기게 됨을 뜻하라는 법은 없다. 그런데도 그런 양상이 작품에 나타나는 것은, "한국문학에서의 전향 문제가 심각한 내적 변모를 경험하지 못했다는 것",[14] 그리고 우리 문화의 가족주의적 전통이 사상운동보다 더 깊은 차원에 자리잡고 있음을 말해준다. 그렇다면 가족의 자리에 계급을 두고 가족을 투쟁의 방해물로 여기면서 그것을 위한 삶을 죄악시하는 그 당파성과 투쟁성의 강조는, 현실의 사실적 반영이라기보다 이상의 관념적 제시에 가깝다. 그러한 맥락에서 보면, 최서해 소설과 같이 당파성과 투쟁성이 적다고 비난받은 작품들이 오히려 현실 — 사회주의에 충실하다기보다 사회주의적이려고 애쓰는 — 에 가깝다는 판단도 가능해진다.

3. 맺음말

국가라는 아버지를 잃은 일제강점시대는, 여러 면에서 가족 혹은 집이 존립하기 어려운 시대요, 이전의 가족주의적 이념, 규범, 도덕 등이 변화되거나 훼손되지 않을 수 없었던 시대이다. 그러므로 경향소설만이 가족의 문제를 다루고 있는 것은 아니다.

14) 김윤식, 『한국근대문예비평사연구』, 일지사, 1976, 183쪽.

그런데도 경향소설에서의 그것이 관심을 끄는 것은, 우선 사회 혹은 계급 중심의 사회주의가 가족주의와 매우 대립되기 때문이다. 그리고 한국 전통사회의 기층단위가 가족이므로 궁핍화된 민중의 현실은 곧 가족의 괴멸로 나타나기 때문이다. 따라서 경향소설에서 가족의 문제는 다른 소설들에서보다 훨씬 직접적이고도 의식적으로 다루어지며, 보기에 따라 그것을 그 갈래의 한 특징으로 삼을 수도 있다.

경향소설은 전통적인 가족 혹은 가문의 자리에 계급을 놓는다. 그리고 계급 투쟁을 위해 가족은 개혁되거나 희생되어야 한다고 본다. 최서해의 작품처럼, 효(孝)를 비롯한 가족주의적 이념과 계급이념을 절충해보려는 시도가 없지 않지만, 경향소설에는 기본적으로 가족적대의식이 깔려 있다. 가족을 위한 삶이 비도덕적인 것으로 간주되는 것이다. 그것은 사회주의 사상 자체의 특징도 특징이지만, 우리의 전통적 가족이 그만큼 견고하기 때문에 강화된 것이라 할 수 있다.

그러나 여기서 대상으로 삼은 단편들을 볼 때 그것은 관념이요 이상이지 현실은 아니다. 많은 작품에서 사회주의적 이상을 품은 가장들은 가족 문제로 갈등에 빠져 있고, 사회주의 운동의 변모과정에 따라 가족을 위한 삶은 긍정(절충) ― 부정 ― 긍정의 궤적을 그린다. 사회주의 사상 탄압으로 카프가 해체된 뒤의 전향소설들에서 가족을 위한 삶은 다시 중시되는 것이다. 이런 점들을 볼 때, 가족주의 전통은 사상운동의 차원보다 훨씬 깊은 곳에 자리잡고 있으며, 경향소설 작가들이 그것을 의식하기는 하였으나 철저하게 파고들지는 못한 듯이 보인다. 심각한 내면적 모색보다는 가족을 위한 삶을 내세워 전향을 합리화하는 데 머물렀기 때문이다.

경향소설은 다른 소설들보다 '사회 속에서의 개인'의 모습, 바람직한 근대인의 모습을 적극적으로 추구한다. 이 글의 맥락에서 볼 때, 그것은 우리의 가족주의적 전통 때문에 더욱 치열해진 면이 있다. 하지만 봉건사상을 지닌 부모가 아니라 사회주의 사상을 지닌 자식이 언제나 옳으며, 가족애와 같은 정서가 아니라 차가운 투쟁의 이념이 항상 우월해야 한다는 일종의 '가족 강박증' 혹은 '이념 강박증'을 벗어나지 못함으로써, 둘을 조화시킨다거나 바람직하게 지양할 길은 닦이지 않은 것으로 보인다. '개인'은 이념의 포로이거나 '가족' 속에 함몰되고 마는 것이다.

김사량의 『낙조』 : 암흑기의 가정소설

1. 머리말

김사량(1914~1950)은 일제강점시대 말기와 해방기에 걸쳐 소설, 희곡, 보고문학 등의 작품을 발표한 작가로서, 몇 가지 남다른 면을 지니고 있다. 우선 한국어와 함께 일어로 작품활동을 하였고, 일제의 손아귀에서 탈출, 중국 태항산의 화북조선독립동맹 조선의용군에 합류하였으며, 한국전쟁 때는 북한쪽 종군작가로 활동하였다. 때문에 그는 1940년대 해방 전후의 문학을 살핌에 있어 유다른 논의거리를 제공한다. 그는 현재 북한과 일본에서도 일정한 평가를 받고 있는 작가이다.

해금조치 이후 10년 가까운 기간 동안 김사량에 관한 연구는 주로 전기적인 측면에서, 정치적 입장과 작품 내용의 관련 양상 중심으로 이루어져왔다.[1] 따라서 개별 작품의 심층적 연구는 드문 편이

---

1) 그러한 연구의 대표적 업적이 김윤식, 『한일문학의 관련양상』(일지사, 1974), 34~51쪽이다.

었다. 이는 한국어로 된 작품이 적기에 당연한 점도 있다. 해방 전에 발표된 소설만 볼 때, 총 22편의 단편과 3편의 장편 가운데 한국어로 된 것은 단편 「지기미」, 「유치장에서 만난 사나이」 2편과 장편 『낙조(落照)』, 『바다의 노래』 2편이다.[2]

하지만 적은 작품일지라도 이들은 주목할 가치가 있다. 특히 장편 『낙조』가 그러하다. 『낙조』는 김사량이 27세에 쓴 첫 장편소설이자 한글로 발표된 첫 작품, 곧 한국문단 등단작인데[3], 이제까지 적절히 연구·평가되지 않은 것으로 보인다.

김윤식은 김사량의 작품을 둘로 나누면서 『낙조』를 "통속적인 역사소설로서 … 일종의 로만스같은 것 … 근대소설에 미달된 것 … 말하자면 야담에 속하는 것"[4]으로 분류하였다. 『낙조』를 처음으로 비교적 자세히 논의한 정현기는 이 작품이 "걷잡지 못할 감상성"을 띠고 있으며 "지극히 고소설적인 흐름을 지닌 작품"[5]으로 보았다. 두 논자는 감상성과 함께 이러한 '전근대성' 때문에 『낙조』를 부정적으로 평가하고 있는 것이다. 이 작품을 다소 긍정적으로 본 임헌영도 『낙조』가 식민통치 초기의 사회상을 "대중적 시각으로 접근했다"[6]고 함으로써 앞의 연구자들과 통하는 관점을 보여주

---

2) 정백수, 「김사량소설 연구」, 서울대학교대학원 석사논문(1991.7)의 작품연보와 田島哲夫, 「김사량소설 연구」, 서울대학교대학원 석사논문(1994. 2)의 5쪽 참고. 이종호, 「김사량문학 연구」(세종대대학원 석사논문, 1995)에 따르면 김사량의 한글로 된 작품은 시 2편, 소설 9편, 보고문학 3편, 희곡 5편, 평론 7편, 수필 4편이다(4쪽).

3) 1940년 2월부터 1941년 1월까지 『조광』에 연재되었다. 원고지 약 630장 분량이어서 중편으로 보기도 하나 사건 규모가 장편이라고 해도 무리가 없으므로 그렇게 분류한다. 『한국소설문학대계 17』(동아출판사, 1995) 수록분을 자료로 삼으며 인용도 거기서 한다.

4) 김윤식, 『한국근대문학사상사』, 한길사, 1984, 394쪽.

었다. 그리고 한 연구자는 『낙조』를 "전체적 통일성의 결여라는 치명적인 결함"을 지닌 통속소설로 간주하고 있다.[7]

요컨대 이제까지의 연구는 전근대성, 통속성, 감상성, 불통일성 등을 들어 『낙조』를 부정적으로 평가하고 있다. 하지만 자세한 분석과 논증을 거친 주장들이라 하기 어렵고, 또 거기에는 우리 근대소설에 접근하는 태도와 방법, 혹은 근대소설의 근대성을 논하는 기준상의 문제점도 개재되어 있는 것으로 보인다. 가정소설은 통속적이며 전근대적이라는 선입견이 작용하여, 통속 가정소설의 외피를 쓰고 있는 이 작품을 소홀히 다룬 듯하다.

이 작품은 일단 당시의 이른바 가족사 · 연대기소설 ― 김남천의 『대하』(1939), 한설야의 『탑』(1940), 이기영의 『봄』(1940-1942), 이태준의 『사상의 월야』(1941) 등 ― 에 속하는 것으로 볼 수 있다.[8] 현실을 전면적 · 총체적으로 그릴 수 없는 상황에서, 김남천, 최재서 등이 편 소설론의 영향을 받아 가족 이야기를 통해 역사를 그리려 한 작품으로서, 앞의 다른 작품들처럼 자라나는 아이에 초점을 두고 근대 여명기부터 시작되는 대하소설로 기획되었지만 미완에 그친 듯이 보인다.[9] 이는 다음과 같은 작품 속의 서술에서도 짐작된다.

---

5) 정현기, 「김사량 · 현덕 · 석인해의 작품」, 『한국해금문학전집 · 13』(삼성출판사, 1988). 『한국문학의 해석과 평가』(문학과지성사, 1994), 161쪽에서 인용. 권영민 편, 『한국근대문인대사전』(아세아문화사, 1990)의 김사량 항목은 이 주장을 이어받고 있다.

   정현기는 다른 글 「김사량론」(『현대문학』, 1990. 9)에서 이 작품의 감상성을 거듭 지적하면서 이 작품이 "멸망해가는 유교 이데올로기의 잔해를 섬세하게 그렸다"(406쪽)고 했다.

6) 임헌영, 「암흑기의 '굴절된 삶' 읽기」, 『한국소설문학대계 · 17』, 동아출판사, 1995, 550쪽.

7) 田島哲夫, 앞의 글, 27쪽과 29쪽.

그들『수일과 귀애』은 지금 저희들이 그 옛날 조부 윤대감이 경복궁으로부터 돌아오다가 반민에 참살당한 자리를 헤매이고 있는 줄은 꿈에도 모르는 것이다. 이것도 또한 얼마나 슬픈 가족사(家族史)의 일이냐.

(444쪽)

그러므로 이 소설이 조금이라도 조선사회의 전개를 배후에 둔 이상 우리도 지나온 과거 한 세대에 흔히 나타나던 (말들을? - 원문에 탈락되어 있음) 불가불 남작과 같이 들을 수밖에 없는 것이다.　　　(482쪽)

그런데 필자는, 『낙조』를 포함하여, 가족사·연대기소설이라는 것이 비평적 논의와 그에 부응하는 노력은 있었으나 실제로 걸맞는 작품은 나온 바 없는 것으로 본다. 이는 그 무리의 작품들을 따로 갈래짓지 않고 역사소설, 세태소설 등에 포함시켜 논의하는 예가 많은 데서도 알 수 있다. 필자는 그런 작품들을 "우리 가정소설의 전개과정에서 서구 가족사소설의 영향을 받아 나타난 하나의 형태"[10], 즉 우리의 가정소설 전통 속에 존재하는 그 일종으로 보는

---

8) 기존의 가족사소설 혹은 가족사·연대기소설 연구에서는 (『사상의 월야』와 함께)『낙조』를 대상에 포함시키지 않아왔다. 이 작품을 그 계열로 본 첫 연구자는 정백수이나 그 근거를 들면서 논의한 것은 田島哲夫가 처음이다. 그런데 그는 이 작품이 "여러 세대간의 가치관 갈등이 없기 때문에 가족사소설의 변종"(앞의 글, 27쪽)이라고 보았다.
　　한편 류보선은, 위에 든 작품들을 "1940년대 초반 장편소설의 주조를 차지하던 성장소설의 구조를 취한" 작품들로 보면서, 그와 함께 『낙조』를 거론하였다. 그는 또 "『낙조』는 친일파인 아버지에 대한 혐오와 서자라는 이유 때문에 자신이 온몸으로 경험해야 했던 봉건적 구조의 비인간성이 강하게 부각된" 작품이라고도 하였다 (「역사적 발견과 그 문학사적 의미」, 한국현대문학연구회 편, 『한국의 전후문학』, 태학사, 1991, 229~230쪽).
9) 앞머리에 "제1부 윤씨네 사람들"이라고 되어 있다.

것이 타당하다고 생각한다. 여기서 가정소설이란 "가족집단 속의 위치와 역할에 따른 성격을 지닌 구성원들의 갈등이, 그들의 혈연적 · 규범적 관계와 세대교체에 따라 구조화되는, 궁극적으로 가정의 유지와 번영 문제가 주제적 관심사인 소설"[10]이다. 그것은 우리의 가족주의 문화를 바탕으로 발달한, 고소설과 현대소설에 걸쳐 큰 맥을 이루고 있는 갈래이다.

『낙조』는 김사량이 당시 활발했던 장편소설론의 영향 아래 가족 이야기를 통한 근대 역사의 제시를 꾀하되, 조금 앞서 발표된 염상섭의 『삼대』와 채만식의 『태평천하』가 그렇듯이, 가정소설이라는 전통적인 틀을 적극 활용한 결과 태어난 작품이다. 당시의 이른바 가족사 · 연대기소설들 속에 놓고 보아도, 이 작품은 작가 개인의 유년기 회고담이나 세태 이야기스러운 경향이 적고, 구성이 짜임새 있으며, 가정의 번영 혹은 몰락 문제에 대한 관심이 두드러진 면이 있다. 그것은 작가가 좀더 사상적 입장과 그 표현방법에 대해 모색한 결과 나름대로 미적 구조를 획득하였기 때문인데,[12] 필자는 그것을 가정소설 전통과 관련지워 파악하고자 하는 것이다.

이렇게 볼 때, 앞의 연구자들이 이 작품의 '전근대적'이고 '통속적'인 면이라고 본 것은 '전통적'인 것의 당대적 양상일 수 있으며, '감상성'에 대한 판단도 달라질 수 있다. 실상 이 작품의 감상성은

---

10) 최시한,『가정소설연구—소설 형식과 가족의 운명』, 민음사, 1993, 32쪽.
11) 최시한, 앞의 책, 24~30쪽.
12) 이러한 모색은 나중에 자기 집안 이야기를 소설로 쓰고자 하는 귀애에 대해 서술자가 하는 다음 말에서도 엿볼 수 있다.
　"만약에 귀애가 현재에도 어디엔가 살아 있어 제 말처럼 정말로 윤남작 일가의 일을 그리는 날이 있다면 이 사건을 어떤 방식으로 취급할 것인가."(472쪽)

김사량이 즐겨 그리는, 궁핍한 현실에서 피폐되고 낙오된 인물들의 성격적 감상성으로서 어떤 전형성을 지니고 있으며, 또 그것이 전체 작품 및 작가의 감상성으로 직결되지도 않으므로 성급히 비판할 수 없다.

이 글은 필자가 해온 연구의 연장선상에서,[13] 『낙조』를 가정소설의 하나로 해석하여 재평가하고, 아울러 그를 통해 가정소설 전통이 일제강점시대 말 암흑기[14]에 어떻게 지속 변모되었는가를 밝히기 위한 것이다. 인물의 성격과 사회현실의 관계를 중심으로 분석하되, 논지를 부각시키기 위해 이 작품과 매우 가까운 형태의 가정소설로서 조금 앞서 발표된 채만식의 『태평천하』(1938)와 비교해 가며 진술하기로 한다.

2. 인물과 사회현실

『낙조』는 조 — 부 — 손 3대가 언급되지만 제1대 윤대감은 첫머리에서 죽고, 2대 윤성효와 그 아들 윤수일 중심으로 전개된다. 윤성효 가정의 가족관계는 다음과 같다.

---

13) 최시한, 앞의 책 및 「경향소설에서의 '가족' 문제」, 『배달말』 제21집, 배달말학회, 1996.(※ 이 책에 수록)

14) 창씨개명, 동아일보와 조선일보 폐간, 문장과 인문평론 폐간 등이 일어난 1940년부터 해방까지를 일컫는 말로서, 흔히 친일문학이 판을 친 이 시기를 문학사적 공백기로 본다.

제1대	제2대		제3대(소생)
윤대감	윤성효	― 김씨(정실. 사망)	아들(사망), 금순
		― 김천집	귀애(의붓딸)
		― 해주집	옥기
		― 산월	수일
		― 월화	

　2대 중심이라고는 해도, 이 작품은 제3대 윤수일이 잉태된 1910년부터 그가 14세 되는 1924년까지 약 15년에 걸친 이야기여서, 아버지 윤성효와 그 아들 사이의 뜻 깊은 세대갈등은 일어나기 어렵게 설정되어 있다. 따라서 이 작품은 윤성효 한 사람 혹은 한 세대 중심이면서 그의 첩들끼리의 재물과 애정을 둘러싼 갈등만 있을 뿐인 듯 보이게 된다. 때문에 이 작품이 처/첩, 첩/첩 갈등 중심의 옛가정소설들처럼 통속적, 전근대적이라든지, 창작 의도와 표현 결과가 괴리되어 통일성이 깨졌다는, 앞서 인용했던 평가들이 나오게 된다.

　하지만 그러한 평가는 이 작품의 구조와 일제강점시대 소설들의 특수한 환경을 충분히 고려하지 않은 데서 비롯된 것이다. 먼저 이 작품은 윤성효 중심의 구조가 아니다. 서술자가 윤수일을 "우리의 주인공"(390쪽, 478쪽)이라 부르고 있기도 하지만, 앞에서 열거한 당시의 이른바 가족사·연대기소설들이 모두 그러하듯이, 이 작품의 초점은 일단 자라나는 새 세대 ― 이 집안의 외아들인 윤수일쪽에 놓여 있다. 『낙조』는 나라 망하던 해에 잉태된 윤수일이 나라를 망친 집안에서 자라나 결혼을 하고 한 가정을 이루기까지의 이야기로 보아야 하는 것이다.

『태평천하』는 사건으로 형상화된 뚜렷한 갈등의 전개 없이 부정적 인물 윤직원 한 사람 중심으로 서술되는데, 그것은 손자 윤종학 같은 긍정적 인물의 등장이 일제가 지배하는 현실에 의해 억압되었기 때문이다. 그와 같은 이유로 이 작품도 윤성효 및 그 집안의 부정적 측면 위주로 서술되고 있다고 본다면, 앞서의 평가는 이 작품의 갈등을 피상적으로 파악했거나 당대의 억압구조를 소홀히 한 면이 있다.

이렇게 볼 때 『낙조』는 『태평천하』와 매우 유사하면서 다른 작품이다. 무엇보다 두 작품 모두 가정소설이며 가장인 윤성효와 윤직원이 매우 비슷한 인물이다. 그런데 『태평천하』는 거의 윤직원 한 인물 중심이나 『낙조』에는 시종 윤성효와 산월 사이의 부부갈등이 존재하며, 전체적으로 보아 서술의 초점이 자라나는 아이 윤수일에게 놓여 있다. 또한 주제 형성 방식에 있어서도 『태평천하』가 서술자의 윤직원에 대한 풍자에 의존한다면, 『낙조』는 산월과 귀애 같은, 윤성효와 대립관계에 있는 인물의 말과 행동, 곧 사건에 의존한다. 그러므로 『낙조』는 가장 한 사람 중심으로 삽화를 중첩하는 『태평천하』보다 갖춰진 줄거리를 지니면서 당대 현실을 다른 방식으로 반영하는, 혹은 그 현실에 억압당하되 다소 그 억압 자체를 정면으로 문제삼기도 하는 작품이다. 같은 시대의 산물이나 좀더 사실성과 비판성을 지니고 있는 셈이다.

2.1. 제국주의 사회의 가정 : 윤성효

『낙조』는 윤성효가 가장인 집안의 이야기이다. 그의 아버지 윤 대감은 "합병을 위하여 큰 공훈을 세우고 남작의 영위까지 받은"

(369쪽) 친일파로서, 1910년 초가을 서울에서 친청파에게 암살당한다. 이야기는 당시 "평양××"(감사?)였던 윤성효가 산월에게 윤수일을 잉태시킨 채 평양을 탈출하여 서울로 가는 데서, 그러니까 그가 아버지의 작위를 이어받아 새로운 가장이 되는 데서부터 시작된다. 그가 세도가 집안 출신으로서 "가벌의 권세로 십사오 세에 원님행세를 지은"(480쪽) 뒤 악정을 펴던 악덕관료이며 동족에게 죽임당한 매국노의 아들이라는 점, 그리고 그 나쁜 가통을 이어받는 게 바로 경술국치 때라는 점 등은, 가정적인 것과 사회적인 것이 결합된 이 작품의 핵심을 함축하고 있다. 즉 이 작품은 일제에 착취당하는 대다수 민중의 집안이 아니라 그에 붙어서 권력과 재산을 증식시킨 봉건지배층 집안의 이야기를 가지고 식민지 현실을 그려내고 있는 것이다. 이 작품은 『태평천하』처럼 '나라라는 아버지를 잃은 시대의 가정소설'[15]로서, 한 가정의 번영이 곧 전체 사회의 번영일 수 없는 시대의 가정 이야기, 그런 시대에 번영을 누리는 '문제 가정'의 이야기이다.

윤성효는 호남 각처에 농장을 가진 지주로서 시대의 변화를 읽고 은행, 방적회사, 어업회사 등에 투자하여 "조선에서도 한둘을 다툴 만한 유수한 근대적 자본가"(463쪽)가 되며 중추원 참의가 되기도 한다. 그는 농토를 동양척식회사에 팔면 소작인들이 경작할 땅을 잃을 것이므로 그러지 않는 자기는 "민중을 사랑"(483쪽)하는 자이며, 그러니까 쟁의를 일으키는 소작인들은 어리석다는 식의 사상을 지닌 자이다. 한마디로 사회적 존재로서의 윤성효는 "몇백 년 동안 흘러온 봉건의 피와 신시대로 전환되어가는 새로운

15) 최시한, 앞의 책, 262쪽.

피"(463쪽)가 뒤섞인, 20세기 초 우리 현실에서 존재 가능한 철저히 반민족적이고 반민중적인 악한의 전형이다.[16] 민족의식이라고는 전혀 없는 그가 경술국치를 계기로 가장이 되어 남작의 작위를 이어받고 자기 집안의 악한 가통을 '죽여도 죽지 않고' 번성케 한다는 설정은, 그를 일제에 협력한 지배계급에서 나아가 약자를 끝없이 욕망의 제물로 삼는 일본제국주의 세력 그 자체로 보게 한다.[17]

따라서 친일파 윤성효 및 그의 가족은 일제를 거부하는 대다수 민족사회와 대립된다. 그래서 윤성효는 자기 아버지처럼 암살당할 뻔하고 그의 집은 노상 돌팔매질을 당하며, 삼일운동 때에는 성난 군중이 몰려든 와중에서 집이 불타게 된다. 첩인 산월, 아들 수일, 의붓자식 귀애 등은 항상 민족을 배반하고 이기적인 욕심만 채우는 이 집안이 "세상의 복수"를 받을 것이라는 강박증 속에서 산다. 바로 이 가정과 사회의 대립, 부정적 현실을 만든 자의 가정과 그 현실을 거부하는 사회 사이의 대립이 이 작품의 핵심적 대립이다. 가정 내의 대립은 그 다음이요 그것의 축소판이며, 이 가정의 부정적 성격을 강화하여 결국 그 대립을 강화하는 기능을 한다.

가정소설 전통 속에서 이 작품이 지닌 새로움, 가정의 유지·번

---

16) 당대 비평계에서는 장편소설론이 진전되면서 성격 혹은 전형 논의가 벌어졌는데, 거기서 김남천은 편집광과 악당이 전형적 성격의 특질을 가지고 있으므로 그런 인물을 전형 창조에 활용할 수 있다고 본 바 있다(「발자크 연구노트(2)」, 『인문평론』 제1권 제3호, 1939. 12). 김사량 또한 그러한 맥락에서 일제가 지배하는 현실에서의 한 전형적 악한을 그리고자 한 것으로 보인다.

17) 윤성효가 『태평천하』의 윤직원과 매우 닮았으면서도 다른 점이 여기에 있다. 양반 세도가 출신이라는 신분, 일제의 지배력이 공고해져 가는 시대적 배경, 그리고 뒤에 살필 여러 인물들 등으로 말미암아 두 인물, 나아가 작품 전체가 달라진다.

영이 근원적으로 불가능한 시대가 낳은 가정소설의 특징적 면모가 바로 여기에 있다. 가정과 사회의 대립은 우리 소설의 근대적 특징 가운데 하나로서 신소설 시기의 『치악산』 같은 가정소설에서 나타나기 시작하는데, 『태평천하』에 와서 작품의 기본 대립을 이룬다. 그런데 이 작품은 그것이 좀더 중심적이고 선명하게 그려지고 있는 것이다.

앞서 살핀 사회적 · 역사적 측면에서만 아니라 개인적 · 기질적 면에서도 윤성효는 악하다. 범처럼 생긴 그는 "컴컴한 과거와 불요불굴의 피"를 지닌, "대담도 하고 컴컴도 하고 욕심도 남달리 사납고 참혹스러이 몹쓸기까지 한"(391쪽) 탐욕스런 악한이요 또하나의 놀부이자 변사또이다. 사회적 존재로서의 그가 재물과 권력을 추구했다면 한 인간 혹은 가장으로서의 그는 애욕과 자기 집안의 번영을 이기적으로 추구한다.

그는 집 안에 세 명의 첩을 두었고 집 밖에도 한 명의 기생첩을 둔 호색한이다. 더구나 의붓자식인 귀애까지 범하는[18], 우리 소설에서 보기 드문 패륜을 저지르고도 "내가 인류에 어긋나는 짓을 하였단 말인가"(497쪽)라고 반문할 정도록 부도덕하다. 가장이 그러하므로 식구 또한 그러하다. 첩 해주집은 식객인 김대감과 사통하는데, 놀라운 것은 윤성효가 그것을 알면서도 문제삼지 않는다는 사실이다. 여기에 이르면 그는 성효(成孝)라는 이름과는 전혀 어울리지 않는, 부도덕한 데서 나아가 반인간적이며 괴기스럽도록 타락한 괴물이다. 전통적으로 가정소설에서 애욕은 가정의 유지 ·

---

18) 구체적으로 언급되지는 않았으나 여러 표현과 정황으로 보아 그렇다.

번영 욕망과 대립되는 것 즉 집안을 망치는 것으로 간주되는데[19], 여기서도 그것은 이 집안의 타락상을 강조함으로써 그 부정적 성격을 강화한다.

악당이요 괴물인 윤성효는 애욕과 재물욕만을 추구하지 않는다. 그는 무엇 때문에 재물을 모으는가? 그는 거의 맹목적으로, 그의 애욕 추구가 그러하듯이, 단지 짐승과도 같은 본능에 따라 재물과 권력을 추구하는 것처럼 보인다. 하지만 그의 욕망은 유교이념을 바탕으로 형성된 우리 전통문화의 가족주의적 양상을 띠고 있다. 『삼대』의 조의관이나 『태평천하』의 윤직원처럼 의식적이고 집요하지는 않지만, 윤성효는 소극적 가족주의, 혹은 관습적 가족주의라고 할 가치관과 욕망을 지니고, 자기 가정의 번영을 위해 행동하고 있는 것이다.

그것은 우선 이 작품의 중심사건이, 정실 소생의 아들이 죽자 윤성효가 첩 산월에게서 본 아들 윤수일을 데리러 '핏줄을 찾아' 오는 데서부터 시작한다는 사실에서 잘 알 수 있다. 윤성효는 집안의 대잇기에 관심이 크다. 그래서 식구들을 노예 취급하는 그가 외아들 수일만은 따뜻이 대하고 남들에게 자랑하며, 교육에 해롭다고 그를 어머니 산월과 격리시켜 교육하기도 한다. 그는 수일이 자신의 명에 따라 결혼을 하여 대를 잇게 된 것을 자식에게 효도받았다고 생각하며, 수일이 "이 남작네집의 소중한 아들"이므로 "가문의 치욕거리가 되어서는 용서치 않겠다"(478쪽)고 한다. 윤성효가 가장 중요시하는 것은 부자관계이며, 그들에 의한 집안의 유지와 번영이다. 대지주이자 자본가이며 악당인 그가 가족주의적 욕망을

---

19) 최시한, 앞의 책, 300쪽.

소유했다는 사실은, 그의 가족주의가 봉건성을 떨치지 못한 가족이기주의이며, 그가 봉건적인 것과 근대적인 것이 바람직스럽지 못하게 조합된 인물임을 잘 보여준다. 앞서 인용한, 윤성효 속에 흐르는 '봉건적인 피'란 지배계급 위주요 근대적 사회의식이 결여된 자기 가족 중심의 사상인 셈이다.

윤성효는 아버지답지 못한, 아버지 노릇을 할 수 없는 인간이다. 그럼에도 그는 아버지이다. 그는 가정 내에서 가족구성원 위에 봉건시대의 제왕처럼 군림하는 가장 — 가부장제 질서의 부정적 측면를 극단적으로 보여주는 인물이다. 그는 가족들을 자기의 노예같이 취급하므로 모두들 그를 두려워하며 진정으로 대하지 않는다. 그와 식구들 사이에는 지배와 피지배의 폭력적 관계와, 물질과 성(性)을 주고 받는 이해관계만이 존재할 뿐 어떤 애정이나 유대감이 존재하지 않는다. 한마디로 그의 가족은 가족이 아닌 것이다. 따라서 윤성효 집안의 구성원들은 그런 비가족적이고 비인간적인 관계 속에서 영혼이 죽었거나 죽어가며, 아예 집을 떠나버린다.

이 작품은 '아버지라는 나라를 잃은 시대의 가정소설'이라고 하였다. 아버지다운 아버지는 존재하지 않고 아버지답지 않은 아버지만 존재하는 가정, 그래서 가정적 가치가 존재하지 않는 이 윤성효네 가정은, 일제가 지배하는 당대 현실의 축소판이다. 앞에서 윤성효는 친일파에서 나아가 일본제국주의 세력 그 자체의 성격을 지니고 있으므로 그와 그의 가정은 일제의 지배를 거부하는 민족사회와 대립된다고 보았다. 여기서 그의 가정 안으로만 범위를 좁혀보면, 그와 가족들, 특히 산월 모자와의 관계 또한 식민지 현실의 그러한 대립 양상을 닮고 있다.

일제 집단 / _____한_____민_____족_____
　　　　윤성효 가정 / 민족사회
　　　　윤성효 / 가족들

　　여기서 이 작품이 일제와 우리 민족 사이의 대립을 민족집단 내
가정/사회의 대립으로 치환하고, 다시 가정 내 가장/가족들의 대
립으로 치환하여 제시하고 있음을 알 수 있다. 이 작품은 가정소설
양식을 효과적으로 활용함으로써 가족 이야기를 통해 사회와 역사
를 형상화하고 있는 것이다. 이러한 작품 내적 양상과 대립 속에서
윤성효라는 인물은 일제의 상징이 되고, 황폐하고 타락한 그의 집
안은 한민족이 처한 현실의 축도로 읽힌다. 당대의 이른바 가족
사 · 연대기소설들이 역사의 맥락과 연관지워 비판하는 관점이 빈
약하고 체제순응적인[10] 점을 고려할 때 이 작품의 이러한 사실성과
비판성은 높이 평가된다.

2.2. 가정의 번영과 가족들의 죽음 : 산월과 수일, 김천집과 해주집

　　윤성효 가정의 식구들은 정신의 상태에 따라 셋으로 가를 수 있
다. 첫째, 몸은 살아 있지만 정신적으로 이미 죽은 사람들, 곧 "제
혼을 잃은 사람들"(462쪽)이다. 첩 김천집과 해주집, 그리고 해주
집 소생인 옥기가 그들이다. 누구보다도 윤성효가 대표적 존재이
며, 그의 친구이자 식객으로 사랑방에서 뒹구는, 윤성효의 처남 김
대감을 비롯한 옛고관대작들도 같은 계열이다. 둘째, 정신적으로

---

20) 조동일, 『한국문학통사』 제5권, 지식산업사, 1994, 452쪽.

438

죽어가고 있고 실제로 죽기도 하는 사람들이다. 윤수일, 그의 어머니 산월, 그리고 죽은 정실 김씨의 딸 윤금순 등이 해당한다. 셋째, 살아있는 정신을 가지고 죽기를 거부하며 이 집안에서 벗어나는 사람으로, 귀애 한 사람이다. 이 집 식구는 아니지만 수일의 친구 석순철을 이 계열로 볼 수 있다.

이러한 정신의 상태는 각자가 처한 가정적 현실에 대한 태도, 즉 가정소설 인물로서의 성격에서 비롯된 것이다. 첫째 인물들은 자신의 가정적 현실을 객관적으로 인식할 능력이 결여되어 있다. 무지하고 난폭한 그들의 세계에는 자기와 자기 피붙이밖에 존재하지 않는다. 그들은 이기적 가족주의자로서, 점점 더 자기 가정과 사회 사이의 대립을 심화시킨다. 그들과 정반대인 셋째 인물은 가족이기주의에서 벗어나 자기 가정의 반사회적 성격을 인식하고 거기서 빠져나간다. 둘째 인물들은 그 중간에 있다. 이 작품의 중심인물인 그들은, 자기 가정의 현실을 알지만 "이편에 선대도 무섭고 저편에 선대도 또한 위험하게만 보이는"(432쪽) 상태를 극복하지 못하고 '가정 속에서' 짓눌려 죽어간다. 그들은 자기 집안의 악한 가통을 거부하되 이미 맺어진 가족관계를 빠져나가지 못하여 결국 그 때문에 죽어간다. 말하자면 그들은 가족주의의 포로들이다.

여기서는 앞서 살핀 윤성효 이외의, 정신적·육체적으로 죽었거나 죽어가는 첫째와 둘째 인물들을 살펴본다.

앞에서 지적했듯이 『낙조』는 윤수일 이야기로 읽을 수 있는데, 이는 곧 윤수일과 그 어머니 산월(山月)이 그만큼 중요한 인물임을 뜻한다. 산월과 그녀의 '아비 없는 아들' 수일 모자(母子)는 그런대로 행복하게 살다가 윤성효가 나타남으로써 불행에 빠진다. 부귀영화를 누리는 아버지가 나타나 온전치 못했던 가정이 온전하게 되면서 행복해지는 게 아니라 불행해지는 모자의 이야기, 아내와 남편, 아버지와 아들이 대립하는 가정 이야기가 이 작품인 셈이다. 그들에게 있어 가정과 아버지는 필요하면서 필요치 않은 것, 거부하고 싶지만 거부할 수 없는 '운명적인' 것이다.

산월은 여염집 외동딸로 태어나서 청일전쟁 때 집과 부모를 잃은 끝에 기생이 되는, 수치스런 한국 근대사의 한 희생자이다. 그녀는 평양에서 이름을 날리는 기생인데, 열여섯 동기(童妓) 시절에 신관 사또 윤성효를 맞이하는 잔치에 나갔다가 눈에 떠어 수일을 잉태하게 되고 거기서 불행이 시작된다. 윤성효가 마지막까지 부귀를 누리는 변사또라면, 그녀는 어사를 만나지 못하고 끝내 비참해지는 춘향이다.

그녀가 한국 소설에 흔히 등장하는 '가련한 여인'의 한 전형이 될 수 있을 정도로 가련하고 비참해지는 원인은, 우선 윤성효와 원치 않는 관계를 맺음으로써 "저주받은 집안의 무서운 후손"(433쪽)을 낳아 그 집안 사람이 되었기 때문이다. 그녀는 윤성효를 무서워하고 미워하며 항상 자기 아들의 장래를 두려워한다. 그녀는 어떤 가치관에 따라서라기보다 여자요 어머니로서의 본능적 감각으로 윤성효와 그 집안의 악함을 알고 있다.[21]

그녀가 불행해지는 것은 또한 기질이 연약하고 운명론적인 성격을 타고났기 때문이다.

---

21) 이 소설은 평양성을 빠져나가는 윤성효의 가마를 산월이 뒤쫓다가 쓰러지는 장면으로 시작된다. 그녀가 비통하게 윤성효에게 매달리는 그 행동은, 첫 장면을 극적이게 하는 데는 효과적이지만 산월의 전체 성격과는 어울리지 않는다.

산월이는 본시로 연약한 성질로 태어나, 더욱이 수일의 어머니는 아직 연세도 어리어 보기에도 애연하였다. 등에 걸머진 숙명이 그를 깊은 절망의 심연에 떨어뜨린 것이다. 그러나 그는 그곳에서 빠져나오려 바둥바둥 애를 쓴다든가, 아우성을 친다든가 그러지는 못하고 어디까지든지 운명에는 복종을 한다는, 또 그래야만 되는 줄로 알고 있는 여자였다.   (364쪽)

그녀는 이를테면 옛이야기에 나오는 악한 남편의 선한 아내이지 근대적 자아를 지닌 의식 있는 존재가 아니다. 그녀는 악당의 아내이자 악당 아들의 어머니라는 자기 처지를 어쩔 수 없는 운명으로만 여기며 비관하여 자주 울고, 기절하며, 앓는다. 그래서 아들을 기르기에 적합하지 않은 어미로 지목되어 아들과 격리되자 더 외롭고 불안해져서 거듭 자살을 기도한다. 그녀의 이러한 성격은 자포자기적인 반항으로 폭발하여, 마침내 삼일운동 때 저주하던 집에 불을 지르고 죽게 된다.

산월의 불행을 부채질하여 비참한 결말에 이르게 하는 데는 윤성효의 다른 첩들, 곧 김천집과 해주집, 특히 해주집의 해코지가 크게 작용한다. 윤성효의 첩답게 사회의식과 가치의식이 전무한 김천집과 해주집은 모두 인간적 상식을 벗어난, 정신적으로 죽은 인물들이다. 그들은 옛가정소설의 처/첩, 첩/첩 갈등에 흔히 개재된 것들 ― 애정, 신분적 지위, 집안의 재산 등 ― 을 둘러싸고 짐승처럼 끝없이 싸움으로써 윤성효의 타락상과 그 집안의 전근대적이고 비인간적인 성격을 심화시킨다. 그들은 끝내 극단적인 방법을 쓰는데, 김천집은 질투심과 재물욕 때문에 딸 귀애를 윤성효에게 바친다. 한편 미신에 빠진 해주집은 이 집안의 다음 가장인 윤수일과 그를 낳은 산월을 없애고자 거듭 굿을 하고 저주를 퍼부어서, 마침내 피해의식에 찌든 산월이 자살을 기도하기에 이른다. 그리하여 이 집안에서 본래부터 거의 넋이 나간 존재처럼 살아왔던 금순이 그러듯이[22], 그녀도 스스로 목숨을 끊게 만드는 것이다.

기생의 몸으로 아비없는 자식을 낳아 기르다가, 악한 아비의 등장으로 세상이 저주하는 집안에 갇히고, 마침내 자식과도 생이별 당하는 가련한 여인. 그리하여 남편이 감시하고 첩들이 질시하는 집안을 빠져나와 몰래 아들과 만나면서 소리없이 울고, 끝내 아들과 함께 죽으려다 자기만 죽게 되는 '한 많은' 어머니 산월의 모습은, 이 작품을 감상적·통속적으로 보이게 만드는 주된 요인이다.

한편 윤수일은 아비없이 자라다가 윤성효의 서자임이 밝혀지면서 어머니와 함께 서울로 와서 그 집안의 상속자가 된다. 그는 범 같은 아버지가 아니라 섬약한 어머니를 닮아서 자주 울고 또 기절한다. 그는 어머니와 헤어져 살고 나중에는 사별하므로 애정이 결핍되고, 집안에서는 "둘째 주인"(443쪽) 즉 상속자이기에 첩들의 질시를 받으며, 집밖에서는 세상 사람들이 저주하는 친일파 집안의 아들이기에 따돌림당하면서 우울하고 심약한 인간으로 자란다.

그는 독립투사의 아들로 '사상가'를 지망하는 친구 석순철에게 저항심을 배우고, 세상과 자기 집안이 왜 대립관계에 있으며 자신이 어떤 처지에 놓여 있는지를 귀애로부터 어렴풋이 알기도 한다. 그러나 사랑을 느끼던 귀애가 집을 나가버리고 아버지의 명에 따

---

22) 김사량은 주변적 인물, 날씨 등을 표현에 효과적으로 이용하는 데 능하다. 윤금순은 매우 주변적 인물이지만 윤씨네 집안의 어두운 분위기를 상징적으로 보여주는 존재이다. 한편 날씨의 경우, 이 작품에서는 삼일운동을 묘사할 때 폭풍우가 이용된다.

라 결혼한 아내마저 실망스럽자 그는 정신적으로 극도로 황폐한 상태에 빠져서 환영에 시달린다. 그는 세상이 저주하는 집안의 상속자라는 '가족의 덫'을 벗어나지 못하고, 자기 어머니가 그렇듯이, 뚜렷한 자아의식이라든가 의지를 지니지 못한 채 죽어가는 것이다.

이러한 과정을 볼 때 이 소설은 윤수일의 성장 이야기라기보다 좌절 이야기이다. 그에게 있어 시간은 상승적이 아니라 하강적이다. 윤수일이 이렇게 나이를 먹을수록 죽어간다는 것, 장가를 들었음에도 불구하고 윤씨 집안 다음 가장으로서의 능력을 갖추지 못한다는 것은 이 집안의 세대교체가 실패했음, 즉 가장 윤성효의 지위와 재산이 날로 높아지고 번성해짐에도 불구하고 그의 욕망과는 달리 집안이 몰락하고 있음을 뜻한다. 이 작품의 제목 '낙조'는 바로 그것, 악한 아버지가 지배하는 부정되어야 할 그 가정이 실제로 몰락해가고 있음을 상징한다.[23]

산월과 수일 모자가 근대적 자아의식을 지니지 못했고 성격이 지나치게 소극적이며 감상적인 것은 사실이다. 그들은 결국 악한 '가정 속에서' 질식하고 말기 때문이다. 그리고 김천집과 해주집이 극도로 무지하고 모질어서 통속소설, 특히 신소설적 황폐함을 느끼게 하는 면이 있는 것도 사실이다. 또 그들 모두가 윤성효를 지나치게 두려워하여 순순히 따르는 데서, 작가가 가부장질서를 너무 '운명적'인 것으로 당연시했다고 비판할 수도 있다. 실상 그러한 점들은 그들간의 대립 및 그들과 윤성효간 대립의 사회문화적

---

23) 집안 혹은 계층의 몰락을 상징하여 이와 비슷한 제목을 붙인 작품으로 한설야의 『황혼』(1936)이 있다.

의미를 약화시키고 있다.

하지만 앞에서 살핀 이 작품의 가정 내·외적 기본 대립관계와 여러 요소들을 고려할 때, 윤성효가 친일파에서 나아가 일제 세력 자체라면 산월은 그에 능욕당한 우리 민족으로 해석된다. 그리고 경술국치의 해에 잉태되고 날로 죽어가는 윤성효의 '서자' 수일 또한 일제에 지배당하는 식민지 한국을 상징한다. 귀애의 입을 통해 윤성효네 집은 역사의 발전을 가로막는 장애물이요 산월은 그 희생자로 이야기되고 있는데(471쪽), 수일 또한 같은 존재로 파악된다. 그들의 성격은 식민지 우리 민족의 모습으로 읽히는 것이다.

주변적인 인물들도 똑같이 사회적 맥락에서 읽을 수 있다. 김천집과 해주집의 성격도 고소설이나 통속소설에 등장하는 첩들처럼만 읽히지 않는다. 그들은 이 집안의 부도덕하고 비인간적인 속성을 강조하는 동시에, 본능적 이기심과 전근대적 사고에 사로잡혀 현실을 보지 못하는 우리 민족 내부의 문제점을 드러내는 이중적 역할을 하고 있다.

윤성효네 사랑방에서 뒹구는 옛고관대작들 — 김대감, 박대감 등으로 불리우는 그들 또한 윤성효와 그 집안의 전형성을 강화하고 이 작품의 사회적 의미를 더하고 있다. 그들은 무능한 봉건귀족으로서, 일제의 식민지자본주의 체제 하에서 윤성효와는 달리 경제적으로 몰락한 자들이다. 그 대표적 존재가 윤성효의 처남이고 백작의 작위를 가진 김대감인데, 그는 해주집과 간통하며 그녀와 짜고 산월을 음해하는 악당이요, 윤성효의 사업에 끼어들어 이익을 얻고자 간교한 머리를 굴리는 기회주의자이다. 윤성효네 집안에 기생하는 그같은 무리의 모습에서 물신에만 사로잡힌 타락한 봉건지배층의 모습을 볼 수 있다.[24]

444

이러한 양상을 종합하여 볼 때 산월 모자의 성격은, 김사량의 단편들에 흔히 등장하는 낙오자들[25]이 그렇듯이, 사회적 맥락, 그리고 작가의 현실인식과 역사관의 측면에서 파악해야 한다. 일제가 내선일체를 떠들며 민족을 말살시키려는 암흑기에 "한국인의 처지를 도저히 눈물없이 바라볼 수 없는 희생양으로 파악한 작가의식"[26]이 그렇게 형상화된 것이다. 인물들이 전형성을 갖게 하는, 통속적 가정소설에서는 보기 어려운 현실의식과 역사의식이 이 작품을 떠받치고 있다. 내선일체론에 대하여 김사량이 취한 양다리 걸치기식 태도[27]를 이 작품에서는 찾아볼 수 없다. 그것은 일제에 의한 한민족의 죽음일 뿐이다.

이렇게 통속성과 감상성이 전형성과 역사의식으로 극복되고 있다고 해도, 삼일운동이 일어났을 때 산월의 행동이 미치광이 상태에서 집에 불을 지르고 죽는 것이라는 사실에서 드러나듯이, 그 역사의식이 식민지 현실을 너무 비관적으로 인식하고 있다는 비판이 다시 제기될 수 있다. 각도를 좀 바꾸어 볼 때, 이는 가정소설 양식을 활용한 이 작품의 기본 대립구도에 대해 작가가 철저히 인식하지 못한 데서 비롯된 것으로 여겨진다. 우리 민족 내부와 가정내적인 대립층위에서 윤성효 및 윤성효 가정(앞에 제시한 대립쌍의 왼

---

24) 『태평천하』의 윤직원 주위에도 이런 여인과 식객들이 있다. 그런데 그 주변적인 인물과 그들이 벌이는 사건들은 이 작품에 비해 그다지 사회적 맥락에서 읽히지 않는다. 이 점에서는 『낙조』가 『태평천하』보다 한 걸음 나아간 작품이라 볼 수 있다.

25) 「유치장에서 만난 사나이」의 왕백작, 「지기미」의 지기미 등을 말한다.

26) 정현기, 「김사량 · 현덕 · 석인해의 작품」, 『한국문학의 해석과 평가』, 문학과 지성사, 1994, 162쪽.

27) 정백수는 앞의 글, 20쪽에서 그것을 '균형감각'이라고 불렀다.

쪽)은 망해야 할 것이다. 하지만 가장 크고 근원적인 일제와의 대립층위에서 윤성효 가정은 우리 민족이 되므로 망해서는 안 된다. 가정의 유지와 번영이 궁극적으로 불가능한 식민지 현실을 가정소설 양식으로 제시함에 있어, 그 가정이 긍정적인 가정일 경우는 물론 윤성효네처럼 '망해야 할' 가정인 경우에도, 망하는 동시에 아주 망해서는 안 되는 것이다. 그런 층위가 소홀히 인식되었다는 사실, 그리하여 윤성효네집이 망해야 하면서 망해서는 안 되는 집, 곧 부정적인 쪽은 망해가면서 긍정적인 쪽으로 흥해가는 집으로 그려지지 못했다는 사실 자체가, 이상적인 것의 추구 혹은 미래에의 전망이 어려웠던 당대 현실의 반영이요 그에 대한 작가의 비판적 의식의 결과이다.[28]

하지만 그러한 비판에도 일정한 제한을 두어야 한다. 김사량이 아주 비판적이기만 했다고 볼 수는 없기 때문이다. 윤수일이 새로운 세대의 가장으로 성장하여 윤성효와 갈등을 일으키는 것과 같은 사건, 『삼대』의 조덕기한테서 다소 일어나는 그러한 사건은 일어나지 않는다. 하지만 앞서의 비판을 완화시키는 존재, 이 작품의 작가적 서술자 — 결코 감상적이지 않으며, 비판적 서술태도로 가정 내적 현실을 역사적 현실로 치환함으로써 이 작품의 주제를 생성한다 — 가 거의 유일하게 긍정적으로 서술한 인물이 있다. 그가 바로 귀애이다.

---

28) 이러한 문제점이 있음에도 불구하고, 이 작품이 비극적 결말을 통해 사실성과 (미흡한 채로나마) 구조적 통일성을 얻는 것은, 작자의 반봉건적이고 반제국주의적인 현실비판의식 때문이다. 이 점이 당대의 가족사연대기소설들과 뚜렷이 구별되는 특징이다.

3.3. 집 밖에 있는 길 : 귀애

윤성효 가정이 민족사회와 대립된다는 것, 세상 사람들이 그 집 안을 저주한다는 것을 스스로 심각하게 인식하고 있는 식구는 산 월과 귀애뿐이다. 그런데 산월은 그 상태에서 헤어나지 못하고 희 생된다. 윤수일 또한 그럴 운명이다. 하지만 귀애는 그 집을 벗어 난다. 당대의 이른바 가족사·연대기소설들과는 달리, 주인공 윤 수가 '가출'하는 게 아니라 부주인공격인 그녀가 가출하는 것이다. 그녀가 천비 출신 김천집의 딸이며, 데리고 들어왔으므로 윤씨 피 가 섞이지 않았다는 사실은 의미심장하다.

귀애는 수일보다 세 살 위이다. 그녀는 수일을 돕고, 가르치며, 사랑한다. 그녀는 조선을 빛내기 위하여 중국에 유학하고, 사람들 을 계몽시키기 위해 "모두가 다 비극의 주인공이 되고 말"(470쪽) 이 집안 이야기를 소설로 쓰겠다고 한다. 작가의 전망을 보여주는 인물, 세상 사람 전체의 의지에 따라 투쟁하며 사는 선구자가 되겠 다는 그녀에 대한 서술은 이렇다.

> 이 소녀에게는 벌써 시대의 발소리며 사회의 호흡이 가까이 들리고 있었다. 가정과 사회의 정시(正視)로부터 오는 이성과 감정의 고민이 있었다. 가정의 질곡에서 벗어나 시대의 흐름에 봉사하려는 애끓는 정 성은 그에게 있어서는 적어도 연애라든가 향락이라든가 하는 개인적 욕구의 상위에 처해 있는 것이다.
>
> (469쪽)

그녀는 가정과 사회를 분리하고, 사회를 가정의 위에 놓으며, 개 인은 사회 전체의 의지에 따라 살아야 한다는 근대적 의식의 소유자로 그려지고 있다. 따라서 그녀에게 윤씨 집안은 사회 발전의 장애물로 여겨진다. 그런데 산월과 수일이 그렇듯이 자신 또한 그 집안의 일원이므로 대가를 치러야 한다. 그녀는 해주집으로부터 남편의 애정을 빼앗고 재산 상속에 유리한 지위를 얻으려는 어머니의 묵인 아래 윤성효한테 짓밟히는 것이다. 그녀는 그 사건을 계기로 "언젠가 박차고 나가려던" 집을 나가버리는데, 자신이 아주 파멸되어버렸다고 말하기는 하지만, 마지막으로 수일에게 학식이 중요함을 깨우치고 자신도 기어코 그것을 무기로 새 삶을 개척하겠음을 암시하고(475쪽) 있다.

귀애를 통해 제시되는 사상은 윤성효의 그것과 대립된다. 그녀는 윤씨 집안을 저주하는 세상 사람들 앞에 서서 싸우는 사람들, 언급은 되지만 소설의 전면에 등장하는 것이 억압된 '집 밖의' 존재들 — 윤성효를 암살하러 "해외에서 침입한 사내", 소작인을 대표하여 항의하러 온 "투박한 농사꾼들", 그리고 "사상가"인 석순철의 아버지 등 — 의 계열을 대표한다. 작자는 가출하는 귀애와 집밖의 그들을 통해 이기적 가족주의와 특권의식을 깨고 사회, 민족의 부름에 따라야만 사회적·인간적 악을 해소할 수 있다고 주장한다. 경향소설에서 자주 그려지던 대로[29], 집 밖에 길이 있다는 것이다. 그녀는 사회주의자라고 볼 수 없지만 그녀가 대표하는 계열의 인물들이 띠고 있는 색채 때문에, 사회주의적 성향의 인물이 될 것으로 여겨진다.

여기서 이 작품이 귀애가 사라지는 사건과 함께 끝나지 않는다는 점을 지적해두어야 한다. 총20장의 이 소설에서 귀애가 사라지

---

29) 최시한, 앞의 글 참고.

는 것은 제17장이다. 나머지 3장에서 수일은 결혼을 하며, 귀애의 가르침에도 불구하고 더욱 황폐한 인간이 되어 죽어간다. 『낙조』 는 그녀가 쓰겠다던 바로 그 이야기, "모두가 다 비극의 주인공이 되는" '비극적 가정소설'[30]이다. 그 틀 안에서 17세 소녀 귀애가 맡은 역할에는 한계가 있다.

하지만 작자를 대리하여 작품내적 현실의 의미를 '말하고', 집 밖의 길로 나서는 행위를 통해 전망을 드러내는 인물인 귀애가 여성이라는 점 또한 특기해둘 필요가 있다. 『삼대』의 이필순은 아버지 봉양 때문에 러시아 유학 권유를 물리치며, 『태평천하』에는 신여성이 아예 등장하지 않는다. 김사량의 여성에 대한 의식은 한 걸음 나아가 있다.

3. 맺음말

이 글은 김사량의 장편소설 『낙조』를 가정소설의 하나라는 관점에서 해석하여 일제강점시대 말기의 중요 작품으로 재평가하고, 아울러 가정소설 전통이 암흑기에 어떻게 지속 변모되었나를 밝히고자 하였다.

『낙조』는 채만식의 『태평천하』처럼 친일파 악한이 가장인 '문제

---

30) 단지 그 결말이 비참하다는 뜻이 아니라 말 그대로 '비극적'인 가정소설이라는 뜻이다. 김사량은 희곡을 썼으며, 소설에서도 극적인 효과를 추구하였다. 이 작품의 경우, 윤성효가 평양을 탈출하는 첫 장면과, 해주집과 김천집이 싸우는 자리에서 수일과 귀애가 사랑을 나누는 정원 장면에서 그 솜씨가 발휘된다. 이 작품은 전체적으로 운명비극의 성격을 띠고 있다.

가정' 이야기이다. 이는 한 가정의 번영이 민족사회 전체의 번영이기 어려운 식민지 현실, 나라라는 아버지를 잃은 그 시대를 그리는데 적합한 설정이다. 이 작품은 서술자의 풍자적 서술에 의존하는『태평천하』에서 나아가, '가정'과 '사회'의 대립을 핵심 갈등으로 설정하고 그 가정의 타락한 현실과 암담한 미래를 사건과 인물로 구체화함으로써 사회성 짙은 '비극적 가정소설'의 구조를 지니게된다. 이 작품에서 아버지는 악하고, 남편에게 능욕당한 아내는 남편을 증오하며, 대를 이을 외아들은 세상이 질시하는 자기 집안의 운명에서 벗어나지 못하고 죽어간다. 가정과 사회의 대립은 우리 소설의 근대적 특징 가운데 하나로서, 그것이 이 작품처럼 중심적이고 선명하게 그려진 예는『태평천하』외에 찾기 어렵다는 점에서 이 작품의 근대성을 높이 평가할 수 있다.

　『낙조』는 일제와 우리 민족 사이의 대립을 민족집단 내의 대립, 즉 친일파 윤성효 가정과 민족사회의 대립으로 치환하고, 그것을 다시 그 가정 내에서 가장 윤성효와 가족들 사이의 대립으로 치환하여 제시한다. 그 결과 이기적 가족주의와 특권의식에서 벗어나 사회와 민족의 부름에 따라야만 자유롭고 인간다운 삶이 가능하다는 주제가 생성된다. 이처럼 우리 소설사의 한 줄기를 이루고 있는 가정소설 양식을 활용하여 일제강점시대 초기의 사회와 역사를 효과적으로 이야기한 결과, 당대의 이른바 가족사·연대기소설 속에서도 다른 작품들보다 사실적이고 미적인 구조를 획득하게 된다.

　가정 속에서 질식해버리고 마는 산월 모자의 나약하며 소극적인 성격, 김천집과 해주집의 무지하고 포악한 행동 등은 이 작품이 감상적이고 통속적이라는 기존의 평가를 낳았다. 하지만 그러한 문제점은 인물의 전형성과 작가의 역사의식, 그리고 작가적 서술자의 비판적 서술태도 등에 의하여 감소된다. 작가의 역사의식이 너무 비관적이라는 문제점도 가족주의를 극복하는 귀애라는 인물에 의해 약화된다. 이 작품에 대한 부정 일변도의 평가는 가정소설에 대한 그릇된 선입견에 매여, 통속 가정소설같은 겉모습 속에 들어 있는 사회적·역사적 맥락을 보지 못했기 때문에 나온 것이다. 이렇게 볼 때 전통적인 양식에 비판적 역사의식을 담되 통속에 떨어지지 않은 이 작품은, 당대의 소설개조론 혹은 가족사·연대기소설론을 가장 충실히 형상화한 작품이라 할 수 있다.

김사량의 개인사와 이 작품의 관계, 그리고 이 작품의 이야기형식 등에 대한 논의가 불충분하지만, 이로써 『낙조』의 의미와 가치는 드러났다고 본다. 암흑기가 아주 어둡기만 했던 것은 아니며, 이 작품만 두고 말하자면, 김사량은 참으로 어려운 시기에 전통 양식을 가지고 현실을 형상화하는 뜻깊은 노력을 했던 작가임을 알 수 있다.

■ 찾 아 보 기 ■

— 용어 · 작자 · 작품 —